U0084213

Wieża Jaskółki

獵魔士 長篇

Vol.4 燕之塔

安傑·薩普科夫斯基 —— 著　葉祉君 —— 譯

ANDRZEJ SAPKOWSKI

獵魔士 Vol.4

目次

科維爾
卡爾默罕
溫萊赫河
布拉河
布宜那河
大
瀚
海
亞得克拉格
青
雷達尼亞
喀艾德
拿威格拉德
特雷托格
奧克森福特
麗克賽拉河
彭達爾河
亞丁
特馬利亞
奇達里士
維吉馬
艾蘭德
布蘭薩納谷
紫
奇達里士
布
洛
奇
隆
馬
哈
喀
姆
維爾登
卡本山
利里亞
絲帶河
厚特拉河
布魯格
下索登
山
亞魯加河
伊那河
上索登
安
格
崙
琴特拉
亞梅兒山
納澤爾

斯格利加群島
亞梅兒山
葉雷納河
納澤爾
梅提那
渴拉什沙漠
提透哈山
邁阿赫特
西勒特河
艾冰格
冽特河
蓋索
培雷普特沼澤
阿瑞特河
埃托利亞
蓋梅拉
尼夫加爾德
維可瓦洛
NW
NE
SW
SE

尼夫加爾德帝國地圖

他們在棺罩那樣黑的夜晚來到敦達瑞
年輕獵魔士女孩躲的地方
他們從村子的每一面包圍
要讓她沒辦法逃走
他們在棺罩那樣黑的夜晚靠線報想抓她
但是他們沒有成功
蒼白的太陽還沒升起，結冰的商道上
已經躺了屍體三十具

一首先祖流傳下來、有關撒奧溫夜裡敦達瑞那場
可怕的大屠殺之歌

仙女說：「我可以爲妳實現全部的願望──財富、權力、權杖、名聲、幸福、長壽，做出選擇吧。」

獵魔士說：「我不要財富，也不要名聲；不要權力，也不要權杖。我要馬，一匹像夜半強風、又黑又快的馬。我要劍，一把像天上月光、又亮又利的劍。我要騎著我的黑馬，在黑夜中闖蕩世界；我要拿著明劍，嚇退暗、惡之力。我所要的，就是如此。」

仙女說：「我會給妳一匹比夜晚還黑、比夜風還快的駿馬。我會給妳一把比月光還閃耀、銳利的寶劍。不過妳要的不少啊，獵魔士。因此，妳必須付給我一筆可觀的代價。」

「用什麼付？畢竟，我什麼都沒有。」

「用妳的血。」

《童話與民間故事》

──佛羅倫斯・德蘭諾以

第一章

眾所週知，世界宛如生命，不斷循環。在這循環之中，有八個具有魔力的時點，從而產生完整的輪迴，也就是一年的週期。這八個時點兩兩相對，迎苞節——發芽，對應收穫節——成熟，五朔節——盛開，對應撒奧溫節——枯萎。另外有兩個至日，即兩個至點，一是名爲密低溫的冬至點，另一個則是夏至點密達熱。除此之外，尚有兩個分點，也就是晝夜平分點——春天的比日刻與秋天的拂夜輪。這些日子將一年的循環一分爲八，精靈曆法也以相同的方式區劃全年。

而人類在亞魯加與彭達爾兩河河口登陸的同時，帶來了自己的曆法。其以月爲準，將一年劃分爲十二個月分，並按此規劃農事，以一月爲初始，直到寒霜凍僵土壤才結束。人類分年數日的方式雖與精靈不同，卻接受了精靈將一年的循環劃分爲八個時點的方式。他們將精靈曆上的迎苞、收穫、撒奧溫與五朔等節，以及雙至日和雙分點，紛紛納入自己的曆法，並視爲重要的節日與慶祝的時刻。與其他日期相較之下，這些時點顯得如此不同，就好比獨生草原的孤樹。

而這些時點之所以與眾不同，都是因爲魔法。

每逢這八個晝夜，魔法氣場會異常強大。不管過去或現在，這一點都不是祕密。在這些日子，尤其是分點與至日之時，總會出現許多魔法異象與神祕現象。對這等異象，眾人早習以爲常，幾乎波瀾不掀。

然而，今年卻是不同於以往。

今年，人類如常舉辦家族晚宴，慶祝秋分。在這樣的時候，少不了得把全年的年穫都擺上桌，就算是每種各取一些也好。習俗如此。用過晚宴、向梅莉特列女神謝過收成，人們便就寢安歇，而就在這個時候，恐怖的事情發生了。

時近夜半，風雲變色，雷雨交加。一陣不屬於這世間的強風吹來，單憑呼嘯便讓樹木彎了腰，幾近貼地。屋椽嘎吱作響，窗扉重重拍打，鬼魅般的淒聲、呼號與幽鳴不斷入耳。雲朵翻騰夜空，展現各式驚奇樣貌，而當中出現最多次的形體，就數舉蹄奔騰的馬匹與獨角獸。這場狂風持續了整整一個鐘頭之久，接著忽而轉爲寂靜，直到幾百隻夜鷹啼囀振翅，方爲夜晚找回生氣。根據民間傳說，這些神祕的鷹鳥，會聚於將死之人上方，爲之唱誦惡魔般的喪歌。而夜鷹此次的合鳴是如此盛大而響亮，好似整個世界都將死絕。

夜鷹高聲狂吟喪歌，天際也讓層層雲朵遮蓋，滅掉殘餘月光。此時，可怕的報喪女妖哀嚎一聲，預告了某人的猝死。狂暴幽狩在殘破的披風與幡幟飄動聲中，疾疾飛巡於暗夜之中——那是一群有著燐火幽瞳、騎著骷髏鬼馬的死靈。他們每隔幾年便來採收成果，但慘烈如此回的情況，已有十多年都不曾出現——光在拿威格拉德，便有二十多人消失得無影無蹤。

在幽狩策馬駛去，雲層也跟著消散之後，人們見到了夜月——月相就像以往的每個晝夜平分之際，逐漸轉缺。不過這夜的月，卻有著血一般的顏色。

樸直的人們對分點異象有諸多解釋，卻又因各地自有一套鬼神之說而有所歧異。占星家、德魯伊與巫師也各有看法，但多半胡亂拼湊，錯誤而浮誇。能夠將這些現象與事實連結的，只有非常少數的人。

舉例而言，斯格利加群島上，只有少數極度迷信之人，把罕見的獨特事件當作太得代以拉得——世界末日的預兆，以及末日前的拉赫納戮格【註二】之戰——光明與黑暗的最終爭霸。秋分之夜的激烈風暴撼動了斯格利加諸島，迷信之人認為，這場風暴是亡靈戰艦【註二】用可怕船鼻推來的浪潮。亡靈戰艦來自混亂之地末爾後格，其船舷以死屍指甲打造，艦上載著「渾沌」的妖魔大軍。然而，見過較多世面或懂得較多道理的人，卻將這海天狂象與邪惡女巫葉妮芙，以及她的慘死連結在一起。還有一些懂更多道理的人，把驚濤駭浪的大海視為徵兆，預告著某人的死亡——一個流著斯格利加與琴特拉諸王血脈的人。

自古以來，秋分之夜也代表著驚魂、惡夢與透視之夜，是會讓人在汗濕凌亂的床單上赫然驚醒、大口喘息的夜晚。就連最有智慧的那一群人，也沒有逃過透視之夜的驚擾——享有金塔城美譽的尼夫加爾德城中，恩菲爾·法·恩瑞斯大帝從夢裡大叫驚醒。北方蘭埃克塞特城裡的艾斯特拉德·迪森王，從床上猛然坐起，連帶驚動了身旁的后妻祖蕾卡。特雷托格裡的大間諜戴斯特拉跳下床、抄起短劍，連帶驚動了身旁任職財政事務總長的妻子。孟特卡佛堡內，躺在錦緞床單上的女巫菲莉帕·愛哈特同樣猛然坐起，但沒有驚醒丈夫德諾埃勒斯伯爵。馬哈喀姆的矮人亞爾潘·齊格林、深山碉堡卡爾默罕裡的老獵魔士維瑟米爾、葛思維冷城的銀行行員法比歐·薩赫斯、響角號艙房中的克萊依特克萊赫伯爵等，雖然猛烈程度不同，卻都在半夜醒來。博克勒城堡裡的女巫芙琳吉拉·薇果醒了過來。星達斯非亞島上，芙蕾雅女神殿的女祭司希格莉法醒了過來。遭受圍攻的要塞馬利堡中，加洛蒙內伯爵丹尼爾·埃卻維立醒了過來。班格里昂堡壘裡的布拉輕騎軍十夫長奇維克、克拉蒙特鎮的商人多明尼克·邦巴斯杜斯·侯文納

【註一】：拉赫納戮格（Ragh nar Roog），為獵魔士世界中的特有語言，代表光明（Ragh）對抗黑暗（Roog）。據信，作者借用了古斯堪地那維亞語中的ragnarök，該字背後的意義為，諸神萬物在與邪惡力量進行最終一戰後的徹底毀滅，一般多譯為「諸神的黃昏」。

【註二】：亡靈戰艦（Naglfar）為北歐神話中，諸神之敵迎戰黃昏之日（Ragnarök）所搭乘的鬼魅之船。

赫，還有其他許多、許多人，也都醒了過來。

然而，很少有人能把所有的情況與異象，和確切的事實連結在一起，而且還要對上確切的人物。巧合的是，這個秋分夜晚，有這等能耐的其中三人都待在同一個屋簷下——艾蘭德的梅莉特列神殿。

□

「夜鷹……」抄寫員亞瑞望向被黑暗吞噬的神殿花園，悲戚地說：「這應該有幾千隻吧，一群又一群的……高叫著某個人的死亡……她的死亡……她要死了……」

「別說這種蠢話！」特瑞絲．梅莉戈德猛然轉身，舉起緊握的拳頭，乍看之下，好像要大力推走男孩或一拳打在他胸口上似的。「這種愚蠢的迷信你也信？九月就要結束，夜鷹聚在一起是要飛去過冬！這是很自然的事！」

「她要死了……」

「沒有人會死！」女巫氣得滿臉發白，大叫：「沒人會死，你懂不懂？不要再亂說了！」

被夜半警鈴驚醒的神殿學徒，紛紛來到圖書館走道，個個面色慘白凝重。

特瑞絲冷靜了下來，將一隻手按到男孩肩上，用力一捏，說：「亞瑞，你是神殿裡唯一的男人，我們大家都以你爲首，在你身上尋找支持與幫助。你不能怕也不能慌，控制好情緒，別讓我們失望了。」

亞瑞深深吸了口氣，試著穩住顫抖的雙手與嘴唇。

他迴避女巫的目光，低聲說：「我不是怕……我不是怕，我是擔心！擔心她。我在夢裡看到……」

「我也看到了。」特瑞絲咬住雙唇。「我們作了一樣的夢，你、我，還有南娜卡。不過，這件事一個字都別提。」

「她臉上有血……好多血……」

「閉嘴，我剛剛才拜託過你。南娜卡來了。」

大祭司往他們走來，一臉疲憊，搖頭回應特瑞絲的無聲提問。她注意到亞瑞張開了口，便搶先一步說話：

「很不幸，什麼也沒有。狂暴幽狩飛過神殿上方時，幾乎所有人都醒了，不過她們沒有一個有感應，就連我們三個看見的那種模糊影像也沒有。去睡吧，男孩，這裡已經沒有你的事了。女孩們，請回到宿舍去。」

她伸出雙手，抹了抹臉。

「哎……秋分！該死的夜晚……去睡吧，特瑞絲。我們現在什麼都做不了。」

女巫握緊雙拳，說：「這種無能爲力的感覺，都快把我逼瘋了。我只要一想到她在某個地方受苦，想到她在淌血，想到她正遭受威脅……他媽的，要是我知道該怎麼做就好了！」

南娜卡——梅莉特列神殿的大祭司，轉過了身。

「妳試過祈禱嗎？」

□

南方，一個與亞梅兒山相距甚遠的地方，一個位於艾冰格、名為培雷普魯特的地方，一個被薇兒塔河、冽特河及阿瑞特河平行切過的沼澤之地，一個烏鴉飛離艾蘭德城及梅莉特列神殿八百哩遠的地方，年邁的隱士維索戈塔在這清晨將至的時分，被惡夢驚醒。醒過來的維索戈塔無論如何都無法回想起夢境內容，但一股詭異的不安已不容他再度入睡。

「好冷，好冷，好冷，呼……」維索戈塔走在蘆葦叢中的小徑上，自言自語：「好冷，好冷，呼。」

又一個空無一物的陷阱，連隻鼩鼠也沒有。這次的捕獵成果還眞是出奇地糟。維索戈塔一邊低聲咒罵，一邊吸著發凍的鼻子，把陷阱中的淤泥和浮萍清掉。

「好冷。」他往沼澤邊緣走去，不斷哈氣。「現在明明還是九月！秋分明明才過四天！呵，我活了這麼久，都已經這把年紀，可不記得九月底有這麼冷過！」

接下來的陷阱也是空的，而這已經是倒數第二個陷阱。維索戈塔現在連髒話都懶得罵了。

他繼續往前走，嘴裡碎唸著：「一定是因為現在的天候一年冷過一年，這樣冷下去的結果就是變成滾雪球，越滾越大了。呵，精靈早就預言會有這一天，可是有誰眞的信了呢？」

老人頭上再度響起一陣翅膀拍動的聲音，一團灰色形體以驚人速度掠過。沼澤上方的霧氣裡，傳出夜鷹狂促的顫啼與振翅聲。維索戈塔對這些鳥兒絲毫不以為意。他不是迷信的人，何況沼澤地帶總有許多夜鷹，尤其是在天將亮的時候；牠們總是又多又密地飛滿天，讓人擔心會不會給牠們撞了頭。好吧，或許不是每次都像今天這麼多，也不是每次都叫得像今天這麼淒厲……不過呢，最近這些日子，大自然確實玩了一些奇怪的把戲，怪事一樁接著一樁，一件怪過一件。

最後一個陷阱依舊是空的。就在他把陷阱從水裡拉起時，一聲嘶鳴傳來。突然間，夜鷹像是得到指令一般，全都靜了下來。

培雷普魯特沼澤帶上，有幾塊高於沼面的乾燥區域，上頭長了黑色的樺樹、赤楊、紅瑞木、山茱萸及刺李。這一座座的沼澤林，絕大多數都被沼水密密重重地圍繞著，馬匹根本不可能到得了，不知道路的人，也不可能騎馬闖入。不過這確實是馬叫聲，維索戈塔又聽到了一次，是從沼澤林裡傳來的。

謹慎終究不敵好奇。

維索戈塔不是很懂馬與馬的血統，卻是個唯美主義者，懂得評鑑美醜。這匹黑馬的毛色亮得像無煙煤，在株株樺樹的襯托下，著實美得出奇，可謂美之典範。這匹馬是如此美麗，讓人有種不眞實感。

不過，這匹馬卻是眞眞實實存在，也眞眞實實讓陷阱給抓住了。牠的轡繩與轡頭被張牙舞爪的血色紅瑞木抓住，無法掙脫。維索戈塔一靠過去，馬兒便豎直耳朵，猛跺蹄足，力道大得連地面都震動了起來。接著，馬兒把秀氣的腦袋高高一甩，轉過身去。現在倒是可以看出，這是匹母馬。維索戈塔還看到了另一樣東西。這樣東西讓他的心臟開始瘋狂跳動，喉嚨也被腎上腺素這把無形之鉗給夾住了。

在馬匹身後，一個風倒樹留下的平坦地洞裡，躺了一具屍體。

維索戈塔把袋子扔在地上，並爲自己心中的第一個念頭——轉身逃跑——感到羞恥。他靠近了些，但保持警覺，因爲黑色母馬不斷踏步，並且壓低耳朵、磨咬嚼銜，就等著找機會咬他、踹他。

那具屍首是一名十幾歲的男孩。他臉朝地面躺著，一隻手拗向身體，另一隻手癱在身側，五指緊緊嵌在沙中。男孩穿著麂皮上衣、緊身皮褲，還有帶夾釦的及膝精靈軟靴。

維索戈塔俯身查看，而那具屍首就在這時大大呻吟了一下。黑色母馬長嘶一聲，抬起腳蹄耙地。

隱士跪了下來，小心翻過傷患，卻在看到男孩臉上那張由髒污與涸血混成的恐怖面孔後，倒抽了一口涼氣，反射性地一縮頭。男孩的嘴唇滿是黏液和唾沫，他輕輕將那上頭的青苔、葉片與沙土撥開，然後又試著把黏在男孩臉頰上一片沾了血的乾硬髮塊剝開。傷患悶悶呻吟了聲，身子一挺，開始抽搐。維索戈塔把沾在他臉上的頭髮全都撥了開來。

「女孩子。」他大聲說道，無法相信眼前景象。「是個女孩子。」

□

要是有人在這天入夜之後，成功摸到這座位在失落沼澤之中，茅頂半塌且生苔的小屋，要是那人從窗扉縫隙往屋裡瞧，便會看見在昏暗的膏脂燭光下，有個十多歲的女孩，頭上包了厚厚的繃帶，躺在獸皮榻上休息，像具死屍一樣動也不動。那人也會看到一個鬍鬚灰長、白髮披肩的老人。老人的額頭布滿皺紋，頭頂大半已光禿無毛。那人會看見老人點了一根脂燭、把沙漏放在桌上、把羽毛筆削尖，並俯首於羊皮紙卷。那人會看見他一邊思索，一邊自言自語，但目光卻一直盯著躺在榻上的女孩。

不過這是不可能的，不會有人看見這一切。隱士維索戈塔的小屋嚴嚴實實地藏在沼澤之中，藏在霧氣永罩的荒野之中。這裡沒人敢來。

「我們就……」維索戈塔把羽毛筆蘸了蘸墨水，接著說：「這樣寫：『現在是診療後的第三個小時。診斷：切割傷。此傷為力道強勁之不明銳器所致，其尖端應呈彎狀。傷口涵蓋部分左臉，由下眼眶沿臉頰直到咀嚼肌。傷口開端，即眼眶下方顴骨處，深及骨膜，傷勢最為嚴重。傷口的造成與首次包紮間之推估時距：十小時。』」

羽毛筆在羊皮紙上刮出聲響，但這種聲音並沒有持續太久，僅幾行字的時間。維索戈塔認爲這些自言自語並不值得全都寫下來。

老人盯著忽明忽滅的脂火看了一會兒，說：「回到傷口包紮，我們就這樣寫：『我沒將傷口邊緣切掉，只去除了幾處沒有血管分布的組織，當然，還有那些已經凝固的血塊。我用柳樹皮萃取液清洗傷口。去除穢物及髒污。縫合傷口。用的是麻線。其他種類的線，就寫我沒有吧。我拿山金車當濕敷布，用裁好的細棉布包紮。』」

一隻老鼠從屋室中央跑過，維索戈塔丟了一小塊麵包給牠。躺在榻上的女孩呼吸很不平穩，在睡夢中不住呻吟。

「診療過後八小時。傷者狀況——沒有改變。醫生的狀況……我是說我的狀況，因爲有稍微睡了一下，好多了……可以繼續紀錄。現在，該記錄些和病人有關的事了。給後人看。要是有人可以在一切腐爛、崩解成灰以前，進入這片沼澤，注意到這份文件的話。」

維索戈塔重重嘆了口氣，又拿起羽毛筆在墨瓶裡蘸了蘸，並把多餘的墨水瀝在瓶邊，喃喃說道：

「至於這名病患……就這樣寫吧：『年約十六，個頭高挑，身材纖細，不過至少不是瘦弱，沒有營養不良的跡象。肌肉與骨骼分布，應屬年輕的精靈女子，不過沒有任何混血特徵……也沒有隔代混血。按常理，當精靈血緣的比重較低時，就會看不出來。』」

維索戈塔好似現在才想起自己並未寫下任何盧恩字母或共通語，提筆欲書，墨水已乾，不過老人一點也不在意。

「這點順便記一記吧。」他說：「這女孩未曾生育，身上沒有任何舊的胎記、疤痕、傷口，也沒有任何做過粗活、發生意外或生活驚險的痕跡。我強調，以上指的是舊痕跡。新的痕跡在她身上可一點也不缺。這女孩被打過，用的是鞭子，而且下手的不是她父親。她很可能也被人踹過。」

「我在她身上還找到一個頗奇怪的特徵……嗯……我們就寫下來吧，當作是爲教學貢獻……這女孩在胯下緊鄰恥丘的地方，有一朵紅玫瑰刺青。」

維索戈塔專注地審視了下削過的羽毛筆尖，接著將筆浸到墨瓶裡蘸了蘸。這一回他可就沒有忘記自己爲什麼這麼做，開始快速地將一行行傾斜的字跡覆蓋在紙上，一直到羽毛筆寫乾爲止。

「她的狀態呈半清醒，會說話、大叫。如果略過話語中那堆罪犯慣用的淫穢黑話，依她的口音和用詞，很難判定是來自何方。不過我大膽推斷，她應該是來自北方，不是南方。有些字眼……」

羽毛筆再度於羊皮紙上刮出聲響，但沒有很久，比記下他方才說的那段話所需的時間短了許多。然後，他又說起獨白，而且是從剛剛中斷的地方接下去。

「這女孩囈語中的某些字眼、名字和姓氏，値得記錄下來好好研究一番。這一切都指出，這個找到路來老維索戈塔小屋的女孩，是一位很不尋常——非常不尋常的人物……」他安靜了一陣子，仔細聆聽。接著，他又喃喃說道：

「只希望，這裡不是她的終點。」

維索戈塔俯首於羊皮紙卷，甚至提筆欲書，卻遲遲沒有下筆，連一個盧恩字母也沒寫下。他把筆扔在桌上，吸了吸鼻子，光火地嘀咕了幾句，然後又擤了擤鼻子。他看著臥榻，聽著榻上傳來的聲音。

「情況很不妙，我得承認這點，並且記錄下來。」他用疲憊的聲音說：「我的一切努力和治療到頭來可能還是太少，付出的心血也將白費。會這樣擔心是有道理的。傷口出現感染，這女孩正在發高燒。重度發炎的四種主症已出現三種：紅、熱、腫。此刻光用目測與碰觸，便能輕易判辨。等手術後的休克期一過，就會出現第四種症狀：痛。就這樣寫吧：從我開始行醫到現在，已經將近半個世紀。我能感覺到這些年歲爲我的記憶與手指靈巧度帶來怎樣的負荷。我會的不多，能做的就又更少了。這裡的物品與醫藥少之又少，一切只能靠年輕器官的保護機制了……」

「診療過後的第十二個鐘頭。正如我的預期，出現感染的第四個主症：痛。病人因疼痛而大叫，發燒與顫抖的現象加劇。我手邊什麼都沒有，沒有任何物品可以給她。我有一點曼陀羅花提煉出來的藥劑，不過女孩太過虛弱，承受不住那麼強的藥效。我還有一些烏頭草，但她一用就肯定沒命了。」

「診療過後第十五個鐘頭。黎明。病人昏迷不醒。發燒狀況猛然惡化，顫抖情況也愈發嚴重。此外，病人臉部的肌肉出現強烈抽搐。如果這是破傷風，那這女孩可以說是完了。不過，我們還是懷抱希望，但願這只是臉部神經……或三叉神經的反應，又或兩者都是……如果是這樣，這女孩雖然會毀容，卻可以存活下來……」

維索戈塔看著羊皮紙，他在上頭沒有寫下半個盧恩字母或共通字。

「前提是，她能撐得過感染。」他悶悶地說。

「診療過後第二十個鐘頭。體溫持續攀升。根據我的判定，紅、熱、腫、痛等症狀，都已經逼近臨界點。不過這女孩沒有機會活命，沒有機會等到症狀達至臨界。所以我要這樣寫……我，克爾沃的維索戈塔，不相信眾神的存在。不過要是祂們碰巧眞的存在，就請祂們好好照顧這個女孩吧。要是到頭來，發現我所做的一切是錯的……就請祂們原諒我所做的事吧。」

維索戈塔把羽毛筆放到一旁，揉了揉又腫又癢的眼皮，把雙拳壓到太陽穴上。

「我把曼陀羅花與烏頭草混在一起給她服用，再過幾個小時，一切就會有結果了。」他悶悶地說。

□

一聲碰撞伴著呻吟，將他驚醒。他其實沒有入睡，只打了個盹，而那聲悶哼聽來較像是生氣，不是吃痛。

外頭天色已亮，淡淡的光線從窗扉縫隙滲進來。沙漏已然流盡，而這已是許久之前的事——一如往常，維索戈塔忘了將它翻面。油燈殘存，紅色爐火隱隱照著屋角。床榻周圍有一道用幾張毯子圍成的臨時遮幕，好讓傷者享有一方平靜。老人站起身，掀開那道遮幕。

跌落地面的傷患已經搶在他之前起身，駝背坐在榻邊，想辦法要抓覆蓋在敷料底下的臉龐。維索戈塔清了清喉嚨。

「我說過，請妳不要起身。妳太虛弱了。要是有需要，喊一聲，我就在附近。」

「我就是不想要你在附近。」她咕噥著，話聲很小，卻十分清楚。「我想尿尿。」

她的額頭與頸部都緊緊上了包紮。他回來拿走夜壺時，她已平躺榻上，搓著包紮底下、緊貼臉頰的敷布。過了一會兒，當他再度走近，她還是維持先前的姿勢。

「四天四夜？」她盯著橫梁問。

「五天五夜。從我們上次說話到現在，過了快一天一夜。妳睡了整整一天一夜。這樣很好，妳需要睡眠。」

「我覺得好些了。」

「很高興聽到妳這麼說，我們把包紮拆掉吧。我扶妳坐起來，抓住我的手。」

傷口癒合得很漂亮，已經結痂。這次把敷布從傷痂剝下時，幾乎一點也不痛。女孩小心翼翼地碰了下臉頰，皺起眉頭，維索戈塔知道那不是因爲痛。她每次都要重新確認那道傷口有多長，讓自己接受那傷勢有多嚴重。她每次都要確認先前所碰觸的，並非高燒下的惡夢，而這樣的體認，每次都讓她心驚。

「你這裡有鏡子嗎？」

「我沒有。」他謊稱。

這大概是她第一次完全清醒地看著他。「有這麼糟嗎？」她一邊問，一邊用手指小心地撫過縫痕。

「這是一道很大的傷口。」他沒好氣地答道，對於自己得和一個黃毛丫頭找理由解釋，覺得很不是滋味。「妳的臉還是很腫。再過幾天會幫妳拆線，在那之前，我會幫妳敷山金車和柳樹精華，不會再把妳包得滿頭，這樣傷口就可以收得漂亮，會收得很漂亮的。」

她沒有回答，動了動嘴巴與下頷，擠眉弄眼，想知道怎樣會扯動傷口、怎樣不會。

「我用鴿子燉了湯，妳要吃嗎？」

「要，不過這次我想試試看自己來。被人當作癱瘓來餵是很可恥的事。」

她吃了很久，小心翼翼地把木匙送到嘴邊，費了不少勁，好似那木匙有兩磅重。不過，她做到了，沒靠維索戈塔幫忙，而後者則是帶著興味觀察她。維索戈塔很好奇，而且快被自己的好奇心燒昏頭了。他知道這女孩一旦恢復健康，他們就會開始交談，會提到這件神祕的事。他知道會有這麼一刻，也早就等不及了。他一個人在這荒野裡已經住了太久。

女孩吃完後，倒在枕頭上，有段時間就這樣呆呆看著屋頂。然後，她轉過了頭。維索戈塔再次覺得，那雙綠色眼睛真不是普通的大，讓她的臉看起來有股無辜的稚氣；現在配上臉頰那道醜陋的傷疤，著實突兀。永遠的大眼娃娃臉——這種美，維索戈塔很清楚，這樣的臉孔總會喚起旁人不自覺的憐惜。這樣的女子是永遠的小女孩，就算到了二十歲，甚至三十歲生日，也讓人看不出年紀。是啊，這種美，維索戈塔很清楚。他的第二任妻子就是這樣，他的女兒也是這樣。

「我得逃離這裡，」女孩突然說：「而且要快。有人在追我，你知道，不是嗎？」

「我知道。」他點點頭。「這是妳最先說出口的話，而且很清楚。更精準地說，那是妳最先說出口的話之一。妳先是問了妳的馬，還有妳的劍，這兩樣都好好的。等我向妳保證那兩樣東西已經被我收好後，妳又懷疑我是什麼邦哈特的同夥，不會救妳。不過，讓妳吃下猛藥，也是希望能死馬當活馬醫。在我費了一番工夫讓妳明白一切後，妳便自稱是法兒卡，還謝謝我救了妳。」

「那就好。」躺在睡枕上的她別開了頭，好像想避開與他不必要的目光接觸。「我沒忘了謝你，那就好。那些事對我來說，都好像罩在一片霧裡。我不知道什麼是真、什麼是假，怕自己沒有向你道謝。我不叫法兒卡。」

「這我也知道了，不過那是意外——妳發燒時說的。」

「我是個逃亡的人。」她說道，沒有轉過頭。「我是個遭到追殺的人，為我提供躲藏之處，不是安全的舉動。知道我眞正的名字，也不安全。趁他們還沒找到這裡，我得上馬逃命……」

他溫和地說：「妳剛剛坐夜壺都有問題了，我實在看不出妳要怎麼坐在馬上。不過我向妳保證，妳很安全，不會有人找到這裡來。」

「他們一定在找我。他們會追蹤我的行跡，把這一帶都翻過來……」

「冷靜點。每天都在下雨，沒人找得到什麼行跡。妳是在一片荒野裡。妳所在的這間屋子屬於一個與世隔絕的隱士，這世界要找到他也不容易。不過，要是妳希望，我會找到辦法，把消息傳給妳的近親或朋友。」

「你根本連我是誰都不知道……」

「妳是個受傷的女孩。」他打斷她：「妳是個在躲避某人的女孩，而那個人傷起人來毫不手軟。要我幫妳傳遞什麼消息嗎？」

「我沒有人可以傳遞消息。」她等了一會兒後，如是說著，而維索戈塔捕捉到了她語氣裡的變化。

「我的好朋友都死了，全被殺了。」

他沒有下任何評論。

「我是死神。」她用一種奇怪的聲音說：「碰上我，每個人都會死。」

「不是每個人。」他提出異議，並仔細地看著她。「邦哈特，那個妳發燒時一直喊的名字，那個妳現在想逃開的人，他沒死。看起來，碰上妳之後，受傷的人是妳，不是他。就是他……傷了妳的臉？」

「不是。」她抿住嘴，好壓抑某個東西，或許是哽咽，或許是咒罵。「傷我臉的是夜梟——史蒂芬．斯凱蘭。而邦哈特……邦哈特給我留下的傷要重多了、深多了。這也是我在發燒的時候說的？」

「冷靜點。妳太虛弱，要避免情緒太過激動。」

「我叫奇莉。」

「我幫妳敷上山金車，奇莉。」

「等等……等一下，給我一面鏡子。」

「我告訴過妳了……」

「拜託你！」

他知道自己已經瞞不下去，便照著她的話做。他甚至拿來油燈，好讓她可以看得更清楚，他們對她的臉做了什麼。

「哼，我就知道。」她說話的聲音變了，帶著沮喪。「哼，我就知道。就和我想的一樣，和我想的幾乎一模一樣。」

他走了出去，順便拉下身後用馬毯搭成的臨時遮幕。

她努力壓低啜泣，不讓他聽見。她真的很努力。

□

隔天，維索戈塔拆掉一半的縫線。奇莉摸了摸臉頰，像條蝰蛇似地發出嘶聲，抱怨耳部十分疼痛，下頷附近的頸部也非常敏感，不過她還是站起身，穿上衣服，來到院子。維索戈塔沒有反對。他陪著她去，不用幫她，也無須扶她。女孩已經恢復健康，體力也比預期中好了許多。

一直到踏出戶外，她的身形才晃了下，遂扶住門扉。

「還眞……」她的喉頭一時哽住：「還眞冷啊！是降霜了還怎樣？已經冬天了？我在這裡躺了這麼久？已經過了這麼多個禮拜？」

「整整六天。現在是十月的第五天。不過看起來，這會是個很冷的十月。」

「十月五日？」她皺起眉頭，隨即吃痛地倒抽一口氣。「怎麼會這樣？兩個禮拜……」

「什麼？什麼兩個禮拜？」

「這不重要。」她聳聳肩。「或許是我搞錯了……不過也可能沒有。告訴我，什麼東西這麼臭？」

「皮草。我會打麝鼠、河狸、海狸鼠和水獺，取牠們的皮。就算是遁世隱士，也得想法子過活啊。」

「我的馬在哪？」

「在羊圈裡。」

黑色母馬高聲嘶鳴，歡迎來人，維索戈塔的山羊也出聲附和，聽來好像十分不滿意自己得和其他房客共享居所。奇莉抱住馬頭，輕輕地拍了拍，並摸了摸馬鬃。黑馬噴了口氣，腳蹄在乾草上掘了掘。

「我的馬鞍在哪？還有鞍墊和馬具呢？」

「在這裡。」他沒有表示異議，沒有出聲提醒，也沒有說出自己的想法，只是拄著拐杖保持沉默。在她吃力取下馬鞍時，他也沒有任何動作。當她因爲馬鞍的沉重而搖晃，大大呻吟了聲，重跌到鋪滿乾草的黃土地上時，他連動都沒動一下，沒有走上前去，沒有幫她起身。他只是專注地看著她。

「喔。」她說得咬牙切齒，一面推開努力想把鼻子埋進她領口的黑馬。「現在一切都清楚了。可是我得逃離這裡，該死！我就是得逃！」

「逃去哪？」他冷冷地問。

她抹了抹臉，依舊坐在乾草上，方才摔落的馬鞍就在一旁。

「越遠越好。」

他點點頭，好似這個答案令他很滿意，她把一切都說得很清楚，沒有留下任何猜想空間。奇莉吃力地站了起來，甚至沒有試著俯身去拿馬鞍和馬具，只是查看黑馬的飼料槽裡是否有草料與燕麥，並拿起一把乾草，開始爲黑馬刷拭鬃毛與身側。維索戈塔靜靜等著，最後讓他等到了。女孩一個踉蹌，撞向撐著棚頂的支柱，臉色白得像帆布一樣。他一聲不吭，把拐杖遞給了她。

「我沒事，我只是……」

「只是頭暈，因爲妳又病又弱，就像個剛出生的娃兒。我們回去吧，妳得躺下。」

□

睡了好幾個鐘頭後，奇莉在黃昏時分又來到了戶外。維索戈塔從河邊回來，在自然形成的野生黑莓籬笆前遇見了她。

「別離小屋太遠。」他沒好氣地說：「第一，妳太虛弱……」

「我已經覺得好多了。」

「第二，這樣不安全。這附近有一片很大的沼澤，一片不見邊際的蘆葦叢。妳不知道路，可能會迷路或淹死在沼澤裡。」

「而你，」她看向他負著的袋子，說：「當然知道要怎麼走。你甚至沒有走太遠，所以那片沼澤根本就沒有那麼大。對，你靠剝皮草討生活。但是凱爾佩——就是我的黑馬——牠有燕麥，而我在這裡可沒見到田地。我們吃的是雞肉和去了殼的大麥。還有麵包，是真正的麵包，不是什麼烤餅，這可不是你打獵就能打到的，所以這附近有村子。」

「分析得一點都沒錯。」他冷靜地說：「的確，我的糧食是從最近的村落來的。雖然是最近的，但也在沼澤邊，所以一點都不近。這片沼澤一直延伸到河邊。我拿獸皮換食物，而這些食物是用船載過來的。麵包、大麥、麵粉、鹽、乳酪，有時還有兔子或雞，偶爾也會有些外面的消息。」

他沒有等到她提問，便繼續說了下去：

「一群騎馬的人帶著武器，進村裡找了兩次人。頭一回，那些人警告村民別藏匿妳，還威脅說如果在村裡找到人，就會拿劍和火伺候他們。第二回，那些人允諾要是找到妳的屍首，就會有賞金。追妳的那些人很確定妳已經一動也不動地躺在某個林子、山洞或地洞裡。」

「他們只要一天沒找到屍體，就不會罷休。」她喃喃地說：「這點我很清楚。他們得要看到我已經死了的證據。沒見到證據，他們不會放棄。他們會到處搜查。到最後，他們會找到這裡……」

「他們對這件事很重視。」他點出這個事實。「我覺得，他們重視這件事的程度很不尋常……」

她咬住了嘴唇。

「別擔心。我會在他們找來之前自己先走，不會拖累你……你不用怕。」

他聳了聳肩，說：「妳怎麼會以爲我會害怕呢？怎麼會覺得我有擔心的必要呢？這裡沒人到得了，沒人找得到妳。不過妳要是把鼻子露到蘆葦叢外，就會直接落入追妳的那些人手中。」

「換句話說，」她高傲地揚起頭。「我得留在這裡？你想說的就是這個？」

「妳不是我的囚犯，想走就走。更準確地說，是妳有辦法走的時候。不過，妳也可以留在我這裡慢慢等。追妳的那些人總有一天會放棄，遲早會有這麼一天。這種事就是這樣，妳可以相信我。這種事我很清楚。」

她看著他，一雙綠眼閃爍著光芒。

「話說回來，」他迴避她的目光，聳聳肩膀，飛快地說：「妳想怎麼辦就怎麼辦吧。我再說一次，我沒有把妳關在這裡。」

「我今天還是不走了。」她吐了口氣。「我很虛弱……而且太陽馬上要下山了……再說，我也不認得這些小路。所以，我們進屋去吧。我凍著了。」

□

「你說我在你這裡躺了六天，是眞的嗎？」

「我爲什麼要說謊？」

「別激動，我只是想把日子算清楚……我逃走……他們傷了我……那天是晝夜平分日。九月二十三日。要是用精靈曆來算，那就是收穫節的最後一天。」

「這不可能。」

「我爲什麼要說謊?」她尖聲回答，然後一個哽咽，摀住了臉。維索戈塔靜靜地看著她。

「我不知道爲什麼，」他冷冷地說：「不過我當過醫生，奇莉。雖然那是很久以前的事，不過我還是知道要怎麼分辨九個鐘頭以前造成的傷口，和四天以前造成的傷口。我找到妳的那天是九月二十七日，所以妳受傷是在九月二十六日。要是用精靈曆算的話，那是拂夜輪的第三天、秋分後的第三天。」

「我是在秋分那天受傷的。」

「這不可能，奇莉。妳一定是算錯日子了。」

「絕對沒有。是你這邊的什麼荒野隱士曆太舊了。」

「隨妳怎麼說吧。這有這麼重要嗎?」

「不，一點都不重要。」

□

三天後，維索戈塔拆掉了剩下的縫線。對於自己的作品，他完全有理由感到滿意和驕傲。傷口縫得乾淨平整，不用擔心裡頭會長髒東西，留下印記。不過外科醫師這份滿意的心情，卻在看到奇莉之後崩垮。一臉專注思考的她，在陰霾的沉默中，以各種角度用鏡子照看疤痕。她將頭髮撥往臉頰，試圖掩蓋疤痕，結果卻是白費心思。那道疤痕毀了她的臉。事實就是事實，無法改變，沒有任何辦法假裝成另外一回事，那道疤痕又紅又腫，像條麻繩，還有斑斑針點與縫線壓痕。這些都有機會好轉，甚至用不了太多時間，不過維索戈塔知道疤痕本身已經好不了了，會永遠留在她臉上。

奇莉覺得好多了，不過讓維索戈塔覺得奇怪但滿意的，是她完全沒有提要離開的事。她把她的那匹黑色凱爾佩牽出馬廄。維索戈塔知道「凱爾佩」這個名字，在北方是指一種海底生物、可怕的海怪。根據迷信，這種怪物會化身成美麗的駿馬、海豚，甚至是美麗女子，不過事實上，這種怪物看起來總是像堆雜草【註】。奇莉給黑馬上了鞍，繞著小屋在院子裡跑了幾圈後，便讓凱爾佩回到羊圈與山羊作伴，自己則是進到小屋與維索戈塔作伴。她甚至幫他料理獸皮——大概是覺得無聊了。在他把海狸鼠按大小、毛色分類時，她就沿著撐開皮草的板子，把麝鼠的背脊與腹部分開。那手指之靈巧，簡直難以形容。

而兩人之間的奇怪對話，就發生在做這份工作的時候。

□

「你不知道我是誰，你甚至想都想不到我是誰。」這種無意義的話她說了好幾次，說得他耳根子都微微發癢了。當然，他不能讓她發現自己被吊了胃口。在這樣一個黃毛丫頭面前洩露自己情緒，可會讓他失了面子。不，他不能讓這種事發生，也不能展現出那份讓他心癢的好奇。

這種好奇其實是沒有道理的，因爲他明明自己就可以輕鬆猜出她是誰。在維索戈塔那個年代裡，年輕人組強盜幫派也不是什麼少見的事。儘管過了這些年，強盜幫派對這種尋找冒險刺激的黃毛丫頭來說依舊很有吸引力，卻也常讓他們丟了性命。可以及時抽身、只在臉上留下傷疤的年輕人，應該慶幸自己的好運。至於那些沒那麼好運的人，等著他們的，就是刑求、絞索、吊鉤，或木樁。

哈，從維索戈塔的年代到現在，改變的只有一樣——日益發展的解放思想。被吸收進幫派的不只有青少年，也有瘋狂的青少女，她們對馬匹、寶劍與冒險的興趣，大過鉤針、紡紗桿，和等待媒婆上門。

維索戈塔沒有直接對她明說這些。他用的方式很迂迴，但足以讓她了解，他已經知道她的一切；讓她知道，如果這裡有人是個謎團，那麼絕對不會是她——一個來自小土匪幫，奇蹟逃過獵殺的小土匪；一個毀了容，試著想用祕密來包裝自己的黃毛丫頭……

「你不知道我是誰，不過別擔心，我很快就會離開，不會讓你陷入險境。」

維索戈塔覺得自己受夠了，終於忍受不住。

「我沒有陷入任何險境。」他不帶感情地說：「就算追妳的那票人真找到這裡來又怎樣？我會有什麼危險？不過我很懷疑會有這麼一天。幫助逃跑的罪犯是有罪，但不適用在遁世的隱士身上，因爲遁世隱士對這世俗間的事根本沒個頭緒。我的特權就是款待每個跑來我這片荒野的人。妳說得對，我不知道妳是誰。我區區一個隱士要怎麼知道妳是誰、做了什麼、犯了什麼罪要被依法逮捕，而依的又是什麼法。再說，我甚至不知道這一帶用的是誰的法、誰的管轄權，又是怎樣的管轄權，而且我也不在乎這些。我是隱士。」

他注意到自己有點太常提到「遁世」，不過他沒有退縮。她那雙充滿怒意的綠眼只是更加刺激他。

「我是個窮酸隱士，對這世間和世間事來說是個死人。我是個單純、沒唸過書的人，沒見過世面……」

【註】：凱爾佩係指水妖馬（Kelpie）。根據凱爾特神話，牠們會化身駿馬或美男，引誘生人入水溺斃，再食其血肉。

他說得有些過火了。

「最好是！」她大叫出聲，把獸皮與刀子都摔在地上。「你把我當成笨蛋了，是嗎？我不是笨蛋，你少自以為是。你這個遺世老人！窮酸隱士！你不在的時候，我已經到處看過。那邊，喏，角落那道不太乾淨的簾布後面，我也看過了。那邊怎麼會有架子擺了一堆又重又厚的書？而且還是看過的？嗯？單純又沒見識的人？」

維索戈塔把海狸皮往皮草堆扔，一派輕鬆地說：

「這裡以前有稅吏住過，那些都是土地清冊和帳冊。」

「說謊！」奇莉皺起眉頭，揉了揉傷疤。「你這是睜著眼睛說瞎話！」

他沒有回應，假裝在審視另一件獸皮的毛色。

「要是你以為自己年紀一大把、滿臉皺紋、鬍子發白，就可以輕輕鬆鬆騙過天真的小女孩，那你錯了！我告訴你，也許你隨便碰到哪個女孩，都可以這樣唬弄過去，不過我不是其中之一。」

他把眉頭抬了個老高，在沉默中丟了個挑釁的提問，而她也沒讓他等太久。

「隱士啊隱士，我先前唸書的地方呢，有很多又重又厚的書，其中也有你書架上的那些。我知道的書可不少。」

維索戈塔把眉頭抬得更高了。她直直盯著他的眼睛，一字一句地說：

「這個髒兮兮的小鬼、全身破爛的孤兒，淨說些奇怪的事。這個在樹叢裡被人找到、嘴被打得歪七扭八的女孩，一定是女賊或土匪婆子。不過呢，隱士先生你要知道，我可是讀過羅德利克．德諾曼伯勒的《世界史》，而《藥物學》這本書呢，也看過不只一次。我還知道《藥草》這本書，就和你書架上的那本一樣。我也知道書背上的貂皮十字襯紅盾印記是什麼意思，那表示書是奧克森福特大學出版的。」

她停了下來，但依舊審慎地觀察他。維索戈塔維持緘默，努力不讓自己的臉上露出任何表情。

「所以，我覺得你根本就不簡單，不是個隱居老人。」她說話時，微微揚起了頭，看來驕傲且略顯粗野。不過，這對她來說只是稀鬆平常的動作。「我覺得對這個世界來說，你根本就不是個死人，只是逃離了它，然後躲在這裡，躲在這一片荒野裡，用你的外表和沒有盡頭的沼澤作爲掩飾。」

「如果是這樣，」維索戈塔笑了笑。「那我們的命運還眞是奇怪地纏在了一起呢，博學多聞的小姐。宿命用一種十分神祕的方式，把我們綁在了一起。畢竟，妳也是躲在這裡。畢竟，妳，奇莉，也用了層層薄紗巧妙地把自己裹了起來。不過我只是個老人，滿腹猜疑、怨恨，愛挖苦又不信任人……」

「不信任我？」

「是不信任這個世界，奇莉。眞理讓有心人套上了一層假面，再以另一個虛假的眞理來移花接木，試圖矇騙世人。奧克森福特大學的校徽，被人畫在勾欄院的門上。受了傷的強盜婆子假裝自己見識豐富、飽讀詩書，說不定還兼是出身高貴的小姐；假裝自己是會拜讀羅德利克．德諾曼伯勒的書、認得學院徽章的知識分子、淵博學者。這和她的外在表現悉數相反，和她身上所負的記號，那盜匪的刺青，那刺在胯上的一朵紅玫瑰，也全然不符。我所不信任的，是這樣的世界。」

「的確，你說的沒錯。」她咬著唇，一臉漲得老紅，連那道傷疤都好似轉爲黑色。「你是個愛挖苦人、好管閒事的糟老頭。」

「簾布後頭，在我的架子上，」維索戈塔把頭一偏，指出方向。「有一本阿恩諾馬塔耶得默克，那是精靈童話與寓言的詩合集，裡頭有一篇關於老烏鴉和小燕子的故事，挺符合我們現在的狀況與對話。

由於我也和妳差不多，是個淵博的學者，姑且就放縱自己引述書中片段。我想妳一定記得，書中的烏鴉指控小燕子，說他輕率浮躁。」

恆凱賓地斯阿恩諾奇來亞

阿克，阿克，卡而佛以，特爲羅，埃勒？

奇來亞……

他就這麼打住，雙肘抵桌，十指交疊，支著下巴。奇莉甩過頭，挺直身子，責難地看著他。隨後，她說出接下來的內容。

……奇來亞爲羅奎斯阿恩恩散伊何

馬歐，恆凱賓，韋恩尼，奎克，奎克！

過了一會兒，維索戈塔開了口，但姿勢依舊不變：「愛挖苦又不信任人的老頭，要向學問淵博的年輕學者道歉。四處嗅到騙局詭計氣味的老烏鴉，也要向小燕子請求原諒。小燕子唯一的過錯，就只有她太過年輕、充滿活力，而且還長得很好看。」

她嘆了口氣，下意識摀著頰上傷疤說：「現在換你胡說了。這種恭維的話就省省吧，這沒有辦法修補你在我皮膚上留下的醜陋針腳，也別以爲這樣就可以得到我的信任。我還是不知道你究竟是誰，爲什麼要騙我關於日期的事，爲什麼我傷在臉上，你卻要去看我的兩腿中間，而你又看完了沒？」

這一次，她成功地讓他失控了。

「妳這個黃毛丫頭到底是在想什麼啊？」他拔高了音量。「我都可以當妳的父親了！」

「祖父，」她冷冷糾正：「不然就是曾祖父，不過你不是。我不知道你是誰，不過我知道你不可能當得了你想當的那個人。」

「我是那個在沼澤裡找到妳的人。在妳凍得差點黏到青苔上，脖子上端著一大片黑色硬塊而不是正常的臉，整個人昏迷不醒、又髒臭不已的時候，救了妳的人。我是那個縱使不知道妳是誰，卻還是把妳帶回家的人，所以有權做最壞設想。我是那個替妳包紮，扶妳躺到床上的人。我是那個在妳高燒得快死的時候，照顧妳的人。我是那個看護妳，爲妳清洗身子，而且是很用心洗的人。就連刺青附近也是。」

她的臉再度漲得老紅，但眼裡的張狂和挑釁卻沒有絲毫消滅。

「在這個世界上，」她粗聲說：「有時虛假的表象會僞裝成眞理，這是你自己說的。試想，我也已經稍稍見過這個世界。你救了我，爲我包紮、看護，這點我很感激你，謝謝你的……好意，不過我也知道沒有哪種好意是不求……」

「不求回報。」他笑著把話接完。「對，對，我知道。我也曾是個普通人。天曉得，我對這個世界認識的程度說不定跟妳一樣呢，奇莉。碰到受傷的女孩，當然要把她們身上值錢的東西搜刮一空。要是她們不省人事或是虛弱到無力自保，通常還會逞性縱慾，就算使用惡劣且違背自然的手段，也是常見的，對吧？」

「現在看起來完全不是這麼回事。」奇莉答道，臉蛋也再度漲紅。

「眞是個精闢的見解啊。」他再度把一張獸皮，往該放的那堆皮草丟去。「而且還無情地把我們導向一個結論——奇莉，我們對彼此一無所知。我們知道的只有表象，而表象會誤導我們。」

他等了一會兒，但奇莉並不急著答腔。

「雖然我們兩人都互相做了類似初步審查的舉動，對彼此仍是一無所知。我不知道妳是誰，而妳不知道我是誰……」

這一回，他故意停了下來。她看著他，眼裡閃爍疑問，而這正是他在等的。當她提出那個問題的時候，某種奇異的色彩自她眼底閃過。

「誰先開始？」

□

要是有人在入夜後，偷偷摸到這間茅頂生苔、塌陷的小屋，要是那人往屋裡瞧，就會看見在爐火照射下，有個鬍子灰白的駝背老人待在一堆皮草前，也會看見一名灰髮的年輕女孩。她的臉頰上，有一道與綠色大眼毫不相襯的醜陋疤痕。

不過，這一切沒有人能夠看見。小屋佇立在一片蘆葦叢中，位在這塊沒人膽敢進犯的沼澤區裡。

□

「我的名字是維索戈塔，來自克爾沃，以前是個醫生，外科醫生。我也曾是個鍊金術士、研究人員、歷史學者、哲學家，還有倫理學家。我在奧克森福特大學當過教授，卻在出版了某部作品之後，被迫從那裡逃走。那部作品被視爲無神論，而這在五十年前可是要判死刑的。我得移民，但我的妻子不想，就把我拋棄了。而我一直到了遙遠的南方才安定下來，待在尼夫加爾德帝國裡。最後，我成了格勞皮安堡的帝國學院講師，教授倫理學。這頭銜我頂了近十年，卻在發表了某份論述……就是所謂的極權主義政權與侵略戰爭之犯罪本質論後，不得不再度出逃……官方對於這份論述和我本人的控訴是，鼓吹形上神祕學，以及支持教權主義的分裂行爲。認爲我受到實際統治北地林格各國的祭司團體指使，那些祭司抱持的是修正主義，勢力也不斷擴張。對比二十年前，因無神論而被判死刑的我，這還挺有趣的！話說回來，當時北方那些不斷擴權的祭司早就已被人遺忘，尼夫加爾德卻不願接受這種說法。在那個時候，把神祕主義和迷信連結到政治上，可是會遭到通緝和重罰的。」

「過了這麼多年，回頭再看，如果當初我能謙卑一點，表現悔改之意，這樁麻煩也許就能隨風飄逝，大帝也只會表達自己的不認同，不會動用嚴厲的制裁。不過當時的我，性情憤世，一心以爲自己對其他政權與政體的看法，不管何時何地都站得住腳。我覺得受到傷害，不平等的傷害，暴政之下的傷害。所以，我和其他反對當時政策，祕密對抗暴君的人積極接觸。結果一轉眼，我就與那些反對者一起坐在了地牢裡，而他們其中有些人一看到刑具，就指著我，說我是這場行動的首腦。」

「大帝下了特赦，但我還是被判放逐，一旦回到帝國土地，等著我的就是死刑。」

「當時，我氣這整個世界，氣所有王國、帝國和學府，氣那些反政者、官員和律師，氣那些被魔法棒一點就完全變了個人的同事和朋友，氣我第二任妻子——她就和我的第一任妻子一樣，把丈夫的麻煩看成是離婚的絕對理由。我也氣那些不肯認我的孩子。我成了遺世獨居的隱士，待在這裡——艾冰格，待在培雷普魯特沼澤帶裡。這間小屋以前屬於某個隱士，我在因緣際會下認識了他。他過世之後，這裡就由我接收下來。倒楣的是，尼夫加爾德呑併了艾冰格，所以我又莫名其妙地待在了帝國土地上。我已經沒有力氣，也不想再繼續流浪，所以我得把自己藏起來。帝國的判決沒有時效，儘管下判決的帝王本身早就過世，而現任帝王也沒有理由去一一回想先帝的判決並提出看法，死刑判決依舊有效，這就是尼夫加爾德的律法與習俗。每個新帝加冕後都會頒布大赦，但叛國罪的判決沒有時效，不適用。新帝登基後，所有被前帝判刑的人都會得到大赦……但犯下叛國罪的人除外。是誰統治尼夫加爾德並不重要，重要的是，一旦被人知道我還活著，還違反放逐令待在帝國土地上，我的腦袋就會被架到斷頭台上。」

「所以，奇莉，就像妳看到的一樣，我們的情況真的很類似。」

□

「倫理學是什麼？我學過，可是忘了。」

「那是關於道德的學問，說的是合宜、高尚、眞誠的適當舉止。根據這門學問，正義與道德會將人的心靈提升到良善之巔，而虛假與敗德則會將人的心靈打入萬惡之淵……」

「良善之巔！」她發出一聲不屑。「正義！道德！別笑死人，我臉上的疤痕都要裂了。你運氣好，沒人追，沒有像……邦哈特這樣的賞金獵人跟在後頭。最好你是見過萬惡之淵。道德？來自克爾沃的維索戈塔，你所謂的道德就像大便一樣。被推下深淵的，不是邪惡虛假之人，不是！是那些品行端正、誠實高貴，但笨拙躊躇、滿腔顧忌的人，而推人的則是滿心邪惡卻意志堅定的那些。」

「謝謝妳給我上了一課。」他嘲諷道：「相信我，就算活了一輩子，說到學習新事物，還是永遠不嫌晚。的確啊，有見識又有經驗的大人講的話，總是值得一聽。」

「趁你還笑得出來就笑吧。」她甩過頭。「因為現在輪到我了，換我說故事來逗你開心了。我要告訴你我的事。等我說完，我們再來看看，你還想不想這樣挖苦人。」

□

這一日，要是有人在天黑之後，悄悄摸到茅頂塌陷的小屋邊，要是那人從窗扉縫隙往屋裡瞧，就會看見在昏暗的燈光下，有個鬍子發白的老人，正專心聽著火爐邊、坐在樹幹切片上的灰髮女孩說故事。

那人會發現女孩說得很慢，好像吃力地在尋找字眼，並緊張地搓著讓一道醜陋傷疤毀掉的臉頰。她在述說自己的人生時，總要在話語間停頓許久。她說自己受過教育，但所學的一切，到頭來竟全是謊言、全是誤導。她說別人給了她承諾，卻又沒有遵守。說宿命如何得到她的信任，卻又卑鄙地背叛她，讓她一無所有。說每次只要她開始相信，逆境、苦痛、傷害與羞辱就會落到她身上。說她曾經信任、喜愛的人，是如何地背叛她，在她受苦的時候，在她遭受羞辱、疲憊與死亡折磨的時候，沒有前來幫助她。說旁人告訴她應該篤信某些理念，但那些理念卻又在她需要的時候，讓她失望、背叛她、放棄她，恰恰證明它們並沒有多大價值。說她總算在某些人身上找到援助、友誼與關愛，而這些人的外表看起來，並不會讓人想到援助，也不會讓人想到友誼，至於關愛就更不用說了。

不過這些都沒有人能夠看見，更別說聽見了。有著塌陷、生苔茅草頂的小屋，密密層層藏在濃霧之中，而小屋所在的這片沼澤也沒有人膽敢闖入。

一旦進入成熟的年紀，年輕女孩會開始試著踏進原先被禁止碰觸的生活領域，而這一舉動在童話故事中，會以進入神祕之塔，尋找當中隱藏的密室爲象徵。女孩會踩著旋梯，一步一步攀上塔頂，而這夢中之梯，便是情慾體驗的象徵。禁忌之室，這上了鎖的小房間，則象徵了性行爲。

——布魯諾·貝特漢《魔法的用處：童話故事的意義與重要性》

第二章

西風爲夜裡帶來風暴。

紫黑色的天空沿著閃電的線條，爆出一道迴盪久久的雷聲。突然間，雨水用濃密如油的珠點打向路塵，在屋頂上喧囂吵鬧，抹開了窗上的污漬。可是勁風快速將大雨驅走，把風暴趕到遙遠的彼方，趕到那電光閃閃的地平線後方。

就在此時，狗群扯開嗓子大叫。蹄聲隆，兵器響。一陣令人惶恐的狂野叫囂與呼嘯，打破了屬於夜的寧靜。被驚醒的村民無不渾身僵硬、寒毛直豎，待他們回過神，紛紛拿起木棍抵住門窗。冒了汗的掌心裡，緊緊握著斧頭與長叉。那一雙雙手握得萬分用力，卻是如此無助。

恐懼，整個村子裡流竄著恐懼。他們是躲人還是追人？他們之所以會如此瘋狂而殘酷，是因爲憤怒還是恐懼？他們會就這麼馬不停蹄地穿過村子？還是等等就會火燒茅頂，把黑夜照個通亮？

孩子們，別出聲，別出聲啊……

媽媽，他們是魔鬼嗎？他們是狂暴幽狩嗎？是地獄來的惡夢嗎？媽媽、媽媽！

別出聲、別出聲啊，孩子們。他們不是魔鬼，不是惡魔……

他們比那更恐怖。

他們是人。

狗群吠叫，夜風狂掃。馬匹高聲嘶鳴，重踏腳蹄。

暗夜中，一群惡煞穿村而過。

□

侯斯邦登上一座小山頭，拉住馬，掉轉過頭。他為人小心謹慎，不喜犯險，尤其在他不會因為這份警覺而有所損失的時候。他不急著下山去河邊的驛站，寧願先把情況仔細看清楚。驛站前既沒馬匹也沒馬車，只有一輛雙騾篷車。篷布上寫著字，但距離太遠，侯斯邦看不清楚。不過，看起來不像有危險的樣子，侯斯邦有辦法嗅出危險，對此他可是個行家。

他下山來到樹叢滿布、柳條橫生的岸邊，斷然策馬奔河，濺起噴過馬鞍的水花。原在岸邊嬉戲的鴨群，紛紛扯著嗓門逃散。

侯斯邦催著馬兒加快腳步，穿過破敗的籬笆進到驛站院子。現在車篷上的字樣已清晰可見：刺青妙手——阿瑪維拉大師。上頭每個字的顏色都不相同，而開頭的第一個字母都大得誇張，並用精美圖案裝飾。車廂右前輪上方的位置，用紫色顏料畫了支不是很大的分尾箭。

「下馬。」一道聲音自他背後傳來。「趴到地上，快！兩隻手都離劍柄遠遠的！」

一群人走了過來，無聲地將他圍住。右邊是阿瑟，穿著飾有鉚釘的黑色皮製短外套。左邊是法兒卡，穿著綠色麂皮緊身背心，頭上戴了綴有幾根羽毛的貝雷帽。侯斯邦拉下斗篷的兜帽與面罩，把臉露了出來。

「哈！」阿瑟放下了劍。「是您啊，侯斯邦。都怪這匹黑馬誤導人，不然我一定認出您來！」

「這匹母馬真漂亮啊。」法兒卡一臉驚艷地說，同時把貝雷帽往耳朵移了移。「全身又黑又亮，像塊炭似的，連一根顏色淺一點的毛都沒有。這體格多麼精壯！啊，真是匹上等好馬呀！」

「是啊，而且連一百弗洛倫都不用就買到了。」侯斯邦隨性地笑了一笑。「吉澤赫在哪？裡面嗎？」

阿瑟點了點頭。法兒卡像著了迷似地看著那匹母馬，輕輕拍了拍牠的脖子。

「牠在水裡跑的時候，就像是真正的水妖馬！如果牠不是從河裡出來，而是海裡，說牠不是真正的水妖馬我都不信。」

「法兒卡小姐曾經看過真正的水妖馬嗎？」

「在畫裡看過。」女孩突然一臉陰霾。「說來話長。您請到裡面來吧，吉澤赫已經在等了。」

□

在透進些微光線的窗前，擺了一張桌子。米絲特撐著雙肘，半躺桌面，腰部以下未著寸縷，僅一雙黑色絲襪。在她那不甚含蓄的開敞雙腿間，跪了一個身穿暗褐色寬鬆長袍的清瘦男子。這名男子不是他人，正是刺青妙手——阿馬維拉大師。他正忙著替米絲特的大腿刺上一個彩色圖騰。

「侯斯邦，過來一點。」吉澤赫出聲邀請，並從隔壁星火、凱雷與瑞夫坐的桌邊，拉來張凳子。凱雷與瑞夫同阿瑟一樣，也穿了滿是夾釦、六角釘、掛鏈和其他閃亮銀飾的黑色小牛皮衣。工匠一定從他們身上賺了不少錢。侯斯邦如是想著。老鼠幫心血來潮想裝扮一番的時候，給裁縫、鞋匠和皮匠的金額可都是按皇家規格在付。當然，那些搶來的衣服、首飾，從來就入不了他們的眼。

吉澤赫慢條斯理地開了口：「看來，你在舊站廢墟裡，找到了我們留下的訊息。哈，我在說什麼呢？如果不是這樣，你也不會在這裡了。我得承認，你來得眞快。」

「我找到你們留下的訊息。」侯斯邦在說話的同時，眼神沒有一刻離開吉澤赫。「那我的呢？你們收到了嗎？」

「收到了……」老鼠幫的首領有些語塞。「不過……呃，簡單來說……我們當時沒有時間。後來我們又喝了些酒，不得不稍微休息一下。之後又碰上了一點事……」

一群該死的小毛頭，侯斯邦在心裡想著。

「簡單來說，你沒有完成任務。」

「呃，沒有。抱歉，侯斯邦。這次不太……不過下次我一定會把事情辦好！不會再讓你失望了！」

「不會讓你失望的！」凱雷也大力保證，只不過沒人要他這麼做就是了。

一群該死、不負責任的小毛頭。先是跑去喝酒，然後又說碰上了一些事。一定是跑去裁縫那裡做精緻講究的衣服了。

「要喝一杯嗎？」

「不了，謝謝。」

「那要不要來點那個？」吉澤赫比了比擺在杯瓶間的一個小漆盒。侯斯邦早就知道爲什麼老鼠幫眼中都有一道奇異光芒，他們的身手又爲何能如此敏捷快速。

「這些粉都是最上乘的貨色。」吉澤赫向他保證。「要不要來一點？」

「不了，謝謝。」侯斯邦意有所指地看著地上的木屑，上頭有道痕跡一路延伸至一間房內，說明了屍體的去向。吉澤赫注意到他的目光，不屑地說：

「一個下人想逞英雄，星火只好教訓教訓他。」

星火沉著嗓子大笑，一看就知道是因吸毒而亢奮。

「他被我教訓得都吐血了。」她說得甚是自豪：「其他人看了，馬上就乖得和什麼一樣。這就叫作恐怖手段！」

一如以往，她的身上掛滿寶石，鼻翼甚至還鑲了顆鑽石。她穿的不是皮衣，而是一件用亮片縫了圖案的紅櫻桃色上衣，這款式有名到足以成爲圖倫富家子弟間的新流行。吉澤赫頭上的絲質包巾也差不多。侯斯邦甚至已經聽說，有些年輕女孩將頭髮剃得「和米絲特一樣」。

「這就叫作恐怖手段。」他若有所思地重複了一次，眼光依舊看著地板上的血跡。「站長呢？他的妻子呢？兒子呢？」

「沒事啦。」吉澤赫皺起眉頭。「你以爲我們把所有人都砍了？哪有啊。他們暫時被我們關到儲藏室了。現在這個驛站呢，就像你看到的，已經是我們的了。」

凱雷用葡萄酒大聲漱口，往地上一吐，接著拿起一把小調羹，從盒子裡挖了點飛天粉，小心翼翼地放在沾了唾沫的食指尖上，然後將這毒品抹在牙齦上。他把小漆盒遞給法兒卡，後者也重複了同樣的動作，然後又繼續傳給瑞夫。尼夫加爾德人忙著翻看五顏六色的刺青目錄，謝絕遞來的漆盒，把它轉給了星火。精靈女孩沒有取用盒中物，只是把漆盒再轉給吉澤赫。

「恐怖手段！」她粗著嗓子說，並瞇起晶亮的眼睛，吸了吸鼻子。「我們用恐懼來統治這個驛站！恩菲爾大帝也是用這種手段來對付整個世界，而我們只是用在了這間小屋上。不過道理是一樣的！」

「啊——!你這個該死的!」桌上的米絲特大叫:「看清楚你在戳哪裡!再給我搞一次這種花樣,就換我來戳你!保證戳到你穿孔!」

老鼠幫成員——除了法兒卡與吉澤赫——無不爆笑出聲。

「想要漂亮,就得忍耐啊!」星火嚷道。

「刺她,大師,刺她!」凱雷也跟著附和。「她那兩條腿中間可是硬得不得了!」

法兒卡罵了一聲非常難聽的話,抓起啤酒杯就往他丟。凱雷閃開攻擊,老鼠幫成員又是哄堂大笑。

侯斯邦決定爲這場嬉鬧劃下句點,說:「這樣一來,你們的確用恐怖手段控制了這個驛站。不過爲了什麼呢?除了製造恐懼所帶來的滿足感外,還爲了什麼呢?」

吉澤赫將飛天粉抹在牙齦上,回答他說:「我們在這裡,要是有人來換馬或休息,就能好好刮上一頓。待這裡比較舒服,好過岔路口或商道旁的林子。不過,就像星火剛剛才說過的,道理是一樣的。」

「可是今天從一大早到現在,也只有這個傢伙上門而已。」瑞夫開口插話,指著待在米絲特敞開的雙腿間,只有一顆腦袋勉強可見的阿馬維拉大師。「他就像每個大師一樣,兩袖清風,沒什麼油水可刮,所以我們就搶他的手藝。您看,他的畫可厲害了。」

他露出前臂,讓侯斯邦看他的刺青。那是一名裸著身子的女人,只要瑞夫一握拳,她就會扭動臀部。凱雷也把自己的刺青露出來。有條青蛇從他的帶刺手環探出,張著大口,吐著鮮紅的岔裂蛇信,盤踞了他的整隻手臂。

「很有品味。」侯斯邦說得極無所謂。「認屍的時候也會很有幫助。不過這劫你們是搶不成了,各位親愛的『老鼠』。你們得付錢給這位大師。我還來不及告訴你們,不過這七天以來,也就是從九月一日開始，記號就是岔尾紫箭。他的車上也畫了一支一樣的箭。」

「那也沒辦法了。如果該爲他的刺針和顏料付錢，那也是得付。你說，紫色的箭？我們會記住的。要是明天這裡還有畫了這種箭記的車駛來，保證對方不會有事。」

「你們打算在這裡待到明天？」侯斯邦把自己的訝異表現得有點誇張。「這樣很不明智啊，各位『老鼠』。太冒險也太危險了！」

「什麼？」

「太冒險也太危險。」

吉澤赫聳了聳肩，星火嗤之以鼻並朝地上擤了把鼻涕。瑞夫、凱雷及法兒卡看著眼前商人的樣子，好像他剛剛說的是太陽掉進河裡，得在它被螯蝦螯到前，趕快撈出來才行。侯斯邦頓時明白，自己竟是在要求一群瘋狂的年輕人用理智思考；自己竟是在警告一群只會一股腦犯險蠻幹又傲慢的人，要小心危險和風險。這些字眼對他們來說，根本就是陌生的語言。

「老鼠幫，有人在後頭追你們。」

「那又怎樣？」

侯斯邦嘆了口氣。

米絲特往他們走來，甚至沒有費心穿上衣服，打斷了這場講道。她一腳踩在板凳上，擺動腰肢，把阿馬維拉大師的傑作展現給眾人欣賞。那是一朵鮮紅的玫瑰，綠色的莖桿上連著兩片葉子，就落在陰部旁的腿根上。

「怎樣？」她扠著腰問，兩隻手戴的手環幾乎要到肘部的高度，晶鑽般的光芒閃耀不已。「你們覺得如何？」

「眞是太漂亮了！」凱雷把頭髮撥到一旁，不屑地說。侯斯邦注意到這「老鼠」的耳廓上穿滿耳環。不消說，這些耳環要不了多久，就會像鑲了金屬的皮件一樣，在圖倫的富家子弟和整個蓋索間流行起來。

「法兒卡，換妳了。」米絲特說：「妳要刺什麼？」

法兒卡碰了碰她的大腿，彎下腰仔細看了看刺青。她靠得很近，米絲特一臉深情地揉了揉她的灰髮。法兒卡咯咯發笑，當場脫起衣服。

「我想要一朵一模一樣的玫瑰。」她做出宣告：「要和妳一樣，在同一個位置，親愛的。」

□

「維索戈塔，你這裡老鼠還眞多啊。」奇莉停止述說，看向燈火投在地板上的那圈光亮中，正在賽跑的老鼠。至於燈火照射範圍之外的那片黑暗裡會有何景象，也只能自行想像了。

「要是有隻貓的話，就能派上用場了。又或者兩隻，這樣應該會更好。」

「嚙齒動物，」隱士清了清嗓子，「會摸進屋裡，是因爲外頭冬天的腳步近了。我以前有過貓，不過那個沒良心的傢伙跑到別的地方去了。這不重要。」

「一定是讓狐狸或貂給咬了。」

「奇莉，妳沒看過那隻貓，要說有什麼能把牠給咬了，就只有龍才辦得到。這不重要。」

「有這種貓？哈，眞可惜。要是牠在，一定不會允許這些老鼠在我的床上跑來跑去。眞可惜。」

「是可惜了，不過我想牠終有一天會回來。貓總是會回到原本的地方。」

「我去添點柴火，好冷。」

「是很冷。現在夜裡眞是冷到見鬼……可現在明明連十月中旬都還不到……繼續說吧，奇莉。」

奇莉盯著爐火，文風不動地坐了一段時間。添入薪柴的爐火旺了起來，不斷發出聲響，將金色的火光與晃動的暗影，印在了女孩毀損的容貌上。

「說吧。」

□

阿馬維拉大師不斷下針，奇莉覺得淚水在眼角打轉。雖然她已事先用葡萄酒和白粉麻醉自己，但這種痛楚依舊教人難以忍受。她咬緊牙關，不讓自己發出半點吃痛聲。不過，她沒有呻吟。要知道，她可是裝出一副對刺針毫不在意，而且一點都不怕痛的樣子。她盡量讓自己看起來像個沒事的人，參與其他成員與侯斯邦的談話。這個人一直想從商，可事實上，除了有幾名商人替他營生外，他跟行商半點關係也沒有。

「你們已經是烏雲罩頂。」侯斯邦一邊說著，一邊用黑色的眼珠環視老鼠幫成員。「不光是阿馬里洛的執政在找你們，不光是法倫哈根家，不光是卡薩代男爵……」

「那傢伙？」吉澤赫皺起眉頭。「阿馬里洛的執政和法倫哈根家我都可以理解，不過這個什麼卡薩代和我們有什麼過節?」

侯斯邦笑了笑，說：「狼把羊皮披在身上，然後可憐地說：『咩，咩，沒有人喜歡我，沒有人了解我。不管我到哪裡，他們都會拿石頭丟我，對著我喊：「去去去！」爲什麼我會受到這種傷人又不公平的對待?』各位親愛的『老鼠』，卡薩代男爵的女兒經過鶺鴒溪旁的那場驚險，到今天都還病懨懨的、高燒不止……」

「哦……」吉澤赫想了起來。「那輛四匹花斑馬拉的馬車！就是那位年輕小姐?」

「對。她現在就像我說的，生了病，半夜不斷驚醒，一直提到凱雷先生……不過更常提到的是法兒卡小姐，還有那塊彩石——她過世母親留下的紀念品，那塊被法兒卡小姐硬從她裙上扯下來的彩石，以及法兒卡小姐當時不斷重複的那些話。」

桌上的奇莉見有機會能把痛喊出來，便大聲吼道：「根本就沒有那麼一回事！我們只不過是把男爵千金羞辱了一番，把她的尊嚴踩在腳下而已，最後還是讓她平安離開了呀！當初眞應該把這個小姐好好操一操才對！」

「重點就在這裡。」奇莉感到侯斯邦的目光落在自己光裸的大腿上。「男爵千金沒有被上，的確讓她很不光彩。也難怪卡薩代會覺得丟臉，喚來護衛隊，懸賞抓人。他當眾發了誓，要把你們所有人都倒吊在他的城牆梁托之上，還預告要把法兒卡小姐的皮扒下來，而且是用皮帶抽，以報強扯他女兒裙上彩石之仇。」

奇莉咒罵一聲，老鼠幫眾則狂妄大笑。星火打出一個噴嚏，弄得到處都是鼻涕——飛天粉刺激了她的鼻膜。

「那些追捕我們還不看在眼裡。」她一邊宣告，一邊用圍巾擦拭鼻子、嘴巴、下頷和桌面。「執政、男爵、法倫哈根家！要追就追，不過他們是追不上的！我們是老鼠幫！我們過了薇兒塔河後，做了三次之形折返，那些蠢蛋早就暈頭轉向，追錯邊了。等他們搞清楚是怎麼回事，人都已經跑了一大段路，要回頭沒那麼簡單。」

「他們要追就讓他們追啊。」阿瑟激動地嚷著。他原本是在外頭站崗，不過沒有人去和他換班，而且看樣子，沒有人想去交接。「大不了在他們身上開幾個洞就是了！」

「說得沒錯！」桌上的奇莉叫了起來。她已經忘了自己前一夜在薇兒塔河畔是如何倉皇躲避追殺，逃過一村又一村，以及自己當時有多麼害怕。

「好了。」吉澤赫一掌拍在桌上，突兀地結束了這場吵鬧。「侯斯邦，說吧。我看得出你有事要告訴我們，一件比執政、法倫哈根家、卡薩代男爵和他那個敏感的女兒都重要的事。」

「邦哈特在找你們。」

現場突然陷入一片寂靜，而且持續得異常良久，就連阿馬維拉大師也停下手中的工作。

「邦哈特……」吉澤赫慢條斯理地重複了一次。「那個年紀一大把、頭髮白花花的無賴。我們一定是踩到誰的痛腳了。」

「一個有錢人。」米絲特說：「邦哈特可不是誰都請得起的。」

奇莉本來想問這個邦哈特是誰，不過阿瑟和瑞夫兩人已經搶在前頭先問了，而且幾乎是同時。

「他是賞金獵人，」吉澤赫陰陰地解釋：「以前大概從過軍，後來又成了商人，最後做起了殺人生意。像他這種狗娘養的，世上還眞是少見了。」

凱雷一派輕鬆地說：「聽人家講，要是把邦哈特砍的人全都埋在一起，得用上一座半甲大的墳才行。」

米絲特在虎口上放了一撮白粉，用力吸進鼻子。

「邦哈特滅了大羅剎的幫派，把他跟他那個人稱毒蠅傘的弟弟都砍了。」米絲特說。

「聽說是從背後直接一刀。」凱雷也出聲應和。

「瓦德茲也是他殺的。」吉澤赫補充說：「瓦德茲死後，他所率領的幫派也散了。那可是道上出色的幫派之一，有紀律、重規矩、講義氣。我們還沒混在一起以前，我曾想過要加入他們。」

「你說的這些都對。」侯斯邦說：「像瓦德茲這種幫派，可謂是空前絕後了。人們編了歌謠，唱誦他們在薩爾達堡外遭到襲擊時，是如何殺出重圍。的確，那群人個個頭腦都不簡單；的確，那群人個個都是大膽的漢子！能和他們媲美的，大概沒有幾個人。」

老鼠幫的成員突然全都靜了下來，一雙雙閃爍而充滿怒意的眼睛全瞪著他看。

過了一會兒，凱雷咬牙切齒地說：「我們六個可是擊退過尼夫加爾德的騎兵大隊呢。」

「我們把凱雷從尼希爾幫手裡搶了回來。」阿瑟粗聲道。

「能和我們比的也沒有多少個！」瑞夫說得咬牙切齒。

「他們說得沒錯，侯斯邦。」吉澤赫挺起胸膛。「老鼠幫不會比哪一個幫派差，也不會比瓦德茲幫差。你說他們是大膽的漢子？那換我來告訴你，什麼叫作大膽的姑娘。星火、米絲特和法兒卡，就是坐在這裡的三個人，光天化日就騎馬走在度路鎮的正中央。她們聽說法倫哈根家的人在酒館裡，就直接駕馬從酒館闖過！是直接闖過去！前門進、後門出！法倫哈根家的人個個嘴巴張得老開，酒杯掉了一地，濺了滿身啤酒。你說這樣還算不上大膽嗎?」

「他不會這樣說。」米絲特端出一張不懷好意的笑臉，搶先回答。「他不會這樣說，因爲他知道老鼠幫的人都是怎樣的角色。這一點他的商會也很清楚。」

阿馬維拉大師完成刺青，奇莉一臉自豪地道過謝後，便穿上衣服，坐到同伴身邊。她感覺侯斯邦在看她，那是一種品頭論足的奇怪目光，好像在嘲諷她一樣。於是，她發出一聲不屑，狠狠瞪了對方一下，還故意往米絲特的手臂貼過去。對於滿腦子都是情愛思想的男子，這種示威性的舉動足以嚇走他們、澆熄他們的熱情，屢試不爽。不過這帖藥對侯斯邦來說似乎沒有多大效用，因爲這個「看似」商人的男子，對這種事並沒有多大堅持。

侯斯邦對奇莉來說是個謎。在這之前，她只見過他一次，其他都是米絲特告訴她的。米絲特向她解釋說，侯斯邦與吉澤赫兩人彼此認識，相交多年，有屬於他們自己的信號、暗語和碰面地點。他們碰面的時候，侯斯邦會提供訊息，另一方就去指定的路上攔截指定的商人、鏢隊或車隊。有時候也會殺掉指定的目標。另外，也有事先講好的固定標記——有這種標記的商人就不能搶。

一開始，奇莉感到訝異，也有些微沮喪——對她來說，吉澤赫就像是個偶像，老鼠幫代表的是自由與自主，而她愛上了這種自由，這種無視所有人事的輕蔑。她沒想到會有這麼一天，要按照他人的意思辦事。有人把他們當成了收錢辦事的打手，要他們去打其他人。這還不只——有人要他們打人，他們竟然也就垂下耳朵乖乖聽話。

正所謂有得必有失。米絲特讓奇莉這麼一問，無所謂地聳聳肩。侯斯邦給我們指令，不過也會給我們消息，正因爲有了這些消息，我們才可以活到今天。就算是自由與輕蔑，也總有個限度。人生在世，終究會成為別人利用的工具。

這就是人生啊，小獵鷹。

奇莉感到訝異和沮喪，但這種情緒很快就過去了。她學過很多東西，其中也包含了不要太過驚訝、不要期望太多，因為這樣一來，沮喪就不會令人那麼難受。

就在這個時候，侯斯邦說：「各位親愛的『老鼠』，對於你們所有的困擾，我有解決辦法。這可以用在尼希爾家、諸位男爵、執政大人，甚至是邦哈特身上。對，沒錯。雖然你們的喉嚨被掐得緊緊的，我還是有辦法可以幫你們從捕獸網裡溜出來。」

星火出聲表示不屑，瑞夫則哈哈大笑。不過吉澤赫伸手要他們噤聲，示意侯斯邦繼續說下去。

商人等了一會兒後，接著說：「聽說再過幾天就會頒布大赦。就算是已經被定了罪的人，哈，就算是已經站在絞刑台上的人，只要肯認罪，通通都可以被赦免。這也包括你們。」

「一堆屁話！」凱雷大叫，眼眶因為剛吸了一小撮飛天粉，有些濕潤。「這是尼夫加爾德的伎倆！一場騙局！用米糠是騙不了像我們這種經驗老道的麻雀的！」

「慢著。」吉澤赫攔住了他。「先別發火，凱雷。侯斯邦是怎樣的人，我們都知道，他通常不會隨口胡謅，也不會信口開河。他通常知道自己在說什麼，又為什麼要這麼說。所以他一定知道，也會告訴我們，尼夫加爾德這份突然的慈悲是從哪來的。」

「恩菲爾大帝即將大婚。」侯斯邦平靜地說：「不久，尼夫加爾德裡就會有一位帝后，因此才要頒布大赦。大帝似乎很幸福，所以也希望別人幸福。」

「帝王家的幸福干我什麼事。」米絲特說得傲慢。「至於大赦這種事，我就把機會讓給別人吧，因爲我覺得尼夫加爾德的這份仁慈好像有股新刨的木屑味。感覺上，這刨的應該是木椿，哈哈！」

「我不覺得這會是場騙局。」侯斯邦聳了聳肩。「這和政治有關，而且關係很大，比你們老鼠幫，比這裡所有的幫派加起來都大。這是政治問題。」

「意思是？」吉澤赫皺起了眉頭。「因爲我一個字也聽不懂。」

「恩菲爾這樁婚事是政治聯姻，而這些政治舉動是爲了要幫他贏得這場婚事。尼夫加爾德大帝要透過婚姻關係來締結聯盟，他想讓他的帝國更加團結，爲邊境的紛爭劃下句點，爲國家帶來和平，因爲你們知道他要娶誰嗎？奇莉拉——琴特拉王位的繼承人。」

「說謊！」奇莉大吼：「鬼扯！」

「法兒卡小姐是以什麼爲依據，認爲我在說謊？」侯斯邦抬頭盯著她的眼睛。「難道妳的消息比我靈通？」

「當然！」

「安靜，法兒卡！」吉澤赫眉頭緊皺。「妳在桌上讓人刺小屁股的時候沒出聲，現在反而大吼大叫？侯斯邦，琴特拉是什麼東西？奇莉拉又是誰？爲什麼這件事會這麼重要？」

「琴特拉是北方的一個王國，尼夫加爾德大帝向那邊的統治者發動了戰爭。這大概是三、四年前的事了。」瑞夫一邊吸著指上的飛天粉，一邊插嘴道。

「說得沒錯。」侯斯邦應和他的說法。「帝國大軍大敗琴特拉，甚至過了亞拉河，可是後來又不得不撤退。」

「因爲他們在索登丘下被痛宰一頓，退到連褲子都差點掉了！」奇莉大吼。

「看來，法兒卡小姐對於最近剛發生的歷史知道得很清楚。年紀這麼輕，値得讚賞啊。可以請問法兒卡小姐是在哪裡上的學嗎？」

「不可以！」

「夠了！」吉澤赫再度出聲警告。「繼續說那個琴特拉吧，侯斯邦，還有大赦的事。」

商人說：「恩菲爾皇帝決定把琴特拉變成像長春藤一樣的國家……」

「怎樣的國家？」

「像長春藤一樣的國家。長春藤沒了樹幹攀附，便無法生存。而這樹幹指的，當然就是尼夫加爾德。已經有不少這種國家，比如梅提那、邁阿赫特、投散特……在這些國家裡稱王的，都是當地原來的王室。當然，只是做做樣子。」

「這叫作傀儡政權，我聽人家說過。」瑞夫誇嘴說。

「不過那個琴特拉的問題在於王室血脈已經斷了……」

「斷了？」奇莉那雙眼睛看來好像快噴出綠色火焰。「最好是斷了！是尼夫加爾德人謀殺了卡蘭特女王！隨隨便便就把她給謀殺了！」

吉澤赫聞言，原打算再度訓斥插嘴的奇莉，但侯斯邦出手要他暫且按下，並說：「我得說，法兒卡小姐對這件事的了解，一而再再而三地讓我們感到驚奇。琴特拉女王的確是在戰爭中駕崩，至於她的外孫女奇莉拉，那皇室的最後一滴血脈，一般認爲，同樣也已經喪了命。所以，當時恩菲爾沒有什麼空間去操作瑞夫先生方才精闢道出的貪婪自主。一直到那奇莉拉憑空現身，情況才有了變化。」

「這都是編給小孩聽的故事。」星火倚著吉澤赫的肩膀，不屑地說。

「的確。」侯斯邦點了點頭。「不可否認，這的確有點像故事。傳言那奇莉拉被一名邪惡女巫囚禁在遙遠北方的某處，關在一座魔法塔中。不過那奇莉拉成功逃出塔外，並跑到尼夫加爾德帝國尋求庇護。」

「這根本就是一堆該死的鬼扯、謊話，沒有半句是眞！」奇莉破口大罵，抖著雙手要拿裝了飛天粉的小盒子。

侯斯邦臉上沒有半點愧色，繼續說了下去：「至於恩菲爾皇帝本人，則對她一見鍾情，要娶她爲妻。」

米絲特一拳捶在桌上，強硬地說：「小獵鷹說得對，這根本就是鬼扯！我他媽的一點都聽不懂！我能確定的就只有一樣：要是相信這些鬼扯，對尼夫加爾德的仁慈懷抱希望，那眞是比鬼扯還要扯。」

「沒錯！」瑞夫跟著附和。「尼夫加爾德皇帝結婚之後，對我們也不會有任何改變。不管他娶的是誰，等著我們的就只會是另一個未婚妻，而且是麻繩做的！」

「各位親愛的『老鼠』，這件事和你們的脖子無關。這是與政治有關。」侯斯邦提醒眾人：「尼夫加爾德帝國的北方邊境一直有叛亂、騷動，起義不斷，尤其是琴特拉和那附近一帶，更是嚴重。要是尼夫加爾德皇帝娶琴特拉的繼承人爲妻，那琴特拉就會平靜下來。要是頒布大赦，那麼叛亂黨人就會下山，不再和帝國大軍抗爭、作對。哈，要是琴特拉的小姐坐上尼夫加爾德的王位，起義分子就會加入帝國大軍。畢竟你們也知道北邊，也就是亞拉河的另一邊，正在打仗，士兵多一個是一個。」

「喔——」凱雷皺起眉頭。「現在我懂了。這就是所謂的大赦！給我們兩條路選：一邊是削好的尖木樁，一邊是尼夫加爾德的軍服。不是棍子插屁股，就是軍服套背上，然後出發去打仗，爲帝國光榮犧牲！」

侯斯邦慢條斯理地說：「戰場上，就像那首歌裡寫的一樣，的確有許多狀況，不過也不是每個人都會被逼著上戰場，各位親愛的『老鼠』。當然，你們得先取得獲得大赦的條件，也就是伏首認罪，在那之後，改服某種……義務勞務。」

「哪種？」

「我知道他在說什麼。」吉澤赫的牙齒亮了亮，剛刮過鬍子的臉頰還呈現一片青色。「兄弟們，商會有意要吸收我們，想給我們抱抱，讓我們依偎，就像個主人媽媽一樣。」

「應該是婊子媽媽才對。」星火低聲道出不屑。侯斯邦假裝沒聽見。

「你說的完全正確，吉澤赫。」侯斯邦冷冷地說：「如果你們想，商會可以雇用你們，正式雇用，就當作是原本追殺你們的債主換人。商會同時也可以讓你們依靠，爲你們提供庇護。這也是正式的，就當作是債主換人。」

凱雷有話想說，米絲特也打算開口，不過吉澤赫的快速一瞥，讓兩人都噤了聲。

「侯斯邦，轉告商會，說這份提議我們先謝過了。我們會考慮考慮，商量一下，討論該怎麼做。」

老鼠幫首領語氣冰冷地說。

侯斯邦站起身。

「我先走了。」

「現在？大半夜？」

「我會在村裡過夜，這裡不太方便。明天我會直接去梅提那那頭的邊境，然後走主商道去否格罕。

我會在那邊一直待到分點日，天曉得，說不定會待得更久。之所以要在那邊，是為了等那些已經下了決定，不再躲藏，要接受我的保護到大赦那天的人。你們也別拖太久，我的提議經過深思熟慮，對你們只有好處，因爲邦哈特已經準備搶在大赦前動手了。」

「你一直拿那個邦哈特來嚇我們。」吉澤赫慢條斯理地說，也跟著站起身。「不知道的人，還以爲這個大壞蛋已經站在屋角……不過他肯定還在千里水、萬重山……」

「……他在妒火村，」侯斯邦平靜地把話接完：「一家叫『喀邁拉頭下』的旅店裡，離這裡大概三十哩。要不是你們在薇兒塔河那裡做了迂迴移動，昨天早就碰上他了。不過這點事還不至於讓你們擔心，這我知道。再會了，吉澤赫。再會了，各位『老鼠』。阿馬維拉大師，我要去梅提那，而我上路一向喜歡有人作伴……你說什麼？大師？說你很樂意？我想也是，那就把攤子收一收吧。老鼠幫的各位，大師創作得這麼辛苦，你們把錢付一付吧。」

□

驛站裡充滿炒洋蔥與淋薯湯【註】的香味，負責料理的廚師是暫時從儲藏室裡被放出來的驛站主人妻子。桌上的蠟燭滋滋作響，燭火也更加明亮，來回掃動著火鬚。老鼠幫的成員全都俯身湊到桌前，好讓

【註】：指淋上湯料的水煮馬鈴薯，因而得名。湯料使用的是酸麥湯（發酵後的黑麥湯），佐以酸奶提味，另也有淋上甜菜湯或牛奶等其他湯品等變化，是一種作法十分簡樸的波蘭湯品。

燭火爲他們已經有些發冷的腦袋取暖。

「他在妒火村，在一家叫『喀邁拉頭下』的旅店裡，離這裡不到一天的路程。你們怎麼看？」吉澤赫的話聲很輕。

「和你想的一樣。我們就過去那邊，把那龜孫子給做了。」凱雷粗聲道。

「幫瓦德茲跟毒蠅傘報仇。」瑞夫說。

「這樣侯斯邦那些人就不會拿別人的名氣或膽量來礙我們的眼。」星火說得咬牙切齒。「邦哈特這個狼人，專啃死人骨頭，我們把他給砍了，再把頭掛到旅店門上，讓那家店來個名符其實！讓大家看看，他不是什麼巫師，和其他人一樣都是血肉之軀，也會有踢到鐵板的一天。大家會知道，渴拉什到培雷普魯特這一帶裡，哪個幫派最厲害！」

「每個市集都會傳唱讚頌我們的歌。」凱雷激動地說：「噢，不，是每座城堡。」

「我們走。」阿瑟一掌拍在桌上。「我們走，去把那個雜碎給殺了。」

「之後……」吉澤赫做出決定：「我們再來想想那個大赦的事……商會的事……凱雷，你撇什麼嘴，咬到蟲子嗎？我們後面有一群人在追，而現在馬上要入冬了。小老鼠們，我是這樣想的，我們就把屁股湊到火爐前取暖，好好度過這個冬天，用大赦來避開酷寒，再拿些溫熱了的大赦啤酒來喝。大赦期間，我們就乖乖待著，安分守己……差不多到春天就好。至於春天……等草從雪裡冒出來的時候……」

老鼠幫的成員全都同時笑了，笑得小聲，笑得不懷好意。他們的眼中閃著光芒，就像一群眞正的老鼠，在暗夜的死巷子裡悄悄走近受了傷、無力自保的人類。

「我們來乾一杯。」吉澤赫說：「就敬邦哈特的不幸吧！我們把這湯喝了，然後去睡覺，好好休息。明天天一亮，就出發。」

「這是當然。」星火哼了一聲。「你們看看米絲特和法兒卡吧，那兩人一個鐘頭前就上床了。」

桌邊再度傳來輕柔、邪惡、可怕的咯咯笑聲，在大鍋前的驛站主人妻子不禁抖了起來。

□

油燈中的膏脂將盡，奇莉抬起頭，盯著搖曳的殘弱燈火，沉默了好一段時間。

「當時，我溜了出去，像個小偷。」她開始敘述：「天還沒亮，到處都是一片黑……不過還是有人被我驚動了。米絲特一定是在我從床上起來時就醒了。她在馬廄裡逮到我，不過她看起來一點都不吃驚，而且根本不打算阻止我……那時候，天色已經亮了。」

「現在離黎明也不久了。」維索戈塔打了個呵欠。「該睡了，奇莉。明天再繼續說吧。」

「也許你說得對。」奇莉也打了個呵欠，並站起來大大伸展了一下。「因爲我也覺得眼皮很重。不過，隱居老人，照這個速度下去，我永遠也說不完。這已經是第幾晚了？至少十天了吧。我怕這整個故事得花上一千零一夜來說。」

「我們有的是時間，奇莉，有的是時間。」

□

「小獵鷹，妳想逃避誰？我嗎？還是妳自己？」

「我已經逃夠了，現在我想去追一樣東西。所以我必須回去……回到一切開始的地方。我必須去，米絲特，妳懂嗎？」

「因爲這樣……因爲這樣，妳今天才會對我這麼好。這麼多天以來，妳第一次……那算是道別的最後一次？然後妳就把一切忘得乾乾淨淨？」

「米絲特，我永遠不會忘了妳。」

「妳會的。」

「不會，我向妳發誓。那也不是最後一次。我會找到妳，回來接妳……我會乘著六匹馬拉的金馬車來。帶著王公大臣一起，妳看著吧。再過不久，我就會有……能力，有做很多事的能力。我會改變妳的命運……妳等著看。妳會知道我能做的事有多少、能改變的事有多少。」

米絲特嘆了口氣，說：「這得要有很多的力量，還要有強大的魔法……」

「就算這樣，也有可能。」奇莉潤了潤唇。「魔法也一樣……我可以擷取……我曾失去的一切，都可以再找回來……可以再成爲我的。我向妳保證，當我們再次見面，妳會大吃一驚。」

剃著短髮的米絲特別開了頭，看向天空中把世界東境添上色彩的藍粉色光束。

「說得沒錯。」她小聲地說：「如果有一天我們再相見，我會很訝異。要是能有再見到妳的一天，小東西。去吧，不用再多說了。」

「等我。」奇莉吸了吸鼻子。「別讓人殺了，考慮一下侯斯邦所說的大赦吧。就算吉澤赫和其他人不想……妳還是考慮考慮吧，米絲特。這樣也許可以活下去……而我會回來找妳的，米絲特。我發誓。」

「吻我。」

日出了。天光大亮，寒氣也跟著轉烈。

「我愛妳，連雀。」

「我也愛妳，小獵鷹。去吧。」

□

「她當然沒有相信我。她認爲我害怕了，跑去追侯斯邦救命，跑去哀求那個如此吸引我們的大赦。她怎麼會知道當我聽見侯斯邦說到琴特拉，說到我的外婆卡蘭特……說到一個什麼『奇莉拉』要嫁給尼夫加爾德大帝作妻子的時候，我心裡充滿了怎樣的情緒。就是這個大帝謀殺了卡蘭特外婆，還派一個戴了羽毛頭盔的黑騎士來追我。這我和你說過，記得嗎？在塔奈島上，當他伸手要抓我的時候，我讓他流了一堆血！我當時應該殺了他……不過我就是下不了手……我眞蠢！唉，算了，說不定他已經在塔奈島流光血，嗝屁了……你幹嘛這樣看我？」

「說吧，告訴我，妳是怎麼跟在侯斯邦後面，去把原本該妳繼承的一切要回來，把屬於妳的一切要回來。」

「你講話沒必要帶刺，沒必要這麼酸。對，我知道，這看起來很蠢，我不單只是現在看得明白，以前也一樣看得很清楚……我在卡爾默罕和梅莉特列神殿的時候，腦袋比較清楚。在那邊，我知道過去的事不會再來，知道我已經不是琴特拉的公主，而是另一個人。知道自己已經沒有任何東西可以繼承，知道既然失去，就得認命接受。這些他們都用明智而平靜的方式向我解釋過，而我也接受了一切，一樣是平平靜靜。不過這一切卻突然又都回來了。一開始是那些人打算拿卡薩代男爵千金這個頭銜來嚇唬我……我從來就不在意這種事，可是那時我卻突然一肚子火，便抬起下巴大吼，我的頭銜可是更響亮、出生更高貴。從那時起，我就開始想這些事，覺得好像有股怒氣在體內膨脹。你能理解嗎，維索戈塔？」

「能。」

「而侯斯邦說的那些話把我逼到了極限，我差點就氣到冒火……他們以前和我說了那麼多命運的事……而現在這個命運卻是讓某個人靠最普通的騙局來享受。有人假扮成我，假扮成琴特拉的奇莉，那個人將擁有一切、享盡奢華……不，我沒辦法想其他的事……突然間，我認清自己吃不飽飯，得頂著光光的一片天挨凍入睡，用冰冷的溪水清洗私處……我啊！我應該要有金板做的浴缸啊！應該要用帶著甘松與玫瑰香氣的水啊！要有溫熱的毛巾！乾淨的床單！你懂嗎？維索戈塔。」

「我懂。」

「突然間，我已經準備好去找最近的執政，去最近的碉堡找那些曾經讓我這麼怕、這麼恨的黑衣尼夫加爾德人……我準備好要宣告：『你們這票尼夫加爾德蠢蛋，我才是奇莉，你們那個白痴帝王要娶的應該是我。送去他那裡的是一個無恥的騙子，而那個白痴卻看不出這是場鬧劇。』我當時情緒十分激動，要是有機會，我真的會這麼做，而且是連想都不想就去做。你懂嗎？維索戈塔。」

「我懂。」

「幸好，我冷靜了下來。」

「這眞的是妳的大幸。」他嚴肅地點了點頭。「帝王娶親這件事，透露出許多國家醜聞與黨派鬥爭的跡象。要是妳眞現了身，壞了哪些大人物的算盤，短劍或毒藥就躲不過了。」

「我也這麼想，而且也記起來了。我記得很清楚，向別人透露我的身分，代表的就是死亡。這點我已經親自驗證過了，不過我們先別預設立場。」

他們沉默了一段時間，料理著手邊的皮草。幾天前的捕獵收穫意外的好，陷阱與捕獸網抓到了許多麝鼠和海狸鼠，還有兩隻河狸跟一隻水獺。因此，他們有許多工作要做。

最後，他問：「妳追上侯斯邦了嗎？」

「追上了。」奇莉用袖子擦過額頭。「甚至很快就追上了，因爲他沒有急著趕路。而且他看到我的時候，一點也不訝異。」

□

「法兒卡小姐！」侯斯邦拉住韁繩，身下的黑色母馬踩著細碎腳步掉過頭。「這還眞是個讓人高興的驚喜啊！雖然我得承認這個驚喜眞的不算大。不瞞妳說，我早料到了。我知道小姐妳會做出選擇，明智的選擇。我看見小姐妳那對美麗過人、漂亮萬分的眼中，閃爍著智慧之光。」

奇莉策馬靠近了些，兩人的腳鐙幾乎要碰在一起。然後，她大聲清了清嗓子，彎身朝商道的沙地啐了一口。她學會這種吐痰方式——十分噁心，卻能在必要時有效澆熄旁人試圖引誘她的熱情。

「就我的理解，」侯斯邦微微一笑。「妳想抓住大赦的機會？」

「你的理解錯了。」

「那麼我該把見到小姐漂亮臉蛋的這份喜悅，歸因何處呢？」

「一定要有個原因嗎？」她不悅地哼了一聲。「你在驛站說過，喜歡路上有人作伴。」

「的確是這樣沒錯。」他的嘴巴笑得更開了。「不過如果大赦是我想錯，那我就不知道我們作伴是同不同路了。我們現在所站的地方，正如小姐妳看到的，是岔路口。這個十字路口，通往世界四方，必須做出選擇……這裡的標誌就像那個有名的傳說一樣……往東，不復返……往西，不復返……往北……嗯……從這根柱子往北走便是大赦……」

「帶著你的大赦滾一邊去吧。」

「只要是小姐希望的，我都照辦。既然如此，可以容我問小姐要走那條路嗎？要選這十字路口上的哪個標誌呢？阿馬維拉大師，那刺青藝術家趕著騾子往西，朝法諾鎮去了。東邊的商道通往妒火村，不過是我的話，就非常不建議往那邊走……」

「你在驛站提過的亞拉河，那是亞魯加河的尼夫加爾德語名字，對吧？」奇莉慢條斯理地說。

「如此博學多聞的小姐，」他彎下身，看著她的眼睛。「卻不知道這件事嗎？」

「別人用人話問你的時候，你不能也用人話回答嗎？」

「我只是開開玩笑啊，幹嘛生氣呢？對，是同一條河。精靈語和尼夫加爾德語叫亞拉，在北方則叫亞魯加。」

「而那條河的出海口就在琴特拉？」

「是的，琴特拉。」

「從我們在的這個地方到琴特拉有多遠？幾哩路？」

「有一段路，而且要看是用哪種哩來算。幾乎每個國家都有自己的算法，誤差也是常有。比較方便，也是所有出門在外的商人會用的辦法，是以日數來估算距離。從這裡騎馬到琴特拉，大概要個二十五、三十天。」

「走哪條路？直接往北嗎？」

「小姐對琴特拉很好奇，爲什麼呢？」

「我想坐上那邊的寶座。」

「好、好、好。」侯斯邦舉起單手做出防禦手勢。「這樣含蓄的暗示我懂了，不會再多問了。往琴特拉最簡單的路很詭異，不是直接往北走，因爲中途會有段荒煙蔓草、沼澤遍布的湖區。要到琴特拉得先往否格罕城去，接著再往西北到梅提那，也就是名字和國名一樣的首都。之後要越過瑪格戴拉平原，沿商路一直走到內文雷烏什城。到了那裡才轉向通往夜雷納河谷的往北道路。從那裡就簡單了，過了納澤爾和馬爾那達爾山梯，也就是北往馬爾那達爾山谷的隘口，馬爾那達爾山谷那裡就是琴特拉了。」

「嗯……」奇莉盯著煙霧繚繞的地平線與稜線模糊的峰群。「要去否格罕，然後再往西北……接著要走哪條路？」

「妳知道嗎，小姐。」侯斯邦微微一笑。「我正要往否格罕的方向，然後會去梅提那。喏，就是走這條，松樹間黃沙澄澄的這條路。小姐妳就跟我走吧，比較不會迷路。大赦歸大赦，能和這麼一位美麗的小姐一起上路，也是很令人愉悅的。」

奇莉用了自己最冰冷的目光看著他。侯斯邦咬著嘴唇，端出一張狡猾的笑臉。

「怎樣？」

「我們上路吧。」

「好極了，法兒卡小姐。明智的決定。我早說了，小姐聰明的程度，就如同妳的美貌。」

「不要再叫我小姐了，侯斯邦。這稱謂從你嘴裡吐出來，感覺很討人厭。你再這樣，我就要對你不客氣了。」

「一切都聽小姐吩咐。」

美麗的黎明並沒有符合人們的期待，讓人徒生誤解——黎明之後的白日灰濛濛又濕答答。垂探路旁的樹木上，點著千百萬簇赭、紅、黃色的焰火，但潮濕的霧氣卻教爽朗的秋葉蒙上灰霾。在這股潮濕的空氣之中，有著樹皮與菇類的氣味。

他們騎著馬兒在落葉毯上踱步，但侯斯邦時不時會趕著自己的黑色母馬快走一段或舉步奔馳。在這種時候，奇莉則滿臉讚嘆地在一旁觀看。

「牠有名字嗎？」

「沒有。」侯斯邦咧嘴一笑。「我把坐騎當工具看，常常更換，不會在牠們身上放感情。如果不是開馬場卻幫馬取名字，我認爲這很做作。妳同意我的說法嗎？是馬就叫『閃電』，是狗就叫『汪汪』，是貓就叫『咪咪』，這一切都很做作！」

奇莉不喜歡他的眼神，還有他那意味深遠的笑容，尤其是他答話、問話時那種微微帶刺的語調。因此，她採取了簡單的策略——盡量保持沉默，說話婉轉不挑釁。不過這個策略的運用也不是都能成功，尤其是在他提到大赦的時候。當她再一次，而且是以十分強烈的方式表示自己沒興趣時，侯斯邦竟意外地改變立場。他開始一一列舉大赦之於她並非必要，反而與她無關。他說大赦適用的對象爲罪犯，而不是罪犯的受害者。奇莉聽了，高聲嗤笑。

「侯斯邦，你自己才是受害者！」

「方才所言，十足認眞。」他做出保證。「之所以會這麼說，不是要拿妳這隻小鳥兒尋開心，而是在向妳建議讓人抓住時可用的保命之道。要知道，這一招對卡薩代男爵來說沒用，妳也不用指望能從法倫哈根家那裡尋得憐憫，他們會私下把妳就地解決，動作迅速，而且如果一切順利的話，妳也不會太痛苦。不過妳要是落到了執政手裡，在法律之前……哈，到那時候，我就會建議妳用這招來爲自己辯解。妳就聲淚俱下，說自己是複雜情況下的無辜受害者。」

「誰會相信啊？」

「所有人。」侯斯邦靠到鞍上，看進她的眼裡。「因爲事實就是這樣。妳就是無辜受害者啊，法兒卡。妳還不滿十六歲，按照帝國律法，就是未成年。妳加入老鼠幫是個意外。被盜匪成員之一的米絲特看上不是妳的錯，而她那不自然的喜好也不是什麼祕密。妳被米絲特控制，被佔了便宜，被逼著……」

「現在一切都清楚了。」奇莉打斷了他，但也爲自己的冷靜感到訝異。「你葫蘆裡賣的是什麼藥，現在總算清楚了，侯斯邦。我已經看過很多像你這樣的人。」

「當眞？」

「就和每隻公雞一樣。」她依然保持平靜。「一想到我跟米絲特，你的雞冠就豎了起來。就和每個愚蠢的雄性動物一樣，腦袋裡裝的都是一樣的想法，想把我這違反自然的病治好，讓我這個失心瘋的人回到正途。但你知道這一切有哪一點是令人厭惡且違反自然嗎？就是你們的這種念頭！」

侯斯邦沉默地看著她，薄唇上掛了一個神祕感十足的笑容。

過了一會兒，他說：「高貴的法兒卡，我的念頭或許不正派，或許不太好，是啊，顯然無緣無故……不過我向上天發誓，這些念頭都遵循著自然——我的自然。妳對我不尊敬，認爲我之所以被妳吸引，是基於某種……變態的好奇心。哈，也許妳沒注意到，又或者妳不想接受這個事實，但妳那引人注目的外表與世間少有的美貌，足以讓每個男人都拜倒裙下。妳眼神中帶有的魔力……」

「聽著，侯斯邦。」她打斷了他。「你是在要求和我上床嗎？」

「眞是何等聰明。」他攤開雙手。「簡直讓人無話可說。」

「那就讓我來幫你一把。」她稍稍趕著馬兒往前，好讓自己能夠回肩看他。「我能說的話可多了。我眞是感到榮幸。不管在其他任何一種情況下，誰曉得……如果是別人的話，哈！不過你呢，侯斯邦，我根本一點也不喜歡。甚至我會說是喜歡的相反——你的一切都令我作嘔。你自己也看到了，在這種情況下發生的性行爲，會是違反自然的行爲。」

侯斯邦大笑出聲，也趕著馬兒前進。黑色母馬開始在路上躍動，揚起好看的腦袋。奇莉在鞍上躁動了下，努力抗拒一股突然翻湧的奇怪感覺。那感覺在她的體內深處、在她的腹部底端翻湧，卻又持續不斷地向外傾瀉，傳至讓衣服摩擦得搔癢難耐的皮膚表層。我和他說的是實話，她心想，我不喜歡他。該死，我喜歡的是他的馬，那匹黑色母馬。不是他，是馬……這是哪門子的蠢話！不、不、不！就算先不說米絲特，光是因爲路上奔躍的黑色母馬讓我興奮，我就對他妥協，那也眞是太好笑、太愚蠢了。

侯斯邦讓她走近自己，並看著她的眼睛，嘴上掛了個奇怪的笑容。之後，他再度扯動轠繩，逼馬兒改走碎步，往一旁踏去。他知道了，奇莉心想，這個老傢伙知道我在想什麼。該死。我只是好奇罷了！

侯斯邦趕著馬兒往她挨過來，伸出手溫柔地說：「松針黏到妳的頭髮上了。如果妳允許的話，讓我替妳拿掉。先聲明，這個舉動是出於禮貌，而不是變態要求。」

他的碰觸為她帶來歡愉，而這個反應她一點也不驚訝。雖然現在還遠遠不到下定決心的地步，不過為了保險起見，她在心裡算了下離上次出血過了幾日。這是葉妮芙教她的，這種事要在腦袋還冷靜的時候提前算好，因為等到腦袋開始發熱後，總會讓人莫名地不想去計算這些日子，讓人想忽視可能發生的後果。

侯斯邦看著她的眼睛笑了笑，好像十分清楚當下的情況對他有利。要是他沒有那麼老就好了。奇莉悄悄嘆了口氣。可是他大概有三十歲了……

「碧璽。」侯斯邦的手指輕輕碰過她的耳朵與耳環。「很漂亮，不過這畢竟只是碧璽。我很樂意為妳獻上祖母綠。比較珍貴，那股綠也比較鮮艷，更加適合妳的美貌和眼珠顏色。」

「你要知道，」她一字一字地說，並高傲地看著他。「如果真有這麼一天，我會一開始就先要祖母綠。因為被你當作工具的，一定不單單只有馬，侯斯邦。如果要你在醉人夜晚過後的清晨回想我的名字，你肯定也會認為這很做作吧。是狗就叫『汪汪』，是貓就叫『咪咪』，至於未出嫁的女孩，就都叫作『瑪莉親親』！」

「我以我的榮譽起誓，」他端出一張虛假的笑容。「就算是世間上最熱情的渴求，妳也有辦法將之凍為冰霜啊，雪女王。」

「我這叫訓練有素。」

霧氣稍稍散去，四周仍舊陰霾一片，也讓人感到昏昏欲睡，但這股睡意卻讓一陣叫喊與蹄聲給粗暴地打散。一群人騎著馬，自他們剛剛經過的那片橡樹後方躍出。

兩人當下有了反應，那速度之快、默契之好，像是已經一起練習了好幾個星期。他們勒馬掉頭，緊貼馬鬃，又是呼喝又是踢腳地催趕坐騎，要馬匹舉步飛奔，要牠們使盡渾身解數。根根箭羽自他們上方嗖嗖掠過，叫喊、鐵器和馬蹄的聲音也席捲而來。

「進林子！」侯斯邦大喊：「轉進林子！到樹叢裡去！」

他們轉了方向，速度不減。奇莉壓平身子，讓自己更貼近馬背，因爲在這種狂奔的時候，會有被樹枝掃下鞍頭的危險。她看見身旁的赤楊讓一支弩箭射下一塊，遂大聲催趕馬兒，心裡也做了後背隨時會讓人插上一箭的準備。跑在前方的侯斯邦突然發出奇怪的悶哼。

他們越過一個風倒樹留下的深坑，冒險順著陡崖而下，往尖刺橫生的密林奔去。就在這個時候，侯斯邦突然滑下馬鞍，摔進一叢蔓越莓中。黑色母馬嘶鳴一聲，踢腳甩尾，繼續向前奔去。奇莉沒有片刻猶豫，跳下馬背，一掌拍在坐騎臀上。等她的馬兒跟在黑馬後頭跑去，她便幫著侯斯邦起身，兩人一同潛進樹叢，藏到赤楊林裡。他們絆了一跤，滾下山坡，跌進山谷底部長得很高的蕨類之中。青苔緩和了下跌的衝勢。

上方的陡崖邊，傳來追兵的蹄聲。所幸，他們追著奔逃的馬匹而去，穿梭於高聳林間。看來，沒人注意到消失在蕨叢之中的他們。

「他們是誰？」奇莉一邊壓低聲音提問，一邊從侯斯邦身下爬出，把滿頭壓爛的香菇甩掉。「執政的人？法倫哈根家？」

「只是一般的強盜……」侯斯邦把葉片吐掉。「一群流氓……」

「那就向他們提大赦啊。」她在嘴裡咬到沙子。「答應他們……」

「安靜，他們會聽見的。」

「喂——！喂——！這裡——！」一陣人聲從上方傳來：「從左邊繞過去——！從左邊——！」

「侯斯邦？」

「怎樣？」

「你背上有血。」

「我知道。」他冷冷答道，同時從懷裡拿出一個布包，並側身向她。「把這個塞到我的襯衫底下，放在左肩胛骨的地方……」

「你被射中哪裡？我沒看到弩箭……」

「那是鋼弩……狼牙釘，最有可能就是截短的馬蹄釘。妳不要管，別碰。那位置就在脊椎旁……」

「該死，那我現在該怎麼辦？」

「保持安靜。他們回來了。」

隆隆的蹄聲響起，有人吹出一聲長哨。有人大聲喊來他人，並下令某人回頭。奇莉豎起了耳朵。

「他們放棄追捕，要離開了。」她低聲說：「他們沒抓到馬。」

「那就好。」

「我們也抓不到。你能走嗎？」

「沒這個必要。」他笑了笑，露出手腕上一個看來頗為粗陋的手環。「這個首飾是和馬一起買的。這上頭有魔力。那匹母馬從小便把這手環戴在身上。只要我一摩擦，看，像這樣，就好像是在叫馬過來。馬兒就會像是聽到我的聲音一樣，跑過來。這會花上一點時間，不過牠一定會來。要是運氣好一點，妳那匹沙花馬也會跟著牠過來。」

「那要是運氣差一點呢？你就自己騎馬走嗎？」

「法兒卡，」他的聲調轉為嚴肅：「我不會自己走，我還要靠妳幫忙。我得有人撐著才不會掉下馬鞍。我的腳趾已經漸漸麻痺，我可能會失去知覺。聽著，這座峽谷會引領妳去溪谷。妳就逆流而上，往北走，把我帶去一個叫特加莫的地方。在那邊，我們可以找到曉得如何幫我把鐵片從背裡抽出而不會奪了我的性命或讓我癱瘓的人。」

「這是最近的城鎮？」

「不，妒火村離這裡更近，走岔地約二十哩，要往反方向，順溪而下。不過那邊妳無論如何都不能去。」

「為什麼？」

「無論如何都不行。」他皺著臉又說了一次。「這與我無關，而是與妳有關。妒火村對妳來說代表的是死亡。」

「我不懂。」

「妳不用懂。相信我就對了。」

「你和吉澤赫說過……」

「把吉澤赫忘了。要是妳想活命，就把他們都忘了。」

「爲什麼？」

「留下來和我一起。我會信守承諾，雪女王。我會爲妳戴上祖母綠……讓妳沐浴在成堆的祖母綠中……」

「是啊，這眞是個開玩笑的好時機。」

「說到開玩笑，每個時機都是好時機。」

侯斯邦突然抱住她，緊緊圈在懷裡，並開始解開她的上衣釦子。沒有任何前戲，但也不帶半絲急迫。奇莉伸手推開他。

「是啊，也是做這種事的好時機。」她粗聲吼道。

「做這種事，每個時機也都是好時機。現在對我來說，尤其如此。我和妳說過，我傷在脊椎。明天可能就會有問題……妳做什麼？噢，該死……」

這一次，她更用力地推開他，但力道過猛，讓侯斯邦白了臉，咬住嘴唇，吃痛出聲。

「對不起。不過人要是受了傷，就應該安安靜靜躺著。」

「和妳的身體貼近，可以讓我忘記疼痛。」

「該死的，別再說了！」

「法兒卡……對一個正在承受磨難的人展現一點溫柔吧。」

「你的手再不拿開，磨難就來了。快點！」

「小聲點……那群流氓隨時會聽見我們……妳的肌膚跟綢緞一樣……妳該死的別再動來動去了。」

唉，隨便了，奇莉心想，就讓他來吧。反正，這又有什麼關係？我只是好奇，是人都會好奇。這和感情沒有關係，我只是把他當成道具而已，而且事後我用不著假裝就會把這忘了。

她屈服在他的碰觸與他所帶來的歡愉之中。她將頭別開，卻又認爲這樣含蓄過頭，而且拘謹得做作——她不想讓自己看起來一副道貌岸然的樣子。她直視他的雙眼，卻又覺得這樣太過大膽、挑釁——這種形象也不是她所希望表現的。因此，她故作平常地斂下眼睛，攬住他的脖子，並幫他解開釦子。這動作她進行得不是很順利，花了許多時間。

除了手指的碰觸外，又多了嘴唇接觸。她已經快把這一整個世界拋在腦後，然而侯斯邦卻在此時打住，癱了下來。她耐心躺了一段時間，記得他的身上有傷，想必是傷口又發疼了。不過，這段休止持續甚久，他在她乳尖上留下的唾液已失了溫度。

「喂，侯斯邦？你睡著了嗎？」

有個東西從她的乳房往身側流。她用手指碰了碰。血。

「侯斯邦！」她把他推離自己身體。「侯斯邦，你死了嗎？」

眞是個愚蠢的問題，她心想，用看的就知道了。

看得出來，他已經死了啊。

□

「他就這樣頭貼著我的胸部死了。」奇莉別過頭去。壁爐裡的火舌紅艷艷地映在她留了疤的臉頰上，當中或許也摻入了些羞赧，但維索戈塔無法確定。

「我當時唯一的感覺，就是沮喪。」她又添了一句，但依舊別著臉。「你聽了很訝異吧？」

「不，我剛好一點也不訝異。」

「我懂。雖然我有時會想加油添醋、粉飾修正事情的經過，會想有所隱瞞，但我努力要自己不這麼做，尤其是最後那段。」她吸了吸鼻子，用指節抹過眼角。

「我把樹枝和石塊堆到他身上。弄得很隨便，這我承認。當時天已經黑了，我得待在那裡過夜。那群強盜還在附近晃，我可以聽得到他們的喊叫。我敢打包票，他們一定不是普通的盜匪。只是，我不知道他們要抓的人是誰——是我？還是他？然而，我得靜靜地坐著。一整個晚上，一直到天亮，在一具屍體旁邊。嗯——」

過了一會兒，她繼續說：「到了黎明時分，那群追兵的聲音已經消失了好一陣子，而我也可以出發上路了。我從侯斯邦手上拿下的那個神奇手環確實非常有用，黑色母馬回來了。牠現在是我的了，這是我的禮物。這是斯格利加島上的風俗，你知道嗎？女孩子的第一個愛人，必須爲她獻上一份昂貴的禮物。就算我的愛人還來不及把禮物留下就死了，但那又怎樣呢？」

□

母馬用前蹄掘了掘地面，嘶鳴一聲，側過身去，似是在命令奇莉好好欣賞牠的美態。眼前的景象讓奇莉驚嘆連連，那馬頭如海豚般，線條挺直，穠纖合度，而馬首的肌肉緊實、小巧有型，還有突出的額頭、肩胛骨的隆起處高聳，以及比例完美的身材。

她小心靠過去，讓母馬看到自己腕上的手環。馬兒噴出一口長氣，壓低好動的雙耳，但允許她抓住轡頭，讓她撫摸自己絲絨般的鼻子。

「馬兒，」奇莉說：「妳又黑又靈巧，就像海裡的水妖馬凱爾佩一樣，所以我要叫妳凱爾佩，什麼做作還不做作的，我才不管呢。」

母馬噴出一口氣，豎起耳朵，刷了刷長至腳踝、如絲一般的尾巴。喜歡坐高鞍的奇莉將馬鐙帶截短，並摸了摸馬鞍。那是個不尋常的平鞍，沒有鞍底和前橋把手。她一腳踏上馬鐙卡好，然後抓住馬兒的鬃毛。

「乖乖喔，凱爾佩。」

不同於外表，那馬鞍十分舒適，而且重量和一般的騎軍鞍相比，明顯要輕得多。

「現在，」奇莉輕拍母馬的溫熱頸部，「我們來看看妳的靈巧程度，是不是也和美貌相當。看看妳是出身高貴的純血馬，還是身世混亂的雜種馬。我們就來跑個二十哩，妳說好不好呢？」

□

要是有人能在深夜裡靜靜摸到這間頂著生苔、半塌的茅頂，失落於沼澤之中的小屋邊；要是那人透過窗扉縫隙往屋裡瞧，他將會見到一名滿臉灰白鬍鬚的老人，正在傾聽一名灰髮綠眼、年約十幾歲的女孩述說故事。

那人會看見慢慢燒盡的爐火再度興旺，就好像那爐火已提前感知女孩接下來要述說的事。

不過，這是不可能的。沒有人有辦法看到這一切。老維索戈塔的小屋密密層層地藏在沼澤帶裡的蘆葦叢中，隱在無人敢至、霧氣永世不散的荒野之中。

□

「溪谷很平，走起來沒有阻礙，所以凱爾佩跑得像陣狂風一般。當然，我沒有往上走，而是往小河的下游去。我記得那個特別的村名——妒火村。我回想侯斯邦在驛站和吉澤赫說過的話，我知道他為什麼警告我別去那座村。妒火村裡一定設了埋伏。侯斯邦看吉澤赫不把接受大赦的提議和替商會工作當一回事，便刻意向他提起賞金獵人在村裡落腳。他知道有這種餌，老鼠幫一定會上鉤，會去那邊，會落到陷阱裡。我得在他們之前趕到妒火村，要他們回頭。所有的人，不然至少只有米絲特也好。」

「可以想見，妳並沒有成功。」維索戈塔喃喃地說。

她僵硬地說：「當時我以為在妒火村裡等的，是一整支有強力武裝的部隊。我根本連想都想不到，所謂的陷阱，會是一個人……」

她止住話聲，看向黑暗。

「而我也沒想到，那會是這樣的人。」

□

比爾卡曾是一座美麗富裕，位於山明水秀之地的村落。村中的黃色茅草蓋與紅色屋瓦，把這陡坡環繞、林木茂盛，四季異彩的盆地，塡了個密密麻麻。尤其是比爾卡的秋景，更是爲一雙雙嚴苛的審美目光，與一顆顆易感的纖敏心靈帶來歡欣。

一直到村子改名的那天，這一切也跟著變了樣。事情是這樣發生的：

附近精靈村的一個年輕精靈農夫，深深愛上了比爾卡磨坊主人的女兒。愛玩的磨坊主之女嘲笑了精靈的愛意，然後與許許多多的鄰居熟識，甚至是和有血緣關係的家族成員廝混，而那些人則開始拿精靈及他那鼴鼠般盲目的愛情開玩笑。那精靈有別於其他同類，雖是精靈，卻讓怒火與妒忌沖昏了頭，一發不可收拾。某天夜裡，他放了一把火，利用當時的強風，讓整個比爾卡濃煙四竄。

被那場火毀掉家園的人們失去了希望。有些到外地流浪，有些則不事生產、醉生夢死。積攢下來的重建資金，卻遭人再三挪用或化爲水酒，如今村子給人的印象，成了苦難和沮喪。這座邊坡焦黑的盆地之村，成了一間間醜陋無比且馬虎搭建的茅屋聚落。在那場大火以前，比爾卡呈現橢圓形，中心還有一個小市集。如今，寥寥幾間有好好重建的屋舍、糧倉、酒廠，組成了類似小長街的型態，而經全村合力建成，並由寡婦勾蕾經營的旅店「喀邁拉頭下」，則成了這條長街的尾部。

經過了七個年頭，「比爾卡」這個名字已再無人用。眾人皆稱這村子爲「妒忌火中燒」，簡稱爲「妒火村」。

老鼠幫騎馬走在妒火村的小街上。那是一個寒涼、多雲且陰霾的早上。

人們紛紛躲入家門，藏進小屋、泥房之中。誰家有窗扉，便大聲關上；誰家有門板，便卡上木栓；誰家有伏特加，便喝著壯膽。老鼠幫的成員騎在馬上，腳鐙並著腳鐙，示威性地放慢速度，緩緩通過。他們的面孔畫上了冷漠的輕蔑，不過半瞇的眼睛卻警覺地觀察屋前的雨棚、窗戶和牆角。

「只要有一支弩箭！」吉澤赫大聲提出預警：「只要弓弦敢響一聲，這裡就會有一場屠殺！」

「還有祝融會再度造訪，只給你們留下土和水！」星火清亮、高亢的女高音也加入行列。

毫無疑問，部分居民持有弩弓，但沒人想去驗證老鼠幫話中的可信度。

老鼠幫成員下了馬。「喀邁拉頭下」距離他們不到半頃地，他們肩並肩地走過去，馬刺、飾品與珠寶隨著律動發出聲響。

旅店階梯上有三名村人正喝著啤酒，想舒緩宿醉的不適，一見他們，馬上逃開。

「他可別走了。」凱雷嘀咕起來：「我們耽誤了太多時間。眞不應該停下來餵馬，應該直接殺過來，就算是半夜也沒關係……」

「你這白痴。」星火齜牙咧嘴地對他說：「要是我們想讓那些吟遊詩人唱誦這事，就不能在大半夜烏漆抹黑的時候進行。大家得看到才行！一大早最好了，因爲大家腦袋都還很清楚，對吧？吉澤赫。」

吉澤赫沒有回答。他拾起一顆石子，揮了一圈，丟往旅店大門。

「邦哈特，滾出來！」

「邦哈特，滾出來！」老鼠幫的成員齊聲大喊：「邦哈特，滾出來！」

一陣腳步聲從裡頭傳來，又沉又慢。米絲特覺得有股顫慄傳過肩頸。

邦哈特站到了門口。

老鼠幫成員皆反射性地退了一步，把高筒鞋跟抵在地面，手掌按到了劍柄上。賞金獵人把劍夾在脅下，因此雙手還可以做別的事——他一手拿著剝了殼的蛋，一手拿著一片麵包。

他慢慢走向護欄，居高臨下地看著他們。他站的地方是門廊，更遑論他本身的身材已經很高大。那身材是很巨大，不過卻瘦得跟食屍鬼一樣。

他看著他們，用他那雙濕濁的眼睛一一掃過每個人。然後，他先咬了一口蛋，再咬了一口麵包。

「法兒卡在哪裡？」他開口問道，話聲模糊。一點蛋黃屑從他的鬍子和嘴唇掉了下來。

「凱爾佩，衝啊！美麗的馬兒，衝啊！有多快就跑多快，衝啊！」

黑色母馬高聲嘶鳴，伸長脖子不要命地往前衝。地上的石礫打上馬蹄，但馬蹄看來卻像是幾乎沒有碰到地面。

邦哈特懶懶地伸展了下，身上的皮衣也跟著發出聲音。他緩緩將衣服拉平，並仔細整好麋鹿手套。

「現在是怎樣？」他皺起眉頭，說：「你們想把我殺了？可以說一下是爲什麼嗎？」

「也不用扯太遠，就是爲了毒蠅傘。」凱雷答道。

「還有爲了找樂子。」星火說。

「還有爲了一勞永逸。」瑞夫跟著加了一句。

「喔——」邦哈特慢條斯理地說：「就是爲了這樣啊！那要是我答應給你們清靜，你們會放過我嗎？」

「不會，你這隻灰毛狗，我們不會放過你。」米絲特露出迷人的微笑。「我們知道你是怎樣的人，知道你不會放手，知道你會跟著我們的腳步死纏爛打，找機會在我們其中一人的背上刺一劍。出來吧！」

「慢一點，慢一點。」邦哈特拉扯開灰白鬍子底下的嘴唇，露出不祥之笑。「我們有的是時間，犯不著這麼激動。老鼠幫，讓我先向你們提個條件。我讓你們來選，而你們就按自己的意思決定。」

「老不死，你在那邊嘀咕什麼？」凱雷拱起背，大聲叫道：「把話說清楚點！」

邦哈特點了點頭，並抓了抓大腿。

「老鼠幫，抓你們有賞金，而且還不少。我也是要討生活的。」

星火先是像頭野貓一樣出聲表示不屑，然後又像野貓那樣瞪大了眼睛。邦哈特雙手交抱胸前，把劍夾在肘中。

「死屍的賞金不少，」他重複道：「但活口的也沒高到哪去。不過說老實話，這對我來說沒多大差別。我和你們沒有個人恩怨。我昨天還在想，下手時，要在你們身上找找樂子，開心一下，不過你們自己找上門，替我省了麻煩，眞的讓我很感動。所以我讓你們選，看要我怎麼對你們，是要請你們喝敬酒呢？還是給你們吃罰酒？」

凱雷下頷的肌肉抖了一下。米絲特壓低身子，準備隨時發難。吉澤赫按住她的肩膀，嘶聲說：「他想引我們動怒，隨便這個流氓怎麼說吧。」

邦哈特哼了一聲。

「怎樣？是要敬酒，還是罰酒？」他又問了一次。「我建議選第一個，因爲這樣就可以少吃點苦頭，少很多。」

老鼠幫各人像是得到指令一般，全都抽出武器。吉澤赫揮動劍身，劃下一道十字，擺出擊劍姿勢。米絲特朝地面大大啐了一口。

「過來吧，你這個皮包骨的臭老頭。」她說話的樣子看來平靜。「過來吧，無賴。我們會把你給殺了，就像在殺條老灰狗一樣。」

「也就是說，你們要喝罰酒。」邦哈特看向層層屋簷上方的某處，緩緩抽出長劍，扔開劍鞘。他從容走下門廊，腳上的馬刺隨著移動腳步而發出聲響。

老鼠幫成員快速分散小街兩側。凱雷往左邁開，和眾人離得最遠，幾乎到了酒廠圍牆下。星火站在他旁邊，扯著薄唇，露出她平日的可怕笑容。米絲特、阿瑟及瑞夫往右退去。吉澤赫站在正中央，透過半斂的雙眼看向賞金獵人。

「好吧，老鼠幫。」邦哈特看了看兩側，又往天空一瞧，接著他拿起劍，朝劍刃啐了一口。

「想跳舞就來跳吧。奏樂！」

他們像狼群般跳向彼此，快如閃電，安靜無聲，沒有半點預警。劍身在空氣中呼嘯，小街裡填滿了鐵器交撞的悶響。一開始，只聽聞劍聲、呼氣、悶哼和喘息。

接著，突然而意外地，老鼠幫成員開始慘叫，相繼喪命。

頭一個從這場混仗中被打飛出來的是瑞夫。他整個人往後摔到圍牆，血濺灰泥牆。阿瑟腳步一晃，接在他後頭出了戰局，然後身子一彎，側倒在地，雙膝還不停地抽搐。

邦哈特不斷轉身、跳動，如陀螺一般，四周盡是刀影劍嘯。老鼠幫的成員不時往後退去，與他拉開距離，又跳到他身邊殺出一劍，接著再往後跳開。他們出手殘暴凶狠，沒有絲毫憐憫，卻沒有半點效用。邦哈特不斷化開攻勢、出手刺擊、化開攻勢、出手刺擊，他展開攻擊、不斷攻擊，不讓對方有喘息機會，強勢領導節奏。而老鼠幫成員節節後退，相繼喪命。

星火被一劍劃過脖子，跌入泥水之中，如小貓般縮成一團。從動脈噴出的鮮血，濺上走過她身旁的邦哈特小腿肚與膝蓋。賞金獵人大動作一揮，擊回米絲特與吉澤赫的攻勢，接著幾個迴旋，閃電一擊，切開凱雷，用的是劍的最尖端，從鎖骨一路切到髖骨。凱雷鬆開了劍，卻沒有倒下——他只是一手抓住胸膛，一手按著肚腹，而鮮血就這麼從他的掌下噴出。邦哈特再次迴身，從吉澤赫的刺擊底下轉了出去，接著擋開米絲特的攻擊，往凱雷身上再一次重擊，而這一次，他把凱雷的頭側變成一團猩紅血漿。金髮「老鼠」倒落地面，濺開泥血混合的水坑。

米絲特與吉澤赫遲疑片刻後，沒有逃開，反而同聲大喝，又狂又怒地朝邦哈特衝了過去。

他們衝向了死亡。

奇莉闖進村裡，在小街上疾速奔馳。黑色母馬的蹄下，濺起了朵朵泥花。

邦哈特用鞋跟推了下躺在腳邊的吉澤赫。老鼠幫頭目的身上已經沒有任何生命跡象，破碎的顱骨中也不再滲出血水。

米絲特雙膝跪地找劍，兩手一直在泥水與糞便中摸索，卻沒發現自己正跪在迅速擴大的血泊中。邦哈特緩緩朝她走去。

「不——！」

奇莉在馳騁中跳下馬背，一個踉蹌，單膝跪地。

邦哈特露出一抹微笑，說：

「老鼠，第七隻老鼠。妳來得正好，差妳一個就湊齊了。」

米絲特找到了劍，卻沒有辦法將它舉起。她喘著氣，摔到邦哈特腳邊，用顫抖的手指抓住他的鞋筒。她張開嘴想要大叫，從嘴裡出來的卻不是叫喊，而是一道亮閃閃的胭脂水流。邦哈特大腳一踢，將她踹入糞水之中。然而，米絲特雙手按著被剖開的腹部，還是成功地再度撐起身子。

「不——！米絲特——！」奇莉大吼。

賞金獵人並沒有對她的吼叫作出反應，甚至沒有回頭。他大劍一揮用力出擊，強勁的刺殺如同大鐮般，將米絲特從地上挑了起來，直接丟到牆下。米絲特頓時成了癱軟的布娃娃，成了沾滿紅漬的破布。

奇莉的喊聲哽在喉頭，伸出去拿劍的雙手不停顫抖。

「殺人凶手。」她說，同時爲自己這陌生的聲音，也爲那突然乾涸無比的陌生雙唇感到訝異。

「殺人凶手！卑鄙無恥的傢伙！」

邦哈特興趣盎然地觀察她，微微偏了頭。

「妳要找死嗎？」他問。

奇莉繞著他走了半圈，緩緩靠近，提在伸直雙手中的劍動了下，意圖混淆視聽。

賞金獵人見狀，朗聲大笑。

「找死！」他重複道：「老鼠想要找死！」

他站在原地，慢慢轉身，不讓自己被逼進半圓陷阱，不過奇莉對此並不在意。她的身體因狂怒與憎恨而沸騰，因想要殺人的慾望而顫抖。她想衝向這個一把年紀的老頭，感受劍刃切過人體的感覺。她想看著他的血在心臟最後幾次跳動的擠壓下，從被她切斷的動脈中噴出。

「來吧，老鼠。」邦哈特舉起沾滿血跡的劍，朝刃面啐了一口。「在妳斷氣之前，讓我看看妳有什麼本事吧！奏樂！」

□

六天後，棺材店老闆的兒子尼次克拉描述說：「我眞的不知道，他們爲什麼沒有一開打就殺了對方。看得出來，他們很想把對方殺了。她想殺他，他也想殺她。他們猛攻彼此，劍聲大起，轉瞬間已過了招，或許是兩招，也可能是三招，光用看的或聽的，沒人有辦法算得出來。黃金大人啊，他們過招的速度之快，不管是人類的耳朵或眼睛，都來不及反應。他們繞著彼此左晃右跳的，就像兩頭黃鼠狼！」

人稱夜梟的史蒂芬．斯凱蘭，一邊把玩馬鞭，一邊仔細聆聽。

男孩接著又說：「後來他們跳了開來，兩個人身上都沒有任何劃傷。看得出來，那母鼠氣瘋了，齜牙咧嘴的樣子，就和地獄的魔鬼沒兩樣，發出的嘶嘶聲，像有人要跟貓兒搶老鼠似的，而尊貴的邦哈特大人則是冷靜得不得了。」

□

「法兒卡，」邦哈特像個眞正的食屍鬼，露出了猙獰的笑容，說：「妳的確很會跳舞，也很會使劍！妳引起我的興趣了，開朗的小姑娘。妳是誰？在妳死之前，告訴我吧。」

奇莉氣息粗重，覺得恐懼開始朝她撲來，了解到自己碰上了一個怎樣的對手。

「告訴我妳是誰，我就饒妳一命。」

她更加用力地握緊掌中的劍柄。她必須、必須穿過他的格擋，在他再次架起防禦之前痛下殺手。她不能讓他把攻擊打回，不能接下他的劍招。她不能再冒險承受痛楚，或是格擋時傳遍臂肘的麻痺感。她不能再把力氣浪費在閃避他的攻擊，他每招打來，都跟她只差毫髮之距。要閃過他的防禦，她想。就是現在，趁這次出手，不然我就得死了。

「老鼠，妳死定了。」他一邊說著，一邊把劍直直舉在前方朝她走來。「妳不怕嗎？那是因爲妳不知道死是怎麼回事。」

卡爾默罕，她一邊跳動，一邊在心裡想著。蘭伯特。木樁場。空翻。

她踏出三步，轉了半圈，在他發動攻擊之時，無視假動作，一個後空翻，靈巧跪地，然後馬上朝他衝去，潛入他的劍刃之下，藉著腰部扭轉的帶動，狠心反手一刺。一股欣快感倏然湧上，她幾乎可以感覺到劍尖刺入人體。

然而，耳畔卻傳來金屬相撞的沉硬悶聲。她眼前突然白光一閃，天搖地動，痛楚也跟隨而來。她覺得自己正在倒下，覺得自己正倒落地面。他擋下了，而且打了回來，奇莉心想。我要死了，奇莉心想。

邦哈特朝她肚子踹了一腳。第二腳則朝她的手肘狠準踹下，把她的劍踹掉。奇莉抓住頭，隱隱感到一股痛楚，但指尖之下既無傷、也無血。我被打了一拳，她心裡滿是恐懼地想著。就是普普通通的拳頭，不然就是劍柄。他沒有把我殺了。他把我當成小毛頭一樣，痛打了一頓。

她張開了眼睛。

賞金獵人站在她身旁，看起來很可怕，像骷髏一樣枯瘦，像棵染病的枯樹一樣，立在她的上方。他的身上滿是汗水與血液的臭味。

他揪住她腦後的髮絲，硬將她往上拉，逼她起身，不過隨後又馬上大力一扯，令她站不住腳，並大吼大叫，像個瘋子般把她拖往米絲特躺的圍牆邊。

他把她的頭用力往下按，粗聲吼道：「妳不怕死，是嗎？那妳就好好看看吧，『老鼠』。這就是死亡，死就是這副德性。看清楚了，這些是內臟，這是血，而這是大便。這就是人體內的東西。」

奇莉先是一僵，然後彎身掛在他手上大聲乾嘔。米絲特尚未斷氣，但眼珠已轉霧，如同玻璃、魚眼一般。她的一隻手掌像鷹爪般嵌在爛泥與糞水中，不斷地一抓一放。奇莉聞到一股強烈而刺鼻的尿味。

邦哈特見狀，哈哈大笑。

「死就是這副德性啊，『老鼠』。浸在自己的尿裡啊！」他放開她的頭髮。奇莉身子一軟，四肢跪地，不斷哽咽啜泣。米絲特就在她身旁。米絲特的手掌，米絲特窄窄、細細、軟軟又有智慧的手掌……

……已一動也不動。

□

「他沒有殺了我。他把我雙手捆住，綁到綁馬用的橫木上。」

維索戈塔一動也不動地坐著。他已經這樣坐了好一段時間，甚至屏住了呼吸。奇莉繼續述說，而她的聲音變得越來越沉悶，越來越不自然，而且越來越讓人感到不舒服。

「他命那些靠過來的人拿來一個袋子、鹽和一小桶醋，還有鋸子。我當時不知道……我根本不明白他打算……我那時候還不知道他的能力到哪。我被綁住……沒辦法把頭轉開或把眼睛閉上……被逼著看他做事。他說得小心照料，免得貨物壞了，開始腐爛……」

奇莉的聲音突然斷了，硬生生卡在喉嚨裡。維索戈塔突然明白自己接下來會聽到什麼，覺得唾沫如大水般湧入口中。

「他砍下了他們的腦袋。」奇莉僵硬地說：「用鋸子。吉澤赫、凱雷、阿瑟、瑞夫、星火……還有米絲特。他鋸下了他們的腦袋……當著我的面，一個接著一個。」

□

這天夜裡，要是有人能偷偷摸到這座頂著生了苔的半塌茅頂，失落於沼澤之中的小屋邊，要是這人透過窗扉縫隙往屋裡瞧，便會看到在昏暗的燈光下，有名穿著羊毛大衣、鬍子灰白的老人，與一名面容被頰上疤痕毀壞的灰髮女孩。這人會看到女孩是如何哭泣顫抖，如何在老人懷裡啜泣，而後者則試著安慰她，笨拙而僵硬地拍撫她痙攣抖動的肩頭。

不過，這是不可能的。沒有人能看見這一切。小屋密密層層地藏在沼澤帶的蘆葦叢中，隱在無人敢至、霧氣永世不散的荒野之中。

常有人問我，爲什麼決定要記下回憶。許多人似乎對這份回憶錄成形當下所發生，或促使其生成的事實、事件或情勢很感興趣。早先，我曾給過各種解釋，也編過不少謊話。如今，我要向眞實低頭。因爲今天，當我的頭髮開始斑白、大量脫落，我了解到事實是可貴的種子，謊言是無用的穀殼。

而事實的眞相是——促成這一切、造就我最初的創作，並爲我往後著作鑄形的契機，是我在和同伴一起從利里亞軍營裡偷來的東西中，碰巧找到的紙張與鉛筆。這是發生在……

《詩的半世紀》

——亞斯克爾

第三章

……這是發生在九月朔夜後的第五日，也就是我們從布洛奇隆出發後的第三十日、「橋頭之戰」過後的第六日。

現在，親愛的未來讀者，我要將時間稍稍倒轉，描述那場知名而重要的「橋頭之戰」過後所發生的事件。然而，多數讀者對「橋頭之戰」一無所知，不論他們是另有其他感興趣之事，或單單對世事漠不關心，我要先為他們解說一番。我要說的是，這場戰役在「大戰之年」的八月最後一日，於安格崙爆發，地點在連接亞魯加河兩岸的一座橋上，叫「紅漂木」的地方。這場武裝衝突中的人馬可分成尼夫加爾德軍、利里亞女王蜜薇帶領的部隊，還有我們這個優秀的組合。我，也就是這份回憶錄的筆者，還有獵魔士傑洛特、吸血鬼艾墨・雷吉思・洛何雷克・特契高佛、又名米爾娃的弓箭手瑪麗亞・巴林格，以及卡希・馬芙・狄福林・阿波・凱羅——一個老是喜歡強調自己不是尼夫加爾德人的尼夫加爾德人。

讀者啊，你可能也不明白，當尼夫加爾德在七月對利里亞、利維亞及亞丁發動侵略，將之徹底征服，並派駐帝國大軍占領時，大家都以為女王蜜薇已跟著自己的軍隊一起消失無蹤，又怎麼會出現在安格崙呢？然而，蜜薇並沒有像一般認為的那樣，消失在戰場上，沒有成為尼夫加爾德的俘虜。她將失了裝備補給但紀律依舊的利里亞殘騎納整旗下，並盡可能招買新血，連傭兵與尋常盜匪也成了她爭取的對象。驍勇的蜜薇就這樣對尼夫加爾德展開了一場游擊攻防，而蠻荒的安格崙也成了這場游擊的理想戰場，能埋伏出擊，能隱身茂密樹叢。安格崙的樹叢之多，老實說，是這個地區裡唯一值得一提的東西。

蜜薇的騎兵團稱她爲「白色女王」，團中的兵力快速增加，而且個個渾身是膽，二話不說就能直渡亞魯加河左岸，深入敵營後方，大肆製造混亂。

現在我們回到正題，也就是「橋頭之戰」。當初的戰略情況如下：蜜薇女王的游擊兵在亞魯加河左岸出擊後，打算逃回右岸，卻碰上剛偷襲過右岸，打算逃回左岸的尼夫加爾德兵。碰上兩軍的我們身處中央位置，也就是亞魯加河的正中間，不論左邊還是右邊，都讓武裝人馬給包圍了。當時無處可逃的我們成了英雄，披上了永世的榮耀。這一場所謂的「戰役」由利里亞人取得勝利，因爲他們成功達成目標——逃到右岸。尼夫加爾德人逃得不知所蹤，也因此輸了這場戰役。我知道這一切看起來是如此令人困惑，所以在正式出版之前，我會先找一位軍事專家諮詢出版內容。目前我暫時採用卡希·阿波·凱羅——我們隊伍中唯一一位軍人的說法，而卡希認爲，以大多數的軍事學說觀點來看，以快速逃離戰場來獲取勝利一說，是可以被接受的。

我們的隊伍在那場戰役中佔了不容質疑的光榮地位，卻也造成了負面效果。身懷六甲的米爾娃被不幸的意外擊垮。其他人在幸運之神的眷顧下，沒有受到什麼嚴重的傷害，不過也沒有人獲得好處，甚至連道謝都沒有。只有獵魔士傑洛特例外。因爲獵魔士傑洛特，一反自己多次表明對世事的漠然，以及不時宣告的中立態度——而這些看得出來都只是惺惺作態——他在這場戰役中，以誇張的戲劇性表現，展現了自己的熱情。換言之，他的打鬥方式的確很有看頭。（「作秀」這個字眼我就不用了。）所有人都看見了他，而蜜薇——利里亞的女王，則親自封他爲騎士。不過後來我們很快了解到，這個封號帶來的麻煩，比好處還多。

親愛的讀者，要知道啊，獵魔士傑洛特一直都是個行事低調、思慮周全且自制的人，他的內心就像長戟柄一樣的單純老實。這意外的頭銜及蜜薇女王的明顯施恩卻改變了他——如果我不是那麼了解他，我會說，他變驕傲了。傑洛特沒有盡快隱姓埋名、從舞台消失，反而讓自己被扯進皇家的圈子裡，爲榮譽而自喜，爲恩典而歡欣，爲名望而沉迷。

而我們最不需要的，剛好就是名望與聲勢。我要提醒那些已經忘記的人，這個如今受封爲騎士的獵魔士，因爲塔奈島叛變一事，本身就是四國維安組織追捕的對象。而我，一名淨如瑩淚的無辜者，遭人指控從事諜報工作。另外還應算上與德律阿得及斯寇亞塔也合作的米爾娃；布洛奇隆之森邊界所發生的人類屠殺案件，她竟是參與其中的一分子。還有卡希．阿波．凱羅，他是尼夫加爾德人，不管怎樣都是敵國子民，而他爲什麼會在他不該在的戰線那一邊，也不是一件容易解釋和辯白的事。我們這個隊伍中，唯一一個人生清白，沒讓政治或犯罪事件給玷污的成員，是吸血鬼。所以，只要我們其中一人被拆穿、識破，就有可能讓全體隊員碰上讓人插到削尖的山楊樁的危險。雖然一開始還挺開心的，而且餐餐饜足、安全無虞，但在利里亞的幡幟底下多待一天，我們的危險就多添一分。

這一點我清清楚楚對傑洛特提過，他雖微微沉了臉色，卻還是搬出自己的兩點理由。第一，米爾娃在那場令人遺憾的意外後，需要有人看照，而軍隊裡有醫護人手。第二，蜜薇女王的軍隊是往東朝卡耶度的方向走，而我們在改變行進方向前，在捲入早先提及的那場戰役前，也是打算去卡耶度。我們原是希望能從定居當地的德魯伊那兒，獲取一些有助於尋回奇莉的訊息。在安格崙出沒的騎軍與恣意分子，把我們從原本簡單的道路，逼往了方才提及的德魯伊。如今，在與我們交好的利里亞軍保護下，在蜜薇女王的恩寵下，往卡耶度的路途變得明朗，呵，看起來是簡單又安全呢。

我警告過獵魔士，這一切只是表象，女王的恩典形同幻影，伴隨君側如伴虎。獵魔士不想聽。至於道理是站在誰那邊，很快便有了分曉。當消息傳來，說有支兵力強大的尼夫加爾德征討軍，正從東邊的克拉馬特隘口往安格崙來，利里亞軍馬上轉北朝馬哈喀姆山脈去。可想而知，傑洛特對這行進方向的改變完全無法認同——他急著去找德魯伊，不是去馬哈喀姆山脈！天眞如稚的他，跑去找女王蜜薇，打算以私人理由請求准許離軍、放棄王家的恩寵。女王對他的偏愛與倚重也就在這一刻結束了，屬於戰役英雄的敬重與欽慕也如炊煙一般，隨風消逝。來自利維亞的騎士傑洛特，讓人以冷淡，甚至強硬的語調，提醒了他身爲騎士對皇室該負的責任。身子依舊虛弱的米爾娃、吸血鬼雷吉思及筆者，讓人分到了跟在車陣後頭的尋常百姓與難民之列。而不論從哪個角度看都不像平民，身材魁梧又年輕的卡希·阿波·凱羅，被賜予白藍綬帶，指派到所謂的自由戰士之列，也就是利里亞軍一路上收編入伍的各色匪寇中。就這樣，我們的隊伍被分了開來。這一切都在在顯示我們的旅程已徹底結束，再無開展的可能。

然而，親愛的讀者，誠如你所想見，這並不是結束，呵，甚至也不是開端！當米爾娃得知事情的發展，馬上宣告自己已恢復健康，可以行動自如，並成了頭一個發難撤退的人。卡希將皇家徽服塞進樹叢，從自由戰士之列消失；傑洛特則溜出了奢華的騎士營帳。

細節就不多說了，而且我的莊嚴態度也不容我多加描述自己在這場冒險中的（不小）貢獻。我只陳述事實——九月五日跨六日的夜晚，我們這支隊伍全員靜靜離開了女王蜜薇的陣營。在告別利里亞軍之前，我們趁機帶走了滿滿補給，完全沒有事先徵詢軍需官同意。米爾娃用「搶劫」這個字眼來形容，我認爲太過言重。畢竟，在那場爲後人傳頌的橋頭之戰中，我們的付出確實應該有所獎賞。就算沒有獎賞，至少也該得到賠償，彌補損失！姑且不論米爾娃的悲慘意外，也不算傑洛特與卡希受到的挫擊瘀傷，在這場戰役中，我們所有的馬匹都傷的傷、死的死，只有我忠心的飛馬與獵魔士那匹情緒化的母馬小魚兒躲過一劫。因此，我們帶走三匹純血戰馬與一匹雜役馬作爲補償。另外還有裝備，我們能拿多少，就帶了多少。我必須公正補充一句，其中有半數我們後來在路上扔了。正如米爾娃說的，這是摸黑搶劫常有的事。從軍備中拿到最多有用之物的是雷吉思，他在夜裡的視力要比白日好。雷吉思另外還牽走一頭鐵灰色的胖騾子，降低了利里亞軍的防禦。他極有技巧地將騾子牽出牲圈，沒讓任何一隻動物噴出半點鼻息或踏動蹄步。有關動物能感覺吸血鬼的存在，並對其氣味產生驚恐反應一說，應屬無稽之談，除非這指的僅是部分動物與吸血鬼。我要補充，直到今日，那匹鐵灰騾子依舊跟著我們。雜役馬後來在扎澤徹的森林裡被狼群嚇跑，騾子便一直馱著我們的戰利品——應該說是剩餘的戰利品。騾子名喚得拉庫。這名字是雷吉思在將牠偷到手時取的，也就一直這麼用了。顯然，雷吉思很喜歡這個名字，這在吸血鬼的語言文化中一定有某種可笑的意義，不過他不想向我們明說，認爲這是無法翻譯的文字遊戲。

就這樣，我們的隊伍上了路。在這之前，不喜歡我們的人已經列了一大串，現在這份清單又更長了。來自利維亞的傑洛特，完美的騎士，在他的受封記錄在案，而宮廷紋章官爲他想出徽紋前，便捨棄了騎士之名。而卡希·阿波·凱羅在這場尼夫加爾德對北地林格的大戰中，已經爲雙方陣營打過仗、逃過軍，並爲自己取得了雙方陣營在缺席聆訊下的死刑判決。餘下各人的情況也根本沒好到哪去，畢竟絞索就是絞索，差別僅在於套上絞索的原因是逃軍、藐視騎士榮譽，或爲軍騾取名得拉庫罷了。

所以，讀者啊，請你不要訝異，我們確實是盡了極大努力，要和蜜薇的軍隊拉開距離。我們拚了命地趕馬往南，朝亞魯加去，打算渡河到左岸。之所以這麼做，並不完全只是想藉河水隔開女王與她的游擊軍，也是因爲蠻荒的扎澤徹要比被軍隊包圍的安格崙來得安全。去卡耶度找德魯伊，走左岸要比右岸來得理智多了。這是個很矛盾的情況，因爲到了亞魯加河左岸，便是敵方的尼夫加爾德帝國。倡議左岸這個想法的是獵魔士傑洛特，在離開自大的受封一族後，他的理智、邏輯思考能力與一貫的深謀遠慮，也回來了不少。接下來的日子，證明了獵魔士的計畫造成了難以數計的後果，也牽動了整個遠行隊伍的命運。不過關於這些，要以後再說了。

當我們抵達亞魯加河畔時，那裡已是滿滿的尼夫加爾德兵。他們在紅漂木重新搭了橋渡河，繼續攻佔安格崙，而他們肯定會再繼續前進，去特馬利亞，去馬哈喀姆，鬼才知道尼夫加爾德的總軍師還計畫了要打哪裡。在那當下，要馬上渡河是絕無可能，我們不得不躲起來等軍隊離開。因此，我們在河畔的灰毛柳裡整整坐了兩天，在那裡浸染風濕、餵食蚊蟲。天氣也跟著湊熱鬧，沒多久便轉壞，飄起細雨，吹起大風，讓人牙齒打顫，驟冷的程度之猛，可說是少見的了。我記憶所及如此寒冷的九月，可說未曾有過。就是在那個時候，親愛的讀者啊，我在向利里亞軍隊借來的物品中，找到了紙張與鉛筆。爲了消磨時間並忘卻不適，我開始記載、描述我們其中幾次的歷險。

落不停的惱人陰雨及不得已的閒散無事，壞了我們的心情，也喚起了各種黑暗思緒。情況最嚴重的，當屬獵魔士。傑洛特在更早之前就開始計算他和奇莉分開的日子，在他的觀點裡，每晚一天上路，就把他與奇莉分得更遠。現今，在這潮濕的灰毛柳中，在這寒風冷雨之中，每過一個鐘頭，獵魔士就愈發陰沉與偏執。我同時注意到他腳跛得嚴重，會在他以爲沒人看見、沒人聽見的時候，又叫又罵地把痛喊出來。親愛的讀者，要知道，傑洛特在塔奈島的巫師叛變中，讓人打斷了骨頭。靠著布洛奇隆之森裡德律阿得的神奇力量，斷骨重新長回，接合完成，可是那股惱人的刺痛顯然沒有休止。因此，獵魔士同時承受的，就像旁人所說，是身體與心靈上的疼痛，脾氣壞得和刺蝟一樣，千萬別靠近他。

另外，他又開始作夢。九月十日，早上，他把我們所有人都嚇了一跳，因爲前晚守夜的他，在補眠時突然大叫著跳起身，還抽出了劍。看來他是睡糊塗了。幸好，他很快就清醒過來。

他離開了一會兒，但沒多久便回來，一臉陰鬱。他沒向我們解釋太多，只說隊伍就地解散，接下來他會單獨上路，因爲他要去的地方正在發生可怕的事，因爲時間不多了，情況變得危急，而他不想任何人去冒上風險，也不想爲任何人負責。他的話語是那麼地枯燥、那麼地缺乏說服力，所以沒人想和他爭論。就連平時辯才無礙的吸血鬼，也聳聳肩膀不理會他，米爾娃則吐了口痰作爲回應。卡希冷冷提醒，說會爲自己負責，至於風險一事，並不是他隨身傍劍的原因，他不過是想爲腰帶增添重量罷了。然而在那之後，大家還是皺起眉頭不發一語，並同時意有所指地將視線盯到筆者身上，顯然是要我把握機會回家。當然，他們失望透了，我想這點應該也無需多加著墨。

不過這件事還是打破了目前的停滯狀態，促使我們放手一搏，也就是渡過亞魯加河。我承認這個決定喚起了我心中的不安，因爲照計畫，渡河要在半夜進行。按米爾娃與卡希的話「跟著馬尾游」，即便這是隱喻——但我很懷疑——我也沒辦法想像自己或是我的俊俏飛馬處在這種情況下，而且我還得仰賴牠的尾巴。說得保守一點，游水從來就不是我的強項。如果自然之母想要我游水，那麼她在創造與演化的進程中，就不會忘了爲我的指間加上蹼。我的飛馬也是一樣。

事實證明，我的擔心是多餘的，最起碼單就「跟著馬尾游」這點來看是如此，因爲我們是用別種方法渡河的。天曉得這看起來有沒有比較瘋狂，但確實是很大膽的做法——走紅漂木重新建好的橋，從尼夫加爾德守衛與巡騎的眼皮子底下通過。到頭來，這個舉動只是看起來大膽瘋狂，賭命意味濃厚；事實上，一切都進行得很順利。幾支部隊過橋之後，橋的兩端物品一趟送過一趟，車輛一車接著一車，牲畜一群接著一群，包含平民在內的人數眾多，我們的隊伍完美地混入當中，沒有引起絲毫注意。就這樣，我們這一整支隊伍，在九月的第十日，渡過了亞魯加河。中間只有一次讓守衛喊住，但卡希只皺了眉，十足粗豪地以威脅的口吻吼回去，說了些與帝國組織有關的話，並使用軍隊慣用的字眼，還有那效果永遠顯著的「操你媽」。在被其他人認出前，我們已置身亞魯加河左岸，進到河畔的樹林深處，因爲這裡只有一條往南的商道，不管是方向上，或是那裡成山成海的尼夫加爾德人，都不適合我們。

在扎澤徹露宿的第一個晚上，詭異夢境也找上了我。然而，不同於傑洛特，我夢到的不是奇莉，而是女巫葉妮芙。那個夢很奇怪，令人不安。葉妮芙一如以往，身上只有黑白兩色。她飄到一座位於山中的陰霾小城堡之上，而底下是其他女巫，她們掄著拳頭威脅她，對她說著難聽的字眼。穿著裙裝的葉妮芙揮動長袖，如同一隻黑色的信天翁，升到無邊的海面上，直接往東昇的朝陽飛去。從這一刻起，夢境轉爲夢魘。細節在我醒來後已忘得一乾二淨，只剩幾個不太合乎邏輯的模糊畫面，卻都是十分糟糕的景象——刑求、尖叫、痛楚、恐懼、死亡……總而言之，很可怕。

我沒有拿這場夢境去和傑洛特說嘴，一個字都沒說。之後看來，這個決定是對的。

□

「她叫葉妮芙！來自凡格爾堡的葉妮芙，而且是有名的女巫！我要是說謊，就讓我活不過今天！」

特瑞絲．梅莉戈德震了一下，轉過頭，試圖將視線穿過塡滿酒館主室的青煙及人群。最後，她從桌前起身，帶著些許遺憾地望向比目魚排佐鯷魚醬，那是店內的招牌，也是道眞正的美食。然而，她會在布來梅爾沃德的各個酒館、旅店流連，不是爲了品嚐美食，而是要搜集情報。再說，她也得保持身材。面前等著她擠過的人牆，已站得又緊又密。布來梅爾沃德的人愛聽故事，只要有新故事可聽，便絕對不會錯過。當然，這些故事多是編造的，可也無傷大雅。故事就是故事，可以天馬行空。

剛剛提到葉妮芙，而現在正在講述故事的那名女子，是斯格利加島上的漁女。她的身材魁梧，肩膀寬大，頭髮削得極短，穿著與她的四位女性同伴相仿，是用獨角鯨皮做的背心，而且已經磨到發亮。

「那是八月的第十九天，滿月過後的第三個早上。」海島女子在說話的同時，也把啤酒杯舉了到唇邊。特瑞絲注意到，她的手掌是舊磚頭的顏色，而肌肉糾結的裸臂，絕對有二十吋粗。特瑞絲的腰圍是二十二吋。

漁女的目光在聽眾間巡視，嘴裡也一邊說道：「我們的小艇在白茫茫的清晨出海，要去小斯格利加跟斯皮克羅格中間的海灣，我們通常會把鮭魚網擺在那邊的生蠔場。當時很急，因爲暴風雨就要來了，西邊的天空整個都暗了。我們得趕快把鮭魚從網子裡倒出來，不然你們也知道，等暴風雨過去，總算又可以出海的時候，網子裡只會剩下被咬得亂七八糟的爛魚頭，先前的魚就都白捕了。」

聽眾裡大多是布來梅爾沃德與奇達里士的居民，大多靠海吃飯，以海爲生，因此都一副了然的模樣且低聲點頭贊同。特瑞絲看到的鮭魚通常都是粉紅色片狀物，不過她也低聲點頭，免得和旁人有異。她是以僞裝到這裡的，有祕密任務要辦。

「我們把船開過去……」漁女將啤酒喝完，向其中一位聽眾表示可以再爲她倒一杯，然後繼續說：「我們把船開過去收網，然後思杜拉的女兒姑蒂倫突然扯破喉嚨大叫！而且還手往右舷比！我們一看，有個東西在空中飛，那可不是鳥啊！我的心臟有一刻都定住了呢，因爲我以爲那是飛龍，不然就是小隻的獅鷲，牠們有時候會飛來斯皮克羅格，對，通常是冬天，尤其是吹西風的時候。可是那個黑乎乎的東西就在這個時候，撲通一聲掉到水裡！還嘩拉掀起了一陣浪！那東西直接掉進我們的網中，卡在裡頭啪、啪、啪地動來動去，像隻海豹。我們全聚在一起，總共八個娘兒們，抓起網子用力拉上甲板！這一拉上來，我們個個都張大了嘴！因爲那竟然是個女人！她身上的裙子黑黑的，她自己也黑黑的，就和烏鴉一樣。她被網子纏住，擠在兩條鮭魚中間，其中一條，我敢打包票，足足有四十二磅半呢！」

這名斯格利加島來的漁女，吹開啤酒杯裡的泡沫，爽快地灌了一大口。雖然就連年紀最大的那一輩，也不記得有人捕過這麼大的鮭魚，但聽眾當中，沒有人發表意見，也沒有人做出不信的樣子

海島女子繼續說：「網子裡的黑髮女人又是咳嗽，又是吐海水的，還不停動來動去，而大肚子的姑蒂倫緊張地大叫：『水妖馬！水妖馬！人魚！』連白痴都知道那不是水妖馬，因爲要是水妖馬，早就把網子扯破，哪會讓人拉上船！而且那也不是人魚，因爲她沒有魚尾巴，而人魚是有尾巴的！再說，她明明就是從天上掉到水裡，有人看過水妖馬或人魚在天上飛嗎？不過烏娜的女兒絲卡狄每次就愛大呼小叫，也跟著大喊：『水妖馬！』然後馬上抓起鉤篙，往魚網裡去！結果那網子裡閃出一道青光，絲卡狄就尖叫了起來！鉤篙往左，她往右，像球一樣滾三圈後，砰的一聲，一屁股跌在甲板上！我要是說謊，就讓我被雷劈！到頭來，這魚網裡的女巫，比水母、赤魟、鰻鱺或電鰩都還來得糟呢！而且那巫婆還開始破口大罵，嚇死人了！網子開始滋滋作響，臭得要命還兼冒煙，她開始在裡頭變起巫術呢！我們都看出來，用魚網抓女巫……」

海島女子喝完手上的酒，馬上又伸手去拿下一杯。

「用魚網抓女巫……」她大大打了個嗝，並揉揉鼻子和嘴巴。「可不是什麼簡單的把戲！不騙你

們，我們都感覺得到，整艘船因為這魔法而開始晃得厲害。當時的情況不能再拖了！凱倫的女兒布莉塔赤腳踩住網子，我就抓起船槳用力敲下去！再敲！再敲！」

啤酒濺得老高，灑了一桌子，幾個翻倒的酒杯也掉到了地上。聽眾擦著臉頰與眉毛，但沒有人出聲抱怨抗議。故事就是故事，可以天馬行空。

「那巫婆總算明白自己是在和誰打交道。」漁女挺出壯碩胸房，挑釁地看向眾人。「斯格利加島的女人可不是開玩笑的！她說她自願投降，還保證絕對不會向我們施法。她還說她是『凡格爾堡的葉妮芙』。」

聽眾開始竊竊私語。塔奈島那場事件才過了兩個月，大家都還記得被尼夫加爾德收買的人姓啥名誰，而「葉妮芙」這個響噹噹的名字也是一樣。

海島女子接著說：「我們把她載去大斯格利加島的卡爾特洛德，交給克萊依特的克萊赫公爵。之後，我就再也沒見過她了。公爵當時出了遠門。聽說他回來後，原本沒給那魔法師好臉色看，不過後來就對她客客氣氣、彬彬有禮了……而我就只等著，看那女巫被我用船槳打過一頓後，會給我準備怎樣的驚喜。我以為她會在公爵面前說一堆我的壞話，不過她沒有。我知道，她連一個字都沒說，沒去告狀。這娘兒們還算有自尊心。所以後來她自殺的時候，我覺得很可惜……」

「葉妮芙死了？」特瑞絲大叫出聲，震驚到忘了自己的刻意隱匿與祕密任務。「來自凡格爾堡的葉妮芙死了？」

「是啊，死了。」漁女將啤酒飲盡。「就和那條青花魚一樣死翹翹囉。她變法術的時候，被自己的魔咒殺了。這件事才剛發生不久，八月的最後一天，就在新月之前。不過這已經是另一個故事了……」

□

「亞斯克爾！別在鞍上睡覺！」

「我沒有在睡覺，我是在腦袋裡創作！」

親愛的讀者啊，所以我們就走扎澤徹的森林往東去，要到卡耶度見可以幫我們找到奇莉的德魯伊。至於事情經過，我會慢慢告訴你們，不過為了保持歷史的眞相，我首先針對隊伍中的每個成員稍微描述一下。

吸血鬼雷吉思超過四百歲。要是他沒說謊，這表示他是我們當中年紀最大的。當然，這可能只是尋常的瞎話。畢竟，誰有辦法查證呢？然而，我傾向假設我們的吸血鬼說了眞話，因為他也向我們坦白自己已經完完全全不吸人血了——多虧有這份自白，我們野宿的時候也才能睡得安穩些。我注意到，剛開始，米爾娃與卡希在早上醒來的時候，都會提心吊膽地在脖子上摸索，但沒多久便停止了這種舉動。吸血鬼雷吉思是個可敬的吸血鬼——或者說，看起來是這樣。要是他說不吸血，就不會吸血。

不過他還是有缺點，而這和他的吸血鬼天性一點關係都沒有。雷吉思是知識分子，也很愛將這點展示出來。他有一個討人厭的習慣——喜歡用先知的嘴臉與口氣來發表看法與宣告事實。不過我們很快便不再對此有所反應，因為他所發表的看法，不是既定的事實，不然就是聽起來像事實，再不然就是根本無法求證，到頭來結果都是一樣。而眞正令人難以忍受的，是雷吉思式的答問。在發問者說完問題以前，哼，有時發問者甚至還來不及發問，他就已經先給了答案。對這種看似智慧過人的表現，我的評價一直都比較偏向粗俗無禮及目空一切，而這種適合大學環境或宮廷社交圈的特質，對於白日騎馬並行、夜晚同蓋馬毯的同伴來說，實在難以忍受。多虧有米爾娃，才沒出什麼大問題。傑洛特和卡希天生的投機性格，驅使他們配合吸血鬼的作風，甚至與之較勁。與這兩人不同，弓箭手米爾娃使出了一個簡單又不矯情的辦法。當雷吉思第三次搶在米爾娃發問完畢前率先回答時，米爾娃痛罵了他一頓，那些字眼連最老的老兵聽了都要臉紅。奇怪的是，挺有效的，吸血鬼一轉眼便把這討人厭的作風給丟了。由此可見，面對知識分子的操縱，將其狠狠咒罵一頓是最有效的防禦。

在我看來，米爾娃花了很大的氣力，才從那場不幸的意外……及失去中走出來。會寫「在我看來」，是因爲我知道自己身爲男子，無論如何，都不可能知道這樣的意外與失去之於一名女子，會是怎樣的感受。雖然我作爲一名詩人及執筆之人，即便是我那千錘百鍊的想像力，在這件事上同樣教我失望，而這一點，我無力改變。

弓箭手的生理狀態很快便恢復如常，但心理方面就差了些。有時一整天，從黎明到黑夜，她一個字都沒說。寧願自眾人眼前消失，獨自待在一旁，這讓所有人都感到些微不安。一直到打破這種情況的契機出現之前，米爾娃的反應就像德律阿得或精靈——粗暴、強烈、令人難懂。某日早晨，她當著我們的面拿起刀子，沒有隻字片語，直接割斷了頸後的髮辮。「不合適，我已經不是沒嫁人的丫頭。」看到我們嘴裡嚼的稻草全掉了，她這麼說道。「不過我也不是寡婦，所以哀悼結束了。」她又添了這麼一句。從那一刻起，她又像從前一樣——粗魯、尖銳、莽撞、愛說髒話。我們歸納出一個結論——她總算克服了這個難關。

隊伍的第三個成員同樣也沒正常到哪去，是個喜歡說自己不是尼夫加爾德人的尼夫加爾德人，而他的名字，依其說法，是卡希．馬芙．狄福林．阿波．凱羅……

「卡希．馬芙．狄福林，凱羅之子。」亞斯克爾用鉛棒指向尼夫加爾德人，說得鏗鏘有力。「在這支可敬的隊伍當中，許多讓人不喜歡，或者該說無法忍受的事，我都可以妥協，但不是照單全收！我無法忍受有人在我書寫的時候，從背後偷看！而這一點我絕不妥協！」

尼夫加爾德人與詩人拉開了距離，思索片刻後，便抓起自己的馬鞍、羊皮與馬毯，把所有東西都拉往狀似打盹的米爾娃。

「抱歉。」他說：「打擾到你，請原諒，亞斯克爾。我只是好奇看了一下，我以為你在畫地圖或整理帳條……」

「我不是會計！」詩人整個人都發作了起來，這不單是字面上的意思，也代表著字裡的含義。「我也不是輿圖師！就算我是，也不能把偷看我筆記的這種行為正當化！」

「我已經道過歉了。」卡希一邊在新的位置鋪睡榻，一邊冷冷提醒他。「在這支可敬的隊伍中，有許多事情我都妥協了，有許多事情我也習慣了。不過道歉，我向來只說一次。」

「的確。」獵魔士答了腔，眾人完全沒想到他會有此一舉，而他也沒料到自己會站在尼夫加爾德人這一邊。「你反應過頭了，亞斯克爾，而這顯然跟最近你在紮營時就會拿起鉛塊亂塗的那張紙有關。」

「說的是。」吸血鬼雷吉思說，並為火堆添上樺樹枝。「我們的吟遊詩人近來顯得很敏感，而且也變得躲躲藏藏、小心翼翼，還喜歡獨處。喔，不，至少在回應大自然的召喚時，有人在旁見證並不會打擾到他，而這就我們目前的情況來說，很難讓人不吃驚。你這種令人窘迫的躲藏與對他人目光的過度反應，只與寫了細細小字的紙張有關。一篇敘事詩就要在我們的見證下誕生了？還是狂想曲？史詩？浪漫曲？短歌？」

「不。」傑洛特提出反對，背上裹了馬毯，往火堆靠近些。「我了解他。這不可能是你說的那樣，因爲他沒有褻瀆神明，沒有喃喃自語，也沒有扳著指頭數音節。他寫的時候安安靜靜，所以是散文。」

「散文！」吸血鬼亮出尖銳的獠牙，而這是他通常會避免的動作。「是小說嗎？還是隨筆？道德劇？眞是的，亞斯克爾！不要吊我們胃口了！告訴我們，你在寫什麼？」

「回憶錄。」

「那是什麼？」

亞斯克爾現出一個塞滿紙張的管子，說：「我的生命之作，將會從這些筆記中誕生，我將它命名爲『詩的五十年』的回憶錄。」

「這標題眞是沒有道理，詩是沒有年紀的。」卡希冷冷下了評論。

「就算當作有，那也絕對要老得多。」吸血鬼也跟著拆台。

「你們不懂。這個標題表示該書的作者爲詩之女神服務了五十年，不多也不少。」

「這樣的話，就更沒道理了。」獵魔士說：「你，亞斯克爾，連四十歲都不到。你寫詩的才華是在神殿最高年級時，讓人用笞條插進屁股來的，那時候你八歲。就算當作你在最後一年已經開始會押韻，爲詩之女神服務也不會超過三十年。不過我剛好很清楚，因爲你已經說過不只一次，自己是在十九歲時讓伯爵夫人德絲黛兒的愛所啓發，才開始正式使用押韻、編寫旋律。這開啓了你不到二十年的服務生涯，亞斯克爾。所以這標題上的五十年，你是從哪算出來的？這是一種隱喻嗎？」

「我是個高瞻遠矚的人，」吟遊詩人傲然地說：「描寫當下，也展望未來。我目前著手書寫的作品，打算在大約二十年，最多三十年後出版。到那時候，再沒有人可以藉由數字計算，對這份作品的標題提出疑慮。」

「哈，現在我懂了。要是有令我驚訝的地方，那就是你的高瞻遠矚。你通常不太關心明天的事。」

「明天的事我還是不太關心。」詩人以高人一等的口吻說：「我考慮的是後代、是永世！」

「以後代的觀點來看，現在就開始寫，預先積存，不太道德。」雷吉思提出了看法。「根據這樣的標題，後代有權期望這作品是由一位擁有半世紀知識與歷練的人，實際以半世紀的角度寫成……」

「歷練時間算得上半世紀的人，」亞斯克爾突然打斷，說：「自然得是一個七十歲的糟老頭，到那時候，腦袋都因爲痴呆給爛光了。這種人就該坐在門口放放屁，不是口述回憶讓人寫，因爲這讓人看了可是要鬧笑話的。我才不會犯這種錯，我要在創作能力充沛的時候，提前把我的回憶寫下來，日後再在出版前做些美化。」

「這的確有些好處。」傑洛特揉了揉膝蓋後，小心將之彎起。「尤其是對我們來說。因爲，毫無疑問，雖然我們出現在他的作品中，雖然他把我們批得一無是處，但過了半個世紀後，這對我們來說已經不會有太大差別。」

「呵，半世紀算什麼呢？」吸血鬼笑了笑。「不過是一會兒、一轉眼……對了，亞斯克爾，一個小建議，我認爲『詩的半世紀』要比『詩的五十年』好聽些。」

「我同意。」吟遊詩人埋首紙張，用鉛條在上頭塗改。「謝了，雷吉思。終於有人說了有建設性的話，還有人想提出建議嗎？」

「我。」米爾娃從馬毯下探出頭，意外地回應了話題。「你們一個個眼睛瞪那麼大做什麼？因爲我不會寫東西嗎？可我也不是個蠢貨！我們是在出任務，要拿著武器穿過敵人的土地去救奇莉。亞斯克爾寫的這份東西，說不定會落到敵人手裡，而寫詩的話多、敏感又八卦，這也不是祕密，我們都知道。要他眼睛睜大點，看清楚自己在亂寫什麼，免得我們因爲他亂寫一通讓人給吊死了。」

「米爾娃，妳這話說得誇張了。」吸血鬼溫柔地說。

「而且是非常誇張。」亞斯克爾說。

「我也這麼認爲。」卡希也一派輕鬆地添上一句。「我不知道你們北地林格怎麼樣，不過在帝國裡，持有手稿不會被視爲犯罪，從事文學活動也不會受處罰。」

傑洛特狠狠地掃了他一眼，然後啪地一聲折斷手中把玩的枯枝。

「不過這個充滿文化的民族所占領的城市裡，圖書館都得化爲灰燼。」他的口氣雖然不帶半點刁難，嘲諷的意味卻很濃厚。「話說回來，這不重要。瑪麗亞，我也覺得妳誇張了。亞斯克爾寫的東西通常沒有什麼意義，對我們的安全來說也是。」

「你夠了吧？最好是這樣！」弓箭手一邊坐下，一邊提出反對。「我知道事情會是怎樣！皇家庫官到我家登記人口的時候，我繼父馬上腳底抹油，跑到森林的最深處，在那邊坐了兩個禮拜，連鼻子都沒有探出去。就像他常說的，有羊皮紙的地方，就有認罪紙；誰的名字今天被寫到，明天就等著受車輪刑。他雖然是個卑鄙的傢伙，不過這話說得可沒錯，絕對是這樣，我相信他現在一定是在地獄讓火燒，這個狗娘養的！」

米爾娃丟掉毯子，坐到火邊，顯然已無半點睡意。傑洛特發現，這將會是另一個漫長的傾談之夜。

亞斯克爾沉默了一會兒後，說：「看得出來，妳不喜歡妳的繼父。」

「不喜歡。」米爾娃咬牙切齒的聲音清楚可聞。「因爲他是個卑鄙的人。阿娘沒看到的時候，他就會靠過來動手動腳。我和他說了好幾次不要這樣，不過他怎樣都講不聽，最後我受不了，就用耙子來講道理；他倒在地上的時候，我還補踹了一、兩腳，一腳踹他肋骨，一腳踹他小腹。在那之後，他躺了兩天，還一直吐血……我沒等他好就逃出家，逃到外面的世界。後來我聽說他死了，我阿娘不久也去了……喂！亞斯克爾！這你也寫？想都別想！想都別想！聽到了沒？」

米爾娃和我們一起旅行，是件令人奇怪的事；吸血鬼與我們同行，是件令人驚訝的事。不過最奇怪也最讓人不解的，是卡希的動機。他的敵人身分竟在突然間改變——現在他即使不算是我們的死黨，也算是盟友了。這一點，這個年輕人在「橋頭之戰」一役中已做出證明，手裡拿了劍就往獵魔士身邊站，沒有半點猶豫，跟著一起對抗他的同胞。這個舉動爲他贏得我們的認可，對他的最後一絲疑慮也因而消散。所謂的「我們」，指的是我、吸血鬼及弓箭手。傑洛特雖然與卡希並肩作戰，雖然看著他在自己身旁出生入死，卻仍不信任這名尼夫加爾德人，也沒有給予認同。事實上，他很想要掩飾這股憤恨，但他這個人——我大概已經暗示過很多次——個性直得像矛桿一樣，根本就不會僞裝，那份情緒就像魚網裡的鰻魚一樣，不斷從漏洞裡溜出來。

原因很清楚，就是奇莉。

在命運的安排下，效忠諸王與受尼夫加爾德煽動的兩派巫師，於七月朔夜發生血腥衝突之時，我人就在塔奈島上。反叛派的巫師幫助了精靈反抗軍「松鼠」及凱羅之子卡希。卡希上塔奈島是因爲身負特殊任務——將奇莉綁到尼夫加爾德。奇莉爲求自保傷了他，他的左掌因此留下傷疤，而每次見了這道痕跡，傑洛特總要覺得喉頭乾澀。這傷當初一定讓卡希疼痛萬分，他的兩根指頭到今天還無法彎曲。

而在這一切過後，就在絲帶河邊，在他被自己的同胞五花大綁、要處以酷刑之時，我們救了他。我要問，他是犯了怎樣的過錯要被他們處死？只是爲了塔奈島的失敗？卡希的話不多，但我的聽覺很靈敏，就連刻意壓低的聲音也能聽見。這人還不到三十歲，但看得出他曾是尼夫加爾德大軍裡的高階軍官，因爲他的共通語說得十分完美，而這在尼夫加爾德的軍隊中並不常見。我想，我知道卡希以前是在哪種軍隊裡服役，還有他爲何能如此快速擢升。我也知道他爲什麼會被分派到如此奇怪的任務，而且還是要在國外進行的任務。

因爲卡希以前就試過要綁架奇莉。那是將近四年前的事，就在琴特拉大屠殺的時候。當時，主宰這女孩人生的宿命，首度讓人感受到它的存在。

我之所以會和傑洛特談到這件事，純粹是個意外。那是我們渡過亞魯加河的第三天、秋分的前十日，在我們穿過扎澤徹的森林時。那段談話雖十分短暫，語氣卻讓人不適又不安。獵魔士的臉上、眼中，在當時染上了恐怖的色彩。這些可怕的行爲在之後的分點日，金髮女子安古蘭加入之後，全都爆發開來。

獵魔士沒有看著亞斯克爾，沒有看著前方道路，他看的是小魚兒的鬃毛。

他說：「卡蘭特在死前逼著幾個騎士發下誓言，要他們不能讓奇莉落到尼夫加爾德人手裡。那些騎士在逃亡中被殺了，只剩下奇莉一人留在戰斧與大火之中，在著火的城市之中，困在條條窄巷織成的陷阱之中。毫無疑問，當時她沒有半點機會。可是，他找到了她。他，卡希。他騎著馬，把她從火焰與死亡的深淵中帶了出來。他救了她。多麼英勇！多麼崇高！」

亞斯克爾微微拉住飛馬。他們走在隊伍後方，雷吉思、米爾娃與卡希領先他們不到半頃地，不過詩人不希望這場談話中的任何一個字，進了其他同伴的耳裡。

傑洛特接著說：「問題在於，我們的卡希是因爲有令在身，才表現崇高。這份崇高的行爲就像鸕鶿一樣，之所以沒把魚兒吞下肚，只是因爲喉頭上被人套了戒環，要把魚兒銜給主人。事情沒有辦成，所以主人生了鸕鶿的氣！鸕鶿現在失了寵！鸕鶿是否因爲這樣，就跑去魚兒那裡尋求友誼與陪伴？你覺得呢？亞斯克爾？」

吟遊詩人趴到鞍上以避開一根低矮的椴樹枝。那根樹枝上的葉片已全數轉黃。

「不過他救了奇莉。多虧有他，奇莉才能從琴特拉全身而退。」

「還在夢裡看見他，在夜裡不斷尖叫。」

「但救了她的人是他。不要一直翻舊帳，傑洛特。情勢的變化太大，對，情勢每天都在變，翻舊帳沒好處，只會帶來困擾，而這顯然對你有很不好的影響。他救了奇莉，不管在過去、現在或未來，這都是事實。」

傑洛特總算把目光從馬鬃移開，抬起了頭。亞斯克爾瞄了他一眼後，馬上把目光轉開。

「事實就是事實。」傑洛特以一種充滿怒意、金屬般冷硬的聲音重複了一次。「是啊！他在塔奈島上，對著我的臉吼出了這個事實，卻在看到我的劍刃後，嚇得聲音卡在喉嚨裡出不來。這個事實、這聲怒吼合該是讓我不殺他的理由。算了，事情已經發生，已經不能重來。眞是可惜。因爲當時在塔奈島，我就該串起鏈索，一條長長的死亡之鏈，一條百年之後仍會流傳的復仇之鏈，而流傳下來的那些故事，會讓人不敢在入夜之後聆聽。你懂嗎？亞斯克爾。」

「不是很懂。」

「那就下地獄吧你。」

那是段很糟糕的談話，而獵魔士當時的神情也很糟糕。唉，我不喜歡他陷入這種情緒，同一件事老講個不停。

然而，我得承認，用鸕鷀來比喻角色，確實很有畫面。我開始感到不安。銜在嘴裡的魚兒是要被帶去會讓人打暈、剖腹清理又煎煮的地方！這種比喻眞讓人高興，這種觀點眞讓人開心……

不過，我的理智否定了這樣的擔憂。畢竟，要是順著這魚的比喻想下去，那我們會是誰呢？鯽魚，小巧、多刺的鯽魚。鸕鷀卡希不可能憑著如此貧脊的捕獲去博得帝王青睞。話說回來，他自己本身肯定也不是他想假扮的那種白斑狗魚。他是條小鯽魚，就和我們一樣。在戰爭以鐵武劃犁土地之時，又有誰會注意到小鯽魚呢？

我可以用項上人頭擔保，尼夫加爾德帝國裡已經沒人記得卡希這號人物了。

□

瓦鐵・德里多——尼夫加爾德的軍情組織首領，低頭恭聽帝王訓斥。

恩菲爾・法・恩瑞斯以尖銳的口吻接著說：「所以，一個耗了國家教育、文化、藝術加總三倍預算的機構，連一個人都找不到？這個人就這樣消失不見，躲了起來，就連我花下天文數字、在其面前無人能躲的機構也找不到！一個有罪的叛變之人，就這麼大剌剌地嘲弄我給了夠多特權、夠多資源，甚至能令無罪之人夜不成眠的機構。哼，瓦鐵，相信我，下次議會如果又開始提到必須削減祕勤組織財政時，我會很樂意聽聽他們的說法。這點你絕對可以相信！」

瓦鐵・德里多清了清嗓子，說：「我相信帝王陛下會在衡量各方面利弊後，做出明智的決定，包括組織的失利與成功。陛下也可以放心，卡希・阿波・凱羅絕對會受到應有的刑罰。我已經試著……」

「我不是付錢讓你們去嘗試，是要嘗試後的成果，而這些成果都沒有用，瓦鐵，沒有用處！維列佛茲的事怎樣了？奇莉該死地到底在哪裡？你在那邊唸什麼？大聲點！」

「我在想陛下應該與被我們扣在達倫羅旺堡的那名女孩舉行大婚。我們需要這場婚禮，這代表我們將琴特拉納爲附庸的合法治權，與對阿特瑞、史崔普特、馬格圖加、斯托基叛軍及斯格利加群島的平定。目前的局勢需要大赦天下、安定後方、穩固補給鏈……需要科維爾的艾斯特拉德・迪森保持中立。」

「我知道，不過達倫羅旺堡的那名女孩不是對的那個人，我不能娶她。」

「陛下，請您原諒，不過她是對的人或不對的人，這點重要嗎？當前的政治形勢需要一場婚禮，而且要快。新娘子會蓋頭紗，等我們找到眞正的奇莉拉，再直接把這兩個新娘子……調包就好。」

「瓦鐵，你瘋了嗎？」

「假的那個在我們這裡只露了一下臉。眞的那個已經四年沒有任何一個人在琴特拉看過；話說回來，傳言當年她待在斯格利加的時間，要比待在琴特拉多得多。我敢保證，沒有人會看穿這個把戲。」

「不！」

「陛下……」

「不！瓦鐵！給我把眞的奇莉拉找出來！你們給我好好辦事，給我把奇莉找出來。把卡希找出來，還有維列佛茲。最重要的是先找到維列佛茲，因爲奇莉就在他手上。這點我很確定。」

「帝王陛下……」

「說啊！瓦鐵！我不是一直都在聽你說嗎？」

「我曾懷疑這整件所謂維列佛茲設的局，只是有人故意誤導。這巫師不是已經遇害，就是遭到監禁。而整個充滿戲劇性又聲勢浩大的搜捕行動，讓戴斯特拉有藉口抹黑我們，爲他一場場的血腥鎭壓辯護。」

「我也這麼懷疑過。」

「不過……這在雷達尼亞還不是公開的消息——我的特務告訴我，戴斯特拉找到維列佛茲的其中一個藏身地，裡頭有那巫師對人類進行殘忍實驗的證據。更精確地說，是拿胎兒……還有孕婦做實驗。所以，要是維列佛茲抓了奇莉拉，恐怕再找下去也……」

「該死的，閉嘴！」

瓦鐵·德里多看著盛怒之下變了臉的帝王，飛快地說：「換個角度看，這一切可能都是假情報，故意要把那巫師潑得一身腥，很像戴斯特拉的作風。」

「你們給我找到維列佛茲，把奇莉從他手裡給我搶過來！他媽的！別一直在那邊扯東扯西，假設來假設去！夜梟在哪？還在蓋索嗎？他不是早就把那裡的每一寸土地都翻遍了嗎？那女孩不是不在哪裡，也從來沒在那裡出現過嗎？那個占星家不是搞錯、就是說謊，不是嗎？這些都是他報告裡寫的東西，所以他現在還在那裡做什麼？」

「臣斗膽稟告，驗屍官斯凱蘭做了些意圖不甚清楚的舉動……他的部隊，也就是陛下命他組的那支隊伍，正前往邁阿赫特，朝堡壘羅彩內去。他在那裡設了基地。請容我再補充一下，這是一支很可疑的部隊。更奇怪的是，斯凱蘭大人在八月底雇了一個惡名昭彰的殺手……」

「什麼？」

「他雇了一名惡徒，要那人去除掉一隊在蓋索行搶的匪幫。這件事的本身值得讚許，但這是帝國驗屍官所負責的任務嗎？」

「瓦鐵，你這話不是基於對驗屍官的厭惡所說的吧？你沒有因爲這股厭惡在控訴裡加油添醋吧？」

「我只說事實，陛下。」

「事實。」帝王猛然起身。「我要親眼看見。用聽的，我已經聽夠了。」

□

那確實是沉重的一天，瓦鐵．德里多已經累了。事實上，在這一天的行程裡，他還爲自己安排了一、兩個小時的文書工作，免得自己被積累在案的文件淹沒。不過光是用想的，他就全身發抖。不，他想，凡事不要太勉強。回家吧……不，不回家。妻子可以等，我先去坎塔蕊拉那兒。去找貼心的坎塔蕊拉，在她那裡我總是能好好休息、休息。

他沒有考慮太久，直接起身，拿了外衣，看見祕書拿著裝滿急件的染色羊皮革檔案夾想塞過來，大手一攔，出門去了。明天！明天再做也一樣！

他從花園那頭的後門離開宮殿，走在柏樹成蔭的小道上。他經過一座人工湖，裡頭住著一條先帝托雷斯放養、活了一百三十二年之久的鯉魚。那巨魚的鰓蓋上還有一枚金色紀念章作爲佐證。

「晚安啊，子爵。」

瓦鐵的上臂微微一動，鬆開藏於袖中的短劍，劍柄便自動滑入掌中。

「這很冒險，黎恩斯。」他冷冷道：「在尼夫加爾德裡露出你這張燒傷的嘴臉，很冒險。就算是透過魔法投射也一樣。」

「你發現了？維列佛茲還向我保證，只要沒被你碰到，就不會猜到這是幻影。」

瓦鐵收起短劍。他根本沒猜到這是幻影，不過他現在已經知道了。

「黎恩斯，你不敢在這裡現身，膽子還眞是小得可以。」他說：「不過你也知道一旦現了身，等著你的會是什麼。」

「大帝對我還是那麼執著？對我的主人維列佛茲也一樣？」

「你的厚顏無恥還眞是逗趣啊。」

「該死，瓦鐵，我向你保證，我，還有維列佛茲，都還是站在你們這邊。好吧，我承認我們把假奇莉拉給你們，擺了你們一道。不過我們也是好意啊，眞的是好意，要是我說謊，就讓我被人淹死吧。維列佛茲認為，既然正牌已經消殞，那麼有個冒牌貨，至少好過什麼都沒有。我們以為這對你們來說沒有差別……」

「你的厚顏無恥已經不再逗趣，而是成了一種侮辱。我不打算浪費時間和一個侮辱我的虛影說話。等我逮到你的眞身之後，我們再來聊聊，而且我向你保證，我們會聊很久。在那之前……退散吧，黎恩斯。」

「瓦鐵，我都要不認識你了。以前，即使在你面前現身的是惡靈本身，在驅魔前，你都不會忘了先調查一下有沒有可以利用的地方。」

瓦鐵並未對眼前的幻影多有青睞，反倒觀察起全身覆滿水藻、懶懶攪動湖底淤泥的鯉魚。終於，他不屑地吹彈下嘴唇，複述前者的話：「利用？你？你能給我什麼？正牌的奇莉拉？你的保護者維列佛茲？還是卡希．阿波．凱羅？」

「停！」黎恩斯的虛影舉起一隻虛影的手。「你已經提到了。」

「我提到了什麼？」

「卡希，我們會把卡希的腦袋送給你們。我與我的主人維列佛茲……」

瓦鐵冷哼一聲，說：「拜託，黎恩斯，把順序改一下。」

「如你所願。維列佛茲會在我謙卑的幫助下，把凱羅之子卡希的腦袋給你們。我們知道他在哪，要抓他有如甕中捉鱉，就看你們的意思。」

「你們竟然有這等能耐，了不起、了不起。你們在女王蜜薇的軍隊裡，竟然有這等管道？」

「你在測驗我嗎？」黎恩斯皺起眉頭。「你是眞不知道？我想應該是後者。卡希呢，我尊敬的子爵啊，是在……我們知道他在哪。我們知道該去哪找他，我們知道他和誰在一起。你要他的腦袋？那你就會收到他的腦袋。」

瓦鐵笑了笑，說：「一顆不會告訴我塔奈島上到底發生什麼事的腦袋？」

「這樣大概比較好。」黎恩斯冷冷嘲諷。「何必給卡希這個殊榮說話？我們的任務是要緩解維列佛茲與大帝對彼此的敵意，不是加深。我會把卡希．阿波．凱羅沉默的腦袋交給你。我們就讓這件事看起來像是你的功勞，只有你的。東西最慢三週送到。」

百歲鯉瑞用胸鰭撥動湖水。這怪獸一定很聰明。瓦鐵心想。只是智慧於牠有何用呢？牠再怎麼樣，周遭都還是一樣的淤泥和一樣的睡蓮。

「你要求什麼代價呢？黎恩斯？」

「小意思。史蒂芬．斯凱蘭在哪裡？他在圖謀什麼？」

□

「我把他想知道的事告訴了他。」瓦鐵．德里多墊著枕頭，伸了伸懶腰，手裡把玩著卡西雅．凡．坎登的金色鬈髮。「我的小甜心，妳瞧，有些事得放聰明點。所謂的放聰明，就是按規矩來。要是不這麼做，那就什麼也得不到，只剩池水和臭淤泥罷了。池子是大理石做的又怎樣？離皇宮只有三步又怎樣？我說的不對嗎？我的小甜心。」

卡西雅．凡．坎登，暱稱坎塔蕊拉，沒有回話。事實上，瓦鐵根本沒有要她回話。這女孩十八歲，說得客氣點，並不是個天才。她感興趣的是做愛，至少目前是與瓦鐵做愛，至少目前如此。坎塔蕊拉在性這件事上很有天分，而且帶著熱情、技巧和藝術感。然而，這些都不是最重要的。

坎塔蕊拉的話不多，也很少開口，不過她很會、也很願意聆聽。在坎塔蕊拉面前，可以一吐爲快，好好休息，放鬆心情，重整思緒。

「人在這個組織裡辦事，盼來的就只有訓斥。」瓦鐵說得苦澀。「因爲找不到那個什麼奇莉拉！大軍能屢建戰功，還不多虧了我底下的人付出，這樣還不夠嗎？參謀總部能知道敵人的每一步動向，這一點意義也沒有嗎？本來得要圍城數週，卻靠我的特務爲帝國大軍開了門的碉堡還算少嗎？可是沒有人爲此稱讚我，沒有。重要的就只有那個什麼奇莉拉！」

滿腔怒火、順不過氣的瓦鐵．德里多，接過坎塔蕊拉拿在雙手的酒杯。那裡頭斟滿了艾斯艾斯——一種年分特殊的葡萄酒。那年，恩菲爾．法．恩瑞斯還只是個被剝奪王位繼承權、傷得體無完膚的小男孩，而瓦鐵．德里多也只是個無足輕重的軍官。

那是一個很好的年分——對葡萄酒來說。

瓦鐵一邊啜著美酒，一邊把玩坎塔蕊拉形狀美好的乳房，繼續說著。

「我的小甜心啊，史蒂芬．斯凱蘭是一個心緒複雜、城府極深的人。不過，在黎恩斯搞清楚前，我會先知道他在打什麼主意……我已經在那裡安插了人……那人和斯凱蘭很親近……非常親近……」

坎塔蕊拉解開瓦鐵的浴袍繫帶，彎下身子。瓦鐵感覺到她的吐息，因即將到來的歡欣而低嘆。天分。他心想。接下來那絲絨般的唇瓣所帶來的軟熱觸感，把他腦子裡所有的思緒都拋到了九霄雲外。

坎塔蕊拉施展著自己的天分，緩慢而靈巧地將歡欣帶給帝國情報組織首領瓦鐵．德里多。這不是坎塔蕊拉唯一的才能，不過這點瓦鐵並不知情。

他不知道卡西雅·凡·坎登有著非常好的記性和善於隨機應變的才智，與她外表給人的感覺恰恰相反。

瓦鐵和她說的一切，在她面前洩露的每個情報、每一個字，在第二天都已經被卡西雅轉給了女巫阿西蕾·法·阿娜西得。

□

對，我用人頭擔保，尼夫加爾德裡一定早就沒人記得卡希，就連他的未婚妻——如果有的話——也一樣。

不過這晚點再說，我們還是先回到那一天，以及我們越過亞魯加河的那個地方。我們用了挺快的腳程往西走，想盡快到達在精靈語中被稱爲卡耶度的黑森林一帶，因爲那裡住著德魯伊。他們有能力爲我們預言奇莉的所在，說不定還能透視困擾傑洛特的那些怪夢地點。我們穿過了上扎澤徹的森林。上扎澤徹又名左岸，是個蠻荒、人煙稀少的國度，介於亞魯加河與亞梅兒山腳下的另一個國度斯托基之間。那國家東與安葛拉谷交界，西接一片湖沼帶，不過名稱我一時記不得了。

從來也沒有誰特別把這個小國放在心上，所以這個國家到底屬於誰、由誰統治，一直不太明確。在這一點上，特馬利亞、索登、琴特拉及利維亞的下任繼承者似乎都在不同程度上，將左岸視爲自己王冠下的附庸，時不時會試著用焰火和鐵器來落實自己的說法。後來尼夫加爾德大軍越過了亞梅兒山，從此沒人再有置喙的餘地，對於這片土地到底是誰的附庸還是所有，也不再存有疑慮。亞魯加河以南的地方，全都歸尼夫加爾德帝國所有。在我寫下這些文字的時候，亞魯加河以北，也已經有不少土地成了尼夫加爾德帝國的屬地。由於沒有詳細資料，我不清楚北方被佔的土地到底有多少、幅員又是多廣。

回到扎澤徹，親愛的讀者，請容我先插上一段與歷史進程有關的話——一個地區的歷史常是被創造出來的、被刻意營造的，是外在力量衝突下的副產品。一個國家的歷史通常由外地人來創造。而這些外地人通常都是因，果卻總是由當地人來承擔，亙古不變。

扎澤徹，事實上，就是這一整個論述的延伸。

扎澤徹曾有自己的屬民——土生土長的扎澤徹人。終年不斷的衝突與爭戰，把他們變成乞丐，逼著他們遷徙異鄉。村落化做煙硝，城鎮轉爲廢墟，良田盡成荒野。商貿凋零，酒肆外道路殘敗。餘下的少數扎澤徹人，都成了化外野人，與狼獾、野熊之別，主要僅在於身上的褲子。至少，有部分人是如此。意思是說，只有部分人著褲，其餘則否。大抵，這是一支吝於助人、粗野又沒有教養的民族。

而且一點幽默感也不剩。

養蜂人的黑髮女兒把那根礙事的辮子甩到背上，繼續使勁磨穀。亞斯克爾的努力沒有效用——看來詩人的話根本沒進到女子耳中。亞斯克爾對同伴咕噥了幾句，然後裝模作樣地重嘆一口氣，看向了天花板。不過，他沒有放棄。

「拿來吧。」他露出一口白牙，又說了一次。「拿來吧。我來幫妳磨，妳去地窖拿啤酒。這裡一定藏有地窖，而地窖裡一定有酒桶。我說對了吧？小美人。」

「先生，您可不可以放過這丫頭啊？」在廚房裡忙和的養蜂人妻子光火地說。那是一個身材高挑纖細、相貌意外美麗的女人。「我已經和您說過，我們這裡沒有什麼啤酒。」

「這話我們已經跟您說了很多次了，先生。」養蜂人中斷與獵魔士及吸血鬼的談話，出聲支援妻子。「我們來做煎餅淋蜂蜜，您等等就能吃了，不過先讓丫頭好好把穀子磨成粉吧。畢竟沒有麵粉，就算是巫師也變不出煎餅啊！您就讓她、您就讓她好好磨穀子吧。」

「亞斯克爾，你聽見了吧？」獵魔士喊道：「別再纏著那女孩不放了，做些比較有用的事吧，不然就去寫你的回憶錄！」

「我很渴啊，想在吃東西前先喝點什麼。我有一點藥草，可以自己泡來喝。阿婆，這屋子裡有沒有開水啊？我是問『開水』，有沒有？」

坐在灶旁修補襪子的老婦人，也就是養蜂人的母親，抬起了頭。

「有啊，孩子，有啊，不過已經冷了。」老婦的口齒不甚清晰。

亞斯克爾發出一聲悲嘆，投降般地坐到桌前，而他的同伴已經在那兒和養蜂人聊了起來。這名養蜂人是他們一大清早在高聳參天、獸群密布的針葉林裡碰見的。他的個頭矮小、體型壯碩，有著一頭黑髮及滿臉大鬍子。因此，整個隊伍在他從茂密的林子裡冒出來時，都被嚇了一跳，也就沒什麼好奇怪的了——大家把他當成了狼人。更逗趣的是，頭一個大叫「狼人、狼人！」的是吸血鬼雷吉思。當時場面有些混亂，不過事情很快便清楚了。這個養蜂人外表雖然粗鄙，實際上卻十分好客有禮，他們也沒有客套，直接接受邀請，去了他的屋子。那間屋子——以養蜂人的行話來說叫「舍子」——就立在一塊經過墾拓的林間空地上，養蜂人同自己的母親與妻女一起住在裡頭。這兩位女子擁有美得異於常人、美得有些怪異的容貌，顯然在她們的祖先當中，曾有德律阿得或哈瑪德律阿得【註】。

在交談的過程中，感覺上和養蜂人能聊到的話題，似乎只有蜜蜂、樹上的蜂洞、在樹上鑿蜂洞、綁在樹上的採蜜板、圈在蜂洞下的防熊板、採蜜、蜂蜜和蜂蠟等，但這只不過是表象。

「現在的政勢？還能怎樣？不就是老樣子。稅金越來越重。蜂蜜要三罐，蜂蠟也要滿滿一整罐。我這褲腰帶可是勒得死緊，從早到晚都得吊著繩子、坐在採蜜板上採蜂洞裡的蜜……我這稅金是繳給誰？我哪知道來催稅金的那個人是在誰底下當差啊？最近來的那些人說的是尼夫加爾德話，我們這會兒大概是成了帝國的一個省或什麼的。我賣蜜，他們拿帝國的錢來付，上頭拓了大帝的樣子。那張臉是挺漂亮的，不過馬上就看得出來，這大帝沒那麼好說話。那個……那個……」

一黑一白的兩隻狗兒坐到吸血鬼對面，拉長脖子叫了起來。養蜂人那長得像哈瑪德律阿得的妻子從火爐前轉過身，拿起掃帚狠狠招呼牠們。

「狗在大白天裡哭叫，不是好兆頭啊。」養蜂人說：「那個……那個……我剛剛要說什麼？」

「說卡耶度的德魯伊。」

「呵！所以你們不是開玩笑呀？各位先生？你們是真的想去找德魯伊？你們是活膩了還怎樣？去那邊是死路一條啊！只要有人敢踏進他們的地盤，那群滿腦子槲寄生的傢伙會把人抓起來，用柳枝裹住，放在火上慢慢燒。」

傑洛特朝雷吉思瞥了一眼，後者則不知對他說了什麼。有關德魯伊的傳聞沒有一樣屬實，這點兩人都很清楚。然而，米爾娃與亞斯克爾卻聽得比原先更專注，而且顯然十分不安。

「有些人說，」養蜂人繼續：「那群滿腦子槲寄生的傢伙在報復，因爲是尼夫加爾德人先找他們麻煩，從安葛拉谷闖進他們的聖橡樹林，無緣無故開始打人。另一些人說是德魯伊先動手，抓了幾個帝國人，把他們折磨死，所以現在得把這筆帳還給尼夫加爾德。事情的眞相到底是怎樣，沒有人知道。不過德魯伊會把抓來的人罩在柳枝巫婆裡燒掉，這事是錯不了的。去找他們，就是找死。」

「我們不怕。」傑洛特平靜地說。

「當然。」養蜂人打量著獵魔士、米爾娃，以及安頓好馬匹、正走進屋裡的卡希。「看得出來你們個個都不是膽小鬼，一身是膽，還帶了武器。呵，和你們這種人一起出門，是沒什麼好怕的……呃……不過你們在黑森林已經找不到那群滿腦子槲寄生的傢伙了，去了只是白費力氣、走冤枉路。尼夫加爾德人把他們擠走，趕出了卡耶度。他們已經不在那邊了。」

「怎麼會這樣？」

「就是這樣，那群滿腦子槲寄生的傢伙都跑了。」

「他們去哪了？」

養蜂人看了看他的哈瑪德律阿得，沉默了一會兒。

「他們去哪了？」獵魔士又問了一次。

養蜂人的虎斑貓坐到吸血鬼面前，以極爲嚇人的方式叫了起來。哈瑪德律阿得拿起掃帚狠狠招呼牠。

「公貓在大白天裡哭叫，不是好兆頭啊。」養蜂人困惑萬分地喃喃說道。「德魯伊的話……那個、

【註】：較於廣義的林精德律阿得，哈瑪德律阿得在希臘神話專指與樹木共生的樹精，爲德律阿得中特別的一支。

那個……逃到斯托基了。對，我沒說錯，他們往斯托基去了。」

「那得往南走上六十哩。」亞斯克爾作出評論，態度頗爲輕鬆，語氣甚至可謂開心，不過看到獵魔士的眼神後，便立刻閉上了嘴。

在這股突然降臨的寂靜中，只聽得到被趕出戶外的那隻貓，預告不幸的叫聲。

「原則上，這對我們來說有什麼分別嗎？」吸血鬼如是回應。

□

隔日的早晨爲他們帶來了另一串意外與謎題，不過他們很快便找到了解決辦法。

「我的天呀。」頭一個從稻草堆裡爬起身的米爾娃說。外頭的那陣喧囂將她從睡夢中吵醒。「我的媽呀，傑洛特，你看。」

林間空地上擠滿了人。他們第一眼瞧見的是五、六戶養蜂人家聚在一起。獵魔士那雙訓練有素的雙眼看出人群中還有幾名獵人，而且最少有一名煉製焦油的師父。這群人加起來，男的共約十二名、女的十名，還有少男、少女十名，以及同樣人數的孩童。這群人帶了六輛車、十二頭閹牛、十頭乳牛，還有四隻山羊及一大群綿羊，甚至還有不少狗和貓。在目前這種情況下，這些貓狗的叫聲絕對該算在壞預兆的行列裡。

卡希揉了揉眼睛，說：「我挺想知道，這是什麼意思。」

「麻煩。」亞斯克爾一面撥掉頭髮中的稻草，一面說道。雷吉思沒有開口，但表情頗爲怪異。

「各位尊貴的先生、小姐，請來吃早餐吧。」他們認識的那名養蜂人說，並和一名寬肩男子一同往他們的稻草堆走來。「早餐已經好了，是燕麥加牛奶，還有蜂蜜。而這位呢，請容我介紹，是洋·科羅寧，我們的村長，也是個養蜂的……」

「很高興認識您。」獵魔士虛應著，沒有行禮回敬，一方面也是因爲他的膝蓋又疼得厲害。「吶，那群人是從哪來的？」

「這個、那個……」養蜂人抓了抓頭頂。「你們瞧，冬天要來了……我們採蜜板都收好了，新蜂洞也鑿完了……是時候回斯托基的列德布魯內……把蜂蜜交了好過冬……不過森林裡不安全……自己上路的話……」

村長清了清嗓子。養蜂人見了傑洛特的臉色，微微縮起身子。

「你們都騎著馬、帶著武器。」他結結巴巴地說：「一眼就看得出來，你們都是身手好又不怕死的人。有你們這種人一起上路，就不用怕了……這樣對你們來說也比較方便……這裡的每一條小路、大路，每一座闊葉林、沼澤林，我們都很熟……還有，我們也會給你們東西吃……」

「而離開卡耶度的德魯伊，正好就是往斯托基去。」卡希冷冷地說：「這還眞是個難得的巧合啊。」

傑洛特緩緩走向養蜂人，兩手抓起他的外衣前襟，片刻後卻又改變主意，放開手，替他撫平衣衫。

傑洛特什麼也沒說，什麼也沒問。儘管如此，養蜂人還是急著開口解釋。

「我說的都是眞話！我發誓！我要是說謊的話，就讓我腳下的地裂開，把我摔到地獄去好了！那群滿腦子只有槲寄生的傢伙已經離開卡耶度了！你在那邊找不到他們！」

「他們現在都在斯托基，對吧？」傑洛特大吼：「就是你們這群傢伙要去的地方？想找人護送你們去的地方？你這傢伙，說話啊，不過給我想清楚了，因爲你腳下的地可眞的會裂開！」

養蜂人斂下眼色，不安地望向腳下那片地。傑洛特特意保持沉默。總算弄清眼前情況的米爾娃，開口罵得十分難聽，卡希則出聲表示不屑。

「怎樣？」獵魔士出聲催促：「德魯伊去哪了？」

最後，養蜂人嘀咕說：「先生啊，誰知道他們去哪了。不過他們有可能在斯托基……也有可能在別的地方。可是在斯托基有很多橡樹林，而德魯伊喜歡橡樹林……」

除了科羅寧，兩名哈瑪德律阿得——養蜂人的妻子和女兒也已經站到他身後。還好女兒是像母親，不像父親。獵魔士不自覺地想著。這養蜂人和他的妻子站在一起，就像鮮花和牛糞一樣。他注意到哈瑪德律阿得後頭還站了幾個女人，姿色與其相去甚遠，但眼神中卻帶著類似的乞求。

他看著雷吉思，不知是該笑還生氣。吸血鬼聳了聳肩。

「確實挺有道理，傑洛特，養蜂人說的沒錯。」他說：「其實德魯伊的確很有可能遷往斯托基。那的確是個挺適合他們的地方。」

獵魔士的眼神變得非常、非常冰冷。「照你的看法，這個可能，大到足以讓我們突然改變方向，和這邊的這群人一起盲目出發？」

雷吉思再度聳了聳肩。

「有何差別？你好好想想，德魯伊不在卡耶度，所以這個方向已經可以剔除。至於回頭往亞魯加走，我認爲這條路也不能列爲討論項目。所以剩下的每個方向對我們來說，都是好方向。」

「是嗎？」獵魔士話裡的溫度降得如眼神一樣冰冷。「所以根據你的說法，剩下的這些方向，每一個都是最好的選擇？和養蜂人一起的方向？還是哪個完全不同的反方向？你可以用你那無邊的智慧來提點一下嗎？」

吸血鬼緩緩轉向養蜂人、村長、哈瑪德律阿得及其他女人，認眞問道：

「善良的人們啊，是什麼東西讓你們如此畏懼，讓你們尋求護送？是什麼喚起你們心中的恐懼？你們就開門見山地說吧。」

「哎呀，先生啊。」洋．科羅寧用著一副哭喪嗓音起頭，而他眼中浮現的恐懼再眞實不過了。「這您還用問嗎？我們要走的那條路會經過陰濕荒林啊！那裡可是很嚇人的呀！先生！有血妖、葉鼻蝠、長尾蛛、獅鷲，還有其他可怕的怪物！兩個禮拜前我的女婿才被林妖抓走。他只來得及咳一聲，人就這麼沒了呀。現在您還覺得我們怕帶女人與孩子走那邊很奇怪嗎？啊？」

吸血鬼看向獵魔士，表情十分嚴肅。

「我無邊的智慧告訴我，我們當前最該走的方向，正是最適合獵魔士的方向。」他說。

於是，我們動身往南，朝亞梅兒山腳下的國度斯托基去。我們這支隊伍浩浩蕩蕩，裡頭什麼都有——年輕女孩、養蜂人、獵人、婦人、小孩、年輕女孩、寵物、生活用品、年輕女孩，而且還有多到不行的蜂蜜。所有的東西都被那蜂蜜弄得黏糊糊的，就連那些女孩子也是。

整支隊伍不論人車，都快速前進，而且一路都未減慢。因爲我們不但沒有迷路，反而像支飛箭般筆直前進。養蜂人對所有大路、小路，以及各湖間的沼澤位置都很了解。而這份了解對我們來說非常有用，呵呵，有用極了。因爲開始飄起細雨，這整個該死的扎澤徹突然沉入膏濃厚霧之中。沒了養蜂人，我們一定會迷失方向，或者在沼澤的某處滅頂。我們也無須浪費時間、精力準備食物。他們每日爲我們備好三餐，味道雖然普通但分量充足。用餐過後，他們也會讓我們肚腩朝天，休躺片刻。

簡言之，事事美好。就連那個老拉著臉、令人乏味的獵魔士也笑容變多，懂得開心過活。這是因爲他算出我們平均每日行進十五哩，而如此紀錄，自我們離開布洛奇隆起，還未曾有過。獵魔士無事可做。雖然陰濕荒林陰濕的程度，確實讓人很難想像能有比這更加陰濕的地方，不過我們沒有碰上任何怪物。對，夜裡會有鬼魅嚎叫幾聲，林子裡會傳出哭啕，沼澤上也有鬼火舞動，但這些一點也不嚇人。

我們前進的方向又再度以頗爲隨性的方式選定，而且又再度沒有精準目標。不過就像吸血鬼雷吉思所說，在沒有目的的情況下，往前推進總好過原地踏步，而且一定比後退好得多。

「亞斯克爾！把你那根管子綁好一點！要是《詩的半世紀》掉下去，在蕨類叢裡弄不見，那就可惜囉。」

「怕什麼！我不會把它搞丟的，這點你們絕對可以放心。我也絕對不會讓人把它拿走！誰想拿走我的管子，就得先踏過我冰冷的屍體。傑洛特，可以說說你這銀鈴般的笑聲是什麼意思嗎？讓我來猜猜……先天性矮呆症？」

□

來自格勞皮安堡大學、在波克萊進行挖掘的考古團隊，曾自一層顯示大火肆虐痕跡的木炭底下，發現更加古老、可溯及十三世紀的地層。在該地層中，他們挖到一個由城牆殘垣組成，並以黏土、石灰密封的洞穴，裡頭有著令學者驚喜萬分的發現——兩具保存完整的人骨，一男一女。在這兩具遺骸旁，除了武器及數不清的小製品外，還發現一個三十吋長的硬皮管子，上頭有個色彩斑駁的紋章拓印，圖案爲雄獅與方鑽。身爲團隊領導的施利曼教授，同時也是傑出的「黑暗時代」印章學專家，判定這枚紋章是一個地點不明的上古王國——利里亞——的國徽。

而那根硬皮管子更讓學者的驚喜攀上巔峰，因爲「黑暗時代」的人們會以這種管子存放手稿，而根據管子的重量可以推測裡頭的紙張或羊皮卷數量頗多。管子的保存狀態良好，讓人不禁期待裡頭的文件仍清晰可辨，能爲隱於黑暗的過去投射一束光明。這些時代將會出聲訴說！如此的意外驚喜非比尋常，代表著科學上不容錯失的勝利。爲了可能面臨的情況，考古團隊從格勞皮安堡召來了語言學家、滅絕語言研究學者，以及知道如何不冒一絲風險、將皮管毫無損傷打開的專家。

同一時間，施利曼教授的團隊裡開始盛傳「寶藏」一事。這些謠傳碰巧傳入考古團隊聘來掘土的三名男子耳中，他們分別是茲迪勃、卡頗與卡米勒．榮斯特特爾。這三人深信，皮管中塞滿的是金子與値錢物品，便趁夜盜走這無比珍貴之物。他們逃進森林，生起一個小火堆，圍坐了下來。

「你還在等什麼？」卡頗操著濃濃口音對茲迪勃說：「把管子打開啊！」

「打不開啊。」茲迪勃也用濃濃的口音向卡頗抱怨：「這東西緊得和還沒開苞的姑娘一樣！」

「操你個臭婊子，用鞋子踩啊！」卡米勒．榮斯特特爾提出建議，口音同樣清楚可辨。

在茲迪勃的鞋跟底下，那無比珍貴的尋獲物鬆開了閉口，裡頭的東西也跟著掉出地面。

「你他媽的臭婊子！」卡頗驚叫出聲：「這是什麼東西？」

這個問題很愚蠢，因爲只消一眼，便能瞧出那是一張又一張紙。因此，茲迪勃沒有回話，反而拿起其中一張湊到眼前，盯著那些不明的文字看了好一會兒。

最後，他端出一副權威模樣宣布：「這上頭寫的都是字！」

「字？」卡米勒．榮斯特特爾大叫了起來，刷白了臉。「上頭寫的都是字？我他媽的臭婊子！」

「這些寫的都是符咒啊！」卡頗嚇得牙齒打顫，說話結結巴巴：「這些字寫的都是巫術啊！眞他媽的臭婊子，你們可別碰呀！免得被沾染到了！」

茲迪勃不用人說第二次，將那紙丟進火堆，顫抖的雙手緊張地在褲子上擦了擦。卡米勒．榮斯特特爾大腳一踢，把剩餘的紙張都掃進火裡。畢竟，這要命的東西會讓哪家孩子給碰上也說不定。在那之後，這三人便匆匆離開這危險之地。

無比珍貴的「黑暗時代」文學古物，化爲一道高漲明亮的焰火。這些時代透過火中燒紅的紙張輕聲訴說了片刻。隨後，焰火消熄，大地也籠罩於臭婊子般的黑暗之中。

多明尼克·邦巴斯圖斯·侯維納赫，一二九三年生，於艾冰格從事大量貿易致富，定居尼夫加爾德，廣受帝國子民敬重。於約翰·卡爾威塔在位期間，受封爲子爵及維能達勒鹽礦監事，後因功勞卓著，再獲賜封地內圍伍根。身爲尼夫加爾德大帝的忠心參事，侯氏深受帝王倚重，參與諸多公眾事務。一三〇一年逝。侯氏於艾冰格廣施善舉，援助需要幫助及身無長物之人，開設孤兒院、醫院及育幼院，並投下爲數不小之金額。侯氏熱愛藝術與運動，爲首都之喜劇院及運動場提供資金；這兩處場所皆以其命名。一般認爲，侯氏爲公正、誠實及正派經營人士的楷模。

《大世界紀元百科全書》第七卷

——艾凡伯格與塔波特

第四章

「證人的姓氏、名字？」

「姓是色博內，名字是肯娜，抱歉，我是說尤安娜。」

「職業？」

「我提供各種服務。」

「證人在開玩笑嗎？本庭要提醒證人，目前是在帝國法庭接受叛國審判！證人的證詞關係到許多人的性命，因爲叛國可是死罪！本庭要提醒，證人並非以自由之身立於庭上，而是由城塞那隔離之地被帶過來的。至於證人之後是回到原處或重獲自由，關鍵因素之一，便是證人的說詞。本庭特地花時間解釋，爲的就是要證人了解，胡扯嬉笑在這庭上是有多麼不當。證人有半分鐘時間去思考此事。之後，本庭會再度提問。」

「可以了，尊貴的法官大人。」

「請稱呼本席及同席諸位法官爲『庭上』。證人職業爲何？」

「我是控心士，庭上。不過主要是爲帝國情報組織服務，我是說……」

「回話請簡明扼要。本庭若需要妳進一步說明，自會提出要求。本庭知曉證人與帝國組織祕密合作一事，不過請在證供中補充說明，證人用以描述職業之『控心士』一詞作何解釋。」

「我是天生的一心士，意思是第一類控心士。具體來說，我可以聽取他人思緒，與巫師、精靈或其他控心士遠距交談。我還可以透過思緒傳達指令，我是指強迫他人依我的意思行動。我也可以預知未來，不過要在睡眠狀態下進行。」

「請在證詞中加入證人尤安娜．色博內爲具有超感知能力之心靈感應者，能使用傳心術及讀心術，在催眠狀態下有預言能力，但不具備念力。本庭要提醒證人，法庭上嚴格禁止使用魔法及超感知力量。聽證繼續。關於有人自稱琴特拉公主奇莉拉一案，證人是在什麼時間、什麼地點、什麼情況下涉入？」

「庭上，那個什麼奇莉拉的事，我是一直到進了鐵籠……我是說進了隔離區以後才知道。在接受審訊的時候我才知道，奇莉拉與人稱法兒卡或琴特拉之女的那個女孩，是同一個人。至於是什麼情況，我得按順序來說，我是說，這樣比較清楚。事情是這樣的，達可瑞．席利帆特，就是坐在那邊的那個人，在埃托利亞的一家旅店裡找上我……」

「請於證詞中加入，證人主動指認被告席利帆特。請繼續。」

「庭上，達可瑞組了一隊人馬……我是說一支武裝部隊。裡頭的男女個個心狠手辣……度飛伽．克利耶、耐拉汀．切卡、克蘿伊．斯蒂茲、安德烈斯．維樂尼、提爾．耶和拉德……都沒有一個活著，庭上……至於那些活下來的，大多在這裡，喏，都坐在那邊讓庭衛看著……」

「請證人提供與被告席利帆特碰面的確切時間。」

「那是在去年，八月，大概是月底，確切的日期我不記得了。反正不是在九月，因爲那年的九月呀，哈，我可是記得很清楚呢！達可瑞不知道從哪裡打聽到我，他說他的人馬裡要一個不怕魔法的控心士，因爲他要辦的事跟魔法師有關。他說這份差事是替大帝和帝國辦的，還說工錢很不錯，而且指揮這隊人馬的不是別人，正是夜梟本人。」

「證人所言之夜梟，指的可是帝國驗屍官史蒂芬．斯凱蘭？」

「當然是他啊。」

「請把這點加入證詞。證人是在何時、何地與驗屍官斯凱蘭有所接觸？」

「我在九月的時候就已經見過他，那天是十四日，在羅彩內堡。庭上，羅彩內堡是邊境的一座崗樓，負責看守從邁阿赫特通往艾冰格、蓋索和梅提那的商路。達可瑞．席利帆特就是把我們這隊人馬帶去那裡，用了十五匹馬，我們所有人加起來總共二十二人，而其他人編制在奧拉．哈樂思罕與貝特．布利爵恩底下，已經都準備好，在羅彩內等我們了。」

□

鞋靴沉沉踏在木造地板上，將馬刺與金屬帶釦震出聲響。

「你好，史蒂芬先生！」

夜梟不但沒有起身，連擱在桌上的雙腳也沒有放下，只是擺了擺手，那很有大人物的模樣。

「終於。」他說，話聲中滿是嘲諷：「你可眞是讓人久等了，席利帆特。」

「久？」達可瑞．席利帆特大笑一聲。「這話說得眞有趣！史蒂芬先生，您給了我四個星期去替您放風聲，爲您從帝國各地找來上打敢死的一等一好手。您要我找來的這種人馬，就算花一年的時間去網羅都算少！而我只用二十二天就辦好了。這該値得嘉賞吧？嗯？」

「嘉賞的事，等我看過你的人馬之後再說吧。」斯凱蘭冷冷地說。

「那就事不宜遲。這些就是我的少尉，不過現在是您的了，斯凱蘭大人。耐拉汀．切卡和度飛伽．克利耶。」

「歡迎、歡迎。」夜梟總算決定起身，其身後的副官也紛紛跟著動作。「我來向兩位介紹……貝特．布利爵恩、奧拉．哈樂思罕……」

「我們很熟。」達可瑞．席利帆特大力握了握奧拉．哈樂思罕的右手。「我們以前一起在老布雷班特的手底下擋過納澤爾的叛亂。那次可過癮了，對吧，奧拉？嘿，可過癮了！那次流的血都淹過了馬腳呢！至於布利爵恩先生，要是我沒弄錯的話，是來自蓋梅拉？鎮壓部隊出身？喔，那隊伍裡就有您的熟識啦！我那邊有幾名鎮壓軍。」

「我已經等不及要見識一下了。」夜梟插了話。「我們可以走了吧？」

「稍等一下。」達可瑞說：「耐拉汀，去叫兄弟們排好隊，好在驗屍官大人面前充個排場。」

「這個耐拉汀．切卡，是男的還是女的？」夜梟瞇起雙眼盯著離去的那名軍官背影瞧。「他是男人還是女人？」

達可瑞．席利帆特先是清了清喉嚨，不過等他開口時，話音裡已充滿肯定，眼神也透著清冷：「斯凱蘭大人，這我也不清楚。他看起來像男人，不過我沒有十足把握。但這耐拉汀．切卡絕對是名軍官，這點我可以肯定。您問的這件事，如果說我打算向他求婚，那您問這件事就有那麼點意思，不過我並沒有這種打算。我想，您也沒有。」

「你說得對。」斯凱蘭思索了一陣後，表示認同。「沒什麼好說的。我們去瞧瞧你的手下吧，席利帆特。」

性別不明的耐拉汀．切卡沒有浪費時間。當斯凱蘭與他的軍官來到堡壘庭院時，隊伍已整隊完畢，其隊形之齊整，沒有任何一匹馬的頭突出超過一扠。夜梟清了清嗓子，心中頗爲滿意。這群人還不賴。他心想。哎，要不是這政策，就可以帶著這麼一群牛鬼蛇神，到邊界去姦淫擄掠、殺人放火……如此一來，也可以重拾年輕的感覺……要不是這政策啊……

「斯凱蘭大人，怎樣？」達可瑞．席利帆特問道，臉色因掩飾興奮而通紅。「您對我這票雀鷹的評價如何？」

夜梟的目光掃過站在他面前的張張臉孔、道道身形。這當中有些人他是認識的，只不過交情有深有淺。其餘的他早有耳聞，可以認得出來，風評也都清楚。

提爾．耶和拉德是精靈，金髮，爲蓋梅拉鎮壓軍統領。黎司帕．拉坡因特——同一部隊出身的上士。跟著的也是鎮壓軍的一員——小奇普利安．伏利普。大奇普利安被處決時，斯凱蘭也在場，這兩兄弟的虐待傾向是出了名的。

接下來，坐在一頭花斑母馬上、隨性憑靠鞍頭的是克蘿伊．斯蒂茲，女盜賊一名，各個祕密組織有時會聘僱或利用她。面對她大膽的視線與邪惡的笑容，夜梟很快避開了目光。

安德烈斯．維樂尼——來自雷達尼亞的北地林格，殺人如麻。史迪格瓦德——海盜，斯格利加的叛徒。戴戴．華爾加斯，鬼才知道是打哪來的，職業殺手一名。卡貝尼克．屠人特——殺人狂。

其他還有許多類似的人。這些人全都差不多，斯凱蘭心裡想著。在這種兄弟會、同誼會裡，一旦揹了超過五條命，所有人便沒有什麼分別。一樣的動作，一樣的手勢，一樣的言談、舉止、脾性。一樣的眼睛。又冷又淡，扁平且波紋不動，就像蛇眼一般，什麼也看不出來，就連最可怕的夢魘也無法令其改變一絲一毫。

「怎樣啊？斯凱蘭大人？」

「不錯。這群人不錯，席利帆特。」

達可瑞的臉又更紅了，把拳頭舉到軍帽上，用蓋梅拉軍的方式行了禮。

「我特別叮囑過，要幾個見過魔法、不怕魔法，也不怕魔法師的。」斯凱蘭提醒道。

「我記得。提爾．耶和拉德就是啊！除了他以外，喔，還有坐在那頭紅棕色駿馬上的高個兒小姐，就是克蘿伊．斯蒂茲旁邊的那個。」

「等等把她帶來找我。」

夜梟倚著扶欄，用鑲著金屬的馬鞭敲了一下。

「眾將士注意！」

「是，驗屍官大人！」

眼前的這群人扯開嗓子同聲應和，斯凱蘭一直等到回音休止才開口：「你們當中有許多人已經跟過我，知道我是怎樣的人、有怎樣的要求。這些人就向那些不認識我的人，說清楚我對底下的人有哪些要求，以及哪些是我不能容忍的事，所以我就不再浪費不必要的唇舌。」

「你們當中的某些人在今天已經收到任務，明天天一亮就動身執行。地點在艾冰格境內。我要提醒你們，形式上艾冰格是個自主王國，形式上我們在那邊沒有任何管轄權，所以我命令你們行事要謹慎低調。你們爲帝國服務，但我禁止你們拿這點來誇耀、自捧、對地方政權態度驕傲。我要你們行事不引人注目，都清楚了嗎？」

「是，驗屍官大人！」

「在這座羅彩內堡裡，你們是客人，該要有客人的樣子。除非必要，不准離開分配給你們的住所，不准和堡壘守軍有任何接觸。話說回來，你們的軍官會好好替你們設想，不會讓你們鬧到發慌。哈樂思罕先生、布利爵恩先生，請把部隊安頓好！」

□

「庭上，我還來不及下馬，達可瑞就抓著我的袖子說：『肯娜，斯凱蘭大人要和妳說話。』我當時還能怎麼辦，就跟他一起走囉。夜梟坐在桌子後頭，兩腳擱在桌上，拿著條馬鞭在鞋筒上有一下、沒一下地打著。他開門見山就問我是不是與南星艦消失有關的那個尤安娜·色博內。我就答他，沒人有確切憑據可以證明這件事。他笑著說：『會說自己行事不會被逮到證據的人，我喜歡。』然後他又問我本身的一心士，我是說感靈能力，是不是天生就有。我給了他肯定的答案後，他就臉色一沉，說：『我本來想，妳的天賦會在和巫師交手時派上用場，不過首先我有件事要妳去辦，是關於一名人物，一名神祕人物。』」

「證人可以肯定這些都是驗屍官斯凱蘭所用的字眼？」

「對，我可是個控心士啊。」

「請繼續。」

「那時候，我們的談話被一名信使打斷了。那人一臉塵土，看得出來他這一路上對馬匹沒有半點不捨。他有急報要給夜梟，而達可瑞．席利帆特在我們去住所安頓的途中，說那個信使的急報會把我們提前趕上馬鞍。而他說的確實沒錯，庭上。大伙兒還來不及想晚飯的事，部隊裡有一半的人已經跨上馬鞍。好險，這一場我躲過了。他們找了精靈提爾．耶和拉德。我挺高興的，因爲在路上跑了幾天，我的屁股都痛得快開花了……還有我的月事也像是要湊一腳似地，就這麼剛好來了……」

「證人可以不必對個人私密處的病痛作鮮活描述，請針對主題發言。證人是何時得知驗屍官斯凱蘭所言之神祕人物的身分？」

「我等等就會說到，不過一切總得有個順序，不然會亂成一團，讓人摸不清楚頭緒！當時在晚飯前匆匆上馬的那些人，從羅彩內趕去了馬勒紅，帶回了一個小伙子……」

□

尼次克拉很氣自己，氣到甚至想痛哭一場。

他要是把那些明白人的警告放在心上就好了！他要是把老人家說過的話放在心上就好了，不然至少也記下那隻管不住自己嘴巴的烏鴉的故事！他要是辦完事馬上回家、回妒火村就好！可是他偏偏沒有這麼做！這次的歷險讓他興奮過了頭，身邊那頭令人驕傲的坐騎，錢包裡那些沉甸甸的硬幣，讓尼次克拉沒辦法忍著不去誇耀。他沒有從克拉蒙特鎮直接回妒火村，卻跑到馬勒紅去，他在那邊有許多熟識的人，還有幾個打情罵俏的對象。他在馬勒紅大肆吹捧自己，像春天裡的公鵝一樣，說話大聲、態度猖狂，騎著馬在廣場上向眾人展示，把錢撒在旅店吧台上要請所有的人喝酒。他裝出的那副表情、姿態，好像他出生就是個親王，不然至少也是個伯爵。

然後他把一切都說了出來。

他說了四天前在妒火村發生的事。他說的版本不斷改變，加油添醋，誇大渲染，到後來更說起睜眼瞎話，不過這些對聽眾來說絲毫沒有妨礙。旅店裡的人，不管是當地的還是外來的，都聽得津津有味。而尼次克拉端出一副什麼都知道的樣子說著，而且越說就越把自己形容成那些事件的中心人物。

才到第三晚，他就體驗到了何謂禍從口出。

那群人一進入酒館，當場陷入一片寂靜。在這一片寂靜當中，靴上的馬刺與皮帶上的金屬釦環相撞聲，兵器上金屬鑲飾的刮動聲，宛如鐘塔頂端傳來，那預告噩耗的不祥鐘聲。

來人甚至沒讓尼次克拉有逞英雄的機會，一把將他抓住，帶出酒館。速度之快，他的鞋靴大概只來得及觸地三次。昨天還喝著他的酒、大聲宣告友情長在的那群熟識，現在一個個都默不作聲，紛紛把腦袋湊到桌下，好似那底下有著怎樣的奇事，或有裸女在跳舞。就連在場的旅店管事也轉向牆壁，半個字都沒說。

尼次克拉同樣也沒說半個字，沒問對方是誰、要做什麼、有什麼目的、爲的又是什麼。他嚇得舌頭僵直，呆若木雞。

他們把他丟上馬，要他出發。他就這樣在馬上騎了幾個鐘頭。之後，他們來到一座有圍欄與高塔的碉堡。校場上，滿是身佩武器、自信嘈雜的士兵。還有一處屋室。屋室裡有三個人，誰是統領、誰是副統領，當下一目瞭然。統領個頭不大，皮膚黝黑，衣著華麗，言談穩重且意外有禮。尼次克拉在聽到對方爲所造成的困擾及不便道歉，並向他保證在這裡不會受到傷害時，訝異得張大了嘴。不過，他並沒有上當。這些人給他的感覺和邦哈特太像了。

他的這股感覺準得出奇，因為那些人感興趣的對象就是邦哈特。這點其實尼次克拉也早該猜到，畢竟這個麻煩是他那張大嘴巴替自己找的。

讓人請來的尼次克拉開始說明事情經過。他被告誡要實話實說，別誇張渲染，那告誡口氣雖然有禮，卻帶著不退讓半分的強硬，而出聲提醒的，就是衣著華麗的那人。他一直把玩著鑲把麻花鞭，一雙眼睛既噁心又邪惡。

來自妒火村的棺材店少東尼次克拉，把事情經過老老實實說了出來。沒有半點虛假，只有最真切的實情。他說，九月九日那天早上，賞金獵人邦哈特在妒火村裡，將老鼠幫全數殲滅，只留下那個年紀最小、名喚法兒卡的土匪婆子。他說，整個妒火村的人都跑來看邦哈特怎麼處決獵物，結果卻是大失所望，因為邦哈特竟然沒有殺掉法兒卡，甚至沒有折磨她！他對她做的事，就像每個普通漢子星期六從酒館回家後，會對妻子做的一樣——就只是踹了她幾腳、甩了她幾巴掌罷了，沒有其他動作。

身著華服、手持鞭子的男子沒有作聲，尼次克拉則說著邦哈特在那之後，當著法兒卡的面，割下被他殺掉的老鼠幫成員腦袋；說著邦哈特挖下他們頭上金耳環鑲著的寶石，就像是在挖蛋糕上的葡萄乾一樣；說著法兒卡被綁在繫馬橫木上，眼睜睜看著這一切，不斷地嘶吼、嘔吐。

他說邦哈特後來在法兒卡的脖子上綁了項圈，像對條母狗一樣。他說邦哈特拖著這條項圈，進了酒館「喀邁拉頭下」。然後……

□

「然後，尊貴的邦哈特大爺要人送上啤酒，因爲他汗流了一身濕，喉嚨也都乾巴巴了。」年輕人一邊說著，一邊不停舔著嘴唇。「然後他又大喊，說心血來潮，要把駿馬送人，外加五枚弗洛倫現幣。他就是這麼說的，一字不差。我馬上就出聲應和，不讓其他人搶了先機，因爲我很想要有匹馬，也想要有幾個自己的錢啊。我父親什麼也沒給，只要靠棺材賺了點錢，就馬上拿去喝掉。所以我就出了聲，問他能拿哪匹馬，肯定是老鼠幫的其中一匹吧？尊貴的邦哈特大爺橫眼一瞧，看得我渾身打顫，然後他說我要拿，就拿屁股給他踹一腳，想要得到不屬於自己的東西，就得花勞力去換。我能怎麼辦呢？就像那俗語說的一樣，這是箭在弦上，不得不發；鞍在馬上，不得不跑。不過事實的情況也眞是這樣，因爲老鼠幫的馬就站在繫馬橫木前，尤其那匹黑母馬，是少見的駿馬啊。於是我靠了過去，問他該做什麼好換馬，而邦哈特大爺說要騎馬去克拉蒙特鎭，路上還得先去法諾鎭；要騎哪匹馬，讓我自己挑。他一定是見著我看那匹黑馬時，眼睛發亮的樣子，可是他就剛好不准我挑那匹。所以我就選了一匹頭上有塊白毛的紅棕馬……」

「有關馬的毛色不用講那麼多。」史蒂芬．斯凱蘭沉聲警示：「重要的部分多講一點。說，邦哈特要你去辦什麼事？」

「尊貴的邦哈特大爺寫了幾封信，要我好好收起來。他叫我去法諾和克拉蒙特，親自把信交到指定的人手裡。」

「信？裡頭寫了什麼？」

「鑲金的大人啊，我哪知道呢？我看字慢，那些信又都上了邦哈特的火漆。」

「但那些信是要給誰的？你記得嗎？」

「哪兒的話？當然記得。邦哈特大爺怕我忘了，叫我重複了不下十次。我去了該去的地方，把信親自交到該交的人手上，沒出半點差錯。他們誇我是個有腦袋的鄉下人，那位經商的大人甚至還給了我一枚錢幣……」

「你把信交給了哪些人？說清楚點！」

「第一封信是給法諾鎮的鑄劍兼甲冑師傅，埃斯特哈茲大師。第二封是給尊貴的侯文納赫，克拉蒙特鎮的商人。」

「他們有在你面前拆信嗎？有沒有人看信的時候唸了出來？好好想想，小伙子。」

「我想不起來。我當時沒有留意，現在想記也記不起來了……」

「蒙、奧拉。」斯凱蘭朝副官揚了揚下巴，絲毫沒有抬高音量：「把這賤民帶到廣場去，拉下褲子狠狠抽三十鞭。」

「我想起來了！」年輕人大喊：「我剛剛想起來了！」

夜梟朝他露出了一口牙，說：「你要是不記得核桃裏蜜的味道，那就讓你嚐嚐屁股挨鞭子的滋味。說。」

「克拉蒙特的商人侯文納赫先生在看信的時候，那邊還有一個先生，個子很矮，肯定是個半身人。侯文納赫先生對那人說……呃……他說，人家剛好寫了信給他，上頭說製衣廠這裡最近可能會有表演可看，而且是前所未見的那種。他就是這麼說的！」

「你沒弄錯？」

「我敢拿我母親的墳發誓！鑲金的大人啊，您別要人打我！可憐可憐我吧！」

「好了、好了，起來吧，別把口水噴到我的鞋上。這枚錢幣拿去。」

「感激不盡……大人您眞是慈悲心腸……」

「我說過了，別把口水噴到我的鞋上。奧拉、蒙，他說的你們有什麼頭緒嗎？製衣廠和這件事有什麼關聯……」

「競技場。」包雷阿斯突然出聲。「不是製衣廠，而是獵狗競技場。」

「對！」小伙子叫了起來。「他就是這麼說的！鑲金的大人啊，您說得好像您當時就在現場呢！」

「競技場和表演！」奧拉．哈樂思罕雙拳互敲。「這是暗語，但不是很複雜。這很簡單。表演、競技場是種警告，有人在追他們或圍捕他們。邦哈特是在警告他們，要他們快快躲避！不過他們要躲開的人是誰？我們嗎？」

「誰曉得。」夜梟一臉沉思道：「誰曉得。得派人過去克拉蒙特鎭……還有法諾鎭也要。奧拉，這件事交給你，讓底下的人分組去辦……聽好了，小伙子……」

「您儘管吩咐，鑲金的大人！」

「你帶著邦哈特的信要離開妒火村的時候，就我這麼聽來，他還在那邊？有要準備上路嗎？在趕時間嗎？有沒有說他打算去哪？」

「他沒有說，看起來也沒有要上路的樣子。他的外衣濺得都是血，要人拿去洗乾淨，自己穿了只內衫、內褲走來走去，不過他的劍還是佩在身上。我想他還是趕時間的。他可是殺了老鼠幫，還砍下了他們的腦袋要拿賞，他一定是要去討這筆錢的。至於那個法兒卡，他把她抓了，留她一條活口，也是爲了要把人交給誰吧？他的職業就是這樣，不是嗎？」

「那個法兒卡……你有好好瞧過嗎？你這白痴在那邊偷笑什麼？」

「哎呦，鑲金的大人啊！我有沒有好好瞧過她？怎麼會沒有？連小地方都看得一清二楚呢！」

□

「脫衣服。」邦哈特又說了一次，聲音裡有某種東西，讓奇莉反射性地一縮。不過她體內的反抗因子馬上讓她又抬起了頭。

「不要！」

她沒見到拳頭，甚至沒捕捉到他動作。眼前一花，整個地都在晃動，從她腳下溜掉。然後，她突然感覺髖骨遭到重重一撞，隨著一陣火辣襲上耳頰，她了解到自己不是被賞了老拳，而是讓他大大打了一巴掌。

他站在她身旁，居高臨下，將握緊的拳頭壓到她臉上。她看見一枚厚實骷髏頭徽戒，那是方才像隻胡蜂般螫上她臉的東西。

「妳欠我一顆前排牙齒，所以要是再讓我聽見妳說一個『不』字，我就馬上把妳的牙打下兩顆。脫衣服。」他用冰冷的聲音說。

她搖搖晃晃地站起身，抖著雙手開始解開夾釦及鈕釦。旅店「喀邁拉頭下」裡的客人低聲私語，又是咳嗽又是清嗓，張大了眼睛看戲。女店主寡婦勾蕾把身子壓到了吧台下，作勢尋找東西。

「把妳身上的東西都脫了，一件不留。」

他們不在這裡。她木然看著地板，一邊脫著衣服，一邊想著。這裡沒任何一個人。我也不在這裡。

「兩腿張開，站起來。」

我根本就不在這裡，等一下要發生的事跟我根本沒有關係，一點關係都沒有。完全沒有。

邦哈特放聲大笑。

「看起來，妳好像很自戀啊。我得讓妳看清事實。小白痴，我脫妳衣服，是要檢查妳身上有沒有藏了帶著魔力的符號、符文或護身符，不是爲了要拿妳這可悲的裸體來犒賞我的眼睛。別往自己臉上貼金。妳那身子又瘦又扁，活脫脫是塊發育不良的洗衣板，更慘的是，妳長得比夜叉還醜。相信我，就算我眞有那麼急，我也寧願去操隻火雞。」

他靠了過去，用鞋尖將她的衣服挑開，定眼評估了番。

「我說過了，全都脫掉！那些耳環、戒指，還有那條項鍊跟那只手環也是！」

他將她的珠寶全數拾起，接著大腳一出，把她的藍色狐領外套、手套、彩巾和銀鏈腰帶全踢到了角落。

「我不會讓妳像隻鸚鵡或妓院出身的半精靈那樣招搖過市！妳可以穿上剩下的這些破布了。至於你們，看什麼看？勾蕾，拿點吃的來，我餓了！而你，長了一圈鮪魚肚的，去瞧瞧我的衣服怎樣了！」

「我是這裡的村長！」

「那正好。」邦哈特說得咬牙切齒，而妒火村村長在他的注視之下，似乎瘦了幾分。「要是有東西洗壞了，我一定向身爲這裡主事的你追究到底。滾到洗衣房去！剩下的這些人，你們也給我滾！小毛頭，你還站在這裡幹什麼？信你拿了，馬也上鞍了，趕快給我上商道趕路去！記好了，要是搞砸了、把信搞丟了或是跑錯門了，我會找到你，把你砍得連你親媽都認不出來！」

「我走了，鑲金的大人！這就走了！」

□

「那一天，他還打了我兩次，用拳頭和馬鞭。之後，他失了興致，只是坐下來盯著我看，一句話也沒說。他的眼睛……就像魚那樣。沒有眉毛，也沒有睫毛……就兩顆濕濁的圓球，每顆裡都沉著一丸黑核。他用那兩顆眼睛盯住我，默不出聲。他這樣，比打我的時候更讓我害怕。我不知道他心裡在盤算什麼。」

維索戈塔沒有出聲。屋室裡鼠輩亂竄。

「他一直問我是誰，不過我沒有答腔。就像在渴什拉沙漠被追獵人抓到的時候一樣，也像現在一樣，我逃到了內心深處，就這樣躲在裡面。你懂我的意思嗎？那個時候，追獵人說我是雕像，我就把自己當成一尊木雕，沒有感覺、沒有生氣。他們對那尊木雕做的事，我都好像從高處觀看一樣。他們打我又怎樣？他們踢我又怎樣？把我當成狗，在脖子上套上項圈又怎樣？那又不是我，我根本就不在那裡……你懂嗎？」

「我懂。」維索戈塔點了點頭。「我懂，奇莉。」

□

「庭上，就是在那個時候，輪到了我們。換我們這一組。負責指揮的是耐拉汀．切卡，他們把追蹤高手包雷阿斯．蒙指派給我們。聽說啊，包雷阿斯．蒙就連水裡的魚，也有辦法追到呢，庭上。聽人家說，有一次包雷阿斯．蒙……」

「證人請勿離題。」

「什麼？喔，對……我懂。也就是說，那個時候，他們叫我們馬上趕去法諾鎮。那是九月十六日的早上……」

□

耐拉汀．切卡與包雷阿斯．蒙騎在前頭，之後是卡貝尼克．屠人特和小奇普利安．伏利普兩人並騎，接著是肯娜．色博內及克蘿伊．斯蒂茲，最後則是安德烈斯．維樂尼與戴戴．華爾加斯。最後這兩人唱著當下流行的軍歌，那是戰爭事務部贊助、推廣的歌曲。這首曲子的聲韻之差、歌詞文法之糟，就算是在眾多軍歌當中，也算獨樹一格了。曲名是「戰場上」，因為每一段歌詞——全部加起來有超過四十段之多——都是用這些字句開頭：

戰場的情況預料難，

今天你把他腦袋砍，
明天他說你時候到，
大腸小腸往肚外找。

肯娜輕聲跟著吹起口哨，很高興自己能和認識的人待在一起。這些人都是她在從埃托利亞往羅彩內的這趟漫長旅途中交熟的。和夜梟談過話後，她以為自己會被隨意分派，安插到布利爵恩與哈樂思罕的人所組成的隊伍裡。提爾．耶和拉德就是被分派到這隊伍裡，不過那精靈認識大多數的新夥伴，而他們也知道他是誰。

儘管達可瑞．席利帆特要他們馬上行動，他們卻是以最悠閒的速度前進。不過他們個個都是老手，在脫離堡壘視線範圍之前，無不策馬長去、席捲沙塵，一旦出了那界線，便都放緩了速度。那種累死馬兒的沒命狂奔，只適合毛頭小子或好玩分子。至於搶急這種事，大家都知道，只在抓跳蚤時才適用！

克蘿伊．斯蒂茲，一名來自伊姆拉茲的職業女竊賊，向肯娜說了自己從前與驗屍官史蒂芬．斯凱蘭的合作關係。卡貝尼克．屠人特與小奇普利安．伏利普綏下馬跟著聽述，並不時轉頭看向她們。

「我和他很熟，已經在他底下服務過幾次……」

克蘿伊發現自己說的話可能會導致雙重解讀，微微頓了一下，但馬上又恣意大笑，態度輕鬆。

「我也在他的指揮下做過事。」她透出一聲輕蔑：「不用怕呀，肯娜，不用。在夜梟底下做事，不用擔心會被勉強那檔事。他沒有死纏爛打，倒是我自己那時候不停找機會，最後也眞讓我給找著了。不過我還是得說清楚，在他面前，用這種方式是無法為自己找到保障的。」

「我根本就沒有打算這種事。」肯娜抿了抿嘴，沒好氣地看著笑得一臉骯髒的屠人特與伏利普。

「我才不會去找這種機會，不過我也根本沒在害怕。我沒有那麼容易被嚇倒，至於老二的話，就更不可能了！」

「你們只會講這種事。」包雷阿斯．蒙作出評論。他拉住身下的黃褐公馬，一直等到肯娜與克蘿伊趕上來。

「我的小姐們，這裡要對戰的目標可不是老二！」他一邊說道，一邊驅馬走在兩個女孩身邊。「認識邦哈特的人都知道，他的劍術高超，少有對手。要是到頭來，發現他和斯凱蘭大人之間沒有任何過節或血海深仇的話，我會很開心的。但願這一切能有個好收場。」

「這我就不懂了。」安德烈斯．維樂尼自後方搭腔：「我們不是應該要去追什麼巫師嗎？畢竟就是因爲這樣，他們才會把這個肯娜．色博內，也就是控心士分派給我們啊。結果現在說的卻是什麼邦哈特和一個什麼女孩！」

包雷阿斯．蒙清了清嗓子，說：「賞金獵人邦哈特和斯凱蘭大人有過協議，但搞砸了。他雖然當著斯凱蘭大人的面，承諾會殺掉那個女孩，卻留了她一條命。」

「一定是別人出的活口價比夜梟給的死屍價還高。」克蘿伊．斯蒂茲聳了聳肩。「那些賞金獵人就是這樣，沒有半點榮譽心！」

「邦哈特不一樣。」小伏利普左右張望，提出反對：「邦哈特一向說話算話。」

「所以他現在突然開始說話不算話，反而顯得更奇怪。」

「那個什麼女孩的，爲什麼這麼重要？那個該被殺掉，卻沒被殺掉的女孩？」肯娜問道。

「這對我們來說有什麼意義?」包雷阿斯.蒙皺起眉頭。「我們有令在身!而斯凱蘭大人有權挖掘眞相。邦哈特應該把法兒卡一刀砍了,卻沒有砍下去。斯凱蘭大人有權要求他說明清楚。」

「那個邦哈特打算拿活口去換更多錢,這就是所謂的眞相。」克蘿伊.斯蒂茲篤定地重複道。

「驗屍官大人的頭一個想法也是這樣。」包雷阿斯.蒙道:「他認爲蓋索有個男爵對老鼠幫緊咬不放,邦哈特答應幫他活捉法兒卡,讓他慢慢折磨荼毒。不過實情似乎不是那麼一回事。雖然不清楚邦哈特是爲誰留下法兒卡一條命,不過肯定不是爲了那個男爵。」

□

「邦哈特大爺!」妒火村的胖村長挪著笨重的身軀進入旅店,氣喘如牛。「邦哈特大爺!有武裝分子進村了!他們騎馬來了!」

「有什麼好大驚小怪的。」邦哈特用麵包將盤子抹淨。「要是他們是騎在……比如說猴子上好了,那才奇怪。幾個人?」

「四個!」

「我的衣服在哪裡啊?」

「才剛洗好……還沒乾呢……」

「去死吧你。客人來了,要我穿內褲去見他們?不過坦白說,來的客人是怎樣,就該怎麼接。」

他調了調繫在內衫上的劍帶,把底褲的褲管繫帶稍微塞進鞋筒中,然後一把扯過拴在奇莉項圈上的鏈子。

「小母鼠，起來站好。」

當他把她帶到門廊時，已經有四名騎士向旅店靠近。看得出來他們是長途跋涉而來，橫越曠野、飽經風霜，衣著、馬具與坐騎上沾滿的塵土早已結塊。

他們一共四人，卻還帶了一匹沒人騎的空馬。縱使天氣很冷，奇莉一見到那匹沒人騎的馬，突然覺得渾身發熱。那是她的沙花馬，而馬背上繫的，仍舊是她的馬具與鞍座。還有那副轡頭，那是米絲特送給她的禮物。那些騎士和殺死侯斯邦的是同一夥人。

那群人在旅店前停了下來。其中一人顯然是領隊，策馬靠近了些，舉起貂皮高帽朝邦哈特行了個禮。那人膚色黝黑、蓄著黑鬍，看起來就像用炭在嘴唇上方畫了一筆似的。奇莉注意到，他的上唇每隔一段時間就會噘起——這種抽搐讓他看起來像是無時無刻都處在盛怒之中。說不定他確實是滿腔怒火？

「你好啊，邦哈特先生。」

「你好，印布拉先生，還有各位先生也好。」邦哈特不疾不徐地把拴住奇莉的鏈子綁到柱子上的掛鉤。「各位先生請見諒，我只穿了件見不得人的褻褲而沒有外褲。你們這趟路程可遠了，是啊，可真夠遠了……竟然讓你們一路從蓋索趕到了艾冰格這裡？尊貴的男爵大人近來如何啊？身體還安康吧？」

「壯得像頭牛呢。」黑皮膚的那人回答，他的上唇又再度噘起。「不過現在沒時間廢話，我們很趕。」

「我又沒攔著你們。」邦哈特拉了拉腰帶及裡褲。

「我們收到消息，說你把老鼠幫殺了。」

「確實如此。」

「而且按照你對男爵的承諾，把法兒卡給活捉了。」黑皮膚的這人依舊假裝沒看見門廊上的奇莉。

「依我看，這也是眞的。」

「我們碰壁的地方，你倒是走運了。」黑皮膚的男子看向了沙花馬。「好了，我們把那女孩帶上，回家吧。魯培特、斯塔夫洛，去把她帶過來。」

「等一下，印布拉。」邦哈特舉起手。「沒有人要跟你們走，原因很簡單——我不放人。我改變主意了。我要把這女孩留在身邊，供我自己使用。」

名喚印布拉的黝黑男子靠上鞍頭，大聲清過喉嚨後遠遠一吐，那口痰幾乎要落在門廊階梯上。

「你明明答應了男爵！」

「我是答應過，不過我改變主意了。」

「什麼？我沒聽錯吧？」

「你沒聽錯，印布拉。反正這不是我的問題。」

「你在城堡裡待了三天，拿著對男爵的承諾換了三天的大吃大喝。你得到了地窖裡最上等的葡萄酒、烤孔雀、鹿肉、肉抹醬、鯽魚佐酸奶，像個國王一樣在羽絨堆裡睡了三晚，而現在你改變主意了，是嗎？」

邦哈特沒有出聲，一臉無所謂與不感興趣。印布拉咬緊牙關，想穩下嘴唇的抽搐。

「邦哈特，你知道我們可以從你手中硬把那隻小母鼠搶過來吧？」

邦哈特那張一直透著枯燥無趣的臉孔瞬間繃直。

「那你們就試試看吧。你們有四個人，我一個人，而且還只穿了內褲。不過對付你們這種三腳貓，用不著穿褲子。」

印布拉再度啐了一口，然後扯過韁繩，掉轉馬匹。

「呸，邦哈特，你是哪根筋不對勁？你一向以辦事俐落、手法專業聞名，說話一向算數。結果到頭來，你的保證竟然連屎都不如！要評價一個人如何，就要看他說出口的話，這樣看起來，你……」

「既然說到這個，小心了，印布拉。」邦哈特兩手掛在腰帶上，冷冷打斷了他。「話別說得太重，不然等我把它塞回你的喉嚨時，可不好受啊。」

「一對四，你倒是挺大膽的！就不知道對上十四個的時候，你是不是還能這麼有膽？因爲我可以向你保證，卡薩代男爵不會輕易放過羞辱他的人！」

「我本可告訴你，會對你的男爵做什麼，不過人潮已經聚過來了，而這裡頭有的是女人跟孩子。所以我只告訴你一樣：十天後我會在克拉蒙特鎮等著，想要算帳、雪恥或從我手上搶走法兒卡的，儘管放馬過來吧。」

「我一定會如期赴約！」

「我會在那邊等著。現在，滾吧。」

□

「他們怕了他，怕死他了。我可以感覺到他們內心忐忑的恐懼。」

凱爾佩高聲嘶鳴，甩動馬首。

「他們一共有四人，個個全副武裝。而他只有一個人，穿的是東縫西補的內褲和袖子過短的破內衫。他要不是……要不是那麼可怕，看起來還挺好笑的。」

維索戈塔譏起被風逼出淚水的眼睛，沒有出聲。

他們站在一處高地，俯瞰培雷普魯特沼澤，這地方離維索戈塔兩週前發現奇莉的地點不遠。風壓低了叢叢蘆葦，吹皺了河水鑿出的池池湖潭。

奇莉讓母馬入水啜飲後，說：「那四人當中，有一人的鞍旁帶了把小十字弓。那人伸手要拿弓，但我卻聽見他的想法，感覺到他的恐懼。『我來得及上弓嗎？來得及發射嗎？要是我射偏了怎麼辦？』我可以肯定，邦哈特也看見了那把弓和那隻手、聽見了那些念頭。我也可以肯定，那名騎士絕對來不及上弓。」

凱爾佩抬起頭，噴了口氣，嘴上的銜鏈發出脆響。

「我越來越明白自己是落到了怎樣的一雙手裡，卻仍不清楚他的動機。我聽見他們的談話，想起先前侯斯邦說過的事。那個所謂的卡薩代男爵想活捉我，而邦哈特答應幫他辦這件事，但後來又反悔了。爲什麼？他想把我交給另一個會付他更多錢的人？打算把我交給尼夫加爾德人？」

「我們在傍晚前就離開了那座村落。他讓我騎凱爾佩，但把我的手綁住，而且一直拉著我項圈上的鏈子，一直拉著。我們一路騎著馬，幾乎沒有停下來，騎了整整一天一夜。我以爲自己會虛脫而死，他卻一點疲態也沒有。他不是人，他是穿著人皮的魔鬼。」

「他把妳帶去哪了？」

「一個叫法諾的破小鎮。」

□

「庭上，我們騎馬進法諾鎮的時候，天已經黑了，就算眼珠子睜得蹦出來，看到的也還是一片黑。那時雖然才九月十六日，但白天卻又陰又冷，和見鬼一樣，是你都會說像十一月。甲冑師的舖子我們沒兩下就找到了，因爲那是整個鎮上最大的屋舍，而且打鐵的聲音不斷從那裡傳來。耐拉汀．切卡……寫字的先生記這個名字也沒用，我不記得說過沒，不過耐拉汀．切卡已經死了，在一個叫獨角村的鄉下被殺的……」

「請不要指點書記官如何辦事。」

「耐拉汀去敲門，客客氣氣地說了我們是誰、要做什麼，客客氣氣地請對方聽我們說。對方放我們進去。那鑄劍師的舖子是棟漂亮的建築，應該說是堡壘才對，有松木做的尖樁圍欄、幾座橡木板搭的小塔，室內牆面用的是拋光杉木……」

「本庭對建築細節沒有興趣，請證人說重點。開始之前，請先在證詞中複述鑄劍師之姓名。」

「埃斯特哈茲，庭上的各位大人，法諾鎮的埃斯特哈茲。」

□

鑄劍師傅埃斯特哈茲看了包雷阿斯．蒙許久，不急著回答問題。

「邦哈特或許來過這裡，又或許沒來過？誰曉得？」他總算開口，一邊還把玩脖子上掛的骨製星飾。「各位，我們這裡是鑄劍舖子。所有與劍有關的問題，我們都會樂意回答，而且會答得快速流暢、毫無保留。不過我看不出有什麼理由要回答和我們客人、貴賓有關的問題。」

肯娜從衣袖裡抽出手帕，假意擦拭鼻子。

「理由可以找。」耐拉汀．切卡說：「可以是埃斯特哈茲先生您自己找，也可以是我幫您找。您要不要選一下？」

儘管外表文弱，耐拉汀卻可以展現剛硬的表情，聲音也能透露出惡兆。不過鑄劍師傅只是冷哼一聲，依舊把玩著星飾。

「要從收買與威脅當中選一樣？我不要選。不管是哪個，都只值一口唾沫。」

「這不過是一點小情報。」包雷阿斯．蒙清了清嗓子：「這樣的要求很多嗎？我們又不是今天才認識啊，埃斯特哈茲先生。再說，驗屍官斯凱蘭的名字您也不陌生……」

「是不陌生。」鑄劍師打斷了他：「一點都不陌生。而這名字代表的所作所爲，咱們也不陌生。不過這裡是艾冰格，一個自主自治的王國，即便只是形式上的，卻一直都是如此，所以咱們什麼也不會說。你們走吧。爲了讓你們平衡點，咱們可以保證，假使一個星期或一個月後有人來問你們的事，得到的回應不會比今天多。」

「可是，埃斯特哈茲先生……」

「要講白一點嗎？那好吧。給我滾出這裡！」

克蘿伊·斯蒂茲發出憤怒嘶聲，伏利普與華爾加斯壓低身子、探向劍柄，安德烈斯·維樂尼則握住掛在大腿上的長喙錘。耐拉汀·切卡沒有反應，臉上甚至沒有絲毫波動。肯娜看見他一直緊盯著那枚骨星。在他們進入這座堡壘前，包雷阿斯·蒙曾警告過，外頭藏有一票護衛，這些男子個個嗜血，尤其偏好馬刀，只等待哨音為信，隨時準備大開殺戒。這群人在鑄劍舖裡被稱為「鑄品質地控管人」。

不過耐拉汀與包雷阿斯早已預料這一切，並計畫好下一步，將王牌握在手中。

肯娜·色博內，控心士。

肯娜早就先以心控脈衝緩緩穿進鑄劍師腦中，小心潛入他的思緒，刺探一番。現在她已準備就緒。由於每次使用能力都有出血的危險，她先將手帕覆到鼻上，然後以心控脈衝侵入其腦，下達指令。坐在桌前的埃斯特哈茲喉頭一哽，臉色變紅，兩手緊抓桌沿，好像害怕那桌子會連同帳冊、墨水瓶和紙鎮一同飛向溫暖國度。紙鎮的形狀為一名守護帆船的海之女神，有趣的是，女神手上一次拿了兩個海螺。

冷靜點。肯娜下達指令。這沒什麼，不會怎樣。你不過是想把我們要知道的事說出來罷了。我們想知道什麼，你很清楚啊，而那些字句甚至都要從你嘴裡跑出來了。所以，來吧。開始吧。等著看吧，只要你一開口，腦袋裡就不會再嗡嗡叫，太陽穴不會再響個不停，耳朵裡不會再又扎又刺，還有打顫的牙關也會跟著放鬆。

「邦哈特四天前來過這裡，九月十二日。」埃斯特哈茲用著嘶啞的聲音說，嘴巴打開的頻率，要比吐出所有音節所需的次數來得多。「他的身邊帶了一個叫法兒卡的女孩子。我知道他要來，因為我早在碰面的前兩天便收到了他的信……」

一道細細的血痕從他的左邊鼻孔漏了出來。

說吧。肯娜下達指令。說吧，把一切都說出來。說完之後，你就會知道有多輕鬆。

□

鑄劍師埃斯特哈茲好奇地看了看奇莉，但沒有從橡木桌前起身。

「你在信上提的那把劍是要給她，沒錯吧？邦哈特。」他一邊道出心中猜想，一邊拿著羽毛筆筒在紙上敲下一組怪異印記。「好吧，我們就來評估一下……看和你信上說的一不一樣。身高五呎二吋……沒錯。體重一百一十二磅……咱們會說不到一百一十二磅，不過這點小細節不重要。手呢，你寫說戴五號手套即可……親愛的小姐，讓我們瞧瞧妳的手。嗯，這點也沒錯。」

「我從來不出錯。」邦哈特冷硬地說：「你有合用的鐵器給她嗎？」

「在我的鋪子裡，不會打、也不會賣不合手的鐵器。」埃斯特哈茲驕傲地回應。「我想你要的是對戰用劍，不是舞會上的裝飾品。哦，對，你在信上提過。沒有問題，給這位小姐用的武器，當然很快可以找到。根據這樣的身高及體重，合該用標準製程、長三十八吋的劍。爲了配合她纖細的身材與小巧的手掌，應該用劍柄長達九吋、圓頭劍首的輕型複合金劍。我們也可以提供精靈劍或澤利堪尼亞的馬刀，和薇洛雷達的劍比起來……」

「埃斯特哈茲，把貨拿出來。」

「咱們現在是熱鍋上的螞蟻是吧？那就請吧。請往這邊走……喂！邦哈特？這是在搞什麼？你爲什麼要拴住她？」

「別那麼多管閒事，埃斯特哈茲。不該你管的事就別管，免得一不小心惹禍上身！」

把玩著頭上骨星的埃斯特哈茲將頭抬得老高，看向賞金獵人的神情沒有害怕，也沒有敬意。

邦哈特捲了捲嘴上的鬍子，清了下喉嚨。

「我沒有插手你的事或生意，向你要求同等對待，很奇怪嗎？」他的聲音微微放輕，但依舊凶狠。

「邦哈特。」鑄劍師的眼皮連動也沒動一下。「等你離開了我的屋子和我的院子，等你在身後關上了我的大門，那時候起，我會尊重你的隱私和你生意上的祕密，這點你可以放心。不過在我的屋子裡，我可不允許有誰輕視人性尊嚴。聽清楚了嗎？出了我的大門，如果你高興，可以把這女孩綁在馬後拖；在我的屋子裡，你就得把她的項圈拿掉，而且是現在。」

邦哈特伸手解開項圈，動作毫不客氣，奇莉險些跌跪在地。埃斯特哈茲假裝沒有見到這一幕，鬆開了手上的骨星。

「這樣好多了。」他冷硬地說：「我們走吧。」

他們走過一道長廊，來到另一座規模稍小的庭院。這裡緊連著打鐵舖後室，並有一面面向果園。梁柱經過雕鑿的亭子底下有張長桌，侍僕正好將東西擺放完畢。埃斯特哈茲做出手勢，請邦哈特和奇莉走近欣賞。

「請，這就是我提供的選擇。」

他們走了過去。

「這些都是我這裡生產的，話說回來，每把劍首上都烙了馬蹄印——我的商印。這些因爲都是常規品，價錢從五個到九個弗洛倫不等。不過這一些，在哪呢？喔，這裡，都只是在我這邊裝組、完工。大部分是進口貨，產地可以從商印判別。這些從馬哈喀姆來的，打了雙叉槌凸印。從波維斯來的這些是皇冠或馬頭，薇洛雷達的則是太陽和舉世聞名的商鋪刻印。這些劍的售價從九個弗洛倫起算。」

「那完工呢？」

「有很多種。喔，拿這把漂亮的薇洛雷達劍來說好了。」埃斯特哈茲從展示桌上拿起劍，行了個禮後，便用手掌及前臂靈巧做出一個名爲「安格力卡」的複雜假動作，擺出擊劍之姿。「這把要十五個弗洛倫。這是早期的工，劍身屬收藏等級。看得出來是特別訂製的。靠近劍柄的劍身前段做工精細，說明這把兵器是給女性使用的。」

他轉動手上的劍，停掌於三分位，將劍刃平指向他們。

「這劍身上頭，就像每把薇洛雷達產的劍一樣，也按慣例刻了『不出無名之師，不做無榮之返』。哈！薇洛雷達那邊到現在都還在做這種銘刻。在這個世界上，拔這些劍的人都是癟三和蠢貨；在這個世界上，榮譽越來越不值錢，因爲這在現今的社會裡是不受歡迎的貨品啊……」

「埃斯特哈茲，別說那麼多。把那把劍給她，讓她試試手感。丫頭，武器接著。」

奇莉接過那把輕盈的劍，頓時感到劍柄上的蜥蜴皮往她手裡纏，而劍身的重量也在歡迎她的臂膀出手砍殺。

「這是輕型的複合金劍。」埃斯特哈茲出言提醒，卻顯得沒有必要。她懂得如何使長柄劍，把三根指頭放到了劍首上。

邦哈特退了兩步，來到庭院，抽出劍晃了幾招，頓時劍聲呼嘯。

「來啊！」他對著奇莉說：「來殺我。妳手上有劍，也正是時候。這是妳的機會，要懂得利用，因爲第二次機會可沒那麼快來。」

「你們瘋了嗎?」

「埃斯特哈茲,閉嘴。」

她將眼神投向一旁,肩膀微微抖動,騙過了他,然後從左側平身閃擊。白刃相撞,發出脆響,力道之大,讓奇莉站不住腳,只得往後一跳,用腰部抵住賞劍桌。爲了維持平衡,她反射性地放開了劍——她知道在這一刻,如果他想,可以輕鬆把她殺了。

「你們瘋了嗎?」埃斯特哈茲抬高了音量,再度將骨星握到手中。一旁的僕人與工匠個個看得目瞪口呆。

「把劍放下。」邦哈特緊盯著奇莉,無視一旁的甲冑師。「我說,放下。不然我會打斷妳的手!」

她猶豫片刻後,依言照做。邦哈特露出了一個鬼魅般的笑容。

「小蝰蛇,我知道妳是誰,不過我要逼妳自己承認。不管是要用話語也好,用行動也罷,我會逼妳承認自己是誰!到那時候,我會殺了妳。」

埃斯特哈茲發出噺聲,好似有人傷了他。邦哈特甚至沒有看他一眼。

「至於這把劍,對妳來說太重了。妳剛才的動作慢得可以,像隻懷了身孕的蝸牛。埃斯特哈茲!你給她的那把劍至少超重四盎司。」

鑄劍師的臉色蒼白,從奇莉看到邦哈特,再從邦哈特看回奇莉,而他臉上的表情也跟著轉變。最後,他招來侍僕,竊聲給了指令。

「我有一樣東西,應該可以讓你滿意,邦哈特。」他緩緩說道。

「那你為什麼沒有馬上拿給我看呢？我在信上提過，我要的是獨特的東西。或許，你認為我付不起上等貨色？」賞金獵人粗聲道。

「我知道你的能耐如何。」埃斯特哈茲特別強調話音。「這一點我不是今天才知道。至於我為什麼沒有馬上拿給你看？我怎麼會知道你會帶誰來……還在脖子上綁了項圈、拴了鏈子。我怎麼會想得到劍是要給誰，用途又是什麼。不過現在我都清楚了。」

侍僕帶了一個長匣回來。

「小姑娘，靠過來吧。」埃斯特哈茲輕聲說道：「妳看。」

奇莉靠了過去，定眼一瞧，大嘆出聲。

□

她一個快速動作，露出劍身。壁火燒上劍刃的波浪嵌合處，光芒刺眼，並從劍身前段的鏤空處透出紅焰。

「就是這一把。」奇莉說：「我想你一定也猜到了。要是你想的話，可以拿拿看。不過要小心點，這劍比剃刀還利。你有感覺劍柄黏上手掌嗎？那是用一種扁魚的皮做的，這種魚的尾巴有一根毒刺。」

「背棘鰩。」

「大概吧。這種魚的皮上有小細牙，所以劍柄在手上不會生滑，就算手出汗也一樣。你看一下劍刃上刻的是什麼。」

維索戈塔壓下身子，瞇眼細瞧。

過了一會兒，他抬起頭說：「精靈曼陀羅，也就是所謂的布蘭散卡而梅，命運之冠——經過排列的橡樹花、繡線菊及金雀花。塔樓，被一道閃電擊損，這在上古一族裡代表了渾沌與破壞……而塔的上方有一隻……」

「燕子。」奇莉把話接完。「奇來亞，我的名字。」

□

「的確不錯。」邦哈特總算開口：「一看就知道是出自地精之手。只有地精才會打出這麼黑的鐵器。只有地精才會把劍身燒紅打利，也只有地精才會在劍身鏤空以減輕重量……埃斯特哈茲，你老實說，這是仿品吧？」

「不。」鑄劍師提出反對：「這是正品，是眞正地精打的格維希。那劍身有兩百年歷史，至於鑲柄的歷史就短多了，不過我不會稱這爲仿品。提透哈山的地精根據我的訂單打造，用的是古老的技術、方法及模具。」

「該死，說不定我還眞的不夠錢。這把劍你打算開價多少？」

埃斯特哈茲沉默了一段時間，臉上的神情高深莫測。

「邦哈特，這把劍我免費提供。」他總算開口，語調平板：「這是一份餽贈，好讓該實現的東西得以實現。」

「謝謝。」邦哈特說道，臉上寫滿意外。「謝謝你，埃斯特哈茲。這是皇家等級的餽贈，確實是皇家等級……我接受、我接受。我欠你一次……」

「你不欠我。劍是給她，不是給你。過來，帶著項圈的小姑娘。看看劍身上刻的符號。妳看不懂，這是當然，不過我來說給妳聽。看好了。命運劃下的線條雖然曲折，卻會通向這座塔樓，通向破壞，通向既定價值與秩序的顛覆。不過在塔上方的這個，妳看到了嗎？是燕子，希望的象徵。拿著這把劍，讓應該實現的東西實現吧。」

奇莉小心翼翼地伸出手，輕輕滑過邊緣亮如明鏡的黑色劍身。

「拿去吧。」埃斯特哈茲看著睜大雙眼的奇莉，緩緩出聲：「拿去吧。把它拿在手上吧，小姑娘。拿……」

「不！」邦哈特突然大叫，身形一跳，抓住奇莉肩頭，將她猛力推開。「滾開！」

奇莉跌跪地面，庭院裡的小石礫刺痛了她用以支撐的雙掌。

邦哈特用力蓋住長匣。

「現在還不是時候！」他大吼：「不是今天！時候還沒到！」

「顯然如此。」埃斯特哈茲看著他的雙目，平靜表示贊同：「是啊，時候顯然未到。可惜了。」

□

「我們讀了那鑄劍師傅的想法，庭上，收獲並不多。我們是九月十六日，也就是滿月的前三天到那裡。等我們從法諾鎮回到了羅彩內堡，另一支騎軍也到了，那是奧拉．哈樂思罕與七名騎士。奧拉大人要我們立刻趕上部隊其他人。因爲一天前，也就是九月十五日，克拉蒙特鎮裡發生了一場大屠殺……這個我大概不用講了，庭上一定知道克拉蒙特鎮發生的那場屠殺……」

「請提出供述，不必關心本庭知道哪些事。」

「邦哈特比我們早了一天。九月十五日，他把法兒卡帶到克拉蒙特鎮……」

□

「克拉蒙特。」維索戈塔重複了一次。「我知道那座小鎮。他把妳帶去哪了？」

「他把我帶去市場上的一間大房子，門口有拱形廊柱。一眼就看得出，裡頭住的是富貴人家……」

□

每間房的牆面都覆上了精美的掛毯與織錦，主題有宗教、狩獵，以及有著女子衣衫輕解的田園風光。鑲了銅的閃亮家具上有木片拼花，而地毯則會讓踏上的腳沉至足踝。因爲邦哈特不斷扯著鏈子快步移動，奇莉沒來得及觀察所有細節。

「你好，侯文納赫。」

在彩色玻璃透進來的七彩光線下，一名男子站在狩獵織錦前。男子胖得令人印象深刻，身上穿了綴金外袍，以及外頭縫著一圈獸胎皮、內絮獸毛的長衫。不過就男子的黃金時期來說，他頭禿得嚴重，兩頰也如牛頭犬般垂掛臉上。

「歡迎，雷歐。」男子說：「還有妳，小姐……」

「她不是什麼小姐。」邦哈特現了現鏈子與項圈。「不用和她打招呼。」

「禮數周到點又不會有損失。」

「除了時間。」邦哈特扯著鏈子靠過去，大剌剌地拍了拍那胖子肚腹，評論道：「你的體重增加了不少啊。說實話，侯文納赫，你要是站到路上，從你頭上跳過，要比從你身旁繞過來得容易呀。」

「沒辦法，生活過得太愜意了。」侯文納赫快活答道，兩邊臉頰也跟著抖了起來。「歡迎啊，雷歐，歡迎。我很高興你來拜訪，因爲今天也是讓人格外開心的一天呀。最近的生意好得讓人害怕，財源滾滾來呢！不講遠的，就拿今天來說，有個尼夫加爾德的後備騎兵上尉，是負責前線裝備運送的糧草官，他將六千張軍弓賣給了我，而我再以十倍價轉手分售給獵人、盜獵人、強盜、精靈或其他自由戰士。我還從這邊的一個侯爵手上低價買了一座城堡……」

「你要一座鬼城堡幹什麼？」

「我得住個有門面的地方。咱們說回生意上的事，我還欠你一次呢，雷歐。那欠債的傢伙看起來就一臉不願還錢的樣子。而且就在剛剛，他付錢的時候兩隻手還抖個不停呢。那傢伙看到你，以爲……」

「我知道他以爲什麼。你收到我的信了嗎？」

「收到了。」侯文納赫笨重地坐下，桌上的玻璃酒瓶與酒杯都讓他的肚子撞出聲響。「一切都準備好了。你沒看到那些張貼嗎？一定都被混混給撕了。民眾已經往劇院聚集，我可以聽見錢幣叮噹響呢……坐吧，雷歐。時間有的是。我們來聊一聊天，喝點葡萄酒吧……」

「我不想喝你的葡萄酒，那一定是從尼夫加爾德運輸隊裡偷來的官酒。」

「你是在尋我開心嗎？這可是投散特產的艾斯艾斯，果實是在我們親愛的恩菲爾大帝，嗯，還是一個這麼小又愛拉屎的小不點時摘的。對葡萄酒來說，那是一個好年分。雷歐，敬你的健康。」

邦哈特舉起做工精美的高腳杯，無聲回敬對方。

侯文納赫舔了舔唇、咂了咂嘴，接著又犀利萬分地看向奇莉。

最後，他終於開口：「所以，就是這大眼睛的小鹿要負責提供信裡說的樂子？我知道文德索・印布拉已經到了鎮外，而且還帶了幾名身手不錯的土匪。對了，還有幾個鎮上的混混看到了張貼……」

「你什麼時候讓我失望過了？侯文納赫。」

「的確，從來沒有。不過我也很久沒接你的生意了。」

「我現在比較少接案，甚至考慮要徹底抽身，退休去了。」

「要退休也得要有一筆錢好過活。我或許有一個想法……你要聽嗎？」

「既然沒有別的樂子，那我就聽聽看吧。」邦哈特用腳將椅子一勾，強迫奇莉坐下。

「你沒想過往北去嗎？去琴特拉、斯托基，或是亞魯加河的另一岸？你知道想過去那邊，在帝國打下的土地上定居的人，都可以分到四屯地嗎？而且還免稅十年？」

賞金獵人平靜地回應：「種田我做不來。我沒辦法掘土，也沒辦法畜養任何牲口。我太敏感了，一看到大便或蟲就想吐。」

「就和我一樣。」侯文納赫抖了抖嘴邊肉。「這一整個所謂的農業裡，我能忍受的就只有釀酒，其他的都很噁心。大家都說農業是經濟的基礎，是財富的保證，不過我認爲那種散發肥料臭味的東西會影響我財富的說法，是既不恰當又羞辱人的。我研究過了，那些地不需要開墾，也不需要畜牧，邦哈特。如果你的地夠多，就可以替你帶來可觀的收入。相信我，這可以讓你過著富裕的生活。眞的，我已經研究過了，所以我才會問你要不要往北去。如果你去了，邦哈特，我就能委託你辦些事情，你會有穩定良好的收入而且不用傷腦筋。這正好適合敏感的人——沒有大便，也沒有蚯蚓。」

「我很樂意聽下去，當然，這不算是什麼承諾。」

「只要用點商業頭腦和少許資本，就能把大帝允諾給屯墾民眾的土地組成一片廣大的耕地。」

「我懂了。」賞金獵人抿住上唇。「我知道你要說什麼。我已經知道你是怎麼對自己的財富努力了。你沒想過會有問題嗎？」

「想過，問題會有兩個。第一個就是要僱人假裝去北方屯墾，把那邊屯民手上的地收過來，同時也去領取大帝允諾的屯田。表面上是自用，其實是幫我辦事。不過找人的事我自己會辦，你要做的和第二個問題有關。」

「願聞其詳。」

「有些人拿了土地之後就不願歸還，忘了曾經訂過的契約和收過的錢。邦哈特，你要相信詐欺、卑鄙與無恥，在人的本性中埋得有多深。」

「我相信。」

「所以對於那些不老實的人，得讓他們了解不老實有多不值得，而且還會得到報應。這件事就由你來負責。」

「聽起來好極了。」

「聽起來就是事情該有的樣子。我有經驗，已經玩過很多次這種把戲。等那些土地被劃分出來後，艾冰格就會正式被帝國吸收。之後，等圈地法生效了，克拉雷蒙這座可愛的小鎮會變成座落在我的土地上，而小鎮也就變成我的了。這一整片地區都會是我的，一直到，呵，沉浸在灰白霧氣裡的地平線爲止。這一切都是我的。整整一百五十屯，是帝國用來丈量土地的屯，不是平常農家自己量量的屯。這表示總共有六百三十平軛，也就是一萬八千九百甲。」

「一個帝國如果失掉規矩，距離頹敗也就不遠了。」邦哈特語帶嘲諷地引述了這麼一段話。「當所有人都做起竊賊，這樣的帝國必會崩垮，私有與自私會成爲它的弱點。」

「這是其權利與力量的所在。」侯文納赫抖了抖雙頰。「你，邦哈特，把個人行商與偷竊搞混了。」

「我常搞混。」賞金獵人無所謂地承認。

「所以呢？要合作嗎？」

「現在就瓜分北方的土地，不會太早了嗎？未免有變數，是不是先等尼夫加爾德贏了這場戰爭比較好呢？」

「變數？別開玩笑了，戰爭的結果已經很明顯。打仗要靠錢才打得贏。我們的帝國有錢，而北地林格那些國家沒有。」

邦哈特特意清了清嗓子。

「既然說到了錢……」

「已經解決了。」侯文納赫在桌上的文件裡翻找了下。「這張是一百弗洛倫的銀行支票。這份是權利轉讓書，憑這一份文件我就可以從蓋索的法倫哈根家那邊要到砍下強盜腦袋的賞金。簽字吧，謝謝。你該拿的還有表演收入的抽成，不過帳還沒關，可愛的錢幣依舊叮噹響個不停呢。很多人對這表演有興趣，雷歐。真的很多，我這鎮上的人都快被無聊與蕭條煩死了。」

他突然打住，看向奇莉。

「我眞心希望這個人的事你沒搞錯，她眞的可以爲我們帶來一場好娛樂……會爲了我們共同的收益而配合……」

「這件事對她來說，」邦哈特一臉無所謂地打量奇莉。「不會有任何收益。這一點她知道。」

侯文納赫皺起眉頭，埋怨地嘆了口氣。

「這樣不好。眞是見鬼了，讓她知道這件事眞的不好啊！這件事她不該知道！雷歐，你是怎麼了？要是她不想取悅觀眾，要是到頭來她故意不聽話呢？到時候該怎麼辦？」

邦哈特臉上的表情沒有改變。

「到那時候，我們就把你的幾隻鬥犬放到場上追她。就我記憶所及，這些狗一向都是娛樂性夠又聽話的。」他說。

□

奇莉沉默了許久，不斷撫摸帶著疤的臉頰。

最後，她終於開口：「我開始了解，開始明白他們想對我做什麼。我全身緊繃，決定一逮到機會就逃……我準備好面臨任何風險。不過他們沒給我任何機會，把我看得很緊。」

維索戈塔沒有出聲。

「他們把我拖到下面，胖子侯文納赫的客人已經等在那邊。那又是一堆前所未見的餿主意！維索戈塔，這世界上怎麼會有這麼多離譜的怪胎？」

「他們會越來越多，這叫物競天擇。」

□

第一個男子又矮又胖，看起來倒比較像是半身人而不是人類，甚至連穿著也像半身人——低調、莊嚴、整齊、色調柔和。第二個男子雖然年紀不輕，卻穿了軍裝，舉止也像軍人，還帶上了劍，黑色外套的肩上繡了一頭有著蝙蝠翅膀的銀龍。而女子則有著一頭金髮，體型乾瘦、鼻子微勾、嘴唇窄薄，身上那件開心果綠的連身裙開襟很深。這並不是個好主意，因爲如果去掉那蓋在粉白妝牆下、乾如羊皮紙捲的發皺肌膚，這開襟能展現的東西實在不多。

「高貴的德內門史—烏雅樂侯爵夫人。」侯文納赫出聲介紹：「尼夫加爾德大帝的後備騎軍上尉，狄可藍·羅旭·阿波·麥勒和拉先生。克拉雷蒙鎭鎭長，盤尼楚克先生。而這位是雷歐·邦哈特先生，我的親戚，也是我以前軍中的同袍。」

邦哈特直挺挺地鞠了個躬。

「所以這就是那個今天要來取悅我們的小土匪婆子？」體型乾瘦的侯爵夫人點出事實，並用一雙近似蒼白的淡藍色眼珠盯著奇莉。她的聲音嘶啞、帶有磁性，透露出性感的味道與可怕的酒意。

「要我說，長得不是挺漂亮，不過體態不錯……這身材看起來……確實很賞心悅目。」

奇莉掙扎了一下，推開那隻侵犯自己的手，一張臉氣得發白，嘴裡也發出蛇一般的嘶聲。

「請不要出手觸碰、不要餵食、不要撩撥她的情緒。萬一出事，恕不負責。」邦哈特冷冷地說。

「這副身子隨時都可以綁上床。」侯爵夫人舔了舔唇，不理會他。「或者您可以把她賣給我？邦哈特先生，我和我家侯爵喜歡這種身子，要是我們抓了當地的牧羊女或農家小孩，侯文納赫先生可是會怪罪我們的。再說，侯爵也已經沒辦法抓小孩了。他現在不能跑，因為胯下長了軟性下疳和濕疣……」

「夠了、夠了，瑪蒂達。」侯文納赫見到邦哈特臉上愈來愈明顯的嫌惡，便迅速溫和制止。「我們該到劇院去了。鎮長大人收到消息，文德索．印布拉及卡薩代男爵的一票隨從進鎮了。也就是說，該我們上場了。」

邦哈特從掛在腰際的小皮囊裡，掏出一個用木塞塞住的小瓶子，然後用袖子抹了抹縞瑪瑙做的小茶几桌面，在上頭倒了一小堆白粉。接著他扯動拴在項圈上的鏈子，將奇莉拉向自己。

「妳知道這要怎麼用吧？」

奇莉把牙關咬得死緊。

「吸到鼻子裡去。不然就用手指沾點口水，把粉抹到牙齦上。」

「不要！」

邦哈特甚至沒有轉過頭，只是小聲說道：

「妳要嘛自己來，要嘛讓我來，不過我用的方式可是會讓在場的所有人都開心。黏膜不只在妳的嘴巴和鼻子裡有，小母鼠，在其他一些有趣的地方也一樣會有。我會叫侍僕來把妳脫了衣服架好，然後我會把粉抹在那些有趣的地方。」

德內門史—烏雅樂侯爵夫人看著奇莉用顫抖的手去拿毒品，沉聲大笑了起來。

「有趣的地方。」她重複道，並舔了舔唇。「眞是有趣的想法。得找一天來試試！哎呀呀，小姑娘，小心點，別浪費了飛天粉這個好東西！留一點給我！」

□

那毒品比她和老鼠幫在一起時嚐過的要強了許多。奇莉用完後，過了好一會兒，才從盲目的欣快中恢復神智，四周的物體也才轉爲清晰。光線與色彩刺痛了她的眼睛，氣味令她的鼻子感到不適，現場的聲響也跟著變大，讓她難以忍受，而周遭的一切都變得不眞實，像夢境般不斷閃過。那裡有樓梯，掛毯與織錦散發出的厚重灰塵臭味，有德內門史—烏雅樂侯爵夫人的嘶啞笑聲。有座廣場、快速打在臉上的雨滴，還有人扯動那一直拴在她項圈上的鏈條。一座有著木造塔樓的巨大建築，三角楣飾上還有一幅又大、又醜、又沒品味的塗鴉。那幅塗鴉畫的是一群正在撕咬怪物的狗，那怪物既不是龍，也不是獅鷲，更不是翼龍。入口處站了一群人，其中一個不斷叫喊、揮動手勢。

「這太噁心了！既噁心又犯罪啊，侯文納赫先生。竟然把曾是神殿的建築，拿來做這種無視天神、泯滅人性又令人作嘔的勾當！動物也是有感覺的啊，侯文納赫先生！牠們也有牠們的自尊啊！爲了利益，讓牠們相互追趕、去取悅圍觀人群，這是天大的罪過啊！」

「神聖的先生，您安靜點！別來管我這私人產業裡的事！話說回來，今天這裡要競賽的不是動物！一隻動物都不會有！只有人和人打！」

「如果是這樣，那我很抱歉。」

建築物裡的椅子排成競技場的形狀，上頭坐滿了人。場中央挖有一個圓形地洞，直徑大約三十呎，裡頭插了一圈粗木樁加強洞壁，樁頂也圍了欄杆。現場滿是臭氣與喧囂，奇莉再度感到項圈被人扯動，有人從脅下抓住她，有人推了她一把。她不知道自己什麼時候來到木樁環繞的地洞底部，站到了那經過結實壓軋的沙地上。

她在競技場上。

在第一次的刺激過後，毒品為她帶來的只有振奮的神經和敏銳的感官。奇莉摀住雙耳——競技場的板凳上坐滿人群不斷吵鬧、叫囂、吹哨，那噪音令人難以忍受。她看見自己的右手腕和前臂都緊緊套上了護具。她不記得是什麼時候讓人戴上的。

她聽見了熟悉的酒醉聲，看見了穿著開心果綠的乾瘦侯爵夫人、尼夫加爾德上尉、衣著柔和的鎮長、侯文納赫與邦哈特，全都坐在競技場上方的包廂裡。她再度摀住耳朵，因為有人突然敲響銅鑼。

「看啊！各位觀眾！今天在場上的不是狼、不是小妖精，也不是長尾蛛！今天在場上的是老鼠幫裡殺人不眨眼的法兒卡！賭金請下在入口處的投注點！各位，一點小錢不要省啊！這場戲不是給各位吃的，也不是給各位喝的，可要是捨不得花錢，那才真是虧大了，不是賺到啊！」

人群不斷吼叫與鼓掌。毒品的效力持續發揮。奇莉的身子因欣快而抖動，視覺與聽覺將一切捕捉下來，沒有放過任何細節。她聽見侯文納赫的咯咯朗笑、侯爵夫人充滿醉意的笑聲、鎮長嚴肅的聲音、邦哈特冰冷的低沉嗓音、爲動物發聲的祭司的吼叫、婦女尖銳的嗓音，還有孩童的哭聲。她看見圍著競技場的木樁上有黑褐血跡，以及木樁之後，不斷發出惡臭、上了柵欄的黑洞。欄杆上方，是一張張汗水閃爍、醜陋至極的扭曲嘴臉。

一陣騷動忽然興起，現場的音量拔高，罵聲連連。一群武裝分子推開人群，卻被一道同樣身著武裝的護衛人牆給擋了下來。她已經見過他們其中一人，記得那張黝黑的臉，以及那道像是用炭筆在嘴唇上方顫抖畫下的黑色小鬍子。

「文德索．印布拉先生？」那是侯文納赫的聲音。「蓋索來的？高貴的卡薩代男爵的總管？歡迎、歡迎國外來的客人。請找位子坐，表演馬上開始。不過，入場時請別忘了要付費！」

「侯文納赫先生，我不是來找樂子的！我來這裡是有正事要辦！邦哈特知道我在說什麼！」

「眞的嗎？雷歐？你知道總管先生在說什麼？」

「用不著開這種低級的玩笑！我們有十五個人！是來帶走法兒卡的！你們要是不把人交出來，就別怪我們不客氣了！」

「我不懂你在激動什麼，印布拉！」侯文納赫皺起眉頭。「不過我要提醒你們，這裡不是蓋索，也不是你們那個男爵大人的土地。你們如果要喧囂鬧事，我就拿皮鞭把你們通通趕出去！」

「我們無意冒犯，侯文納赫先生。」文德索．印布拉緩下情緒。「不過道理是站在我們這邊！人也在現場的邦哈特答應過男爵大人，要把法兒卡給他。邦哈特作出了承諾，說話要算話！」

「雷歐？」侯文納赫抖了抖雙頰。「你知道他在說什麼嗎？」

「我知道，而且我承認他說得對。」邦哈特站起身，隨意揮了揮手。「我不會否認，也不會提出異議。女孩就在那裡，大家都看得到，誰想要她，就自己動手抓吧。」

文德索·印布拉一時反應不過來，兩片嘴唇抖個不停。

「你說什麼？」

「誰想要這女孩，可以把她從競技場帶走。」邦哈特又重複了一次，並對侯文納赫眨了下眼睛。「是要帶走活口或死屍，就看個人的品味與偏好如何了。」

「你說什麼？」

「該死的，我漸漸失去耐心了！」邦哈特十分老練地裝出一副動氣的樣子。「別光是在那裡『什麼、什麼』的！該死，你是九官鳥啊？什麼怎麼樣？你想怎樣，就怎麼樣！你高興的話，就在肉裡下毒，然後向丟給狼一樣地丟給她，不過她會不會吃我就不知道了。她看起來可不笨啊，嗯？不，印布拉，誰想得到她，就得自己去爭取。要下去那邊，到競技場去。你想要法兒卡？那就把她帶走啊！」

「你把這法兒卡推到了我的鼻子底下，不過這就像把綁了吊線的青蛙餵給鯰魚一樣。我不相信你，邦哈特。我用鼻子聞就知道，這魚餌裡藏了鐵鉤！」文德索·印布拉粗聲道。

「你有個對鐵器這麼敏感的鼻子，眞是恭喜了。」邦哈特站起身，從長凳底下拿出在法諾鎮得到的劍，退去外鞘，丟到競技場上。他的動作十分精準，那把劍直直插入沙地，就在奇莉前方兩步的距離。「喏，鐵器也有了，明明白白就在那，沒有隱藏。這女的對我沒有意義，誰想要，就來帶走她吧。前提是要帶得走才行。」

德內門史—烏雅樂侯爵夫人神經兮兮地笑了起來。

「前提是要帶得走才行。」她用那充滿酒意的低沉嗓音重複了一次。「因爲那副漂亮的小身子現在有劍了。太棒了，邦哈特閣下。要是把這副漂亮的小身子直接餵給這群豺狼虎豹，那可就噁心了。」

「侯文納赫先生。」文德索·印布拉側身轉向一邊，連看都不看那名瘦巴巴的貴族女子一眼。「這場表演是您主辦的，因爲這畢竟是您的場地。不過您告訴我，我們現在是根據誰的規則在玩？是只有您的，還是邦哈特的也算數？」

「是根據劇場的規則。」侯文納赫咯咯發笑，肚子和牛頭犬般的臉頰也跟著抖動。「因爲這劇院雖然是我的沒錯，不過客人至上，既然客人付了錢，就有權做出要求！規則是客人訂的，而我們這些商人得按照那些規則來做事。客人要什麼，就得給他什麼。」

「客人？是說這些群眾？」文德索·印布拉大手一揮，掃過板凳上滿滿的人潮。「這裡所有人付錢來到這裡，就是爲了要開開眼界、看看奇觀？」

「在商言商。」侯文納赫回應道：「市場上要是有需求，那爲什麼不提供呢？人們付錢看狼群打架？看長尾蛛大戰土豚？看狗群追趕裝在木桶裡的獾或翼龍？印布拉，爲什麼你要這麼驚訝呢？就像麵包一樣，人們也需要娛樂與表演。呵，應該說這兩者比麵包還重要。進來這裡的人，很多都是把褲腰帶勒了個死緊，但你看看他們的眼睛，一個個都在發亮呢。他們已經等不及要看表演了。」

「不過就算是表演，但也得做做競賽運動的樣子。」邦哈特露出一個惡毒的笑容補充道：「獾在被狗群拖出木桶前，也有牙齒可以攻擊，這就是所謂競賽運動的樣子。而這女孩有劍，所以運動型態也算是有了。怎樣，各位善良的人們？我說得對嗎？」

善良群眾的話聲此起彼落，加起來成了一道雷鳴般的歡樂合聲，認同邦哈特在這整件事上的說法。

文德索．印布拉緩緩開口：「卡薩代男爵要是知道了，不會高興的，侯文納赫先生。我向您保證，男爵會不高興的。我不知道這值不值得您和男爵過不去。」

「在商言商。」侯文納赫道，並動了動臉頰。「這點卡薩代男爵很清楚。他向我借了一點小錢，算了幾分利，改天再有需要借錢時，一點小糾紛我們自會解決。不過我個人獨有的私人產業，還輪不到什麼外國的男爵大人來管。這邊的賭盤已經開了，群眾也都付了入場費，競技場上的那片沙地，一定要吸飽血才行。」

「一定要？」文德索．印布拉拔高音量。「狗屎！我等不及要讓您看看，完全沒有這種必要！哼，我就直接走出這裡，頭也不回。到那時候，你們就在這裡灑你們自己的血吧！光是想到要取悅這些野蠻的群眾，就讓我覺得噁心！」

「讓他走。」一名男子突然自群眾中站了起來。他穿著馬革外套，臉上長滿鬍子，幾乎只能看到眼睛。「要是他覺得噁心，那就讓他走啊。我就不覺得噁心。聽說把這『老鼠』殺掉的人，就可以去拿賞。那就讓我下場。」

「哪有這種道理！」印布拉的其中一名同行者突然大叫。那人個頭雖然不高，卻是名滿身筋肉、體格壯碩的男子，還頂著一頭濃密、蓬亂又糾結的頭髮。「我們可是先來的！對吧？兄弟們？」

「對！沒錯！」第二人也出聲應和。這人很瘦，下巴留了一撮山羊鬍。「我們有優先權！至於你，文德索，別端出一副名譽勝過一切的樣子。現場有一片黑鴉鴉的人在看又怎樣？法兒卡就在場上，只要伸手就能把她拉過來。鄉巴佬的眼睛要瞪多大隨他們去，我們才不管那麼多！」

「而且還可以順便撈一票！」第三個人高聲大笑，他穿了亮紫紅色的緊身衣。「競賽就該有競賽的樣子，是沒錯，對吧？侯文納赫先生？表演就該有表演的樣子，而且這裡還牽扯到獎金！」

侯文納赫露出一個大大的笑容，點頭稱是，兩頰也拚命地抖動著。

「目前賭盤如何？」蓄著山羊鬍的那名男子被勾起了好奇心。

商人大笑了起來。「目前打鬥的盤還沒開！現在是一賠三，賭你們沒有任何一個人敢下場去。」

「呸！」穿馬革的男子大嚷。「我敢！我準備好了！」

「我說過了要你滾開！」蓬頭髮嚷了回去。「我們先來的，有優先權。快啊，我們還在等什麼？」

「我們可以幾個人下場找她？」紫紅緊身衣將腰帶轉正。「還是只能一對一？」

「你們這群狗娘養的！」溫和的鎮長突然大吼，完全出乎眾人的意料，而那公牛似的聲音也與他的形象完全不合。「你們是不是想十個對她一個啊？要不要騎馬？還是搭戰車？要不要從兵工廠搬台投石機來借你們，好讓你們可以從遠遠的地方用大石頭丟這女孩？嗯？」

「好了，好了。」邦哈特打斷這場對話，快速與侯文納赫交換了下意見。「就把這當作競賽吧，不過樂趣還是要有。就兩個人吧。我是說，一對。」

「不過獎金可沒有兩份喔！」侯文納赫預先提醒。「要是兩個人下場，那獎金就兩個人分。」

「什麼一對？什麼兩個人？」蓬頭髮猛力甩下肩上披風。「兄弟們，你們不覺得丟臉嗎？這只不過是一個女孩！我呸！你們後退，我自己下場擺平她。有什麼了不起！」

「我要活的法兒卡！」文德索．印布拉出言反對：「去你們的打鬥和對決！邦哈特的這場表演我不會參與，我要那個女的！要活的！你們兩個人一起去，你和斯塔夫洛，把她給我從那邊帶出來。」

「一隻病弱雞要兩個人對付，對我來說很丟臉。」那個有著一臉大鬍子的斯塔夫洛重複說道。

「你丟的這張臉，男爵會用弗洛倫來嘉獎，不過她得是活的才行。」

「也就是說，男爵是個吝嗇鬼。」侯文納赫咯咯發笑，肚子和牛頭犬般的臉頰也跟著抖動。「而且一點運動精神都沒有，也絲毫不願意獎賞他人！我就不同了，我支持運動，而且我現在宣布提高獎金。只要有誰單獨下場，憑一己之力戰勝她，那麼我就會用這隻手，從這個箱子裡，拿出弗洛倫付給他，三十，不是二十。」

「既然如此，我們還等什麼？」斯塔夫洛大吼：「我打頭陣！」

「慢著！」個頭矮小的鎮長再度叫道：「這女孩背上只有薄薄一塊亞麻布！所以你也該把皮甲脫了，大兵。這是一場競賽！」

「去你們的！」斯塔夫洛把身上內鑲鐵甲葉的長袍脫掉，然後又反手把上衣從頭上拉掉，露出像狒狒一般長滿毛的精瘦胸肩。「去你們這些高貴的大人，還有你們這狗屁競賽！我就這樣光溜溜去！滿意了吧？還是要連褲子也脫了？」

「脫吧，底褲也一起脫！」德內門史－烏雅樂侯爵夫人用低沉沙啞的嗓音，性感叫道：「讓我們瞧瞧你的男子氣概是不是只有那一張嘴！」

在震天價響的掌聲中，腰際以上全數裸露的斯塔夫洛拿起武器，一腳跨過木樁圍欄，小心翼翼地觀察著。奇莉雙手交胸，完全沒有往插在沙中的劍移動腳步。斯塔夫洛猶豫了。

「別這麼做。」奇莉說，聲音非常地小。「別逼我……我不會讓人碰我一根汗毛。」

「妳別有怨，丫頭。」斯塔夫洛跳過圍欄。「我和妳沒有任何過節，不過在商言商……」

他沒把話說完，因為奇莉已經來到他的面前，已經把飛燕劍握在手上。沒錯，她已經在腦子裡為這把地精打造的格維希取好了名字。她用了最簡單、十分兒戲的突擊，一種叫「三小步」的假動作，不過斯塔夫洛卻上當了。他往後退了一步，反射性地舉起劍，在這一刻，局勢便已落入她的掌握之中。他往後跳了一步，將手指撐在競技場邊的木樁上，而飛燕劍就在他鼻尖一吋的地方。

「這招叫作『三小步、欺敵、三分位突擊』。」邦哈特提高音量大吼以壓過現場的呼聲與喝采，爲侯爵夫人說明情況。「很蹩腳的伎倆，我期待從這女孩身上看到的是更複雜的技巧。不過我得承認，要是她想要的話，那傢伙早就沒命了。」

「殺了他！殺！」看台上的觀眾高聲嘶吼，侯文納赫與鎮長盤尼楚克則將拇指朝下。血色從斯塔夫洛臉上褪去，露出水痘在他臉頰留下的痘痕與坑疤。

「我和你說過，別逼我。」奇莉嘶聲說：「我不想殺你！不過我不會讓你碰我。回去你來的地方。」

她退開來，轉過身，放下劍，往上方的包廂看去。

「你們要拿我尋開心？」她用破碎的聲音大叫：「你們想逼我戰鬥？逼我殺人？你們逼不了我！我不會戰鬥的！」

「你聽到了嗎？印布拉？」邦哈特嘲弄的聲音在靜默中響起：「穩賺不賠呀！她不會戰鬥。所以可以直接把她從場上帶走，活生生交給卡薩代男爵，讓他和她好好玩個夠。可以不用任何賭注就帶走她！不用動刀動槍！」

文德索．印布拉啐了一口。手指依舊緊扳木樁的斯塔夫洛大口喘氣，手裡緊抓著劍。邦哈特大笑出聲。

「不過我呢，印布拉，拿鑽石賭核桃，賭你們不會成功。」

斯塔夫洛重嘆一口氣，覺得背對他的女孩似乎處於分神狀態，注意力不甚集中。他大吼一聲，吼出了怒氣、恥辱與怨恨。他沒有忍住，發動了攻擊。動作很快，也很忘恩負義。

觀眾沒看見奇莉的閃避與回身刺殺，只看見衝往法兒卡的斯塔夫洛，突然做出一個十分芭蕾的小跳，然後面腹朝下，以十分不芭蕾的方式摔落沙地，而沙地在頃刻間便汲乾了血液。

「本能凌駕一切！」邦哈特的聲音壓過群眾：「反射動作流暢！怎樣？侯文納赫？我早說了吧？你等著看，那批獒犬派不上用場的！」

「這是一個多漂亮又多有賺頭的畫面啊。」侯文納赫高興得甚至瞇起了眼睛。

斯塔夫洛強撐著發抖的雙手起了身，腦袋一晃，大叫出聲，卻讓鮮血哽住了喉頭，吐下一片嫣紅，倒落沙地。

「邦哈特，這一劍叫什麼？」德內門史-烏雅樂侯爵夫人磨著雙膝，用粗嘎的嗓音性感問道。

「這叫即興表演。」賞金獵人兩片嘴唇底下的牙齒閃了閃，完全沒有看向侯爵夫人。「漂亮、有創意，而且我會說，是掏心掏肺的即興表演。我聽過有這樣的地方，會教人怎麼即興為對方開腸剖肚。我敢打賭，我們的小姑娘知道這個地方。我已經知道她是誰了。」

「你們不要逼我！」奇莉大吼，聲音抖動猶如鬼魅。「我不想，你們懂嗎？我不想！」

「丫頭，妳可眞是地獄來的撒旦啊！」紫紅緊身衣俐落翻過圍欄後，隨即繞著場地兜圈子，避免奇莉注意到正從另一邊跳進來的蓬頭髮。跟在蓬頭髮之後，穿馬革的男子也越過了圍欄。

「不公平！」身材像半身人、對遊戲純度很敏感的鎮長叫了起來，群眾也跟著呼喝。

「三個打她一個！不公平！」

邦哈特笑了起來。侯爵夫人舔了舔雙唇，更加用力地摩擦雙腿。

這三人行的計畫很簡單——先逼女孩退向木樁，然後由兩人包夾，第三人下殺手。不過這計畫卻一點作用也沒有，原因很簡單，女孩沒有撤退，而是發動攻擊。

她以芭蕾式的迴旋滑進他們中間，動作如此流暢，幾乎沒在沙地留下痕跡。她在行進間朝蓬頭髮出擊，直接攻向他的要害——頸動脈。那一劍畫得如此輕盈，讓她沒有因此失去節奏，繼續以舞動之姿使出回身佯攻。這速度之快，從蓬頭髮頸中噴出的近噚血柱，甚至連一滴也沒沾上她的身體。位於她身後的紫紅緊身衣想朝她的後頸來個痛擊，不過這偷偷摸摸的一劍，卻與她揮向後背的閃電格擋擊出脆響。奇莉像彈簧一樣地轉過身，雙手握劍一揮，畫下一道尖銳弧線，把加倍的力道往紫紅緊身衣的髖骨砍去。黑色的地精劍像把剃刀劃開他的腹部，肉體切開的黏稠水聲清晰可聞。紫紅緊身衣哀嚎一聲，摔落沙地，蜷成一團。跟著跳進來的馬革男子朝女孩喉部使了一記穿刺，後者閃避脫身，流暢掉頭，以劍身中段朝他臉上一碰，傷了他一隻眼睛、鼻子、嘴巴及下巴。

看台群眾紛紛大吼、吹哨、踏腳、咆哮。德內門史－烏雅樂侯爵夫人把雙手插進緊合的大腿間，不斷舔著濕亮的嘴唇，發出充滿酒意又緊張兮兮的低沉笑聲。尼夫加爾德的後備上尉臉色白得像羊皮紙。某個女子試著蓋住孩子的眼睛，但孩子卻不斷扭動。第一排頭髮灰白的老人把頭往膝蓋中間一壓，吐得又猛又大聲。

馬革男子按住臉，不斷抽泣，口水與鮮血黏液的混合物不斷從指縫漏出。紫紅緊身衣不斷打滾，叫聲如彘。蓬頭髮不再抓爬木樁——那些木樁早被他心臟跳動擠出的血液浸得濕滑。

「救我——！」紫紅緊身衣哀嚎，縮緊身子擋住從破肚流出的內臟。「兄弟們——！救我——！」

「唔……噗……」馬革男子不但口吐鮮血，鼻孔中也流出紅涓。

「殺、了、他！殺、了、他！」觀眾踏著腳步齊聲呼喊。低頭狂吐的老人被推下凳，踹到走道上。

「鑽石對核桃。」邦哈特嘲弄的低沉嗓音在這陣嘈雜中傳開。「已經沒人敢再踏入場中了。鑽石對核桃，印布拉！哎，我說什麼呢，就算對的是空核桃也一樣！」

「殺！」群眾吼叫、跺腳、拍掌。「殺！」

「尊貴的小姐！」文德索．印布拉嚷了起來，並出手招來部下。「請允許我們把傷者帶走！請允許我們進入場中，在他們因失血而亡之前，將他們帶走！尊貴的小姐，請您展現點人性吧！」

「人性。」奇莉吃力地重複一次，覺得體內的腎上腺素好像現在才開始高漲。她做了一連串熟練的呼吸後，很快控制住這股感覺。

「你們進來帶走他們吧，但是不能帶武器。請你們也展現你們的人性吧，就算只有一次也好。」她說。

「不——！」群眾齊聲叫道。「殺——！殺——！」

「你們這群邪惡的野獸！」奇莉像跳舞般的轉過身，掃視看台上的每個席區、每張長凳。「你們這些可惡的豬！卑鄙的傢伙！討人厭的混蛋！你們要血嗎？那就來這裡啊，下來啊，來嚐嚐看、聞聞看啊！趁血還沒乾，來舔舔看啊！一群野獸！吸血鬼！」

伯爵夫人一聲嗚咽，抖了幾下，雙眼上翻，然後往邦哈特癱軟靠去，雙手仍藏在兩腿間。邦哈特眉頭一皺，將她推開，沒有絲毫憐香惜玉。群眾高聲叫嚣。有人把咬過的香腸丟往場中，有人丟的是鞋子，還有人拿起小黃瓜往奇莉丟。小黃瓜被劍砍得稀巴爛，引起了更大的呼聲。

文德索．印布拉和他的人把紫紅緊身衣和馬革男子架起。紫紅緊身衣在被人移動時，大大哀叫了一聲，而馬革男子則是暈了過去。蓬頭髮與斯塔夫洛已經沒有生命跡象。奇莉盡可能地退到場邊，努力與他們拉開距離。印布拉的人也盡量與她保持距離。

文德索．印布拉一動也不動地站著，一直等到傷者與死者都被抬走爲止。他從瞇起的眼瞼底下看著奇莉，手掌則按在劍柄上。雖然已事先做出承諾，但他在下場前還是沒有把劍解下。

「不。」她出聲警告，嘴唇幾乎沒有動作。「別逼我，拜託。」

印布拉白了臉。群眾紛紛跺腳、咆哮、尖叫。

「別聽她的！」邦哈特的聲音再度壓過嘈雜的人群：「把劍拿起來！不然的話，全世界都會知道你是一個懦夫兼膽小鬼！從阿爾巴河一直到亞魯加河，都會盛傳文德索．印布拉怕了一個未成年的小女孩，尾巴夾得跟喪家犬一樣！」

印布拉的劍出鞘一吋。

「不。」奇莉說。

劍身收了回去。

「懦夫！」人群中有人大叫：「吃屎吧！膽小鬼！」

印布拉帶著一張石頭般的臉走向競技場邊。在抓住上方同伴伸出的手之前，他又一次地轉過身。

「妳大概知道接下來要面對的是什麼了，小姑娘。」他輕聲地說：「妳大概已經知道雷歐．邦哈特是個怎樣的人。妳大概已經知道他有怎樣的能耐、什麼樣的事能讓他興奮。妳會不斷地被推到競技場上。妳會不斷殺人，只為了取悅像這裡的這些豬頭與混蛋，又或者是比他們還糟的人。等妳的殺戮不再有趣，等邦哈特對加在妳身上的戾氣感到厭煩，他們就會殺了妳。他們會在場上放進一堆人，讓妳沒辦法保護自己的後背。又或者他們會放進一大堆狗，讓妳被狗群撕裂咬爛，看台上黑鴉鴉的群眾會聞著那股血腥氣味，鼓掌叫好。而妳會在吸飽鮮血的沙地上斷氣，就像那些今天被妳斬殺的人。到時候，妳就會想起我說的這段話。」

雖然有些奇怪，不過她到現在才注意到，他的搪瓷護頸上有個不是很大、飾了紋章的盾形圖案。那是一頭在黑暗平原上人立而起的銀色獨角獸。

獨角獸。

奇莉垂下了頭，看著鑲了縷花的劍身。

四周突然變得十分安靜。

「偉大的太陽神啊。」到目前為止一直保持沉默的尼夫加爾德上尉，狄可藍・羅旭・阿波・麥勒和拉突然出聲：「不。別這麼做，小姑娘。內士文奎斯盧內得！」

奇莉緩緩掉轉手中的飛燕劍，把劍首抵著沙地，單膝跪下，右手扶著劍身，左手將劍鋒精準瞄向肋骨。轉眼間劍尖已穿過衣衫，刺進肌膚。

千萬不能哭出來。奇莉一邊在心裡想著，一邊更加用力往劍擠去。千萬別哭。沒有什麼好哭的。只要用一下力，一切就結束了……一切就結束了……

「妳辦不到的。」邦哈特的聲音在這一片全然的寂靜中響起。「妳辦不到的，獵魔士。卡爾默罕裡的人教了妳如何殺人，所以妳殺起人來就像機器一樣。這是妳的反射動作。但自殺需要有個性、力量、決心與勇氣，而這些他們沒辦法教妳。」

□

「就像你看到的，他說得對。」奇莉吃力地說：「我沒有成功。」

維索戈塔沒有出聲，手上抓著海狸鼠的皮毛。他動也不動，維持了好一段時間，聽到幾乎都要忘了手上的那張毛皮。

「我退怯了。我是個膽小鬼，也爲此付出了代價。對，就像每個膽小鬼一樣。痛楚、羞恥、糟糕透頂的屈辱，還有對自己感到無比的噁心。」

維索戈塔沒有出聲。

這天夜裡，要是有人能偷偷摸到這座頂著生了苔的半塌茅頂，失落於沼澤之中的小屋邊，要是這人透過窗扉縫隙往屋裡瞧，便會看到在昏暗的燈光下，有名白鬍子老人與一名灰髮女孩坐在壁爐前。這人會瞧見這兩人默不作聲，靜靜看著燒紅的火炭。

不過這些都沒有人能看見。有著茅頂半塌、生苔的小屋，密密層層藏在濃霧與水氣之中，藏在無邊無際的蘆葦叢中，藏在培雷普魯特的沼澤之中，沒有任何人膽敢闖入。

讓別人流血的人，自己也會因爲別人而流血。

《創世紀9：6》

在世者，有許多理應受死；往生者，有許多該當存活。你能將生命贈予他們嗎？既然如此，不要輕率判下死刑。縱使是最爲睿智之人，也非事事通曉。

——J.R.R. 托爾金

的確，要把斷頭台上的淋漓鮮血稱爲正義，需要極大的信任與極大的盲目。

——克爾沃的維索戈塔

第五章

「獵魔士，您在我的土地上找什麼？」列得布魯內的執政富勒可．阿爾特維勒得又問了一次，顯然對這冗長的沉默耐心已盡。「您從哪來的？要去哪裡？有什麼目的？」

做好事的結果就是這樣。傑洛特看著臉上滿是厚疤的執政，如是想著。扮演高貴的獵魔士，對一票來自森林、不值一文之人展現憐憫的結果就是這樣。渴望奢華、夜宿旅店的結果就是這樣，因爲那裡通常都有間諜。和大嘴巴詩人一起旅行的下場就是這樣。我現在坐在這麼一個沒有窗户、像牢房一樣的空間裡，坐在鎖入地板、偵訊專用的硬椅子上，而椅背上的把手和皮帶，實在讓人很難忽略。這是用來綁住椅上之人的雙手與固定脖子的。這些東西目前還沒人使用，不過隨時都能派上用場。

所以我現在該死的要怎麼讓自己從這個窘境脫身？

□

與扎澤徹那群養蜂人一起上路五天後，他們終於走出荒野，來到潮濕的沼澤林。雨勢已停，水氣與濕霧讓風吹散，陽光也透出雲層。在太陽的照射下，重重山峰閃耀出白雪般的光芒。

如果說，不久前亞魯加河對他們而言是一道休止符、一條界線，一旦越過便代表旅程跨入下一個更爲重要的階段，現在他們更加強烈地感覺到，自己正在靠近一條停止線、一道屏障、一個只能做回頭打算的地方。以傑洛特為首的所有人都感覺到了，沒有人有第二種感受。從早到晚，放眼所及，就只有阻礙前方去路，巍巍峨峨起伏如鋸、閃耀白雪冰冠的連綿山峰。那是亞梅兒山，還有那聳立於亞梅兒山鋸峰之上的勾爾勾那峰。此峰又名惡魔山，稜角嶙峋、銳如匕首，宛若一座方尖碑。他們沒有討論這個話題、沒有進行交談，不過傑洛特感覺到了眾人的想法。因為看著亞梅兒山脈與勾爾勾那峰，一想到要繼續往南挺進，就連他也覺得這是個瘋狂至極的舉動。

所幸情況倏地一轉，似乎不再有繼續往南的必要。

消息是由那滿頭糾結蓬髮、貌似蠻荒野人的養蜂人帶回來的。因為這人，他們這五天來一直扮演這支隊伍的護衛角色。這名養蜂人作為哈瑪德律阿得的丈夫與父親，和妻女站在一起時，就像是頭野豬站到了兩匹母馬旁。養蜂人對傑洛特一夥人說了謊，騙他們卡耶度的德魯伊都去了斯托基。

列得布魯內是一座如蟻穴般繁忙的小鎮，也是來自扎澤徹的養蜂人及獵人的目的地。而事情是發生在他們抵達小鎮的隔天，在他們與一路護送的養蜂人道別後的隔天。由於獵魔士對他們來說已無用處，所以他沒想到會再看見他們當中的任何一人。正因如此，他更顯訝異。

養蜂人一開口便是滔滔不盡的感謝話語，並給了他一小袋滿滿的碎零錢，也就是獵魔士的僱錢。他收下了那筆錢，同時也感受到雷吉思與卡希略帶嘲諷的目光。一路上，他不只一次向這兩人抱怨人類的不知感恩，還強調不帶特定目的的利他主義只是蠢話一堆。

就在這時候，情緒興奮的養蜂人將新得到的情報大聲嚷了出來：「那個……親愛的獵魔士先生，那些滿腦子槲寄生的傢伙，我是說，德魯伊，他們就窩在羅克濛渡依倫湖邊的橡樹林裡。那座湖在從這裡往西走……那個……三十五哩的地方。」

這消息是養蜂人在蜜、蠟收購點那兒，從住在列得布魯內的親人身上得來的，而這名親人則是由一位相熟的採鑽人處獲得消息。養蜂人一拿到德魯伊的消息，便馬上跑回來告知。現在的他，全身甚至散發著喜悅、驕傲與自我肯定的光彩，就像每個說謊的人在得知謊言意外成眞時會有的反應。

傑洛特起先打算直接往羅克濛渡依倫去，不過他的隊友皆大力反對。因爲有了養蜂人給的那筆錢，加上他們身處市集交易之處，雷吉思與卡希認爲應該要補充糧食與裝備。米爾娃也加入他們的行列，表示要添購箭支；她老是得打獵，而她可不要用削過的樹枝來射箭。亞斯克爾也提出要求，希望至少可以在旅店過一晚，洗個澡，躺上床，感受啤酒微醺的美好。

他們所有人都同聲認爲德魯伊不會跑掉。

吸血鬼雷吉思帶著奇怪的笑容補充道：「雖然這絕對只是個巧合，不過我們的隊伍絕對是走在正確的道路上，往絕對正確的方向去。而延宕一、兩天再去找德魯伊，對我們來說，顯然一點關係也沒有。」

吸血鬼繼續道出自己的哲理：「至於所謂的緊急，是一種時間急速流逝之感，通常代表一種警訊，要我們慢下腳步，放緩行事，從長計議。」

雖然奇怪的惡夢屢屢在夜裡造訪，而這種情形本應催著傑洛特趕緊上路，他卻沒有提出異議，也沒有與眾人爭辯，甚至沒有對吸血鬼的哲理有任何微詞。至於那些惡夢的內容，在他醒來之後，已無法回想。

那是九月十七日，滿月。距離秋分還有六天。

米爾娃、雷吉思和卡希三人負責去採買及補充裝備。傑洛特和亞斯克爾則負責在列得布魯內鎮裡搜集情報、打探消息。

列得布魯內位於奈維河的河曲之上，周圍有尖樁滿布的河堤環繞，如果只看堤內那圈緊密相接的木屋磚舍，這是一座不大的小鎮。不過堤內擁擠的建築目前只是這座城鎮的中心地帶，裡頭能住的最多只有當地人口的十分之一。而其餘九成的居民都住在環繞堤外的建築瀚海中——磚屋、木屋、茅屋、棚屋、堆房、帳篷及當作住家的馬車。

爲獵魔士和詩人擔任嚮導的是養蜂人的親戚，年紀很輕，但個性狡猾自大，是鎮裡典型遊手好閒的小鎮混混。這種人在路旁的水溝出生，也在路旁的水溝解手、盥洗。這年輕人在城市的喧囂嘈雜、擁擠人群、髒亂惡臭之中，就好像鱒魚進了晶瑩透徹的河水一般。而能夠領著別人在自己這座噁心城鎮裡行走，顯然令他十分開心。這名一天到晚遊手好閒的男子，口沫橫飛地爲他們解說一切，絲毫不在意沒人向他提出任何發問。男子說，列得布魯內之於尼夫加爾德屯民是重要的一站。這些屯民都是要去北方領取帝國允諾的四屯地，也就是至少五百甲的田地。除此之外，還可以享有十年免稅。由於列得布魯內位在橫切亞梅兒山的奈維谷出口，透過特歐杜拉隘口，可以將斯托基、扎澤徹與馬格圖加、蓋索、梅提那及邁阿赫特，這幾個很久以前便臣服尼夫加爾德的國家相接。這名一天到晚遊手好閒的男子向他們說明，列得布魯內是屯墾之行的最後一站，過了這裡，一切就只能靠自己、自己的婆娘及馬車上所有的東西。也因爲如此，大多數屯民會在這裡逗留一段頗長時間，爲抵達亞魯加河及越過亞魯加河的最後一跳，深呼吸做準備。男子用著一顆來自水溝的愛國心，驕傲地補述，這些屯民裡有許多人就這麼在列得布魯內生了根，因爲這是座不得了的城鎭，有文化，不像那些充滿糞水臭味的窮鄉僻壤。

事實上，列得布魯內同樣也飄散著濃濃的糞水味。

傑洛特曾在多年前到過這裡，卻認不出這個地方。這裡的變化太大了。以前，小鎭裡沒有那麼多穿著黑甲、黑披風，護肩上打有銀色紋章的騎兵。以前，尼夫加爾德語在小鎭裡不像現在處處可聞。以前，小鎭旁沒有採石場——裡頭的人們面容憔悴，衣著破舊骯髒、沾滿污血，不停敲敲打打，開採石塊。一旁還有群穿著黑衣的監工，不斷將皮鞭與棍棒打在他們身上。

男子向他們解釋，這裡有不少尼夫加爾德軍隊駐守，不過都不是常駐，只有在驅趕、緝拿「自由斯托基」組織成員的空檔，才會來到這裡。要等到城郭舊址那兒興建的石牆大要塞蓋好，他們才會派一支強大的尼夫加爾德軍來，而要塞的石材則來自採石場。採石工人都是戰俘，來自利里亞和亞丁，最近的一批則是來自索登、布魯格及安格崙。另外還有從特馬利亞來的。列得布魯內這裡，至少有四百名戰俘在做苦工。貝爾哈文城一帶的礦坑與其他礦區和露天礦場裡，有超過五百名戰俘在工作，而負責造橋與翻整通往特歐杜拉隘口道路的戰俘則有上千名。

當年傑洛特來的時候，市集廣場上也有座斷頭台，但比現在的要莊嚴許多，上頭沒有那麼多令人厭惡的配備，而絞刑架、尖樁、長叉及長棍上，也沒有那麼多令人作嘔、惡臭滿溢的腐物裝飾。

男子看著斷頭台與上頭的人類解剖構造解釋說，那是不久前獲軍權授命爲執政的富勒可．阿爾特維勒得大人所爲。富勒可．阿爾特維勒得大人又給人下斬首令了。男子還說，碰上阿爾特維勒得大人，絕不是開玩笑的——這位大人可嚴厲了。

他們在一家旅店裡見到了男子認識的那名採鑽人。傑洛特對那人的第一印象不是很好。因為他見到的那名男子蒼白顫抖，處於半醒半醉、精神恍惚、近似作夢的狀態。獵魔士的心頓時涼了一半。看起來，有關德魯伊這個令人極度興奮的消息來源，可能只是尋常的震顫性譫妄。

然而，渾身酒氣的採鑽人在回答問題時，思路清晰，條理分明。亞斯克爾質疑他看起來不像採鑽人，對此他玩笑性地回答，等他找到鑽石，就算只找到一顆，看起來就會有採鑽人的樣子了。德魯伊在濛渡依倫湖落腳的位置他形容得很具體，沒有加油添醋，也沒有編造渲染。他大膽提問獵魔士一行人尋找德魯伊的目的，得到的答案卻是沒有回應的漠視。採鑽人警告，進入德魯伊的橡樹林，等於是自尋死路，因為德魯伊通常會抓住入侵者，放進一種叫「柳枝巫婆」的柳編人偶中活活燒死，進行的過程中還會一邊禱告、詠唱及施咒。看起來，沒有根據的謠言及愚蠢的迷信也跟著德魯伊一起遷移，步步相隨，緊咬不放。

他們接下來的對話讓九名手持長戟、身穿黑色制服、護肩上有太陽標誌的士兵給打斷了。帶頭的軍士用橡木棍敲著小腿肚，問：「您是名喚傑洛特的獵魔士嗎？」

傑洛特思量了一下後，答道：「對，我是。」

「那麼，您會想和我們走一趟。」

「您怎麼能肯定我會呢？我被逮捕了嗎？」

那軍士在一股疑似永無止境的沉默中看著他，奇怪的是，那眼神似乎沒有半點敬意。無庸置疑，是他的八人小隊讓他有膽子露出這種眼神。

最後，他終於開口：「不，您沒有被逮捕。沒有人下令逮捕您。要是有這樣的命令，我就會用另一種方式問您。完全不同的方式。」

傑洛特整了整劍帶，展示的意味濃厚。

「如果是那樣的話，我就不會回答。」他冷冷道。

「好了、好了，兩位男士。」亞斯克爾決定介入，並在臉上掛了一個他自認為是老練外交官才有的笑容。「何必用這種口氣說話呢？我們是老實人，不用害怕執政當局，是啊，我們很樂意幫助執政當局。只要有機會，我們就會幫，這點請您了解。不過也正因如此，執政當局應該要給我們點線索，對吧，軍爺？就算是解釋為何當局會想限制我們身為公民的自由權這種小事也好。」

軍士完全沒有讓他那番連珠砲似的發言亂了陣腳，答道：「先生，現在在打仗。自由，顧名思義，是太平盛世的東西。至於原因，執政大人自會為你們解釋。我只負責完成命令，爭辯不在我該執行的任務範圍之內。」

「真的假不了。」獵魔士予以承認，並朝吟遊詩人微微眨眼。「那麼您就帶我去見執政吧，軍爺。亞斯克爾，你回去找其他人，把事情告訴他們。該怎麼辦，你們就怎麼辦吧。雷吉思會知道該怎麼做。」

□

「獵魔士，您在斯托基做什麼？想找什麼？」

提問的人是一名肩膀很寬的黑髮男子，臉上有道道凹疤裝飾，左眼覆著皮罩。這張只有一隻眼睛的臉，在黑暗的小巷子裡，足以讓人嚇得擠出胸膛所有氣力放聲大叫。可是一旦注意到這張臉屬於富勒可．阿爾特維勒得大人——列得布魯內的執政，附近這整個區域的律法與秩序最高看守者後，便會知道這種驚嚇反應著實錯得離譜。

「您在斯托基找什麼？」律法與秩序的最高看守者又問了一次。

傑洛特嘆了口氣，聳聳肩，做出無所謂的樣子。

「這問題的答案您很清楚，執政大人。我是獵魔士這件事，想必您是從一路雇用我爲護衛的扎澤徹養蜂人那裡得知。身爲獵魔士，不管是在斯托基或其他地方，我要找的通常就只有賺錢的機會，而我要去的方向，便是雇主所指定的地方。」

「這說法合乎邏輯。」富勒可．阿爾特維勒點了點頭。「至少看起來是如此。您是在兩天前和那群養蜂人分手，卻打算繼續往南走，而且同行的旅伴有那麼一點不尋常。你們的目的是什麼？」

傑洛特忍下了執政灼熱的獨眼目光，沒有移開視線。

「我被逮捕了嗎？」

「沒有，目前還沒有。」

「那麼我猜想，我的目的與行進方向是我個人的事。」

「不過我還是會建議您開誠布公，就當作是爲了證明您心中沒有罪惡感，不怕站在法律之前，也不怕站在爲其看守的執政之前。我要試著再問一次，您此行的目的爲何，獵魔士？」

傑洛特快速考慮了一下。

「我打算要找到德魯伊。他們之前待在安格崙，現在似乎移到這一帶了。這一點要從我護送的那群養蜂人嘴裡得知，並不困難。」

「有人雇您去找德魯伊嗎？難道那些自然保護者多放了一個人在柳枝巫婆裡燒？」

「這都是些世間人的奇怪童話、蜚語和迷信。我找德魯伊是要得到情報，不是要他們的血。不過，執政大人，如果是要證明自己沒有罪惡感，我著實認爲我已經坦承過了頭。」

「重點不在您的罪過，至少不是只有這點。然而，我希望我們在這場談話中，可以開始對彼此釋出善意。因爲，事情不像表面看起來的樣子，而這場談話的目的之一，是要拯救您與您同伴的性命。」

傑洛特稍待了一會兒，才回答說：「您引起了我的極大興趣，執政大人。而這只是其中之一，我願洗耳恭聽。」

「對這一點，我沒有任何疑問。我會把事情解釋給您聽，不過要一步一步來，按部就班。獵魔士先生，您可曾聽過污點證人法則？知道那是指怎樣的人嗎？」

「我知道，那是想靠出賣同伴來逃避制裁的人。」

「非常簡化的說法。」富勒可・阿爾特維勒得在說話的同時，臉上並沒有笑容。「話說回來，這是北地林格人的典型反應。你們常用諷刺或古怪的簡化，來掩飾學識上的不足，並把這種簡化當作有趣的玩笑。在斯托基這裡，獵魔士先生，用的是帝國的律法。更明確地說，當不法行爲持續增加、到處充斥之時，帝國律法便會有所反應。消滅不法行爲與盜匪舉動的最佳手段便是斷頭台，您肯定已經在市集廣場見識過了。不過有時候，污點證人法則也一樣有效。」

他做了一個效果十足的停頓，傑洛特並沒有打斷他。

「不久前，我們成功地把一群年輕犯罪者引進埋伏。」執政開了口：「那些盜匪進行反抗，結果喪了命……」

「不過不是所有人，對吧？」傑洛特立刻有了聯想，並對這場冠冕堂皇的對話開始感到乏味。「其中一個被活捉。你們告訴他，如果成爲污點證人，便可獲得慈悲的對待。意思就是說，如果他願意出賣所知訊息的話。而他出賣了我。」

「您怎麼會得出這樣的結論？您和本地的犯罪圈有接觸嗎？是現在有接觸嗎？還是以前？」

「不，我沒有。現在沒有，以前也沒有。因此，執政大人，請您見諒，不過這一整件事要不是個天大的誤會，就是一場騙局。再不然就是刻意陷害我。如果是最後這一樣，我會建議您別浪費時間，直接跳到具體事項。」

「您認爲有人故意設計陷害。」執政皺起被疤痕切剖的眉頭，說出自己的看法。「雖然您給了肯定回答，但說不定您在律法之前，還是有擔心的原因？」

「沒有，不過我開始擔心這裡對抗犯罪的手法，會是以快速大量、輕忽細節的方式，不會抽絲剝繭去審視犯人是否有罪。不過呢，這也許只是古怪的簡化看法，是駑鈍北地林格人典型的作風。只是這名北地林格人還是不明白，執政要用什麼方式來拯救他的性命？」

富勒可．阿爾特維勒沉默地看了他一段時間，然後拍了拍手。

「把她帶上來。」他對應聲前來的一群士兵下了命令。

傑洛特做了幾次吐納好平息情緒，因爲某個想法讓他的心跳加速，腎上腺素也大量分泌。可是過了一會兒，他又不得不再度吐納，甚至得用藏在桌下的那隻手打出印記，這樣的反應令他難以置信。這些舉動沒有帶來絲毫效果，而這同樣令他難以置信。他覺得體內有股熱氣翻湧，同時還有一道冷意流竄。

因爲，讓守衛推進房裡的，是奇莉。

「哦，你們瞧瞧。」奇莉在被按到椅子上，雙手被捆到椅背之後，馬上出了聲。「你們瞧瞧，貓把什麼帶來了！」

阿爾特維勒簡短地比了個手勢，守衛中一名身材魁梧、稚氣未脫的男子便不疾不徐地揚起手，一掌打在奇莉臉上，手勁大得連椅子都晃了下。

「大人，請別見怪。」守衛帶著歉意說，話音意外溫和：「她還不懂事，又笨又魯莽。」

「安古蘭。」阿爾特維勒這聲喚得緩慢又有力。「我答應過會聽妳說話，不過這是指妳回答我問題的時候。我不打算看妳演鬧劇。爲此，妳將受到斥責。妳明白了嗎？」

「是，大叔。」

阿爾特維勒的手勢一起，又是一道巴掌聲，椅子再度搖晃。

「不懂事的丫頭。」守衛喃喃說道，同時把手放在髖骨上擦了擦。「魯莽……」

一道血涓從女孩微翹的鼻子流出，她用力吸了一吸，露出一個帶有掠奪感的笑容。傑洛特已經知道這不是奇莉，對於自己的誤認驚訝不已。

「安古蘭，妳明白了嗎？」

「是，執政大人。」

女孩再度吸了吸鼻子，低下頭，挑起一雙大眼瞪著傑洛特。那雙眼睛是核桃色的，不是綠色。然後，她晃了下亮如稻草的雜亂劉海，把那幾綹不聽話的頭髮從眉上甩開。

「我這輩子從來沒見過他。」她舔了舔流到唇上的血。「不過我知道他是誰。話說回來，我已經和您說過了，富勒可大人。您現在知道我沒說謊了吧？他叫作傑洛特，是獵魔士，大概十天前渡過亞魯加河，打算往投散特去。沒錯吧，白髮大叔？」

「眞不懂事……那麼魯莽……」守衛快速說道，有些惶恐地看向執政，不過富勒可．阿爾特維勒僅是皺起眉、搖了搖頭。

「等妳上了斷頭台就笑不出來了，安古蘭。好了，我們繼續吧。就妳認爲，這個獵魔士傑洛特是和誰同行？」

「這我也說過了！是一個叫亞斯克爾的俊俏傢伙，他是吟遊詩人，身上帶著把魯特琴。另一個是頭髮深金色、長度剪到肩膀的年輕女子，名字叫什麼我不知道。還有一個男子，模樣我沒辦法描述，名字也沒聽他們提過。他們總共是四個人。」

傑洛特支著下巴，一臉興味地看著女孩。安古蘭並沒有避開視線。

「你的眼睛眞是不一樣，好奇怪的眼睛！」她說。

「繼續、繼續，安古蘭。」富勒可大人皺起眉頭催促她：「獵魔士的這支隊伍裡還有誰？」

「沒了。我說過，他們是四個人。大叔，你沒耳朵嗎？」

手勢一起，巴掌再下，鼻血又一次流出。守衛把手在髖骨上擦了擦，忍住了對魯莽丫頭的評論。

「安古蘭，妳說謊。」執政道：「我再問一次，他們有幾個人？」

「隨便您，富勒可大人，隨便您。您想怎樣就怎樣。他們有十二個人。十三個！六百個！」

傑洛特快速、小心地搶在巴掌令前說：「執政大人，如果可以的話，這件事就算了吧。就她話中的精確程度，不能稱之爲謊言，該說是知情不報。不過她是從哪得消息？她自己都說了這輩子是第一次見到我，而我也是第一次見到她，這點我可以保證。」

「謝謝您在調查上的協助。」阿爾特維勒斜睨了他一眼。「等我開始偵訊您時，希望您也能一樣應答如流。安古蘭，妳聽見獵魔士先生的話了？說，不要讓我催。」

「聽人家說，」女孩舔了舔鼻子流出的鮮血。「要是把犯罪計畫報給官所，要是把誰打算做什麼壞事密報出去，就可以得到減刑。那我就說啦，對吧？我知道有人打算犯罪，就想阻止這些壞事發生。您聽我說，夜鶯和他的人在貝爾哈文等這個獵魔士，打算在那邊把他大卸八塊。這份差事是一個半精靈給的，他的個子很高，外地人，鬼才知道是打哪來的，沒人認識他。那個半精靈把所有事都說了——有什麼人、長什麼樣子、會從哪裡來、來的時候還會有誰一起。他警告說這是個獵魔士，不是什麼三流貨色，是有經驗的高手。他要人別逞英雄，而是要從背後下手，用十字弓襲擊，最好是等他在貝爾哈文的哪裡吃飯、喝酒的時候，下毒殺他。半精靈給了夜鶯錢，很多錢，還答應事成之後會給更多。」

「事成之後。」富勒可·阿爾特維勒強調這點。「那麼，這個半精靈一直都在貝爾哈文嗎？和夜鶯那票人在一起？」

「也許吧，這我不知道。從我逃出夜鶯的組織到現在，已經兩個多禮拜了。」

「所以這算是妳出賣他們的原因？」獵魔士笑了笑。「私人恩怨？」

女孩的眼睛幾乎睜不開，紅腫的嘴巴歪得十分可怕。

「大叔，我的恩怨關你屁事！而我這個出賣可是救了你一條命，不是嗎？你至少也該道個謝吧！」

「謝謝。」傑洛特再次搶在掌摑令前出聲。「污點證人，我只是想指出，如果這是私人恩怨，那麼妳的可信度就會降低。人們會為了減刑與活命而出賣別人，但為了復仇，卻會說謊。」

「我們的安古蘭沒有半點活命的機會。」富勒可．阿爾特維勒得打斷他。「不過說到減刑，她當然想。對我來說，她的話絕對可信。怎樣，安古蘭？妳想減刑，對吧？」

女孩咬住嘴唇，臉色明顯刷白。

「匹夫之勇，還有年輕人的不知天高地厚。」執政的口氣帶著輕蔑。「以多欺少、搜刮弱者、殺害手無寸鐵之人，這些當然不是難事。至於直視死亡，喔，就比較難了。這一點你們做不到。」

「我們等著瞧。」她吼道。

「我們等著瞧。」富勒可認真地點了點頭。「然後，安古蘭，我們會聽見妳在斷頭台上發自肺腑的哀吼。」

「您答應過要放我一馬。」

「如果妳的供稱是事實，那麼我會信守承諾。」

安古蘭在椅子上大力掙扎，似乎要用那一整副纖細的身體指向傑洛特。

「那他呢？」她大吼：「他是什麼？假的嗎？叫他說他不是獵魔士、不是傑洛特啊！他憑什麼在這裡說我不值得信任？讓他去貝爾哈文，這樣就更可以證明我沒有說謊！早上你們就可以在水溝裡找到他的屍體。不過到時候你們又要說我沒有防止犯罪發生，所以減刑的事也就不用說了！對吧？你們都是一群操你媽的騙子！都是騙子！」

「別打她，拜託。」傑洛特說。

他的話音裡有某種東西，讓執政與守衛停住了揚到半空中的手。安古蘭吸了吸鼻子，犀利地看著他。

「謝謝你，大叔。」她說：「不過巴掌只是小意思，他們想打就打吧。我從小被人打到大，習慣了。你想當好人，就告訴他們我說的都是實話。讓他們兌現他們的承諾，讓他們他媽的把我給吊死。」

「把她帶下去。」富勒可下了命令，並出手示意傑洛特別反對。

「我們已經用不到她了。」等剩下他們兩人時，他才如是解釋。「所有的事我都知道，也會解釋給您聽。在那之後，請您也用同等方式回應。」

「首先，」獵魔士冷冷地說：「請解釋這齣壓軸好戲是什麼意思。這齣戲用絞刑台這種奇怪的方式收尾，但作爲一個污點證人，那女孩已經盡了該盡的義務。」

「還沒有。」

「此話怎講？」

「荷墨．斯特拉根，人稱夜鶯，是一名異常危險的罪犯。他殘忍、大膽又狡猾，而且還很走運。他逍遙法外，讓其他人群起效尤。這個問題必須解決，所以我和安古蘭訂下了協議。我答應安古蘭，要是她的自白能讓夜鶯落網，並瓦解他的組織，那麼她就會被絞死。」

「什麼？」獵魔士的訝異並不誇張。「所謂的污點證人法則就是這麼一回事？與統治階級合作換來的是絞索？那拒絕合作換來的會是什麼？」

「木樁。在行刑前要先用燒紅的鐵鉗夾出雙眼、拉掉胸部。」

獵魔士沒有回應隻字片語。

過了一會兒，富勒可．阿爾特維勒得說：「這叫作『恐怖手段』。這在對抗盜匪集團時，是絕對必要的方式。爲什麼您要如此緊握拳頭？我幾乎可以聽見關節作響了。或許您是人道處決的擁護者？這種奢侈的想法我承受不起。我見過被夜鶯及他的成員搶過的車隊與屋所。我見過他們用怎樣的手段，來逼人說出藏密之地，或寶盒、錢櫃的開啓密語。我見過被夜鶯用刀子檢查是否藏有貴重物品的女子。我見過人們做出更糟的事，只是為了尋找樂子。尋找這種樂子，讓您這麼掛念下場的安古蘭也有一份，這點是肯定的。她在強盜幫裡待的時間不算短。要不是這麼湊巧，要不是她逃出幫派，就沒有人會知道貝爾哈文有埋伏，而您也會以別種方式認識她。或許從背後對您發射十字弓的人就會是她。」

「或許我會不喜歡吧。您知道她逃離幫派的原因嗎？」

「這點她在供述中說得很模糊，而我的人也不想再深入挖掘。不過，眾所皆知，夜鶯屬於那種會讓女性扮演……我會說……最原始角色的男人。要是事情不順利，他會強迫女性去扮演那樣的角色。而且這當中顯然還有世代衝突。夜鶯是個成熟的男子，但安古蘭一直到作證之前，她的同伴都是些不懂事的年輕人，就和她一樣。不過這些都只是推測，我根本就不在意。而您，我冒昧請問一句，為何如此在意？為什麼見到安古蘭的第一眼，讓您有如此大的情緒反應？」

「這是個奇怪的問題。這女孩密報一場以我為目標的暗殺，而這場行動是她的舊伙伴按某個半精靈的委託所策劃。這件事的本身就很聳動，因為我並沒有和任何半精靈有任何過節。再說，這女孩知道與我同行的人有誰，甚至連吟遊詩人叫亞斯克爾，而女子的髮辮剪過這種細節都一清二楚。就是髮辮這一點，讓我懷疑這是場騙局或陷阱。要找到最近這一週與我同行的其中一個森林養蜂人，並從其口中問出這些，並不是什麼難事。之後只要再快速寫好腳本……」

「夠了。」阿爾特維勒得一拳敲在桌子上。「我的先生，您在這裡有些過分了。您是要說，我在這裡編了什麼腳本？我為什麼要這麼做？就為了要騙過您、誘您中計？您又是怎樣的人，會這麼害怕陷害與設計？只有歹人才會如此做賊心虛啊，獵魔士先生，只有歹人才會如此！」

「給我別的解釋。」

「不，是您要給我解釋！」

「很抱歉，這樣的解釋我沒有。」

「我可以給點提示。」執政露出一個惡意的笑容。「不過，何必呢？我們就打開天窗說亮話。誰想見到您的屍體、爲的又是什麼，這一些我沒興趣。我也不管這人怎麼會這麼清楚您的事，連頭髮的顏色與長度都知道。我再跟您多說一點，獵魔士，我根本就可以不用通知您暗殺的事。我大可以把您一行人看作夜鶯的釣餌，而你們完全被蒙在鼓裡。我只要跟著你們，耐心等待夜鶯上鉤，把浮標拉下水面，再坐收漁利就行了。因爲我要的是他，只有他對我才重要。至於到那時候，您已經躺下吃土了怎麼辦呢？呵，做大事要不拘小節、懂得取捨。」

他不再出聲，傑洛特也沒有發表評論。

過了一會兒，執政說：「我的獵魔士先生，您要知道，我對自己發過誓，這片土地將會受到律法統治。正如拉丁文中的佩爾法司艾特內法司【註】——不計代價、不擇手段，因爲律法不只是一門學說，不是長篇大論的厚重書本，不是哲學論述，不是對正義的無病呻吟，不是關於道德與倫理的陳腔濫調。律法是安全的路途與商道，是甚至在日落後都能散步其中的小巷子。律法是能夠把錢袋留在桌上、妻子留在桌邊，自己到外頭如廁的酒館和旅店。律法是安穩的睡眠，是人們知道叫他們起床的會是雞啼，而不

註：佩爾法司艾特內法司（Per fas et nefas），最早的使用可追溯至十七世紀，意爲「無論如何（不論善惡）」。

是火舌！對於那些不遵守律法的人，就只有絞索、快斧、尖樁與紅鐵！刑罰可以達到警惕的效用。不遵守律法的人就要抓起來用刑！要用盡一切可以尋得的工具與手段……喂！獵魔士！你那一臉的不以爲然是因爲那目的，還是手段？我想應該是手段！因爲要批評他人的手段很簡單，不過你還是會想住在安全的世界吧？嗯？回答我啊！」

「沒什麼好說的。」

「我認爲有。」

「富勒可大人，」傑洛特平靜地說：「我喜歡你的願景和理念。」

「眞的嗎？你臉上的表情可不是這麼一回事。」

「你理念當中的世界，正好是個適合獵魔士的世界。在這樣的世界裡，獵魔士不會沒事可做。不同於法律規章、書籍論述與有關正義的陳腔濫調，你的理念代表的是違法行事、無視政府、爲所欲爲。是利用眾生福祉，來造就你這小小王國裡的統治階級及唯我獨尊之流的私利。是一群追求加封晉爵之輩，想討好上位的過度殷勤。是狂熱分子的盲目懷仇，是殺手的凶狠無情，是復仇與殘酷報復。你的願景就是一個充滿恐懼的世界。在這個世界裡，人們之所以不敢在入夜出門，不是因爲害怕盜匪，是畏懼律法的看守者。畢竟，所有獵匪行動產生的結果，卻是造成大批匪徒加入律法看守者的行列。你的願景是一個賄賂、恐嚇與充滿算計的世界，是屬於污點證人及假證人的世界。是出賣與逼供的世界，是告密與害怕被告密的世界。而在你的世界裡，無可避免，終會有那麼一天，有無辜之人被火鉗夾胸，有無罪之人被麻繩絞死或木樁穿刺，到那時候，你的世界就會變成犯罪的世界。簡單來說，那是個會讓獵魔士有如魚得水之感的世界。」

富勒可·阿爾特維勒得揉著皮罩遮覆的那隻眼睛，沉默不語。片刻後，他說：「瞧瞧你，眞是個理想主義者！身爲獵魔士，身爲行家、以殺戮爲業的人，竟然是個理想主義者。而且還是個道德主義者。獵魔士，這在你的職業領域裡是件危險的事，這表示你已經慢慢不適合這個職業了。有一天，你會躊躇是否要一劍刺向斯奇嘉，因爲牠說不定是無辜的？因爲這說不定是盲目的報復、盲目的狂熱主義？但願你不會落到這個地步。而如果有一天……我當然也不希望這會實現，但不能說沒有這種可能性，但是當某個人以殘虐的方式傷害你身邊的人時，我會很樂意再回到我們這個話題，回到罪與罰的比例問題。誰曉得到時候我們的看法，會不會同樣如此歧異？不過此時、此地、此刻，這不是我們考量與討論的議題。今天我們要說的是具體事項，而這個具體事項就是你。」

傑洛特微微揚起眉頭。

「我親愛的獵魔士，雖然你用諷刺的口吻評論我的行事作風和我對律法世界的願景，但你將會協助我實現這個願景。我再說一次，我對自己發過誓，不管是在市集對磅秤動手腳這種小事，或是半路攔截要給軍隊用的弓箭運送；不管是搶匪、流氓、竊賊或強盜；不管是來自『自由斯托基』組織，高調自稱自由戰士的恐怖分子，舉凡違法之人，必將受到應有的懲罰。還有夜鶯，尤其是夜鶯，不管用什麼方式，要讓他面對刑罰。而且要快，要搶在大赦頒布、讓他得以脫身之前……獵魔士，幾個月來，我一直在等一個能夠搶先他一步的機會，一個能導致他犯錯的機會，而這將是一個決定性的、足以讓他喪命的機會。要我繼續說下去嗎？還是你已經猜出來了？」

「我已經猜到了，不過您還是說吧。」

「一個神祕的半精靈，看似這整件事的策劃人，暗殺計畫的始作俑者，他警告夜鶯要小心獵魔士，要夜鶯謹慎行事，別過於輕忽、自大與狂妄。我知道這一切不是沒有原因。不過，這樣的警告仍是徒然。夜鶯會犯錯，去攻擊已事先得到警告、隨時準備對戰的獵魔士。他會去攻擊已有防備的獵魔士，而這將會是匪徒夜鶯的結束時刻。傑洛特，我想和你來個協議，你來當我的污點獵魔士。先別急著打斷。協議很簡單，每一方都將負有義務，每一方都將克盡義務。你解決夜鶯，而作為回報，我……」

他沉默了一會兒後，露出一個詭詐笑容。

「我不會問你們是誰、要去哪裡。我不會問為什麼你們當中有一人說話帶著幾乎無法察覺的尼夫加爾德口音，為什麼狗群和馬匹有時會躲開你們當中的另一人。我不會要人奪走吟遊詩人亞斯克爾那裝著紙稿的管子，不會去查那些紙稿裡寫的是什麼。至於帝國祕密情報組織那邊，我會等到夜鶯成為死屍，或進了我的地牢後，才將你們呈報出去。我甚至可以再延久一點，何必如此匆促，是吧？我會給你們時間，給你們機會。」

「什麼機會？」

「到投散特的機會。到那個來自童話故事的可笑王國，到那個連尼夫加爾德的祕密情報組織都不敢進犯的邊界。在那之後，許多事都可能改變。大赦將公諸天下。亞魯加河的另一岸或許將會休戰，甚至可能會有長久維持的和平。」

獵魔士沉默了許久。執政那張帶疤的臉宛如石塊，僅剩的一隻眼睛裡燒著火焰。

最後，傑洛特終於開口：「我同意。」

「沒有討價還價？沒有任何附帶條件？」

「附帶條件有兩個。」

「這就對了，說吧。」

「我得先去西邊幾天，到濛渡依倫湖找德魯伊，因爲……」

「你把我當傻瓜嗎？」富勒可．阿爾特維勒得猛然打斷他：「你想要我嗎？什麼西邊？你的行徑方向所有人都知道！這個『所有人』裡，也包括了在你的行徑路上設下埋伏的夜鶯，在南邊的貝爾哈文，在通往投散特的三斯雷托爾谷被奈維谷截斷的地方。」

「這意思難道是……」

「意思是德魯伊不在羅克濛渡依倫，這已經是將近一個月的事了。他們走三斯雷托爾谷去了投散特，現在在博克勒城，待在公爵夫人安娜莉夜塔的羽翼之下。這個公爵夫人對各種奇人異事完全沒有招架之力，所以很樂意在自己的小小國度裡爲他們提供庇護之所。獵魔士，這點你明明一清二楚，別把我當笨蛋，不要想和我玩把戲！」

「我不會。」傑洛特說得慢條斯理：「我保證不會。我明天就動身前往貝爾哈文。」

「你沒忘了什麼嗎？」

「沒有，我沒忘。我的第二個條件是——我要安古蘭。你提前替她大赦，把她從不見天日的牢裡放出來。污點獵魔士需要你的污點證人。快說吧，你同不同意？」

「我同意。」富勒可．阿爾特維勒得幾乎是立刻回答。「我別無選擇。安古蘭是你的了。畢竟，我知道你之所以和我合作，純粹只是爲了她。」

□

吸血鬼與傑洛特並肩同行，專注聆聽，沒有插話。獵魔士沒有讓要求細節的他失望。

「我們有五個人，不是四個。」一等傑洛特說完話，他便馬上做出總結。「我們從八月底起就是五個人上路，五個人一起渡過亞魯加河。而米爾娃是一直到了扎澤徹，才把辮子剪斷。這大概是一個星期之前的事。奇怪了，你的金髮保護對象知道米爾娃辮子的事，卻沒算到還有第五個人。」

「這是整件怪事裡最怪的地方嗎？」

「當然不是。最奇怪的是貝爾哈文，這個似乎有埋伏等著我們的小城市，這座隱於深山、座落在通往奈維谷及特歐杜拉隘口路上的小城市……」

「而我們從來沒打算去那裡。」獵魔士把話接完，並催著開始落後的小魚兒加快腳步。「三個禮拜前，當這個匪徒夜鶯從某個半精靈那裡接下殺我的任務時，我們人在安格崙，打算去卡耶度，但害怕走惡斯及。我們甚至不知道會渡過亞魯加。天殺的，我們今天早上都還不知道……」

「我們知道。」吸血鬼打斷他。「我們知道我們在找德魯伊，不管是今天早上還是三週前都一樣。這個神祕的半精靈在前往德魯伊的路上設下了埋伏，他很清楚我們會走這條路。只不過他……」

「……比我們還清楚這條路通往哪裡。」獵魔士也插話來回敬他。「他怎麼會知道？」

「這應該要問他。正因如此，你才會接受執政的提議，不是嗎？」

「當然。我指望能和這位半精靈先生稍微聊一下。」傑洛特露出一個猙獰的笑容。「不過在這之前，你不覺得這一切該有個解釋嗎？這個解釋你沒想到嗎？」

吸血鬼不發一語地看了他一段時間後，終於開口：

「我不喜歡你說的話，傑洛特。我不喜歡你的想法，我認爲這個想法很不好。這是倉促的想法，沒有經過深思熟慮。這是出自偏見與怨恨的想法。」

「那要用什麼方式解釋……」

「什麼方式都好。」雷吉思用一種傑洛特從沒聽過的口氣打斷他：「什麼方式都好，就是不要用這個方式。舉例來說，你難道沒想過你這個金髮保護對象純粹只是在撒謊？」

「喂、喂，大叔！」安古蘭叫道，她騎著一頭叫作得拉庫的騾子，跟在他們後頭。「你要是沒有證據，就別誣賴我撒謊！」

「親愛的孩子，我不是你的大叔。」

「而我不是你親愛的孩子，大叔！」

「安古蘭，」獵魔士從鞍上轉過身。「閉嘴。」

「你叫我閉嘴，我就閉。」安古蘭立刻冷靜了下來。「你可以命令我。是你把我從黑洞拉出來，把我從富勒可的爪子底下救出來。你的話我會聽，現在你是頭目，是我們這個幫派的首領……」

「麻煩妳閉嘴。」

安古蘭嘀咕了幾句，不再趕著騾子向前，而是留在後頭。更何況，雷吉思與傑洛特加快了速度，趕上領在前鋒的亞斯克爾、卡希與米爾娃。他們往山的方向，順著奈維河走。經過最近幾場雨，河水變得混濁棕黃，洶湧湍流不斷衝擊河石。這條路上不只有他們，也常有尼夫加爾德的騎兵隊、單槍匹馬的騎士、村民的馬車與商人的篷車迎面而來，或從後方超越他們。

矗立在南方的亞梅兒山越來越近，也越來越險峻。還有那勾爾勾那峰，人稱惡魔山的高聳尖端，在滿天快速移動的流雲間若隱若現。

「你什麼時候要和他們說？」吸血鬼用眼神指向騎在前頭的三人組，提出了問題。

「等紮營的時候。」

□

在傑洛特結束他的故事後，亞斯克爾是第一個發言的人。

「我要是說錯就糾正我。你如此樂意又萬分放心讓她加入我們隊伍裡的這個女孩——安古蘭，是名罪犯。爲了把她從刑罰中拯救出來，而那也是她應得的刑罰，你同意和尼夫加爾德人合作。你讓他們雇用你。我們所有人都要幫尼夫加爾德人，去抓或殺掉某個當地強盜。簡單地說，你——傑洛特——成了尼夫加爾德的傭兵、賞金獵人、付費殺手。而我們則晉升爲你的侍從……或是助手……」

「你還眞有把事情簡化的天分啊，亞斯克爾。」卡希咕噥道：「你眞的不懂這是怎麼回事嗎？還是你只是爲了說話而說話？」

「閉嘴啦，尼夫加爾德人。傑洛特？」

獵魔士將手上把弄許久的一根樹枝丟進火堆，說：「我們就從沒人有義務幫我做我打算的事開始。這件事我可以自己解決，不用侍從和助手。」

「大叔，你還眞有膽。」安古蘭搭了腔：「不過夜鶯的幫派裡有二十四名好手，他們沒有那麼簡單就會被獵魔士嚇到。要是說到用劍，就算關於獵魔士的傳言都是眞的，也沒有人可以單槍匹馬對付兩打人。你救了我的命，所以我會報答你。我會警告你，也會幫忙你。」

「這個見鬼的幫派是什麼？」

「阿恩幫拜——這是用我們的話來說，意思就是一群武裝分子，不過是靠友誼來維繫彼此的關係……」

「他們是同伴？」

「對，就是這樣。看起來，這個字已經納入當地俗話……」

「幫派就是幫派。」安古蘭打斷他們：「用我們的話來說就是遊黨或混盟。我不知道現在還有什麼好說的？我可是很認眞地警告過了，一個人要對付一整個幫派是不可能的。更糟的是，這個人根本就不認識夜鶯，在貝爾哈文那附近也沒有一個認識的人，認不出誰是敵人，也認不出誰是朋友或盟友。這個人也不知道哪些路可以通到城裡，而進城的路有很多條。就我看，獵魔士自己一個人沒辦法。我不知道你們那邊有什麼習慣，不過我不會放獵魔士自己一個人。就像亞斯克爾大叔說的，他十分樂意又萬分放心地讓我加入你們的隊伍裡，雖然我是個罪犯……因爲我的頭髮還是沾滿犯罪的臭味，洗不太掉……是獵魔士把我從犯罪裡拉到太陽底下，不是別人。這一點我很感激他，所以我不會放他一個人。我會帶他進貝爾哈文，帶他去找夜鶯和那個半精靈。我會跟他一起去。」

「我也是。」卡希立刻說道。

「我也一樣。」米爾娃也脫口說出。

亞斯克爾把裝有紙稿、這陣子片刻不離身的管子緊壓胸前，然後垂下了頭。看得出來，他正和自己腦中的思緒交戰，而那些思緒顯然占了上風。

「別考慮了，詩人。」雷吉思溫和地說：「畢竟，這沒什麼好丟臉的。你比我還不適合參加血腥的刀劍戰鬥，我們沒有學過用鐵器傷害他人。再說……再說我……」

他抬起發亮的眼睛看著獵魔士與米爾娃。

「我是個懦夫。」他簡潔地承認：「如果沒有必要，我不想再經歷一次渡船與橋頭的事，再也不要。所以，請把我從前往貝爾哈文的戰鬥隊伍中踢除。」

「在我腿軟的時候，你把我從那渡船和橋頭揹了下來。」米爾娃悶聲回應：「如果當時在那裡的是個懦夫，就會把我留下，自己逃命。但在那裡的人是你，雷吉思。」

「說得好，阿嬙。」安古蘭說得信心十足：「雖然我不太懂是怎麼回事，不過妳這話說得好。」

「我不是妳的什麼阿嬙！」米爾娃的眼中亮出敵意。「小心點，丫頭！妳要是再這樣叫我一次，妳就等著看吧！」

「看什麼？」

「冷靜點。」獵魔士嚴厲吼道：「夠了，安古蘭！你們其他人也是。看來，是時候做個整頓了。因爲地平線的後端可能有什麼，所以就盲目往地平線前進的時間已經結束了。現在是該有具體作爲，該是割喉的時候了。因爲，可以割喉的對象終於出現了。那些到現在都還不明白的人聽清楚了——在我們伸手可及的範圍內，終於有了具體的敵人。想要我們死的半精靈，是敵對力量派出的特務。多虧安古蘭，我們收到了警告，而就像俗話說的，以逸待勞，有備無患。我要逮到這個半精靈，逼他說出是按誰的命令辦事。亞斯克爾，現在你總算搞懂了嗎？」

詩人平靜地說：「看起來，我懂的似乎比你多、比你清楚。不用逮人、不用逼供，我就可以想到那神祕的半精靈，是按戴斯特拉的指令辦事。那個你在塔奈島上，當我的面把他踝關節一把扭斷的人。戴斯特拉在收到維瑟格德的報告後，一定把我們當成了尼夫加爾德的間諜。而在我們逃離利里亞軍隊後，女王蜜薇一定也在我們的犯罪清單上添了幾筆……」

「錯了，亞斯克爾。」雷吉思輕聲插嘴：「不是戴斯特拉，不是維瑟格德，不是蜜薇。」

「那麼是誰？」

「現在做任何判斷、下任何定論，都還太早。」

「沒錯，所以應該要就地檢視，而定論要在解剖之後才下。」獵魔士用冰冷的口氣，一字一句地說。

亞斯克爾並沒有退縮，繼續說道：「而我仍舊認爲這是個既愚蠢又冒險的想法。我們收到警告，知道埋伏的事，這很好。既然我們知道了，那就繞個大彎閃過去吧。這個精靈還半精靈的想等我們，就讓他去等。我們則加緊腳步，走我們自己的路……」

「不。」獵魔士打斷了他：「親愛的各位，討論時間結束了，混亂狀態也該結束了。現在是時候讓我們的……幫派……有個頭目了。」

所有的人，包括安古蘭，都不發一語地等待下文。

「我、安古蘭和米爾娃去貝爾哈文。卡希、雷吉思和亞斯克爾轉向三斯雷托爾谷，去投散特。」他說。

「不。」亞斯克爾飛快說道，胸前的管子壓得更緊了。「絕對不要。我不能……」

「閉嘴，這不是討論。這是幫派頭目的命令！你們去投散特，你、雷吉思和卡希，你們到那邊等我們。」

「投散特對我來說是死亡。」詩人說道，沒有加入誇張情緒。「要是我在投散特被認出來，在博克勒那座城堡裡被認出來，那我就完了。我要向你們坦白……」

「你不需要。」獵魔士粗暴地打斷他：「太晚了。你本來可以退步回去，但你不想。你留在隊伍上，爲的是要去救奇莉，不是這樣嗎？」

「是這樣。」

「那麼你就跟卡希和雷吉思去三斯雷托爾谷。你們就在山裡等我們，先不跨過投散特的邊界。不過要是……要是有必要，你們得越過那道邊界。因爲投散特裡似乎有德魯伊，他們來自卡耶度，也就是雷吉思認識的那些。要是有必要的話，你們就從德魯伊那裡打探消息，然後出發去找奇莉……就你們三個自己去。」

「什麼叫作『自己去』？難道你認爲……」

「我沒有認爲什麼，只是把可能的情況納入考量，也就是所謂的以防萬一。如果你比較傾向另一種說法的話，也可以說這是最後的底線。也許一切會進行得很順利，我們也不用到投散特露臉。不過，要是有個萬一的話……重點是別讓尼夫加爾德人跟在你們後頭去投散特。」

「對啊，他們不會去。」安古蘭插了話：「這很奇怪，不過尼夫加爾德很尊重投散特的邊境。我有一次也跑到那裡躲追兵。不過那邊的騎士沒有比黑衣軍好到哪去！他們說話文雅、有禮貌，但拿起槍和劍的動作可快得很！他們一天到晚都在邊境巡邏，叫作遊俠騎士，會一個、兩個或三個人一起行動，然後剿滅不良分子，也就是——我們。獵魔士，你的計畫裡有一樣要改。」

「什麼？」

「要是我們往貝爾哈文去，而且要去找夜鶯的麻煩，你要跟我和卡希先生去。而阿嫿要和他們走。」

「爲什麼？」傑洛特打出手勢安撫米爾娃。

「這份活得由漢子來做。阿嫿，妳幹嘛火氣這麼大？我知道自己在說什麼！要是碰到關鍵時刻，也許得靠氣勢來嚇阻他們，而不是光憑力氣。而夜鶯幫裡，不會有人被一男二女的三人組嚇到的。」

弓箭手讓這笑話激得滿腔怒火，傑洛特的手指緊緊扣住她的前臂，說：「米爾娃跟我們去。米爾娃，不是卡希，我不想和卡希去。」

「爲什麼？」安古蘭和卡希幾乎是同時發問。

「的確，爲什麼？」雷吉思緩緩地說。

「因爲我不相信他。」獵魔士簡潔答道。

現場的氣氛陷入一股凝重、令人不適，甚至有些滯礙的沉默。從森林的方向，傳來在那兒紮營的商人車隊，以及其他旅人團體的高聲交談與歡呼歌唱。

最後，卡希道：「把話說清楚。」

獵魔士沉聲回答：「有人出賣了我們。在我和執政談過話，還有聽過安古蘭提供的消息後，這一點已無庸置疑。要是好好思考一下的話，就會得出一個結論，也就是叛徒在我們當中。至於要猜出這人是誰，根本不用考慮太久。」

「依我看來，你就這樣放任自己猜測我是那叛徒？」卡希皺起眉頭。

「我承認腦海裡的確出現這種想法，而這很理所當然。有很多線索都指往這個方向。如此一來，許多事情就有了解釋，非常多的事。」

「傑洛特，你不會有點太超過了嗎？」亞斯克爾說。

「讓他說。」卡希緊緊抿住了嘴唇。「讓他說，讓他儘管說。」

傑洛特環視伙伴，說：「我們想了很久，爲什麼人數會有錯。你們知道我指的是什麼。我是指，我們有五個人，不是四個。我們本來以爲這不過是有人搞錯了，也許是那神祕的半精靈，也許是夜鶯，又或者是安古蘭。但如果排除失誤這個說法呢？這麼一來，就出現了這樣的版本——隊伍總共有五人，但夜鶯要殺的只有四個。因爲，這第五人是暗殺集團的盟友。這人一直以來，都把我們的動向告訴他們。從一開始，從我們的隊伍在那有名的魚湯之後成行開始，從我們將尼夫加爾德人納入隊伍開始。而這個尼夫加爾德人得抓到奇莉，得把她送到恩菲爾大帝手上，因爲他的性命與仕途就靠這件事了……」

「所以我並沒有誤會，」卡希說得慢條斯理：「我畢竟是個叛徒，一個缺德、雙面的叛徒？」

「傑洛特，」雷吉思再度出聲：「請原諒我的直白，不過你的理論破洞百出，就像條舊抹布一樣。而，我已經和你說過，你的念頭很不好。」

「我是個叛徒。」卡希又說了一次，好似沒聽見吸血鬼的話。「不過就我了解，沒有任何證據指出我的背叛，只有一些模糊的線索及獵魔士式的猜測。就我了解，證明我是無辜的重擔，是落到了我身上，我要證明自己是人不是馬，對吧？」

獵魔士站在卡希面前，緊盯著他，大聲吼叫：「別說那麼多場面話，尼夫加爾德人。我要是有你的罪證，就不會浪費時間說話，而是把你像鯡魚那樣剁成碎塊！你知道拉丁文裡的奎波納【註】原則嗎？那就回答我，除了你，誰有任何一丁點背叛的理由？除了你以外，誰可以靠出賣我們來獲得任何好處？」

一道又大又響的聲音從商人車隊紮營的那頭傳來。星光點點的黑夜中噴出一束紅金色火花，化成密密點點的金色蜂群四散而去，最後成爲彩色雨點從天而降。

「我是人，不是馬。」年輕的尼夫加爾德人用著鏗鏘有力的聲音說：「不幸的是，我無法證明這一點。我可以做另一件我該做的事，一件在我讓人欺騙和鄙視時，一件在我的榮譽受人羞辱、自尊被人玷污時必須做的事。」

卡希的動作快如閃電，儘管如此，若非獵魔士的膝蓋犯疼，令他行動困難，尚不至於讓他措手不及。然而，傑洛特並沒有閃避成功，包裹在騎士手套內的拳頭擊中他的下頷，力道之大，讓他往後飛去，直接摔進火堆，掀起一陣星火煙塵。他爬了起來，卻因發疼的膝蓋之故，動作再度過遲。而卡希已經來到他身邊。這次，獵魔士甚至來不及彎下身，拳頭便直接打在他的腦側，他眼裡冒出的彩色火花，甚至比商人射出的煙火要來得漂亮。傑洛特吐出了非常難聽的咒罵，然後撲向卡希，一把抓住他的肩頭，將他壓到地上。兩人在石礫上扭打成團，霍霍拳聲此起彼落。

煙火在空中噴出鬼魅般的不自然光線，而這一切就在這樣的照明下發生。

「住手！住手！你們這兩個該死的笨蛋！」亞斯克爾大叫。

傑洛特試圖起身，卡希往他腳下俐落一掃，將他勾倒在地，再狠狠往他牙關打去，隨後又補上一拳，打得很是大聲。傑洛特跳起身，用力朝他胯下一踢，命中大腿。兩人再度扭打，雙雙滾地，老拳亂

註：奎波納（cui bono），意即找出誰有犯罪動機，是法律偵訊或調查時的核心問題。

飛。打得如火如荼的兩人，加上混進眼睛的沙塵，更讓兩人變得盲目。

然後，兩人倏地分開，各自滾向一邊，抱頭躲避一道道呼嘯而下的鞭打。

那是米爾娃。她解下腰間的厚皮帶，握住釦夾，將皮帶繞在拳頭上，往那兩名戰士走去，然後用盡全身力量揮動肩膀和手臂，開始鞭打他們。皮帶不斷呼嘯，帶著沉重的聲響打在他們的手、肩、背、臂，一會兒是卡希，一會兒是傑洛特。在兩人分開之後，米爾娃又如螳螂般在兩人之間跳來跳去，公平地揮下重鞭，以確保一個不會多挨，一個不會少受。

「你們這兩個愚蠢的笨蛋！」她大聲吼道，鞭子也同時甩到傑洛特背上：「你們這兩個沒大腦的白痴！我來教你們什麼叫道理，兩個一起教！」

「夠了嗎？」她吼得更大聲了，鞭子也跟著打在卡希抱頭的雙手上：「你們完了沒？冷靜下來了嗎？」

「好了！夠了！」傑洛特大喊。

「夠了！我們夠了！」縮成一團的卡希也跟著附和。

「夠了，米爾娃，眞的夠了。」吸血鬼說。

弓箭手氣喘吁吁，用纏著皮帶的拳頭抹過前額。

「眞棒，眞棒啊，阿嬸。」安古蘭出了聲。

米爾娃腳跟一轉，使盡全力往她的肩膀鞭去。安古蘭尖叫一聲，坐地大哭。

「我說過了，要妳別這麼叫我。」米爾娃說得上氣不接下氣：「我說過了！」

「沒事！」亞斯克爾用著微抖的聲音，安撫在附近紮營、聞聲而來的商人和旅人：「哎，不過是同伴間的一點小小誤會，朋友吵嘴罷了。已經都過去了！」

獵魔士用舌頭舔了舔鬆動的牙齒，吐掉裂唇流出的鮮血。他覺得自己背上和肩上的鞭痕正逐漸發腫，覺得被皮鞭打到的那隻耳朵已經腫得和花菜一樣。卡希按住雙頰，兩隻裸露前臂上的紅印仍不斷漲大發腫。

一陣散發硫磺惡臭的雨滴落到了地面，那是最後一道煙火的灰燼。

安古蘭哭得十分淒慘。米爾娃丟掉皮帶，猶豫片刻後，不發一語地蹲到她身前，擁住了她。

「我建議你們和對方握手。我建議你們再也不要、永遠不要提起這件事。」吸血鬼用冰冷的語氣說。

山的那頭突然颳來一陣強風，聽來好似鬼魅的哀嚎、哭喊和悲吟。天上快速流動的浮雲，幻化出各種奇特的形體。月兒的彎勾如鮮血一般猩紅。

□

夜鷹發狂般地啼叫與振翅，在黎明前將他們吵了起來。

他們天一亮便出發。隨後，朝陽以刺眼的焰火點燃了山巔的白雪。在太陽從山巔後方探臉之前，他們已走了許久。話說回來，在太陽得以露臉前，天空一直埋在雲層當中。

他們走在森林裡，而那條路將他們越帶越高，一路轉變的樹種也驗證了這一點。四周突然不見橡樹與角樹，他們進入了黑暗的櫸樹林，裡頭葉片散落，充滿黴菌、蜘蛛絲和野菇的味道。野菇的數量很多，潮濕的夏日結尾著實滋潤了秋菇。每隔一段距離，櫸樹底下的苔草地便會消失在牛肝菌、松乳菇和毒蠅傘的菇頂下。

櫸樹林裡很安靜，看來喜好啼唱的鳥類多已出發過冬，只有滿身濕氣的烏鴉在林邊聒噪。然後，櫸樹林結束，雲杉出現。空氣中充滿活力芬芳。

他們越來越常碰到光禿的丘頭與赤裸的礫坡。奈維河在湍急處與河階上沖出白沫，儘管下著雨，它的水流卻變得晶瑩剔透。

勾爾勾那峰在地平線上隆起，離他們越來越近。

這座雄偉高峰的稜角邊壁終年有寒冰、白雪流動，令勾爾勾那峰看起來總像披了白色絲巾一般。惡魔山的巔峰好似神祕新娘的頭頸，永遠有著面紗般的雲霧繚繞。有時，勾爾勾那峰也會像名舞者，抖去身上白衣，那景象雖美，卻象徵死亡──順著陡峭山壁而下的，正是掃盡路途一切的雪崩，一直到了山腳礫灘，仍順坡而下，直至特歐杜拉隘口上方最高的雲杉林，直至奈維與三斯雷托爾兩谷地，直至座座山湖的黑色眼瞳之上，方才休止。

排除萬難穿透雲層的太陽仍舊太快落下──直接隱於西邊山後，為群山點上紫金光暈。

他們度過夜晚，朝陽升起。

是時候分道揚鑣了。

□

米爾娃用紫色絲巾仔細包裹頭部。雷吉思戴上了圓頂帽，再一次檢查背上的夕希爾與兩邊鞋筒中的短劍是否放置妥當。

一旁的卡希將他的尼夫加爾德劍磨利。安古蘭在額上綁了毛織頭帶，並將獵人小刀塞進鞋筒，那是米爾娃送她的禮物。弓箭手與雷吉思爲他們的馬上鞍。吸血鬼把他的黑馬讓給安古蘭，自己則坐上騾子得拉庫。

他們已準備就緒，只有一件事情尚待解決。

「你們大家都過來這裡。」

眾人靠了過去。

「凱羅之子卡希，」傑洛特起了頭，並試著不讓聲音透出悲傷：「我用不恰當的懷疑傷了你，對你的態度卑劣。我要在此低頭，當著所有人的面。我要當眾向你道歉，並請求你的原諒。我也要請求你們其他人的原諒，因爲我的作爲卑劣，而且還要你們聽見和看見這樣的作爲。」

「我把怒氣、恨意與遺憾出在卡希和你們身上。這些情緒的肇因是由於我知道叛徒是誰，我知道是誰背叛了我，並把我們想要援救的奇莉綁走。我的怒氣是因爲這名背叛者曾經是我很親近的人。」

「我們在哪、打算去哪、要走哪條路、往哪個方向去……這一切都是靠魔法掃描、擷取。要從遠處擷取、觀察曾經十分熟識、親近的對象，對魔法高手來說並不是件難事。一旦與對方有長期的心理接觸，就能創造出幻覺。不過，我指的這些巫師與女巫犯了錯誤。他們揭露了自己的身分。他們誤算了我們隊伍的人數，而這個誤算洩了他們的底。雷吉思，告訴他們。」

「傑洛特說的也許沒錯。」雷吉思緩緩地說：「就像每個吸血鬼一樣，對魔法的影像探測與掃描，也就是擷取術而言，我是隱形的。吸血鬼可以用解析術來追蹤，不過要從近距離，從遠距離想用掃描術找出吸血鬼是不可能的。掃描術無法現出吸血鬼。有吸血鬼的地方，擷取結果會是空無一人。所以關於我們的事，只有巫師才有可能犯下這樣的誤解，他們掃描的結果是四個人的地方，事實上卻有五個，我是指四個人和一個吸血鬼。」

「我們就利用巫師犯下的這個錯誤，」獵魔士再度開口：「我、卡希和安古蘭去貝爾哈文，找那個雇人殺我們的半精靈說話。我們不會問那半精靈是依誰的命令辦事，因爲這我們已經知道了；我們問他，去哪裡才能找到對這半精靈下命令的那群巫師。等知道了地點，我們就會過去，並採取復仇行動。」

眾人皆沉默不語。

「我們不再計算日子，所以我們甚至沒注意到已經九月二十五日了。兩天前是分點，晝夜平分點。對，你們想的那天，就是這樣的夜晚。我看見你們的消沉，我看見你們眼底的東西。你們收到了訊號，就在那時候，在那個糟糕的夜晚，當在我們附近紮營的商人以烈酒、歌唱與煙火來炒熱氣氛的時候。你們收到的預感一定沒有我和卡希的清楚，不過你們一定已經聯想到了。你們的內心有所懷疑，而我恐怕這個懷疑並沒有錯。」

飛越光禿礫坡的鴉群高聲嘎叫。

「一切都指出，奇莉已經不在。她在兩天前，在晝夜平分點的時候，面臨了死亡。在離這裡遙遠的某個地方，一個人孤零零，單獨處在敵人與陌生人當中。」

「而我們剩下的只有報復，既血腥又殘酷的報復，這樣的報復在百年之後將會有各種不同謠傳，而人們將會害怕在日落後聆聽這些謠傳。而打算進行同樣罪行的人，光想到我們的報復，手都會發抖。我們就讓他們見識一下什麼叫恐懼！就用富勒可・阿爾特維勒得大人的辦法。聰明的富勒可大人不知道該怎麼處置歹徒與惡棍，我們的示範手法，就連他也要吃上一驚！」

「所以，我們開始吧。願地獄鬼神助我們一臂之力！卡希、安古蘭，上馬。我們往奈維山走，朝貝爾哈文去。亞斯克爾、米爾娃、雷吉思，你們往三斯雷托爾谷，朝投散特的邊境去。勾爾勾那峰會爲你們指引方向，所以不會迷路。再會了。」

□

奇莉撫摸著黑貓。這隻黑貓就像世界上所有的貓兒一樣，會在入夜後，牠熱愛的自由與放縱被飢餓與寒冷驅走之後，回到屋裡。這會兒牠正躺在女孩腿上，把背頸湊到她掌下，發出深度歡愉的聲音。

對於女孩所說的事，貓兒絲毫不在意。

「那是我唯一夢到傑洛特的一次。」奇莉說：「從那時候起，從在塔奈島上分開之後，從海鷗之塔後，我完全沒有夢到他。所以，我以爲他已經不在這個世上了。然後那場夢突然流進我的腦中，就像我以前有過的那些夢一樣。葉妮芙說那些都是預言與透視，代表的是過去或未來。那是在晝夜平分點的前一天，在一座我不記得名字的小鎮裡，在邦哈特關住我的地窖裡。那是在他把我打得體無完膚、要逼我說出我是誰之後發生的事。」

「妳把身分洩露給他了？」維索戈塔抬起了頭。「妳把一切都說了？」

「我為這份膽怯付出了代價，」她嚥下唾沫。「貶低了自己，輕蔑了自己。」

「告訴我那場夢的事。」

「我在夢裡看見一座山，很高、很陡、有稜有角，就像把石刀。我看見傑洛特。我聽見他說的話，一字一句、一清二楚，就好像我人在他旁邊一樣。我記得我想大喊事情根本就不是那樣，那一切都是假的，他根本錯得離譜……這一切全都不對！我想大喊那根本就不是晝夜平分點，所以就算我真的會死在晝夜平分點，在我還活著的時候，他也不能提前宣告我的死亡。他也不能這樣控訴葉妮芙，不能說那些話……」

她沉默了一會兒，摸了摸貓兒，用力吸了吸鼻子。

「可是我發不出聲音，我甚至不能呼吸……我好像沉到水裡去了。然後，我醒了。我在那場夢裡最後看見的一件事，最後記得的一件事，就是三個人騎在馬上——傑洛特和另外兩人用著最快的速度在山溝中狂奔，而山瀑從兩側的石壁落下……」

維索戈塔沒有出聲。

□

要是有人在入夜之後悄悄摸到茅頂塌陷的小屋邊，要是那人透過窗扉縫隙往屋裡瞧，便會看見在室內灰暗的燈火下，有名白鬍子老人正專心聽著頰上有道醜陋疤痕的灰髮女孩述說故事。

那人會看見一隻黑貓躺在女孩膝上，懶洋洋地發出滿足聲，要人繼續撫摸，屋裡橫行的鼠輩卻不覺得開心。

不過，這一切沒有人能看見。茅頂生苔、塌陷的小屋密密層層隱於霧氣之中，藏在無人敢至、沒有邊際的培雷普魯特沼澤帶中。

眾所皆知，在承受磨難、煎熬與死亡時，獵魔士所感受到的那種歡喜和愉悅，正常的虔誠男子只有在與伴侶度過新婚之夜，亦即播撒白種之時，才能體會得到。從這點清楚可見，獵魔士是違反自然的生物，是敗德骯髒的墮落者，生於極惡、極臭的煉獄之地。蓋能自磨難與煎熬中汲取歡欣者，恐只有惡魔本身。

《怪物，或有關獵魔士的描述》

——佚名

第六章

他們離開通往奈維谷的主要道路，改走捷徑，也就是穿越山群。在路況允許下，盡可能以最快速度前進。這條路狹窄迂迴，環抱長了各色草斑、苔痕的奇岩怪石。他們穿過一座座山澗與水瀑強力傾倒的筆直石崖，穿過一道道峽谷溝壑，穿過一條條高架石壁之間的搖晃窄橋，而底下盡是白沫翻騰的急流。

勾爾勾那峰的方稜刀鋒似乎就舉在他們頭上，但這惡魔山的山巔卻不見蹤影，隱入浮流蒼天的雲霧之中。在這裡，就和在任何一座山裡一樣，短短幾個鐘頭天氣便轉壞，開始下起細雨——令人煩躁難耐的細雨。

一旦進入黃昏，三個人都開始急躁找尋牧羊人的小屋或破敗的羊圈，至少山洞也行，只要是能在夜裡爲他們遮擋落雨的地方便好。

□

「雨大概停了。」安古蘭用希冀的聲音說：「現在只有屋頂上的破洞還在滴水。好在明天我們就會到達貝爾哈文附近，而城腳下總是有堆房或穀倉可以過夜。」

「我們不進城？」

「進城的事根本連想都別想。騎馬來的外地人會引起注意，而夜鶯在城裡的眼線有一大票。」

「我們的計畫就是要當誘餌去引人注意……」

「不，」她截斷他的話：「那是個爛計畫。我們一起出現，會引人懷疑。夜鶯是個狡猾的混蛋，而我被抓到的事一定已經傳開了。要是夜鶯覺得不對勁，那風聲也會傳到半精靈那裡。」

「那麼，妳有什麼提議？」

「我們從東邊的三斯雷托爾谷口繞過這座城。那邊其中一座礦場裡有我認識的熟人，我們去找他。天曉得，要是我們運氣好的話，這趟說不定會走得很值得。」

「妳可以說清楚點嗎？」

「我明天會說，但要等到了礦場裡。我不想烏鴉嘴。」

卡希將樺樹枝丟進火堆。下了一整天的雨，如果用其他樹枝，火勢會燒不起來。而樺樹即使是濕的，一旦進了火堆，劈啪幾聲過後便會轟出高漲青焰。

「安古蘭，妳是打哪來的？」

「琴特拉，獵魔士。那是個靠海的國家，就在亞魯加河口……」

「我知道琴特拉在哪裡。」

「你要是知道那麼多，幹嘛還要問？你這麼在意我嗎？」

「就說……有一點吧。」

他們不再說話。火堆發出了幾道脆響。

最後，安古蘭看著火堆，開始述說：「我的母親是琴特拉的貴族，而且好像還是地位很高的家族。這個家族的家徽上有隻海貓，我本來可以給你看，因爲我有一個墜飾上頭，就有他們那隻什麼狗屁貓。

那是我母親給我的，可是我玩骰子輸掉了……不過，去他們的狗屁海狗，那個家族不接受我，因爲我的母親似乎是跟了一個鄉巴佬，大概是馬夫，而我就成了私生子、野種、家族之恥。他們把我送給遠房親戚撫養，那些人的家徽裡沒有貓、沒有狗，也沒有任何狗屁倒灶，不過對我還不算太壞。他們送我上學校，算起來也很少打我……不過他們常常提醒我有怎樣的出身，是一個怎樣在野地出生的野種。我還小的時候，母親來看過我三、四次，後來就再也沒來過了。話說回來，這對我一點也不重要……」

「妳怎麼會跟罪犯走在一起？」

「你這口氣好像你是問訊的法官一樣！」她發出一聲不屑，把臉皺成了怪異的模樣。「跟罪犯走在一起，哼！偏離道德正路，呸！」

她嘀嘀咕咕，在懷裡翻了翻，掏出一個東西。獵魔士並沒有看清楚那是什麼。

「那個獨眼富勒可其實是個不錯的人。」她一邊說著，一邊急著將某個東西塗上牙齦並吸進鼻裡，聲音也因此顯得模糊。「他把要拿的東西拿了，但這粉卻留給了我。獵魔士，你要來一點嗎？」

「不了，我希望妳也別用。」

「爲什麼？」

「因爲妳不應該用。」

「卡希？」

「我不用飛天粉。」

「我還眞是碰上了兩個大聖人呢。」她搖了搖頭。「你們等一下一定會開始講道，說這粉會讓我又瞎又聾又禿頭，對吧？說我生出來的孩子會是個殘障，對吧？」

「夠了，安古蘭。把妳的故事說完。」

女孩大大打了一個噴嚏。

「好吧，隨你便。我剛剛說到……喔，戰爭開打，你知道的，就是和尼夫加爾德人那次。我那些親戚失去了所有的財產，不得不丟下房子走人。他們自己有三個孩子，而我就成了負擔，所以他們把我送去收容所。那間收容所在某間神殿旁，由幾個祭司照顧。結果，那地方可讓人開心了。就是個尋常的妓院、窯子，一點都不誇張。那地方是給那種喜歡澀果子的人去的，你懂嗎？年輕的女孩，還有年輕的男孩。我到那裡的時候，已經長過頭，是個大人了，沒人對我有興趣……」

此時，她的臉上令人意外地布滿嫣紅色，就連在火堆的照耀下，也顯得一清二楚。

「幾乎沒有。」她咬著牙關，又補上了這麼一句。

「妳那時候幾歲？」

「十五歲。我在那裡認識了一個女孩和五個男孩，年紀與我相仿或更大一點。我們馬上就熟了起來。我們都知道一些傳奇故事，像是瘋狂戴依、黑鬍子、卡西尼兄弟……不管這些是真的、假的，我們都想離開那裡，想獲得自由，想去外頭胡搞一番！我們告訴自己，難道我們要因爲這裡每天給我們兩頓吃的，就把屁股塞給那些噁心的傢伙……」

「注意妳的措辭，安古蘭。適可而止的道理妳是懂的。」

女孩用力清了清喉頭，朝火堆啐了一口。

「你還眞是個大聖人啊！好啦，我直接跳到重點，因爲我現在不想說話。收容所的廚房裡有刀，只要用石頭好好磨過，放到沙裡涮個幾下就行了。橡木椅的圓腳可以做成光滑的木樁，只要再弄到馬和錢就行了，所以我們耐心等著兩個混球來。他們是收容所的常客，老得要命，大概有四十幾歲。他們來了之後，下了馬，喝了葡萄酒，等祭司像平常那樣，幫他們把一個十幾歲的女孩子綁到一張特別設計過的家具上……不過那天他們可沒爽到！」

「安古蘭。」

「好啦、好啦。簡單來說，我們把這兩個混蛋糟老頭，還有三個祭司和一個侍童用刀宰了、用木釘戳了。那侍童是唯一一個沒有逃跑，還跑去保護馬匹的人。神殿裡的管事不願意把寶箱鑰匙交出來，我們就拿火烤他，烤到他願意為止。我們放了他一命，因爲他是個老好人，總是很友善、很和氣。之後我們就去外面當強盜，在商道下手。我們碰過各種情況——有的時候走運，有的時候不走運；有的時候我們打人，有的時候我們被人打；有的時候大豐收，有的時候得餓肚子。哈，比較常是餓肚子。我這輩子，只要是在地上爬的、抓得到的，我他媽的全都吃過。至於天上飛的那些，我甚至還吃過一次風箏呢，因爲那是用麵粉糊的。」

她靜了下來，大力甩了甩那亮如稻草的頭髮。

「哎，過去的都過去了。那些和我一起逃出收容所的，沒有一個人還活著。我能說的就這麼多。最後的兩個人歐文和亞伯，在幾天前被富勒可大人的步兵給砍了。亞伯投了降，就像我一樣。雖然他把劍丟了，他們還是砍了他。我被他們留了下來。別以爲他們是好心。我本來已經被他們拉開手腳、壓在地上，可是來了一個軍官，不准他們在我身上找樂子。至於你，則是把我從斷頭台上救了下來……」

她沉默了一段時間。

「獵魔士？」

「嗯？」

「我知道該怎麼表達感激，要是哪天你想……」

「什麼？」

「我去看看馬群。」卡希快速說道，然後裹住披風起身。「我去走走……就在附近……」

女孩打了個噴嚏，吸了吸鼻子，清了清嗓子。

「一個字也別說，安古蘭。一個字也別說！」獵魔士搶在前頭出了聲，心裡的感覺著實不悅、著實難為情、著實混亂。

她再次清了清喉嚨。

「你真的對我沒興趣？一點興趣都沒有？」

「小丫頭，妳已經被米爾娃用皮帶打過了，要是妳不馬上閉嘴，我會幫她再補幾下。」

「我馬上閉嘴。」

「乖女孩。」

□

山坡上有著歪斜扭曲的低矮松樹與張著大嘴的山洞地坑，而這些坑洞上紛紛覆蓋了木板，並以木棧、爬梯與鷹架串聯在一起。每個坑裡安插著交叉的木棍，而棧道就架在上頭。這些棧道上，有幾個人推著推車或台車，而車裡裝的，乍看似是一堆礫石滿布的髒土。他們把土堆從木棧送去一個巨大的方槽，又或者該說是一個用越來越小的板片拼湊而成的木槽。裡頭流水淙淙，是從樹木繁茂的丘陵那頭，用十字木架上的引道引來的水。這水看來，是要往下引至斷崖。

安古蘭下了馬，示意傑洛特與卡希也跟著照做。他們把坐騎留在圍欄邊，沿著滲水的管道，踩著泥濘往建築物走去。

「他們在洗礦石。」安古蘭指著那些設備說：「從那裡，喔，就是從那些礦井裡，把礦土送出來，倒到洗礦槽用溪水淘洗。礦石會沉到淘礦鋤上，就能撿出來。貝爾哈文四周有很多礦場和這種洗礦槽，而這些礦石會送到各個谷地和馬格圖加，那邊有鍛鐵爐和煉鐵廠，因為那裡森林最多，而熔鐵要用到木材……」

「謝謝妳為我們上了一課。」傑洛特打斷她，口氣微酸：「我這輩子已經看過幾座礦場，知道熔鐵要用的是什麼。妳什麼時候才肯洩露給我們聽，到這裡的目的是什麼？」

「目的是要和一個我認識的人聊聊，他是這裡的礦長。你們跟我來。哈，我看到他了！喔，就在那邊，在木工場那裡。我們走吧。」

「就是這個矮人？」

「對，他叫勾藍・德洛茲得克。就像我說過的，他是……」

「這裡的礦長，妳說過了，不過妳沒說想跟他聊什麼。」

「你們看看自己的鞋子。」

傑洛特與卡希依言看向鞋子，上頭沾了奇怪的紅漬。

「我們在找的那個半精靈和夜鶯講話的時候，綁腿帶上也有這種紅泥。你們瞭了嗎？」

「現在瞭了。那矮人呢？」

「你們一句話都別和他說，我自己來。你們要讓他覺得你們是不會廢話、直接砍人的那種。要扮出可怕的樣子喔。」

他們並不需要特別裝出怎樣的表情。一旁觀看的礦工，有些很快別開眼，有些張大嘴僵在原地，站在他們前方的則迅速把路讓開。傑洛特可以想見箇中原由。卡希和他的臉上仍有著米爾娃留下的瘀青、血痕、裂傷與腫塊，是很鮮明的打鬥印記。正因如此，他們看起來就像喜歡彼此互揍的那種，至於要他們去揍第三人，想必也無須太多唇舌。

安古蘭認識的矮人站在一幢寫著「木工場」的建築前，正在爲一塊用兩片削刨整齊的木片所釘成的板子上漆。見到來人，他放下刷子，移開漆桶，一臉警戒。但下一刻，他那張污漬斑斑的落腮鬍臉上，突然出現極度訝異的表情。

「安古蘭？」

「最近怎樣啊，德洛茲得克？」

「是妳嗎？」矮人張大了鬍鬚滿布的嘴巴。「眞的是妳？」

「不，不是我。你眼前的是剛復活的先知蕾比歐姮。勾藍，再問個問題，來個聰明點的換換口味。」

「別這麼挖苦人，金髮小妞。我以爲再也見不到妳了。穆理察五天前來過這裡，說妳被人抓了，在列得布魯內被插上木樁。他還發誓自己說的是眞話！」

「每件事總有好的一面。」女孩聳了聳肩。「現在穆理察要是來跟你借錢，發誓會還給你，你就知道他的誓言値多少了。」

「這我早就知道了。」矮人說道，眼睛快速眨動，還抽動鼻頭，就和兔子一個模樣。「就算他在這裡又跪又求，我連一毛錢都不會借他。不過妳還好好活著這點，我很高興、很高興。嘿！說不定妳還會還我錢，啊？」

「也許，誰知道。」

「金髮小妞，跟妳來的是什麼人？」

「我的好伙伴。」

「呿，長那樣子……那眾神要將他們往哪帶啊？」

「就像平常那樣，往歧途帶。」安古蘭完全無視獵魔士的責備目光，將一小撮飛天粉吸進鼻子，餘下的則抹在牙肉上。「勾藍，你要來一點嗎？」

「也好。」矮人將手掌湊到鼻下，將一小撮毒品用力吸了進去。

「老實說，我在想要去貝爾哈文。」女孩說：「夜鶯和他那票人有沒有在那裡？你知道嗎？」

勾藍把頭一偏，說：「金髮小妞，妳還是別和夜鶯打照面。聽說他對妳氣得很，就像一隻從冬眠裡被吵醒的狼獾。」

「喔，是呦！那他聽到我被人用兩匹馬拖著刺進尖木樁，都沒有心軟嗎？沒有難過嗎？沒有掉眼淚、流鼻涕嗎？」

「一點也沒有。傳言他是這麼說的：『哼，安古蘭總算得到她早就該得的——棍子插屁眼。』」

「哼，沒水準。眞是老粗一個。執政富勒可大人會說他是社會的最底層，而我說呢，他是人渣的最底層！」

「金髮小妞，這些話最好只在他看不見的時候說。還有，妳最好別在貝爾哈文附近晃，繞一大圈避過去才是眞的。如果妳要進城，最好變裝一下……」

「你這個勾藍，老人家咳嗽還要你教嗎？」

「我怎麼敢？」

「聽好了，矮人。」安古蘭一腳踏上了木工場的階梯。「我要問你一個問題。你不用急著回答，先好好想清楚再說。」

「問吧。」

「你最近不會那麼剛好，看過一個半精靈吧？外來的？不是本地的？」

矮人深深吸了口氣後，大大打了個噴嚏，然後用手腕擦了擦鼻子。

「妳說，半精靈？哪個半精靈？」

「別裝傻，德洛茲得克，就是僱夜鶯辦事的那個。要見血的那種。目標是某個獵魔士……」

「獵魔士？」勾藍．德洛茲得克聞言大笑，同時從地上拿起他的木板。「妳還眞準啊！有趣，我們正好就在找獵魔士。喏，我們現在就是在漆這種告示板子，要拿去附近懸掛。妳看，『尋找獵魔士。賞錢高、包吃住。細節請洽小巴北特礦場管理處。』呃……這要怎麼寫才對？是『細節』還是『企節』？」

「寫『細項』。你們找獵魔士到礦場來做什麼？」

「喔，這還要問？當然是因爲有怪物，不然呢？」

「要抓什麼怪物？」

「抓敲礦精和礦石怪，下面的坑道那裡生了一堆。」

安古蘭瞥了下傑洛特，後者則頷首表示清楚狀況，隨即又故意清了清嗓子，要她把話題轉回去。女孩馬上了解他的意思，便說：「回到剛才的話題。那個半精靈的事，你知道多少？」

「什麼半精靈的事，我根本就不知道。」

「我說過要你好好想清楚。」

「我是啊。」勾藍・德洛茲得克突然擺出狡猾的表情。「而我想到的是，知道這件事對我來說並不划算。」

「意思是說？」

「意思是說，這裡不太平。這地方不太平，這時節不太平。強盜、尼夫加爾德人、『自由斯托基』的擁護者……還有其他外來者、半精靈。每個都急著想作亂……」

「意思是說？」

「意思是說，妳欠我錢，金髮小妞。妳不但沒有先還債，還想向我借下一筆，而且還是很大的一筆，因爲妳問的這件事，可是會讓人被敲腦袋的，而且不是光用拳頭敲，而是用斧頭。這對我有什麼好處？知道那個半精靈的事，對我來說值得嗎？嗯？我會得到什麼東西嗎？因爲要是只有純風險而沒有半點利益的話……」

傑洛特已經受夠了。這場談話令他乏味，而那些暗語和惺惺作態也令他惱怒。他一個閃身，揪住矮人的落腮鬍，先是一扯，後再一推。勾藍・德洛茲得克絆到漆桶，跌倒在地。獵魔士跳了過去，抬起膝蓋便往他胸口壓去，並將刀子亮到他眼前，咆哮道：

「你能獲得的利益，就是保住這一條命。說！」

勾藍的眼珠子看起來好像等會兒就要掉出來，自己跑去附近散步似的。

「說。」傑洛特又重複了一次。「把你知道的都說出來，不然我就用特殊手法來割你的喉結，讓你的血在流光前，就先把你給淹死。」

「里亞爾投……」矮人拚命擠出話來：「在里亞爾投礦場……」

□

里亞爾投礦場和小巴北特礦場的差別不大，與安古蘭、傑洛特、卡希在路上經過的其他地下或露天礦場也無兩異。那些礦場分別叫作秋日宣言、舊礦場、新礦場、由列克礦場、天青石場、合作場及好運坑。每座礦場皆忙碌無比，而所有從礦井與礦區運出來的礦土皆倒進了洗礦槽，用淘礦鋤攪洗。這一切當中，都有著代表性的紅泥。

里亞爾投是一座大規模的礦場，位近山峰。山頂已被削去，成了露天礦場，而洗礦槽的部分就設在山邊挖出的平台上。一條條礦井與橫坑在這裡的垂直山壁下張著大口，而洗礦槽、淘礦鋤及其他採礦用具也一應俱全。這裡也有木屋、倉庫、堆房、蓋著樹皮的房舍等，儼然形成了一座村落。

「我在這裡沒有認識的人。」女孩在說話的同時，也將韁繩綁到籬笆上。「不過我們可以試著和這裡的管事談談。傑洛特，如果可以，不要馬上掐住人家喉嚨、拿刀子威脅人家。我們先和他聊聊……」

「安古蘭，老人家咳嗽還要妳教嗎？」

他們還來不及多說幾句，甚至也來不及走向那棟看來像是管事房子的建築，便在裝載礦石上車的廣場中，撞上了五名騎士。

「哦，該死。哦，該死。你們看，貓給我們帶什麼來了？」安古蘭說。

「怎麼回事？」

「那是夜鶯的人。他們來收錢的，而且已經看到我、認出我來了……他媽的！我們還眞倒楣……」

「妳有辦法矇混過去嗎？」

「我想沒辦法。」

「爲什麼？」

「我在逃出幫派的時候，順便搶了夜鶯。這件事他們不會放過我的。不過我試試看……你們不要出聲。眼睛張大點，隨時準備好，一切都要準備好。」

五名騎士往他們靠了過來。騎在前頭的兩人，一個留著灰斑長髮、身穿狼毛大衣，一個是年紀輕、滿臉落腮鬍的傻大個。那年輕人蓄大鬍子的原因，顯然是爲了要遮掩臉上的痘疤。他們裝出一副無所謂的樣子，但傑洛特注意到他們盯著安古蘭的視線中，隱隱閃著仇恨的光芒。

「金髮小妞。」

「諾沃薩得、易瑞爾，嗨。今天天氣眞好，只可惜下雨。」

灰髮男子下了馬——正確點說，是快速將右腳跨過馬首，跳下了馬鞍。其他人也跟著下馬。灰髮男子將韁繩交給那名叫易瑞爾的落腮鬍傻大個，獨自一人走近了些，說：

「哎呀呀，這不是我們那隻嘰嘰喳喳的小鵲鳥嗎？妳是來讓大家看看妳還活著、沒病沒痛？」

「而且兩隻腳還可以到處亂晃。」

「妳這愛頂嘴的死丫頭！聽說，妳那雙腳是亂晃，不過是在木樁上晃。聽說，獨眼富勒可抓到了妳。聽說，妳被刑求的時候，嘴巴就像斑鳩一樣合不起來，他們問什麼，妳就說什麼！」

安古蘭冷哼一聲，道：「聽說，你媽向恩客只要了四停弗，但還是沒人願意給超過兩停弗。」

強盜一臉輕蔑地朝她跟前啐了一口。安古蘭再度冷哼，十足像隻小貓。

「諾沃薩得，我有筆買賣要找夜鶯。」她說話時兩手插腰，沒有絲毫懼意。

「這可有趣了，因爲他也一樣。」

「趁我還願意說話，閉上你的狗嘴聽好了。兩天前，在過了列得布魯內的一哩處，我和我的這些同伴把那個獵魔士給宰了。就是見血單要的那個，你瞭吧？」

諾沃薩得意味深遠地看了看伙伴，然後拉拉手套，打量傑洛特與卡希。

「妳的新同伴。」他故意拖長語調，重複了一次。「哈，我看他們那副德性，就知道他們不是吃素的。妳說，他們殺了獵魔士？怎麼殺的？用匕首從背後一劍刺過去？還是在夢裡殺的？」

「這是不重要的企節。」安古蘭一張臉皺得像猴子一樣。「有個獵魔士躺在地上吃土，這個企節才重要。聽好了，諾沃薩得。我不想和夜鶯起衝突，也不想擋他的路。不過買賣歸買賣。半精靈給了你們委案訂金，這點我就不提了，那是你們的錢，畢竟你們花了時間、也出了力。不過半精靈說過事成之後的另一筆，照理說該是我的。」

「照理說？」

「沒錯！」安古蘭並沒有注意到那挖苦的語調。「因爲是我們完成委託，把獵魔士殺了。而且我們有證據可以給那半精靈看。到時候，我拿走我該拿的份，就會往未知的遠方去。就像我說的，我不想和夜鶯較勁，因爲對我和他來說，斯托基太小了。諾沃薩得，你把這話轉給他。」

「就這樣？」又一次包藏禍心的挖苦。

「還有親一個。」安古蘭冷哼一聲。「你可以代我把屁股翹到他面前，做我的替身。」

「我有一個更好的想法，安古蘭。」諾沃薩得說道，並朝同伴掃了一眼。「我把妳這原裝貨的屁股送去給他。我把妳，安古蘭，捆起來送過去，再由他來和妳把一切事情講清楚，說好該怎麼辦，也把應當解決的都解決。所有一切，包括半精靈斯希路的委任錢該由誰拿，還有妳偷東西該付的代價，以及斯托基對我們來說太小這幾件事。用這個方式來解決所有的事，一樣一樣解決。」

「只是有個小問題。」安古蘭放下雙手。「諾沃薩得，你想怎麼樣把我帶去給夜鶯？」

「就是這樣。」強盜伸出了手。「掐著妳的脖子！」

傑洛特一把抽出夕希爾，指到諾沃薩得的鼻子前，吼道：

「我建議你別這麼做！」

諾沃薩得往後一跳，抽出劍來。易瑞爾唰地一聲，從背後拔出歪斜的馬刀。其餘人也跟著動作。

「我建議你別這麼做！」獵魔士重複了一次。

諾沃薩得咒罵一聲，目光掃過同伴。他的算術不是很強，但計算出的結果是五個比三個要多得多。

「打！」他大喊一聲，衝向傑洛特。「殺！」

獵魔士轉了半圈，躲開攻擊，反手砍向他的腦袋。諾沃薩得倒地之前，安古蘭身子快速一矮，刀子凌空劃過，發動攻擊的易瑞爾隨即腳步踉蹌，一把骨製刀柄就這麼插在他的下巴底部。那盜匪鬆開馬刀，雙手並用，把刀子從頸上拔了出來，鮮血當場噴濺出來。而安古蘭跳過來往他胸口一踹，將他踹倒在地。此時，傑洛特一刀解決第二名盜匪。卡希也解決掉了另外一名。那人被尼夫加爾德劍重重一砍，一塊如西瓜片般的東西從頭骨上掉了下來。最後一名打手心生膽怯，跳上了馬。卡希把劍朝空中一拋，接住劍身，劍如長矛般擲了出去，射中那盜匪兩側肩胛的正中央。馬兒嘶鳴一聲，甩動頭部，坐往地面，在一攤紅泥屍水中掙扎，而那屍體的一隻手還緊緊纏在韁繩上。

這一切發生在不到五次的心跳之間。

「來人啊——！」建築物之間有一人喊道：「來人啊——！救命——！殺、殺、殺人啦！」

「軍隊！叫軍隊來！」另一名礦工叫道，一面將孩子都趕開。那群孩子就像這世上所有孩子一樣，老是不知道從哪裡冒出來湊熱鬧、跟頭跟尾。

「誰趕快去找軍隊來！」

安古蘭舉起她那把刀擦拭乾淨，插回鞋筒。

「去啊，趕快去啊！」她大聲回應，同時看向四周。「你們這些礦工是瞎了還怎樣？那叫作自衛！是那群混蛋來攻擊我們！你們不認識他們嗎？他們給你們找的麻煩還不夠多嗎？給你們收的保護費還不夠多嗎？」

她大大打了個噴嚏，然後從還在抖動的諾沃薩得身上扯下錢袋，接著來到易瑞爾身旁。

「安古蘭。」

「怎樣？」

「別這樣。」

「可以請問一下是爲什麼嗎？這是我們的收獲！你錢太多啊？」

「安古蘭……」

「喂，你們。」一道響亮的聲音傳來：「請你們過來一下。」

臨時搭建的工具倉大門開敞，裡頭站著三名男子。其中兩人是剃了短髮的壯漢，額頭很低，臉上沒有半點精明模樣。第三個——朝他們喊的那人——是名身材異常高挑的深髮俊男子。

「我無意間聽到衝突發生前的那場對話。」男子說：「我本來不太相信你們殺掉獵魔士這事，以爲那只是吹噓的大話。現在我已經不這麼想了，你們進來倉庫這裡吧。」

安古蘭大聲吸了口氣，看向獵魔士，以令人幾乎察覺不到的方式點了頭。

那名男子是個半精靈。

□

半精靈斯希路的個子很高，至少超過六吋，長長的深髮在頸部紮成一束馬尾垂於背後。他的雙眸宛若碩大的杏仁，瞳孔猶如貓眼般呈綠黃色，洩露了他有著參半血統的事實。

「所以，你們殺了獵魔士，」他難看地笑著，又重複了一次：「搶在人稱夜鶯的荷墨．斯特拉根前面？有趣、有趣。一言以蔽之，我該付五十弗洛倫的對象是你們。這是尾數。也就是說，斯特拉根平白得到了他的五十弗洛倫。我想，你們大概不會以爲我會把這筆錢還給你們。」

「這筆帳要和夜鶯怎麼算是我的事。」安古蘭坐在箱子上頭，晃著雙腳。「而獵魔士這件委案的重點在把事情辦好，而我們把事情辦好了。是我們，不是夜鶯。獵魔士已經埋在地底下。他的同伴也全躺在土裡，三個都是。也就是說，委案完成了。」

「至少你們是這麼說的。事情的經過是怎樣？」

安古蘭並沒有停下晃動的雙腳。

「我這輩子的經歷要到老了才寫下來。到時候，我會把這個那個、有的沒的都交代清楚。在那之前，您得先忍忍，斯希路先生。」

「這件事讓你們這麼不好意思說？」混血精靈冷冷問道：「所以你們完成這件事用的手段有那麼卑鄙又陰險？」

「這妨礙到您了嗎？」傑洛特回問。

斯希路仔細地看著他。

過了一會兒，他說：「不。來自利維亞的獵魔士傑洛特命該如此，他是個天眞的人，也是個愚蠢的人。要是用比較好一點、比較不卑鄙的方式殺他，讓他死得光榮，那他就會變成一則傳說。而他不配成爲傳說。」

「死就是死，每個人都一樣。」

「並不是都一樣。」半精靈搖搖頭，依舊試著看清傑洛特藏在兜帽影子底下的雙眼。「我保證，不是都一樣。我可以想見，給獵魔士致命一擊的人是你。」

傑洛特沒有回答，覺得心裡有股很大的慾望，想一把扯住混血精靈的馬尾，將他摔在地上，逼他吐出一切，再用劍首打掉他的牙齒。他忍了下來。理智告訴他，安古蘭這套把戲所帶來的效果可能更好。

斯希路沒等到回答，便說：「隨你們的便，我不會強要你們報告事件經過。顯然你們不願意提這件事，顯然在這件事上你們沒什麼好說嘴的。當然，如果你們的緘默並非出自其他完全不同的理由……比方說，其實根本什麼事也沒發生。你們有任何證據證明你們話中的真實性嗎？」

「我們殺了獵魔士後，砍下他的右手，不過那隻手後來被浣熊叼去吃了。」安古蘭面無表情地回答。「所以我們只有這個。」傑洛特緩緩解開上衣，拉出一條狼頭墜鍊。「這當時就戴在獵魔士脖子上。」

「請讓我看看。」

傑洛特沒有猶豫太久。半精靈把墜鍊放在掌上秤了秤。

「現在我相信了。」他緩緩說道：「這飾品散發著很強的魔力。如此之物，只有獵魔士才有。」

「而獵魔士要是還有口氣在，就不會讓人把它取下。」安古蘭把話接完：「也就是說，這是鐵證。所以呢，先生，把錢擺上桌吧。」

斯希路小心將墜鍊收好，從懷裡拿出一捆紙放到桌上並攤開手掌。

「請。」

安古蘭跳下箱子，故意扭著臀部走過去。而斯希路瞬間扯過她的頭髮，將她壓在桌面，並把刀子抵在她的喉頭。女孩甚至來不及大叫。

傑洛特與卡希兩人已經把劍握在掌中，不過還是太遲。半精靈的幫手，也就是那兩名額頭低的壯漢，把鐵鉤抓在手裡，毫不猶豫地靠了過來。

「把劍放在地板上。」斯希路吼道：「兩個都是，把劍放在地板上，不然我就幫這個女的把笑臉撐大些。」

「別聽……」安古蘭先是起了話頭，然後以大叫結尾，因爲半精靈將女孩的頭髮絞緊，並用匕首劃開她的皮膚，一條閃亮的纖細血蛇遂從她頸中游出。

「把劍放到地上！我可不是在說笑！」

「說不定我們可以談談？就像有教養的人？」傑洛特沒有理會在體內沸騰的怒火，決定拖延時間。

半精靈發出惡毒的大笑。

「談談？和你？獵魔士？我被派到這裡，是要解決你，不是要和你談談。沒錯，就是這樣，變種人。你在這裡裝模作樣，演戲給我看，而我一下就認出你了，從第一眼就識破了。他們把你的樣子說得很清楚。你想得到是誰把你描述得這麼仔細嗎？你想得到是誰這麼清楚地指出你在哪裡、和哪些人在一起嗎？噢，你一定想得到。」

「放開那女孩。」

「不過我並非只從那些描述裡知道你。」斯希路接著說，絲毫沒有放開安古蘭的念頭。「我在更早以前就知道你，甚至曾跟蹤過你。在特馬利亞，七月的時候。我在你後頭一直跟到了多利安城，跟到了科林爵與分恩這兩個律師的辦事所。你知道我在說什麼嗎？」

傑洛特轉動手中劍，讓劍光照在半精靈的眼睛。

「斯希路，」他冷冷地說：「我很好奇你打算怎麼打破這個僵局。我看到的路有兩條。第一條，你馬上放開那個女孩。第二條，你殺掉那個女孩……而下一秒，你的血將會爲天花板及牆面染上美麗的色彩。」

「你們的武器，」斯希路粗魯扯動安古蘭的頭髮。「在我數到三之前，要放在地上，不然我就開始在這賤貨身上劃刀。」

「我們就看看你來得及劃幾刀。我想，不會很多。」

「一！」

「二！」傑洛特也開始數了起來，夕希爾在他的轉動之下發出劍嘯。

馬匹的蹄步、嘶鳴、噴息與高喊的人聲自外頭傳來。

「現在怎樣？」斯希路笑了起來。「我等的就是這個。不是僵局，而是將軍！我的朋友來了。」

「是嗎？」卡希看著窗外說：「我看見帝國輕騎軍的軍服。」

「所以這是將軍，但將的是你的軍。」傑洛特：「你輸了，斯希路。放開那女孩。」

「最好是。」

倉庫大門在幾次的踹擊下做出退讓，一行人約十來名大步踏進其中。他們大多穿著黑色的統一服飾。帶領這些人的，是一名金髮的大鬍子，他的護肩上有隻銀熊。

「快阿恩蘇斯可？」他口氣不善地問：「這裡是怎麼回事？誰要為這場鬥毆負責？誰要為廣場上的那些屍體負責？現在就給我說！」

「隊長大人……」

「格拉地凡我而特！把劍都丟了！」

因為有十字弓與連發弓對著他們，所有人都照著那名隊長的意思做。安古蘭在斯希路放手後原想跳下桌子，卻突然讓一名士兵按住。那人的衣著五顏六色、身材矮壯，眼睛如青蛙般向外凸出。安古蘭想大叫，但那士兵卻一把將包在鎧甲中的手壓到她嘴上。

「我們先別使用暴力吧。」傑洛特冷冷向銀熊隊長提議：「我們不是罪犯。」

「最好是。」

「我們現在做的事，列得布魯內的執政富勒可．阿爾特維勒得是知道也同意的。」

「最好是。」銀熊又重複一次，同時要人把傑洛特和卡希的劍撿走。「富勒可．阿爾特維勒得是知道也同意的。那個高高在上的富勒可．阿爾特維勒。兄弟們，你們聽見了嗎？」

他的人——那些穿黑衣的和那些穿彩衣的——皆放聲大笑。

被青蛙眼按住的安古蘭掙扎了番，努力想發出大叫，卻是徒然。不過這是個不必要的舉動，傑洛特早就識破一切。在頂著笑臉的斯希路開始與旁人右手交握之前，在四名黑衣尼夫加爾德人抓住卡希，另外三人將十字弓直接對準他的臉之前，傑洛特早就知道了。

青蛙眼把安古蘭推到他那群同伴手裡。女孩像布娃娃一樣地被他們又推又抓，甚至沒試著抵抗。銀熊慢慢走向傑洛特，無預警地用套著護手的拳頭重擊他的胯下。傑洛特拱起身子，但沒有倒地。森冷的暴怒讓他站住了腳。

「我來說件事，說不定你聽了會高興。」銀熊說：「你們不是獨眼富勒可為了私心派來的頭一組人馬。我和有些人稱為夜鶯的荷墨．斯特拉根先生在這裡做鹽的買賣，這在他那顆獨眼裡可是門利潤豐厚的生意。我把荷墨．斯特拉根找來替帝國辦事，並命他為礦場自衛隊隊長，這讓富勒可很火大。他不能在檯面上報復我，便僱起各種賞金獵人。」

「還有獵魔士。」斯希路掛著惡毒笑容插嘴道。

「外頭，」銀熊大聲說：「有五具屍體在淋雨。你們謀殺了為帝國辦事的人！你們妨礙了礦場的工作！毫無疑問，你們是間諜、分歧者和恐怖分子。這個地方是受軍法管制，綜合上述，我在此宣判你們死刑。」

青蛙眼咯咯大笑。他走向讓盜匪抓著的安古蘭，快速掐住她的胸房，用力擠捏。

「怎樣啊，金髮小妞？」他粗聲叫道，那話音竟比眼睛更有青蛙的味道。這個幫裡的綽號如果是他自己取的，那就證明他有幽默感。而如果這是用來掩飾身分的化名，那效果可真是很不一般。

「結果我們還是又見面了！妳開心嗎？」夜鶯抓著安古蘭的胸房，再度像青蛙般粗著嗓子說。

女孩發出了痛苦的嗚咽。

「婊子，妳從我這邊偷走的珍珠和寶石在哪裡？」

「寄在獨眼富勒可那裡了！」安古蘭大吼，看得出來她想假裝自己一點也不痛。「你找他拿去！」

夜鶯發出吼聲，瞪大了眼睛——現在他看起來就是隻貨眞價實的青蛙，只差沒吐出長舌捕飛蠅。他把安古蘭抓得更緊，後者開始掙扎，發出更加痛苦的呻吟。在傑洛特那雙被暴怒紅霧遮蔽的雙眼中，這女孩又開始讓他想到奇莉。

「把他們拿下，帶到外頭去。」銀熊不耐煩地說。

「他是獵魔士。」夜鶯礦場護衛隊出身的盜匪裡，有一人不太確定地說：「他是巫師！光著手要怎麼抓他？他隨時都會用咒語或是其他什麼東西給我們施法……」

「不用怕。」斯希路笑著拍了拍口袋附近。「沒了獵魔士的護身符，他們就沒辦法施魔法，而那個護身符在我這裡。你們儘管拿下他吧。」

外頭尚有一票上了武裝、身穿黑衣或彩衣的尼夫加爾德人等著，他們都是夜鶯幫裡的人。另外也聚集了一小群礦工，而孩童與狗群則到處湊熱鬧。

夜鶯突然發起脾氣，好像中邪一般。他粗吼一聲，將安古蘭狠狠一拳打倒在地，然後又補踹了幾腳。讓盜匪押住的傑洛特開始掙扎，下場是後頸讓某個硬物撞了一下。

夜鶯像隻青蛙般跳到安古蘭身上，粗聲道：「妳這個騷貨，聽說妳在列得布魯內讓人一屁股插上木樁！妳本來應該受木樁刑！應該在木樁上斷氣！喂，兄弟們，去旁邊找根木棍，然後把它削尖。動作快！」

銀熊皺起眉頭，說：「斯特拉根先生，我認爲玩這種花時間又野蠻的處決遊戲沒有道理。俘虜通常都是吊死……」

發狠的青蛙眼讓他噤了聲。

「長官，您就靜靜待著。」盜匪粗聲道：「我是付您太多錢了，讓您敢這樣提醒我。我說過要安古蘭不得好死，所以我現在就要跟她好好玩玩。您要的話，就自己去把那兩個吊死，我對他們沒興趣。」

「不過我對他們有興趣。」斯希路插嘴道：「他們兩個我都要。尤其是獵魔士，尤其是他。要插這女孩沒那麼快，我就順便利用一下這點時間。」

他走了過去，用一雙貓眼盯住傑洛特。

「變種人，應該要讓你知道，是我解決了你多利安的兄弟科林爵。我之所以這麼做，是因爲我服從多年的主人——維列佛茲大師下了命令。不過，這件事我可是辦得非常開心。」

半精靈不待傑洛特反應，繼續說：「老廢物科林爵膽敢擋住維列佛茲大師的路，我就用刀子替他開腸剖腹。而那個讓人噁心的小怪物分恩，則是被我放在他的那堆紙裡，活活燒死了。我大可以像平常那樣一刀解決他，不過我多花了點時間和力氣，就是想聽聽他的哀號和尖叫。我告訴你，他的哀號和尖叫聽起來，就像頭被宰的小豬。那哀號裡一點人類的聲音都沒有，完全沒有。」

「你知道爲什麼我要把這些都告訴你嗎？因爲我也可以直接殺了你，或是叫旁人動手。不過我要花點時間和力氣，聽聽看你的叫聲是怎樣。你說死亡都是一個樣？等會兒就讓你瞧瞧，並非都是一個樣。兄弟們，你們把焦油桶裡的油給點了，順便拿條鏈子來。」

某個東西大力撞上倉庫外的牆角而碎裂，緊跟著的是一場伴著可怕響聲的大火。第二個物品直接掉進焦油桶裡，傑洛特依照氣味，認出裡頭裝的是石油。第三個則落在馬群腳邊。爆炸聲起，火光噴發，馬群陷入了恐慌。現場頓時鼎沸，一隻狗從這片滾燙中跌了出來，全身著火，不斷嚎叫。夜鶯幫眾中，有一人突然攤開雙手，倒落泥坑，背上插了一支箭。

「自由斯托基萬歲！」

山頭上、鷹架上、棧道上，到處都是身繫灰色披風、頭戴獸皮毛帽的形影。更多著火的彈藥往人群、馬匹及礦場倉庫飛去，宛如火花一般，後頭拖著一串火煙辮。其中兩顆落到了工坊鋪滿木屑與刨片的地板上。

「自由斯托基萬歲！尼夫加爾德入侵者該死！」

長箭、弩箭嘯聲四起。

黑衣的尼夫加爾德人中，有一人跌至馬下。夜鶯的幫眾裡有一人被射穿喉頭，倒地不起。斯希路的兩名短髮壯碩幫手中，有一人後頸吃了支弩箭，倒地不起。銀熊慘叫一聲，倒地不起。他中箭的位置低於護喉，在肋骨之下。儘管沒人知道，不過那支箭是偷自軍需運輸隊，標準的帝國軍規，但經過些微改造。箭鏃兩側寬大的矢面上多了幾道鋸齒，能造成撕裂傷。

箭矢完美攪爛了銀熊的肚腸。

「暴君恩菲爾滾蛋！斯托基自由！」

夜鶯低吼一聲，抓住被弩箭劃過的手臂。

其中一名孩童讓準頭較差的自由戰士射穿了身子，撲倒於血泊之中。抓著傑洛特的那些人也倒下一個。抓著安古蘭的人中，同樣有一名男子倒地。女孩掙開那第二人，快速從鞋筒抽出刀子，大動作揮了出去。翻湧的情緒讓瞄準夜鶯喉頭的她失了手，但還是漂亮地切開他臉頰，切口甚至直達牙齒。夜鶯的叫聲比平常更大，眼睛也比平常更凸。他雙膝跌跪，鮮血不斷從按在臉上的掌間噴出。安古蘭發出可怕的吼聲，跳上過去想完成之事卻沒有成功，因爲有顆炸彈飛進她和夜鶯之間，炸出炙熱的火焰與惡臭瀰漫的團團煙霧。

四周已是怒火咆哮，烏煙瘴氣。馬群發了狂，嘶鳴踹蹄。強盜幫眾與尼夫加爾德人皆放聲大叫。礦工驚慌四竄，有些逃跑，有些試著撲滅屋舍上的火勢。

趁這段時間，傑洛特已將被銀熊丟開的夕希爾拾起。安古蘭正要起身，一名高個女子舉起狼牙棒對準了她，傑洛特一劍砍在女子額頭。一名尼夫加爾德人手持短矛跑過來，被他斬斷了雙腿。接下來的那人剛好擋住他的去路，被他割斷了喉嚨。

被火燒傷的馬發了狂，盲目衝撞，一個孩子被撞倒在地，慘遭踐踏，而這一切就發生在他身邊。

「抓住馬！抓住馬！」卡希在他身旁出現，舞著劍為兩人隔出一個空間。傑洛特沒有聽他說，也沒有看向他，只是再度砍殺一名尼夫加爾德人，不斷搜尋斯希路的蹤影。

礦場守衛隊中的一名盜匪攻向安古蘭，她雙膝跪地，撿起弩弓，在三步之遙，將弩箭餵入那人腹部。接著她跳起身，抓住一旁跑過的馬兒籠頭。

「隨便抓一匹馬，傑洛特！」卡希大叫：「快走！」

獵魔士再斬掉一個尼夫加爾德人，由上而下，從肋骨一路切到髖骨。他將頭猛力一甩，甩掉眉睫上的鮮血。斯希路！你這個混蛋在哪裡？

快劍落下，慘叫響起，濕熱的血珠濺上臉龐。

「饒命啊！」身穿黑色制服的男孩跪在泥水中大叫。獵魔士躊躇了。

「醒一醒！」卡希大喊，並抓住他的手臂大力搖晃。「醒一醒！你瘋了嗎？」

安古蘭駕著馬衝回來，手裡還拉著另一匹馬的韁繩。後頭有兩名騎士追著她。其中一人被自由斯托基戰士射下馬，另一人則被卡希的劍掃落馬鞍。

傑洛特跳上馬背，就在此時，他看見了大火中的斯希路，正對著恐慌不已的尼夫加爾德人吼叫。一旁不斷傳來夜鶯的吼聲與咒罵，滿臉是血的他，看起來就像傳說中會吃人的山怪。

傑洛特爆喝一聲，掉轉馬匹，揮動利劍。

一旁的卡希吃痛一聲，破口大罵，鞍上的身形也跟著搖晃，鮮血瞬間自他的額頭流滿眼臉。

「傑洛特！幫我！」

斯希路在自己周圍聚了一群人，大吼大叫地要手持弩弓的他們發動攻擊。傑洛特用劍身往馬臀一拍，打算與對方玉石俱焚。斯希路得死。其他事都沒有意義，都不重要。卡希不重要，安古蘭不重要……

「傑洛特！」安古蘭大喊：「幫幫卡希！」

他突然清醒過來，並感到羞愧。

他扶住卡希，支撐對方。卡希用袖子抹了抹眼睛，但眼前馬上又一片猩紅。

「這沒什麼，不過是割傷。」他的聲音在顫抖：「獵魔士，上馬……用最快的速度，跟在安古蘭後面……用最快的速度！」

山腳下傳來巨大喊聲，手拿尖鎬、撬棍與斧頭的人群從底下奔來。這些人都是從鄰近礦場趕來的礦工，或許是從好運坑來的，或許是從合作場來的，又或者是從其他礦場來的，天曉得，但都是要來幫忙里亞爾投礦場的同行弟兄。

傑洛特用兩邊足跟撞向馬腹。他們以最快速度衝去，發了狂似地拚命向前。

□

他們抱緊了馬頸拚命跑，沒有任何顧盼。安古蘭騎到的馬最好，雖然身材嬌小，卻是速度一流的驍勇韃靼馬。傑洛特騎的是尼夫加爾德棗馬，已經開始喘息噴氣，頭也不太能維持高舉。卡希的馬同樣是匹戰馬，但比較強壯，持久度也較好。但即便如此又如何，馬背上的人不斷搖晃，雙腿也無法夾緊，鮮血更是直接往馬兒的鬃毛與頸項淋。

不過他們還是繼續狂奔。

跑在前頭的安古蘭在轉彎處等待他們，這條路從這個地方開始轉往下坡，在巨石間穿梭。

「追兵……」她大口喘氣，抹開臉上髒污：「他們會追上來，不會放過我們……那些礦工知道我們往哪邊逃。我們不能走大路……我們得躲進森林，走沒有人煙的地方……把他們騙過去……」

「不。」獵魔士反對。馬肺裡發出的聲音讓他感到憂心。「我們得走大路……走最直、最短的路去三斯雷托爾……」

「為什麼？」

「沒時間多說了。出發！你們要盡量趕著馬，能有多快，就跑多快……」

他們持續狂奔，獵魔士的棗馬不斷喘氣。

□

棗馬沒辦法繼續跑下去，四條腿硬得像木棒，幾乎快走不動，不斷左搖右擺，呼出的每一口氣都伴著嗚喘。最後，牠側身一倒，四腿直伸，看著自己的騎士，而那顆已經轉為混濁的眼睛裡，有著責難。

卡希的馬狀況稍好，但他的情況卻更糟了。他直接掉下馬背，雖然有辦法再爬起身，卻也只能四肢撐地。他不斷猛吐，卻吐不出什麼。

在傑洛特與安古蘭嘗試觸碰他流血的腦部時，他大叫出聲。

「該死的。」女孩說：「他們還真是免費奉送了一個髮型給他。」

年輕的尼夫加爾德人前額與雙鬢上方的皮膚，與他的頭顱間形成了一大片落差。要不是凝血已在傷處形成一道黏糊塊體，被削開的那片頭皮大概會一路垂到他耳邊。那情景著實可怕。

「怎麼會這樣？」

「他的腦袋被人直接用斧頭丟到。更好笑的是，那人不是黑衣軍，也不是夜鶯的人，而是那些礦工裡的其中一個。」

「是誰丟的，不重要。」獵魔士用撕下來的襯衫衣袖緊緊包住卡希的頭。「重要的是、走運的是，那人的準頭很差，只傷到表皮，不然整顆頭顱都可能被敲碎。不過他的頭骨傷得不輕，這點連他的腦袋也感覺到了。就算馬撐得起他的重量，他也沒辦法在鞍上坐好。」

「那我們該怎麼辦？你的馬死了，他的只剩一口氣，而我的也滴滴答答直冒汗……追兵就在後面，我們不能待在這裡……」

「我們得待在這裡，我和卡希，還有卡希的馬。妳繼續上路，小心點。妳的馬很壯，可以繼續快跑。就算妳的馬累壞了……安古蘭，雷吉思、米爾娃和亞斯克爾正在三斯雷托爾谷的某處等我們。他們什麼都不知道，有可能直接落入斯希路手中。妳必須找到他們、警告他們，然後你們四個一起盡快趕去投散特。他們不會追你們追到那裡，希望如此。」

「那你跟卡希呢？」安古蘭咬住嘴唇。「你們會怎樣？夜鶯不是笨蛋，要是看到沒人騎又半死不活的馬，會把這附近的每一吋土地都翻過來！而你帶著卡希是走不遠的！」

「斯希路會跟在妳的後頭去，因為追我們的人是他。」

「你是這麼想的？」

「我很確定，去吧。」

「那我一個人現身的時候，要和阿嬸說什麼？」

「妳就把一切都說清楚。不是和米爾娃說，而是只和雷吉思說，雷吉思會知道該怎麼辦。而我們……等卡希的頭皮與頭骨黏緊了點、乾了些，我們就會往投散特出發。到了那裡，我們總有辦法相會。好了，丫頭，別再拖了。上馬出發吧。別讓追兵接近，別讓他們看到妳。」

「老人家咳嗽用不著人教！你們保重！再會了！」

「再見，安古蘭。」

□

他沒有離開道路太遠，並且不住探望追兵蹤影。基本上，他並不擔心會碰上任何衝突，他知道那群人不會浪費時間，會直接追著安古蘭去。

他沒有想錯。

不到一刻鐘，一群人騎馬闖進山口。他們停了下來——事實上是因爲見到躺在一旁的馬。他們高聲叫嚣，彼此爭吵一番後，便趕著馬在路旁樹叢繞了一下，但幾乎又立刻繼續趕路。顯然他們認爲原本逃走的三人中，現有兩人共乘一騎，要是他們不浪費時間，很快便能追上。傑洛特知道在追兵當中，有些馬也不在最佳狀況。

這群追兵之中，繫著黑披風的尼夫加爾德輕騎數量並不多，主要是穿著彩衣的夜鶯手下。傑洛特沒辦法看清楚夜鶯本人是否也在追擊之列，亦或是留在原地治療被砍破的嘴臉。

等逐漸遠去的蹄聲沉靜下來，傑洛特遂從躲藏的蕨類底下現身，撐起不斷喘氣呻吟的卡希。

「馬太虛弱，沒辦法載你。你能走嗎？」

尼夫加爾德人發出一個聲音，似是肯定，又像否定。又或者，那是別的意思。不過他站直了腿，而重點就在這裡。

他們下到山溝，下到溪床。走下滑陡山坡的最後這十幾步，卡希幾乎是半走半滑。他爬到水流邊，先是喝了幾口，然後將冷冽的溪水不斷淋在包紮上。獵魔士沒有催他上路，自己深深做了幾次吐納，凝聚氣力。

他扶著卡希、拉著馬，溯溪而上。溪中的鵝卵石與浮木讓他絆了幾下。過了一段時間，卡希不再合作——他的雙腳不再配合，已經連動都不動，獵魔士根本就是拖著他走。這樣下去是不行的。再說，溪床裡開始出現階層與湍流。傑洛特一個使勁，將傷患揹上了背，而他手裡拉著的馬兒，同樣也沒讓他輕鬆多少。所以，當他們終於離開山溝，獵魔士直接把自己摔在潮濕的苔草地上，躺在卡希身旁大口喘氣，全身虛脫。他躺了許久，一邊的膝蓋又開始感到極度脹痛。

最後，卡希似乎又有了生命跡象。沒過多久，他竟然站起身，抱頭咒罵。於是，兩人再度上路。起先，卡希可以自行走路，沒有半點問題。之後，他慢了下來。再之後，他倒地不起。

傑洛特揹起他，馱著他，繼續咬牙走在石礫上。膝上的痛楚幾乎將他撕裂，眼裡也不斷冒出金星。

「也不過就一個月前……」卡希吃力的聲音從他背後傳來：「那時候誰能想得到你會把我揹在背上……」

「閉嘴，尼夫加爾德人……你一說話，就變得更重……」

當他們總算走到一處岩壁包圍的地方時，天色已幾乎全黑。獵魔士並沒有去尋找洞穴，也沒找到洞穴——他只是直接癱倒在碰上的第一個岩洞裡。

□

洞穴地上滿是人類的顱骨、肋骨、骨盆和其他骨頭，但更重要的是，這裡也有乾燥的枯枝。

卡希發著燒，全身發抖，不斷打顫。傑洛特用湊合的麻線與歪斜的縫針，替他將那片皮膚縫回頭骨時，他的意識清醒，表現得很勇敢。但問題還在後頭，這是在夜裡。傑洛特無視安全問題，在洞裡生了火。話說回來，外頭依舊細雨綿綿、狂風呼嘯，應該不太會有人在附近遊蕩，進而注意到火光，而卡希必須保持溫暖。

他一整夜都發著高燒，顫抖、呻吟和囈語。傑洛特徹夜未眠，不斷爲火堆添加柴枝，而他的膝蓋是天殺地痛。

□

年輕男子就是比較健壯，卡希一早起來已無大礙。他臉色蒼白、滿頭大汗，感覺得出他正在發燒。他不停打顫的牙齒令他的話語有些模糊，但不致於讓人摸不著頭緒，而他在說話時，意識是清醒的。他抱怒頭上的痛楚——這對一個腦袋讓斧頭削去一塊皮髮的人來說，該是正常反應。

傑洛特睡得不甚安穩，斷斷續續，而每次醒來，他便用樺樹皮巧製而成的杯子，接集順著岩壁流下的雨水。不論是他或卡希，都渴得發抖。

□

「傑洛特？」

「嗯？」

卡希用他找到的一根大腿骨調整了下火堆裡的柴枝。

「我們在礦場裡打鬥的時候……我嚇到了，你知道嗎？」

「我知道。」

「有那麼一刻，你只是瘋狂砍殺，好像其他事對你都不重要……只有殺人才算數……」

「我知道。」

「我當時怕你會殺紅眼，把斯希路給砍了，可是從死人嘴裡，我們就問不出話了。」

傑洛特清了清嗓子，越來越喜歡這個年輕的尼夫加爾德人，不只有膽識，也很有才智。

「你把安古蘭遣走，做得很對。」他接著說下去，只是牙關微微打顫：「那不是小女生該看的畫面……即使是她這種的也一樣。我們自己來解決這件事，就我們兩個。我們去追他，但不是頂著狂暴之怒去殺人。你當時說的復仇……傑洛特，就算是復仇，也有一定的方法。我們去找那個半精靈……逼他說出奇莉在哪裡……」

「奇莉死了。」

「不對，我不相信她死了……你也不相信，承認吧。」

「我不想相信。」

外頭狂風呼嘯、雨水淅瀝，但岩洞裡卻很溫馨。

「傑洛特？」

「嗯？」

「奇莉還活著。我又作了夢……當然，晝夜平分點那天確實出了事，一件很慘重的事……沒錯，這點無庸置疑，我也有感覺到、看到……不過她還活著……一定還活著。我們加緊腳步……不過不是去復仇與殺人，而是去找她。」

「對、對，卡希。你是對的。」

「那你呢？你已經不再作夢了嗎？」

「有。」他說得苦澀：「不過自從渡過亞魯加河後，已經很少了，而且醒來後什麼都記不得。我體內有個東西已經耗盡，卡希。有個東西已經燃燒殆盡，我身體裡有個東西已經剝落……」

「沒關係，傑洛特。我會為我們兩人而夢。」

□

他們在破曉出發。雨勢已停，太陽看來甚至試著從流動天際的那片灰霾中找到出口。

他們兩人共乘，騎得很慢。那匹馬頭上套的馬具，屬於尼夫加爾德軍。

馬兒以最慢的速度，沿著流向投散特的三斯雷托爾河，在鵝卵石灘上拖行。傑洛特知道路。他曾經來過這裡，那是很久以前的事了。從那時到現在，許多事都變了，不過隨水流方向逐漸拓展的三斯雷托爾河，以及三斯雷托爾谷卻依舊不變。不變的還有亞梅兒山，以及雄踞其後、形如方錐的勾爾勾那峰——惡魔山。

有些事物，亙古不變。

□

「作爲一個士兵，不會去質疑命令。不會去分析命令，不會遲疑，不會等人解釋命令的用意。這是我們那裡教給士兵的第一件事。」卡希摸著包了繃帶的頭說：「所以，你可以想見我在得到命令時，甚至連一秒都沒有遲疑。爲什麼是我要去抓這個琴特拉的女王還公主這種問題，在我的思緒裡連閃都沒閃過。命令就是命令。當然，那時的我很不高興，因爲我想博得名聲，想從騎士之列、從尋常軍隊之列脫穎而出……不過替情報組織做事，對我們來說，同樣也算是件光彩的事。要是這件事是關於某個難度較高的任務，或是某個更重要的俘虜就好……可是，一個女孩子？」

傑洛特把鱒魚骨丟進火堆。傍晚前，他們在匯入三斯雷托爾河的小溪中抓到不少魚，足夠飽餐一頓。這時正好是鱒魚產卵季，所以很容易捕捉。

他聽著卡希的敘述，好奇與沉重的傷感在他內心交戰。

卡希看著火堆，說：「提起來，那是個意外，純粹是個意外。我後來才知道，我們在琴特拉的王宮裡有臥底，是個內侍。在我們奪了城，打算包圍城堡之時，那臥底偷溜出來，告訴我們裡頭的人打算把小公主送出城。當時我們分出了幾個小組，而我這組意外碰上了帶奇莉出城的人馬。」

「一場追逐就這麼在著火的街區中展開。那是真正的煉獄，裡頭只有赤焰咆哮、烈火屏蔽。馬匹不願移動，而人呢，不用說，也不急著去催牠們。我的手下——我有四個人——開始謾罵叫囂，說我瘋了，帶他們去送死……我好不容易才把場面制住……」

「我們繼續追著他們跑過著火的教堂，然後追上他們。那五個琴特拉人突然來到我們身邊，我還來不及大喊要小心那個女孩，他們便開始大開殺戒。話說回來，那女孩一轉眼便落了地，因爲載她的那人是頭一個喪命的。我的人之一把她拉上馬，不過沒騎多遠，就被一個琴特拉人從背後一劍刺穿。我看見那劍尖是如何從奇莉腦袋旁一吋的地方擦過。因爲恐懼，她的意識呈半清醒狀態。我看見她是如何貼向被殺掉的那人，試著爬進他的身子底下……像小貓待在被殺的母貓身邊……」

他沉默了下來，大聲嚥了口唾沫。

「她甚至不知道自己抱的是敵人，是她討厭的尼夫加爾德人。」

過了一會兒，他接著說：「當時就只剩下我們，我和她，旁邊到處都是屍體。奇莉在泥水坑裡爬，而坑裡的水和血已開始蒸發。房子塌了，在火星與濃煙中，我已經不太能夠視物。馬不想靠過去。我叫她、喊她，要她過來我這裡。爲了壓過火勢，我喊到喉嚨嘶啞。她看到了，也聽見了我，卻沒有任何反應。馬不想移動腳步，而我沒辦法駕馭牠。我只得下馬。光靠一隻手，我怎樣都沒辦法把她拉起來，而我的另一隻手得抓著韁繩。馬掙扎得很激動，差點沒把我撞倒。我在拉她的時候，她開始大叫，然後身子一僵，昏了過去。我把披風放到那個混著黃泥、糞便和污血的水坑裡沾濕，包在她身上。然後，我們上馬出發，直接穿火而過。」

「我自己也不知道是怎樣的奇蹟，讓我們能退出那裡。不過城牆突然出現一段破洞，我們就這麼到了河邊。倒楣的是，那個地方剛好也被北地林格人選中。我把代表軍官身分的頭盔丟了，因爲就算盔翼已經燒掉，他們還是能馬上認出我，而身上的其他衣服已經被煙灰燻黑，不會洩露我的身分。不過要是那女孩意識清醒，要是那女孩放聲大叫，我一定會被他們大卸八塊。我當時很走運。」

「我騎著馬和他們一起跑了約兩頃地，然後我故意落後，躲進樹叢，藏在載滿屍體的河邊。」

他沉默了下來，清了清喉嚨，雙手在包著繃帶的頭上摸了摸。還有，他的臉也紅了。或許，只是因爲火堆映照的關係？

「奇莉全身十分骯髒，我不得不脫掉她的衣服……她沒有反抗，也沒有大叫。她只是不停發抖，緊緊閉著眼睛。每當我碰她，要幫她清洗或擦拭，她就整個人挺直，全身僵硬……我知道應該要和她說話，讓她安心……但我突然間沒辦法用你們的語言……用我母親的語言找到任何字眼。那是我從小就知道的語言，我卻找不到任何字眼。我想藉由觸摸來安撫她，輕輕柔柔地……可是她變得全身僵硬，開始抽噎……就像隻雛鳥一樣……」

「而這在她的夢魘裡不斷重現。」傑洛特低聲說道。

「我知道。我也是。」

「接下來怎樣了？」

「她睡著了。我也是，因爲疲憊。當我醒來時，她已不在身邊，四處不見蹤影。剩下的事我已經記不得了。那些找到我的人說我不斷繞著圈子跑，像頭狼一樣嚎叫。他們不得不把我綁起來。在我冷靜下來後，情報組織的人來把我帶走，他們是瓦鐵·德里多底下的人。他們要的是奇莉拉，要知道她在哪裡、往哪個方向逃、要逃到哪裡去、是如何從我身邊逃開、我爲什麼要讓她逃掉。然後，他們又重頭再問一次她在哪、逃去哪……我氣瘋了，吼出大帝就像隻鷹雀那樣獵捕小女孩之類的話。而這麼一吼，代價就是在城塞裡坐了一年多。之後，我又再度得寵，因爲大帝需要我。他需要有個會說共通語，而且知道奇莉長什麼樣子的人上塔奈島。大帝要我去塔奈島……要我這次別讓他失望，把奇莉帶給他。」

他沉默了一段時間。

「恩菲爾給了我一個機會。我可以拒絕，可以放棄這個機會。那將代表徹底、完全、永遠的失寵與被遺忘，我隨時都可以拒絕。可是，我沒有拒絕。因爲，傑洛特，你知道……我忘不了她。」

「我不騙你。我不斷在夢裡見到她，而且我看到的，不是我在河邊替她脫掉衣服、清洗身子的瘦弱孩童。我看見的她……我看見的她一直都是個女人，一個很清楚自己在做什麼、美麗又充滿誘惑的女人……還有許多細節，包括在她股溝間的那朵艷紅玫瑰……」

「你在說什麼？」

「我不知道，我自己也不知道……以前就是這樣，現在也還是一樣。我還是會在夢裡見到她，就像我那時在那些夢裡看到的一樣……因爲這樣，我主動加入塔奈島的任務。因爲這樣，我後來想加入你們。我……我想……再見她一次。我想再觸摸一次她的頭髮，想再看一次她的眼睛……我想一直看著她。要是你想，就殺了我吧，不過我不會再假裝了。我想……我想我愛她。拜託你，別笑。」

「這對我來說一點都不好笑。」

「就是因爲這樣，我才和你們一起行動。你懂嗎？」

「你想要她是爲了自己？還是爲了你的大帝？」

「我是現實主義者。」他低聲說：「她不會想要我啊。不過要是她成了大帝之妻，至少我還能見到她。」

「作爲現實主義者，」獵魔士冷哼一聲。「你應該知道我們得先找到她、拯救她。而前提是你的夢沒有欺騙你，奇莉確實還活著。」

「我知道。那等到我們找到她呢？到時會怎樣？」

「我們到時候再看吧，到時再看，卡希。」

「不要哄我，說實話。畢竟，你不會允許我帶走她。」

他沒有回答。卡希並沒有重複這個問題。

「在那之前，我們可以作伙伴嗎？」卡希冷冷問道。

「可以，卡希。我要再度爲那次的事向你道歉，我不知道我當時怎麼了。基本上，我從來沒有認眞懷疑過你會背叛或是玩弄兩面手法。」

「我不是叛徒。我永遠都不會出賣你，獵魔士。」

□

水流湍急且河道已開的三斯雷托爾河，在峰稜間鑿出深壑，而他們就走在其中。他們往東行，朝投散特公國的方向去。勾爾勾那峰，也就是惡魔山，就聳立在他們眼前。要想看見惡魔山的頂巔，他們得將頭抬個老高才行。

不過，他們並沒有抬頭。

□

他們起初先是聞到煙味，之後又看見火堆，上頭架了架子，正烤著幾尾對剖的鱒魚。他們瞧見火堆旁坐了一個人。

才不久前，要是有人膽敢說，他堂堂一個獵魔士，會在看到吸血鬼時如此欣喜，他會嘲笑對方，會毫不留情地出言譏諷，會把對方當作徹頭徹尾的笨蛋。

「呵，你們看，貓把什麼帶來了。」艾墨・雷吉思・洛何雷克・特契高佛一邊翻動烤架，一邊平靜說道。

敲礦精，又名打礦怪、指礦精、礦場小妖、嗅礦精、點礦精、寶藏妖精或煤礦精靈等，爲地精之變種，但身高、力量都勝出許多，並常蓄有滿臉濃鬍。敲礦精會出沒於礦場中的平坑、豎井、地底石堆、深淵、洞穴、岩縫及石塊滿布之處，其居住位置下方，必蘊有貴金屬、礦石、煤礦、鹽礦或石油等豐富礦藏。也因如此，常可在礦坑中——尤其是已廢棄者——遇見敲礦精，但開採中的礦坑亦是其偏好出沒之地。敲礦精喜愛毀損、破壞，被採礦者視爲詛咒與天譴。盤踞地底的牠會令採礦者迷失方向，會敲擊岩塊誤導他們並現身嚇人，破壞坑道，竊損採礦器具及所有物品，卻不至於躲在轉角用削尖的木棍射人腦袋。

爲免敲礦精破壞過甚，可在黑暗的走道或礦井中放上抹了奶油的麵包、羊奶乾酪或一整片燻過的肥豬油來收買牠。但最好的方式是送上烈酒一罐，因爲敲礦精十分貪杯。

《自然史》

第七章

「他們很安全。」吸血鬼提出保證，同時催著騾子得拉庫往前。「三個人都是，米爾娃、亞斯克爾，當然，還有安古蘭。她及時在三斯雷托爾谷追上我們，把一切都說了，包含各種帶有顏色的字眼，也用得毫不客氣。我一直無法理解，爲什麼你們人類的咒罵與羞辱，大都帶有情色成分？性明明是件美事，會讓人聯想到美感、喜悅與舒適。你們怎麼有辦法將性器官的名稱，當作不雅字眼的同義詞……」

「雷吉思，這個話題先按下。」傑洛特打斷他。

「當然，抱歉。有了安古蘭的警告，知道歹人正追過來，我們立刻跨過投散特的邊境。事實上，米爾娃對這個舉動並不十分贊同，一直吵著要回頭幫你們兩個，但被我成功說服。而亞斯克爾則是很反常，沒有爲公國國界給予的庇護感到高興，看起來就是一副提心吊膽的樣子……投散特裡有什麼東西令他如此畏懼，你不會剛好知道吧？」

「我不知道，不過我猜想得到。」傑洛特口氣發酸地回應：「因爲我們的詩人朋友在這裡大概也留下了爛攤子。他現在和比較像樣的同伴走在一起，所以安分了些，不過他年輕的時候，可不是什麼聖人。我會說，碰到他還能安安全全的，就只有刺蝟和爬到大樹最頂端的女人。而女人的丈夫不知道爲什麼，老是把詩人當壞人。投散特裡肯定是有這麼一位人夫，看到亞斯克爾就會想起以前……不過這基本上不重要，我們說回正事。追兵怎樣了？我希望……」

「我不認爲，」雷吉思笑了笑。「他們會追著我們到投散特來。這裡的邊境上有一群遊俠騎士，日子過得枯燥萬分，一直在找機會大打一架。再說，我們跟著邊界碰上的朝聖者們直接去了聖林米可微地。而那是個會讓人心生恐懼的地方。就算是遠從世界彼端前來求醫的朝聖者與病患，也只會在森林邊緣不遠處的村子落腳，不敢進到森林深處。因爲有謠傳說，膽敢進入聖橡林的人，下場就是被放在柳枝巫婆裡用慢火燒。」

傑洛特吸了口空氣。

「莫非……」

「當然。」吸血鬼又一次截掉他的話：「米可微地這片林子裡有德魯伊。就是以前住在安格崙、住在卡耶度，然後出走至濛渡依倫湖，最後到了米可微地、到了投散特的那些德魯伊。我們註定要找到他們。我不記得有沒有說過，這是早就爲我們註定好的？」

傑洛特重重吐了口氣，騎在他後頭的卡希也是。

「你認識的那名男子有在這群德魯伊中嗎？」

吸血鬼再度笑了笑，解釋道：

「不是我認識的男子，而是我認識的女子。當然，她跟他們在一起，甚至升了格。整個德魯伊圈是由她帶領。」

「導師？」

「司祭。這是當德魯伊的最高領導者爲女性時所用的稱謂，只有男性才會稱爲導師。」

「的確，我忘了。我想米爾娃與其他人……」

「目前都在司祭和德魯伊圈的照顧下。」吸血鬼遵循自己一貫的作風，在別人還在提問之時便率先回答，接著又立刻搶在下個問題之前，說出答案：「而我急著趕來找你們，是因爲發生了一件令人難解的事。我把我們的事告訴司祭，她卻不等我把話說完，便聲稱已經知道所有事，而且已經等了我們一段時間……」

「什麼？」

「我當時也掩不住詫異。」吸血鬼拉住騾子，踏著腳鐙起身觀看。

「你在找什麼人或東西嗎？」卡希問。

「我不是在找，而是找到了。我們下馬吧。」

「我希望可以盡快……」

「下馬吧，我會把一切解釋給你聽。」

水瀑從筆直的斷崖傾瀉，他們得拉高音量，才能在隆隆瀑聲中聽見彼此的聲音。水瀑在底部沖出一潭頗具規模的小湖，而那兒的石壁上有座洞穴正張著幽黑大嘴。

「沒錯，就是那裡。」雷吉思證實了獵魔士的猜測。「我出來找你，是因爲他們要我幫你引路。你得進到這座洞穴裡。我告訴過你，那些德魯伊知道你，知道奇莉，知道我們的打算。告訴他們這些事的人，喏，就住在那邊。如果德魯伊說的話可信，那個人很希望能和你談談。」

「如果德魯伊說的話可信。」傑洛特嘲諷地重複了一次。「我來過這一帶，知道惡魔山底下的深洞裡住的是什麼。那裡住了許多東西，不過大多都無法與之交談，除非用的是劍。你的那個德魯伊還說了什麼？還有什麼事是我該相信的？」

「她很清楚地讓我了解到，」吸血鬼看著傑洛特的黑眼睛，「她基本上不喜歡會破壞、殺害自然生命的人，尤其是獵魔士。我向她解釋目前的你，該說只有頭銜上是獵魔士，要是自然界的生物沒主動糾纏，你絕對不會自己找上門。要知道，司祭是個異常精明的女性，馬上就注意到你之所以捨棄獵魔士一職，不是因爲你的世界觀有所改變，而是迫於當前的情勢。她說：『我很清楚獵魔士有一個很親近的人遇上不幸，因此他不得不放棄職志，趕去救援……』」

傑洛特沒有發表評論，但眼中的意涵已經夠讓吸血鬼加快說明的節奏。

「她說……我引述她的話：『不做獵魔士的獵魔士，得證明自己懂得謙遜與奉獻。他要踏進黑暗的地底深淵，不帶任何武裝。他要把所有武器、所有尖銳的鐵器都留下，要把所有尖銳的思緒——激動、怒氣、仇恨、自大等情緒都留下。他要帶著一顆平靜的心進去。到時在那裡，在那深淵之中，不再是獵魔士的謙遜之人，將找到長久以來煎熬他的問題解答。他將找到許多問題的解答。不過，獵魔士若依舊是獵魔士，他將什麼也找不到。』」

傑洛特往水瀑與地穴的方向啐了一口，說：

「這不過是場遊戲，是種把戲！是種惡作劇！透視、奉獻、洞中祕會、問題解答……這種老套的招式，只有四處遊蕩的說書老人才會用。有人在耍我，這還是最好的情況。如果不是在耍我……」

「是我的話，就絕對不會稱這爲耍弄，絕對不會，來自利維亞的傑洛特。」雷吉思篤定地說。

「那麼這是什麼呢？德魯伊著名的詭異行徑之一？」

「我們要是沒去試，就不會知道是什麼。」卡希出了聲：「來吧，傑洛特。我們一起進去……」

「不。」吸血鬼搖了搖頭。「司祭在這點上很堅持。獵魔士必須自己進去那裡，不帶武器。把你的劍給我。你不在的時候，我會替你看好。」

「讓我被惡魔……」傑洛特才開口，雷吉思便馬上舉手打斷他的話語。

「把你的劍給我。」他伸出手。「要是你還有其他的武器，也一併給我。記住司祭的話，不要有半點激動的情緒。奉獻、謙遜。」

「你知道我在那裡會遇見誰嗎？你知道在那洞穴裡等著我的是誰……或什麼嗎？」

「不，我不知道。勾爾勾那峰的地底下住著各式各樣的生物。」

「我眞是瘋了！」

吸血鬼微微清了嗓子，認眞地說：

「有這個可能，不過你得冒這個險，而我知道你會的。」

□

洞中的情況正如預期，沒有讓他失望——入口堆滿讓人印象深刻的頭骨、肋骨、脛骨及其他骨骼。然而，裡頭並沒有腐肉的氣味。這些凡世遺骸顯然都已十分古老，負責扮演裝飾品的角色，以恫嚇外來的入侵者。

至少他是這麼認爲的。

他踏進黑暗，腳下的骨骸發出脆響。

他很快便適應，發現自己身處一座巨大溶洞之中，洞頂鍾乳石垂掛成林，宛若別緻花綵，將空間切割遮隱，使他無法目測溶洞大小。彩色礫石覆蓋的濕漉地面，長著或白或粉的石筍，其底部厚實，越是往上，越顯修長。有些筍尖甚至高過獵魔士，有些則與洞頂的鐘乳石連成一氣，形成鐘乳石柱。沒有人出聲喊他，只有水珠滴落的聲音在洞中迴盪。

他緩慢而筆直地走在石柱之間，往前方那片黑暗而去。他知道自己成了被觀察的對象。少了劍的後背，就像不久前被打碎的那顆牙齒，給他帶來一股明顯而強烈的感覺。

他放慢了腳步。

上一刻還被他當成是躺在石筍旁的圓石，現在張開一對發亮大眼看著他。覆蓋在塵埃下的一團扎實的灰棗色毛髮，打開了巨大的嘴巴，亮出尖銳的錐牙。

毛石怪。

他慢慢走著，每一步都十分小心——毛石怪到處都是，大的、中的、小的，紛紛躺在他前進的路上，甚至沒想過要讓開。目前爲止，牠們都表現得十分冷靜，不過一旦踩到其中一個，會發生什麼事，他就不敢肯定了。

林立的石柱，令他無法筆直前進，只得左彎右拐。水珠不斷自插滿尖針的溶洞頂端滴下。毛石怪的數量不斷增加，一一滾地而來，伴他一起前進。他聽見牠們發出的單音與喘息，感覺到牠們發出的強烈酸味。

他不得不停下腳步——前方路上躺著一頭體型頗大、插滿長刺的藍刺怪，而兩旁都是石柱，沒有辦法繞過去。傑洛特嚥下一口唾沫，藍刺怪能將身上的長刺射到十步之外，這點他是再清楚不過了。那些長刺很特別，一旦射進目標體內便會斷裂，而刺尖則會潛入體內，不斷往深處「游走」，直到刺中某個敏感的器官爲止。

「獵魔士是笨蛋。」聲音從黑暗中傳來：「獵魔士是膽小鬼！他會怕，哈、哈！」

那聲音很特別、很陌生，但傑洛特已聽過不只一次，也不只兩次。這種生物不習慣以交談來和他人溝通，所以有著奇怪的口音與聲調，會以不自然的方式拉長音節。

「獵魔士是笨蛋！獵魔士是笨蛋！」

他忍著不去發表評論，咬緊牙關，小心地從藍刺怪旁邊走過。那怪物的長刺像海葵的觸手般波動一陣，但只有一會兒。接著，藍刺怪靜止不動，再度讓人覺得那看起來像一大團長在沼澤中的野草。兩隻巨大的毛石怪邊嘀咕、邊咆哮，從路上滾過。洞穴頂端傳來膜翼的拍動聲，還有嘶嘶尖笑，清楚表達葉鼻蝠與膜翼蝠的存在。

「他來了，這個殺手、屠夫！獵魔士！」先前的聲音再度於黑暗中響起。「他跑來這裡！還眞有膽子！不過這個屠夫沒有劍。這樣要怎麼殺人？用眼神嗎？哈、哈！」

「說不定是我們要殺了他？嗯？」另一道更不自然的聲音響起。

毛石怪一同發出響亮的聲音。其中一個大如成熟南瓜的毛石怪滾了過來，在傑洛特的腳跟旁不斷張咬。獵魔士把咒罵緊緊咬在嘴裡，繼續往前。鐘乳石上滴落的水珠，發出了銀鈴般的迴響。

他感覺腳上黏了某個東西，便停了下來，免得自己將那東西粗魯撥開。

那生物不大，只比獅子狗大了些，長得也有點相像，但僅止於臉部，其他部分看起來像猴子。傑洛特不知道那是什麼，他這輩子還沒見過類似的東西。

「獵、魔士！」獅子狗緊緊附在傑洛特的鞋上，以怪異但十分清楚的方式把話語分成音節說出。

「獵、獵、魔士，狗、娘養的！」

「滾開。」他說得咬牙切齒：「從我的鞋上滾開，不然我就一腳踹在你的屁股上。」毛石怪發出更大、更粗暴、更具威脅的聲音。某個東西在黑暗中發出大吼。傑洛特不知道那是什麼，聽起來像頭乳牛，但獵魔士敢打賭，那絕對不會是乳牛。

「獵、魔士，狗、娘養的！」

「放開我的鞋。」他又說了一次，努力抑制情緒。「我來這裡，沒帶武器、沒打算起紛爭。你這樣會妨礙我……」

他突然打住，一股難聞的惡臭令他喘不過氣，逼出他的淚水，讓他的頭髮鬈了起來。那個附在他腿肚、長得像獅子狗的生物瞪大眼睛，直接拉在他的鞋子上。一股噁心的臭味傳來，而跟著那味道一起的聲音更是有過之而無不及。

獵魔士也說出同等程度的咒罵，並用腳將那麻煩的生物推開。他用的力道比原本該使的輕了許多，但預料中的事還是發生了。

「他踢了小傢伙！」黑暗中有某個東西大叫，蓋過了毛石怪風暴般的長嚎。「他踢了小傢伙！他傷了體型比自己小的對象！」

離他最近的毛石怪紛紛滾到他腳邊，他感覺自己被牠們用石頭般的粗硬手掌制住。他徹底放棄，沒有反抗，把沾滿穢物的鞋子在最大、最凶狠的毛石怪身上擦抹乾淨。被扯住衣服，他就這麼坐到了地上。

某個巨大的東西順著石柱往下，跳到了地面，他當下便知道那是什麼——敲礦精，粗壯、大肚、多毛、歪腳，肩寬約一噚，卻寬不過那紅色的落腮鬍。

敲礦精一路走來，地面也跟著震動，好似走過來的並不是敲礦精，而是一匹佩爾什馬。怪物的腳板布滿硬皮且十分寬大，但說來好笑的是，每邊長度卻只有約一呎半。

敲礦精在他面前彎下身，一陣伏特加的氣味跟著傳來。*這些混蛋還眞是在這裡大喝特喝。*傑洛特心裡不由得如此想著。

「你打了比你弱小的對象，獵魔士。」敲礦精的臭氣撲鼻而來。「你不講道理就攻擊一個弱小、溫和又無辜的生物，傷害了牠。我們就知道不能相信你。你很好鬥，生性就愛殺戮。渾球，我們的同伴你殺過幾個？」

他不認爲自己有必要回答。

「嗝——！」敲礦精把一股經過消化、更加濃厚的酒味噴向他。「我從小就夢想會有這麼一天！從小就這麼想了！我的夢想終於要實現了，看左邊。」

他像個蠢蛋一樣照辦，嘴上立即吃了一記右拳，打得他眼前一片白光。

「嗝——！」敲礦精露出濃密腥臭的鬍子裡，歪歪斜斜的大牙。「我從小就夢想會有這麼一天！看右邊。」

「夠了。」一道響亮的命令從洞穴深處傳來。「這些把戲和惡作劇已經夠了。請把他放開。」

傑洛特張開裂傷的嘴，吐掉一口鮮血，並藉著岩壁上流下的一道細流，大致沖了一下鞋子。長了一臉獅子狗樣的臭鼬，酸味十足地朝他咧嘴，但還是和他保持了安全距離。敲礦精也咧開嘴，摩拳擦掌。

「去吧，獵魔士。」他吼道：「既然他叫你，你就去找他。我在這邊等，反正你回去也是要走這條路。」

□

他走進一個洞穴，但奇怪的是，裡頭充滿光線。扎滿鐘乳石的洞頂上有幾道開口，光束便藉此交織入洞，並從岩壁與鐘乳石上取得飽滿的光暈與色彩。此外，空中懸著一顆燃燒白光的魔法球體，在壁面石英的反射下，光芒顯得更加耀眼。儘管有這許多照明，黑暗還是吞噬了洞穴的邊際，在鍾乳石柱之後不斷張望。

岩壁彷彿是大自然預先備好的畫布，上頭繪了一幅巨大的畫作。而下筆的畫家是名精靈男子，身材頎長、金髮、斗篷上沾有顏料。在這自然與魔法的光照下，他的頭頂似是有圈光暈環繞。

「坐吧。」精靈沒有將視線從畫作移開，只用畫筆爲傑洛特指了塊岩石。「牠們沒有傷到你吧？」

「沒有，應該沒有。」

「你得原諒牠們。」

「的確，我是得這麼做。」

「牠們有點像小孩，你的到來令牠們好不高興。」

「我注意到了。」

直到現在，精靈才將視線投在他身上。

「坐吧。」他又說了一次。「再等一會兒就好，我快畫完了。」

精靈要收尾的，看起來像隻動物，大概是頭野牛。目前完成的只有輪廓——從令人印象深刻的雙角，一直畫到令人同樣驚艷的尾巴。傑洛特在精靈指定的石頭坐下，在心裡暗暗發誓要盡量維持耐心與謙遜。

精靈透過閉合的牙關，輕聲吹著口哨。他把畫筆浸到小巧的顏料碗中，快速將野牛塗成紫色，接著思考了下，在那動物的身側又添上了虎紋。

傑洛特靜靜觀看。

最後，精靈退了一步，欣賞已塡滿整片壁面的岩畫。帶了條紋的紫色野牛，躍著狂野的步伐，追捕筆觸不甚用心的瘦弱形體——手持弓、矛的人類。

「這是在畫什麼？」傑洛特終究按捺不住。

精靈犀利地看著他，將畫筆乾淨的一端含入嘴中，說：

「這是一幅史前畫作，是幾千年前住在這洞穴中的頭一批人類所畫。他們當時做的，主要是捕獵如今早已絕種的紫色野牛。有些史前獵人是藝術家，有非常深沉的渴望想將藝術情感宣洩，將靈魂的感受化作永恆。」

「十分迷人。」

「這是當然。」精靈表示同意。「你們的學者長年在洞穴中尋找前人遺跡，每每尋獲這樣的洞穴，總會好生著迷。因爲他們找的是證據，要證明你們在這片土地上、在這個世界上，並不是飄零而來的流浪者。要證明你們的先人在這裡已定居世代，所以這個世界是屬於這些先人的繼承者所有。是啊，每個物種都有權擁有某種根源。就算是該在樹木頂端尋根的你們——人類也一樣。呵，你不覺得這是有趣的雙關語嗎？可以記成雋語。你喜歡輕詩嗎？你覺得這裡還可以再畫上什麼？」

「幫史前獵人畫上高舉的陽具。」

「這的確是個想法。」精靈將畫筆蘸了顏料。「勃起的陽具是原始文明中的典型代表。這也可以有助於建立一種理論，說明人類這個物種不斷地歷經生理退化。前人擁有狼牙棒般的陽具，留給後代的卻是刷子般的可笑小鳥……謝謝你，獵魔士。」

「不客氣，不過是我的靈魂突然有了感受而已。就一幅史前畫作來看，顏料似乎還很新。」

「三、四天後，顏料就會在壁面釋出的鹽分作用下轉淡，畫作也會看起來比史前還史前。你們的學者見到後，都會高興得尿褲子。我可以拿項上人頭擔保，沒有任何一個人會看出這是我的惡作劇。」

「看得出來。」

「怎麼看？」

「因爲你會忍不住在這幅傑作上落款。」

精靈冷冷笑出聲。

「說得挺準的！你眞是把我看透了。哎，虛榮之火啊，藝術家要把他體內的你澆熄可不簡單啊。這畫我已經落了款。喏，就在這裡。」

「這不是蜻蜓嗎？」

「不是。這是表意文字，象徵我的名字。我叫克雷凡·艾斯帕內·阿波·卡歐姆罕·馬哈。爲了方便，我都用別名阿瓦拉賀，你也可以這麼叫我。」

「那我就不客氣了。」

「你則是被人稱作來自利維亞的傑洛特，你是個獵魔士。不過目前的你並沒有在追殺怪物及野獸，而是忙著尋找一名失蹤少女。」

「消息傳播的速度眞是快得令人驚訝，遠得令人驚訝，也仔細得令人驚訝。你大概也料到我會來這裡。所以，就我的理解，你能預言未來？」

「預言未來每個人都會。」阿瓦拉賀用布擦了擦手。「而且每個人都在做。畢竟，這很容易。預言並不是什麼難事，重點是要說得中。」

「這話說得漂亮，値得記爲雋語。你的預言，當然，都很靈驗。」

「是很常靈驗。我，親愛的傑洛特，會很多事情，也知道很多事情。再說，按照你們人類的講法，我的頭銜也指出了這一點。這頭銜的全名叫作阿恩瑟分。」

「智者。」

「正是如此。」

「而且我想，你還是位願意分享知識的智者？」

阿瓦拉賀沉默了一會兒。

「分享？」他總算開口，語氣刻意拖長。「和你？親愛的，知識是種特權，而特權的擁有者只會與自己同等的對象分享。因此，爲什麼我身爲一名精靈、智者、菁英，會想把事情分享給一個五百萬年前才出現在世界上，從猴子、老鼠、胡狼或其他哺乳動物進化而成的種族後代？一個得花上百萬年左右，才發現可以用兩隻毛茸茸的手，去拿啃過的骨頭來做事的種族？之後又把這骨頭塞進後庭，幸福得尖叫出聲的種族？」

精靈轉身盯著自己的畫作，沉默了下來。

「人類，你為什麼敢認為我會和你分享任何知識？」他又問了一次。「告訴我！」

傑洛特把鞋上殘餘的污糞抹掉。

「或許因為，這是無法避免的事。」他硬聲回答。

精靈猛然轉身，咬牙問道：

「什麼是無法避免的事？」

「會不會再過幾年，不管對方願不願意分享，人類都會直接汲取每個知識？包括你這精靈與智者巧妙隱藏於濕壁畫後的知識？以為人類不會想到要拿鶴嘴鋤，破壞這片畫了史前人類存在偽證的壁面？如何？我們的虛榮之火？」

精靈哼了一聲，透露出的卻是開心的情緒。

「喔，是啊。」他說：「要是我會以為你們有東西放著不去破壞，那可真是從虛榮變成愚蠢了。你們什麼東西都要破壞。不過那又如何？又如何呢？人類。」

「我不知道，你來告訴我。要是你覺得這不合宜，那我就摸摸鼻子走人，不過最好是走另一條路，因為你那些活潑的伙伴，正在我來的那條路等著替我扒皮拆骨。」

「請。」精靈大動作張開雙手，岩壁便轟然開啟，粗魯地將紫色野牛一分為二。「從這邊出去。往光亮踏去——不管是象徵性或是按字面上解釋，這通常都會是條正確的道路。」

「有點可惜。」傑洛特喃喃道。「我指的是濕壁畫。」

「你是在開玩笑吧。」精靈沉默了一會兒後，訝異說道，但口氣溫和而友善。「壁畫不會有問題。我會用同樣的咒語將岩壁關上，甚至連一絲痕跡也不會留下。來吧，我帶你出去。根據我歸納出的結論，有個東西還是得告訴你，讓你看看。」

岩壁的另一邊充滿黑暗，但憑著空氣的流動與溫度，獵魔士馬上便知道那是個巨大的洞穴。他們腳底下踏的，盡是濕漉漉的礫石。

阿瓦拉賀變出一道光，用的是精靈的方式，只靠手勢，無須唸咒。發光的球體往洞頂飛去，洞壁上的石英頓時綻放出無數光彩，剪影亦隨之起舞。獵魔士不覺發出讚嘆。

他不是第一次見到精靈的塑像，但每回的感受總是那麼強烈。這些塑像有男有女，姿態生動，彷彿這不是雕鑿而成的藝品，而是活生生的精靈讓一股強大魔法凝結成像，化為亞梅兒山中的白色大理石。

離他們最近的雕像是尊精靈女子。她屈膝坐在玄武岩板上，側過頭，好似因為不斷接近的腳步而警戒。她的全身未著寸縷。溫潤潔白的大理石透出乳色光輝，讓人覺得那是由雕像體內散發的溫暖。

陳列的石柱在雕像道上隔出一條通路，阿瓦拉賀停下腳步，靠在其中的一根柱子上，輕聲地說：

「這是你第二次如此迅速看穿我的把戲，傑洛特。沒錯，你說得對，岩壁上的野牛是一種偽裝，好避免入洞者興起打破岩壁的念頭，好保護這裡的一切免遭掠奪破壞。每個種族都有尋根的權利，精靈也是。你所見的，都是我們的根。請小心你的腳步，這裡基本上是座墓園。」

在石英上舞動的光影從黑暗中找出了更多細節——看得出來，雕像道的後方有柱廊、階梯、圓形迴廊、拱廊與中庭。一切都是以白色大理石打造而成。

阿瓦拉賀停下來，用手掌比道：「我想要這一切能保存下去。就算我們離開，就算這一整片大陸與這一整個世界都沉到萬層寒冰白雪之下，提爾納貝亞阿辣因也能留存。我們離開這裡，但終有一日會再回來，我們——精靈。這點阿恩伊特林思帕舍——艾玟年之女伊特莉娜·愛格利的預言跟我們保證過。」

「你們眞的相信她？相信那個預言？你們對命運的信念有如此之深？」

精靈沒有看著他，而是看著覆有蜘蛛網般精細浮雕的大理石柱。「一切早都顯現於透視與預言之中。你們的登陸、戰爭、精靈與人類的血流成河。你們一族的興起、我們一族的沒落。南北君主的鬥爭。還有南方霸主力戰北方諸王，以洪水之姿吞噬他們土地的局面。他們會一敗塗地，他們的民族會被毀滅……而這就是世界滅亡的開端。獵魔士，你記得伊特莉娜預言的內容嗎？身處遠方者，將死於瘟疫；身處近地者，將倒落劍下；隱藏躲匿者，將死於飢餓；生還存活者，將喪於霜雪……因爲太得代以拉得，最終的時刻，劍與斧的時代、蔑視時代、白色之冬與狼之暴雪的時代即將到來……」

「好詩。」

「你想要不那麼詩意的？陽光照射的角度會改變，造成永凍之線位移，而且是大幅度位移。山群會被北方移來的寒冰擠碎，遠遠推開。白雪將覆蓋一切，厚度超過一哩，氣候會變得非常、非常寒冷。」

「我們會穿起厚褲子和羊皮大衣，也會戴上毛皮帽。」傑洛特不帶感情地宣告。

「我正打算這麼說。」精靈平靜地同意：「你們會靠著這些厚褲子與毛皮帽活下來，好在某一天回到這裡，四處挖掘坑洞，在這些洞穴裡翻找，破壞與竊取一切。這一點伊特莉娜的預言裡沒有提，但我知道。沒有任何辦法能徹底消滅人類與蟑螂，他們至少總有一對會存活下來。至於我們——精靈，伊特莉娜給的指示就比較明確：只有跟著燕子走，才能獲救。燕子——春天的象徵，是救世主，會打開禁忌之門，而這同時也是救贖之路，是世界重生的希望。燕子——繼承上古之血的孩子。」

「也就是奇莉？還是奇莉的孩子？怎樣？還有，爲什麼？」傑洛特按捺不住，出聲問道。

阿瓦拉賀似是沒有聽見。

「繼承上古之血的燕子。」他重複道：「繼承她的血。來吧，看。」

所有雕像皆如此逼眞，舉手投足都彷彿像是時間遭到靜止的精靈，但阿瓦拉賀所指的那尊，竟又更加出色。以白色大理石雕成的精靈女性半躺在石板之上，好似才悠悠轉醒，下一刻就會坐起身、站起來一樣。她的臉向著身旁的空位，而舉起的手掌似是要觸碰某個看不見的東西。

這名精靈女子臉上，有著平靜與幸福的色彩。

阿瓦拉賀過了好一段時間，才打破這份沉靜。

「這是拉拉．多倫．阿波．夏得哈兒。當然這不是墳墓，而是衣冠塚。這雕像的姿勢讓你覺得奇怪？好吧，精靈一族不贊成把這對傳說中的愛侶——拉拉與來自洛得的可雷給南兩人一起雕在大理石上。可雷給南是人類，用亞梅兒山的大理石爲他雕像，會是一種褻瀆。將人類雕像放在這裡——**提爾納貝亞阿辣因**，會是一種冒犯。另一方面，蓄意摧毀這份感情的記憶，相比下來，是更加嚴重的罪行。因此，當時的精靈採了折衷的辦法。可雷給南……表面上不在這裡，但事實並非如此。拉拉的目光與姿勢點出了他的存在。這對愛侶是在一起的，沒有任何事物能將他們分開。即使是死亡，即使是遺忘……即使是憎恨，都沒辦法。」

一時間，獵魔士覺得精靈淡漠的聲音有了改變，但這不太可能。

阿瓦拉賀走近雕像，小心翼翼地撫過大理石雕像的臂膀。接著他回過了身，三角形的臉上再次浮現那帶了淡淡嘲諷的一貫笑容。

「獵魔士，你知道永生最大的壞處是什麼嗎？」

「不知道。」

「性。」

「什麼？」

「你沒聽錯，性。不到百年，性對精靈來說就已經變得無趣，不再令人興奮著迷，也沒有任何新意令人嚮往。我們什麼都已經試過……不論哪種方法，都已經試過。就在那個時候，突然發生異界交會，而你們——人類也出現在這裡。出現在這裡的人類，是來自別的世界的倖存者，來自你們先前的世界，那個被你們用自己那依舊毛茸茸的雙手徹底摧毀的世界，而這從你們自成一族開始，也才過了不到五百萬年的時間。你們只有少少一群，平均壽命低得可笑，所以你們的存活取決於繁衍的速度，也因此你們一直都好色淫亂，被性欲徹底統治。這是一種甚至比自衛本能還要強烈的慾望。如果能先抽插一番，死又有何不可？這就是你們的全部哲學，我想我沒有省略太多。」

儘管傑洛特很想打斷他，卻沒有這麼做，也沒有發表意見。

阿瓦拉賀接著說：「結果，突然間，發生了什麼事？對精靈女子感到乏味的精靈男子，找上了無時無刻都興致高昂的人類女子，而同樣對精靈男子感到乏味的精靈女子，基於變態的好奇心，把自己交給了總是生龍活虎的雄性人類。而一件無人能解的事也就這麼發生了——正常一、二十年才排卵一次的精靈女子，在與人類交媾之後，開始在每回強烈高潮之際排卵。某種隱藏的荷爾蒙發揮了作用，又或者該說是荷爾蒙結合的緣故。精靈女子了解到，她們只能和人類繁衍子嗣。在我們處於強勢一方時，是精靈女子讓你們免遭滅絕。之後，你們變得比我們還要強大，並開始消滅我們。不過精靈女性卻始終是你們的盟友。為你們辯護的人是她們，與你們共同生活、做事、分享時光……而她們不想承認這一切的重點，基本上是與你們共同入寢。」

「這個……」傑洛特清了清喉嚨。「和我有什麼關係？」

「和你？當然沒有，不過與奇莉很有關。奇莉畢竟是拉拉．多倫．阿波．夏得哈兒的後代，而拉拉．多倫是與人類共享時光派的辯護者。她的對象主要是同一個人類——來自洛得的可雷給南，人類巫師。拉拉．多倫常常與那個可雷給南分享時光，而這種分享的成果也很好。說得直白點：她懷孕了。」

這一回，獵魔士同樣保持沉默。

「問題在於，拉拉．多倫不是普通的精靈。她是基因載體，特別的基因載體。這是精靈多年來的心血結晶。她本該要與其他的載體結合，我指的是精靈載體，然後產下一個更加特別的孩子。但她卻透過人類的種子誕下後代，她把這些機會搞砸，讓幾百年來的計畫與準備都付諸流水。至少當時大家是這麼想的。沒有任何一個精靈能想得到，由可雷給南生下的混血後代，能從珍貴無比的母親身上繼承任何好的東西。不，這樣的混血之子身上，不可能有任何可貴之處……」

「所以這混血之子受到了嚴厲的懲罰。」傑洛特插嘴道。

「事情不是你想的那樣。」阿瓦拉賀快速看了他一眼。「雖然拉拉．多倫與可雷給南的關係為精靈一族帶來無以數計的傷害，但對人類來說，只有百利而無一害，然而謀殺可雷給南的卻是人類，不是精靈。殺了拉拉的，是人類，不是精靈。雖然許多精靈有各種理由——包含私人的——去痛恨這對愛侶，但事情的真相就是這樣。」

精靈聲音裡的細微改變，已二度引起傑洛特思索。

「無論如何，共存這件事已像肥皂泡沫般破裂，兩族掐住了彼此的咽喉，就此開戰，直至今日。而同一時間，拉拉的基因物質……依舊存在，就像你猜到的一樣，甚至已經進化。不幸的是，它突變了。對、對，你的奇莉是個突變種。」

這一次，精靈同樣沒等到評論。

「當然，你們的巫師也介入這件事，把經過篩選的目標配成對，但情況同樣在他們手上失了控。誰能想得到拉拉的基因物質，會在奇莉身上如此強勢重生，而且是成了『釋放基因』。我想，維列佛茲，也就是在塔奈島把你痛打一頓的同一人，知道這件事。拿拉拉與黎安弄的後代實驗的巫師，做了一段時間的定期配對，結果卻不如預期。這讓他們感到乏味，失了興趣。不過實驗仍持續進行，只是成了自發性質。奇莉，也就是芭維塔的女兒、卡蘭特的外孫女、黎安弄的來孫，是貨眞價實的拉拉．多倫後代。維列佛茲應該是無意間得知這件事，尼夫加爾德大帝恩菲爾．法．恩瑞斯也知道。」

「而你也知道。」

「我知道的甚至比他們兩個還多，不過這沒有意義。宿命的磨坊已開始運作，而命運的磨盤也開始研磨……命定之事，必將發生。」

「那是什麼？」

「命定之事，預先安排之事，當然這是種比方。這是一個不斷準確運行的機制，預先判定出結果，而這個機制的根本是『目標、計畫與結果』。」

「你現在說的若不是詩句，就是形上學，又或許兩者都是，因爲其中差異有時很難以分辨。你有沒有可能說些具體的事？就算只有一點點也好？我很樂意與你暢談南北，不巧的是，我在趕時間。」

阿瓦拉賀用一種深遠的目光掃視他。

「你這麼急是要去哪呀？喔，抱歉……看來，我剛才說的事，你一點也沒聽懂。那麼我就直說好了。你這場浩大的救援行動，已經沒有意義，完全失去意義了。」

精靈看著獵魔士僵化的臉孔，繼續說下去：「原因有幾個。第一，一切已經太遲，邪惡的本質已經形成，你已無法將這女孩從邪惡手中救出。第二，現在『燕子』已經踏上該走的路途，能獨當一面，而她體內的力量是如此強大，讓她無所畏懼。你的幫助對她來說並非必要。這第三嘛……嗯……」

「你說吧，阿瓦拉賀，我在聽，一直都在聽。」

「第三……這第三點嘛，現在已經有人幫她了。你應該不會如此自大，認為這女孩的命運只與你一個人相連吧？」

「你說完了？」

「對。」

「那麼，告辭了。」

「等一下。」

「我說過，我趕時間。」

「我們來假設一下，」精靈靜靜地說：「就說我確實知道將來要發生的事，就說我能預見未來。而如果我說，不管你做了怎樣的努力、有怎樣的動機，該發生的事還是會發生呢？如果我讓你知道，你可以自己在大地上找個平靜的地方，什麼事也不做，只要坐在那裡等待一連串事件所導致的必然結果，你會下這樣的決定嗎？」

「不會。」

「要是我讓你知道，你的活躍代表你對這個堅固的『目標、計畫與結果』機制缺乏信仰，儘管只有絲毫可能，這份活躍或許能對事情造成些微改變，卻只會讓事情往更糟的方向去呢？你會重新考慮嗎？哎，從你的表情看得出來，答案是否定的。那麼，我要直接問你，爲什麼不呢？」

「你眞的想知道？」

「眞的。」

「因爲我就是不相信你這些目的、計畫、創造者的盤算等，這種抽象的陳腔濫調。我也不相信你們那個有名的伊特莉娜或是其他的預言。你可以想像，在我眼中，這些都是假話和騙局，就像你那幅岩畫一樣。阿瓦拉賀，那些都是紫色的野牛，再無其他。我不知道你是沒有辦法，還是不想幫我的忙。不過，我不怪你……」

「你說我沒辦法，或是不想幫你。那我能怎麼幫呢？」

傑洛特思索了下，很清楚一旦問對問題，事情將有很大的不同。

「我能找回奇莉嗎？」

這個問題當下獲得了回應。

「可以，不過那也只是讓你又立刻失去她，而且是永遠失去，無可挽回。在你達成這一步前，你將失去身邊所有人。其中一人，你在最近幾週之內，甚至可能是幾天、幾個鐘頭之內，便會失去。」

「謝謝。」

「我還沒說完。你一旦干預了轉動中的『目標與計畫』磨盤，直接而立即的後果，便是導致幾千名人類死亡。話說回來，這並沒有太大意義，因爲不久之後，將會有幾千萬的人類喪失性命。你所知道的世界會就此消失、不復留存，好在預定的時間過後，以全新之姿再度重生。不過在這件事上，剛好沒有任何人可以或有辦法造成影響。沒有人有辦法避免或顚覆事件的順序。不論是你，不論是巫師、智者，甚至是奇莉，都沒有辦法。你怎麼說？」

「紫野牛。不過，我還是謝謝你，阿瓦拉賀。」

精靈聳了聳肩，說：「隨便。我有點好奇，一顆從磨盤裡掉出來的小石子，能發揮怎樣的作用……還有什麼是我能爲你做的嗎？」

「應該沒有，因爲我想，你也不能告訴我奇莉在哪裡吧？」

「誰說的？」

傑洛特屏住了呼吸。

阿瓦拉賀快步走向洞壁，示意獵魔士也跟上。

他比著閃閃發亮的石英說：「提爾納貝亞阿辣因的壁面含有特殊成分。而我，不是要往自己臉上貼金，也有特殊能力。把兩隻手都放到這上面，專注看著，全心去想她現在有多需要你。這麼說吧，你要表現出心底想幫她的渴望，想著你要趕去救她、待在她身邊之類的事。影像應該會自動浮出，而且清晰呈現。專心看吧，不過別太激動。什麼話都別說。你看到的只會是影像，無法交談。」

他照做了。

首次的顯影與阿瓦拉賀承諾的不同，不甚清晰。那些影像雖不清晰，卻是如此驚悚，讓他不自覺地退開。桌上的斷手……噴濺在玻璃板上的鮮血……骷髏馬上的骷髏身軀……被套上枷鎖的葉妮芙……

塔？黑塔？而塔後面的背景……是北極光？

突然間，毫無預警，畫面變得無比清晰，甚至清晰過了頭。

「亞斯克爾！」傑洛特大喊：「米爾娃！安古蘭！」

「嗯？」阿瓦拉賀被引起注意。「喔，對。看來，你把一切都搞砸了。」

傑洛特從洞壁前跳開，差點撞到玄武岩台座。

「該死的，這不重要！」他大叫：「聽著，阿瓦拉賀，我得用最快速度去那座德魯伊樹林……」

「卡耶米可微地？」

「大概吧！我的同伴在那邊有生命危險！他們正面臨生死之戰！其他人也身陷險境……走哪條路最快……啊，去死吧！我要回去拿劍和馬……」

「沒有任何一匹馬，」精靈平靜地打斷他：「能在黑暗降臨前將你帶到卡耶米可微地……」

「但是我……」

「我還沒說完。去拿你那把舉世聞名的劍吧，我會趁這段時間為你備好坐騎，一匹很適合跑山路的坐騎。這匹馬，我會說，牠並不尋常……不過因為有牠，你將在半個鐘頭內抵達卡耶米可微地。」

□

敲礦精身上的臭味和馬一樣，不過兩者相似之處也僅此而已。傑洛特曾在馬哈喀姆看過矮人在山上舉辦的騎摩弗倫羊比賽，當時他認為，那絕對是種極限運動。直到現在，坐在如瘋子般狂奔的敲礦精背上，他才體會到什麼是真正的極限。

為了不讓自己摔下去，他的手指牢牢扣住怪物粗糙的皮毛，兩邊大腿也緊緊夾住牠毛茸茸的身側。敲礦精身上滿是汗水、尿液和伏特加的臭味。牠像得了失心瘋般地狂奔，那雙巨腳每落下一次，地面就發出重響，彷彿鞋底是以青銅做成。在牠攀上山坡時，速度並沒有放慢許多，而下坡的時候，速度更是快到可以聽見耳際的風嘯。牠在山脊、險路與崖壁間奔跑，那些崖壁是如此險窄，傑洛特只得閉緊眼睛，不讓自己往下看。牠帶他跳過一道又一道，沒有任何一隻山羊有辦法克服的跌水、梯瀑、深淵與地裂，而每成功跳過一次，牠便發出狂野的叫聲及令人耳聾的吼聲。意思是說，那些叫吼比一般的還要狂野、還要大聲——事實上，敲礦精整路都在吼叫。

「不要衝這麼快！」強勁的風速將傑洛特的話語又塞回喉裡。

「不然會怎樣？」

「你喝酒了！」

「哇——哈——！」

他們繼續狂奔，風也繼續在耳邊呼嘯。

敲礦精身上惡臭不斷。

巨腳在岩石上的重擊聲趨靜，取而代之的是石河與岩屑堆的敲撞聲。然後，地面的石塊減少，一片綠影從眼前掠過，興許是山松林。之後閃過的，是綠影與棕影，因為怪物以瘋狂的步伐跳過了一片冷杉林。樹脂的芬芳與怪物的臭味混在了一起。

「哇——哈——！」

冷杉林盡，落葉聲起。如今從旁掠過的，是鮮紅、深紅、赭黃、鮮黃等光影。

「慢一點——！」

「哇——哈——！」

敲礦精長長一跨，越過一堆傾倒的樹木。傑洛特差點沒咬斷舌頭。

□

這場狂野馳騁，開始得突然，結束得也同樣突然。敲礦精一個落地，腳跟入土，高吼一聲，把獵魔士丟在蓋滿落葉的林地上。傑洛特躺了一會兒，因爲喘不過氣，甚至無法出聲咒罵。之後，他站了起來，一邊抽氣，一邊揉著再度發疼的膝蓋。

「你沒摔下去。」敲礦精點出這個事實，聲音裡有著訝異：「不賴嘛。」

傑洛特沒有發表意見。

「我們到了。」敲礦精用毛茸茸的手指著。「這就是卡耶米可微地。」

他們下方有塊盆地，裡頭濃霧滿滿，巨樹的頂端於水氣中忽隱忽現。

「那霧氣是自然的。」敲礦精搶在傑洛特發問前回答，同時用鼻子在空中嗅了嗅。「另外，從那邊還有煙味傳來。我要是你，就會加緊腳步。唉，我是挺想跟你去的……我想開打都快想死了！我從小就夢想能跟獵魔士背對背，一起跟人類來場廝殺！不過阿瓦拉賀不准我現身，這關係到我們整個族群的安全……」

「我知道。」

「我揍你的事，別生氣。」

「我沒有。」

「你眞是個男子漢。」

「謝謝，還有你送我的這程也是。」

敲礦精露出了紅鬍子裡的大牙，一陣酒味也跟著傳來。

「這是我的榮幸。」

□

填滿米可微地之森的霧氣十分濃厚，呈不規則狀，讓人聯想到瘋狂女廚子打在蛋糕上的鮮奶油。這片濃霧讓獵魔士憶起布洛奇隆——德律阿得之森，也常隱於爲其帶來重重保護與僞裝的魔霧。這裡的氛圍也與布洛奇隆相似，有種莊嚴又令人畏懼的荒野氣息。

在這裡，也就是森林邊際，有極大部分是赤楊和櫸木。而且光是在落葉滿滿的林邊路徑上，傑洛特就差點被一具具屍首絆倒。這情形就和布洛奇隆那裡一模一樣。

□

死狀淒慘的那群人，不是德魯伊，也不是尼夫加爾德人，當然也不隸屬於夜鶯與斯希路的幫派。傑洛特尚未看清楚霧中那些馬車的輪廓，便先想起雷吉思提過的朝聖者一事。看起來，這場朝聖之行對部分信徒來說，收場並不圓滿。

難聞的煙味與焦味在潮濕的空氣中更顯難耐，越走下去，臭味越重，無疑是爲人指路。沒多久，貓叫般難聽的古斯列琴聲與一聲聲的叫喊，也成了路引。

傑洛特加快了腳步。

雨後的泥濘路上有輛車子，而車輪邊又是一具具屍體。

強盜當中，有一人在車上翻找，把物品、器具全扔到路上。第二人牽著車上解下的馬匹。第三人正在扒著被殺朝聖者身上的火狐裘。第四人用琴弓鋸著一把把古斯列琴，卻怎樣也無法拉出一個正確的音色。那些琴顯然是在戰利品中找到的。

這陣刺耳的噪音還是有所貢獻，掩住了傑洛特的腳步聲。

樂聲突然斷掉，古斯列琴的琴弦長長一咽，演奏的盜匪摔在滿地落葉上，嘔出一灘腥血。牽馬的那人甚至來不及喊出聲，夕希爾便斬斷了他的氣管。第三個人還來不及跳下車，大腿動脈便被畫了好幾劍，大叫一聲，跟著倒下。最後一人甚至已拔出了劍，卻來不及將劍舉起。

傑洛特用拇指抹掉劍槽上的血，朝著森林與煙味的方向說：

「是啊，孩子們，這是個蠢主意。你們不該聽夜鶯和斯希路的話，應該要留在家裡才對。」

□

沒多久，他又碰上一批馬車及屍體。在那群為數眾多、慘遭砍殺刺斃的朝聖者中，也躺著德魯伊的屍首，他們身上的白袍都染了血跡。濃煙貼著地面緩緩漫行，火場離此處已經不遠。

這回的盜匪警覺度較高，他只成功摸近一人身邊。那人正忙著把戒指與手環從斷了氣的女人手上拔下，女人的雙手滿是血跡。傑洛特一劍砍向匪徒，完全不假思索。那人發出慘叫，其他人隨即也吶喊，朝他攻去。這些盜匪裡也混著尼夫加爾德人。

傑洛特跳進林子，站到最近的一棵樹下，好讓樹幹護住他的背部。不過在那群盜匪追上他前，隆隆蹄聲先行傳來，濃霧與樹叢中穿出了一匹巨馬，馬衣上頭有著金紅相間的斜棋盤紋。馬背上的騎士全副武裝，頭盔上有鳥喙般的鑽孔面罩，身上的披風盡是雪白。眾盜匪還沒來得及定下神，騎士已居高臨下，來到他們肩後。他舉起寶劍，左砍右殺，鮮血如水泉噴發，景象煞是美麗。

然而，傑洛特沒有時間觀看美景——他自己手邊也有兩人要對付，一個是穿著櫻桃色外衣的盜匪，另一個則是穿著黑衣的尼夫加爾德人。現身攻擊的盜匪被傑洛特一劍砍在臉上，而尼夫加爾德人看到同伴飛散的牙齒之後，褲管一撩，便消失霧中。

騎士那匹穿著棋盤衣的巨馬獨自奔跑，沒了主人。傑洛特險遭馬蹄踐踏。

他沒有拖延，立刻躍過樹叢，往叫喊、咒罵與重擊聲的方向趕去。

三名盜匪將白袍騎士拉下了馬，正試著將他大卸八塊。一人站開雙腳，以斧猛劈，第二人則舉劍大砍。第三人身材矮小，有頭紅髮，像兔子般東跳西跳，尋找攻擊時機與盔甲破綻，好展現他羅哈提納矛【註】的威力。被拉倒在地的騎士隔著頭盔發出聽不清的吼叫，並以雙手持盾抵擋攻擊。斧頭每砍一次，盾牌便降下幾分，最後幾乎都要貼到騎士的胸甲上了。只要再這麼砍一、兩下，騎士的腸肚定會從盔甲的每個縫隙鑽出來。

傑洛特連跳三步，降落在這團混亂之中。他先是一劍砍在拿著短矛蹦蹦跳的紅毛鬼頭後，然後再大大一揮，切開斧頭男的肚子。騎士雖然著了重裝，仍俐落翻身，用尖銳的盾角用力撞向第三人膝蓋，在對方倒地之後，又朝其臉上重重補了三拳，濺得盾牌滿是鮮血。他跪地起身，在蕨類叢中摸索長劍，一邊還發出雄蜂般的低鳴。突然，他看到了傑洛特。

「我落到了誰的手裡？」頭盔深處響起這麼一道問題。

「沒有誰的手裡。躺在那邊的，同樣也是我的敵人。」

「喔……」騎士試著掀起面罩，不過盔面已經變形，無法開啟。「我以名譽起誓！您的幫助，感激不盡。」

「是您，您才是對我伸出援手的人。」

「是嗎？什麼時候的事？」

他什麼都沒看見。傑洛特在心裡想著。隔著這個鐵鍋裡的小洞，他甚至沒注意到我。

「別人都怎麼稱呼您？」騎士問。

「傑洛特，我來自利維亞。」

「徽章呢？」

「騎士先生，現在不是談紋章學的時候。」

「我以我的名譽起誓，您說的對，英勇的先生傑洛特。」騎士找著了劍，站起身。那面已經凹陷的盾面上，就和馬衣一樣，飾有著金紅相間的斜棋盤，棋格上還有「A」和「H」兩個字母不斷交錯。

「這不是我家族的徽章。」騎士用低沉的聲音解釋。「這縮寫屬於我的主人——公爵夫人安娜·痕莉夜塔。我是遊俠騎士，人稱棋盤騎士。我不能洩露我的名字及紋飾，因爲我已發過騎士之誓。先生，我以名譽起誓，要再次向您表達感謝之意。」

「我才是深感榮幸的一方。」

那群傷勢慘重的盜匪中，有一人發出嗚咽，在落葉上摩出窸窣聲響。棋盤騎士跳過去，舉劍一刺，將那人釘在地上。盜匪抖動四肢，像隻被人用細針釘住的蜘蛛一樣。

「我們的動作要快。」騎士說：「匪徒還在這裡作亂。我以名譽起誓，休息的時候還未到來！」

「的確。」傑洛特表示認同。「匪幫在林間行搶，殺害朝聖者及德魯伊。我的朋友身陷險境……」

「失陪一下。」

另一名同樣有了生息的匪徒，也被重裝騎士猛力釘住，開敞的雙腳隨即踢出激昂的舞步，連腳上的鞋子都雙雙飛落。

棋盤騎士將劍放在青苔上抹拭乾淨，說：「我以名譽起誓，這些歹人對世間眞是難以割捨！先生，我對傷者痛下殺手這件事，請您不要訝異。我以名譽起誓，我已經很久沒這麼做了。不過這些強盜復元速度之快，讓老實之人只能暗自生嘆。到目前爲止，我曾經連續和同一個敗類交手三次，所以我開始更加小心去解決他們，好一勞永逸。」

【註】：羅哈提納矛（波蘭文：Rohatyna）是中古世紀的騎士或步兵使用的帶鉤短矛，在波蘭與俄羅斯民族間尤受歡迎，常用於打獵或戰鬥。長度不過兩公尺，使用方式常爲近距離刺擊。柄有時會鏤空，以減輕重量。

「我懂。」

「您瞧，我是個遊俠騎士，但我以名譽起誓，我不是瘋狂騎士！哦，我的馬。布切法，過來這裡！」

□

林子變得較爲鬆散、明亮，裡頭的樹種開始以枝葉開散的巨大橡樹爲主，但這些橡樹的樹冠十分稀疏。火場的濃煙與臭氣從附近傳來，過了一會兒，他們已經可以看見烈火的所在。

一間間茅屋被惡火吞噬，這座規模不大的村子完全陷入火海。馬車上的篷布不斷燃燒，遠遠就能看出車與車之間躺著屍體，當中有許多是穿著德魯伊的白袍。

匪徒與尼夫加爾德人將馬車推到身前作爲屏障，用吶喊爲己方助陣，攻擊一間矗立木樁之上，緊倚巨大橡樹的大屋。這間屋子以粗實原木建成，屋頂覆蓋的斜瓦上頭，已被匪徒拋了好幾根火把。遭受圍攻的房子堅強抵抗並成功反擊——當著傑洛特的面，一名粗心的匪徒從車後露了身，頭骨上便中了一支飛箭摔倒在地，如遭雷擊。

「你的朋友一定在那幢建築物裡！」棋盤騎士炫耀著自己的洞悉能力：「我以名譽起誓，他們身陷險境！快呀，我們快去幫忙！」

傑洛特聽見一聲聲沙啞的吼聲與命令，認出了臉上包著繃帶的強盜夜鶯。有那麼一瞬間，他也看見了斯希路，那半精靈就躲在披著黑披風的尼夫加爾德人背後。

號角忽然高響，震得橡葉紛紛飄落。戰馬蹄聲重重傳來，盔甲白劍光影閃閃，騎士軍團發動攻擊。

匪徒見狀，尖叫著四處亂竄。

「我以名譽起誓！這是我的同伴！」棋盤騎士夾緊馬匹，扯著嗓子大喊：「他們搶先了！攻擊吧，好歹我們自己也留點名譽！打呀！殺呀！」

棋盤騎士駕著布切法全速衝去，率先闖進倉皇奔逃的匪徒中，以閃電之姿斬殺兩人，餘下的人亦遭其驅散，宛如獵鷹趕麻雀一般。有兩人轉往趕來的傑洛特，獵魔士在眨眼間便將他們解決。

第三個人用加百列弓朝他發射。

這種小型自發弓是一名維爾登工匠的專利發明，宣傳口號是「要自己保護自己」。他的廣告說：「現在四周盡是匪徒暴力，律法不只無能爲力，更是束手無策。自己要保護自己！沒有好用的加百列牌自發弓在手，就千萬別出門。加百列是你的護衛，會在碰到壞人的時候，保護你和你親近的人。」

銷售結果創下了歷史紀錄。沒多久，每個壞人手上便都有了一把方便搶劫的加百列弓。

傑洛特是獵魔士，知道怎麼避開弩箭，不過他忘了發疼的膝蓋。他的閃避差了一吋，被葉狀箭矢犁掉一隻耳朵。那痛楚令他眼前發黑，但只有短短一刻。匪徒沒來得及上弓，好自己保護自己，被激出一肚子火的傑洛特便徒手將他痛宰，再用夕希爾大大一揮，替他把腸子清出體內。

傑洛特甚至還來不及抹去耳朵與脖子上的血跡，一個像黃鼠狼般嬌小、敏捷的傢伙便朝他攻來。那人眼中閃著不尋常的光芒，手上拿著把彎曲的澤利堪尼亞馬刀，而且用劍的技巧出奇熟練。轉眼間，傑洛特已擋下兩招，兩把劍上的上等鋼片擊出了脆響與火星。

黃鼠狼很精明敏銳，馬上注意到獵魔士的跛腳，開始繞著他兜圈子，從有利的方向進攻。他的動作奇快無比，而那把危險的彎曲之物每次出擊，劍身便發出長嘯。頻頻閃躲的傑洛特越來越顯吃力，因爲被迫用痛腳站立，他的跛行也越來越嚴重。

黃鼠狼突然蜷縮在地，再往上一躍，作出俐落的佯攻與迴閃後，從傑洛特的耳處下手，後者則斜擋攻勢並加以反擊。盜匪靈巧地翻身退開，本已作勢從下方狠狠出招，卻突然睜開雙目，大大打了個噴嚏，弄得一臉鼻涕。就在他卸下防禦的這一瞬間，獵魔士閃電砍向其頸側，劍刃深達脊椎。

「現在，看誰再說使用毒品不會有害。」他一邊喘氣，一邊看著尚在抽搐的屍首說。

一名匪徒舉著狼牙棒朝他攻來，卻突然踉蹌，鼻尖朝下，摔進泥坑，枕骨上插著支箭。

「我來了，獵魔士！」米爾娃大叫：「我來了！撐住！」

傑洛特轉過身，不過已經沒人好打。附近剩下的唯一一名匪徒，被米爾娃一箭射死。其餘幫眾遭到騎士團追趕，都已經逃進森林。棋盤騎士駕著布切法跟著其中幾人後頭而去，並追上了他們，因為從林中傳來的聲音，可以聽出他正處於怎樣的暴怒之下。

尼夫加爾德黑衣軍中，有一人尚未死絕，忽然跳起身，拔腿就跑。米爾娃一個舉弓拉弦，箭羽便呼嘯而去，尼夫加爾德人倒在落葉上，肩胛間有著一支灰羽箭。

弓箭手大大地嘆了口氣。

「我們會被吊死。」她說。

「為什麼妳會這麼想？」

「這裡是尼夫加爾德啊，而我瞄準的大多是尼夫加爾德人，現在都已經瞄了兩個月了。」

「這裡是投散特，不是尼夫加爾德。」傑洛特在腦側摸了摸，拿下的手滿是鮮血。

「該死，米爾娃，妳看一下我這邊怎樣了？」

弓箭手仔細地看了看。

「他們只是把你的耳朵扯掉了，沒什麼好在意的。」

「說得眞容易，我很喜歡這隻耳朵。幫我拿個東西包起來，因爲血一直往我的領子流。亞斯克爾和安古蘭在哪？」

「在屋子裡，和朝聖的人一起……哦，該死……」

隆隆蹄聲傳來，三名騎士駕著精良戰馬從霧裡出現，身上的披風與幡幟隨風馳騁飄揚。在他們發出磅礴吶喊之前，傑洛特已先攬過米爾娃的肩頭，把她拉進車底。對方騎馬強勢進攻，手上那把十四呎長槍的攻擊範圍能達馬首之外十呎；像這樣的對手，可不是鬧著玩的。

「出來。」那些騎士的駿馬用腳蹄挖掘車子周圍的地面。「丟掉武器，出來！」

「我們會被吊死。」米爾娃低聲咕噥。她有可能是對的。

「哈，你們這些賊人！」其中一名盾牌飾有銀底黑色公牛頭的騎士，洪亮地吼著：「哈，你們這些廢物！我以名譽起誓，你們將被吊死！」

「我以名譽起誓，我們就地把他們大卸八塊吧！」第二名騎士拿著滿面湛藍的盾牌，用年輕的聲音高聲叫道。

「等等、等等！慢著！」

棋盤騎士駕著布切法從霧中出現。他終於成功地把變形的面罩掀起，露出底下黃中帶灰的濃髭。

「你們趕快放開他們！」他大吼：「他們不是凶徒，而是誠實守法的人們。那名女子英勇挺身保衛朝聖民眾，而這位先生是名正派的騎士！」

「正派的騎士？」公牛頭掀起頭盔上的面罩，狐疑地審視傑洛特。「我以名譽起誓！這不可能！」

「我以名譽起誓！」棋盤騎士一拳打在胸甲上。「這有可能，我敢發誓！當我被匪類撂倒在地時，這位英勇的先生於險況中拯救了我的性命。他是利維亞的傑洛特。」

「徽章呢？」

「我不能說，也不能告訴你們我的眞實姓名或紋飾。我發過騎士之誓，我是遊俠傑洛特。」獵魔士沉著嗓子說。

「哦！」有人大喊出聲，那大剌剌的嗓音傑洛特並不陌生。「你們瞧瞧，貓兒給我們帶什麼來了！哈，我和妳說過了，阿嬸，獵魔士會來救我們！」

「而且來得正是時候！」亞斯克爾叫道，手裡拿著魯特琴與他那根不離身的筒子，與安古蘭、受驚的朝聖者一起走來。「剛剛好在最後一秒。你的戲劇感受能力眞不錯啊，傑洛特。你應該去幫劇院寫腳本才對！」

他突然靜了下來。公牛頭在鞍上壓低了身子，雙眼發亮。

「尤里安子爵？」

「德沛拉克—裴蘭男爵？」

橡樹後方又出現兩名騎士。其中一人戴著圓桶狀的頭盔，上頭的裝飾像極了開展雙翅的白天鵝，而他手上那條繩子的另一端，則綁著兩名囚犯。第二名騎士也是遊俠，但較為務實，正著手準備絞索、挑選適合的樹枝。

安古蘭注意到獵魔士的眼神，便說：「不是夜鶯，也不是斯希路，眞可惜。」

「是可惜。」傑洛特承認道：「不過我們會試著把這點改正過來。騎士先生……」不過公牛頭，或者該說是德沛拉克－裴蘭男爵，根本就沒注意到他。男爵眼中似乎只有亞斯克爾。他長聲說道：「我以名譽起誓，我的眼睛並沒有欺騙我！這是尤里安子爵大人本尊。哈！公爵夫人會很高興！」

「尤里安子爵是誰？」獵魔士打趣地問。

「是我。」亞斯克爾悶聲回答。「傑洛特，別攪局。」

「安娜莉夜塔夫人會很高興！」德沛拉克－裴蘭男爵又說了一次。「哈，我以名譽起誓！我們會把你們所有人都帶去博克勒堡。您可別找藉口啊，子爵。不管是什麼藉口，我都不聽！」

「有部分盜賊逃走了。」傑洛特的聲音聽來頗冷。「我提議先將他們全抓起來，之後我們再來想想，該拿這開頭便如此有趣的一天怎麼辦。您意下如何，男爵？」

「我以名譽起誓，這個提議絕不可行，我們不可能去追他們。那些賊人已經逃到溪水另一邊，而我們的雙腳甚至不能跨溪水一步，馬蹄也不能踩界一吋。那邊屬於米可微地之森的一部分，是不可觸碰的聖地，我是指，仁慈統治投散特的公爵夫人安娜．痕莉夜塔大人與德魯伊簽訂了條約……」

「該死，那群強盜逃跑了！」傑洛特怒火中燒，打斷了他：「我要在那個不可碰觸的聖地裡大開殺戒！而您卻在這裡跟我說什麼條約……」

「我們發過騎士之誓！」看來，盾上放隻公綿羊，似是比公牛頭要來得與德沛拉克－裴蘭男爵相襯。「不可以！有條約啊！我們一步也不能踏進德魯伊的地盤！」

「不能去就不要去。」安古蘭哼了一聲，同時拉動兩匹賊馬的轡頭。「別和他廢話，獵魔士。我們走，我和夜鶯的那筆帳還沒算完。我猜，你也想跟那個半精靈好好聊聊吧！」

「我跟你們去。」米爾娃說：「我馬上去找匹馬來。」

「我也是。」亞斯克爾喃喃說著：「我也跟你們……」

「誒，現在是怎樣？這可不行！」公牛頭男爵嚷道：「我以名譽起誓，尤里安子爵要跟我們一起去博克勒堡。要是我們遇到他，卻沒將他帶回去，公爵夫人不會原諒我們的。你們我不會攔，有什麼計畫、想做什麼，就去吧。你們作爲尤里安子爵的同伴，仁慈的安娜莉夜塔夫人會隆重接待，邀請你們留宿堡內，不過算了，要是你們不重視她的款待……」

「我們沒有。」傑洛特打斷對方，同時用眼神警告安古蘭。她在男爵身後彎起手肘，比出各種難看且唐突的手勢。「我們一點都沒有輕視夫人的意思，也不敢不向公爵夫人行禮、不對她表示敬意。不過我們得先把我們該做的事做好。我們也發過誓，可以說，我們也和人訂了條約。一旦我們履行了條約，便會立刻轉向博克勒堡，風雨無阻。」

接著，他又意有所指地補充強調：「就算只是爲了看著我們的同伴亞斯克爾，呸、呸、呸，我是說尤里安也好，免得他在那邊受到任何詆毀或羞辱。」

「我以名譽起誓！」男爵突然笑開。「子爵尤里安在那邊不會受到任何詆毀或羞辱，我甚至可以立誓！因爲我忘了告訴您，子爵，萊蒙德公爵兩年前中風死了。」

「哈、哈！」亞斯克爾大叫起來，臉色瞬間轉亮。「公爵翹辮子了！這才是個又棒又讓人開心的消息啊！我是說，我的意思是，我感到既惋惜又悲傷，既遺憾又失落……願黃土不會成爲他身上的重擔……不過，既然事情是這樣，那我們就趕緊去博克勒堡吧，各位騎士先生！傑洛特、米爾娃、安古蘭，我們堡內見！」

□

他們渡過溪流，策馬入林，兩旁橡樹開散，腳下蕨類及鐙。米爾娃毫不費力便找到匪徒逃跑的行跡。他們盡全力奔馳——傑洛特很擔心德魯伊。他怕漏網的盜匪一旦認爲威脅已過，便會把對投散特遊俠騎士的屠殺之恨，報復在德魯伊身上。

「亞斯克爾還眞是好樣的。」安古蘭突然說道：「我們被夜鶯困在那間房子裡的時候，他跟我說了爲什麼會那麼怕去投散特。」

「我也想到了。」獵魔士答道：「只是，我沒想到他會找上那麼高的目標。公爵夫人，呵、呵！」

「那是好幾年前的事了。而萊蒙德公爵，就是已經斷氣的那個，好像發誓要把詩人的心扯下來，讓人烤給不忠的公爵夫人，逼她當晚餐吃。亞斯克爾眞走運，沒在公爵還活著的時候落到他手上。我們也很走運……」

「現在這麼說還太早。」

「亞斯克爾認爲那個公爵夫人愛他愛到發狂。」

「亞斯克爾每次都這麼說。」

「你們閉嘴！」米爾娃大吼，並收緊韁繩，伸手拿弓。

一名盜匪在橡樹間不斷奔掠，往他們的方向跑來，沒戴帽子、沒拿武器，就這麼盲目衝刺。他不斷地跑，然後跌倒、起身，又繼續再跑。他也不斷大叫，聲音尖細、充滿恐懼，聽來十分可怕。

「怎麼了？」安古蘭感到奇怪。

米爾娃靜靜拉弓，但沒有放箭，等待盜匪靠近。而那人卻直接衝來，好像沒看見他們一樣，從獵魔士與安古蘭的馬中間跑了過去。他們看見他的臉，白得像雪一樣，嚇得變了形，眼睛也凸出來。

「搞什麼鬼啊？」安古蘭又說了一次。

米爾娃從驚訝中回神，但馬上轉過身，朝那人的骶骨餵了一箭。歹人大叫一聲，摔進蕨類之中。

地面震了一下，附近的橡子都掉了下來。

「不知道是什麼，」安古蘭說：「把他嚇成這樣……」

地面再度震動，枝枒窸窸窣窣，跟著傳來樹枝斷裂的聲音。

「那是什麼？」米爾娃站在馬鐙上，慢慢說出疑問：「獵魔士，那是什麼？」

傑洛特瞧了瞧、看了看，並大大嘆了口氣。安古蘭也跟著看過去，然後刷白了臉。

「噢，你娘咧！」

米爾娃的馬也看到了。牠惶恐地嘶鳴一聲，接著高舉前腳，然後又微抬後臀，弓箭手便從鞍上飛了出去，淒慘落地。馬兒衝進林子裡去。獵魔士的坐騎也不假思索地跟著衝去。不幸的是，牠選的那條路上有粗枝低垂的橡樹，而那粗枝把獵魔士掃下了鞍。落地的力道與膝蓋上的疼痛差點沒讓他昏了過去。

安古蘭的馬同樣陷入瘋狂，她雖在馬上撐得最久，最終還是落了地，而逃跑的馬兒差點撞倒正要起身的米爾娃。

就在這個時候，他們看得更加清楚，朝他們來的是什麼東西，也不再認爲、一點都不認爲，動物們的驚恐有何奇怪了。

那生物看起來像巨大的樹木，一棵枝枒繁茂的古老橡樹，又或者的確是棵橡樹。即便如此，這是棵非常不一般的橡樹，沒有好好待在林地上，接受散落的葉片與橡果簇擁；沒有讓松鼠在自己身上奔跑，讓赤胸朱頂雀在自己身上拉屎。這棵橡樹卻在林間輕快地大步漫走，韻律十足地踢著粗壯樹根，揮著粗壯的枝幹。這怪物的圓胖樹幹——或者該說軀幹——目測直徑約有兩噚。上頭大開的樹洞應該不是樹洞，而是牠的嘴巴，因爲那個洞不斷開闔，發出像沉重門片撞擊的聲音。

地面雖然因爲這生物的可怕重量，震動得讓人難以站穩腳步，並產生了一個個凹洞，但這生物卻意外靈巧地起落林間，而且不是漫無目的地亂跳。

怪物當著他們的面揮動粗枝，細枒也跟著呼嘯，把躲在風倒樹留下的凹洞裡那名強盜給揪了出來。那動作甚是靈巧，宛如鸛鳥捕捉躲於草中的青蛙。強盜被枝枒纏了滿身，掛在樹幹上，叫聲淒慘得令人同情。傑洛特看到那怪物已經用同樣的方法掛了三名強盜，還有一名尼夫加爾德人。

「妳們快跑……」他困難地說，即使費盡氣力也起不了身，覺得好像有人用榔頭一下又一下，把燒白了的釘子釘入他的膝蓋。「米爾娃……安古蘭……妳們快跑……」

「我們不會拋下你！」

橡樹怪聽見了他們，踏著樹根開心地跳過去，往他們的方向衝。安古蘭怎麼也沒辦法將傑洛特扶起，口裡說出的咒罵異常難聽。米爾娃抖著雙手想把箭架到弦上，而這個動作一點意義也沒有。

「妳們快跑！」

但是橡樹怪已經站到他們面前，來不及了。他們嚇得無法動彈，清楚看見牠的戰利品——四名纏滿枝枒、吊在牠身上的盜匪。其中兩人還活著，因為他們不斷發出斷啞叫聲，胡亂踢動雙腳。第三個人大概昏了過去，四肢癱軟地垂掛著。很顯然，這怪物要的是活口。不過在抓第四人時，就沒有那麼順利了。牠大概不小心纏得太用力——這點從受害者凸出的雙眼、伸長的舌頭，以及讓血和嘔吐物弄髒的下巴可以看出。

下一秒，他們已高掛空中，讓枝枒纏了滿身。三個人皆不停掙扎，放聲大叫。

「跑、跑。」從下方的樹根那頭傳來聲音：「跑、跑，小樹兒。」

一名身穿白色長袍，頭戴盛開花環的年輕德魯伊女子，一邊走在橡樹怪後頭，一邊還用帶葉的樹枝輕輕趕著牠。

「別傷了他們，小樹兒。別纏得太緊了，小心點。跑、跑、跑。」

傑洛特好不容易從被粗大樹枝纏繞、擠碎的胸口找出一點聲音，吃力地說：「我們不是搶匪……叫牠放開我們……我們沒有做壞事……」

「所有人都這麼說。」德魯伊女子趕開在她眉梢飛舞的蝴蝶。「跑、跑、跑。」

「我尿褲子了……該死的，我尿褲子了！」安古蘭哭喪地說。

米爾娃只是喉頭一哽，頭便垂到胸前。傑洛特罵出了難聽的字眼，因為這是他現在唯一能做的事。被德魯伊趕著跑的橡樹怪，快樂地在林間奔馳著。而牠在跑的時候，只要是還有意識的人，牙齒都會隨著牠跳躍的步調打顫，甚至還傳出回音。

過了不久，他們來到林間的一塊空地。傑洛特看見一群穿白衣的德魯伊，而他們身旁站著另一隻橡樹怪。這個橡樹怪的戰果較差，粗實的樹枝上只掛了三名強盜，而且大概只有一個還活著。

「罪犯、歹徒、邪惡之輩！」下方的德魯伊中，一名拿著長杖的老者大聲說道：「你們好好地看一看，看歹徒與邪惡之輩在米可微地之森碰上的，是怎樣的懲罰。你們仔細看好，記清楚了。我們會放你們走，好讓你們把等等所見之事，轉述給其他人聽，以示警惕！」

空地的正中央高高堆著樹幹與枯枝，樹枝堆的上頭則有一個柳枝編成的牢籠架在木棍上，牢籠的形狀是個巨大的粗製人偶。籠子裡裝滿了不斷喊叫推擠的人群。獵魔士很清楚聽見強盜夜鶯那青蛙般粗啞的驚恐叫聲，看見半精靈斯希路那張被擠在柳條上、嚇白了的變形臉孔。

「德魯伊！」傑洛特使出全部力氣大叫，好讓自己在這片嘈雜中被聽見。「司祭大人！我是獵魔士傑洛特！」

「什麼？」一名高挑削瘦的女子從下方回應，她的髮絲披散，色如鋼灰，被頭上的槲寄生花圈緊緊壓在後背。

「我是傑洛特……獵魔士……吸血鬼艾墨．雷吉思的朋友……」

「我沒聽清楚，再說一遍。」

「傑——洛——特！吸——血——鬼的朋友！」

「喔！早說嘛！」

鋼色頭髮的德魯伊女子一個指示，橡樹怪便把他們放到地上，但動作不甚輕柔。他們摔了下去，沒人有辦法靠自己的力量起身。米爾娃不省人事，鮮血從她的鼻中流出。傑洛特勉強爬起，跪到她身邊。

鋼髮司祭站在旁邊，清了清嗓子。她的臉部修長，甚至是削瘦，讓人有種不好的聯想，像是罩著一層皮膚的骷髏。她的眼睛如矢車菊般湛藍，給人親切而溫和的印象。

「她的肋骨大概斷了。」她看著米爾娃說：「不過我們馬上會想辦法，我們的治癒師會立刻幫她。我很遺憾發生了這樣的事，不過我又怎麼會知道你們是誰呢？我沒有邀請你們來卡耶米可微地，也沒有同意你們進入我們的聖地。沒錯，艾墨．雷吉思是爲你們做了擔保，不過收受金錢而殺害生物的獵魔士來我們的森林……」

「我會馬上離開這裡，可敬的司祭，」傑洛特提出保證：「只要……」

看到德魯伊拿著點燃的火把，走向樹枝堆與擠滿人群的柳枝人偶，他突然打住。

「不！」他握緊雙拳大叫：「站住！」

司祭好似沒聽見他的話，說：「那籠子一開始本來是要給飢餓的動物，當作冬季的牧場。裡頭本來應該要塞滿乾草，擺在森林。不過在我們抓到這些獵物之後，我想起人類間流傳和我們有關的惡意謠言與毀謗。於是我想，好吧，既然你們想要柳枝巫婆，那就給你們柳枝巫婆吧。這種可怕惡夢般的謊言是你們自己編出來的，那我就替你們把這個惡夢造出來……」

「叫他們停下來。」獵魔士喘著氣：「可敬的司祭……您別放火……這些強盜裡，有一個人握有對我很重要的消息……」

司祭雙手交胸，矢車菊藍的雙眼依舊柔軟溫和。

「不、不、不。」她不帶感情地說：「這樣不行。我不相信污點證人這種機制，逃避懲罰是不道德的。」

「站住！」獵魔士大叫：「別放火！站……」

司祭短短給了一個手勢，一直站在附近的小樹兒便踏了踏樹根，把粗大的枝枒擺到獵魔士肩上，讓他瞬間坐下。

「放火！」司祭下了命令。「我很遺憾，獵魔士，但不這麼做不行。我們德魯伊重視任何形式的生命，爲其感到喜悅，但是放歹徒一命，絕對是件愚蠢的事。只有恐怖才能斥退歹徒，所以我們給他們一個恐怖的教訓。我對這件事抱了很大的期盼，希望以後不用再重複這種教訓。」

枯枝隨即引燃，樹枝堆噴出了濃煙，以烈焰展現了生氣。從柳枝巫婆裡傳出的哀號與尖叫令人毛骨悚然。當然，在火勢越燒越響的刺耳嘈雜中，不可能分辨出任何聲音的差別，但傑洛特卻覺得自己聽到了夜鶯絕望的嘶吼，與半精靈斯希路充滿痛楚的高聲尖叫。

他是對的。他心想。死亡不是全都一樣。

之後——過了一段長得可怕的時間——樹枝堆和柳枝巫婆大發慈悲地炸了開來，在那樣的火勢之下，沒有任何東西能保存下來。

「傑洛特，你的徽章。」站在他身旁的安古蘭說。

「什麼？」他咳了咳鎖緊的喉嚨。「妳說什麼？」

「你那塊有隻狼的銀色徽章，它在斯希路那裡。你現在已經永遠失去它了，被這場火給熔掉了。」

「那也沒辦法。」他過了一會兒才看著司祭的藍色眼睛回答：「我已經不是獵魔士了，我不再當獵魔士了。在塔奈島、海鷗之塔、布洛奇隆、亞魯加河橋上、在勾爾勾那峰底下的洞穴裡，還有在這裡，在米可微地之森裡都不當。不，我已經不是獵魔士了，所以我得學著去適應沒有獵魔士的徽章。」

國王無止盡地寵愛他的妻子王后，而她也全心全意地愛著他。這樣的情況，最後的結尾一定不幸。

《童話與民間故事》

——佛洛倫斯．德蘭諾伊

佛洛倫斯．德蘭諾伊，一四三二年生，維可瓦洛人，為語言學家及歷史學家。一四六〇—一四七五年間，於帝國宮廷擔任書記及圖書館館員。熱衷傳奇與民間故事之研究，著作的許多重要研究論述，皆被視為帝國北方地區早期語言與文學的代表。最重要的著作有《北方的民間傳奇與神話》、《童話與民間故事》、《意外驚喜或上古之血的迷信》、《獵魔士傳奇》及《獵魔士與獵魔女——無盡地找尋》。一四七六年起，於格勞皮安堡內之大學擔任教授，並在一五一〇年於當地辭世。

《大世界紀元百科全書》第四卷

——艾凡伯格與塔波特

第八章

強風自海上颩來，不斷拍打張張風帆。根根針雨如細小冰雹劃在臉上，帶來陣陣痛楚。大運河的水色呈現鉛灰，表面被風吹皺，也讓點點細雨創下斑痕。

「大人，這邊請。船已經備好了。」

戴斯特拉重重嘆了口氣。他眞的已經受夠航海，就連腳每次碰到堅固堤岸的短暫片刻，都能讓他覺得開心。他眞是瘋了，才會認爲自己要再度踏上搖晃不定的甲板。不過，他又能怎麼辦呢？科維爾的冬都蘭埃克塞特迴然異於世上的其他首都。蘭埃克塞特港裡，海上來的旅人從船上下到石牆碼頭，爲的就只是立刻坐上另一艘水上交通工具——一艘窄長多槳，前端尖尖揚起，尾端也不遑多讓的船隻。蘭埃克塞特建於水面之上，位於寬廣的探戈河河口。城市裡有的不是街廓而是水道，整座城的交通脈絡則由船隻串連。

和等在跳板旁的雷達尼亞大使打過招呼後，他便上了船。船槳往碼頭一撐，整齊打入水面，船身也跟著移動，開始加速。雷達尼亞的大使沉默無語。

大使，戴斯特拉不由自主地想著。雷達尼亞派大使到科維爾有幾年了？最多一百二十年。對雷達尼亞來說，科維爾和波維斯變成外國已經有一百二十年了。不過，這兩個國家並非從以前就在雷達尼亞的國界之外。

這兩個國家位於北方，臨普拉克賽妲海灣，自古以來，便一直被雷達尼亞視爲附庸。按特雷托格宮廷裡的說法，科維爾和波維斯是雷達尼亞王國裡的財富來源之一。世代統治那裡的附庸伯爵被稱爲，又或者是自稱爲特洛伊登依達家族，因爲他們有共同的祖先——特洛伊登。那位王子是雷達尼亞王，也就是後來被稱爲「大王」的拉多維達一世的親手足。年輕時，這個特洛伊登便已是個噁心又極度惹人厭的傢伙。一想到隨著年紀的增長，他會有如何改變，就教人害怕。雷達尼亞王在這一點上的見解與旁人無異，將他當成鼠瘟一樣痛恨，因此封他做了科維爾的附庸伯爵，好將他遣開，隔到離自己越遠的地方越好，而科維爾已經是國王能選的最遠之境。

附庸伯爵特洛伊登形式上是雷達尼亞的封臣，卻不是一般的封臣——他無需負擔任何附庸屬臣該負的重擔及義務。是啊，他甚至不需要舉行附庸宣誓儀式，唯一被要求的，就只有所謂的不礙事承諾。有人說，雷達尼亞王不過是憐憫他，知道科維爾的「王冠鑲框」既繳不起歲貢，也出不了服役。也有人認爲，拉多維達不過是不想看到附庸伯爵；只要一想到這個親手足可能親自帶著錢財或援軍現身特雷托格，就讓他覺得想吐。眞相如何，沒有人知道，但這情形就這麼維持了下來。即使拉多維達一世已死了許多年，這名偉大國王當年頒布的法令，在雷達尼亞裡依舊適用。第一，科維爾伯爵郡爲雷達尼亞的附庸，但不需獻貢或服役。第二，科維爾采邑爲其永世之產，政權更迭也僅由特洛伊登依達家族家自行決定。第三，特洛伊登依達家族家之事，特雷托格不予干預。第四，舉凡國家慶典，特洛伊登依達家族成員特雷托格均不邀請。第五，其他任何場合也一樣。

北方發生的事，沒有多少人知道，也沒有多少人有興趣知道。有消息傳進雷達尼亞——主要是透過喀艾德這條迂迴途徑——說科維爾伯爵郡與北方的少數統治者發生的衝突，與漢格佛斯、馬雷洛爾、克萊登、塔勒加爾和其他名字難記的國家結盟、戰爭，說那裡誰征服了誰、吸收了誰，誰和誰透過聯姻合併，誰被誰徹底打敗、得低頭納貢。不過到底是誰對誰做了什麼、爲的又是什麼，基本上雷達尼亞並不是很清楚。

然而這些有關戰爭與鬥爭的消息，卻把一大票喜歡逞凶鬥狠、惹事生非之徒，或其他各種不守本分，只愛尋求戰利品和鬧事機會的分子，給吸引到了北方。這種人來自世界各地，甚至來自琴特拉與利維亞這樣遙遠的國家。不過，這些人主要還是出自雷達尼亞和喀艾德。尤其是喀艾德，甚至去了一批又一批的騎軍。謠傳其中一支騎軍裡，領頭的甚至是鼎鼎大名的阿依嬁——喀艾德君主私生的悖逆之女。雷達尼亞裡甚至有傳言，亞得克拉格的宮廷裡有人提議併呑北方的伯爵郡，將其從雷達尼亞的王冠上拔除。那裡甚至開始有人高喊必須採取軍事介入。

不過，特雷托格高調表示自己對北方沒興趣，王室律法家都認爲互惠原則具有效力——科維爾的附庸對王國不需負任何義務，所以王國也不會對科維爾提供援助。話說回來，科維爾並未要求任何援助。

於此同時，科維爾與波維斯在北方的屢次戰爭中，蛻變得越來越強大，而這點在當時還沒有多少人意識到。北方逐漸強大較爲明顯的訊號，要屬越來越興盛的外銷。幾十年來，人們常說科維爾這個小國有的財富，不過是沙子與海水。而當科維爾的玻璃廠與鹽場產品幾乎壟斷全世界的玻璃與鹽市時，人們想起了這個笑話。

儘管幾百人拿著印有科維爾玻璃廠標誌的玻璃杯來飲用，把波維斯的鹽加在湯裡調味，這個國家在人們的意識中，依舊是遙不可及的化外之地，而且是個奇怪的地方。

在雷達尼亞和喀艾德，人們說的不是「下地獄吧」，而是「把誰誰趕去波維斯」。師傅會對頑固的學徒說：「要是你們不喜歡我這裡，隨時都可以去科維爾。」教授會對課堂上哄鬧的學生大叫：「這裡不是亂成一團的科維爾。」當兒子批評先祖的犁地方式與火耕時，農人會叫道：「你要是這麼厲害，就去波維斯啊。」

有誰不喜歡長久以來的秩序，那就滾去科維爾！

這些人把話聽在耳裡，開始一點一滴地慢慢思考。沒多久，他們便發現去科維爾與波維斯的路確實暢通，而且是一點阻礙都沒有。於是，第二波移民踏上了往北之路。就像前一波移民潮一樣，這一波裡主要是心有不滿的怪人。這些人都特異獨行，追求改變。不過這一次的移民並非四處格格不入、喜愛惹事生非之流。至少有些人不是。

被人高喊瘋狂而不實際，卻仍舊相信自己理論的學者；與大眾看法相左，篤信能做出學者所想之機械、器具的技術與設計人才；認為以魔法建造防波堤不是種褻瀆的巫師；把營收增加的願景看作比膚淺死硬之風險界線更重要的商人；堅持即使是最貧脊的土地，也能化為收成滿載之耕地的農人；篤信動物之中，總有能適應在地氣候之變種的牧農。這些人都被吸引去了北方。

北方吸引的，還有礦工與地質學者。對他們來說，科維爾未開發的山區與岩層所代表的意義，絕對是豐富的礦藏。倘若地表如此貧脊，地底下必定十分富饒，因為大自然愛好平衡。

地底下有礦藏。

四分之一世紀過去，科維爾所產的礦石，與雷達尼亞、亞丁及喀艾德的總和一樣多。鐵礦的開採與運用，科維爾只開放給馬哈喀姆，不過科維爾運到馬哈喀姆的金屬，是要提煉合金用的。世界上開採出來的銀、鎳、鉛、錫、鋅礦，科維爾和波維斯佔了四分之一，銅礦與自然銅佔了一半，而錳、鉻、鈦、鎢則佔了四分之三，不過鉑、非洛魯姆、克力歐避及敵魔力特只以自然元素形式產出。

此外，全世界的金礦，有超過八成產自此處。

科維爾與波維斯用這金礦來買北方沒有生長、培育的東西，還有科維爾與波維斯沒有生產的東西。不是因爲他們不會或不能，而是因爲不划算。科維爾和波維斯的工匠，也就是當年揹著包袱前來的移民子孫，如今賺到的錢是其先祖在雷達尼亞或特馬里亞攢到的四倍。

科維爾從事貿易，也想和全世界做貿易，想越做越大，卻沒有辦法達成。

雷達尼亞的國王換成了拉多維達三世，而他和他的祖先拉多維達大帝間的聯繫不只有名字，還有狡猾與貪婪的個性也是。愛戴者與聖徒傳記作家稱他爲「大膽國王」，其他人叫他作「紅髮國王」。然而，這位國王注意到了其他人不想注意的事——爲什麼科維爾的生意做這麼大，雷達尼亞卻沒有分到半毛錢？科維爾明明就只是個一點意義都沒有的伯爵郡，是個附庸，是雷達尼亞王冠上的一顆小寶石罷了。也該是時候，讓科維爾這個附庸開始爲它的宗主服務了！

而達成這個目的的絕佳時機就這麼來了。雷達尼亞與亞丁在邊境發生衝突，原因一如以往——彭達爾河谷。拉多維達三世決定派出武力，並實際著手進行。他頒布了一項名爲「彭達爾什一捐」的特殊稅目作爲軍用，所有臣屬與附庸都須繳交。所有的人，科維爾封地也一樣。命令一下，紅髮國王也跟著摩拳擦掌——科維爾收入的一成，那可是很有看頭呀！

雷達尼亞派了使節團去朋凡尼斯——那個眾人以爲是座僅用木頭柵欄圍起的小城。但他們帶回來給紅髮國王的，卻是令人震撼的消息。

朋凡尼斯不是一座僅有木屋的小城，而是座大城市，是科維爾的夏都。那裡的統治者葛多維伍斯・特洛伊登依達家族給了拉多維達國王以下的答覆：

科維爾王國不是任何國家的附庸。特雷托格的企圖與擴張均不合理，僅立基於死板的法律條文之上，而這樣的法律條文從來就沒有任何效力。特雷托格的歷代君王，從來就不是統治科維爾的宗主，因為科維爾的統治者從未付過特雷托格貢金，從未給過軍事勞役。最重要的是，科維爾的統治者從來不曾受邀參加雷達尼亞的國家節慶典，甚至其他場合。這一些都能在史書中查證。

使節團另轉達，科維爾國王葛多維伍斯雖感遺憾，卻不能將雷達尼亞國王視作上王與宗主，更不能對其繳納什一捐稅。不論科維爾的哪個附庸臣屬，也都不能這麼做。他們只臣服於科維爾的君權之下。

一言以蔽之，請特雷托格管好自己，別插手科維爾這個獨立王國。

這種答覆讓紅髮國王胸中漲滿冰冷怒意。獨立王國？外國？很好。我們就把科維爾當作界外之域。雷達尼亞及遭到紅髮國王施壓的喀艾德與特馬利亞，對科維爾施行了懲罰性關稅及強制貿易權。往南的科維爾商人不管情不情願，都得找一座雷達尼亞城市，展示全部貨物，不然就得打道回府。遠從南方前往科維爾的商人，也碰上了同樣的強制要求。

針對科維爾走海路經雷達尼亞或特馬利亞港口運送的貨物，雷達尼亞則要求了像強盜般的關稅。想當然爾，科維爾的船隻不願繳付這樣的稅目——付錢的只有那些沒成功逃走的船隻。於是，一場貓捉老鼠的遊戲就這麼在海上展開，而且很快便出了事——雷達尼亞的海巡試圖逮捕科維爾商船，接著兩艘科維爾護衛艦出現，雷達尼亞的海巡艦也跟著失火，造成傷亡。

而這成了壓垮駱駝的最後一根稻草，紅髮拉多維達決定要好好教育一下不聽話的附庸。於是，雷達尼亞的四千大軍橫越了布拉河，喀艾德派出的遠征軍則挺進了凱因岡。

兩週後，倖存的兩千雷達尼亞人逃回布拉河彼岸，而殘餘的喀艾德部隊則從紅隼山的峽谷爬回家。

北方山區黃金的另一個使用目的就此揭曉——科維爾的常備軍有兩萬五千人，個個都是戰鬥、搶掠經驗豐富的行家，是從世界最遠的各個角落招來的傭兵。科維爾提供非常大手筆的軍餉和退休保證，讓他們死心塌地地服務。這些人隨時準備賭命，好拿到每場勝戰過後皆能領取的闊綽賞金。領著這些富有士兵上戰場的，都是有經驗、有能力、現在也非常富有的將領，而紅髮國王和喀艾德的本達國王很清楚這些人的能耐，因爲這與不久前還在他們自己軍隊裡服役，卻無預警退役出國的是同一票人。

紅髮國王不是草包，懂得從錯誤中汲取教訓。他穩下情緒激動、要求發起聖戰的眾將軍，沒有採納各家商人的斷糧圍城之計，安撫了要求爲喀艾德遭滅的菁英部隊進行血腥報復的本達。紅髮國王提出談判。科維爾人同意對談，但要在他們的地方——蘭埃克塞特。即使受到這種羞辱，仍得吞下這麼一口鳥氣，紅髮國王依舊沒有卻步。風水總會輪流轉。

當年的人是以請求者的身分，搭船來到蘭埃克塞特。像一群低下的懇求者，就和我今天一模一樣。

戴斯特拉裹緊大衣，如是想著。

雷達尼亞艦隊駛進普拉克賽妲海灣，航向科維爾的海岸。主艦亞拉塔的甲板上，有著紅髮拉多維達、喀艾德的本達，以及扮演中間人角色的陪客拿威格拉德大主教。看著延伸入海的防波堤上，矗立著爲朋凡尼斯城守衛的敦實堡壘與圍牆，三人皆訝異不已。從朋凡尼斯往北駛的同時，眾家國王在探戈河河口那頭看見了一座接一座的港口，一座接一座的造船廠，一座接一座的碼頭。他們看見了多如森林的桅杆，以及一張張刺眼的白帆。一路看下來，科維爾已經做好準備，面對圍堵、報復及關稅大戰，也顯然已經準備好隨時掌控各個海域。

亞拉塔駛進寬廣的探戈河河口，將船錨拋到外港的石顎之中。不過眾家國王沒想到的是，還有一趟水路之旅在等著他們。蘭埃克塞特沒有街道，只有運河，而擔任這個大都會主要脈絡與承軸的大運河，則從港口直接通向王室住所。諸王紛紛坐上排櫓船，上頭有紫金花冠裝飾，以及讓紅髮國王和本達感到訝異的雷達尼亞之鷹與喀艾德的獨角獸。在大運河上航行時，國王與他們的隨員都四處觀看，保持沉默。事實上，該說他們是啞口無言。他們以爲自己知道什麼叫富有及華麗，以爲再怎樣的奢華炫富，都無法讓他們吃驚。他們錯了。

船隻行駛在大運河上，經過令人印象深刻的巨大建築阿德米拉利奇亞與商業公會所在地。他們順著一條長步道航行，上頭滿是衣著多彩華麗的人潮。雄偉宏大的宅邸與幾層樓高的石樓商舖，成排立於大運河兩岸。一面面美輪美奐、窄狹出奇的牆面，在水面映出一道彩虹；蘭埃克塞特以牆面寬度課稅，前牆越寬，稅額也就越高。

與大運河銜接的恩瑟納德宮——科維爾統治者的冬宮，是唯一一座有著寬闊牆面的建物。接待委員會與國王夫婦——科維爾的統治者葛多維伍斯及配偶蓋瑪，已經在階梯上等候。國王夫婦歡迎前來的賓客，用的是宮廷之禮，非常周到……而且很不尋常。葛多維伍斯稱拉多維達爲「尊敬的叔叔」，而蓋瑪則端著一張笑臉面對「親愛的爺爺」本達。畢竟，葛多維伍斯是特洛伊登依達家族家的一分子，蓋瑪則是出身喀艾德叛逆的阿依燈一系，而阿依燈身體裡流的，便是亞得克拉格的諸王之血。

血緣關係的確認讓人心情好轉，親切之感也油然而生，但之於談判卻無半點助益。基本上，後來的發展也不能算得上是任何談判。「孩子」簡潔說出他們的要求，而「長輩」則扮演聽眾。然後，眾人簽了文件，晚輩稱之爲「蘭埃克塞特第一條約」。爲了與後來簽訂的條約區分，第一條約就和其序篇的頭幾個字一樣，也叫作「自由開放之海」。

海洋是自由且開放的，貿易是自由的，獲利是神聖的。要把貿易與獲利當成孿生手足來愛。令他人在貿易與獲利上產生困難，是違反自然法則的。科維爾絕非附庸，而是一個獨立、自主且中立的王國。

看起來，葛多維伍斯與蓋瑪連做出最小讓步或任何舉動，好挽救拉多維達與本達的自尊都不想，就連禮數也不打算顧慮。不過他們卻這麼做了。他們同意讓紅髮拉多維達在官方文件上，永久保有科維爾與波維斯之王的頭銜，本達則是凱因岡與馬列歐列之王的頭銜。

當然，前提是他們不能做出任何妨礙。

葛多維伍斯與蓋瑪掌政二十五年，他們的兒子傑拉德成了特洛伊登依達一族的最後一滴血脈。科維爾的寶座改由迪森家族的始祖——伊斯特拉·迪森來坐。

科維爾的王族在一段不算長的時間內，與世界其他王朝締結了血親關係，將《蘭埃克塞特條約》奉為不可動搖的圭臬。他們從不牽扯鄰國事務。即使有時在歷史動盪的影響下，科維爾的國王或王子絕對有充分的理由，能以雷達尼亞、亞丁、奇達里士，甚至是維爾登或利維亞的王座繼承人自居，他們也從不質疑他國王位的傳承。強盛的科維爾從不試圖吞併或攻打他國領土，從不派遣裝載投石機和弩砲的巡邏艦到他國海域，從不將「藍海之霸」這樣的殊榮加諸自身。對科維爾來說，只要有「自由開放之海」，一個自由且開放的海洋可供貿易就夠了。科維爾宣告的是貿易與獲利的神聖性。

還有絕對堅定的中立。

戴斯特拉立起大衣上的海狸領，讓肩頸免受風吹，也擋開不斷劃落的細雨。他拋開思緒，看向四周。大運河的水呈現黑色。在潮濕的空氣與霧氣中，就算是蘭埃克塞特驕傲的阿德米拉利奇亞，看起來也像座營房。就連商號石樓都失去平日的華麗，狹窄的牆面看來也較平日更為狹窄了。說不定這些牆面確實該死地變窄了，戴斯特拉在心裡想著。要是艾斯特拉德王提高稅率，那些吝嗇的石樓主人有可能把房子改窄。

「大使，這種鼠瘟般的天氣在你們這邊已經很久了嗎？」他只是為了問而問，好打破這份令人不覺上火的寂靜。

「九月中就開始了，伯爵。」大使給了答案。「從滿月那天開始，看來冬天會提前報到。塔勒加爾已經下雪了。」

「我以為塔勒加爾的雪向來都不會融。」戴斯特拉說。

大使看了一他眼，好似在確定那是句玩笑，而不是漠視的象徵。

「塔勒加爾的冬季是從九月開始，五月結束，一年當中剩下的季節則是春天與秋天。那裡也有夏天……通常是從八月朔夜過後的第一個星期二開始，一直到星期三早上。」大使自己說起了笑話。

戴斯特拉沒有發笑。

「不過就算是那裡，也要到十月底才有可能下雪。」大使的聲音染上陰霾。

就像雷達尼亞的多數貴族，這名大使也受不了戴斯特拉。他把要接待大間諜這件事，視為對其個人的貶損。攝政委員會派來與科維爾議談的是戴斯特拉而不是他這點，也被他看成天大的羞辱。他──路伊特──來自九世伯爵的路伊特家族，而且是當中最著名的一支血脈，竟得稱這個故作高貴的老百姓為伯爵，真讓他覺得噁心。不過作為一名老練的外交家，他把心中的怨恨藏得極好。

船槳規律地舉起、放下，船身快速在運河上移動。現在他們正好駛經規模精小但品味十足的文化藝術宮。

「我們要去恩瑟納德宮？」

「是的，伯爵。」大使給了肯定的答覆。「外交事務總長很明確地指出，期望在您抵達後立即會面，所以我直接送您去恩瑟納德宮。晚上我會派船過去，因爲我想邀您共進晚餐……」

「請見諒，大使。」戴斯特拉打斷他：「職責在身，恕我無法接受您的款待。我有很多事情得處理卻不夠時間，只能犧牲樂事來換取。我們改天再共進晚餐。等時局轉好點、穩定些。」

大使朝他行禮，悄悄鬆了口氣。

□

進入恩瑟納德宮，他走的當然是後門。而這點讓他非常開心。王家冬宮的主要入口，有纖細長柱襯托的雄偉山花，而山花之下，是條直接通往大運河，令人印象深刻卻長得該死的白色大理石石階。通往眾多後門之一的階梯，就沒有那麼磅礴的氣派，卻好走許多。即使如此，還是讓戴斯特拉走得牙關緊咬、咒罵連連，但這咒罵他只喃喃含在嘴裡，免得被護送他的衛兵、僕從與總管聽見。

宮殿裡頭等著他的，又是一道接著一道的階梯，一層又一層的爬升。戴斯特拉再度低聲咒罵。這一定是因爲潮濕寒冷的天候和船上不舒服的姿勢，讓他遭人折碎、靠魔法醫好的關節，又重重痛了起來。還有糟糕的回憶。戴斯特拉咬牙切齒。他知道讓他受苦的獵魔士，同樣也讓人打斷骨頭。他深深希望獵魔士的骨頭也同樣發疼，深深希望這種痛楚能在對方身上有多久就維持多久，讓對方有多難受就多難受。

外頭天色已暗，恩瑟納德宮的走廊一片漆黑，不過戴斯特拉跟在總管後頭走的這條路上，有零星僕從舉燭照明。總管領他來到一扇房門，門前的衛兵拿著斧槍，個個繃直了身子站著，就好像他們後臀裡都塞了把備用斧槍似的。這裡舉燭站廊的僕從比較多，照出來的光線直教人刺眼。這等的迎賓排場讓戴斯特拉有些訝異。

一進屋內，他便不再訝異，深深行了一個禮。

「歡迎，戴斯特拉。」科維爾、波維斯、拿洛克與維爾哈德之王艾斯特拉德．迪森說：「別站在門邊，過來這裡吧，靠近點。禮數放一邊，這不是正式接見。」

「王后陛下。」

艾斯特拉德的妻子祖蕾卡王后微微頷首，回應戴斯特拉敬意滿滿的行禮，手上的鉤針一刻也沒停下。

這個偌大的房間裡，除了國王夫婦外，再無其他生息。

「就是這樣。」艾斯特拉德注意到他的目光。「我們就四眼，抱歉，是六眼相對，來聊一聊。我覺得這樣比較好。」

戴斯特拉在指定的椅子坐下，與艾斯特拉德正面相對。國王的肩上披著綴滿寶石的緋紅披風，頭上則有與披風相稱的絲絨冠帽。就像迪森家的男人一樣，他也是高大魁梧，有著誘人犯罪的俊美皮相。他的外表十分健壯，像個剛從海上回來的水手，從他身上還能感受到海水和帶著鹹味的冷風。就像迪森家的所有人，這位國王的確切年齡很難估測。看頭髮、膚質與手掌——最容易透露年紀的地方——艾斯特拉德或許有四十五歲，不過戴斯特拉知道國王是五十六歲。

「祖蕾卡。」國王側身傾向妻子。「看看他。要不是妳已經知道了，說他是個間諜，妳相信嗎？」

王后祖蕾卡個頭不高、身材腫胖、樣貌不佳，但給人很舒服的感覺。而她的衣著就像她這種相貌的女性會選擇的典型穿搭，不讓任何人猜出身分。祖蕾卡就是用身上寬大的連身長裙來展現這種效果，沒什麼剪裁、色調暗灰，頭上的帽子則是女性先祖傳下的。她沒有使用任何妝彩，也沒有配戴任何珠寶。

「《善典》教我們，評斷鄰居時要懂得自制，因爲有天我們也會受人評斷。而且，我們也不應該以貌取人。」她用輕柔好聽的聲音說。

艾斯特拉德．迪森對妻子投了一道溫暖的注視。眾所皆知，他對妻子懷有無盡愛意，即使過了二十九個年頭，這份愛仍舊沒有絲毫消減，反而愈發熾熱。據信，艾斯特拉德從來不曾背叛過祖蕾卡。這種不可思議的事，戴斯特拉並不是很相信，不過他自己三次把貌美如花的特務送給艾斯特拉德——該說安插到艾斯特拉德的身邊——都是負責爭寵、要爲他提供消息的女人，可是卻一點效果也沒有。

「我不喜歡拐彎抹角，所以我就把爲什麼會決定和你面對面說話的原因，直接告訴你。」國王說：「原因有幾個。第一，我知道你不會放過任何收買人心的機會。基本上，我對我的官員有信心，不過何苦讓他們受到如此艱難的考驗，讓他們與誘惑奮戰？你打算對外交事務總長提出怎樣的收買條件？」

「一千拿威格拉德克朗。」間諜直接回答，眼睛連眨都沒眨一下。「要是他還價的話，我會出到一千五。」

艾斯特拉德．迪森沉默片刻後，說：「我就是喜歡你這點。你眞是個十足的王八蛋，讓我想起年輕的時候。看著你，就好像看見我在你這個年紀的樣子。」

戴斯特拉用行禮表達謝意。他只比國王小八歲。這一點，他確定艾斯特拉德也十分清楚。

國王端正神色，再度說道：「你眞是個十足的王八蛋，不過也是個誠懇正派的混蛋。這在現今的卑劣時局裡是很少見的。」

戴斯特拉再度行了個禮。

「你瞧，」艾斯特拉德接著說：「每個國家裡，都有為社會秩序理念狂熱的盲目分子。這個理念的追求者，隨時都準備好付出一切，就算要犯下滔天大罪也在所不惜。因為他們認為目的會使手段變得神聖，會改變行為的意涵。他們不是在殺人，而是在拯救秩序。他們不是在折磨、恐嚇他人，而是在鞏固國家利益、為秩序奮戰。要是有單一個體破壞規範秩序的教條，對這些人來說，這樣的個體不值分毫，也不值一哂。不過這些人所致力的社會，正是由如此的個體組成，而他們卻不願意接受這個事實。這些人的眼界還眞是所謂的廣……要想無視旁人，最穩當的做法就是用這種眼界看待一切。」

「尼可戴牧斯．德斯特。」戴斯特拉沒能沉住氣。

「很接近，但沒猜中。」科維爾王露出了雪花石膏般的白牙。「是克爾沃的維索戈塔。他沒有那麼出名，但也是個不錯的倫理學家與哲學家。他的著作，我推薦。說不定你們那裡還有他的書？說不定你們沒有全都燒光？不過，回到正事、回到正事。你，戴斯特拉，說到陰謀詭計、收買人心、恐嚇逼迫、刑求拷打的時候，也是沒有任何顧忌。不管是光明正大判人死刑，還是暗中進行刺殺，你的眼睛連眨都不會眨一下。雖說你所做的一切都是為了你的王國，但卻不能把你的行為合理化，而你在我眼裡也不會變得比較可親，一點也不會。這點你要知道。」

間諜點頭表示知道。

「不過，」艾斯特拉德接著說：「你就像人家說的，是個有操守的王八蛋，所以我才喜歡你、尊重你，才召你私下會面。因為你，戴斯特拉，有成千上萬的機會，卻從沒有公器私用，甚至沒有挪過半分公帑。祖蕾卡，妳看！是他臉紅了，還是我自己這麼覺得？」

王后從手上的女紅中抬頭。

「從他們的謙遜，便可知道他們的操守。」間諜的臉上根本沒有半絲紅彩，而她肯定看得一清二楚，卻還是引述了《善典》中的一段話。

「好了，回到正題。」艾斯特拉德說：「是時候談國家大事了。他呢，祖蕾卡，是懷著一份愛國的責任心，飄洋過海搭船來的。他的祖國雷達尼亞有危險了。維吉米爾王慘死之後，那邊就陷入混亂。雷達尼亞裡管事的，是一群叫作攝政委員會的白痴。我的祖蕾卡啊，這群白痴不會爲雷達尼亞做任何事。一旦碰上危險，他們不是逃走，就是開始像群狗一樣，去磨蹭尼夫加爾德帝王那縫滿珍珠的尖頭鞋。這群白痴看不起戴斯特拉，因爲他是個間諜，是個殺手，是個擠進上流社會的老粗。可是，爲了救雷達尼亞而飄洋過海的人是戴斯特拉，這說明了誰才是眞正重視雷達尼亞的人。」

這場演說讓艾斯特拉德·迪森感到疲憊。他不再發言，喘了喘氣，把微微滑向鼻尖的紅色貂毛冠帽調正後，說：

「好了，戴斯特拉，你的王國怎麼了？我是指，除了缺錢以外，還有什麼問題？」

「謝謝。除了缺錢，大家都很健康。」間諜的臉宛如石像。

「嗯。」國王點了點頭，帽子又一次滑向鼻尖，得再度調正。「嗯，我了解了。」

「我了解了，也贊同這種理念。」國王接著說：「要是有錢的話，就可以自己針對其他病症買藥。重點是要有錢，而你們沒有。你們要是有錢，你就不會在這裡了。我的理解正確嗎？」

「無懈可擊。」

「那麼我好奇問一下，你們要多少呢？」

「不多，一百萬比贊特。」

「不多？」艾斯特拉德．迪森誇張地把兩手按到冠帽上。「這叫不多？哎呀呀！」

間諜喃喃道：「對國王陛下您來說，這種數目不過是小意思……」

「小意思？」國王放開冠帽，攤開雙手比抬向繪飾天花板。「哎呀呀！一百萬比贊特是小意思，祖蕾卡，妳有聽到他在說什麼嗎？戴斯特拉，那你又知道有這一百萬和沒這一百萬，一來一往就是兩百萬嗎？我知道、也了解你和菲莉帕．愛哈特急著想辦法要抵禦尼夫加爾德，可是你們想做什麼？把整個尼夫加爾德買下來還怎樣？」

戴斯特拉沒有回答。祖蕾卡專心勾著織品。艾斯特拉德假裝看著天花板上的赤裸女神寧芙，欣賞了片刻。

「過來吧。」他突然起身，朝間諜點點頭。

他們走向一幅巨大畫作，上頭是葛多維伍斯王騎著灰馬，正用馬鞭指著某個畫布容不下的東西給軍隊看，想必是在指引方向。艾斯特拉德從口袋裡翻出一根鍍金的小棒子，點了點畫框，低聲唸出咒語。葛多維伍斯王與灰馬消失不見，一張立體地勢圖取而代之，那是他們熟悉的世界。國王用小金棒點了下地圖角落的銀鈕釦，以魔法將圖面縮小到亞魯加河河谷與四大王國的範圍。

「藍色是尼夫加爾德，紅色是你們。」他解釋著：「你在看哪裡？看這裡！」

戴斯特拉把視線從其他畫作裡拉回。那些畫呈現的主要是以海為題的行動與場景。他在想哪一幅是下了魔法的僞裝，好藏住艾斯特拉德另一份惡名昭彰的地圖。那上頭畫了科維爾的戰略與經貿情報網，還有線人、恐嚇對象、探員、對口、潛藏各國的分裂者、僱傭殺手、「休眠」特務，以及旅居各國活躍分子的完整分布。他知道有這麼一幅地圖，卻一直找不到管道接觸。

「紅色的是你們。」艾斯特拉德又說了一次。「看起來很糟，對吧？」

是很糟，戴斯特拉在心裡承認。最近這段時間他不斷閱覽各種戰略地圖，不過現在用艾斯特拉德的立體地勢圖看來，他們的處境又更糟了。藍色方塊組成了一個張大的可怕龍顎，隨時都能狠狠一咬，把可憐的紅色方塊全數嚼碎。

艾斯特拉德．迪森看了下左右，想找個能比畫地圖的東西。最後，他從身旁的盔甲擺設上，抽出裝飾用的護手刺劍。

他用刺劍指著地圖，開始長篇講述：「尼夫加爾德攻擊了利里亞和亞丁，而宣戰理由是邊境的格雷維津根要塞受到攻擊。我不會去細問實際襲擊格雷維津根的人是誰，又是僞裝成哪國的樣子。亞丁和特馬利亞也訂了類似的計畫，但我認爲去猜想恩菲爾的軍事行動搶先他們幾天或幾個小時，這也是沒有意義。這些就留給歷史學者去傷腦筋。我比較有興趣的是當前的局勢，以及未來會發生的事。目前尼夫加爾德來到安葛拉谷和亞丁，靠精靈掌權的布蘭薩納谷，這片與亞丁接壤的地區擋在前頭作爲緩衝。但說難聽點，這塊地像是恩菲爾咬在嘴裡的肥肉，卻被喀艾德王韓瑟頓硬生生搶去吞下了。」

戴斯特拉沒有發表評論。

「韓瑟頓王的評價工作就留給歷史學者吧。」艾斯特拉德道：「不過只要瞥一下這份地圖，就可以看出韓瑟頓用他併下的北馬爾西亞，擋住了恩菲爾進入彭達爾谷的路。他替特馬利亞護住了側翼，還有你們雷達尼亞人也是。你們應該感謝他。」

「我謝過了，只不過說得很小聲。」戴斯特拉嘀咕了下。「亞丁的戴馬溫王在特雷托格作客，而他對韓瑟頓的作為給了挺精確的道德評價，通常是用鏗鏘有力的簡短幾字來表示。」

「我可以想見。」科維爾王點了點頭。「這個我們暫且擱下，來看看南方亞魯加河這邊吧。恩菲爾在攻擊安葛拉谷的同時，也單獨和特馬利亞的佛特斯特訂了協議，以保護自己的側翼。不過在亞丁的戰事結束之後，他馬上打破協議，進犯布魯格與索登。佛特斯特靠他的懦弱談判爭取到了兩週的平靜。準確地說，是十六天。而今天是十月二十六日。」

「是沒錯。」

「所以十月二十六日的局勢如下：布魯格與索登被佔。拉茲旺與馬耶納兩座要塞被摧毀。特馬利亞大軍在馬利堡一戰被擊潰。馬利堡遭到包圍。他們到今天早上都還撐著，不過現在已經是晚上了，戴斯特拉。」

「馬利堡會撐下去的，尼夫加爾德人沒辦法把城圍到滴水不漏。」

「這倒是真的。他們跑太遠，補給線拉得太長，側翼也沒有安全屏障。他們會在入冬前放棄圍城，退到離亞魯加河近一點的地方，縮短戰線。不過春天到了會怎樣呢？戴斯特拉，等到草從雪地裡探出頭的時候，會怎樣呢？靠過來一點，看看這張地圖。」

戴斯特拉定睛看了看。

「看看這張地圖。」國王重複一次。「我來告訴你，等春天到了，恩菲爾．法．恩瑞斯會怎麼做。」

□

「他會在春天展開前進攻，規模將會是前所未有。」卡西雅．凡．坎登一邊說著，一邊在鏡子前整理鬈髮。「唉，我知道這個消息本身不太聳動，每個在城裡水井邊洗衣服的女人，都拿這個春季大戰來閒嗑牙。」

阿西蕾．法．阿娜西得今日雖然格外浮躁而不耐，卻還是忍了下來，沒有去問卡西雅既然事情這麼不聳動，為甚麼還要來煩她。不過她很清楚坎塔蕊拉是怎樣的人。要是坎塔蕊拉開始說一件事，那就一定有她的道理所在，而她所說的每一件事，最後通常都有結論。

「不過我知道的還是比一般人多一點。」坎塔蕊拉說：「瓦鐵把一切都和我說了。和大帝商議的全部經過。而且，他把整冊地圖都帶來我這，他睡著後，我就自己翻了翻……要繼續說下去嗎？」

「這是當然。」阿西蕾眨了下眼睛。「說吧，親愛的。」

「攻擊的主要方向當然是特馬利亞，彭達爾河邊界，拿威格拉德—維吉馬—艾蘭德連線。攻擊由中軍負責，領軍的是門諾．科耶亨。側翼由東軍防守，他們和亞丁會在彭達爾河谷交戰，和喀艾德……」

「他們要打喀艾德？」阿西蕾揚起眉毛。「難道說，這場分贓的脆弱友誼已經要到盡頭了嗎？」

「喀艾德威脅到尼夫加爾德的右翼。」卡西雅．凡．坎登微微嘟起豐潤的唇瓣，洋娃娃般的臉蛋與充滿謀略的睿語形成了極大的反差。「這是預防性攻擊。分出來的東軍要把韓瑟頓的軍隊絆住，讓他不再去想幫助特馬利亞的可能。」

金髮女郎接著說：「西方會由特殊行動部隊維爾登出擊，任務是掌控奇達里士，並將拿威格拉德、葛思維冷與維吉馬都圍個密不透風。因為參謀總部認為有必要包圍這三座要塞。」

「這兩支部隊的領軍叫什麼，妳都沒有提到。」

「東軍的是阿爾達·阿波·達西。」坎塔蕊拉淺淺一笑。「維爾登軍的是尤阿希姆·戴維特。」

阿西蕾將眉毛吊得老高，說：

「眞有趣。兩個同樣爲了女兒被恩菲爾從大婚人選名單刪除而鬧脾氣的公爵。我們的大帝要嘛是太天眞，要嘛就是太狡猾。」

「要是恩菲爾知道什麼和這兩個公爵的陰謀有關的事，不會是從瓦鐵那裡。」坎塔蕊拉說：「瓦鐵什麼都沒跟他說。」

「繼續。」

「這場進犯的規模該是前所未有。把戰線、備勤、支援、後衛等所有部隊加起來，這場行動參與的人數將會超過三十萬。當然，還有精靈。」

「開始的日期是？」

「還沒決定。關鍵在於補給，而補給就是道路要暢通，但沒人可以預料冬天何時結束。」

「瓦鐵還說了什麼？」

「吐了些苦水，可憐蟲一個。」坎塔蕊拉亮出了小巧貝齒。「大帝又給了他一頓排頭，教訓了他一番。在眾目睽睽之下。原因還是那個神祕消失的史蒂芬·斯凱蘭和他的整支部隊。恩菲爾當眾說瓦鐵是飯桶，說他身爲情報組織首領，沒有不著痕跡讓人消失，反而訝異有人能消失得無影無蹤。恩菲爾還拿這件事做了個惡意的雙關語，不過瓦鐵講不清楚是什麼。之後，大帝玩笑性地問瓦鐵，是不是有另一個祕密組織出現，祕密到連瓦鐵都不知道。我們的皇帝腦筋轉得很快，猜得很接近。」

「很接近。」阿西蕾咕噥了聲。「卡西雅，還有嗎？」

「瓦鐵安插在斯凱蘭部隊裡的特務叫耐拉汀．切卡，也同樣不見了。瓦鐵一定很看重他，因爲他的消失讓瓦鐵異常鬱悶。」

我也是，阿西蕾想著。耶狄亞赫．麥克賽爾的消失同樣讓我感到鬱悶。不過我和瓦鐵．德里多不一樣，我很快就會知道發生了什麼事。

「那黎恩斯呢？瓦鐵沒再碰到他嗎？」

「沒有，他沒說。」

兩個人皆沉默了一會兒。阿西蕾膝上的貓兒發出大大的呼嚕聲。

「阿西蕾小姐。」

「說吧，卡西雅。」

「我這個不聰明的情婦角色還要演很久嗎？我想回去唸書，把精力花在學術上……」

「不會很久。」阿西蕾打斷她：「不過還要一下下。忍著點吧，孩子。」

坎塔蕊拉嘆了口氣。

她們結束會談，相互道別。阿西蕾．法．阿娜西得把貓兒趕下扶椅，又看了一次芙琳吉拉．薇果的信。她人目前在投散特。阿西蕾陷入了沉思，因爲那封信喚起她的不安。她可以感覺得到字裡行間另有祕密，卻沒辦法了解。當阿西蕾．法．阿娜西得——尼夫加爾德的女巫啓動傳影鏡，與雷達尼亞的孟特卡佛堡隔空聯繫時，已經是夜半時分了。

菲莉帕．愛哈特穿著肩帶極細、長度極短的夜衫，而她的臉頰與胸口上都有口紅印子。阿西蕾盡其所能不讓心中的厭惡浮上臉。我永遠、永遠都沒辦法了解這種事。她心想。而且我也不想了解。

「現在說話方便嗎？」

菲莉帕以單掌劃出大大的手勢，將自己包在圓形的魔法保密罩裡。

「現在可以了。」

「我有一些消息。」阿西蕾制式地起了頭：「這些消息本身並沒有多聳動，甚至連水井邊的女人家都在聊，不過……」

□

「整個雷達尼亞目前可以派出三萬五千名前鋒，其中有四千名是重裝騎兵。當然，這是湊整數來算。」艾斯特拉德．迪森看著自己的地圖說。

戴斯特拉點了點頭。這筆帳算得絕對精準。

「戴馬溫與蜜薇當初的軍隊陣容也差不多，恩菲爾用二十六天就把他們擊潰。雷達尼亞與特馬利亞軍如果沒有加強兵力，也將面臨相同的命運。我支持你們的想法——你和菲莉帕．愛哈特的。你們需要軍隊。你們需要有力、老練又裝備完整的騎兵，你們需要一百萬左右的比贊特來聘請這種騎兵。」

間諜點了點頭，表示自己對這筆帳也沒有任何微詞。

「不過你一定知道，科維爾不管是過去、現在或未來，都保持中立。」國王冷冷地說：「我們與尼夫加爾德帝國訂有條約，而且是我的祖父伊斯特拉．迪森，與費爾古斯．法．恩瑞斯皇帝簽的。條文明定，科維爾不准爲尼夫加爾德的敵方提供軍事援助或是作爲軍用的財力。」

戴斯特拉清了清嗓子，說：「一旦恩菲爾．法．恩瑞斯把雷達尼亞與特馬利亞踩到了腳下，就會把眼光放到北方。恩菲爾不會就此滿足。說不定到頭來，你們的條約會變得連一磅凝灰岩都不值。我們剛剛才說過特馬利亞的佛特斯特，他和尼夫加爾德的協議，竟只讓他買到了十六天的和平……」

「唉，親愛的。」艾斯特拉德嘆了口氣。「話可不能這樣說。簽條約就和結婚一樣，簽的時候不會先預設毀約的立場，簽了之後也不會疑神疑鬼。要是有人不喜歡，那就不要結婚。因爲要是不結婚，就不會戴綠帽。不過你得承認，拿怕戴綠帽來當作強制獨身的託詞，是既可悲又好笑啊。而綠帽這種『如果這樣就會怎樣』的想法，不是婚姻裡該考慮的課題。只要沒戴上綠帽，問題就不會存在，而一旦已經戴上，那也沒什麼好說的了。既然我們已經說到綠帽，漂亮的瑪麗葉的丈夫，也就是雷達尼亞的財庫總長德梅爾切侯爵，近來如何呢？」

「國王陛下，」戴斯特拉僵直地行了個禮。「您手下有這麼一批探員，還眞是教人嫉妒。」

「我確實有一批好手。」國王承認：「要是知道他們有多少人、有多厲害，你可要吃驚了。不過你的人也沒讓你丟臉。我是指你擺在我的宮廷和這裡，還有朋凡尼斯的那些人。喔，我敢保證，他們每個人都該拿到最高評價。」

戴斯特拉的眼睛一瞬也不瞬。

艾斯特拉德看著天花板上的女神寧芙，接著說：「恩菲爾．法．恩瑞斯也巧妙安插了幾個能力不錯的特務，所以我要再次重申，科維爾一國的利益，是立基於中立與貫徹條約的原則之上。科維爾不會打破簽訂的條約。就算另一方立約者打算毀約，科維爾也不會爲了要搶得先機而率先打破簽訂的條約。」

「我斗膽提醒一下，」戴斯特拉說：「雷達尼亞並沒有要科維爾毀去任何條約。雷達尼亞絕對沒有打算向科維爾爭取聯盟或軍援，以對抗尼夫加爾德。雷達尼亞要的……是借一筆小數目，日後也會償還……」

「我已經想見你們會怎麼還。」國王打斷他：「不過這只是以學術角度考量，因爲我是不會借你們任何一毛錢的。別和我來虛僞詭辯這一套，戴斯特拉，因爲那和你的相配程度，就像狼和圍兜一樣。你還有其他比較重要、比較有智慧、比較確切的論點嗎？」

「沒有。」

艾斯特拉德．迪森沉默了一會兒後，說：「你算是走運，成了間諜。要是你走上商業這途，絕對成不了氣候。」

□

亙古以來，每對王室夫婦都有自己獨立的寢室。國王會造訪王后的寢居，頻率每朝各異，而王后有時也會出其不意地造訪國王。之後，王室夫婦會再度分開，回到各自的寢室與床鋪。

科維爾的國王夫婦在這點上，同樣顯得獨特。艾斯特拉德．迪森與祖蕾卡總是一同就寢——睡在同一間寢室，躺在同一張掛著巨大床帳的巨大床鋪上。

入睡前，祖蕾卡通常會戴上不敢在臣民面前展示的眼鏡，讀一讀她那本《善典》。艾斯特拉德則會和她說說話。

這天晚上也是一樣。艾斯特拉德把睡帽戴到頭上，把權杖拿在手上。他喜歡把權杖拿在手上玩耍，不過他不會在正式場合這麼做，怕子民會朝他大吼太狂妄。

「祖蕾卡，妳知道嗎？我最近作了些很奇怪的夢。我已經好幾次夢到我母親那個老巫婆。她站在我面前和我說：『我幫譚克雷德找到妻子了，我幫譚克雷德找到妻子了。』然後她給我看一個親切，但年紀很輕的女孩。祖蕾卡，妳知道那女孩是誰嗎？是奇莉，卡蘭特的孫女。祖蕾卡，妳記得卡蘭特嗎？」

「我記得，夫君。」

艾斯特拉德一邊把玩權杖，一邊接著說：「奇莉就是那個恩菲爾．法．恩瑞斯看似要迎娶的女孩。眞是段奇怪的婚姻關係，讓人意外……所以她該死地要怎麼變成譚克雷德的妻子？」

「譚克雷德是該有名妻子了。」祖蕾卡的聲音起了些微變化，就像每次說到兒子時的那樣。「說不定他會變得穩重些……」

「有可能。」艾斯特拉德嘆了口氣。「雖然我很懷疑，不過這也是有可能。總而言之，婚姻是個契機。嗯……那個奇莉……哈！科維爾和琴特拉。亞魯加河河口！這聽起來挺不錯、挺不錯的。這會是場漂亮的結盟……漂亮的聯合……不過要是這個小ㄚ頭是恩菲爾看上眼的……爲什麼一直出現在我夢裡的人，會是她？而我又到底爲什麼會夢到一些蠢事？眞是見鬼了。晝夜平分點那晚妳記得嗎？就是妳也被我吵醒的那晚……唔，那場惡夢還眞可怕，眞高興我記不起細節……嗯……要不要叫個占星師來？還是預言師？靈媒？」

「夕樂．德唐卡維勒在蘭埃克塞特。」

「不。」國王皺起了眉頭。「我不要那個女巫。她太聰明，她在這邊都快變成第二個菲莉帕．愛哈特了！權力的滋味對這些聰明的娘兒們來說太好了，不能讓她們仗勢恩寵與信賴而壯大膽子。」

「你說的話一向有道理，夫君。」

「嗯……不過那些夢……」

祖蕾卡翻了幾頁書，道：「《善典》說，人在入睡時，眾神會打開他的耳朵，對他說話。而先知列布達則教導我們，看見夢境代表看見極爲偉大之智慧，或極爲糊塗之事。竅門在於辨別這兩者。」

「譚克雷德與恩菲爾未婚妻的婚事應該不會是偉大的智慧。」艾斯特拉德嘆了嘆氣。「說到這裡，如果能在夢裡尋得智慧，那我會非常高興。我想說的是戴斯特拉那件事。那件事不簡單啊。因爲妳瞧，我最愛的祖蕾卡，尼夫加爾德強勢朝北推進，準備隨時奪下拿威格拉德，而從拿威格拉德那裡看這一切——包括我們的中立——跟從遙遠的南方看是不一樣的。在這種情況下，理智可不允許我感到開心。所以，要是雷達尼亞與特馬利亞可以攔下尼夫加爾德，把侵略者趕回亞魯加河對岸的話，會比較好。不過，讓他們拿我們的錢去做這件事好嗎？妳有在聽我說話嗎？我最愛的妻子？」

「我在聽，夫君。」

「那妳認爲呢？」

「所有的智慧都在這本《善典》裡。」

「那要是來了這麼一個戴斯特拉，向妳要了一百萬，妳的《善典》有說該怎麼做嗎？」

祖蕾卡隔著滑落的眼鏡眨眨眼，說：「《善典》沒提到任何與不義之財有關的事。不過其中一段說了，施比受更有福，懂得雪中送炭才叫難能可貴。書裡說把一切分送出去，會讓你的靈魂變得高貴。」

「不過口袋跟肚子就會空了。」艾斯特拉德．迪森嘀咕了下。「祖蕾卡，除了高貴的施與受這段，

《善典》有其他跟生意有關的段落嗎？比如說，《善典》是怎麼看等價交換的？」

王后調了調眼鏡，開始快速翻動書頁，讀出其中一句：

「一報還一報。」

艾斯特拉德沉默了一段較長的時間。最後，他緩緩問道：

「那麼，還有其他的嗎？」

祖蕾卡回頭翻書。然後，她突然宣布：

「我在先知列布達的《智慧集》中找到一樣東西，要唸出來嗎？」

「那就唸吧。」

「先知列布達說：『要幫助窮人。不過與其給窮人整顆西瓜，不如只給他半顆，因爲這樣的好事會讓窮人昏了頭。』」

「半顆西瓜。」艾斯特拉德．迪森一臉不認同。「也就是五十萬？祖蕾卡，妳知道有這五十萬和沒這五十萬，一來一往就是整整一百萬了嗎？」

「你沒讓我把話說完。」祖蕾卡隔著滑落的眼鏡，狠狠瞪了丈夫一眼。「先知接著說：『更好的辦法是給窮人四分之一顆西瓜。而最上乘的做法，是讓別人給這窮人整顆西瓜。因爲我實話告訴你們，有一整顆西瓜又願意分給窮人的人總是找得到，而那人之所以願意這麼做，不是出於一顆高貴的心，就是出於算計或其他理由。』」

「哈！」科維爾王把權杖敲在床頭櫃上。「這個先知布列達確實是個有腦袋的先知啊！與其自己給，不如讓別人去給？這話我喜歡，這是眞正的金玉良言啊！我親愛的祖蕾卡，妳再找找這個先知的

《智慧集》。我很肯定，妳在那裡頭能找到辦法，讓我解決雷達尼亞的問題，還有他們想用我的錢去組軍隊的那件事。」

祖蕾卡在書中翻找許久。最後，她開始朗讀：

「一回，先知布列達的門徒問他：『教教我，大師，我該怎麼做？我的一個好友想要我最愛的狗。要是我把最愛給了他，我就會難過得心碎。要是不給他，我就會不開心，因爲我的拒絕會傷到他，怎麼辦？』先知問：『有什麼東西是你喜歡，但不像你最愛的狗那麼喜歡的？』門徒回答：『有，大師。我有隻淘氣的貓，是個很會惹麻煩的搗蛋鬼，而且我一點也不喜歡牠。』於是，列布達說：『那就把你那隻淘氣貓——那個愛惹麻煩的搗蛋鬼帶上，送給你的好友。如此一來，你就會得到雙倍的幸福——擺脫那隻貓，也讓你的好友開心。因爲最常見的情況，就是好朋友要的並非餽贈，而是善意。』」

艾斯特拉德沉默了一段時間，眉頭緊湊。

最後，他問：「祖蕾卡，這個先知和剛剛那個是同一人嗎？」

「帶上你那隻淘氣貓……」

「妳講第一次的時候我就聽見了！」國王大聲吼道，但又隨即打住。

「對不起，我的愛，問題是我不太懂這和貓有什麼……」

他安靜了下來，陷入沉思。

□

在經過八十五個年頭之後，世局的轉變之大，有些人和事已經可以毫無顧忌地提起，身為艾斯特拉德·迪森之外孫，其長女高德孟蒂之子的克萊登公爵奎斯卡德·費爾莫嵐如是說道。奎斯卡德公爵的年事已高但記憶猶新。雷達尼亞為了和尼夫加爾德開戰，拿去替騎兵整裝配備的一百萬比贊特是從何而來，揭曉謎底的人正是奎斯卡德公爵。那一百萬並不像眾人所想，出自科維爾財庫，而是拿威格拉德君主的。奎斯卡德透露，艾斯特拉德·迪森在不斷興起的合夥外貿商號中出了資，從拿威格拉德那裡賺了錢。矛盾的是，這些商號的成立，是尼夫加爾德商人積極合作的成果。所以，從奎斯卡德公爵的描述可以歸納出，某種程度上，雷達尼亞軍隊的籌組是尼夫加爾德自己出的資。

「外祖父說了些和西瓜有關的事，臉上還掛了調皮的笑容。」奎斯卡德公爵回憶著：「他說就算是出於算計，也總是有人想給窮人贈與。他還說，既然尼夫加爾德自己都替雷達尼亞的軍隊陣容與戰力提升出了份心，就不能在這件事上對其他人有任何微詞。」

老者接著說：「所以，後來外祖父把當時擔任情報組織首領的父親，還有國內事務總長叫了過去。當他們知道要辦的是什麼事後，兩人全都慌了。因為外祖父說的是要從各個監獄與拘留營裡，釋放超過三千人。而會被解除軟禁的也超過百人。」

「這事牽涉到的不是只有盜匪、一般罪犯和殺手，不是啊。這場大赦包含的對象，主要是國內的反對勢力。而獲得特赦的這些人裡，有被推翻的李德國王擁護者和篡位的伊狄人馬，以及痛恨他們的游擊兵。而且不是只有那些口頭上支持的人——裡頭大多數人犯的罪都是進行分裂、刺殺及發動武力叛變。國內事務總長嚇得不知所措，父親則是非常不安。」

「而外祖父卻大笑出聲，」公爵說：「好像那是個世上最好笑的笑話似地。之後，他是這麼說的，我記得一清二楚，『兩位男士，你們沒有在睡前讀《善典》的習慣，眞是太可惜了。你們要是有讀過，就會了解你們的君主在想什麼。就算不明白，你們還是得照命令去辦。不過你們不用瞎擔心，也犯不著現在就先擔起這個心，你們的君主知道自己在做什麼。所以現在你們走吧，去把我那些個淘氣貓隻，老愛惹麻煩的搗蛋鬼都放一放。』」

「他就是這麼說的，『淘氣貓』、『搗蛋鬼』。而他指的是什麼，當時沒人弄得清楚，也沒人知道那和日後名譽、榮耀加身的諸位英雄領袖有關。外祖父的『貓咪』成了後來知名的傭兵——『終結者』亞當．潘格拉特、羅倫佐．莫拉、『凸額頭』右安．古鐵瑞茲……還有尤莉雅．阿巴特馬可，她在雷達尼亞是大名鼎鼎的『可愛小迷糊』……年輕人，這些你們都不記得了，不過在我那個年代，大家玩打仗的時候，每個男孩子都想要當『終結者』潘格拉特，而每個女孩子則想要當『可愛小迷糊』尤莉雅……不過對外祖父來說，這些都是淘氣的貓兒，嘿、嘿。」

「後來呢，」奎斯卡德．費爾莫嵐的聲音有些模糊：「外祖父牽起我的手，把我帶去露台，外祖母祖蕾卡正在那裡餵海鷗。外祖父對她說……說……」

老人一點一點、絞盡腦汁回想八十五年前，國王艾斯特拉德．迪森在大運河上的恩瑟納德宮露台，對妻子祖蕾卡王后所說的話。

「我最愛的妻子，妳知道嗎？我注意到列布達先知的《智慧集》裡，還有另一樣智慧，會讓我從送淘氣貓給雷達尼亞這件事上，再獲得一個好處。我的祖蕾卡呀，那些貓兒會回家呢。貓兒不管去了哪，最後總會回到家。等我那些貓兒回來，等牠們帶來軍餉、戰利品、財富……我就要給那些貓兒扣稅！」

□

國王艾斯特拉德．迪森與戴斯特拉最後一次對話時，只有四目相對，甚至沒有祖蕾卡在場。巨大的廳室地板上，確實還有一名看似十歲的男孩在玩耍，但這孩子畢竟不能算數。此外，男孩是如此專注在自己的小小錫兵隊上，對大人談話的內容根本一點都不在意。

「這是奎斯卡德。」艾斯特拉德用頭比著男孩，解釋道：「他是我的外孫，我的高德孟蒂和那個老愛惹事的費爾莫嵐王子生的兒子。不過這個小傢伙，奎斯卡德，是科維爾的唯一希望。我是說，如果譚克雷德．迪森他……如果譚克雷德碰上了什麼事的話……」

戴斯特拉知道科維爾的問題，而這也是艾斯特拉德私人的問題。他知道譚克雷德已經碰上了一些事。那男孩如果有任何條件成爲國王，也只會是個極糟糕的國王。

「你的事基本上已經解決了。」國王說：「你已經可以開始考慮，如何把不久後就會進到特雷托格財庫的一百萬比贊特，做最有效的運用。」

他彎下身，從奎斯卡德顏色鮮艷的錫兵隊中，偷偷拿走一個高舉馬刀的騎兵。

「這你拿去，聽好了。如果有人給你看另一個這樣的士兵，一模一樣的，即使你覺得不像，即使你沒辦法相信他是我的人、知道我們的一百萬，但那個人就會是我的使者。除了這個人，其他都是要試探你，你要把他們當作故意挑釁的人。」

戴斯特拉行了個禮，說：「雷達尼亞不會忘記這事的，國王陛下。而我向您保證我個人的感激。」

「你不用向我保證，只要把你本來打算拿來從我的總長那邊取得善意的一千克朗交出來就好了。難道國王的善意就不該得到賄賂作為回報？」

「國王陛下，您這樣是自貶身分……」

「是貶低了、貶低了。把錢交出來，戴斯特拉。有這一千和沒這一千……」

「……這一來一往就是兩千。我知道。」

□

恩瑟納德宮較遠的一邊側翼裡，有一間規模小了許多的房間，裡頭的女巫夕樂·德唐卡維勒正聚精會神地聽取王后祖蕾卡報告。

「完美。」她點了點頭。「完美，王后陛下。」

「我把妳吩咐的事都做了，夕樂小姐。」

「謝謝。我也要再度保證，我們做的是正確的事。這是為了科維爾好，也為了我們的王朝好。」

王后祖蕾卡清了清喉嚨，聲音也跟著微微改變。

「那……那譚克雷德呢？夕樂小姐。」

「我給過保證。」夕樂·德唐卡維勒冷冷地說：「我給過保證，幫助我的人，我也會回頭幫她。王后陛下可以安心入夢。」

「我也渴望如此。」祖蕾卡嘆了口氣。「非常渴望。既然我們說到了夢……國王開始起疑了。那些夢讓他覺得奇怪，而一旦有東西讓國王覺得奇怪，他就會變得多疑。」

「那麼我就暫時不把夢境傳給國王。」女巫給了承諾。「回到王后您的夢，我再說一次，您可以平靜入夢了。譚克雷德王子會和不好的同伴分開，不會再去蘇克拉塔謝男爵的城堡，也不會再去找德莉瑟莫蕊小姐，或是雷達尼亞的大使。」

「他不會再去拜訪這些人了？永遠都不會了？」

「您提到的那些人，」夕樂．德唐卡維勒的黑色眼睛發出異光。「已經不敢再邀請、誘騙譚克雷德王子，永遠都不敢了。因爲他們將成爲復犯下場的見證者。我爲我所說的事保證。我也同時保證，譚克雷德王子將重拾書本，成爲用功的學生，成爲認眞而穩重的年輕人。他將不再追逐羅裙，他將失去熱情……直到我們將琴特拉公主奇莉拉介紹給他的那一刻爲止。」

「啊，要是我能相信這一切就好了！」祖蕾卡擰著手，抬起目光。「要是我能相信這一切就好了！」

「王后陛下，強大的魔法有時會令人無法坦然相信。」夕樂．德唐卡維勒露出一抹微笑，而這舉動甚至連她自己都沒預料到。「話說回來，本來就該如此。」

□

菲莉帕．愛哈特拉好透明夜衫上如蜘蛛絲般纖細的肩帶，並把胸口剩餘的唇印擦掉。一個如此聰明的女性，卻駕馭不了荷爾蒙，夕樂．德唐卡維勒有些排斥地想著。

「我們可以聊聊嗎？」

菲莉帕用保密罩將自己包了起來。

「現在可以了。」

「科維爾那邊都搞定了，一切順利。」

「謝謝。戴斯特拉已經搭船離開了嗎？」

「還沒。」

「他在拖什麼？」

「和艾斯特拉德・迪森促膝長談。」夕樂・德唐卡維勒扯了下嘴角。「挺奇怪的，這兩個人很合拍，國王與間諜。」

□

「戴斯特拉，你知道那些與我們天氣有關的笑話嗎？科維爾一年只有兩季的那個……」

「冬天和八月，我知道。」

「那你知道要怎麼分辨科維爾的夏季來了沒嗎？」

「不知道。要怎麼分？」

「雨水會變得暖一些。」

「哈、哈。」

「說笑歸說笑，不過冬季每年越來越早到，也越來越長，讓我有些擔心。」艾斯特拉德・迪森嚴肅地說：「這早就在預言之內。我想，你已經讀過伊特莉娜的預言吧？那裡頭說會有連續不斷的十年寒冬。有些人說這是某種寓言，不過我有點擔心。科維爾曾有過四年的寒冬、雨患和糧荒。要不是有尼夫加爾德的糧食大量輸入，人民早就大批大批地餓死了。這你可以想像嗎？」

「說實話，沒辦法。」

「但我可以，氣候轉寒可能會讓我們所有人死於飢餓。飢餓是十分棘手的敵人。」

間諜點了點頭，陷入思考。

「戴斯特拉？」

「國王陛下？」

「你國內的情況已經穩定了嗎？」

「不太算，不過我正在努力。」

「我知道，這件事傳了開來。塔奈島上叛變的人中，只有維列佛茲還活著。」

「在葉妮芙死後是這樣。國王，你知道葉妮芙已死的事嗎？那是在八月底，當時的情況令人費解，地點在介於斯格利加群島與海魚岬中的賽德娜海淵。」

「凡格爾堡的葉妮芙不是叛變分子。」艾斯特拉德緩緩說道：「她不是維列佛茲的共謀。如果你想要，我可以給你證據。」

戴斯特拉沉默了一陣後，答道：「我不想。或許以後會，但不是現在。她現在做個叛徒，對我來說比較方便。」

「我懂。戴斯特拉，不要相信女巫，尤其是菲莉帕。」

「我從來沒有信任過她，不過我們必須合作。少了我們，雷達尼亞會陷入一片混亂，然後崩垮。」

「這話沒錯。不過要是我能給你建議，那就是稍微放手些。你知道我在說什麼。遍布全國的斷頭台和刑求室，對待精靈的殘酷手段……還有那個糟糕透頂的要塞德拉根堡。我知道你是出於愛國心才這麼做，不過你也為自己立下了不好的傳說。在那個傳說裡，你是個吸食無辜之血的狼人。」

「總得有人來做。」

「也得要有代罪羔羊。我知道你努力想做到公正，但人難免有錯，無可避免。而雙手既然染了血，就不可能再保持清白。我知道你從未因為私人理由而傷害他人，不過有誰相信呢？又有誰會想相信呢？當命運反轉的那一天，殺害無辜與以此營私的帽子就會扣到你頭上。而謊言會像焦油般黏到人身上。」

「我知道。」

「他們不會讓你有自衛的機會，就像你從來不給人機會一樣。有一天……他們會把你的全身都黏滿焦油，一切就完了。當心點，戴斯特拉。」

「我會當心，他們動不了我。」

「他們已經動了你的國王維吉米爾。我聽說了，匕首從旁刺下，只留刀柄在外……」

「國王是比間諜還容易刺殺的對象。他們動不了我，永遠也動不了我。」

「也不該動。你知道為什麼嗎？戴斯特拉，因為在這個世界上，他媽的必須要有某種正義存在。」

有一日，他們想起了這場對話。兩人都是，國王與間諜。身處特雷托格的戴斯特拉，在刺客的腳步聲從四面八方、從城堡的每條通道傳來之際，他想起了那日艾斯特拉德所說的話。而艾斯特拉德則是在恩瑟納德宮通往大運河的大理石迎賓主梯上，想起了那一日。

□

「他本可以搏鬥一番。」奎斯卡德．費爾莫嵐無法視物的兩顆白茫眼珠，看向了回憶的深淵。「刺客只有三人，而外祖父是個強壯的男子。他本可放手一搏，堅持到守衛趕來。他也可以直接逃走。不過外祖母祖蕾卡當時也在那裡。外祖父爲祖蕾卡阻擋，護住了她，只爲她，完全沒有考慮到自己。當援兵終於趕到，祖蕾卡身上連一點刮傷都沒有。艾斯特拉德被刺了至少二十刀，昏迷三個鐘頭後便死了。」

□

「戴斯特拉，你有讀過《善典》嗎？」

「沒有，國王陛下。不過我知道那裡面寫了什麼。」

「那你就試想一下，昨天我隨意翻了翻，結果翻到這麼一句：『通往永恆的道路上，每個人都會揹起自己的重擔，踏上自己的階梯。』你覺得呢？」

「我該上路了，艾斯特拉德國王，是時候該我揹起自己的重擔了。」

「保重，間諜。」

「保重，國王。」

我們從著名的古城阿森加達那裡，可以聽見南方相隔六百頃、一個叫百湖國裡的聲音。如果從山丘上看這個國家，便能看見許多形狀各異的湖泊排成一列長序。我們的精靈嚮導阿瓦拉賀要我們在這些奇形怪狀中，找出一片酢漿草。而我們也確實瞧見了這麼一個形狀。不過，那不是由三座湖組成，而是四座，因爲其中一座呈南北向的長條狀，就好似葉柄一般。這座湖叫塔楞米拉，四周有黑色森林包圍，而矗立在其北端的，便是那座神祕塔樓——燕之塔，用精靈語來說則是托爾奇來亞。

然而，我們一開始看到的只有白霧一片，並無其他。我們原已打算要精靈阿瓦拉賀解說那座塔的事，他卻示意我們安靜，自己則說了這麼一段話：「如果懷抱希望等待，則希望將攜同光明與吉兆返來。你們仔細看著那片浩瀚之水，便會在那裡頭瞧見吉兆之使。」

《探訪魔法之路與魔法之地》
——布伊偉德．巴克會森

這是一本從頭到尾盡是誑語之書。塔楞米拉湖畔的廢墟已有許多人研究過。那裡不像布伊偉德．巴克會森所稱，沒有魔法，不可能是傳說中的燕之塔遺跡。

《魔法藝術，第十四版》

第九章

「來了！來了！」

葉妮芙雙手按在被濕風蹂躪的秀髮上，移動到階梯扶手旁，把路讓給那群往下跑向岸邊的女人。西風推來的浪濤打到岸上，碎成朵朵水花，在岩石間的裂縫不斷激出羽絨般的白沫。

「來了！來了！」

從城塞卡爾特洛德——大斯格利加島的主要堡壘——上方的幾座露台那兒，幾乎可以環視斯格利加群島全貌。正前方的海峽彼岸是小斯格利加，這島的南邊地勢低平，而此處看不見的北邊卻又陡又峭，遭峽灣切割。遠處的左方，又高又綠的斯皮克羅格島用尖銳的珊瑚礁獠牙咬碎海波，島上山巔座座聳入雲霄。往右可見溫得維克島的陡峭斷崖，海鷗、海燕、鸕鷀、塘鵝群聚其上。林木蒼蒼的尖形錐島星達斯非亞自溫得維克的後頭探出，是這片群島中最小的島嶼。若是爬上卡爾特洛德的任一座塔頂往南看，便能瞧見與其他島嶼相隔甚遠的孤島法洛也。這座島就好像因為海水過淺而凸出水面的巨魚背鰭。

葉妮芙跟著一群女子走到下方露台。這些女子的驕傲與社會地位不允許她們瘋狂奔向海邊，與興奮的人群湊在一塊。她們所在的位置下方是座港都，黑漆漆、不成形狀，像隻被浪潮拋出海面的有殼海洋生物。

又一批排槳帆船駛出小斯格利加與斯皮克羅格間的海峽。一張張船帆在陽光下燒出紅白色彩，一面面掛在船舷的盾牌銅心也反射著耀眼光芒。

「帶隊的是響角號。」其中一名女子說：「跟在後面的是巨狼號……」

「魴鮄號。」另一名女子也認了出來，聲音裡透著興奮：「後面的是海龍號……接著是人魚號……」

「安格喜拉……塔瑪拉號……達莉亞號……不，那是赤鮋號……沒有達莉亞號，沒有達莉亞號……」

綁著一條粗麻花辮的金髮年輕女子，雙手捧著便便大腹，哽咽失聲。她臉色一白，昏倒在露台地磚上，宛如與吊環脫鉤的窗簾。葉妮芙立刻跳上前去，雙膝跪地，撐開五指托住女子肚子，唸出咒語為她壓下痙攣和陣痛，並將可能斷開的子宮與胎盤牢牢黏緊。為保險起見，她在孩子身上又下了安定和保護的咒語，她感覺到孩子在掌下踢動。

她朝女子臉上甩了一巴掌，讓她清醒，免得魔法能量浪費。

「把她帶走，小心點。」

「傻丫頭……」較為年長的女性中，有一人說道：「眞是好險……」

「窮緊張的丫頭……她的尼勒司說不定還活著，說不定在別條船上……」

「魔法師小姐，謝謝您。」

「把她帶走。」葉妮芙又說了一次，並同時起身。她注意到先前那一跪讓裙子的縫線裂了，吞下一口咒罵。

她下到更低一層的露台。又一批船隻抵達岸邊，戰士紛紛下船。這些都是斯格利加的狂戰士，個個留了一臉大鬍子，全身上下掛滿武器。他們當中，有許多人纏著繃帶，有許多人得由同僚攙扶才能行走，還有些人得用抬的。

擠在岸邊的斯格利加女子紛紛認出來人，高興得又叫又哭。她們都是幸運的女子。至於不受幸運之神眷顧的，不是昏倒在地，便是靜靜緩步走開，沒有半句怨言。她們偶爾會回頭張望，希冀能在峽灣裡見到「達莉亞號」閃耀紅白光彩的船帆。

「達莉亞號」沒有出現。

葉妮芙瞧見斯格利加伯爵——克萊依特的克萊赫高人一等的紅髮腦袋，與最後幾個人先後走下響角號甲板。伯爵大聲喊出命令，分派任務，審視、關心情況。盯著他看的兩名女子——一名淺髮、一名深髮，雙雙落下眼淚。那是歡欣的淚水。伯爵在確定一切都已照料好後，才舉步走向她們，將兩人熊抱在懷，親吻她們。然後他抬頭看著葉妮芙。他的眼中燃起火花，飽經風霜的一張臉僵硬得如礁石一般、如盾牌上的銅心。

他知道了，女巫心想。消息傳得很快。伯爵雖在外航行，卻已經知道前天我在斯皮克羅格後頭的峽灣讓魚網抓住。他知道自己會在卡爾特洛德遇見我。

他用的是魔法還是信鴿？

他朝她走去，沒有半點急躁。他身上散發著海水、鹽、焦油與疲憊的氣息。她看著他的金色眼瞳，耳中頓時想起眾狂戰士的怒吼、盾牌的撞擊、劍與斧的脆響。被殺者的慘叫。從「達莉亞號」跳下海的人的慘叫。

「凡格爾堡的葉妮芙。」他說。

「克萊依特的克萊赫，斯格利加伯爵。」她在他面前微微欠身。

他沒有回禮。不好，她心想。

他一眼便看見瘀傷，那是船槳留下的紀念，他的臉再度繃緊，顫動的嘴唇有那麼一瞬露出了裡頭的牙齒。

「打了妳的那個人，將為此負責。」

「沒人打我，我在樓梯絆了一跤。」

他仔細地看著她，然後聳了聳肩。

「妳不想告狀，是妳的事。我沒時間審人。現在，聽好我要和妳說的話。注意聽，因為這會是我和妳說的唯一的話。」

「說吧。」

「明天妳會被帶上船，送去拿威格拉德。到了那裡，他們會把妳交給城裡掌權的那票人，之後再轉到特馬利亞或雷達尼亞的統治者手上，看這兩個國家誰先出聲。不過我知道這兩國不管哪一邊，都非常想要妳。」

「就這樣？」

「只差一樣解釋，畢竟妳該知道原因。斯格利加很常為受律法追捕的人提供庇護。在這邊的島上，用辛勞、膽識、奉獻、鮮血來贖罪的可能或機會多得是。不過，葉妮芙，妳不行。我不會為妳提供庇護。要是妳有這種指望，那妳就指望錯了。我討厭妳這種人。我討厭為了獲得權力而引發紛爭的人、為了私慾而不擇手段的人。我討厭與敵方共謀，背叛原本不只應該服從，而且還要感激之對象的人。我討厭妳，葉妮芙。因為就在妳和妳的叛變同夥依照尼夫加爾德的指使，在塔奈島上展開叛變的同時，我的船隊就在阿特瑞，我的手下正在幫助那邊的起義人士。我的三百名手下對上了兩千名黑衣軍！膽勢與忠貞必須得到嘉獎，惡毒與背叛必須得到懲罰！我要怎麼獎勵那些戰死的人？幫他們建紀念碑嗎？爲他們在方尖碑上刻字嗎？不！我要用別種方式來獎勵、犒賞他們。葉妮芙，我要用妳在斷頭台上流下的血，來換他們讓阿特瑞的沙丘吸走的血。」

「我沒有罪，我沒有參與維列佛茲的陰謀。」

「那妳就把證據交給法官團，不是由我來審判。」

「你不只已經做了審判，甚至連判決都下了。」

「話已經說得夠多了！我說了，明天破曉妳得戴上鐐銬，搭船去拿威格拉德的皇家法庭，去接受公正的懲罰。現在，我要妳保證不會嘗試使用魔法。」

「要是我不肯呢？」

「我們的巫師馬奎得在塔奈島送了命，所以我們這裡現在沒有魔法師好看著妳。不過，妳最好明白，斯格利加最厲害的弓箭手會一直觀察妳。只要妳的手稍微動一下，讓他們覺得可疑，妳馬上就會成爲馬蜂窩。」

「我明白了。」她點點頭。「所以我會給你承諾。」

「非常好。謝謝。再見，葉妮芙。明天我就不送了。」

「克萊赫。」

他腳跟一扭，轉過了身。

「怎麼？」

「我一點也不打算坐上前往拿威格拉德的船，我沒時間向戴斯特拉證明自己的無辜。他們或許已經準備好我的罪證，而我不能冒這個險。被逮捕後，我可能會很快死於突發的腦溢血，或用某種戲劇性的方式在牢裡自殺，而我不能冒這個險。我不能浪費時間，也不能冒這種風險。我也不能告訴你，爲什麼這對我來說有這麼大的風險。我不會去拿威格拉德。」

他看了她許久。

「妳不會去。」他重複了一次。「妳憑什麼這麼認爲？就憑我們曾經有過一段情嗎？別指望這點，葉妮芙。過去的就是過去，已不算數。」

「我知道，而且我也沒有這麼指望。我不去拿威格拉德，伯爵，因爲我急著去幫助一個人，一個我曾發誓永不放她孤單無助的人。而你，克萊依特的克萊赫，斯格利加的伯爵，會在這件事上幫助我，因爲就在十年前，就在這裡，在我們現在站的這片海岸上，對著同一個人，你也立過相似的誓言。那個人就是奇莉，卡蘭特的孫女，琴特拉的小母獅。我——來自凡格爾堡的葉妮芙，把奇莉看作自己的女兒，所以我要以她的名義，要求你遵守誓言。遵守誓言吧，克萊依特的克萊赫，斯格利加的伯爵。」

□

「眞的？」克萊依特的克萊赫又確認了一次。「妳甚至不要嚐嚐看？這些點心一點都不要？」

「眞的。」

伯爵不再勸食，自行從盤裡拿起龍蝦擺到板上，用剁刀沿蝦身大力而精準地砍下去。淋上大量的檸檬汁與大蒜醬後，便開始取出殼中的蝦肉。用的是手指。

葉妮芙以十分優雅的姿態進食，用的是銀製刀叉。她吃得一臉困惑，而微微不悅的廚師特別爲她準備了羊排，因爲女巫不想吃生蠔，不想吃貝類，不想吃原汁醃鮭魚，不想吃魴鮄鮮貝湯，不想吃燜鮟鱇尾，不想吃烤劍魚，不想吃煎鱈魚，不想吃章魚，不想吃螃蟹，不想吃龍蝦，不想吃海膽；尤其是新鮮海菜，她更不想吃。

所有東西，即使短短散發海的氣息，都會讓她聯想到芙琳吉拉·薇果及菲莉帕·愛哈特，想到那次瘋狂的瞬間移動、落海、被海水嗆到、被魚網網住，而且上頭可以說還卡了海藻，就和盤裡的那些一模一樣。那些海藻零零碎碎地黏在她頭上，還有被船槳痛打、疼到發麻的肩上。

「所以，我決定要相信妳，葉妮芙。」克萊赫將龍蝦腳折斷，吸著裡面的蝦肉，重新起了話題：「不過妳要知道，我這麼做，不是爲了妳。布洛耶菊斯，血之誓言，而我向卡蘭特發的這道血誓，確實捆住了我的雙手。所以，要是妳眞的打算去援助奇莉，而我假設妳確實會這麼做，那麼我別無選擇，只能幫助妳完成這個打算……」

「謝謝，不過拜託你不要再用這種可悲的語氣。我再說一次，塔奈島之變和我沒有關係。相信我。」

他口氣不悅地說：「我信不信，有那麼重要嗎？妳應該要從各國國王，從讓特務翻遍世界也要找到妳的戴斯特拉下手才對。妳該從菲莉帕·愛哈特和效忠諸王的巫師下手才對。就像妳說的，妳從他們面前逃到了斯格利加這裡，所以他們才是妳該提出證據的對象……」

「我沒有證據。」她出聲打斷他，並用叉子戳著微慍廚師爲她準備的羊排配菜球芽甘藍。「就算我有，他們也不會讓我拿出來。我不能和你說明原因，我得遵守封口令。不過，你要相信我，克萊赫。拜託。」

「我說過……」

「你是說過。」她打斷他：「你說了要幫忙，謝謝。不過你還是不相信我是無辜的，相信我吧。」

克萊赫把吸乾淨的龍蝦殼丟到一旁，然後把一大碗貝類拉到面前。他在碗裡大聲翻找，挑出比較大的貝類。最後，他一邊用桌巾擦手，一邊開口說：

「好，我信，因爲我想要相信妳，不過我不會爲妳提供庇護和避難所。我不能這麼做。然而，妳隨時可以離開斯格利加，可以去任何妳想去的地方。我建議妳行動要快。我這麼說吧，妳是用魔法之翼來到這裡，其他人可能也會如法炮製。他們也知道咒語。」

「我沒有要尋求庇護或安全的藏身處所，伯爵。我得去救奇莉。」

「奇莉。」他覆誦了一次，若有所思。「小母獅……那在當年是個奇怪的孩子。」

「當年？」

「噢。」他的口氣中再度透出不悅。「我沒說清楚。曾經，因爲她已經不是個孩子了。我是這個意思，沒有別的。奇莉拉，琴特拉的小母獅……她在斯格利加待過幾個寒暑，有時她惹出來的事還眞讓人頭大呢！她曾經是個小惡魔，不是小母獅……該死，我已經第二次用『曾經』……葉妮芙，大陸那邊有各種傳言……有人說，奇莉在尼夫加爾德……」

「她不在尼夫加爾德。」

「也有人說，那女孩已經死了。」

葉妮芙咬起雙唇，沒有答腔。

「不過這第二種傳言，我不認同。」伯爵堅定地說：「奇莉還活著，這點我很確定。沒有任何跡象……她還活著！」

葉妮芙挑起了眉毛，卻沒有提出疑問。他們沉默了良久，靜靜聽著海濤怒怒打在大斯格利加島的礁石上。

「葉妮芙。」克萊赫在一陣靜默後說道：「大陸那邊，還有其他消息傳來。我知道妳那個在塔奈島事變後躲到布洛奇隆的獵魔士，已經出發去尼夫加爾德，要解救奇莉。」

「我再說一次，奇莉不在尼夫加爾德。我不知道你口中所謂的『我的獵魔士』有什麼打算。不過他……克萊赫，這不是祕密，我……我很同情他，不過我知道他救不了奇莉，他什麼也做不了。我知道他。他會被別的事情絆住，會迷失目標，會開始想東想西、自怨自艾。然後，他會拿劍砍向碰到的人或物，藉此宣洩怒氣，接著再做出某種高貴但其實沒有道理的行爲當作贖罪。他最後的下場一定是被人殺掉，以十分愚蠢的方式，毫無道理可言，而且一定是被人從背後偷襲……」

「聽說，」克萊赫趕緊出聲打斷，女巫轉而充滿敵意且怪異顫抖的聲音，讓他覺得可怕：「我聽說奇莉是他的宿命。我自己也親眼看過，就是在琴特拉的那時候，在芭維塔訂婚的時候……」

「宿命的解釋可以有很多種，」葉妮芙尖銳地打斷他：「可以有非常多種。話說回來，討論這些偏離主題的事是浪費時間。我再說一次，我不知道傑洛特打算要做什麼，他又有沒有任何打算。我打算單獨行動，用我自己的方式，而且是要積極行動，克萊赫，積極行動。我不習慣呆呆坐著，兩手抱頭掉眼淚。我一向是行動派的！」

伯爵挑起眉毛，但一句話也沒說。

「我會實際採取行動。」女巫重申了一次。「我已經有全盤計畫了。而你，克萊赫，要依照你立下的誓言幫助我。」

「我已經準備好了。」他堅定地說：「赴湯蹈火，在所不辭。船隊就停在港灣，下令吧，葉妮芙。」

她忍俊不住，噗哧一笑。

「你總是這個樣子。不，克萊赫，用不著證明你們的膽勢與氣概。我們不用去尼夫加爾德，不用拿斧頭去砍壞金塔城的城門鎖。我要的幫助沒那麼有戲劇性，卻具體多了……你的財政情況如何？」

「什麼？」

「克萊依特的克萊赫伯爵。我要的幫助，是可以拿貨幣來計算的。」

□

行動在兩天後的破曉時分展開。分給葉妮芙使用的幾間房內，滿是瘋狂的騷動，指派給女巫的總管古施拉夫使盡渾身解數才壓了下來。

葉妮芙坐在桌前，幾乎沒有將頭從紙堆中抬起。她不斷計算、加總欄位，做出一張又一張的帳單，讓人立刻帶去國庫和島上奇安法內利銀行的分行。她不斷繪圖畫線，而這些圖表與線圖馬上就到了煉金師、金匠、玻璃工、珠寶商等工匠的手中。

一切都進行得很順利，但一段時間之後，問題開始浮現。

□

「我很抱歉，女巫大人。」總管古施拉夫說得咬牙切齒：「不過，沒有就是沒有。我們有的，全都已經給了您。我們不會製造奇蹟、施展魔法！而我要大膽提醒一下，擺在您面前的這些是鑽石，總值有……」

「我要總值做什麼？」她不悅地說：「我需要的是一顆鑽石，但要夠大。多大，大師？」

拋磨石材的師傅再看了一次圖樣。

「要做出這樣的切邊和這樣的剖面？至少要三十克拉。」

「斯格利加上上下下，沒有半顆這樣的石頭。」古施拉夫斷然說道。

「不對。」珠寶商反駁：「這裡有。」

□

「葉妮芙，妳是怎麼想的？」克萊依特的克萊赫皺起眉頭。「我要派武裝部度突襲，去搶這座神殿嗎？要是那群女祭司不肯交出鑽石，我就要用怒火包圍她們嗎？這是不可能的。我不是個特別信教的人，不過神殿就是神殿，祭司就是祭司。我只能依禮向她們請求，讓她們了解這對我有多重要，而我又會有多麼感謝她們。無論如何，只能是請求，放低姿態的請求。」

「而且是可以拒絕的請求？」

「就是這樣。不過試試看又不吃虧，會有什麼風險？我們兩人搭船去星達斯非亞島，把請求說給她們聽。我會讓那些祭司明白的。之後，一切就看妳的了。妳去和她們交涉，把理由說給她們聽，試著收買她們，挑起她們的野心。拉高論點的層次，裝出沮喪的樣子，掉掉眼淚，放聲大哭，要她們可憐妳……我的海洋諸神啊，妳還要我教嗎？葉妮芙。」

「克萊赫，你說的這些都沒有用。女巫和祭司之間不可能有共識。有些觀點分歧得很嚴重……而讓女巫使用『神聖的』遺跡或神器……不，應該把這件事忘了，沒機會的……」

「妳要那顆鑽石做什麼？」

「做『窗口』。我是說，做隔空傳影鏡。我得和幾個人溝通一下。」

「用魔法？隔空交談？」

「要是爬到卡爾特洛德的頂端大喊就能解決，我也不會來麻煩你了。」

□

盤旋海面的海鷗與海燕，扯著嗓子放聲大叫。巢居在星達斯非亞島的陡峭岩石與礁石上的紅腳蠣鴴發出尖叫，很是嚇人。黃頭塘鵝扯著粗啞嗓子說個不停。戴著高冠的黑色海鳥鸕鶿用晶亮的綠眼，警戒觀察行駛而過的駁船。

「俯瞰海面的那塊巨石就是卡爾荷姆達，也是荷姆達的守望塔。荷姆達是我們的神話英雄。傳說在太得代以拉得來臨時，也就是最後的時刻、白色冰霜與狼之暴雪的時刻，荷姆達會挺身對抗來自末爾後格的邪惡力量，對抗『渾沌』的妖魔大軍。他會站在七彩拱橋上吹響號角，告訴眾人是時候拿起武器、列隊整軍。他會帶領眾人邁向拉赫納戮格——最終戰役，決定黑夜降臨或白曉揚升的關鍵之戰。」

駁船靈巧跳過一道又一道的浪濤，駛進荷姆達守望塔與另一塊形狀同樣奇特的岩石間，海浪較爲平靜的海灣。

「那座比較小的岩石是卡姆比。」伯爵解釋道：「在我們的神話裡，卡姆比是一隻金色魔法公雞的名字。牠會用自己的啼叫警告荷姆達，地獄之船亡靈戰艦開過來了，上頭載著闇黑大軍——來自末爾後格的妖魔鬼怪。亡靈戰艦是用死屍的指甲建造而成。說了妳也不信，葉妮芙，不過斯格利加裡，仍有人在下葬前會先把死者指甲剪掉，以免爲末爾後格的鬼怪添增建材。」

「我相信，我知道傳說的力量有多大。」

峽灣爲他們擋住些許風勢，船帆發出了聲響。

「吹響號角。」克萊赫對船員下令：「我們即將靠岸，得讓島上的神聖女子知道有客人來了。」

□

長長的石階頂端有座建築，長滿了青苔、常春藤和灌木叢，看起來像隻巨大的刺蝟。它的屋頂，正如葉妮芙注意到的，並不只有灌木叢，甚至還有些小樹。

「那就是神殿。」克萊赫說：「周圍的那片林子叫星達，也是宗教場所。神聖槲寄生就是從這裡來的，而妳也知道，斯格利加人的所有東西都是用槲寄生來裝飾，從初生嬰孩的搖籃到墳墓……小心，這些石階很滑……宗教，呵、呵，長滿了青苔……讓我攙著妳走吧……還是一樣的香水……葉娜……」

「克萊赫，拜託，過去的已過去，不再算數。」

「抱歉，我們走吧。」

神殿前站著幾名年輕祭司，個個默不作聲。伯爵有禮地問候她們，表達想與她們的領袖——名為喜格莉法的主祭交談的意願。他們進入神殿。一道道光柱從高處的彩繪玻璃穿入，將裡頭照得十分明亮；其中一道光束則打在祭壇上。

「我的海神啊。」克萊依特的克萊赫喃喃道：「我都忘了這顆閃耀之鑽有多大了。我長大後就沒來過這裡……用這個，大概可以買下奇達里士所有的造船廠，連同員工和全年的產量一起。」

伯爵雖然說得誇張，但與事實也相去不遠。

簡樸的石砌祭壇、一尊尊的貓、隼雕像，以及擺放還願供品的石碗之後、居高臨下的偉大之母——聖母芙蕾雅像。而這尊典型母性雕像身上的寬鬆長袍，則洩露了被雕刻師傅過度強調的孕肚。她的頭低垂，臉部的線條被一塊布遮住。女神擺在胸口的金色雙手上方，有顆很顯眼的鑽石，那是金色項鍊的一部分。鑽石帶著淡淡藍彩，那是最乾淨的水色。很巨大。

目測約有一百五十克拉。

「這顆鑽石甚至不需切割。」葉妮芙低聲說道：「它的切面猶如盛開的玫瑰，正是我想要的樣子，剛好可以作為繞射光線的斜面……」

「也就是說，我們很走運。」

「是我就不會那麼肯定。等等那群祭司就會出現，而我這個不信神的女人會先被大肆羞辱，然後再被她們轟出去。」

「妳不會太誇張嗎？」

「一點也不會。」

「伯爵，歡迎來到聖母殿。來自凡格爾堡的葉妮芙小姐，也歡迎妳。」

克萊依特的克萊赫行了個禮。

「別來無恙，可敬的母親喜格莉法。」

祭司的個頭很高，幾乎追平克萊赫——這表示她比葉妮芙高了一個頭。她的頭髮與瞳孔皆屬金色，臉型偏長，不甚好看，也不太有女人味。

我曾經在哪看過她，葉妮芙心想。沒多久前。在哪呢？

「在卡爾特洛德通往港口的階梯上。」祭司面帶微笑地提醒：「在船隊駛出海峽的時候。妳當時不顧身上昂貴的羽緞裙裝，雙膝跪地幫助一個快要流產的孕婦，而我就站在妳身旁。那天的事我都看到了，而我再也不會相信女巫無情又勢利之類的話語。」

葉妮芙清了清嗓子，微微頷首行禮。

「葉妮芙，妳現在站在偉大之母的祭壇前，所以就讓她的慈悲降沐在妳身上吧。」

「祭司大人，我……我想誠心向妳請求……」

「什麼都別說。伯爵，一定有很多事在等著你處理。讓我們倆單獨留在這裡，留在這星達斯非亞島上吧。我們會互相理解的，我們都是女人。不管我們的職業是什麼，都不重要。我們服侍的對象永遠都是處子、人母和老媼。在我身旁跪下吧，葉妮芙，在偉大之母的面前低頭吧。」

□

「拿下女神頸上的閃耀之鑽？」喜格莉法重複了一次，聲音中的不可置信多過對褻瀆神祇的憤慨。「不，葉妮芙。這根本就不可能，這甚至不是因爲我不敢……就算我鼓起勇氣，閃耀之鑽也拿不下來。那條項鍊沒有釦環，一直都是貼在雕像上。」

葉妮芙靜靜地看著祭司，沉默了許久。

「要是我早知道如此，」她冷冷地說：「就會馬上和伯爵一起回大斯格利加。不，不，我一點都不覺得和妳說話是浪費時間，不過我的時間很少，眞的很少。我承認妳的善意與款待有些誤導了我……」

「我對妳沒有惡意。」喜格莉法不帶感情地說：「也贊同妳的計畫，而且是全心全意。我認識奇莉這個孩子，也喜歡她。她的命運令我動容。妳要拯救這女孩的決定，令我欽佩。我會達成妳的每個願望，不過閃耀之鑽不行，別對我要求這一樣。」

「喜格莉法，出發幫助奇莉之前，我得先快速網羅一些情報，拿到一些資訊。少了這些，我便毫無還擊之力。而情報與資訊我只能透過隔空一途取得。要隔空傳訊，我得靠魔法來建造魔法神器——傳影鏡。」

「這個儀器是那你們那舉世聞名的水晶球的其中一種？」

「複雜多了，水晶球只能與另一個有關聯的水晶球隔空傳訊。水晶球就連這裡的矮人銀行都有，他們用來和總部聯絡。傳影鏡能做的事多了一些……不過說這麼多理論有何用？沒有鑽石，就什麼也做不出來。哎，我得向妳道別了……」

「別那麼急。」

喜格莉法站起身，穿過中殿，在祭壇及聖母芙蕾雅女神的雕像前停了下來。

「女神也是懂得預言、能預見未來、能使用傳心術之女子的守護神。她的聖獸便是如此象徵：貓能聽見、看見隱藏之事，而獵鷹則從高處鳥瞰。女神的寶石也是如此象徵：閃耀之鑽，透視之鍊。葉妮芙，妳何必去打造一個能看、能聽的機器？直接請女神幫忙不是比較簡單嗎？」

葉妮芙在最後一刻忍了下來，沒讓咒罵出口。畢竟，這是個宗教場所。

「夜晚祈禱的時候快到了。」喜格莉法說：「我會與其他祭司一起冥想。我會請求女神幫助奇莉。為了來過這座神殿不只一次的奇莉，為了不只一次盯著偉大之母脖子上的閃耀之鑽看的奇莉。葉妮芙，我知道妳的時間寶貴，但再多花一、兩個小時吧。留在這裡，跟我們一起，在祈禱的時間。在我祈禱的時候，支持我吧。在思想上、出席上，支持我吧。」

「喜格莉法……」

「拜託，為我這麼做吧，為了奇莉。」

□

閃耀之鑽寶石，在女神的脖子上。

她忍下一個呵欠。就算是哪種唱誦，她想，就算是哪種詠咒、就算是哪種祕密儀式……哪種神祕民俗……也不會像現在這樣枯燥，不會讓人如此想睡。不過她們就只是低頭跪著。沒有動作，沒有聲音。

不過要是她們想的話，同樣有辦法控制能量，有時候還做得和我們女巫一樣好。她們是怎麼辦到這點的，一直是個謎。她們不用任何準備、不用學習、不用鑽研……只要祈禱和冥想。是占卜嗎？某種自我催眠？緹莎亞．德芙利斯是這麼認爲的……她們不自覺地擷取能量，在恍惚狀態中獲得轉換這股能量的能力，而這種能量，強度足以比擬我們的咒術。她們把這種能量轉換當作上天的賜予和憐憫，當作她們的信仰給予的力量。

爲什麼我們女巫從來就沒辦法達到這種境界？

要試試看嗎？利用這個地方的氛圍與氣場？我明明就有辦法讓自己進入恍惚……即使是只盯著這顆鑽石看……閃耀之鑽……專心想著它在我的傳影鏡上，會如何完美扮演自己的角色……

閃耀之鑽……在那黑暗之中，在燃香與燭火的煙霧之中，如晨星般閃耀……

「葉妮芙。」

她驟然抬頭。

神殿裡一片漆黑，熏香的味道十分濃厚。

「我睡著了？抱歉……」

「沒什麼好抱歉的，跟我來。」

外頭的夜空中，閃爍如萬花筒般不斷變化的燈光。極光？葉妮芙訝異地揉了揉眼睛。奧羅拉波雷阿里斯【註】？在八月？

「葉妮芙，妳有辦法做出多大的犧牲？」

「什麼？」

「妳準備好犧牲自己了嗎？犧牲妳那無價的魔法？」

「喜格莉法。」她憤怒地說：「別和我玩那些感應的把戲。我已經九十四歲了，不過這一點請妳當作是我的祕密告解。我會告訴妳，只是要妳了解，妳不能把我當成孩子那樣對待。」

「妳沒有回答我的問題。」

「我不打算回答。因爲這是神祕主義，而我不接受這種東西。我在妳們敬神的時候睡著了，那讓我覺得疲憊而枯燥，因爲我不相信妳的女神。」

喜格莉法轉過身，而葉妮芙儘管心裡不願意，卻深深吸了一大口氣。

「妳的不信神對我來說，並不是很值得認同。」眼中充滿流金的女子說：「不過妳不信神能改變任何事嗎？」

葉妮芙唯一能做的，只有呼出一口氣。

「會有那麼一天，連同孩子在內，不再有人相信女巫。」金眼女子說：「我是故意要這麼說妳的，這是報復。我們走吧。」

【註】：奧羅拉波雷阿里斯（Aurora Borealis）意指北極光，爲十七世紀伽利略引用羅馬曙光女神（Aurora）與希臘北風神（Boreas）造的字。

「不……」葉妮芙總算能讓自己做出吸氣、呼氣以外的動作。「不！我哪兒都不去。夠了！這不是咒術，就是催眠。是幻覺！是恍惚！我有完備的防禦機制……我可以用一個咒語就打破這一切，就像這樣！該死……」

金眼女子走近了些，她項鍊上的那顆鑽石如晨星般透出光芒。

「你們的話語漸漸不再作為相互理解的媒介，而是為了藝術而成為藝術。」她說：「越是讓人摸不著邊際，越顯得高深而睿智。說實在的，我比較喜歡你們只會『嗯嗯啊啊』的那個時候。來吧。」

「這是幻覺，是恍惚……我哪都不去！」

「我不想逼妳，那樣會顯得可恥。畢竟妳是個聰慧而驕傲的女孩，妳很有個性。」

平原、草海、石楠荒原。一顆巨石矗立石楠之上，宛若潛伏的猛鷙背脊。

「葉妮芙，妳渴望我的鑽石。在未確定幾件事以前，我不能把它給妳。我想探究妳的內心，所以我帶妳到這裡，到這個自古以來一直都是能源與力量的集散之地。妳那珍貴的魔法大概也是無所不在，大概只要伸出手就能得到。妳不怕叫出魔法嗎？」

葉妮芙沒辦法從緊縮的喉頭發出聲音。

「力量可以改變世界。」不能以名字稱呼的女子說：「所以對妳來說，力量就是『渾沌』、藝術與科學？是詛咒、賜福與進展？而不是信仰？不是愛？不是犧牲？」

妳聽見了嗎？公雞卡姆比在啼叫。浪濤打在海岸上，那是亡靈戰艦的船首推來的浪濤。站在七彩拱橋碧浮洛斯特上，正面迎敵的荷姆達吹響了號角。白冬即將來臨，狂風與暴雪即將來臨……大地因蛇的劇動而顫抖……

狼食日，月轉紅。只有寒冷與黑暗。憎恨、復仇與鮮血……

葉妮芙，妳站在誰那邊？妳會在碧浮洛斯特東端，還是西端？妳會與荷姆達同在，還是與他對抗？

公雞卡姆比在啼叫。

做出決定吧，葉妮芙。選擇吧？當年就是因爲這樣，爲了讓妳能在正確的時候做出選擇，才會讓妳還魂復生。

光明或是黑暗？

「善與惡，光明與黑暗，秩序與渾沌？這些不過是象徵，這種兩極相對，在現實中並不存在。每個人的心中都有光明與闇黑，不管哪一種，或多或少都有一些。這場談話一點意義都沒有，沒有意義，我不會改信神祕主義。對妳、對喜格莉法來說，狼會食日。對我來說，這是日蝕。就讓這種情況維持下去吧。」

維持？什麼？

她感覺腳下的大地正在流失，有某種可怕的力量扭斷她的雙手，折斷她兩邊肩、肘的關節，像是施展殘酷吊刑般地扯緊她的背脊。她痛得大叫，身子一繃，張大雙眼。不，這不是夢。這不可能是夢。她在一棵樹上，手腳大開地掛在一棵巨大梣樹粗枝上。在她上方，獵鷹高高滑翔；在她下方，從黑暗的底部傳來蛇信嘶響與蛇鱗相互摩擦的聲音。

有個東西在她身旁動了一下。一隻松鼠沿著她發疼的繃直手臂跑過。

「妳準備好了嗎？」松鼠問：「妳準備好犧牲了嗎？妳準備好付出了嗎？」

「我什麼都沒有！」疼痛令她目盲、身麻。「就算我有，我也不相信這種犧牲的意義！我不想爲財富而受苦！我一點都不想受苦！不管是替誰受苦、爲誰受苦都一樣！」

「沒有人想受苦，但這是每個人都該承受的。而有些人承受的就是比較多，這不一定是他們選擇的結果。重點不在苦難，而是如何去承受。」

□

洋卡！小洋卡！

把這個駝背怪物從我面前帶走！我不想看到牠！

這是我的女兒，也是你的。

是嗎？我生的孩子都很正常。

你怎麼敢……你怎麼敢這麼說……

是妳那個精靈家庭裡出了堆女巫，是妳打掉了頭一胎。這就是報應。女人，妳身上有精靈的髒血和子宮，所以妳才會生出怪物。

這是個不幸的孩子……這是眾神的旨意！這是我的女兒，也是你的！我又能怎麼辦？掐死她嗎？不要把臍帶打結？我現在要怎麼做？把她帶去森林丟掉？老天，你想要我怎麼樣？

爸爸！媽媽！

滾開，怪胎。

你怎麼敢！你怎麼敢打孩子？站住！你要去哪裡？去哪裡？去找她對吧？去找她！

沒錯，女人。我是個男人，可以隨時隨地滿足我的生理需求，這是我與生俱來的權利。而妳讓我倒足了胃口，妳和妳的怪胎。晚飯不用等了，我不會回來過夜。

媽媽……

爲什麼妳在哭？

爲什麼妳要打我、推我？我很乖啊……

媽媽！媽媽！

□

「妳有能力原諒嗎？」

「我早就原諒了。」

「在妳用復仇讓自己平靜之後？」

「對。」

「妳後悔嗎？」

「不。」

□

痛，一股強烈的痛楚從飽受蹂躪的雙掌與指尖傳來。

「對，我有罪！妳想聽的就是這個？告解與懺悔？妳想聽到凡格爾堡的葉妮芙懺悔、低頭？不，我不會讓妳如此享受。我承認有罪，也等著受罰，但妳等不到我的懺悔！」

痛楚已經漲到人類可以承受的臨界點。

「妳怪我，讓那些人受到背叛、欺騙和利用，妳怪我，那些因我之故而死在自己手裡、死在我手裡的人……怪我曾對自己下手？顯然我當時有我的理由！而我一點都不後悔！就算我能讓時光倒退……我也一點都不會後悔。」

獵鷹停在她的肩上。

燕之塔。燕之塔。趕快去燕之塔。

女兒。

□

公雞卡姆比在啼叫。

□

奇莉在黑色的母馬上馳騁，灰色的頭髮在空中飛揚，臉上的鮮血不斷流瀉、噴濺，那是十分鮮艷的紅色。黑色母馬如鳥兒般飛奔，流暢地從閘門底下滑過。奇莉在鞍上晃了一晃，但沒有落馬……

奇莉在大半夜裡，在沙礫荒漠之中，高舉著單手，一顆光球從她手中飛出……一隻獨角獸用腳蹄掘著石礫……許多獨角獸……火……火……

傑洛特在橋上。他在打鬥，他在烈火之中。火焰映上了劍刃。

芙琳吉拉．薇果歡欣地張大綠眼，她那顆頂著黑色短髮的小腦袋正埋在展開的書本中、扉頁之上……看得見部分書名《……必然之死的省思》。

芙琳吉拉．薇果的眼中映著傑洛特。

祭壇。煙霧。通往下方的階梯。太得代以拉得即將到來，最後的時刻……

黑暗。潮濕。石壁透出的嚇人寒意，手腕及腳踝上的鐵器透出寒意。兩邊的斷掌、碎裂的十指上一陣又一陣的痛楚……

奇莉牽著她的手。又長又黑的走廊，一根又一根的石柱，又或者是雕像……黑暗。那當中有著風兒吹拂般的聲聲低語。

門。一扇又一扇長著沉重巨翅的門扉在她們面前無聲開啓，像是沒有盡頭。最後，在打不破的黑暗中，有一道不會自動打開的門，那是道不能打開的門。

要是妳怕，那就回頭。

這扇門不能開，妳知道的。

我知道。

要是妳怕，那就回頭。還有時間可以回頭，現在還不算太晚。

那妳呢？

對我來說已經太晚了。

公雞卡姆比在啼叫。

太得代以拉得來了。

極光。

破曉。

□

「葉妮芙，醒醒。」

她驟然抬頭，看向雙掌。兩隻手掌都在，完好無缺。

「喜格莉法？我睡著了……」

「來吧？」

「去哪？」她低聲問道：「這次要去哪裡？」

「什麼？我不懂妳在說什麼。來吧，妳得看看這個。有事發生了……一件奇怪的事。我們沒有一個人知道該怎麼解釋這件事，而我猜想到了。慈悲……女神的慈悲降臨到了妳的身上，葉妮芙。」

「怎麼回事？喜格莉法。」

「妳看。」

閃耀之鑽，偉大之母芙蕾雅的神聖寶石，已經不掛在她脖子上，而是躺在她的腳邊。

□

「我沒聽錯吧？」克萊依特的克萊赫出聲確認：「妳要和妳的魔法工房一起搬去星達斯非亞？那些祭司會讓妳用鑽石？用在妳那台地獄來的機器上？」

「對。」

「嘖、嘖，葉妮芙，妳該不會轉性了吧？在那座島上發生了什麼事？」

「這不重要。我要回神殿，就這樣。」

「那妳先前提的資金呢？還要嗎？」

「還是要。」

「總管古施拉夫會滿足妳的每個要求。不過，葉妮芙，妳那些要求要快點提出，動作要再快一點。我收到了新的消息。」

「該死，我擔心的就是這個。他們已經知道我在哪了？」

「不，他們還不知道。不過他們警告我妳可能會出現在斯格利加，要我馬上把妳抓起來。他們還要我抓俘虜來審問，只要是和妳有關的、在尼夫加爾德或其他省分的行蹤，就算是蛛絲馬跡都不能放過。要是他們發現妳的行蹤，在斯格利加這裡找到了妳，我的處境會有一點困擾。」

「我會盡力，也會避免讓人對你起疑。不用怕。」

克萊赫露出了一口白牙。

「我是說『有一點』，我才不怕他們。不管是各國國王還是巫師，都不怕。他們沒辦法對我怎麼樣，因爲他們需要我。至於幫妳的忙，我有附庸之誓的義務。對、對，妳沒聽錯。形式上，我依然是琴特拉王國的附庸，而奇莉拉有這個王國的正式繼承權。代表奇莉拉，身爲她唯一的照顧者，妳有權正式命令我、要求我的服從與奉獻。」

「強詞奪理。」

「當然。」他嗤笑一聲。「要是到頭來，證實恩菲爾·法·恩瑞斯已經強迫那女孩嫁給他，我自己也會喊出一樣的話語，而且是大聲地嚷。要是奇莉的王位繼承權被人用某些法律途徑或手段給剝奪、轉交他人，即使對象是那個蠢蛋維瑟格德，我也一樣會喊出這些話語。到那時候，我會馬上表明自己的服從，立下身爲附庸的誓言。」

葉妮芙瞇起眼睛，說：「那如果到頭來，奇莉根本就已經不在人世呢？」

「她還活著。」克萊赫堅定地說：「我很確定。」

「怎麼說？」

「妳不會相信的。」

「試試看就知道了。」

「琴特拉王族的血與大海有著非常奇怪的連結。」克萊赫開口講述：「當這支血脈裡有女子死亡，大海便會陷入極度瘋狂的狀態。大家都說大斯格利加會爲黎安弄的女兒哀悼。因爲在那種時刻，海上暴風之強，會把西邊的浪濤打進石隙與洞穴，然後東面的岩石會突然噴出帶著鹹味的水柱，而整座島也會跟著顫動。尋常的平民會說：『大斯格利加在啜泣。又有人死了。黎安弄的血脈死了。上古之血。』」

葉妮芙沒有出聲。

「這不是童話。」克萊赫說：「我自己也看過，親眼看過。三次。仙女亞達莉雅死後、卡蘭特死後……還有奇莉的母親芭維塔死後。」

「芭維塔就是死在暴風中，」葉妮芙點出事實：「所以很難說……」

「芭維塔並不是死在暴風中。」克萊赫打斷她，依舊一臉深思：「暴風是在她死後才開始的，大海的反應就像每逢琴特拉的血脈殞落之時那樣。這件事我查了很久，我很確定我查到的結果。」

「怎樣的結果？」

「芭維塔與杜尼塔的船掉進有名的賽德娜海淵。那不是第一艘掉進去的船，這妳一定也很清楚。」

「你是在說故事。船隻遇上海難，是很自然的事……」

「我們斯格利加的人對船隻有一定的了解，」他打斷她，口氣頗爲激烈：「可以分得出海難是自然還不自然。在賽德娜海淵消失的船隻都很不自然，而且都不是意外。芭維塔與杜尼塔的那艘船也一樣。」

女巫嘆了口氣，說：「我不和你爭，不過這又有什麼意義呢？在已經過了十五年的今天？」

「對我來說，有。」伯爵抿起嘴巴。「我會弄清楚這件事，這只是時間的問題。我會知道……我會找到解釋。我會找到所有謎團的解釋，包括琴特拉大屠殺的那個時候……」

「這又是哪個謎團了？」

他看著窗戶喃喃道：「尼夫加爾德人衝進琴特拉的時候，卡蘭特下令把奇莉祕密帶出城。問題是，那時候整座城已陷入火海，黑衣軍到處都是，逃出圍攻的機會是微乎其微。眾人勸女王放棄如此冒險的決定，建議讓奇莉在尼夫加爾德的眾將領面前正式投降，如此一來，她就能保住自己的性命與琴特拉全國的利益。她在著火的巷道中，一定會白白死在一幫士兵手裡。而母獅……根據當時在場的人，妳知道她是怎麼說的嗎？」

「不知道。」

「『讓這女孩的血留在琴特拉的石磚上，總比被玷汙的好。』妳知道被什麼玷污？」

「和恩菲爾大帝的婚事，和一個骯髒的尼夫加爾德人結婚一事。伯爵，已經晚了。明天清晨我要開始……我會把進度告訴你。」

「希望如此。晚安，葉娜……呃……」

「怎麼了，克萊赫？」

「妳有沒有，呃，想……」

「沒有，伯爵。過去的已過去，不再算數。晚安。」

□

「哎呀呀。」克萊依特的克萊赫偏頭看了眼訪客。「特瑞絲．梅莉戈德本人大駕光臨，這件裙裝還眞漂亮。這皮草……是毛絲鼠，對吧？要是我不知道妳到斯格利加為的是什麼事，就會問是什麼風把妳吹到這來。不過，我知道。」

「很好。」特瑞絲露出一抹魅惑的笑容，撥了撥栗色的秀髮。「你知道是怎麼回事，這很好，伯爵。可以讓我們省掉開場白，也不用簡略說明，讓我們可以直接切入重點。」

「什麼重點？」克萊赫雙手交胸，冷眼看著女巫。「妳是指望我們跳過開場，直接與對方開誠布公嗎？特瑞絲，妳代表的是誰？妳用誰的名義到這裡？妳服侍的佛特斯特國王已經用放逐來感謝妳的付出。雖然妳一點錯也沒有，他還是把妳趕出了特馬利亞。我聽說，現在和戴斯特拉一同實際管理雷達尼亞的菲莉帕．愛哈特，把妳納到了自己的羽翼之下。依我看，妳可是盡了最大努力要答謝她的庇護。妳甚至毫不猶豫就攬下祕密特務的角色，去追蹤妳以前的好朋友。」

「伯爵，你太無禮了。」

「如果我弄錯了，我感到十二萬分的抱歉。我弄錯了嗎？」

兩個人皆用不信任的眼光看著彼此，久久不語。最後，特瑞絲不滿地咒罵一聲，鞋跟也跟著重重一踩。

「噢，下地獄吧！我們不要再牽著彼此的鼻子走！現在誰替誰辦事、誰和誰一派、誰對誰忠心爲的是什麼，這有意義嗎？葉妮芙死了。奇莉在哪裡、被誰控制仍舊是個問號……這種猜謎遊戲有意義嗎？克萊赫，我不是以間諜的身分來這裡。我是按自己的意志，以私人身分來的，因爲我很擔心奇莉。」

「大家都很擔心奇莉，這女孩很幸福。」

特瑞絲的眼睛閃了一下。

「我不會拿這來說笑，尤其如果我是你的話。」

「抱歉。」

他們看著窗口，看著斯皮克羅格後方那輪西下的紅日，不再說話。

「特瑞絲．梅莉戈德。」

「請說，伯爵。」

「我要再次向妳致歉。哎，廚子要我問妳，是不是所有女巫都瞧不起完美烹調的海鮮？」

□

特瑞絲沒有瞧不起海鮮。相反地，她吃下的量比原先預計的多了兩倍，而現在她開始擔心自己的腰圍——那令她相當自傲的二十二吋小蠻腰。她決定喝點來自投散特的知名葡萄酒艾斯艾斯來幫助消化。與克萊赫相仿，她也是以角啜飲。

「所以，」她起了話頭：「八月十九日的時候，葉妮芙在這裡出現，戲劇性地從天空掉進魚網。你身爲琴特拉忠心的附庸之臣，爲她提供了庇護，幫助她製造傳影鏡……她和誰說話又說了什麼，你當然也不清楚。」

克萊依特的克萊赫拿起角杯豪飲了一口，忍住上衝的酒氣。

「我不知道。」他露出了狡獪的笑容。「我當然什麼都不知道。我一個又窮又單純的水手，怎麼可能知道各位尊貴的女巫做了什麼事呢？」

□

聖母芙蕾雅女神的祭司喜格莉法低低垂著頭，好似克萊依特的克萊赫提出的問題，在她身上加了千斤重般。

「她信任我，伯爵。」她喃喃說道，聲音幾不可聞：「她沒要我立下沉默之誓，但她顯然希望保持低調。我真的不知道能不能……」

「喜格莉法主祭。」克萊依特的克萊赫慎重打斷她：「我向妳請求的，並不是告密。如同妳一樣，我也與葉妮芙交好；如同妳一樣，我也希望能找到奇莉、拯救奇莉。哼，我可是發過布洛耶菊斯——血之誓言！至於葉妮芙，我對她只有關心。這女人格外驕傲。就算要賭上極為驚險的一把，也不會放下身段向人請求。所以我不排除主動援手，盡快趕去幫她。要能做到這點，我需要情報。」

喜格莉法清了清嗓子，表情不甚確定。在她開始說話之時，聲音顯得微微不穩：

「她做出了她的那台機器……基本上那根本不是機器，因為裡頭沒有用到任何原理，只有兩面鏡子、一塊黑色絲絨簾子、一個盒子、兩塊透鏡、四盞燈，嗯，當然還有閃耀之鑽……當她說出咒語之後，其中兩盞燈的光線就投到……」

「細節我們先按下。她和誰聯絡？」

「她和幾個人說過話。和幾個巫師……伯爵，我沒有全都聽見，不過就我聽到的……那當中有幾個對象真的很受人非議。沒有人願意無償幫助……他們向她要錢……所有人都向她要錢……」

「我知道。」克萊赫喃喃低語。「銀行已經把她動用的款項都知會我了。哎，我這個誓言啊，可是花了我一筆很可觀、很可觀的數目！不過錢財是身外物。我在葉妮芙和奇莉身上花的，會在尼夫加爾德的省分裡討回來。不過，喜格莉法主祭，說下去。」

祭司垂下了頭，說：「有些人葉妮芙根本就是用威脅的。她讓他們了解她手上握有能令他們丟臉的訊息，要是他們拒絕合作，就會把這些訊息公諸於世……伯爵……她是個聰明的女人，而且也算好人……不過她一點顧忌也沒有。她的心腸很硬，沒有半點慈悲。」

「這點我剛好很清楚。不過，我不用知道她威脅人的細節，我建議妳也盡快把這些都忘掉。知道這些事是很危險的，局外人不該玩這種火。」

「我知道，伯爵。我理當要服從你……我也相信你的目的會讓手段變得神聖。沒有人可以從我這裡知道任何事情。不管是和知心好友相會，或是受到敵人刑求，我都不會說。」

「很好，喜格莉法主祭。非常好……葉妮芙問的事與什麼有關，妳記得嗎？」

「我沒有全聽明白，公爵。他們用了行話，很難懂……有個什麼維列佛茲，常出現在話題中……」

「沒有才奇怪。」克萊赫咬牙切齒的聲音清楚可聞。祭司一臉驚恐地看著他。

「他們也說了很多有關精靈與智者的事。」她說：「甚至提到了賽德娜海淵……不過，照我這麼聽下來，主要提到的還是塔。」

「塔？」

「對，兩座塔。海鷗之塔與燕之塔。」

□

「我猜的就是這樣。」特瑞絲說：「葉妮芙從拿到拉德克里夫的委員會密報下手，那個委員會是負責調查塔奈島事件的。關於那件事，我不知道傳到斯格利加這裡的是哪些消息……你有聽說過海鷗之塔嗎？還有拉德克里夫的委員會？」

克萊依特的克萊赫狐疑地看著女巫。

「在這座島上，」他皺起眉頭。「不管是政治還是文化，都傳不進來。我們是一群落後的人。」

特瑞絲決定不去理會他的口氣，也不管他的表情：「拉德克里夫的委員會很仔細地研究過從塔奈島發送的瞬間移動痕跡。島上的托爾拉拉傳送點直到崩塌之前，一直都封鎖著方圓一段不小距離內的所有傳送魔法。不過，你一定知道，海鷗之塔的爆炸崩塌，讓瞬間移動變得可能。塔奈島事件中的大多數人，都是靠打開傳送點才離開那裡。」

「說得對。」伯爵笑了笑。「不說遠的，就連妳，也是直接飛去布洛奇隆，背上還揹了獵魔士。」

「真了不起。」特瑞絲看著他的眼睛。「政治傳不進來，文化傳不進來，但閒話倒是傳了進來。不過這個我們先擺一邊，回到拉德克里夫委員會的工作吧。委員會要做的是把誰用瞬間移動離開塔奈島、又是去了哪，都一一確認清楚。他們用了所謂的回溯術，一種可以重現過往景象的魔法，可以比對發現瞬間移動軌跡及這些軌跡所指的方向，就結果上來說，可以套用到打開傳送點的特定對象身上。他們成功比對了所有情況。除了一樣。有一道瞬間移動的軌跡沒有指出目的地。更正確地說，是指向了大海，指向了賽德娜海淵。」

伯爵馬上有了聯想：「有人把自己傳送到約定的船隻地點。唯一有趣的是，竟是那麼遠的……而且如此惡名昭彰的地方。不過，要是斧頭懸在了脖子上……」

「正是。委員會也是這麼想，而且歸納出了以下結論：『那是維列佛茲。他抓到奇莉，但其他的退路被斷，便用了備用出口，和那女孩一起瞬間移動到賽德娜海淵，到等在那邊的尼夫加爾德艦上。』根據委員會的看法，這解釋了奇莉在七月十日，塔奈島事件過後不過十天的光景，便在尼夫加爾德帝國的洛克格林宮亮相這件事。」

「的確是這樣沒錯。」伯爵瞇起眼睛。「這解釋了很多事，不過前提要是委員會沒有弄錯。」

「沒錯。」女巫按下性子，不去在意他的目光，甚至露出了嘲諷的笑容。「要知道，出現在洛克格林宮裡的，也可能是他人假扮，不是眞正的奇莉。這樣一來，很多事都能說得通。然而，還有一件事依舊有待釐清，而這件事拉德克里夫的委員會也有了結論。弔詭的是，在第一版的報告裡，這件事竟然被略過。然而，在機密程度更高的第二版裡，卻提到了這件事，而且是用假設的方式提出。」

「特瑞絲，我已經聽妳說得夠久了。」

「委員會假設，海鷗之塔的傳送通道在當時是開啓的，可以運作。有人通過那裡，而通過時的能量太過強大，以至於傳送通道炸開，成爲廢墟。」

特瑞絲在過了一會兒後，接著說：「葉妮芙一定已經知道了。知道拉德克里夫的委員會發現了什麼，知道他們的祕密報告裡寫了什麼。也就是說，有可能……雖然可能性微乎其微……奇莉可能平安穿過了托爾拉拉傳送點，可能從尼夫加爾德的眼皮底下、從維列佛茲的眼皮底下溜走了……」

「如果是這樣，那她在哪裡呢？」

「我也想知道。」

□

當時如地獄一般漆黑，月亮躲在一堆一堆的雲層後頭，沒有透出半點光線。不過與先前幾晚比較起來，今夜的風倒是格外小，也因此顯得不那麼冷。獨木舟在被波浪弄皺的水面上微微晃動。空氣中飄散著沼澤的氣味。逐漸腐敗的雜草。還有鰻魚黏液。

岸邊的某處，水獺用尾巴拍了下水面，讓兩個人都跳了一下。奇莉很確定維索戈塔睡著了，而水獺把他叫醒。

「繼續說。」她說，同時用袖子上還沒沾到鼻涕的一處擦著鼻子。「別睡了。你一打瞌睡，我的眼皮也跟著重了起來，等我們醒來就到大海啦！繼續說那些瞬間移動點的事！」

「妳在離開塔奈島的時候，」荒野老人說：「穿過了托爾拉拉——海鷗之塔的傳送點。而被譽為闡述精靈瞬間移動點的曠世鉅作《上古一族之魔法》一書的作者吉奧佛瑞．蒙克——他大概也是瞬間移動這方面最有權威的人——寫過托爾拉拉傳送點會通向燕之塔，也就是托爾奇來亞……」

「塔奈島的瞬間移動點在當時已經變形。」奇莉打斷道：「也許在它壞掉以前，是跟一個什麼燕子相通，不過它現在通往的是沙漠。這叫作『混亂傳送點』，我有學過。」

「我想也是。」老人的口氣有些微不悅：「那些知識我還是記得大半，所以妳的故事才會讓我這麼疑惑……我是指當中的某些部分，而且那些部分正是與瞬間移動有關……」

「你可以說清楚一點嗎？」

「可以，奇莉，可以。不過現在是收網的最佳時機，裡頭一定已經裝滿鰻魚。準備好了嗎？」

「準備好了。」奇莉在兩隻手上啐了唾沫，拿起鉤篙。維索戈塔抓住水中若隱若現的繩子。

「要拉囉，一、二……三！拉上船！抓住，奇莉！抓住！放到桶子裡，不然會跑掉！」

□

這已經是他們第二晚搭獨木舟去沼澤般的支流。他們在那裡灑了空置魚網，要捉大批、大批游向大海的鰻魚。他們回到小屋時，已經是大半夜了，從頭到腳沾滿黏液，渾身濕答答，累得和狗一樣。

不過他們沒有馬上上床睡覺。這漁獲是要拿來交易的，得先放到箱子裡安置妥當——鰻魚一旦找到一點縫隙，到早上箱子裡便一條也不會剩了。事情做完後，維索戈塔把兩、三條較肥的母鰻扒了皮切成魚排，沾過麵粉後便下到一支巨大的平底鍋裡煎。然後，他們一邊吃著，一邊聊天。

「奇莉，妳看，有件事一直讓我睡不著。我還記得妳才剛恢復健康，我們就爲了日期的事意見分歧，而妳臉上的傷則成了所有日曆當中最可靠的一個。那道傷口不可能超過十小時，而妳則堅持自己是在四天前被人所傷。雖然我很確定妳不過是弄錯了，但我卻不停想著這件事，不斷地問自己那不見的四天跑哪去了。」

「結果呢？依你的看法，這四天跑哪去了？」

「我不知道。」

「太棒了。」

貓兒長長一躍，被利爪釘住的老鼠發出細細的尖叫。公貓不疾不徐地啃咬牠的頸項，拉出牠的內臟，然後津津有味地吃了起來。奇莉一臉漠然地看著這一幕。

「海鷗之塔的瞬間移動點通往燕之塔。」維索戈塔再度說道：「而燕子塔……」

貓兒吃掉了整隻老鼠，只把尾巴留做點心。

「托爾拉拉傳送點，」奇莉打了一個大大的呵欠，說：「已經亂掉，會通到沙漠。我已經告訴過你大概一百次了。」

「重點不在這裡，我指的是另一件事。是這兩個瞬間移動點有相互連接這件事。托爾拉拉傳送點毀了沒錯，不過還有托爾奇來亞這個瞬間移動點。要是妳到了燕之塔，就可以瞬間移動回塔奈島，就能遠遠避開威脅妳的危險，離開妳敵人的勢力範圍。」

「哈！這主意倒挺適合我的。不過，有個小小的問題。我不知道那座燕之塔在哪。」

「在這點上，也許我能找到補救的辦法。奇莉，妳知道大學的課程教人什麼嗎？」

「不知道。什麼？」

「善用情報的能力。」

□

「我就知道我會找到。」維索戈塔驕傲地說：「我找了又找、找了又找……噢，該死……」

抱了滿手的厚重書本突然從他指間滑下，古版的活字印刷書頁猛然從泛黃的封皮上鬆脫，無助地散落一地。

「你找到什麼？」奇莉在一旁蹲下，幫他撿拾分散的書頁。

「燕之塔！」荒野老人把大刺刺坐到其中一書上的公貓趕開。「托爾奇來亞。幫我撿。」

「這上面怎麼都是灰塵！還會黏手咧！維索戈塔，這是什麼？在這邊這張圖裡的？這個吊在樹上的人？」

「這個？」維索戈塔看了看鬆脫的書頁。「這是《荷姆達傳奇》裡的一幕。英雄荷姆達在世界之梣上吊了九晝九夜，想透過奉獻與痛楚來獲得知識與力量。」

奇莉抹了抹額頭，說：「我夢過類似這樣的事幾次。吊在樹上的人……」

「版畫掉出來了，喔，是這本書的。要是妳想的話，晚一點可以讀一讀。不過現在比較重要的是……哦，我終於找到了。布伊偉德．巴克會森的《探訪魔法之路與魔法之地》，有些人認爲這本書是僞書……」

「意思是說，這是騙人的？」

「差不多。不過也有些人看重這本書……有了，聽好了……見鬼了，這裡眞是有夠暗……」

「這裡已經夠亮了，是你自己老花看不清楚。」年紀尚輕的奇莉毫無忌諱地便說出了殘酷的話語：「給我，我自己唸。從哪個地方開始？」

「這邊。」他用枯槁的指頭比了位置。「唸出來。」

□

「這個什麼布伊偉德．巴克會森的，用的語言還眞奇怪。阿森加達，我要是沒想錯的話，這大概是一座城堡之類的。不過這個國家是什麼？百湖國？我從來沒聽過這種國家。還有，什麼是酢漿草？」

「就是三葉草。至於阿森加達和百湖國，等妳唸完了，我再告訴妳。」

□

「就好像現場表演一般，阿瓦拉賀才剛說完那些話，湖水底下便跑出一堆鳥兒。牠們又小又黑，一整個冬天都躲在洶湧的深水底部避寒。唸過書的人都知道，燕子和其他鳥類不一樣，不會飛到溫暖的地方過冬，也不會在春天回來，而是會爪鉤爪地聚集成堆，沉入水底度過整個冬天，直到春天才從水底深處飛出。這種鳥象徵的不只是春天與希望，也是未受污染的潔淨典範，因爲牠從不坐在地上，與地上的污垢和髒物也沒有什麼接觸。」

「然而，我們還是回到我們的湖水上頭。你會說，繞著霧氣盤旋的鳥群，是在用自己的翅膀驅散霧氣，因爲最後霧中竟出現一座不可思議的魔法之塔，而我們只能發出一聲驚嘆，因爲那座塔就好像是用水氣交織而成，霧氣是它的基底，而頂端則有閃耀的極光——魔法般的奧羅拉波雷阿里斯加冕。的確，這座塔一定是以超乎常人理解的強大魔法建成。」

「精靈阿瓦拉賀注意到我們的欽佩，便說：『這就是托爾奇來亞——燕之塔，是世界之門與時光之口。人類，能看到這番景象，該覺得慶幸，因爲這個景象不是每個人、每一次都能看見。』」

「當阿瓦拉賀被問到能不能從近一點的地方看那座塔，或者是親手摸摸看時，他則笑了起來。『托爾奇來亞對我們來說就像是夢想。』他說：『夢想是不能碰的。』他還說：『這樣很好，因爲那座塔只適合智者和少數被選中的人，對他們來說，時光之口代表的是希望與重生。不過對於不諳箇中祕密的人來說，那則是惡夢之門。』」

「他才剛說完這些話，霧氣便又降下，不再讓我們觀看那魔法之景……」

□

「百湖國現在叫密特拉赫塔，是個非常遙遠、有葉雷納河流穿的湖泊分布區，位於梅提那北部，靠近納澤爾和馬格圖加邊境。布伊偉德．巴克會森寫到他們從北方往湖區走，從阿森加達那邊……現在已經沒有阿森加達了，只剩一堆廢墟，最接近的城市是內文雷烏什。按布伊偉德的算法，那裡距離阿森加達有六百頃地。以前的『頃』有很多種，不過我們就拿最被接受的說法來看，六百頃地就相當於是整整五十哩。阿森加達南邊，從我們培雷普魯特這裡算大概是三百五十哩。換句話說，奇莉，燕之塔和妳大概隔了三百哩。妳的凱爾佩大概要跑個兩星期才會到。當然這是在春天的情況下，不是現在，因爲再過一、兩天可能就要入寒了。」

陷入思索的奇莉皺著鼻頭說：「就我所讀到的，阿森加達的廢墟從當時一直留存下來。而我自己親眼在喀艾德看過精靈之城雪拉微得，我去過那裡。人們把所有東西都挖走、偷走了，只留下光禿禿的石塊。我敢打賭，你的燕之塔一定也只剩下石塊，而且還是比較大塊的那些，因爲小塊的一定都已經被偷走了。要是那裡還有傳送點的話……」

「托爾奇來亞有魔力，不是所有人都看得見，而裡頭的瞬間移動點向來是隱形的。」

「的確。」她表示認同並思索了起來。「塔奈島的那個就是看不見的那種。它突然就出現在牆上……話說回來，它出現的時機很剛好，因爲追我的那個巫師當時已經離我很近了……我已經聽到他的聲音……而就在那個時候，傳送點好像聽到我的心聲似地，就這麼出現了。」

「我很確定，」維索戈塔輕聲說：「要是妳到了托爾奇來亞，就算是在廢墟之中、在光禿禿的石塊之間，那邊的瞬間移動點也會爲妳現形。我很確定妳可以找到它，並且啓動它。我很確定，它也會聽從妳的指令。因爲，奇莉，我覺得妳是被選中的人。」

□

「特瑞絲，妳的頭髮就像燭光下的火焰，妳的眼睛就像那青金石，妳的嘴唇就像那珊瑚……」

「夠了，克萊赫。你是醉了還怎樣？再幫我倒些葡萄酒，繼續說。」

「是要說什麼呢？」

「別裝死！說葉妮芙爲什麼會決定要去賽德娜海淵。」

□

「事情進行得怎樣了?說吧，葉妮芙。」

「你先回答我的問題。我來找你的時候，總會遇到兩個女人，她們是誰?總是用那種目光看我，就好像在看地毯上的貓屎一樣的那兩個?她們是誰?」

「妳感興趣的是正式而合法的情況，還是實際上的?」

「後者。」

「這樣的話，她們都是我的妻子。」

「我懂了。有機會時，告訴她們，過去的已過去，不再算數。」

「我說過了，不過女人就是這個樣子。這不重要，說吧，葉妮芙。我想知道妳工作的進展。」

「很不幸的，」女巫咬住了雙唇。「進展微乎其微，而時間卻不斷流逝。」

「是在流逝。」伯爵點了點頭。「而且還不斷帶來新的感覺。我收到大陸那邊傳來的消息，妳應該會感興趣。消息是來自維瑟格德的陣營。但願妳知道，誰是維瑟格德?」

「琴特拉的將軍?」

「是元帥。他率領的是由琴特拉移民與自願兵組成的特馬利亞軍。從島上過去那裡服役的島民夠多，所以我能得到第一手消息。」

「那你知道了什麼?」

「妳到了這裡，斯格利加，就在八月十九日，滿月後的兩天。同一天，也就是十九日，維瑟格德的陣營在伊那河奮戰時，抓到了一群難民，傑洛特和他的那個吟遊詩人朋友也在其中……」

「亞斯克爾?」

「正是。維瑟格德指控他們兩人是間諜，把他們綁了起來，好像還下令處死。不過這兩名囚犯跑了，還把維瑟格德帶去尼夫加爾德人那裡，就好像和他們眞有勾結似的。」

「胡說。」

「我也是這麼認爲。不過我的腦海裡有個想法，獵魔士或許和妳以爲的不一樣，正在執行某個狡猾的計畫。他要取得尼夫加爾德的信任，好拯救奇莉……」

「奇莉不在尼夫加爾德。而傑洛特也不會執行任何計畫，計畫不是他的強項。這個先擱一邊吧。重點是，現在已經是八月二十六日了，而我知道的還是太少，少得沒辦法有任何作爲……除非……」

她沉默下來，看向窗戶，手中把玩著鑲於頸部黑絲絨帶上的黑曜星石。

「除非怎樣？」

「與其嘲諷傑洛特，不如採用他的辦法。」

「我不明白。」

「可以試試看『犧牲』，伯爵。『從容就義』似是可以增添報酬，帶來好的效果……至少是以女神之慈悲的形式，而女神喜歡也珍惜願意犧牲、受苦之人。」

「我還是不懂。」他皺起眉頭。「不過我不喜歡妳說的話，葉妮芙。」

「我知道，我也不喜歡。不過我橫豎已經過界太多……老虎或許已經聽見羔羊的叫聲……」

□

「我擔心的就是這個。」特瑞絲喃喃道：「我擔心的就是這個啊。」

「也就是說，我那時的反應是對的。」克萊依特的克萊赫緊咬牙關，發出了喀喀響聲。「葉妮芙知道有人在竊聽她用那台鬼機器所進行的談話，又或者她的與話對象中，有人卑鄙無恥地出賣了她……」

「又或者兩樣都是。」

「她早就知道。」克萊赫咬牙切齒。「但她卻依然故我。因爲這是她下的餌？她把自己當成餌？她假裝自己知道的比實際還多，好去刺激敵人？所以她去了賽德娜海淵……」

「她丟出了挑戰，對敵人挑釁。克萊赫，她走了一步很險的險棋。」

「我知道。她不想要把我們當中的任何一個拖下水……除了自願的那些人以外，所以她才會要了兩艘船……」

□

「妳要的那兩艘船我已經準備好了，阿爾克歐娜號【註】和塔瑪拉號。當然，還有船員。阿爾克歐娜號會由思文之子古施拉夫領航，是他主動要求這份殊榮，妳對了他的胃口，葉妮芙。塔瑪拉號由阿薩·特亞極帶隊，他是位我可以完全信任的船長。喔，我差點忘了。我的兒子歪嘴亞馬勒也會是塔瑪拉號的船員之一。」

「你兒子？幾歲？」

「十九。」

「你開始得有點早。」

「彼此、彼此。亞馬勒說有私人理由，要我把他加到船員裡。我沒辦法拒絕他。」

「私人理由？」

「妳眞的不知道這件事？」

「不知道，告訴我。」

克萊依特的克萊赫將角杯一飲而盡，想起過往，不禁一笑，然後開口說：

「大斯格利加的孩子很喜歡在冬天溜冰，對於酷寒的到來總是迫不及待。湖面才剛凝結，僅是一層撐不住成年人的薄冰，他們就立刻跑上去。要知道，最有趣的還是溜冰比賽，彼此追逐，有多快衝多快，從湖的這一頭溜到另一頭。男孩間會進行一種叫『鮭魚跳』的比賽，要從岸邊突出冰面、宛如鯊魚之牙的石塊往湖裡跳，就像鮭魚跳水瀑一樣。與賽者通常會找一排長度適合的這種石塊，然後加速衝刺……哈，我還是毛頭小子的時候，也這麼跳過……」

克萊依特的克萊赫陷入思緒之中，微微一笑，說：

「當然，贏家總是能跳最遠的人，而贏家在勝負底定後，也總是驕傲得像隻孔雀一樣。葉妮芙，現在在妳面前說話、身爲妳僕役的這個人，在當年可是常常贏得這種榮耀呢，呵、呵。而我們比較感興趣的那個年代裡，常勝軍則是我的兒子亞馬勒。他跳過的那些石塊，可是沒人敢嘗試的。他昂著下巴到處

【註】：阿爾克歐娜（Alcyone）是希臘神話中的人物，據信爲風神Aeolus之女。與丈夫Ceyx極爲恩愛，兩人甚至自比爲宙斯與赫拉，因而觸怒天神，Ceyx葬身海裡，阿爾克歐娜投海自盡，最後兩人化爲翠鳥。

走，要人打敗他。所以來自琴特拉的芭維塔之女奇莉，接受了他的挑戰，而她甚至不是島上的人。不過她自己是這麼自居的，因爲她在島上待的時間，要比在琴特拉裡來得久。」

「就連芭維塔的意外之後也是？我以爲卡蘭特不准她待在這裡。」

「妳知道這件事？」他用精明的目光看著她。「是啊，葉妮芙，妳知道的確實不少。不少啊。卡蘭特的怒氣與命令沒有維持超過半年，在那之後，奇莉便又再次在此度過一個又一個的寒暑……她的溜冰技術確實不在話下，不過去和一票男孩子比『鮭魚跳』？去挑戰亞馬勒？這是誰也意想不到的呀！」

「可是她跳了。」女巫已猜出後續。

「她跳了，這個琴特拉的小魔星跳了。這可是繼承了獅后之血、貨眞價實的小母獅啊。亞馬勒如果不想讓自己成爲笑柄，就得冒險跳過更大一片的石堆，而他也確實冒了這個險。結果摔斷了一條腿、一隻手、四根肋骨，還弄得滿臉是傷，留下了一輩子的傷疤，成了歪嘴亞馬勒！還有他那鼎鼎有名的未婚妻！嘿、嘿！」

「未婚妻？」

「妳不知道這件事？妳知道那麼多，卻不知道這件事？在那家喻戶曉的一跳之後，亞馬勒躺了好一陣子養傷，她常來探望，唸書給他聽，陪他聊天，握著他的手……有人走進屋子的時候，兩個人就都紅了臉，像煮熟的蝦子。最後，亞馬勒告訴我，他們兩個訂親了。我幾乎都快瘋了，就和他說：『你這渾小子，我讓你訂親，不過是和牛皮鞭子訂！』我當時稍稍捏了把冷汗，因爲我可以想見，那小母獅身上流的是火辣辣的血，做什麼手腳都很快，是個愛刺激的丫頭——我就不拿『小瘋子』來形容了……幸好，亞馬勒全身都被木板固定、包滿繃帶，所以他們沒辦法做出蠢事……」

「他們當時幾歲？」

「他十五，而她還不到十二。」

「所以你的擔憂似乎有些誇張了。」

「也許有一點。當時我不得不把事情都告訴卡蘭特，而她可沒不把這當回事。我知道她已經對奇莉的婚事有了安排，大概是要她嫁給科維爾的譚克雷德‧迪森，或是雷達尼亞的拉多維達，我不是很確定。不過任何謠言都可能壞了卡蘭特的婚姻大計，就算只是單純的親親嘴，或是無傷大雅的小愛撫。她當機立斷，把奇莉帶回琴特拉。小姑娘大吵大鬧了番，又是鼻涕、又是眼淚的，但那一點用也沒有。跟琴特拉的獅后可沒有討價還價的餘地。在那之後，亞馬勒向著牆壁躺了兩天，沒有和任何人說過話。等到他一好，就想偷艘獨木舟，自己划去琴特拉。他吃了頓鞭子，事情也就這麼過了。然後……」

克萊依特的克萊赫沉默了下來，若有所思。

「然後，到了夏天，接著是秋天，接下來，就是整批的尼夫加爾德軍往琴特拉衝。他們走馬爾那達爾山梯，從南面城牆進攻。而亞馬勒也找到另一次好展現自己男子漢一面的機會。他在馬爾那達爾和琴特拉城下英勇地對抗黑衣軍，然後又去了索登。之後也一樣。當船隊靠向尼夫加爾德的岸邊時，他一劍在手，爲他當時被認爲已經喪生的所謂未婚妻報仇。我那時候並沒有相信，因爲我和妳說的那些現象都沒有出現……現在既然亞馬勒知道了這場可能的救援行動，就主動加入了自願軍。」

「克萊赫，謝謝你告訴我這些。在聽的同時，我也好好休息了番，忘了……憂愁。」

「葉妮芙，妳什麼時候出發？」

「最近，甚至有可能是明天。我還有最後一次的隔空傳訊要做。」

□

克萊依特的克萊赫一雙眼睛宛如鷹隼，深深探入對方眼底。

「特瑞絲．梅莉戈德，妳該不會知道葉妮芙在拆掉那台見鬼的機器前，最後一次隔空傳訊的對象是誰吧？八月二十七日跨二十八的那一夜？和誰？又說了什麼？」

特瑞絲用睫毛蓋住了眼睛。

□

經過鑽石折射的光線將鏡面照了通亮。葉妮芙伸出雙手，唸出一串咒語。刺眼的反射光線變成了一團濃霧，景象快速自當中顯出。那是一個房間，牆面上都掛了壁毯。

顯影框突有動靜，跟著響起一道不安的聲音。

「誰？誰在那裡？」

「是我，特瑞絲。」

「葉妮芙？是妳？我的眾神啊！妳從哪……妳在哪裡？」

「我在哪裡並不重要。把結界打開，因爲影像不太穩定。還有把燭台移走，太刺眼了。」

「當然，我馬上移開。」

雖然時間已經晚了，特瑞絲身上穿的卻不是貼身夜衫，也不是工作服。她穿的是外出裙裝，釦子高高扣在頸部，一如以往。

「我們可以放心說話嗎？」

「當然。」

「妳是自己一個人？」

「對。」

「妳說謊。」

「葉妮芙……」

「丫頭，妳騙不了我。妳這表情我很清楚，也早就看夠了。當初妳開始背著我爬到傑洛特的床上時，臉上的表情就是這樣。那時候妳也是戴上了無辜婊子的面具，就和我現在看到的一模一樣。而這張面具現在代表的意義也跟當時一樣！」

特瑞絲紅了臉，而顯影框裡出現了菲莉帕．愛哈特。她站在特瑞絲身旁，身上穿著緊身、無袖、有銀繡點綴的男式短衣。

「了不起。」她說：「妳還是這麼精明，還是這麼犀利，還是這麼難以掌握。我很高興見到妳健健康康的，葉妮芙。我很高興孟特卡佛那次的瞬間移動不是以悲劇收尾。」

「雖然這樣的假設忒是大膽了，就當作妳是眞的高興好了。」葉妮芙扯了扯嘴角。「不過這先放到一邊，誰背叛了我？」

「這重要嗎？」菲莉帕聳了聳肩。「妳自己都已經和那票叛徒聯絡了四天。對那些人來說，出賣和背叛就像是他們的第二個天性一樣。還有那些妳逼著他們背叛的人。其中一個背叛了妳，這很正常，別跟我說妳沒有想過這點。」

「我當然想過。」葉妮芙哼了一聲。「最好的證據就是我和妳們聯絡了，而我明明可以不用這麼做。」

「妳是不用。也就是說，妳和我們聯絡是有目的的。」

「了不起。妳還是這麼精明，還是這麼犀利。我之所以和妳們聯絡，是要讓妳們知道，妳們女巫會的祕密在我這邊很安全。我不會背叛妳們。」

菲莉帕挑起眼睛盯著她看。最後，她總算開口：

「如果妳是指望這份宣言能爲妳買到時間、平靜與安全，那妳的期望就過高了。我們別自欺欺人了。妳從孟特卡佛逃走時，就已經做出了選擇，宣告了自己站在哪一邊。不能與女巫會同在的人，便是女巫會的敵人。現在妳試著搶在我們前頭要找到奇莉，而引導妳的動機，在我們看來，是和我們對立的。妳在與我們作對，妳不想要我們利用奇莉來達成我們的政治目的。所以，妳最好明白，我們會盡一切能力，來阻止妳利用奇莉去達成妳私人的情感目的。」

「所以妳這是在宣戰了？」

「是比賽。」菲莉帕笑得狠毒。「這只是一場比賽，葉妮芙。」

「講求誠實、榮譽？」

「妳是在說笑吧。」

「呵，當然。不過，有件事我還是想誠實而明確地提出來。話說回來，我指望因此能有所回報。」

「說吧。」

「最近這幾天，甚至有可能就是明天，會發生一連串我自己也沒辦法預料後果的事件。或許我們的比賽和競爭會突然不再有意義。原因很簡單，我不再會是妳們的競爭對象。」

菲莉帕．愛哈特瞇起上了藍色彩妝的眼睛。

「我明白了。」

「到時候，妳們就幫我恢復我生前的好名聲吧，別再讓我被當作叛徒和維列佛茲的共犯。這是我對女巫會的請求，是我對妳的私人請求。」

菲莉帕沉默了一段時間，最後終於開口：

「妳的請求，我拒絕。我雖然很遺憾要這麼說，但是妳的除罪，並非女巫會的利益所在。妳要是死了，就是以一名叛徒的身分而死。對奇莉來說，妳會是叛徒、罪犯，因爲這樣比較容易操縱那女孩。」

「在妳做出會危害妳生命之前的事，」特瑞絲突然哽咽。「先爲我們留下……」

「遺囑？」

「線索。讓我們能……繼續……跟隨妳的腳步找到奇莉。橫豎都是爲她好！爲她的命啊！葉妮芙，戴斯特拉找到了……某個線索。要是奇莉落到維列佛茲手上，這女孩可能會面臨十分可怕的死亡。」

「閉嘴，特瑞絲。」菲莉帕．愛哈特嚴厲地吼了一聲：「我們在這邊不會做任何交易或協議。」

「我會把提示留給妳們。」葉妮芙緩緩地說：「我會把我所知道的情報和我所做的事都留給妳們。我會把線索留下，讓妳們可以追蹤，不過不是白白奉上。妳們不想爲我在世人面前洗刷名聲，妳們就和這個世界一起下地獄吧。不過，至少在獵魔士的面前，爲我洗刷冤屈。」

「不。」菲莉帕幾乎是立刻拒絕。「這也不是女巫會的利益所在。對妳的獵魔士來說，妳的形象同樣會停留在出賣眾人的叛徒女巫上。要是他在外頭生事、找人報復，這對女巫會來說同樣沒有好處。而要是他看輕妳，便不會有復仇的念頭。話說回來，他大概已經不在人世，又或者已經不久人世了。」

「那麼我拿消息來換他的命。」葉妮芙冷硬地說：「菲莉帕，救他。」

「不，葉妮芙。」

「因爲這對女巫會沒有好處。」女巫的眼中燃起紫色火焰。「妳聽見了嗎？特瑞絲，這就是妳的女巫會。這就是它眞正的面目，這就是它眞正的利害。現在妳怎麼說？對那女孩來說，妳曾是她的導師。妳自己也說過，妳幾乎就像是她的姊姊一樣。而傑洛特……」

「葉妮芙，別拿情情愛愛來逼特瑞絲。」菲莉帕的眼中同樣報以熾燄。「我們會找到那女孩，不用妳的幫助就能拯救她。要是妳成功的話，那我們會萬分感謝。到時候妳就把她交給我們，自己也省得麻煩。妳從維列佛茲手中把她搶走，而我們就從妳的手中把她搶走。至於傑洛特？誰是傑洛特啊？」

「妳聽見了嗎？特瑞絲。」

「原諒我。」特瑞絲·梅莉戈德冷硬地說：「原諒我，葉妮芙。」

「呵，不，特瑞絲。我永遠也不原諒妳。」

□

特瑞絲看著地板。克萊依特的克萊赫一雙眼睛宛如鷹隼。

「最後那次祕密通話，」斯格利加島的伯爵慢條斯理地說：「也就是妳，特瑞絲．梅莉戈德一無所知的那次通話過後的兩天，葉妮芙離開了斯格利加，往賽德娜海淵航去。當她被問到爲什麼她要去的地方是賽德娜海淵，她看著我的眼睛回答，說想知道自然的海難與非自然的海難有何不同。她帶走了兩艘船——塔瑪拉號及阿爾克歐娜號，船員清一色都是自願者。那是八月二十八日，兩個禮拜以前的事。之後，我再也沒見過她了。」

「你什麼時候知道……」

「五天後。」他頗爲粗暴地打斷她：「九月朔夜過後的三天。」

□

船長阿薩．特亞極不安地坐在伯爵面前，又是舔唇，又是調整坐姿，還折得手指關節直作響。紅日終於掙脫滿天雲層，緩緩降到斯皮克羅格島上方。

「說吧，阿薩。」克萊依特的克萊赫命令道。

阿薩．特亞極大聲清了嗓子。

「我們航行得很快。」他說：「風向對我們有利，船速有整整十二節。二十九日的夜晚，我們便已瞧見海魚岬燈塔打出來的光線。我們稍稍往西偏了些，以免撞上哪個尼夫加爾德人……到了九月朔夜前的那天破曉，我們到了賽德娜海淵一帶。就在那個時候，女巫把我和古施拉夫叫了過去……」

□

「我需要一票自願者。」葉妮芙說：「只要自願的。人數不要多，只要能在短時間內操控一艘船就好。我不知道這樣要多少人，這方面的事我不懂。但除了必要的人數之外，請不要在阿爾克歐娜號上多留任何一個人。還有，我要再說一次，只要自願者。我打算做的事……十分危險，比海戰還要危險。」

「我明白了。」年老的總管點點頭。「我要頭一個報名。我，古施拉夫，思文之子，要向妳請求這份榮幸，女巫小姐。」

葉妮芙看著他的雙眼良久。

「好。」她說：「而擁有這份榮幸的人，是我。」

□

「我也報了名。」阿薩．特亞極說：「不過古施拉夫不同意。他說，塔瑪拉號上得有人發號施令。結果，參加的人總共有十五個。亞馬勒也在其中，伯爵。」

克萊依特的克萊赫挑起了眉毛。

□

「要幾個人？古施拉夫。」女巫重複了一次。「要幾個？請你精準計算。」

總管沉默了一段時間，在心裡合數。最後，他說：

「我們只要八個就夠。要是時間不會太久……不過這裡這些人都是自願的，沒人被逼……」

「從這十五人裡挑八個出來。」她強勢打斷他：「你自己挑，然後叫被選中的人去阿爾克歐娜號，剩下的就留在塔瑪拉號。對了，我要挑一個人留下。亞馬勒！」

「不要，女巫小姐！妳不能這樣對我！我既然參加了，就要站在妳身邊！我想要……」

「閉嘴！你要留在塔瑪拉號！這是命令！再多說一個字，我就叫人把你綁到船桅上！」

□

「阿薩，說。」

「魔法師、古施拉夫和那八名自願者上了阿爾克歐娜號，往海淵駛去。而我們留在塔瑪拉號的人則依令待在一邊，但不能離他們太遠。到那一刻爲止，天氣一直都對我們有利，但突然間卻像是有惡魔造訪一樣。就是這樣，我沒說錯，因爲那股力量並不乾淨啊，伯爵……要是我說謊，就讓我被放到船身的龍骨下拖……」

「說下去。」

「我們在的地方，也就是塔瑪拉號上，雖然風聲有點大，天色也被雲層蓋住，幾乎分不清白天、夜晚，但海象平靜。可是阿爾克歐娜號在的地方，突然就掉進了煉獄。那是眞正的煉獄啊……」

□

阿爾克歐娜號的船帆突然大聲拍動，即便是與他們相隔一段距離的另一艘船，也聽得一清二楚。天色轉紅，雲層團聚。塔瑪拉號周遭看似平靜萬分的大海，卻突然在阿爾克歐娜號那一帶洶湧翻騰，將一波波的浪濤打向船身。忽地，有一人大叫，另一人也隨之附和，過了一會兒，所有人皆放聲大叫。

一團黑雲鎖定在阿爾克歐娜號上方，不斷凝聚。阿爾克歐娜號有如一塊軟木塞子在浪頭上舞動，一會兒旋轉、一會兒跳躍，一下船首入浪、一下船尾落海。不到片刻，整艘船就這麼徹底消失在他們眼前。不到片刻，看得見的只剩一面條紋船帆。

「那是魔法！」阿薩的身後有某人大叫：「那是像魔鬼一樣的法術！」

漩渦將阿爾克歐娜號越轉越快、越轉越快。船舷上的盾牌教離心力給甩了出去，像盤子般飛到半空，已經撞斷的船槳也左右四射。

「把帆放下！」阿薩．特亞極大吼：「拿起槳！我們划過去！我們得去救他們！」

然而，一切已經太晚。

阿爾克歐娜號上方的天空變得一片漆黑，而這片黑色當中，突然爆出一道道鋸齒狀閃電，如水母觸手般纏住船身。聚成各種奇形怪狀的雲層，扭轉成一個可怕的漏斗。船隻以不可思議的速度不斷繞圈。船桅如火柴棒般斷裂，掉落的船帆像隻巨大的信天翁，沉入浪花之中。

「兄弟們！划！」

每個人在自己的叫喊中，在眾人齊聲造成的震耳聲中，卻都聽見了阿爾克歐娜號上人們的叫聲。那叫聲是如此驚人，令他們寒毛直豎。而他們個個是老練的怒海之狼，嗜血的瘋狂戰士和水手，見過、聽過的事當然也都不在話下。

他們知道一切已是枉然，遂放開了船槳。他們個個呆若木雞，甚至不再吼叫。

阿爾克歐娜號依舊不斷旋轉，慢慢升至浪濤之上，越升越高、越升越高。他們看見海水自船身流出，看見龍骨上的貝類與藻類。他們看見黑色的形狀，一道掉進浪中的身影。接著是第二道、第三道。

「他們跳船了！」阿薩．特亞極大喊：「划呀，快，不要停！用盡你們所有的力氣！我們過去救人！」

阿爾克歐娜號離滾水般不斷冒泡的海面已有百來肘高，依舊不斷旋轉，像根不斷漏水的巨大紡錘，被火焰般的閃電蛛網包圍纏繞，被一股無形的力量扯進雲團之中。

突然，一陣震耳爆炸撕裂了天空。雖然有十五對槳將塔瑪拉號往前划，船隻卻忽地跳了下，往後飛去，好似猛然撞到什麼東西。特亞極腳下的甲板溜了開，讓他跌跤，太陽穴撞到船舷。

他沒辦法自行起身，是旁人幫著攙起。他感覺一片渾沌，又是搖頭、又是晃腦，身形不斷擺盪，語無倫次。船員的尖叫對他來說好似隔了一道牆。他醉酒似地走向船舷，十指緊緊扣到欄杆上。

強勁的海風休止，浪潮也靜了下來，但天空依舊被一團團積聚的雲層遮得老黑。

阿爾克歐娜號甚至沒有留下任何痕跡。

□

「甚至沒有半點痕跡，伯爵。就只有小段、小段的繩索，一些破布……就沒有了。」

阿薩．特亞極中斷了講述，看著太陽逐漸消失在斯皮克羅格蒽鬱的座座峰巔之後。克萊依特的克萊赫陷入沉思，沒有出聲催促。

「在阿爾克歐娜號被拉進那團魔鬼般的雲團之前，」阿薩．特亞極總算開口：「不知道有多少人成功跳船。不過不管有多少人跳，都沒有一個生還。而我們儘管費盡氣力、分秒俱爭，卻只來得及撈起兩具屍體。兩具被海水摧毀的軀幹，只有兩具。」

「女巫不在其中？」伯爵問道，聲音已有所改變。

「不在。」

克萊依特的克萊赫沉默許久。太陽已完全躲到斯皮克羅格之後。

「思文之子古施拉夫犧牲了。」阿薩．特亞極再度開口：「賽德娜海淵底部的一些螃蟹，已經連他的最後一塊骨頭都啃蝕殆盡……女巫也徹徹底底地犧牲了……伯爵，人們開始說……說這全都是她的錯。而她犯罪的懲罰……」

「一堆蠢話！」

「她死在賽德娜海淵裡。」阿薩喃喃道：「就和當年的芭維塔和杜尼是同一個地方……唉，這都是意外……」

「這不是意外。」克萊依特的克萊赫篤定地說：「不管是當時，還是現在，都一定不是意外。」

讓不幸的人承受煎熬，是一件正確的事。其所受的痛苦與羞辱，都是自然法則下的結果，而要實現自然的目的，需要有承受煎熬的人存在，也需要有一群以施虐爲樂的人。而這樣的事實，應足以讓獨裁者或爲惡者靈魂中的良心譴責噤聲。他們無須忍耐，應放膽實踐所有想像，因爲這是自然之聲所帶來的靈感。

如果自然所給的神祕啓發會把我們帶往邪惡，那麼顯然邪惡之於自然，不可或缺。

——薩德侯爵

第十章

監牢的門先是喀啦一聲打開，接著又啷噹關上，絲卡拉姊妹中的妹妹被吵了起來。姊姊正坐在桌前，忙著刮下已乾得黏住錫碗底的大麥飯。

「庭訊的事怎樣了？肯娜。」

尤安娜·色博內，人稱肯娜，什麼也沒說，坐到下鋪，兩肘撐膝，雙掌支額。

絲卡拉家的妹妹打了個呵欠，然後嗝出一口氣，放了聲響屁。對床的柯胡特被這臭氣熏到，咕噥了幾句，把頭別開。他不滿肯娜、不滿那對姊妹、不滿全世界。

尋常的監獄裡，人犯依舊按照性別隔開，而軍事城塞裡就不是這麼回事。費爾古斯·法·恩瑞斯大帝早就用一道特令，確定了女性在帝國大軍中的平等地位。他認爲既然要解放，就該徹底解放，要做到完全而全面的平等，不管哪個性別，都沒有任何例外，也沒有任何特權。從那時起，碉堡與城塞裡的人犯便都是男女合監。

「怎樣？」絲卡拉家的姊姊重複了問題：「他們會放妳出去嗎？」

「最好是。」肯娜依舊兩手支頭，苦澀地說：「我要是沒被吊死，就算走運了。他媽的！我什麼都說了，沒有半點隱瞞，呃，我是說，幾乎沒有。而那群狗娘養的一開始拷問我，就先在所有人面前把我當成了白痴，然後還說我是個不可靠的人、是個犯罪者，到最後又說我和人合謀造反。」

「造反。」絲卡拉家的姊姊點了點頭，一副完全明白的樣子。「喔——要是造反的話……那妳還眞是玩完了，肯娜。」

「講得一副好像我不知道的樣子。」

絲卡拉家的妹妹伸了伸懶腰，再度打了呵欠，又大又響，完全是頭豹子的模樣。她從上鋪跳下，一腳踹開柯胡特擋路的凳子，然後朝凳子旁的地板吐了口口水。柯胡特吼了一聲，但不敢再有其他動作。

柯胡特對肯娜不滿到了極點，但很害怕絲卡拉家姊妹。

三天前，肯娜住進他們這間牢房。事實很快證明，柯胡特對女性的解放與平權，自有一套看法；前提是，如果他眞的接受這個觀念的話。他在半夜裡拿毯子蓋住了肯娜的上半身，打算用用她的下半身。如果他碰上的不是個能感應他人情緒的對象，肯定早就得手了。肯娜闖進他腦中，讓他像個狼人般大聲嚎叫，又像被狼蛛螯到似地在牢房裡跳來跳去。基於報復心態，肯娜以心電感應逼他四肢撐地，用頭規律地撞擊鑲了鐵板的牢門。在進入戒備的牢頭大聲打開牢門時，柯胡特撞了其中一人，因此吃上五棍鐵棒，被踹了許多腳。總結來說，那天夜裡柯胡特並沒有體驗到原先指望的歡欣，也被肯娜惹惱了。他甚至不敢想像報復一事，因爲絲卡拉家的兩姐妹在隔天也進了這間牢房，女性人數因此占了優勢。此外，事實很快證明，絲卡拉家的姊妹對平權的看法與柯胡特相近，只不過在兩性所扮演的角色上，立場完全相反。絲卡拉家的妹妹用猛禽般的眼神看著他，明明白白地宣告了她的意見，而姊姊則是搓揉雙手咯咯地笑。這些舉動帶來的效果，就是柯胡特抱著凳子入睡，好在出事時維護自己的名譽。不過，他的機會與希望可說是微乎其微——絲卡拉家的兩姊妹在很多軍隊裡待過，是沙場老將，如果她們想強暴他，就會強暴他，不會怕那一張凳子。就算這男人手裡拿的是把戰斧也一樣。然而，肯娜很確定，呃，幾乎很確定，這對姊妹只是在開玩笑。

絲卡拉家姊妹是因爲打了軍官而進監。而柯胡特是伙頭軍，他的案子尚在查辦，並扯上了竊盜軍弓這件有名的大醜聞，且牽涉的層面越來越廣。

「妳玩完了，肯娜。」絲卡拉家的姊姊又說了一次。「妳那時可是惹了不小的麻煩。應該說，是他們害妳惹上這個麻煩。妳也眞是的，竟然沒有及時看明白這是場政治角力！」

「哼。」

絲卡拉看著她，不是很清楚自己該如何理解她發出的這個單音。肯娜從她的注視下逃了開來。

拜託，我不會把在法庭上沒說的事告訴你們。她心想。我不會說我早就知道自己被捲進哪種角力。也不會告訴你們，我是什麼時候知道、怎麼知道的。

「妳可是給自己沾了一身腥啊。」絲卡拉家的妹妹，也就是姊妹中腦筋比較差的那個，說得咬文嚼字。肯娜很確定，她根本就搞不清楚重點。

「最後那個琴特拉公主怎麼了？」絲卡拉家的姊姊並沒有放棄。「你們最後不是救到她了嗎？」

「是救到了，如果那可以算救的話。今天幾號了？」

「九月二十。明天是晝夜平分點。」

「哈，這還眞是個奇怪的巧合。明天，那些事就要滿一週年了……已經一年了……」

肯娜在臥鋪上伸了伸懶腰，十指交合枕到腦後。那對姊妹盼望著這會是故事的開場，所以沒出聲。

不可能的，姊妹花。肯娜看著上鋪床板上潦草的淫穢圖案，以及更加潦草的淫穢字眼，心裡如是想著。不會有什麼故事。這甚至和我覺得那個臭柯胡特會他媽的去打我的小報告，或是變成另一個污點證人之類的，都沒有關係。我只是不想回想這件事。

我不想去回想一年前發生的事，不想去想邦哈特在克拉蒙特從我們手中逃掉以後的事。我們晚到了兩天。她自己在心裡想著。他留下的蹤跡都已經乾了。這個賞金獵人去了哪，沒人知道。沒人，意思是說，除了商人侯文納赫以外。不過侯文納赫不想和斯凱蘭說話，甚至沒讓他進門。他要僕人轉告他沒有時間，不會接見訪客。夜梟聽了一肚子火，大發脾氣。不過，他又能怎麼樣呢？那裡是艾冰格，他在那邊沒有管轄權。另一條路——就是用我們的方式——在侯文納赫身上也行不通，因為他在克拉蒙特有支私人軍隊。再說，我們也不能挑起戰爭……

包雷阿斯．蒙到處去打探，達可瑞．席利帆特和奧拉．哈樂思罕試著用收買的，提爾．耶和拉德用了精靈魔法，而我則去感應和聽取他人的思緒，不過這一切都沒什麼太大效果。我們只探到邦哈特從南門出了城，而在他離開以前……

克拉蒙特裡有座小神殿，是用落葉松蓋的……位在南門的一個小市集廣場前。邦哈特在離開克拉蒙特之前，在神殿前的那座小廣場上，用馬鞭重重打了法兒卡一頓。就當著所有人，包括小神殿裡的那群祭司的面。他不斷吼著，要讓她看看誰才是她的主人和主宰。說如果他想拿鞭子毒打她，就可以拿鞭子毒打她。要是他想，甚至可以把她打死，因為沒有人會為她站出來，沒有人會對她伸出援手——不管是人或是神，都不會。

絲卡拉家的妹妹掛在鐵窗上往外看，姊姊則把碗裡的大麥飯都吃了個精光。柯胡特拿起凳子躺上床，蓋了毯子。守衛室裡傳出鐘響，牆頭的守衛紛紛大喊。

肯娜轉身面向牆壁。

幾天後，我們碰了面。她心想。我跟邦哈特，面對面。看著他那對非人的魚眼，我心裡只想著一件事——他把那女孩打得眞慘。而我在他的思緒裡看到了……只有那麼一下，但我卻覺得好像把頭埋進了挖得亂七八糟的墳墓裡……

那天是晝夜平分點。

而前一天，九月二十二日，我發現，有人隱形混進我們當中。

□

史蒂芬．斯凱蘭，尼夫加爾德大帝的驗屍官，仔細聆聽肯娜的敘述，沒有出言打斷，不過她看見了他的表情是如何地一變再變。

「再說一次，色博內。」他說得咬牙切齒：「再說一次，因爲我不相信我的耳朵所聽到的事。」

「小心點，驗屍官大人。」她低聲道：「您要假裝生氣……好像我向您提了什麼要求，而您不答應的樣子……我是說，只是做做樣子。我沒搞錯。我很確定。有人隱形待在我們身邊已經兩天了，那是個看不見的間諜。」

不得不承認，夜梟是個聰明人，馬上就明白是怎麼回事。

「不，色博內，我拒絕。」他大聲說道，但沒有用上戲子般的誇張音調或表情。「所有人都得遵守紀律，沒有例外。我不會同意的！」

「驗屍官大人，請您聽我說。」肯娜沒有夜梟的天分，不知道該怎麼表現得很自然。不過在他們演的這場戲裡，請求者的做作與苦惱還算可以接受。「請您至少聽聽……」

「說吧，色博內，不過簡短扼要些！」

「我們被監視了兩天。」她假裝恭敬解釋自己的理由，低聲說道：「從克拉蒙特開始。那人一定是騎馬悄悄跟在我們後頭，在我們紮營的時候就靠過來，隱了身子擠在我們之中聽我們說話。」

「聽我們說話，該死的間諜。」斯凱蘭不需要裝出嚴肅和生氣的樣子，他的聲音直接就因爲高漲的怒意而抖動。「妳怎麼發現他的？」

「斯凱蘭大人，前天您在旅店前下命令時，一隻在長凳上睡覺的公貓發出了嘶嘶聲，還豎起了耳朵。我覺得很奇怪，因爲那邊沒有任何人……然後我感應到了一點東西，像是思緒，陌生的思緒和想法。我身邊都是自己人的思緒，在這種情況下，那股思緒對我來說是完全陌生啊，驗屍官大人，這就好像有個人大聲叫了一下……我開始注意身邊的情況，仔仔細細，加倍留心，結果我感應到了他。」

「妳每次都能感應到他嗎？」

「不行，不是每次。他有某種魔法防禦。我只能在他很近的時候感應到，而且不是每次都可以。所以我們要做做樣子，因爲不知道他是不是剛好就在附近。」

「不要打草驚蛇了。」夜梟把話語從牙縫裡擠出：「不要打草驚蛇了……我要活口，色博內。妳有什麼建議？」

「我們就把他做成餃子。」

「做成餃子？」

「小聲點，驗屍官大人。」

「可是……哎，算了。好，我就放手讓妳去做。」

「明天您就讓我們在某個村子裡過夜，剩下的就由我來處理。現在您就做做樣子，好好吼我一頓，然後我就離開。」

「我不怎麼想吼。」他輕輕低語，用眼神對她笑了笑，隨後馬上端出嚴厲領導者的不悅神情。「因爲我對妳很滿意，色博內小姐。」

他說了「小姐」，色博內小姐，就好像是對軍官說話那樣。

他再度眨了眼。

「不！」他大手一揮地說，完美演出自己的角色。「我拒絕妳的請求！退下！」

「遵命，驗屍官大人。」

□

隔天，將近傍晚時分，斯凱蘭下令在冽特河畔的一座村子裡休息。那座村子很富有，外圍有尖樁環繞，要從新砍松木做成的高雅閘門進入。那座村叫獨角村，由來是間小小的石造禮拜堂，裡頭有尊稻草做的獨角獸像。

我記得我們是怎麼大聲取笑那尊稻草神像，肯娜在心裡獨自想著，而村長端著嚴肅的臉色向我們解釋，說守護著這座村子的獨角獸早年是金的，後來變銀的，之後又有幾尊是獸骨做的，有幾尊是珍貴木材做的。可是所有神像都被搶走、偷走，人們遠道而來，爲的就是要搶走、偷走神像。一直到有了稻草獨角獸後，這才平靜下來。

我們在村子裡紮了營。斯凱蘭就像之前說好的一樣，去了村民日常聚集的會所。過了不到一個鐘頭，我們就把隱形間諜做成了餃子。用的是土法煉鋼的傳統方法。

□

「請靠過來。」夜梟大聲下了指令：「請靠過來看一下這份文件……等一下？你們大家都到齊了嗎？免得我還要再解釋第二次。」

奧拉．哈樂思罕才剛喝下幾口摻了些酸奶和稀的酸奶油，舔了舔沾了酸奶油鬍的嘴唇，放下小木桶，看看左右，清點人數。達可瑞．席利帆特、貝特．布利爵恩、耐拉汀．切卡、提爾．耶和拉德、尤安娜．色博內……

「少了度飛伽。」

「叫人。」

「克利耶！阿度．克利耶！來向指揮報到！來領重要的命令！用跑的！」

度飛伽．克利耶跑進屋裡，氣喘如牛。

「驗屍官大人，所有人都到齊了。」奧拉．哈樂思罕報告著。

「把窗子打開。這裡都是大蒜的臭味，臭死都有可能。把門也打開，讓空氣流通。」

布利爵恩與克利耶按照指示打開了門窗。肯娜則再次確認，夜梟確實有成爲高超演員的本錢。

「各位先生，請靠過來。我從大帝那裡接到這份文件，是機密，異常重要。各位請注意……」

「就是現在！」肯娜大叫一聲，同時發出強大指向脈波，這對人腦造成的效果幾乎等同雷擊。

奧拉．哈樂思罕與達可瑞．席利帆特抓起小木桶，同時把酸奶油潑向肯娜所指的方向。提爾．耶和拉德快手快腳把藏在桌下的一整鍋麵粉撒了出去。房間的地板上現出了一個酸奶油和麵粉的形體，起先不成形狀，但布利爵恩早有準備，評估這「餃子」的頭可能在哪裡後，便準確地在那「餃子頭」旁用鐵煎鍋全力一敲。

接著，所有人都撲向那名黏滿酸奶油及麵粉的間諜，扯掉他頭上的隱形帽，抓住他的手腳。他們將桌子翻過來，把抓到的人四肢分別綁在桌腳上，拉掉他的鞋子和裹腳布，還把其中一塊裹腳布塞進那人不斷大叫的口中。

為了替成品加上裝飾，度飛伽．克利耶大力往他們逮住的對象的肋骨踢了一腳，其他人則滿意地看著那人被踹得連眼睛都凸出來。

「做得好。」夜梟給了評價。這一連串動作在極短的時間內完成，而他僅是雙手交胸站著，連動都沒動。

「很好，恭喜各位。當然，最主要還是恭喜妳，色博內小姐。」

媽的，再這樣下去，我眞的要準備當軍官了。肯娜在心裡想著。

被綁住的俘虜雙腿大開，史蒂芬．斯凱蘭站在桌腳之間，冷冷說：「布利爵恩，請把鐵棍放進碳裡。耶和拉德先生，請你留意，別讓孩子在村民會所外頭徘徊。」

他傾下身，看著受綁人的眼睛。

「黎恩斯，你很久沒出現了。」他說：「我都已經開始擔心你遇上了什麼不幸。」

□

守衛室裡傳出鐘響，代表換班的時間到了。絲卡拉家的兩姊妹韻律十足地打著鼾。睡夢中的柯胡特抱著凳子，喃喃囈語。

黎恩斯那傢伙故意逞英雄，裝出勇敢的樣子，肯娜自行回想。被做成餃子綁到桌腳，兩邊腳跟還光光朝上的巫師黎恩斯，他故意逞英雄，但沒有任何人被他矇過，至於我就更不用說了。夜梟警告過，說這是個巫師，所以我攪亂了他的思緒，讓他不能施法，也不能召喚魔法來幫忙。我順便讀取了他的思緒。他原是不讓我進入，不過等他聞到正熱著鐵棍的燒炭味後，他的魔法防禦和結界就像舊底褲上的所有車縫——全都開了，而我也可以隨意讀取他的思緒。他所想的和其他碰上這種情況的人一樣，那是等會兒就要遭受拷打的人會有的思緒。那是破碎、顫抖、充滿恐懼和絕望的思緒。那是冰冷、濕滑又透著惡臭的思緒，就像屍體的內臟一樣。

即便如此，當他們把他嘴裡的裹腳布拿掉後，他還是試著要逞英雄。

□

「好了，斯凱蘭！被你們抓到，算你們厲害！恭喜呀。我要對你們所用的技巧，還有經驗與專業深深一鞠躬。這些人個個訓練有素，讓人嫉妒啊。不過現在，請把我從這個不舒服的姿勢放下來。」

話。

夜梟拉來一張椅子反坐，把交疊的十指和下巴都靠在椅背上。他居高臨下看著眼前的俘虜，沒有說

「斯凱蘭，要他們把我放了。」黎恩斯又重複了一次。「然後請你的手下出去。我要跟你說的話，只有你能聽。」

「布利爵恩先生，鐵棍現在是什麼顏色？」夜梟問道，但臉依舊正對著黎恩斯。

「再一會兒就行了，驗屍官大人。」

「色博內小姐？」

「現在讀取他的思緒挺麻煩的。」肯娜聳了聳肩。「他太害怕了，恐懼會把其他思緒都蓋住，而他的那些思緒可多了呢。裡頭也有幾樣是他想藏起來的，用一道又一道的魔法牆擋住了。不過這對我來說一點難度都沒有，我可以……」

「沒有必要。我們來試試傳統辦法——燒紅的鐵棍。」

「該死！」間諜叫了出來：「斯凱蘭！你不會是打算……」

夜梟彎下身子，臉上的表情微微變了。

「第一，是斯凱蘭大人。」他一字一句地說：「第二，對，就是這樣，我打算要人幫你烙上鞋底，黎恩斯。我會懷著無可言喻的滿足來做這件事。因為我把這視為歷史正義的表現。我敢打賭，你一定不明白我在說什麼。」

黎恩斯沒有說話，所以斯凱蘭繼續說道：

「你瞧，黎恩斯，早在當年，七年前，在你像條狗一樣對著大帝的情報組織搖尾乞憐，苦苦哀求組

織給你特權去做叛徒和雙面間諜時，我就已經建議瓦鐵．德里多爲你烙上鞋底。四年前，在你直接纏上恩菲爾，替維列佛茲牽線的時候也是。而在你藉著抓琴特拉小姑娘的機會，從普通的出賣分子躍升到一線外派探員的時候，我又再次提出這個建議。我和瓦鐵打賭，說你被烙過之後，就會說出你是替誰辦事……不，我說得不對，應該是你會說出你所有雇主的名字，還有所有被你背叛的人。我對瓦鐵說：『到時你就會驚訝地發現，這兩邊的名單有多少地方吻合。』可是呢，瓦鐵．德里多不想聽我的，現在他一定很後悔。不過這也沒什麼損失。我只會幫你烙上一點印子，一旦得到我想要的，就會把你交給瓦鐵處置。他會把你的皮一小片、一小片地扒下來。」

夜梟從口袋裡掏出手帕和一小瓶香水，在手帕上頭滴滿芳香後便捂上鼻子。香水散發出好聞的麝香味，但肯娜卻有種想吐的感覺。

「布利爵恩先生，鐵棍。」

「我是奉維列格茲的命令來跟蹤您的！」黎恩斯大聲嚷道：「和那個女孩有關！我希望能靠著跟蹤您，搶先一步找到那個賞金獵人！我本來是要試著和他談條件換人！我是要找他，不是找您！因爲您想要殺了她，而維列佛茲要的是活口！您還想要知道什麼？我說！我全都說！」

「等等、等等！」夜梟喊道：「慢一點！一下講這麼多又這麼大聲，讓人的頭都要犯疼了。各位，你們能想像要是把這鐵棍烙在他身上會怎樣嗎？他會叫得我們耳朵都聾了！」

克利耶和席利帆特大聲發笑，肯娜及耐拉汀．切卡則沒有加入這個歡樂的行列。貝特．布利爵恩也沒有加入，他正把鐵棍從火裡取出，並用挑剔的眼光審視。鐵棍燒得火燙，甚至帶著透明感，好像那是根填滿流動焰火的玻璃管子。

黎恩斯見狀，出聲咒罵。

「我知道要怎麼找到那個賞金獵人和女孩！」他大聲吼道：「我知道！我告訴您！」

「呵，當然。」

肯娜依舊試圖讀取他的思緒，甚至皺起眉頭，接受他那絕望而無助的憤怒。黎恩斯的腦子裡又有某個東西裂開，那是某種屏障。他會因爲恐懼而說出本來打算憋到最後的事，打出手中的那張王牌，那張大到可以壓過其他王牌的卡片，肯娜在心裡想著。現在，因爲害怕痛楚的這種普通又噁心的恐懼，會讓他把王牌打出來壓爛牌。

突然，她的腦中閃過某樣東西，她感到兩鬢發熱，卻又倏然轉冷。

接著，她明白了——她找到了黎恩斯藏起的思緒。

眾神啊，她心想，我還眞是蹚進了一灘渾水啊……

「我說！」巫師凸著一雙紅眼，看著驗屍官的臉尖聲大叫：「斯凱蘭，我和你說一件眞的很重要的事！瓦鐵．德里多……」

肯娜突然聽見另一道外來的思緒。耐拉汀．切卡手裡握著短劍，移到門邊。

重重的腳步聲傳來，包雷阿斯．蒙闖進村民會所。

「驗屍官大人！快！驗屍官大人！來了……您不會相信是誰來了！」

斯凱蘭伸手，示意布利爵恩暫緩行事，後者正彎著身子把鐵棍往間諜的腳跟移。

「黎恩斯，你眞該去玩抽獎。」斯凱蘭看著窗戶說：「我這輩子還沒見過有誰跟你一樣走運。」

透過窗戶可以看見外頭有一群人，而那群人當中有幾個騎著馬。肯娜馬上就知道那是誰，知道騎在健壯棗馬上、高大枯瘦、有雙蒼白魚眼的人是誰。還有騎在一頭漂亮母馬上的灰髮女孩，她也知道是誰。女孩的雙手被縛、頸戴項圈，一邊的臉頰發腫瘀青。

□

維索戈塔帶著糟糕透頂的心情回到小屋，鬱鬱寡歡，不發一語，甚至透著怒意。這是和一個村人談話的緣故。那人搭著獨木舟來收皮草，說這或許是春天來臨前的最後一趟。天氣一天壞過一天，如此的陰雨強風也讓人不敢貿然下水。早上的水窪都覆了冰，不用多久，就要落雪。一旦落了雪，氣溫就會降到零下，不久河水與湖泊都會結冰，到時就該把獨木舟收進倉庫，改拿雪橇出來。不過雪橇在培雷普魯特根本派不上用場，因為這裡有一座又一座長年不結冰的沼澤……

那村民說得對。傍晚時分，雲層聚集，深藍色的天空中落下了白色薄片。強勁的東風突然襲來，沿著水面，硬逼乾燥的蘆葦壓下一綹綹的白穗頭。空氣轉寒，透心刺骨。

後天是撒奧溫，維索戈塔心想。根據精靈曆法，三天後便是新年；根據人類曆法，新年得再等上兩個月。

凱爾佩——奇莉的黑色母馬，在羊圈裡又是踏腳、又是噴氣。

當他進入屋內，見到的是正在翻箱倒櫃的奇莉。這是他允許的，他甚至還鼓勵她這麼做。第一，這對已經騎過凱爾佩、把書籍分好類的她來說，會是全新的課題。第二，那些箱子裡有許多他女兒的東西，而奇莉需要厚一點的衣裳，還要幾件替換用。因為在濕冷的天候下，洗好的衣物要晾乾，可得等上好幾天。

奇莉不斷地挑選、試穿，有的被她抛到一邊，有的則擺在一旁。維索戈塔在桌前坐下，吃了兩顆水煮馬鈴薯和一隻雞翅，什麼話也沒說。

「這做工不錯。」她讓他看的東西，是他已經好多年都沒有見過，甚至忘了自己有那些東西。「這些也是你女兒的嗎？她喜歡騎馬？」

「她愛死了，常常都等不及冬天到來。」

「我可以拿走嗎？」

「想要什麼自己拿。」他聳了聳肩。「這些東西對我一點用處都沒有。要是妳用得上、鞋子合腳……不過，奇莉，妳是在打包嗎？妳在準備離開？」

她的目光卡了在衣物中，沉默片刻後，說：

「對，維索戈塔。我在夢裡見到了很不好的事。我不確定那些事是不是已經發生了，還是未來才會發生。我不知道我有沒有能力阻止……可是我得去。你知道嗎？我之前對我身邊親近的人有過埋怨，氣他們沒有來救我，把我留給命運處置……可是現在，我覺得好像是他們需要我的幫助。我必須去。」

「要入冬了。」

「所以我才要出發。要是我留下，我會在這裡被困到春天……如果就這樣什麼也不做，什麼都不確定，我會一直擔心到春天，會被惡夢騷擾到心力交瘁。我必須出發，馬上出發，試著找到那座燕之塔，找到那個瞬間移動點。你自己算過，去那座湖要十五天，我可以在十一月的滿月前抵達……」

「妳不能現在離開這個藏身地。」他困難地說：「現在不能。他們會抓到妳。奇莉……追妳的那些人……他們就在附近。妳不能現在……」

她把上衣扔到地上，站了起來，像條彈簧一樣。

「你知道了。」她尖銳地指出事實：「你從拿走獸皮的村民那裡知道了一些事。說。」

「奇莉……」

「拜託你，說！」

他說了。然後，他後悔了。

□

「他們大概是魔鬼派來的，善良的隱士先生。」村民模糊說著，時不時停下來點算皮件的數量。「大概是魔鬼。他們從秋分開始就在各個森林裡追人，找一個女孩。他們又是恐嚇、又是大叫、又是威脅地，可是接著又立刻上路，從來就沒有多餘的時間找麻煩。不過現在可就不一樣了。他們在一些村莊裡留了那個叫什麼……哨站還什麼的。善良的先生啊，那些可不是什麼站的還坐的，不過就是三、四個不要臉的壞蛋，給人找麻煩罷了。他們大概整個冬天都會這麼守著，看他們追的那女孩會不會從哪個窩裡露出頭，到村子裡瞧瞧。到那時候，這個站著的哨就得把她抓起來。」

「你們那邊也有？」

村民的臉色轉陰，牙關喀喀作響。

「我們那裡沒有。算他們走運。不過在墩達瑞——離我們那裡半天路程的地方，有四個。他們在旅店裡白吃白喝。一群混蛋啊，善良的隱士先生，一群應該下地獄的混蛋。他們到處找女人，要是村裡的漢子敢站出來抵抗，他們就打人呢，善良的隱士先生，那下手可重了，就是要把人打死……」

「他們殺了人？」

「兩個，村長和另一人。善良的先生，有哪種懲罰能治治這些惡棍？還有律法嗎？對他們，是沒有懲罰，也沒有律法啊！一個車匠帶了妻子和女兒從墩達瑞逃來我們這裡，說以前這世上有獵魔士……他們會把這些惡棍好好整頓整頓。他要叫一個獵魔士去墩達瑞，讓他把這些壞蛋都給殺個精光……」

「獵魔士殺的是怪物，不是人類。」

「那些不是什麼人類，是惡棍啊，善良的隱士先生，是從地獄裡爬出來的惡棍啊。要治他們得靠獵魔士，只能靠獵魔士啊……我上路的時間到了，善良的隱士先生……呼，天氣要變冷了！沒多久就得把獨木舟收起來，改拿雪橇出來了……而要對付墩達瑞的那票惡棍，得靠獵魔士啊，善良的隱士先生……」

□

「對，說得對。」奇莉透過緊咬的牙關重複道：「對，說得對極了。得靠獵魔士……就算是女的也行。四個是吧？在墩達瑞是吧？這個什麼墩達瑞的在哪裡？我騎馬走沼澤裡的小島能到嗎？」

「我的眾神啊，奇莉。」維索戈塔倍感驚嚇：「妳不是認眞這麼想吧……」

「你要是不信神，就別把他們掛在嘴上說，而我知道你不信神。」

「不要管我信什麼了！奇莉，妳腦子裡生出來的這個是什麼魔鬼般的想法啊！妳根本就不能……」

「現在換你不要管我信什麼，維索戈塔。我知道自己該做什麼！我是個獵魔士！」

「妳是一個還不穩重的年輕人！」他的情緒爆發開來：「妳是個經歷創傷的孩子，妳是個受到傷害、精神狀態不穩、幾乎要崩潰的孩子。除了這些，妳主要的病症是渴望報復！妳被復仇的執念蒙蔽了雙眼！這些妳都不明白嗎？」

「我比你還要清楚！」她大吼：「因為你根本就不知道什麼叫作被傷害！你根本就不知道什麼叫報復，因為從來就沒有人對你造成眞正的傷害！」

她跑出小屋，把門摔在身後，刺骨寒風趁隙灌進了門廳與內室。過了一會兒，他聽見了馬兒的嘶鳴與蹄聲。

他一肚子氣，把盤子摔在桌上。讓她去，他生氣地想，讓她把心裡的惡氣都發洩出去。他並不擔心——她常常在沼澤間馳騁，白天、晚上都是。她知道每一條小徑、堤道、草叢和樹林。就算她迷了路，也只消放掉韁繩——黑馬凱爾佩知道回家的路，知道回羊圈的路。

過了一段時間，當天色已變得十分黯淡，他來到屋外，將一盞燈掛到柱子上。他站到樹籬旁，豎起耳朵想聽聽有沒有馬蹄聲和水花聲。然而，強勁的風聲與蘆葦的窸窣蓋過了其他所有聲音。掛在柱上的燈發了瘋似地搖晃，最後終於熄滅。

而就在那個時候，他聽見了。那是從遠方傳來的聲音。不，不是從奇莉離開的方向傳來。是從反方向來，從沼澤那邊。

那是一聲原始、非人的哀怨長嚎。斷斷續續的哀嚎。

四周安靜了一會兒。

接著嚎聲再起。

那是報喪女妖，是精靈之魂，是死亡預告。

維索戈塔抖了一下，因爲寒冷，也因爲恐懼。

他快速回到屋內，嘴裡不斷喃喃碎念，好讓自己聽不見那聲音，因爲那是不能聽見的聲音。

他還來不及重新點上燈，凱爾佩已自黑暗中出現。

「進屋去，別出來。這是個糟糕的夜晚。」奇莉溫柔而和緩地說。

□

晚餐時，他們再度起了爭執。

「妳以爲自己很懂善與惡的問題是吧？」

「因爲我就是懂！而且不是從大學的書裡讀來的！」

「當然不是。妳什麼都懂，靠的是妳的親身經歷，靠的是妳的實際體驗。畢竟妳在這長長的十六年歲月裡，已經累積了多得不得了的經驗。」

「我是得到很多經驗，夠多了！」

「那還眞是恭喜了，同行的學者小姐。」

「你儘管笑吧。」奇莉咬牙切齒地說：「你們這些老骨頭根本就不知道你們給這個世界做了多少糟糕的事，你們這些理論專家跟你們的那些書、那些上百年讀道德專著的經驗，忙到甚至沒有時間看看窗外，看看這個世界實際上長什麼樣子。你們哲學家刻意維持你們刻意做出來的哲學理論，好在大學裡領薪水。既然跛腳狗不會為了和世界有關的醜陋真相付錢，你們就想出了倫理道德、漂亮又正面的學問。只不過，那些都是騙人的，是假的！」

「再怎麼樣，也沒有未經思索的評斷來得虛假，乳臭未乾的丫頭！再怎樣，也沒有比倉促而隨便做出的判決來得虛假！」

「你們沒有找到治好邪惡的藥！那種絕對有效的藥！」

他沒有回答，但表情一定是洩露了他的思緒，因為奇莉猛然從桌前起身。

「你認為我說的都是蠢話？都是隨便說說？」

他冷靜地回答：「我認為妳會說這些話，只是一時之氣。我認為妳會計畫復仇，也是一時之氣。所以，我真的勸妳要冷靜下來。」

「我很冷靜。至於復仇？為什麼不？回答我。為什麼我要放棄復仇？是為了什麼名義嗎？為了大是大非嗎？是怎樣的大是大非可以高於為惡當罰的事物之序？對你這個哲學家兼倫理學家來說，復仇這個舉動不好看、不道德而且還不合法，應該受到譴責。而我要問，邪惡該受到的懲罰在哪？該由誰來斷定、宣判、量刑？誰呢？你不相信的天上眾神？你打算拿來取代眾神的偉大造物主？是法律？還是尼夫加爾德的審判、帝國的法官與執政？你這個天真的老人！」

「所以要以牙還牙，以眼還眼？要血債血償？用另一道血來賠這一道血？還是要用更多血來賠？妳想讓這個世界被鮮血淹沒？是這樣嗎？受到傷害的天真孩子？妳就是想這樣對抗邪惡嗎，獵魔士？」

「對，就是這樣！因爲我知道『邪惡』怕的是什麼。不是你的倫理，維索戈塔，不是講道，不是和善良人生有關的道德專著。『邪惡』怕的是痛苦、傷殘、折磨，還有死亡！受了傷的『邪惡』會像狗一樣哀嚎！會在地板上翻滾、大叫，看著血從靜脈和動脈裡噴出，看著從殘餘四肢裡突出的骨頭，看著肚子裡流出的腸子，感受由冰冷伴隨而來的死亡。到那時候，也只有在那時候，『邪惡』才會豎起寒毛，才會大喊：『饒命啊！我後悔犯下那些罪！我從今以後會變好、變善良，我發誓！只要你們救我，幫我把血堵住，別讓我就這麼死了！』」

「對，隱士。對付『邪惡』就要用這種辦法！要是『邪惡』想傷害你、讓你痛苦，那就先下手爲強，最好殺它個措手不及。要是你沒辦法搶在『邪惡』之前，要是你已經被『邪惡』傷害，那就回敬它！去找它，最好是在它已經忘了這些、覺得安全的時候。要用雙倍回敬它，甚至三倍。以眼還眼？不！是用兩隻眼睛賠一隻！以牙還牙？不！是用全部牙齒賠一顆！回敬『邪惡』！讓它痛到慘叫，讓它叫到眼珠子都凸出來。到那時候，你就可以看一眼地板，然後放心、確定地說：『躺在這裡的這個東西，已經沒辦法再傷害任何人，沒辦法再威脅任何人。』因爲這樣的它要怎麼威脅人？沒有眼睛，沒有手，當它的腸子在沙地上拖行，血也被吸進沙子裡，它還要怎麼傷害人？」

「而妳會站在那裡，手裡拿著沾滿鮮血的劍，看著那血被吸進沙子裡。而妳還敢厚顏無恥地以爲，這個永遠的難題已經解決，哲學家的夢想已經實現。妳以爲『邪惡』的天性已經改變？」

「沒錯。」她逞強地回答：「因爲躺在地上流血的，已經不再是『邪惡』。那或許還算不上『善良』，但一定已經不是『邪惡』。」

維索戈塔緩緩道：「人們說，自然無法忍受空白。那個躺在地上淌血、倒在妳劍下的已經不是『邪惡』，那麼它是什麼？這點妳可曾想過？」

「沒有。我是獵魔士。當年他們教我的時候，我向自己發過誓，說我會對抗『邪惡』。永遠都會，而且不會躊躇。」

「因爲一旦開始躊躇，」他冷硬地說：「殺戮便不再有意義，報復便不再有意義，而妳不能讓自己陷入這種境地。」

他搖了搖頭，卻被她用手勢制止了接下來的發言。

「是時候該把我的故事說完了，維索戈塔。我和你說我的事，說了超過三十天，從晝夜平分點一直說到撒奧溫，而我並沒有把一切都說給你聽。在我離開以前，你必須知道在一個叫作獨角村的小村莊裡，發生了什麼事。」

□

在被他拉下鞍的時候，她吃痛出聲。昨天被他踹過的髖骨正在發疼。

他扯過她項圈上的鏈條，把她拉往一幢明亮的建築。

建築的門口站了幾名武裝男子，還有一名高挑女子。

「邦哈特。」說話的是其中一名男子，身材精實、髮色深棕、臉型削瘦，手裡拿著鍍銅馬鞭。「我得承認，你確實知道如何讓人訝異。」

「你好，斯凱蘭。」

叫斯凱蘭的那人看了她一段時間，那目光令她不覺發顫。

「所以呢？」他再度轉向邦哈特說：「你會馬上把事情說清楚，還是一點一點來？」

「我不喜歡在廣場上說，因爲蒼蠅會飛進嘴裡。可以進屋去嗎？」

「請。」

邦哈特扯過奇莉項圈上的鏈條。

屋子裡已經有一名男子等著，頭髮蓬亂、臉色蒼白，大概是名廚子，因爲他正忙著清理留在衣服上的麵粉和酸奶油。見到奇莉，他眼睛一亮，走了過去。

這不是廚子。

她馬上認出來人，她記得那雙噁心的眼睛與臉上燒傷的疤痕。他就是在塔奈島上和松鼠一起追她的人。就是被她跳窗逃走後，叫那些精靈跟在她後頭跳的那個人。其中一個精靈是怎麼叫他的？雷恩斯？

「請、請！」他陰狠地說，並用一根指頭大力壓在她的胸房上，令她吃痛。「奇莉小姐！塔奈島一別後，我們就沒再見面。我找小姐眞是找了好久、好久啊，最後總算被我找到了！」

「我不知道先生您是誰，不過這個好像是您找到的東西，是我的。所以要是您看重自己的五根雞爪，就把手放遠些。」

「我叫黎恩斯。」巫師的眼中閃著不祥的光芒。「請您記住了，賞金獵人先生。至於我是誰，不久就會清楚了。而這位小姐屬於誰，也是不久就會清楚了。不過，凡事要按部就班。目前我只想向她致意，並提出某種保證。我猜想，您不會反對吧？」

「您是可以這麼想。」

黎恩斯靠向奇莉，近距離直盯著她的雙眼。

「妳的守護者——巫婆葉妮芙曾經傷過我。」他一字一句陰狠地說：「所以當她落到了我手上，我，黎恩斯，教她知道了什麼叫作痛。就是用這雙手、這些手指頭。我向她保證，要是妳落到了我手裡，小公主，我也會教妳知道什麼叫作痛。用這雙手、這些手指頭……」

「危險啊。」邦哈特輕聲說：「很危險啊，黎恩斯先生還是什麼先生的。你這樣刺激我的小女孩、威脅她，很危險啊。她會報仇的，會把您記下來的。我再說一次，您的雙手、指頭和身體的其他部分，都離她遠一些。」

「夠了！」斯凱蘭打斷他們的對話，好奇的目光依舊盯著奇莉。「邦哈特，夠了！你，黎恩斯，也給我克制點。我對你展現了仁慈，但我也可能改變主意，再要人把你給綁到桌腳上。你們兩位都坐吧。讓我們像有教養的人一樣，好好聊一聊吧。就我們三個，三雙眼睛。因爲，依我看，我們有些事得談談。至於我們要談論的對象，就暫時交給別人看管吧。席利帆特先生！」

「給我把她看好。」邦哈特將鏈條末端交給席利帆特。「要當成你的心頭肉那樣顧緊了。」

□

哈樂思罕與席利帆特將神祕的俘虜帶到廣場中的柱子下。肯娜待在了一旁。她當然也想去看看這個近來備受討論的女孩，可是一股奇怪的抗拒感讓她不想擠向圍觀的人群。

所有人都圍了過來，你推我擠，東瞧西看。他們甚至試著去戳她、推她、扯她。女孩直挺挺地站著，微有搖晃，但一顆腦袋抬得老高。他打了她，肯娜心想，卻沒有摧毀她的意志。

「這就是那個法兒卡啊……」

「還是個小姑娘嘛，幾乎算不上大人！」

「小姑娘？呸！土匪婆子！」

「這怪獸好像砍了六名大漢，就在克拉蒙特的競技場裡……」

「在那之前她又砍了有多少……眞是魔鬼……」

「一頭母狼！」

「那頭母馬，多漂亮啊，你們瞧瞧。這馬的血統眞好……然後這裡，邦哈特的鞍囊這裡，多好的一把劍啊……哈……眞是絕品！」

「夠了！」達可瑞・席利帆特大吼：「不要碰！可以這樣對別人的東西伸手嗎？也不准動這女孩、不准摸，不准笑她，也不准羞辱她！你們展現一點同情心好不好？說不定天亮前我們就得處決她。在那之前，好歹給她些安寧。」

「要是這女的得死，」小奇普利安・伏利普咧嘴一笑。「那要不要在她人生的最後這段時間裡，給她嚐些甜頭，讓她好好舒坦舒坦？把她帶去稻草堆操一下？」

「對啊！」卡貝尼克・屠人特輕率地笑了起來。「可以喔！我們去問夜梟，看他准不准……」

「我說不准！」達可瑞打斷他：「你們這群精蟲上腦的傢伙，滿腦子想的就只有這一樣！我說過了，別去煩這女孩。安德烈斯、史迪格瓦德，你們過來站在她前面，把人好好盯緊了，一步也不准離開。這些傢伙要是有誰敢靠近，就請他們吃鞭子！」

「好啦！」伏利普說：「不准就不准，反正我們沒差。走吧，兄弟們，去乾草棚那兒，去找這裡的當地人，他們在那邊烤綿羊和豬仔，準備大吃一頓呢。今天可是晝夜平分日，是個大日子呢。趁大人們在商議，我們可以好好慶祝慶祝。」

「我們走吧！戴戴，從箱子裡拿罐酒出來。我們好好乾一杯！可以嗎？席利帆特先生？哈樂思罕先生？今天過節，反正我們晚上哪兒也不去。」

「這還眞是個好提議啊！」席利帆特皺起了眉頭。「他們滿腦子就只有吃吃喝喝！那誰留在這裡幫忙看著那女孩、回應史蒂芬先生的召喚？」

「我留下來。」耐拉汀．切卡說。

「我也是。」肯娜說。

達可瑞．席利帆特審慎地看著他們，最後大手一揮，表示同意。伏利普和他的同伴紛紛感激地大叫。

「不過慶祝的時候給我留心點！」奧拉．哈樂思罕出言警告：「別給我去找女人，免得你們當中哪個人的命根子讓村民拿乾草叉給叉了！」

「好啦！克蘿伊，妳要和我們去嗎？」

「不了，我留下。」

□

「他們把我留在柱子邊，用鍊條栓著，兩隻手也綁著。兩個人負責看守我，另外兩個站在稍遠的地方，不斷留意周遭，四處查看。一個是長相不難看、個子高挑的女人。另一個是外表、動作都帶了女人味的男人——這種人眞奇怪。」

坐在屋子中央的貓兒大大打了呵欠，一副乏味的樣子，因爲老鼠被牠累壞，已經沒那麼好玩了。維索戈塔沒有作聲。

「邦哈特、黎恩斯和那個夜梟斯凱蘭一直都在村民會所裡商議。我不知道他們在談什麼。我可以預想最糟的情況，但我當時已經放棄了。再來一場競技？還是他們會就這樣把我給殺了？我心想，隨他們的便，只要這一切趕快結束就好。」

維索戈塔沒有出聲。

□

邦哈特嘆了口氣。

「斯凱蘭，別這麼惡狠狠地看著我。」他再度說道：「我只是想賺錢罷了。你認爲我該退休，坐在陽台上看鴿子。你給我一百弗洛倫抓那隻小母鼠，說絕對不能留活口。我考慮過了。我在想，這個小姑娘到底可以値多少，最後想出來的結論是，如果把她殺了或交給其他人，我能拿到的一定比把她留在身邊賺到的少得多。這是經濟與貿易的基本規則。像她這種貨物，會不斷增値。可以談個價錢……」

夜梟皺起鼻子，好像附近有什麼東西發臭似的。

「邦哈特，你講話很直，直搗人痛處。不過我們直接跳到重點，解釋清楚。你帶著這女孩逃走，跑過整個艾冰格，現在卻突然出現，和我們解釋經濟原則。說吧，出了什麼事？」

「這有什麼好說的？」黎恩斯露出一個骯髒的笑容。「邦哈特先生不過是總算弄明白，這個女孩到底是誰、值多少錢。」

斯凱蘭連一記眼神也沒賞給他，而是看著邦哈特，看著對方那雙不帶情緒的魚眼，字句分明地說：

「而這個值錢的女孩，這個價值連城的戰利品，這個你退休生活的保證，卻讓人推上了克拉蒙特的競技場，讓人逼著做生死鬥。即使活著的她這麼值錢，但她的命還是讓人拿去冒險。邦哈特，怎麼會這樣呢？這事讓我覺得不合理。」

「要是她死在競技場上，」邦哈特沒有避開目光。「那就表示她一點也不值錢。」

「我懂了。」夜梟微微皺起眉頭。「不過你沒有把這女孩帶去下一個競技場，而是帶來我這裡。如果我可以問的話——爲什麼？」

「我再說一次，」黎恩斯扯動嘴角。「他搞清楚她是誰了。」

「您的反應很快，黎恩斯先生。」邦哈特伸了伸懶腰，連關節都喀喀發響。「您猜對了。沒錯，事實的確如此，這個卡爾默罕訓練出來的獵魔士身上，還有一道謎題。在蓋索搶一名貴族小姐的時候，這女孩說溜了嘴。說她有多重要、身分有多高，就連男爵家的小姐對她來說，都像是地上的爛泥，要向她行大禮。所以我就想啦，這個法兒卡，至少是個伯爵千金。眞有趣。她是獵魔士，這是第一點。女人當獵魔士很常見嗎？她是老鼠幫的一員，這是第二點。帝國驗屍官本人從渴什拉到艾冰格，一路親自追趕她，下令要殺她，這是第三點。除了這些……再加上她似乎是個出身高尚的貴族。哈，我就想啦，我應該要問問這女孩，她到底是誰。」

他沉默了一段時間。

「一開始，」他用袖口抹了抹鼻子。「她不想說。就算我拜託她，用手、用腳、用鞭子拜託她，都沒用。我不想讓她斷手斷腳……不過我們剛好碰上了一個身上帶著拔牙工具的理髮師。我把她綁到了椅子上……」

斯凱蘭大聲嚥下唾沫，黎恩斯則露出一抹微笑。邦哈特看了看袖口。

「她什麼都說了。在我……她一看到那些工具，那些牙齒鉗和鵜鶘夾，話馬上就變多了。結果呢……」

「她是琴特拉的公主。」黎恩斯看著夜梟說：「王位的繼承人、恩菲爾大帝的后座人選。」

「而驗屍官大人並不想把這些告訴我。」賞金獵人嘴角一偏，說：「他要我像平常一樣把她殺了，而且還說了好幾次。當場解決，絕不留情！斯凱蘭先生，怎麼這樣？要殺了女王？自己大帝的未來妻子？要是傳言沒錯，大帝只等著娶她，然後就會大赦天下？」

邦哈特在高談闊論的時候，一雙眼睛直直往斯凱蘭身上鑽，不過帝國驗屍官並沒有移開視線。

「唉，看起來，這挺麻煩的。」賞金獵人說：「所以，雖然可惜，我也只好放棄對獵魔士兼公主的計畫，把整個麻煩帶來這裡，來找斯凱蘭先生，好好聊聊，安排一下……因爲這一整個麻煩對一個邦哈特來說，好像是有點太多了……」

「非常正確的結論。」黎恩斯的胸口底下，某個東西尖聲說：「非常正確的結論，邦哈特先生。兩位先生，你們所抓到的東西，對你們來說有點超過負荷了。所幸，你們還有我。」

「這是什麼?」斯凱蘭猛然從椅子起身。「這該死的是什麼?」

「我的主人,巫師維列佛茲。」黎恩斯從胸中拿出一個小盒子。「說得更精確點,是我主人的聲音,從這個叫作傳音盒的魔法器具裡傳出來的。」

「各位男士,你們好啊。」小盒子說:「很遺憾,我只能聽見你們的聲音,不過我手邊有急事要處理,不能使用隔空投影或瞬間移動。」

「該死,就差這一樣。」夜梟粗聲道:「不過我早該想到了。黎恩斯太笨,不可能自己單獨行動。我早該想到,你一直躲在黑暗中伺機而動,維列佛茲。你就像隻又老又肥的蜘蛛,躲在暗處伺機而動,等待蜘蛛網震動的那一刻。」

「這還眞是畫面十足的比喻啊。」

斯凱蘭哼了一聲。

「你別想混淆我們的視聽,維列佛茲。你之所以利用黎恩斯和他的小盒子,不是因爲你忙,而是怕被巫師大軍,也就是你從前在巫師參議會裡的同伴發現。他們正在掃瞄世界各個角落,要找出能追蹤到你的魔法痕跡。要是你試著使用瞬間移動,他們馬上就會找到你。」

「多麼令人敬佩的知識啊。」

「我們還沒向彼此介紹。」邦哈特戲劇性地朝銀色小盒子鞠了個躬。「不過,巫師先生,黎恩斯先生是依您的指派與您的授權,才承諾要給那女孩折磨?我沒想錯吧?我可以斷言,這女孩眞是越來越重要了。看起來,所有的人都需要她。」

「我們還沒彼此介紹。」維列佛茲自小盒子裡說:「不過,雷歐·邦哈特先生,我對您清楚的程度，可要教您吃驚了。至於這女孩，當然重要。她畢竟是琴特拉的小母獅、上古一族。根據伊特莉娜的預言，她的後代將在未來統治世界。」

「所以您才這麼需要她？」

「我需要的只有她的胞衣，她的胎盤。等我把她的胎盤取出來，剩下的你們可以自己帶走。我剛才好像聽到了什麼？一些牢騷？充滿厭惡的呼聲和抽氣？是誰的？每天用各種花樣，在生理上或心理上折磨那女孩的邦哈特嗎？受叛徒與密謀分子的命令，想謀殺那女孩的史蒂芬．斯凱蘭嗎？嗯？」

□

我偷聽了他們的談話。肯娜躺在下鋪，雙掌枕腦，獨自想著。我站在外面的牆角，使出感應。然後，我的寒毛都豎了起來，全身上下都是。突然間，我意識到自己蹚進的渾水，有多麼的污濁。

□

「對，沒錯。」傳音盒裡傳來聲音：「你背叛了你的大帝，斯凱蘭。你一逮到機會，就背叛了你的大帝，沒有半分猶豫。」

夜梟發出一聲不屑。

「維列佛茲，從你這種大叛徒口中，說出對他人叛變的指控，這還真是件了不起的事啊。要不是這裡頭帶了低俗市井玩笑的味道，我可要感到萬分榮幸呢。」

「我並沒有指控你是叛徒，斯凱蘭。我是在笑你對背叛的天眞與無能。因爲，你是爲了誰背叛你的統治者？爲了阿爾達．阿波．達西和戴維特公爵？尼夫加爾德大帝打算娶琴特拉之女，捨棄了他們的女兒，他們的病態自尊心也因此受損，而你就是爲了這樣的兩個人？他們原先指望的，是新王朝在他們的家族裡誕生，是他們的家族會位於帝國首位，是他們很快便能超越帝座！恩菲爾只靠一個動作，便奪走了他們的這個希望，所以他們決定要改正歷史的進程。他們還沒準備好進行武裝叛變，但可以除掉那個被恩菲爾擺到他們女兒之上的女孩。當然，他們不會想玷污自己高貴的雙手，所以他們找上拿錢辦事的打手——苦苦壓抑野心的史蒂芬．斯凱蘭。當時的情況是怎樣？斯凱蘭，你不想說給我們聽嗎？」

「何必呢？」夜梟大叫：「又要說給誰聽呢？你平常不是什麼都知道嗎？大魔法師！黎恩斯就和平常一樣，什麼都不知道，那麼就該讓他繼續無知下去。而邦哈特對什麼都無所謂……」

「你就像我所說的，沒什麼事可炫耀。那些公爵拿承諾收買了你，不過你太聰明，不可能不明白自己與那些先生不同路。今天他們需要你，把你當成消滅琴特拉之女的工具；明天他們就會甩開你，因爲你是高攀他們的低下階級。他們答應在新帝國裡給你瓦鐵．德里多的位子？這大概連你自己不相信吧，斯凱蘭。他們需要瓦鐵更勝於你，因爲推翻王朝歸推翻王朝，但密秘情報組織永遠是密秘情報組織。你的手，他們只想用來殺人，而他們需要瓦鐵來接管安全組織。除此之外，瓦鐵是侯爵，而你誰也不是。」

「的確。」夜梟板起臉孔。「我太聰明，沒辦法不注意到這點。就像那時候一樣，按順序，現在我該背叛阿爾達．阿波．達西，然後加入你這邊？維列佛茲，你打的就是這種算盤？不過我不是塔上的幡幟！如果我支持改革，就會是以信念和理念為基礎。該是結束極權專政，改行君主立憲的時候了，在那之後，將是民主……」

「什麼？」

「人民掌政，這是由人民統治的政體。由所有階層的全體公民，透過誠實選舉，選出一群最適合也最誠實的代表……」

黎恩斯放聲大笑，邦哈特也笑得毫不客氣。傳音盒裡的巫師維列佛茲，即使聲音偏尖，也是打從心底發笑。三個人全都哈哈大笑，笑了許久，一邊還流出豌豆大的淚水。

「好了。」邦哈特開心地打斷眾人：「我們聚在這裡不是為了看戲，而是要交易。這女孩暫時還不屬於所有階層的全體誠實公民，而是屬於我。不過我要把她給賣了。巫師先生有什麼提議？」

「你對統治全世界有興趣嗎？」

「沒有。」

「那麼我就允許你，」維列佛茲緩緩地說：「在我對那女孩做我要做的事時，可以待在一旁。我允許你觀賞。我知道看這種事對你來說，勝過其他的樂趣。」

邦哈特的眼中燃起白色火焰，但態度依舊平靜。

「具體一點說呢？」

「具體一點，我打算付你二十倍的價錢。兩千弗洛倫。考慮一下，邦哈特，這可是一袋你提都提不動的金額，得用上能馱重物的騾子才行。這夠你退休、蓋陽台、看鴿子。要是你夠理智的話，甚至夠你買伏特加和找一票女人。」

「成交，魔法師先生。」賞金獵人看似毫無忌憚地笑了。「您這伏特加和女人的說法確實抓住了我的心，我們就這麼說定了。不過您提的觀賞那件事，我也有興趣。說實話，我比較傾向看她在競技場上慢慢斷氣，不過您的刀工我也挺樂意瞧瞧。您就算給點福利吧。」

「成交。」

「你們進行得真順利啊。」夜梟尖酸地下了評價：「真的，維列佛茲，你和邦哈特合夥合得又快又順。而這場合夥關係畢竟還是——也只會是與獅子分享獵物，也就是只有單方受益。你們是不是忘了什麼？你們和你們交易的琴特拉之女目前所在的這間村民會所，四周圍滿了兩打帶著武器的人。我的人。」

「親愛的驗屍官大人斯凱蘭，」維列佛茲的聲音從小盒子裡傳來：「您把我的條件交換視爲對您的傷害，可是要讓我生氣了。我打算展現慷慨大方。我不能向您保證讓您樂於稱道的民主，不過我可以對您承諾物質幫助、運輸支援及資訊提供。如此一來，您對那票密謀者來說，就不再是工具和奴才，而是合作對象。對尤阿希姆·戴維特公爵、阿爾達·阿波·達西公爵、布洛伊內伯爵、德阿勒維伯爵，還有其他那些密謀的貴族人士來說，這樣的合作對象，不管是其本人或其所說的話，都有一定的分量。就算是與獅子分享獵物又怎樣？當然，如果戰利品是奇莉拉，那麼屬於獅子的那份戰利品就由我來拿，反正依我看，這也是我應得的。這讓你那麼心痛嗎？你自己能得到的利益也不算少啊。如果你把琴特拉之女交給我，那麼瓦鐵·德里多的位子就是你的囊中物了。而成了祕密情報組織首領的你，史蒂芬·斯凱蘭，可以實現各式各樣你所想像的烏托邦，甚至是民主和誠實選舉。所以你看，用一個瘦巴巴的十五歲孩子，我就可以讓你實現人生的夢想與壯志。你看見了嗎？」

「不。」夜梟搖了搖頭。「我只有聽見。」

「黎恩斯。」

「是的，主人。」

「給斯凱蘭先生一個樣品，讓他看看我們情報資料的品質。告訴他，你從瓦鐵那裡拿到什麼。」

「你這支部隊裡有間諜。」

「什麼？」

「就是你聽到的那樣。瓦鐵·德里多在這裡安插了眼線。他知道你所做的一切，包括你是爲什麼、爲了誰。瓦鐵把他的特務安插在你們當中。」

□

他靜靜走向她，後者幾乎沒有察覺。

「肯娜。」

「耐拉汀。」

「在村民會所裡，妳感應了我的思緒。妳知道我在想什麼，所以妳知道我的身分。」

「聽著，耐拉汀……」

「不，妳聽好了，尤安娜·色博內。史蒂芬·斯凱蘭對帝國和大帝來說是叛徒。他在密謀造反。所有和他站在一起的人，最後都會以斷頭台收場，會在千年廣場被五馬分屍。」

「我什麼都不知道，耐拉汀。我只是執行命令……你想要我怎樣？我是替驗屍官辦事……而你又是替誰辦事呢？」

「為帝國、為德里多大人。」

「你想要我怎樣？」

「要妳展現理性的一面。」

「走開。我不會把你抖出來，我不會說……不過，請你走開。我做不到，耐拉汀。我是個簡單的女人，這種事不適合我……」

□

我不知道該怎麼做。斯凱蘭說過「色博內小姐」，那口氣就像是在對軍官說話。我替誰辦事？他嗎？大帝？帝國？

我怎麼知道？

肯娜腰部一個使勁，把自己推離了屋外的牆角。村裡的孩子好奇地看著坐在柱子下的法兒卡。她揮動手上的細樹枝，並壓著嗓子發出惡狠狠的聲音，把他們趕走了。

哎，我還真是蹚了灘了不起的渾水。哎，我都能嗅到絞索的味道了，還有千年廣場上的馬糞味。

我不知道這一切最後會是怎樣的收場，肯娜想著。不過我得進到她裡面，進到這個法兒卡的裡面，去感應她的思緒，就算只有一下下也好。我得知道她所知道的事。

把事情弄清楚。

□

「她靠了過來。」奇莉一面撫摸貓兒，一面說：「她很高，經過精心打理，和那群草莽裡的其他人不一樣……她甚至有她自己的美。也讓人對她產生敬意。看守我的那兩個男的，都是粗俗的草包，本來滿口髒話，可是她一走過來，他們就不再說了。」

維索戈塔沒有出聲。

奇莉接著說：「她彎下身，看著我的眼睛。我當時馬上有一種……一種奇怪的感覺……好像我後腦勺裡有東西啪一聲斷掉，讓我痛了一下。我耳朵裡嗡嗡響，眼前有一會兒突然變得很亮……有個東西進到我裡面，很噁心、很黏滑……我知道那是什麼。葉妮芙在神殿裡讓我見識過好幾次……不過我不想讓那個女人這麼做……所以我就直接把那個東西，那個她用來滲透我的東西推開。我把它推開，把它從我的身體裡扔出去，用盡了我所有可以用的力氣。而那高個子女人的身子縮了起來，晃了兩下，好像被拳頭打到一樣。她退了兩步……血從她的鼻子裡流了出來，從兩邊的鼻孔一起流。」

維索戈塔沒有出聲。

「而我，」奇莉把頭抬起來。「明白了這是怎麼一回事。我突然感覺到體內有股力量。我在渴若什沙漠裡失去了那股力量，我放棄了它。在那之後，我就沒辦法再聚集那股力量，沒辦法再使用它。而她，那個女人，把力量給了我，也就是把武器塞到了我的手裡。那是我的機會。」

□

肯娜一個踉蹌，重重跌坐沙地，不斷點頭，在沙上搓滑，好似醉酒一般。鮮血不斷從鼻子流出，沾滿她的嘴唇、下巴。

「發生什麼……」安德烈斯．維樂尼跳了起來，卻突然雙手抱頭，嘴巴張得老開，尖細的聲音從裡頭傳了出來。他瞪大眼睛看著史迪格瓦德，不過這惡霸的耳鼻已開始出血，兩眼也轉爲混濁。安德烈斯雙膝跪地，看著冷眼旁觀的耐拉汀．切卡。

「耐拉……汀……救……」

切卡沒有任何動作，只是看著那女孩。後者將目光轉過來，他的身形隨之晃了一下。

「沒有這個必要。」他搶先開口：「我是站在妳這邊的，我想幫妳。讓我幫妳切斷鏈條……刀給妳，妳自己把項圈切開。我去牽馬。」

「切卡……」安德烈斯．維樂尼從窒息的喉頭中擠出聲音：「你這個叛……」

女孩給了他一記目光，他便倒在一動也不動的史迪格瓦德身上，如在娘胎中一般地蜷縮起來。肯娜依舊無法起身，濃濃的鮮血一滴一滴地落在她的胸口與腹部。

「戒備！」突然間，從屋裡出來的克蘿伊．斯蒂茲，放下了手中的羊肋，大聲喊道：「戒——備！席利帆特！斯凱蘭！那女孩要跑了！」

當時奇莉已在鞍上，手裡也握了劍。

「凱爾佩！駕——！」

「戒——備——！」

肯娜不斷抓扒沙地。她沒有辦法起身，雙腳像是木頭一般，根本不聽使喚。心靈感應者，她想。我碰上了超級心靈感應者。那女孩比我強上十倍……還好她沒殺了我……我到現在都還能保持清醒，這是哪門子的奇蹟啊？

村子那頭已經有一群人趕來，跑在前頭的是奧拉．哈樂思罕、貝特．布利爵恩和提爾．耶和拉德。聞風趕來廣場的，還有村口大門的守衛、達可瑞．席利帆特和包雷阿斯．蒙。奇莉掉轉方向，大吼一聲，往河的方向極速奔去，不過那頭也已經有上了武裝的人群跑來。

斯凱蘭與邦哈特從村民會所裡趕了出來。邦哈特的手裡握了劍。耐拉汀．切卡大叫一聲，騎著馬朝他們衝去，將兩人撞倒。然後，他直接跳下馬鞍，把邦哈特壓在地上。黎恩斯搶到門邊，目瞪口呆地看著這一切。

「抓住她！」斯凱蘭從地上跳了起來，大聲喊著：「抓住她，不然就殺了她！」

「留活口！」黎恩斯尖聲喊著：「留——活——口！」

肯娜看見奇莉被村外的木樁圍籬擋住，她掉轉黑馬，疾速往鬧門的方向衝去。卡貝尼克．屠人特跳過去想將她拉下馬，只見長劍寒光一閃，屠人特的頸上便噴出一道胭脂紅流。這一幕，戴戴．華爾加斯與小奇普利安．伏利普也看見了。他們決定不要擋住女孩去路，一溜煙往房舍間跑去。

邦哈特一個起身，用劍首撞開身上的耐拉汀．切卡，然後在他的胸口斜斜劃下一道可怕傷口，接著立刻邁開步伐去追奇莉。全身灑滿鮮血的耐拉汀及時抓住他的雙腳，一直到被劍尖釘到沙地上才鬆手。

不過這短短幾秒的拖延，也已經足夠了。

女孩攀附在母馬上，從席利帆特與蒙的跟前逃開。斯凱蘭像匹狼般悄悄從左邊跑來，然後伸手一揮。肯娜看見某個東西從空中閃過，女孩身子在鞍上一震，失去平衡，臉上也噴出一道血泉。她整個人往後倒，甚至在母馬的臀上躺了一會兒。不過，她沒有落馬，而是挺起身子，抱住馬頸，留在了鞍上。黑色母馬將武裝分子撞開，朝閘門筆直衝去。蒙、席利帆特及手持弩弓的克蘿伊．斯蒂茲緊追在後。

「她跳不過去！人是我們的了！沒有馬能跳到七呎高！」蒙大聲吼道，勝券在握。

「克蘿伊，別放箭！」

在這一片喧囂中，克蘿伊並沒有聽見那句話。她停了下來，把弩弓舉到頰邊。眾所皆知，克蘿伊箭無虛發。

「妳死定了。」她大叫：「死定了！」

肯娜看見一個不知名的矮男子跑過去，舉起弩弓，從背後近距離射殺克蘿伊。弩箭穿過她的身體，同鮮血一道噴出，克蘿伊無聲倒下。

黑色母馬全力衝到閘門前，微微縮頭，縱身一跳，凌空飛起，輕輕鬆鬆攀上閘門，前腳優雅微彎，便像條黑色絲帶般，拋到了另一邊。併攏的兩隻後蹄甚至連閘門上方的木條都沒有擦到。

「眾神啊！」達可瑞．席利帆特大叫：「眾神啊！這是什麼馬啊！簡直就和黃金一樣寶貴！」

「誰抓到馬，馬就是他的！」斯凱蘭大喊：「上馬！上馬！追！」

閘門總算開啓，一隊人馬瞬間衝出，留下一團塵煙。而領先所有人、搶在最前頭的，是全力狂奔的邦哈特及包雷阿斯．蒙。

肯娜吃力地站了起來，但立刻感到一陣暈眩，重重跌坐沙地。強烈的刺痛從腳上傳來。

卡貝尼克・屠人特成大字形躺在紅色水窪之中，沒有半點動靜。安德烈斯・維樂尼吃力地將依舊不省人事的史迪格瓦德抬起。

克蘿伊・斯蒂茲蜷縮在沙地上，看來就像孩童一般弱小。

奧拉・哈樂思罕與貝特・布利爵恩將殺了克蘿伊的那名矮個子男人拖到斯凱蘭面前。夜梟的呼吸起伏十分明顯，甚至氣到全身發抖。他從揹在胸前的彈藥帶裡拿出第二個鐵星——那和他方才拿來打傷女孩臉龐的是同一樣東西。

「讓地獄把你給收了吧，斯凱蘭。」矮男人說。肯娜想起了他的名字——麥克賽爾。耶狄亞赫・麥克賽爾。蓋梅拉人，在羅彩內認識的。

夜梟弓起身，猛然一揮，六齒星從空中呼嘯而過，深深嵌入麥克賽爾臉中，卡在他的眼睛與鼻子間。被哈樂思罕與布利爵恩緊緊抓住的矮男子甚至沒有大叫，只是開始斷斷續續地大力抽搐。那抽搐持續了許久，而全盤外露的牙齒是如此森然，讓所有人都別開了頭。所有人，除了夜梟。

當矮男子的軀體終於癱掛在撐著他的兩人手上，史蒂芬・斯凱蘭說：「奧拉，把我的獵戶星從他臉上拔出來。還有，把這具屍體，連同另外那具——那個雌雄同體的傢伙，一起埋到糞坑去，別把這兩個下三濫叛徒的行蹤給洩露了。」

□

突然之間，一陣強風颼嘯，雲層飄聚而來。突然之間，天昏地暗。

城塞圍牆上，守衛大聲喊叫。絲卡拉家的姊妹打起鼾聲雙重奏。柯胡特大聲尿在空馬桶裡。

肯娜把毯子拉到下巴，在腦中回想。

他們沒有追到那個女孩。她消失了，就這麼憑空消失了。令人難以置信的是，包雷阿斯．蒙才追了三哩左右，就追丟了黑色母馬。突然間，天色無預警地暗了下來，強勁的風勢幾乎要將樹木壓倒在地。大雨傾盆而下，甚至響起陣陣雷聲、閃過道道電光。

邦哈特沒有放棄。他們回到獨角村，對彼此大吼大叫，所有人都是，一個比一個吼得大聲，一個比一個還會怪罪——邦哈特、夜梟、黎恩斯和那第四個人——一個尖銳、不像人類的神祕聲音。然後，他們叫所有的人上馬——除了那些和我一樣沒辦法上馬的。村裡的漢子拿著火把高聲喊叫，紛紛進到林子裡追人。他們在天亮前回來，沒有帶回任何東西——如果不算他們眼中的恐懼的話。

流言一直到幾天之後才傳了出來，肯娜獨自回想著。一開始，所有的人都害怕夜梟和邦哈特。那兩人都氣炸了，最好別在他們眼前出現。就連貝特．布利爵恩——堂堂一名軍官，也因爲不小心說了什麼，腦袋就被馬鞭的把子敲了一記。

不過後來，人們開始談論追趕當天發生了什麼事。說到禮拜堂裡稻草編的小獨角獸，突然變成了龍一般的大小，把馬嚇得將人都摔下了鞍，唯一的奇蹟是沒有人摔斷脖子。說到天上有一支車隊急奔而過，上頭都是騎著骷髏馬、眼睛冒火的幽靈，由可怕的骷髏王帶領，要他的鬼魅僕人用殘破的披風抹掉黑色母馬的蹄印。說到夜鷹用可怕的合唱叫著：「血之飲——血之飲——！」說到讓人心底直發毛的報喪女妖嚎叫和死亡預告……

風、雨、雲和奇形怪狀的草叢、樹木，再加上會讓人疑神疑鬼的恐懼，本身也親歷現場的包雷阿斯．蒙評論道，這就是一切事情的解釋。至於夜鷹呢？不過就是夜鷹，平常也老是叫個不停。那突然消失行跡、蹄印，好像那馬飛上了天空，又該怎麼解釋？這個問題，讓連水裡的魚兒都有辦法找到的追蹤高手包雷阿斯．蒙臉色一僵。強風，他答說，強風讓行跡被沙子和落葉蓋住了。除此之外，他沒有第二種解釋。

有些人甚至相信了這個說法，肯娜自行回想著。有些人甚至相信那一切都是自然現象或錯覺。甚至因此嘲笑他們。

不過，後來他們就不再笑了。那是在過了墩達瑞之後的事。過了墩達瑞之後，已經沒有任何人再這麼笑了。

□

當他看到她，倒抽了一口冷氣，反射性地往後退。

她把鵝油與煙囪裡的煤灰混在一起，用這油膩的顏料將眼窩和眼瞼塗黑，並順著眼型拉出線條，直至兩邊的鬢角及耳朵。

她看起來就像是魔鬼。

「從沼澤的第四塊草叢往高樹林走，只沿外緣走。」他再一次解說路徑：「然後，順著河水一直走到三棵枯樹，從那裡走角樹林直往西邊去。接著會出現松樹林，妳就沿著林子外緣一邊走，一邊數。數到第九條小路就轉進去，然後就一直直走，都不要再轉彎。在那之後，就會是那座墩達瑞村，而村子北邊有個小聚落，裡頭有幾戶人家。過了那個聚落，會有一間旅店，位在岔路口。」

「我記得路，也到得了，別擔心。」

「最重要的是留意河曲的部分。要注意蘆葦比較稀疏的地方、有蓼草覆蓋的地方。不過要是妳還沒到松樹林，天色就暗了，那妳就停下來等到早上。絕對不可以在夜裡穿過沼澤。幾乎要新月了，而且雲也……」

「我知道。」

「至於百湖國……要往北走，翻過山頭。別走大路，大路上到處都是軍隊。等妳到了河邊，那是條大河，叫西勒特，那表示妳已經走過一半的路程了。」

「我知道，我有你畫給我的地圖。」

「喔，對。是這樣沒錯。」

奇莉再一次檢查馬具及鞍囊，但心不在焉。她不知道該說什麼，而該說的話她卻一再拖延。

「這段時間有妳作伴，我很開心，眞的。」他搶先開了口：「再見了，獵魔士。」

「再見了，隱士。謝謝你爲我做的一切。」

當他走過來握住她的手時，她已經坐在了馬鞍上，準備好要咂嘴喚馬上路。

「奇莉，留下來。等冬天過去……」

「我會在入寒之前到達那座湖的。之後，如果一切會像你所說的，那就什麼都不重要了。我會用瞬間移動回塔奈島。去女巫學院阿瑞圖沙，去找麗塔小姐……維索戈塔……那是多久以前的事了呀……」

「燕之塔是個傳說。記住了，那只是個傳說。」

「我也只是一個傳說。」她苦澀地說：「從一出生開始就是。奇來亞、燕子、驚奇之子、應選之人、命運之子、繼承上古之血的孩子。維索戈塔，我要走了，你保重。」

「保重，奇莉。」

□

小聚落後方岔路的旅店裡空無一人。小奇普利安·伏利普和他的三個夥伴不准當地人進入，路過的旅人也被他們趕開，而他們自己則成天在裡頭大吃大喝，待在這棟煙霧繚繞、光線昏暗的建築物，裡頭的氣味難聞，就像每間冬天時門窗緊閉的旅店一樣，充滿了汗、貓、鼠群、裹腳布、松木、屁、焦物，以及濕氣滿溢的衣服氣味。

「眞是門見鬼的差事。」蓋梅茲人尤茲·洋諾維次大概是第一百次這麼說了。他揮手叫來倒酒的女人，並說：「那個夜梟大概是哪根筋不對勁，竟然叫我們待在這麼一個破爛地方！我還寧可騎馬進森林裡巡邏咧！」

「你大概是個白痴。」戴戴·華爾加斯回話說：「外頭冷得要命耶！我寧可待在溫暖的地方，還有有女人的地方！」

他大力朝一名女子的臀部拍了一下。女子尖叫了聲，聽起來不太有說服力，而且有著濃濃的無所謂。說實話，那女子不太靈光，旅店的這份工只讓她學到了被拍或被捏的時候，要順勢叫一下。

小奇普利安．伏利普與他的同伴在到旅店的第二天，便已經朝在裡頭工作的兩名女子下手。旅店主人不敢抗議，而那兩名女子的腦筋也不太靈活，不知道要反抗。經驗告訴她們，女人如果反抗，下場就是一頓好打，所以比較聰明的做法是等那些男人玩膩。

「我告訴你們，」黎司帕．拉坡因特開啓了又一個無聊夜晚裡會講到的基本話題：「那個法兒卡已經死在森林裡的某個地方。我當時有看到斯凱蘭是怎麼用獵戶星割破她的臉，那血可是像噴泉一樣地噴出來呢！照那傷勢，我告訴你們，她不可能撐得過去！」

「夜梟沒打中她。」尤茲．洋諾維次說：「他只是用獵戶星輕輕傷到她而已。當然，那臉是被他傷得挺重的，我自己也看到了，不過這有影響到那女孩跳過閘門嗎？有讓她摔下馬嗎？最好是啦！那個閘門我們後來有量過，足足有七呎二吋。結果呢？她跳過啦！而且還不只這樣！那小屁股跟馬鞍之間，連刀刃都插不進去呢！」

「她臉上的血根本就是用倒的。」黎司帕．拉坡因特反駁道：「我告訴你們，她騎著騎著就摔下馬，死在森林某個風倒樹留下的坑裡，屍體讓狼跟鳥給吃了，剩下的部分也給貂啃去了，最後還被螞蟻清得一乾二淨。沒了、代以拉得！所以我告訴你們，我們是白白坐在這裡，把錢都喝掉了，而且這錢還是我們自己的，因爲糧餉連個影子都沒有！」

「不可能只有屍體，卻沒有留下任何痕跡、記號。」戴戴．華爾加斯篤定地說：「一定會有什麼東西留下，像是頭骨、骨盆、大一點的骨頭之類的。那個巫師黎恩斯一定會找到法兒卡的殘骸，到時候事情就結束了。」

「說不定到時候他們還趕我們做事，做到我們都要想念現在的閒閒沒事，和這個破爛豬圈了。」小奇普利安·伏利普說著，無聊地朝旅店的牆面瞥了一眼，對上頭的每個釘子、每個破洞早已一清二楚。「還有這個爛酒。還有她們，全身都是洋蔥臭的那兩個。她們被操的時候，就像兩條死魚一樣，兩眼瞪著天花板還兼摳牙。」

「不管怎麼樣，都比現在這樣無聊好。」尤茲·洋諾維次做出結論：「都讓人想大叫了！媽的，我們來做點事吧！什麼都好！我們去把村子燒了，還是做點其他什麼？」

旅店大門發出尖銳的聲音。那聲音是如此不尋常，讓四個人頓時跳了起來。

「滾！」戴戴·華爾加斯大聲吼道：「你這個老乞丐！瘦皮猴！臭得要命的傢伙！給我滾出去！滾到外面去！」

「別管他。」伏利普擺了擺手。「你看，他還拖著一個風笛，不過是要飯的乞丐。這人一定是個老兵，靠吹風笛和唱曲子在各家旅店討生活。外面又濕又冷，就讓他在裡面坐吧……」

「只要離我們遠遠的就好。」尤茲·洋諾維次說著，指了一個地方要給老乞丐坐。「不然會把頭蝨傳給我們。我從這裡就看到他頭上爬了一堆，那些頭蝨大到搞不好會有人以爲是烏龜呢。」

「老闆，給他一點吃的！也給我們來點酒！」小奇普利安·伏利普一派主事模樣，朝店主人點了點頭。

老乞丐拿掉頭上的大毛帽，身上再度發出一股濃濃的臭味。

「各位尊貴的先生，請接受我的感謝。」他說：「今天是撒奧溫前夕，是大節日，而過節的時候不該把人趕出門，讓人被陰雨淋濕、在外頭凍著。過節的時候該要大方請客……」

「的確。」黎司帕·拉坡因特拍了下額頭。「今天是撒奧溫前夕啊！十月的最後一天！」

「這是個充滿魔法的夜晚。」老乞丐啜了口旁人端來的湯，裡頭稀薄如水。「這是個充滿鬼怪和恐懼的夜晚！」

「呦！」尤茲．洋諾維次說：「你們瞧瞧，等等爺爺就要跟我們說說老掉牙的故事囉！」

「讓他說。」戴戴．華爾加斯打了個呵欠。「怎樣都比在這裡無聊好！」

「撒奧溫。」小奇普利安．伏利普皺著眉重複了一次。「從獨角村到現在已經過了五個禮拜，而我們在這裡也坐了兩個禮拜。整整兩個禮拜！撒奧溫，哈！」

「這是一個充滿怪事的夜晚。」老乞丐舔了舔湯匙，用一根指頭從碗底挑出某個東西，並把那個東西吃了下去。「這是一個充滿恐懼和魔法的夜晚！」

「我早說了吧。」尤茲．洋諾維次咧嘴一笑。「會有老掉牙的故事聽！」

老乞丐挺直了背，撓了撓癢又打了個嗝。

「撒奧溫前夕，」他用強調的口氣說：「是十一月新月來臨前的最後一個夜晚。等新的一天來臨，對精靈來說，就已經是新的一年。所以，在精靈當中有個習俗，會在撒奧溫夜裡用一根火把將屋舍中所有光源點亮，再把這根用剩的火把好好收藏，等到了五月再拿出來，用同一根火把點燃五朔節。按照他們的說法，這樣能帶來繁榮與興旺。不只精靈，我們人類裡有些人也這麼做，好避開幽靈鬼怪……」

「鬼怪！」尤茲哼了一聲。「你們聽聽，這老廢物在說什麼啊！」

「今晚是撒奧溫夜！」老乞丐說，聲音中帶著介意。「在這種夜裡，鬼怪會在外面到處跑！死人的鬼魂會來敲窗子，用幽幽的聲音說：『讓我進去、讓我進去。』這種時候就要給他們蜂蜜和大麥飯，上頭還要滴幾滴伏特加……」

「伏特加我情願滴在自己的喉嚨裡。」黎司帕．拉坡因特咯咯笑說：「而你的那些鬼呢，老頭，可以來舔我的，吶，這裡。」

「哎呀，尊貴的先生，您可別和鬼怪開玩笑啊。他們隨時有可能聽到，會來報復的呀！今天是撒奧溫前夕，是充滿恐懼跟魔法的夜晚！您豎起耳朵聽聽，聽到四周的沙沙聲，還有東西在敲的聲音沒？這是死人從地獄出來，想摸進屋，好在火爐前取取暖，吃個飽啊。那邊，在收割過的田地和樹葉掉光的林子裡，風又大、天又冷的，可憐的鬼怪凍著了，所以會被有火爐的溫暖屋子吸引。這種時候，別忘了在門檻或打穀場放一小碗食物給他們。因爲要是他們在那裡什麼都沒找到，就會在半夜自己進屋找……」

「天啊！」在旅店裡工作的其中一名女子發出清楚的低嘆，隨後又馬上尖叫一聲，因爲她的臀部讓伏利普捏了一把。

「這故事說得不錯。」他說：「不過離『好』字還差得遠呢！老闆，給這老頭倒杯熱酒，這樣說不定他就能說出個好故事！跟鬼有關的好故事。然後，兄弟們，你們就會知道，那些女人聽到入迷的時候，你對她們做什麼，她們都不會發現！」

一票男人哈哈大笑，兩個女孩的尖叫聲也跟著傳開，她們聽故事的入迷程度，確實在眾人的預料之內。老乞丐拿起熱啤酒，一邊大聲啜飲，一邊打著酒嗝。

「你可別給我在這邊喝醉了或睡著了！」戴戴．華爾加斯口氣不善地警告著：「這酒我們可不是白請的！說吧、唱吧，把風笛拿起來吹！把場子搞熱了！」

老乞丐打開嘴，裡頭的一顆白牙就像是黑草原上的一塊地界石。

「尊貴的先生，這可是撒奧溫啊！怎麼可以有音樂？怎麼可以吹風笛？不可以啊！撒奧溫的音樂，就是窗外的那股強風！是狼人的嚎叫、吸血鬼和木乃伊的呻吟、食屍鬼的磨牙聲啊！報喪女妖會大聲哀嚎尖叫，誰聽到她的叫聲，就註定沒多久好活。所有的惡靈都會離開巢穴，巫婆也會在入冬前飛出來狩獵！撒奧溫是充滿恐懼、怪事和異象的夜晚！這天晚上，不能進林子，因爲老樹會咬人！不能穿過墓園，因爲死人會抓人！最好是根本別出門，而且保險起見，要在門檻插上新鐵刀，教那些惡靈不敢越界。至於女人就得好好看緊孩子，因爲水妖羅莎卡和抱嬰鬼波瓦曲卡【註】，會在撒奧溫夜裡把小孩偷走，換成噁心的鬼嬰。懷有身孕的女人最好別出門，因爲夜魔可能會對子宮裡的胎兒下咒！生出來的就不會是小孩，而是長了鐵牙的斯奇嘉……」

「天啊！」

「長了鐵牙啊。這妖怪會先把生母的一邊乳房整個咬掉，然後再把她的雙手整個咬掉。臉也整個咬掉……呼，我都餓了呢……」

「這骨頭拿去，上頭還有肉給你啃。老頭吃太多不健康，可能會給噎到，然後就兩腿一伸，哈、哈！哎，算了，女人，再給他來點啤酒。好了，老頭，再給我們說些鬼怪的事！」

「尊貴的先生，撒奧溫對鬼怪來說呢，是可以放膽作樂的最後一個夜晚。過了這晚，寒霜就會把它們的力量奪走，所以它們會進墳去，到地底下，整個冬天都不再探出頭。就是因爲這樣，從撒奧溫到二月的迎苞節，是去這些鬧鬼地方尋寶的最佳時機。如果是天暖的時候，我們就拿挖有屍妖的墳塚來說吧，屍妖百分百會醒過來，然後一肚子火地跳出來把挖墳的人吃了。不過，從撒奧溫到迎苞節，可以盡情地挖、盡情地找，屍妖會睡得像熊一樣沉。」

「嘿！這老傢伙還眞是會編！」

「我說的都是眞話啊，尊貴的先生。就是這樣。撒奧溫是魔法夜，很可怕，但也是占卜算命的最佳時機。在這種夜裡，值得擺出塔羅牌、拿骰子來算命，也可以用手、白公雞、洋蔥、起士、兔子內臟、爛蝙蝠……」

「噁！」

「撒奧溫夜是充滿恐懼和鬼怪的夜晚……最好是在家裡坐著。全家人一起……待在火爐前……」

「全家人。」小奇普利安．伏利普突然對同伴露出兩排森牙，複述道：「全家人，你們想到了嗎？連那個緊緊藏在樹叢裡，躲我們躲了一個多禮拜的娘兒們也一樣！」

「鐵匠的女兒！」尤茲．洋諾維次馬上想到：「那個水噹噹的金髮小妞！伏利普，你的腦袋還挺靈光的。今天我們可以在她家裡逮到人！怎樣，兄弟們？咱們去趟鐵匠家？」

「哈，要我馬上去都行。」戴戴．華爾加斯大大伸展了下。「告訴你們，我現在都可以看到那鐵匠女兒在村子裡面走，兩粒奶子一抖一抖、小屁股一扭一扭的……那時候就該把她給上了，不要等，可是達可瑞．席利帆特那個死腦筋的白痴……不過現在席利帆特不在這，而鐵匠女兒在家裡！等著我們呢！」

「這個村子的村長已經被我們大卸八塊。」黎司帕皺著眉頭說：「跑來幫他的鄉巴佬也讓我們給做了。我們還要搞出更多屍體嗎？鐵匠跟他的兒子都壯得和橡樹一樣，我們嚇唬不了他們。得把他們

【註】：波瓦曲卡（Płaczka）屬夢魘的一種。傳說抱嬰鬼會悄悄盯上孕婦，把產下的孩子偷換成自己的鬼胎。令嬰孩夜裡哭鬧、無法入睡，據信亦爲抱嬰鬼作怪使然。

……」

「毒打一頓。」伏利普平和地把話接完：「揍一揍就好，其他的就不必了。你們把啤酒喝了，我們準備、準備，進村去吧。我們就來過過撒奧溫！把羊皮大衣反過來，毛穿在外面，然後又吼又叫，那些鄉巴佬會以爲是魔鬼或屍妖來了！」

「我們要把鐵匠女兒帶來旅店這裡，還是要用蓋梅拉的玩法，當她全家人的面？」

「這兩種玩法互不衝突啊。」小奇普利安．伏利普透過窗膜看了看夜色。「竟然下起暴風雪，他媽的！連楊樹都給吹彎了！」

「呵、呵。」老乞丐就著啤酒杯說：「尊貴的先生，這不是風、不是暴風雪啊！是女巫騎著掃帚偷偷衝過去。她們有些騎的是缽和臼，會用掃帚把她們身後的痕跡掃掉。沒人知道她們哪時會在林子的路上把人攔下，或是從背後偷偷摸過來，沒人知道她們哪時會突然攻擊人呢！而她們的牙齒，喏，就像這樣！」

「老頭，那些女巫是用來嚇小孩的！」

「現在這個時間，您可別這麼說啊，先生。因爲呀，我再跟您說說，最可怕的巫婆，就是巫婆裡的伯爵和公爵，呵呵，那些可沒騎掃帚，也沒騎撥火棍或缽，不！那些可是坐在自己的黑貓上狂奔！」

「嘿嘿嘿嘿！」

「這是眞的！因爲撒奧溫前夕，在這一年只有一次的夜晚，巫婆的貓會變身成跟焦油一樣黑的母馬。誰要是在和棺罩一樣黑的夜裡聽到馬蹄聲、看到騎在黑母馬上的巫婆，那人就要倒楣了。誰要是碰上了這種巫婆，那人包準死定了。巫婆會像狂風掃落葉那樣把人捲走，抓到死人國度裡去！」

「等我們回來，你再把故事說完！不過呢，死老頭，故事可要說得好聽，風笛也要跟著吹啊！」

「等我們回來，這裡可要熱鬧了！有舞跳，有鐵匠的女兒可以摟……黎司帕，你幹什麼啊？」

原本去門廊排空膀胱的黎司帕．拉坡因特跑了回來，一張臉白得跟雪一樣，兩隻手不停比來比去，往門口指。他沒來得及擠出話語，不過也沒有這個必要，因爲馬的嘶鳴已經從外頭清楚傳來。

「黑色的母馬。」伏利普說，臉幾乎貼在窗膜上。「那是同一匹黑母馬，是她。」

「女巫？」

「法兒卡啦，白痴。」

「那是她的鬼魂！」黎司帕大大抽了一口氣：「是鬼！她不可能還活著！她已經死了，現在她的鬼魂回來了！在撒奧溫夜……」

「她會在和棺罩一樣黑的夜裡來。」老乞丐把空啤酒杯緊緊抱在肚子上，喃喃地說：「要是有誰見到她，那人包準死定了……」

「武器，拿武器。」伏利普焦急地說：「快啊！去守在門的兩邊！你們還不懂嗎？我們走運了！法兒卡不知道我們的事，她來這裡是要取暖，冷天和餓肚把她逼出了藏身地！直接到了我們的手裡面！夜梟和黎恩斯會用金子把我們給淹了！大家把武器都拿了……」

大門發出尖銳的聲音。

老乞丐縮往桌面，瞇起了眼。他的視力不好，兩眼已經退化，讓青光眼和慢性結膜炎給毀了。除此之外，旅店裡燈光昏暗、煙霧瀰漫。所以，老乞丐幾乎看不見那道從玄關走進來的苗條身影。來人穿著麝鼠皮做的外套，臉讓兜帽與圍巾遮去。不過，老乞丐的聽力不錯，他聽見了其中一名女侍的輕呼、另一個女侍的木鞋聲、店主人的喃喃咒罵。他聽見冷劍刮動劍鞘的聲音。還有小奇普利安．伏利普陰狠的聲音：

「抓到妳了，法兒卡！妳沒料到我們會在這裡吧，嗯？」

「料到了。」老乞丐聽到了這麼一句回答，身子也隨那聲音抖了起來。

他看見苗條的身影晃動，也聽見恐懼的吸氣聲。其中一名女侍發出了窒悶的叫聲。他看不見那名叫作法兒卡的女孩摘下兜帽與圍巾，他看不見她那張嚴重毀容的臉孔。還有那雙用煤灰與油脂染了一圈，看起來就像惡魔一樣的眼睛。

「我不是法兒卡。」女孩說。老乞丐再度看見她快而模糊的動作，看見某個東西在油燈的照射下閃出一道火光。

「我是來自卡爾默罕的奇莉，我是獵魔士。我來這裡，是要殺人的。」

老乞丐這一生見過不少旅店裡的動手場面，早已練就一套自保招數。他潛到桌底下，縮成一團，緊緊抱住桌腳。當然，在這種姿勢下，他什麼也沒辦法看見，也根本不想看見。他緊緊抱住桌腳縮著，而桌子早就已經跟著其他家具一起，開始在整間屋子裡到處移動。四周滿是聲響，一下子有東西敲到，一下子有東西撞到、碎掉，有穿著厚重鞋子的腳步聲，有咒罵、尖叫和鐵器的鏗鏘聲。

一名女侍嚇得大聲尖叫，完全不用換氣。

有人摔到桌上，把老乞丐連人帶桌移了位，然後又跌到了一旁的地板上。熱騰騰的鮮血濺了過來，老乞丐尖叫出聲。他看見戴戴．華爾加斯，就是一開始想將他趕走的人——老乞丐是靠外套上的黃銅飾釦認出來的——發出了可怕的叫聲，東撞西碰，四處噴血，兩手亂揮。老乞丐讓其中一記亂拳直接打中眼睛後，便什麼也看不見了。女侍身子一晃，靜了下來，吸了口氣，又拉開嗓子大叫，這回的聲調比什麼都來得尖銳。

某個人大聲倒在地板上，才剛洗過的松木地板讓血濺得到處都是。老乞丐沒有認出這個被奇莉從頸側劃了一劍，快要斷氣的人是黎司帕·拉坡因特。他沒有看見奇莉是怎樣用一個迴旋，從伏利普和洋諾維次跟前轉開；沒看見她像道影子、像道灰煙般，從他們交砍的長劍底下穿過。洋諾維次一個轉身，來到她的後頭，動作又快又輕，靈巧如貓。他是老練的劍客，將重心放到了右邊的腳底板上，對準女孩的臉抽出長劍，直接往那醜陋傷疤砍去。

他理當命中，卻沒有命中，也沒來得及防禦。

她突然從近距離朝他揮出一劍，雙手並用，把他從胸口切到了肚子。跟著她馬上跳開，轉了一圈，避開伏利普的攻擊，往彎著身子的洋諾維次脖子砍去。洋諾維次一頭撞上了長凳。伏利普跳過長凳與屍首，閃電揮出一擊。奇莉斜身一擋，轉了半圈，往他髖骨上方的身側短短砍了一劍。伏利普一個踉蹌，撞上桌子。爲了保持平衡，他反射性地伸出一隻手。當他的手掌撐在桌板，奇莉快速一揮，斬斷了那隻手掌。

伏利普舉起不斷噴血的殘肢，專注地看了看，然後又看了看留在桌上的手掌。接著，他的身子突然一矮，就這麼一屁股坐到了地上，那樣子十足像是踩到肥皂水一樣。坐在地上的他開始大吼，然後轉成嚎叫，那是原始、尖銳而綿長的狼嚎。

縮在桌下、渾身是血的老乞丐聽到這鬼魅二重唱——維持同樣音調大叫的女侍與斷斷續續哀嚎的伏利普——持續了一段時間。

率先閉嘴的是女侍，她用一種不像人類、宛如窒息地尖聲來爲她的大叫結尾。伏利普則是直接閉上了嘴。

「媽媽……」他突然開口，聲音頗爲清楚明白：「媽媽……怎麼會……怎麼……我發生了……什麼事？我發生了……什麼事？」

「你要死了。」毀了容的女孩說。

老乞丐僅存的頭髮都豎了起來。爲了不讓牙齒發出聲音，他咬住了長袍袖子。

小奇普利安．伏利普發出了一個聲音，好似他勉強吞下了什麼東西。在那之後，他沒有再發出任何聲音，一點聲音都沒有了。

四周一片全然寂靜。

「妳這是做了什麼……」旅店老闆在這片寂靜中，哀聲說：「小姑娘，妳這是做了什麼……」

「我是獵魔士，我殺怪物。」

「我們會被吊死……村子和旅店都會被燒光！」

「我是在殺怪物。」她又說了一次，而那聲音裡突然有種類似驚訝的東西，像是猶豫、不確定。

旅店主人嗚咽一聲，嚎啕大哭了起來。

老乞丐從戴戴．華爾加斯的屍體旁，從那張被砍得亂七八糟的噁心臉孔旁退開，慢慢從桌下爬出。

「妳騎的是黑色母馬……」他喃喃道出：「在黑得和棺罩一樣的夜裡……掃掉身後的痕跡……」

女孩轉過身，看著他。她的臉已經包上了圍巾，而露在圍巾上頭的，是一雙圈了黑色的鬼魅之眼。

「誰碰上了妳，」老乞丐咕噥地說：「就包準死定了……因爲妳本身就是死亡。」

女孩看著他，看了許久，神情頗爲冷漠。

最後，她說：「你說的沒錯。」

□

沼澤的某處裡，報喪女妖的哀嚎再度傳來。那距離很遠，不過和前次相比，近了許多。

維索戈塔躺在地上——他從床上起身時，摔了下來。飽受驚嚇的他，認爲自己爬不起來。他的心臟跳動得十分厲害，幾乎要哽到了喉嚨，讓他不能呼吸。

他已經知道這精靈之魂的夜半尖聲，預告的是誰的死亡。無論如何，生命是美好的，他想。

「眾神啊……」他輕聲低語：「我不相信你們……不過要是你們存在的話……」

一股可怕的痛楚突然在他的胸中炸開，在他的胸骨後方。沼澤的某處裡，報喪女妖第三次發出了原始的叫聲，那距離比上一次的要近了許多。

「要是你們存在的話，請你們一路保祐獵魔士吧！」

「我的眼睛很大，可以把妳看個清楚！」小鐵狼粗聲粗氣地說：「我的爪子很大，可以把妳抓住、把妳圍住！我什麼都很大，全部都大，妳等等就知道了。小女孩，爲什麼妳看我的樣子這麼奇怪？爲什麼妳不回答我？」

獵魔士微微一笑，說：

「我有個驚喜要給你。」

《童話與民間故事》〈驚喜〉

——佛羅倫斯．德蘭諾以

第十一章

兩名神殿學徒一起站在大祭司面前，文風不動，如拴直的琴弦，緊繃、無言、臉色微白。她們已整裝待發，就連最末微的細節也全都照料妥當。她們穿了男用的灰色行裝，保暖卻不會妨礙行動的襯毛大衣，還有舒適的精靈靴。頭髮也都剪成了方便打理、適合跋涉的樣子。小小的包袱裡，只有路上吃的乾糧及必需品。其餘物品理當由軍隊提供，而那支軍隊的所在，正是她們前往的目標。

兩個女孩都一臉平靜。當然，這只是表象。特瑞絲．梅莉戈德看見兩人的手掌和唇瓣都在微微發抖。

風粗魯地扯動神殿公園裡的光禿樹木，追趕庭院地磚上的腐葉。天空深藍一片，冰晶浮在空氣之中，讓人感受到一股寒意。

南娜卡打破沉默：

「妳們已經都分派好了嗎？」

「我沒有。」艾伍兒奈德嘀咕地說：「我會先在維吉馬城外的軍營裡過冬。募兵官說，春天會有幾支傭兵部隊從北方去那裡駐紮……我應該會去其中一支部隊當醫護士。」

「而我已經確定了。」優拉二世露出一抹蒼白的笑，說：「我要去戰場外科，在米羅．萬德貝克先生手下做事。」

「妳們可別給我丟臉了。」南娜卡把嚴厲的目光射向兩名學徒。「妳們可別讓我、讓神殿、讓偉大的梅莉特列女神蒙羞了。」

「我們不會的，媽媽。」

「妳們自己也給我當心點。」

「是的，媽媽。」

「妳們會被傷患嚇到腿軟，會忙到沒日沒夜。妳們看到傷患和死者，心裡會害怕，會開始有疑問。人在這種時候，很容易會沾上毒品或興奮劑，所以面對這些東西要謹慎。」

「我們知道，媽媽。」

「戰爭、恐懼、死亡與鮮血，也會讓人對道德產生動搖，」大祭司緊盯著兩人說：「但對有些人來說，則是一種強烈的春藥。小丫頭，這對妳們會有怎樣的影響，妳們現在還不知道，也沒辦法知道。這一點也麻煩妳們給我注意。要是眞有什麼萬一，要服下避孕藥物。如果該做的都做了，但妳們當中的哪一個還是碰上了麻煩，千萬別去找密醫或老婆子！要找神殿，不過最好是找女巫。」

「我們知道，媽媽。」

「就這樣吧。現在妳們可以靠過來，讓我祝禱。」

她依序將手放在她們頭上，依序將她們抱了抱、親了親。艾伍兒奈德吸了吸鼻子。優拉二世如往常一樣，拉開了嗓子大哭。南娜卡的眼眶儘管比平常濕潤了些，還是只有冷哼一聲。

「別這麼誇張、別這麼誇張。」她端出一張不悅的臉，沒好氣地說：「妳們不過是上個戰場，有去有回。包袱拿一拿，再見啦。」

「再見，媽媽。」

她們快步往神殿大門走去，沒有顧盼。大祭司南娜卡、女巫特瑞絲．梅莉戈德及抄寫員亞瑞三人，目送她們離去。

亞瑞故意清了清嗓子，把另外兩人的注意力拉到自己身上。

「什麼事？」南娜卡刮了他一眼。

「妳竟然讓她們去！」男孩苦澀地發難：「妳竟然讓她們、讓那些女孩去從軍！而我呢？為什麼我不行？還要繼續在積滿灰塵的羊皮卷裡打滾，躲在這些圍牆之後？我不是殘廢，也不是懦夫！這對我是一種侮辱，我得在神殿裡坐著，但那些女孩子卻……」

「那些女孩子雖然沒幾歲，但她們這一輩子都在學習治療和照顧傷患。她們上戰場不是因為愛國或找刺激，而是因為那裡會有無數傷患。那裡的事情會多到做不完，沒日沒夜！艾伍兒奈德，還有優拉、蜜兒哈、卡蒂耶、普茹內、黛博拉和其他女孩，都是神殿在這場戰爭裡出的一份力，是作為社會的一分子，償還虧欠社會的債。你懂嗎？亞瑞，她們都是專家！不是砧板上的待宰肉！」

「所有的人都上戰場！只有懦夫才會留在家裡！」

「你這是在說蠢話，亞瑞。」特瑞絲嚴厲地說：「你完全搞不清楚狀況。」

「我想去打仗……」男孩的聲音轉為沮喪：「我想救……奇莉……」

「呦！」南娜卡諷刺地說：「遊俠騎士想出發去救自己的心上人，騎白馬……」

女巫的目光擋下了她欲出口的話語。

「這些話我已經聽夠了，亞瑞。」她給了男孩一記訓斥的目光。「我已經說過了，不准！回到你的書本去！好好唸書，學問才是你的未來。來吧，特瑞絲。我們別浪費時間了。」

□

祭壇前攤著一塊帆布，上頭有一把骨製梳子、一枚廉價戒指、一本封面斑駁的書和一條洗得泛白的深藍飾帶。擁有透視能力的祭司優拉一世，彎身跪在這些物品前。

「慢慢來，優拉。」站在一旁的南娜卡搶先開口：「慢慢集中精神。我們不要急就章的預言，不要可以做上千種解釋的謎題。我們要的是景象，清楚的景象。從這些物品裡取出靈氣，它們都是奇莉的東西，奇莉碰過它們。把靈氣取出來，慢慢來，不要急。」

外頭強風呼嘯，暴雪席捲而來。神殿的屋頂和庭院很快便蓋滿白雪。

那是十一月十一日，滿月。

「媽媽，我好了。」優拉一世用她悠揚的聲音說。

「開始吧。」

「等一下。」特瑞絲從長凳上彈了起來，肩上的毛絲鼠披肩也跟著掉在地上。「南娜卡，等一下，我想和她一起進入恍惚狀態。」

「這樣很危險。」

「我知道，可是我想看，用我自己的眼睛看。我有愧於她。奇莉……我愛那個女孩，就像愛自己的小妹一樣。在喀艾德的時候，她賭上自己的腦袋，救了我的命……」

女巫的聲音突然哽住。

「這跟亞瑞完全就是一個樣。」大祭司搖了搖頭。「都還不知道要去哪、做什麼，卻只是一心想趕去救人，沒頭沒腦，奮不顧身。不過亞瑞是個年輕小伙子，妳卻是一個成熟、聰明的魔法師。妳應該知道在恍惚狀態下，幫不了奇莉，卻可能會傷了自己。」

「我想和優拉一起進入恍惚狀態。」特瑞絲咬住雙唇又說了一次。「答應我吧，南娜卡。再說，我有什麼風險？癲癇嗎？就算眞有什麼，妳也會把我拉出來啊。」

「風險就是妳將看到不該看到的事。」南娜卡緩緩地說。

那座山丘。特瑞絲害怕地想著。索登丘，我曾死過一次的那座山丘。我被下葬、刻上方尖碑的那座山丘，總有一天會找上我的那座山丘和那座墳。

我知道，已經有人這麼跟我預言過了。

「我已經下定決心了。」她說得冷靜而篤定，並起身用雙手將秀髮撥到肩後。「我們開始吧。」南娜卡跪了下來，把前額抵在合攏的雙掌上。

「我們開始吧。」她輕聲說：「優拉，準備準備。特瑞絲，跪到我旁邊來，抓住優拉的手。」

外頭已是深夜，強風呼嘯，白雪紛飛。

□

南方，一個與亞梅兒山相距甚遠的地方，一個位於梅提那、名爲百湖國的國度，一隻烏鴉飛離艾蘭德城及梅莉特列神殿五百哩遠的地方，漁夫勾斯特被噩夢驚醒。醒過來的他無論如何都想不起夢境內容，但一股詭異的不安已不容他再度入睡。

□

每個在行的漁夫都知道，鱸魚要在河水第一次結冰的時候才抓得到。

這年冬天出乎意料地早，在世間胡作非爲，脾氣壞得像深受歡迎的漂亮女孩。第一道霜雪就像從埋伏裡跳出來的盜匪，存心讓人措手不及。這會兒才十一月初，撒奧溫剛過，該做的活還有一大堆，沒人想得到會入寒降雪。才十一月半左右，湖面上已結了層又亮又硬的冰，幾乎可以承擔一個人的重量，冬天卻在這時突然壞心地離開。秋日去而復返，大雨傾盆落下，把霧濛濛的冰層給打碎。浮冰讓溫暖的南風推向岸邊，漸漸融化。務農人家個個摸不著頭緒——見鬼了，這到底是冬天還不是？

不到三日，冬天又回來了。這一次，沒有細雪紛飛，也沒有暴雪狂吹，不過凍人的寒氣卻如同鐵匠的火鉗般牢牢鉗住大地，甚至發出巨大的聲響。屋頂上的漏水在一夜之間結成尖銳的冰柱，鴨群也不期然差點被凍在鴨塘裡。

密特拉赫塔的湖泊都凝結成冰。

勾斯特爲求保險，又多等了一天，才把一個附有皮揹帶的箱子從閣樓裡拿下來，裡頭裝的都是捕魚工具。他用乾草仔細將鞋子塞好，穿上襯了獸毛的大衣，拿著冰鑿與袋子，急急往湖邊去了。

要抓鱸魚，當然得要在湖面第一次結冰的時候抓。

冰層的硬度已夠，人踩在上頭會微微下陷、出聲，但不會崩塌。勾斯特來到湖水的深槽處，用冰鑿挖出一個洞後，便坐在箱子上，鬆開繫在落葉松短棍上的馬鬃線，綁上一尾帶鉤的小錫魚垂到水裡去。釣線在水裡都還沒落直，第一條鱸魚便一口咬住釣餌，那魚足足有半肘長。

不到半個鐘頭，冰洞的周圍便躺滿超過五十隻的綠色條紋魚，條條鰭色鮮紅如血。勾斯特抓到的鱸魚已經超過需求，不過捕魚的快感讓他停不下手，反正多出來的魚總是可以分給鄰居。

一聲長鳴傳來。

他從冰洞上抬起頭。一匹漂亮的黑馬站在湖邊，鼻孔中噴著白霧。馬上之人穿著麝鼠皮草，臉上用一條圍巾包了起來。

勾斯特嚥了下口水。現在要逃已經太晚，他在心裡默默期盼那名騎士不敢策馬踏上薄冰。

他依舊不自覺地動著漁竿，釣線又被一條鱸魚扯動。漁夫拉起鱸魚，把牠解下，丟在冰層上。他用眼角瞥到騎士跳下鞍，把韁繩拋在光禿的樹叢上，小心踩上滑腳的冰面，朝自己走了過來。鱸魚在冰上不斷拍動，張挺著尖刺狀的魚鰭，魚鰓也一開一合的。勾斯特站了起來，撿起冰鑿，以備不時之需。

「別怕。」

那是個女孩。在她拿掉臉上的圍巾後，他看見了她的臉，那是一張被醜陋疤痕毀了容的臉。她背上有一把劍，露出肩頭的劍柄看來做工精細。

「我不會對你怎麼樣。」她輕聲說：「我只想問路。」

最好是。勾斯特心想。有誰會在這種大冷天、凍得要命的時候，出來遊蕩、旅行？只有壞人，不然就是被流放的人。

「這裡是密特拉赫塔嗎？」

「是啊……」他看著冰洞和裡頭的黑色湖水，咕噥說：「密特拉赫塔，不過我們都管這叫百湖國。」

「那塔楞米拉湖呢？你知道這座湖嗎？」

「大家都知道。」他看著女孩，一臉驚嚇地說：「不過我們這裡都管它叫無底湖。那是座被詛咒的湖，是個可怕的深潭……有群水妖住在那邊，會讓人溺死。那裡還有一座被詛咒的古老廢墟，裡頭鬧鬼。」

他看見她的眼中透出光芒。

「那邊有廢墟？是一座塔嗎？」

「那邊哪有什麼塔呀。」他沒能忍住，不屑地哼了一聲。「那裡只有石頭一堆疊過一堆，東倒西歪，到處長滿雜草。一堆廢墟……」

鱸魚不再跳動，靜靜和牠的彩色條紋兄弟躺在一起，魚鰓一閉一開。女孩看著魚，若有所思。

「冰上的死亡本身，就有種迷人的色彩。」她說。

「啊？」

「到那座有廢墟的湖有多遠？要走哪條路？」

他說給她聽，指給她看，甚至用冰鑿的尖端在冰上畫了下來。

她一邊點頭，一邊把路記下。母馬將腳蹄重重踏在湖邊的土地上，大聲呼氣，噴了一鼻子的白霧。

□

他看著她沿湖的西岸遠去，看著她沿斷崖邊際策馬狂奔，以葉片盡落的赤楊與樺樹爲背景，穿過讓冽寒塗上白霜，美如童話的森林。黑色母馬不斷奔馳，姿態之優雅，非筆墨得以形容。牠的動作飛快而輕盈，只有腳蹄落在凍土上的聲音輕輕傳來，只有細碎的銀色雪花被牠抖落枝頭，好似跑過這一座染霜結凍的童話之森林的，不是一匹尋常馬兒，而是童話之馬、幻影之馬。

說不定，那確實是個幻影？

一個騎在幽靈鬼馬上的惡魔，一個化作年輕女孩，頂著綠色大眼和醜陋傷疤的惡魔？

如果不是惡魔，誰會在這寒冬裡旅行？誰會問路去被詛咒的廢墟？

她離開後，勾斯特快速收好漁具。他走森林回家，繞遠路，不過理智與直覺告訴他不要走林道，別現了蹤跡。理智提醒他，那女孩的外表雖然很有說服力，卻不是鬼魅，而是人類。黑色母馬不是幻影，而是眞正的馬。像這種獨自騎馬穿過曠野的人——而且還是在大冷天裡的人——後頭常常都有追兵。

一個鐘頭之後，林道裡出現了一群追兵，共十四騎。

□

黎恩斯再度甩了甩銀色的小盒子，然後咒罵一聲，憤怒地將它敲在鞍橋上。不過，傳聲盒依舊沒有出聲，像是受了詛咒一樣。

「魔法廢物。」邦哈特冷言評論：「壞了，市場的蹩腳貨。」

「又或者，維列佛茲想讓我們看看，他都把我們當成什麼了。」史蒂芬．斯凱蘭也補了一句。

黎恩斯抬起頭，惡狠狠地看著兩人。

「多虧了這個市場的蹩腳貨，」他尖酸地說：「我們才能追到她的行蹤，不會再把人搞丟。多虧了維列佛茲大人，我們才知道那女孩是往哪去，才知道我們要去哪、該做什麼。我認為這和兩位在一個月前所做的事相比，已經多很多了。」

「不用廢話那麼多。包雷阿斯，你從那些行蹤都看出了什麼？」

包雷阿斯．蒙挺直身子，用力清了清嗓子。

「她一個鐘頭前到過這裡。看得出來她想盡快趕路，不過這個區域不好走，就算是那匹難得一見的好馬，最多也只領先我們五、六哩。」

「所以她還是硬擠進了這片湖區。」斯凱蘭喃喃道：「維列佛茲沒說錯，我卻沒相信他……」

「我也沒有。」邦哈特坦承道：「不過昨天聽那些莊稼漢說，塔楞米拉確實有座帶有魔力的建築，我就信了。」

馬匹紛紛放聲嘶鳴，從鼻洞中噴出白霧。夜梟朝左肩一瞥，看了尤安娜．色博內一眼。這幾天，這個感靈士臉上的表情，一直讓他不甚喜歡。我開始不耐煩了，他心想。這場追逐讓我們所有人都累壞了，身心俱疲。該是時候做個結束了，是時候了。

冰冷的雨水打在背上，他想起了前一晚造訪他的夢境。

「好了！」他甩了甩頭。「冥想的時間結束了，上馬！」

□

馬鞍上的包雷阿斯．蒙垂低身子，觀察行蹤。這並不容易。地面已徹底凍結，硬如磐石。細雪紛飛，在風勢的吹颳下，雪片只能攀附岩縫與地裂之中。包雷阿斯在這些裂縫中找到了黑色母馬的蹄印。他得十分仔細，才不會失了那道蹤跡，尤其現在銀盒已不再發出聲音，不再為他們提供建議與指示了。

他已累得不成人樣，心裡也開始感到不安。他們追這女孩已經追了將近三個星期，從撒奧溫，從墩達瑞那場屠殺開始，他們在馬上已經將近三個星期，一直都在追她。然而，不管是黑母馬或騎在牠身上的那女孩，都沒有現出疲態，完全沒有放慢速度。

包雷阿斯．蒙找到了蹤跡。

他沒辦法不去想前一晚作的那場夢。夢裡的他沉到水中，溺水而亡。黑色漩渦將他滅頂，而他直往底部沉去，冰凍刺骨的水湧進他的喉嚨與肺部。他醒了過來，滿身大汗。儘管四周天寒地凍，他卻汗水淋漓、渾身發燙。

□

「大師？您有聽到我嗎？大師？」

傳聲盒如同被詛咒般，沒有發出任何聲音。

黎恩斯大力搓動臂膀，往凍僵的掌心呵氣。寒氣不斷刺著他的頸背，他的骶骨和後腰也都在發疼，馬匹的動作每大一點，都會提醒他這股痛楚。他甚至已經不想咒罵。

將近三個星期都在馬上，在無止盡的追逐、在刺骨的冷天之中，而這幾日的氣候，更是凍得嘎嘎作響。

維列佛茲一句話都沒說。

我們也沒說話，虎視眈眈地看著彼此。

黎恩斯搓著雙掌，拉高手套。

斯凱蘭看我的時候，眼神很奇怪，他想著。難道他有什麼陰謀？他那時候太快，也太簡單就與維列佛茲達成協議……而這支部隊，這幫惡徒忠心的對象是他，辦事也是按他的指令。等我們抓到那女孩，他就會把人殺了或帶去給他的共謀者，好實現他那些有關民主和公民秩序的瘋狂念頭，不會管我們之間的協議。

說不定斯凱蘭現在已經不想玩陰的了？說不定這個天生的守舊派、投機分子現在已經想著要將這女孩改送給恩菲爾大帝？

他看我的眼神很奇怪。那個夜梟，還有他那一整票三教九流……那個肯娜．色博內……

至於邦哈特呢？邦哈特是一個難以預料的虐待狂。講到奇莉，他的聲音就氣得發抖。按他古怪的性格，抓到這女孩後，他會把人虐待至死，不然就是要她繼續在競技場上對戰。那他和維列佛茲的協議呢？這對他來說根本不算什麼，尤其現在維列佛茲……

他從懷裡掏出傳聲盒。

「大師？您聽見我了嗎？我是黎恩斯……」

魔法道具沒有回應，黎恩斯甚至已經失去咒罵的慾望。

維列佛茲依舊沒有回應。斯凱蘭與邦哈特和他做了協議。再過一、兩天，等我們追上那女孩，這協議說不定就沒了。到那時候，我說不準會讓人在喉頭插上一刀；或是綁到馬上，抓去尼夫加爾德，作爲夜梟對自家大帝忠心的證據……

該死！

維列佛茲沒有出聲，沒有給他建議，沒有爲他指路，沒有用那冷靜、富有邏輯、能直達人心深處的聲音說明、解釋。他一直沒有回應。

這傳聲盒壞了。說不定是因爲太冷？又說不定……

說不定斯凱蘭是對的？說不定維列佛茲眞的跑去做別的事，不管我們，也不管我們的命運了？去他的十八層地獄，我沒想過事情會走到這種地步。我要是當初有想到這點，就不會強出頭來擔任這個任務……去殺獵魔士的人就會是我，不是斯希路……該死！我在這裡受凍，而斯希路一定在哪個溫暖的地方避寒……

想來，奇莉這個任務給我，獵魔士給斯希路，都是我自己堅持要來的，是我自己要求的……

那時候是九月初，葉妮芙落到了我們手裡。

□

前一刻，這個世界還是一片不眞實、軟黏、混濁的黑暗，下一刻馬上形成了堅硬的表面及線條。變得明亮，變得眞實。

葉妮芙睜開雙眼，一股顫慄爬過她的身子。她躺在石礫上，四處盡是屍體及塗滿焦油的板子，而她身上也壓著阿爾克歐娜號的殘餘索具。她看見四周都是腳，穿著沉重鞋靴的腳。其中一隻鞋靴方才還踹了她一下，將她踹醒。

「巫婆，起來！」

又是一腳踹來，緊接著的痛楚甚至連她的牙根都感受得到。她看見俯在自己身前的一張臉。

「我說，起來！站起來！妳認得我嗎？」

她眨眨眼，認出對方，是以前想用瞬間移動逃走，被她燒傷的那個傢伙——黎恩斯。

「我們來把帳算一算。」他向她保證：「我們來把所有帳都算一算，賤貨。我會教妳什麼叫痛。我會用這雙手、這些指頭，來教妳什麼叫痛。」

她繃緊身子，雙拳握了又放，準備好隨時施展咒語。但下一秒，她又縮成一團，不斷咳嗽、喘息和顫抖。黎恩斯見狀，咯咯發笑。

「沒用的，對吧？」她聽見他的聲音。「妳甚至連一丁點力量都沒有！妳的魔力是比不過維列佛茲的！他把妳身上的一切都榨乾了，就像擰抹布那樣。妳沒辦法……」

他話說到一半，葉妮芙從繫在大腿內側的劍鞘裡拔出匕首，像隻貓一樣地跳了起來，盲目一刺。她沒有命中，劍尖只微微擦過目標，劃破對方褲子上的布料。黎恩斯跳了開來，跌倒在地。

隨即，他在她身上打下一陣冰雹般的拳擊和踢踹。沉重的鞋靴落在她手上，讓她大叫出聲，那把匕首也從被踩碎的掌中給揉了出來。第二隻鞋踹在她的小腹上。女巫縮成一團，不斷喘氣。她讓人從地上拉了起來，雙手被拽到身後。她看見一枚拳頭往自己來，接著眼前白光乍現，一股痛楚在臉上炸開。那股痛楚如浪潮般往下捲去，直達腹部和鼠蹊，把她的雙膝變成稀薄的膠凍，整個人掛在撐著她的臂膀上。有人從後方揪住她的頭髮，把她的頭往上提。她再度吃了一拳，位置在眼窩上。所有一切再次消失，暈散在刺眼的白光裡。

她沒昏，她還有感覺。有人在打她，打得很用力、很殘忍，就像在打男人一樣。那些毆打不只要讓人痛，還要讓人屈服，要把捱打之人的氣力和抵抗都徹底摧毀。她被人毆打，在許多隻手的鋼鐵般箝制下，不斷抖動。

她想昏過去，卻沒有辦法。她還有感覺。

「夠了。」她突然聽見一個聲音從痛楚之幕的後方悠悠傳來。「黎恩斯，你瘋了嗎？你們想打死她嗎？我需要的是活口。」

「我已經對她做了保證，大師。」她眼前一道模糊的身影粗著嗓音說，並且慢慢化成了黎恩斯的樣貌。「我向她保證會回報她……用我這雙手……」

「你向她做了什麼保證，對我來說不是很重要。我再說一次，我要的是活口，而且還要能應答如流。」

「貓和巫婆沒那麼簡單就讓人奪了性命。」揪著她頭髮的那人笑道。

「別自作聰明，斯希路。我說過，打夠了。把她架起來。妳好嗎？葉妮芙。」

女巫吐出一抹嫣紅，抬起發腫的臉。一開始，她沒認出他。他戴著一種像面具的東西，擋住了整個頭部的左半邊，不過她已經知道這人是誰。

「下地獄吧，維列佛茲。」她喃喃說了一句，並用舌頭小心觸碰前牙及傷唇。

「妳對我的咒語評價如何？妳喜歡我那樣，把妳連人帶船從海面舉起嗎？那趟飛行妳還喜歡嗎？妳是用了怎樣的咒語做防護，竟然沒被摔死？」

「下地獄吧。」

「你們把她脖子上的那顆星石扯掉，然後把她帶去實驗室。我們別浪費時間。」

她被人拖著、拉著走，有時也被抬著走。那是一片石原，解體的阿爾克歐娜號就在上頭。其他還有許多龍骨突立的沉船，看起來就像是海中妖怪的骷髏。克萊赫是對的，她心想，在賽德娜海淵憑空消失的船隻，並非碰上天災。眾神啊……芭維塔和杜尼……

石原後方的遠處，有一座山高高插入陰霾的天空。

接著是圍牆、大門、迴廊、地板、階梯。這一切都有些奇怪，大得不甚自然……目前的線索還是不夠，沒辦法讓她知道自己身在何處，沒辦法讓她知道自己落到了哪裡、被她的咒語帶到哪裡。她的臉腫了起來，令觀察更加困難。她唯一能接收到的感官，就只有嗅覺。一瞬間，她聞到了福馬林、乙醚和酒精，還有魔法。這是實驗室的味道。

她被人粗魯地安置在一張鋼製扶椅上，發疼的手腕與腳踝都被又冰又緊的套環鎖上。在被虎鉗的鋼牙夾住雙鬢、固定頭部前，她及時掃過這個寬廣且照明充足的空間。她看到還有另一張椅子，是奇怪的鋼骨結構，還有個石製台座。

「當然。」她聽見維列佛茲的聲音從後方傳來：「那張椅子是要給妳的奇莉用的。它已經在這邊等很久了，卻遲遲等不到人。我也一樣。」

他的聲音很近，甚至能感覺得到他的氣息。他在她頭部的皮膚插了幾根針，並把某個東西夾到她的耳廓上。之後，他站到她面前，摘下面具。葉妮芙不自覺倒抽了一口氣。

「這正是妳家奇莉的傑作。」他說，同時指著自己曾經美得經典，如今卻支離破碎，用一根根金色夾釦扣住的噁心面貌。左邊眼窩裡的多角水晶，也以維持器來固定住。

「在她走入海鷗之塔的傳送點時，我試著抓住她。」巫師平靜地解釋道：「我想救她的命，我很確定那個傳送點會要了她的命。我太天真了！她輕輕鬆鬆就穿了過去，釋放的力量之大，讓傳送點爆開，直接炸在我臉上。我失去了一隻眼睛和左邊臉頰，還有臉上、頸上和胸上的一大片皮膚。這讓我的人生變得十分可悲、十分麻煩、十分複雜。而且十分難看，對吧？妳應該看看我開始用魔法復健前的樣子。」

「要不是我不信邪，」他把一根彎曲的銅管推到她鼻前。「都要把這當成是莉迪雅．凡布雷德佛特的報復了——在墳墓底下的報復。我會把樣貌復原，不過得一步一步慢慢來，花上許多時間，付出許多努力。尤其是眼球重建，有許多困難……我眼窩裡的這顆水晶效果非常好，能讓我看見立體的東西，不過這畢竟是異物。少了一顆眼珠，有時眞的會讓我非常沮喪。這種時候，不理性的憤恨會將我吞噬；我對自己發誓，一旦抓到奇莉，就馬上要黎恩斯把她那對綠色大眼挖一顆出來。用手指。就像他常說的，用他那些手指。葉妮芙，妳都不說話嗎？妳知道嗎？妳也是我想挖掉一顆眼珠的人，說不定還是兩顆眼珠都挖呢？」

他把幾根粗針插進她的手掌表面。有時他會失準，直接插到她的骨頭。葉妮芙把牙根咬得死緊。

「妳眞是讓我傷透腦筋，逼得我要放下手邊工作。妳讓我陷入危險，硬把那艘船駛進賽德娜海淵，到我的吸取器下……我們那場短暫的對決，反彈效應又強又遠，可能會引起未受邀請的好事之徒注意。不過我沒能忍住。可以把妳抓來這裡，把妳接到我的掃描儀上，這種想法實在太吸引人了。」

「因爲，妳該不會以爲，」他再插下另一根針。「我眞的中了妳的激將法吧？以爲我上鉤了？不，葉妮芙。如果妳這麼想，就是誤把繁星倒映的池水當成夜空。妳在找我，而我也在找妳。妳搭船進入海淵，正是爲我省下麻煩。因爲，妳看，我自己沒辦法掃出奇莉在哪，就算是有這台獨一無二的裝置幫忙也一樣。那女孩天生就有很強的自我防衛機制，很強的反咒與抑制結界。畢竟她身上流的可是上古之血……即便如此，我這些超能掃描儀應該還是可以把她找出來，卻沒有找到。」

葉妮芙整個人已被銀銅線網緊緊圍住，周遭也都是銀製與陶瓷管架。一個個裝有無色液體，擺在扶椅旁的腳架上的玻璃容器都不斷晃動。

「所以我就想了，」維列佛茲把第二根管子推進她的鼻子，這一次是玻璃製的。「要掃出奇莉的唯一辦法，就是靠情感探測儀。因此，我需要一個與這女孩有足夠的情感連結，與她建立了情感基礎的人，一種——我要用一個新名詞來解釋——情感互知演算法。我考慮過獵魔士，不過他失蹤了。再說，凡是獵魔士，都沒有當媒介的價值。我本來打算要人去抓特瑞絲．梅莉戈德——我們的索登丘第十四人，也想過要人去把艾德蘭的南娜卡綁來……不過既然妳這個凡德爾堡的葉妮芙都自投羅網了……說眞的，我想不出有比妳更好的人選……接上掃描儀後，妳就能替我掃出奇莉的所在。老實說，這個行動需要妳的配合……不過妳也知道，逼人就範，有的是方法。」

「當然，」他一邊擦手，一邊說：「妳是該得到一些解釋。比方說，我是怎麼知道，又是從哪裡知道上古之血的事？我是怎麼知道拉拉．多倫的基因繼承一事？這個基因到底是什麼？爲什麼會變成奇莉身上有這個基因？誰把這個基因傳給她？我要用什麼方式把這基因從她身上取走，又要拿來做什麼？賽德娜吸取器是怎麼運作的？我把誰吸走了？我對吸來的人做了什麼事、爲什麼？問題很多，對吧？多到讓人遺憾沒時間把一切都讓妳知道，解釋給妳聽。呵，訝異吧？因爲我很確定有幾件事會讓妳吃驚啊，葉妮芙……不過，就像我說的，沒時間了。鍊金藥已經開始作用，該是妳集中注意力的時候了。」

女巫死咬牙根，緊緊關住發自五臟六腑的呻吟。

「我知道。」維列佛茲點了點頭，拉近專業的大型傳影鏡、顯像螢幕和一個擺在三腳架上、被銀色線網包圍的巨大水晶球。

「我知道這很難受，也很痛。妳越快進入掃描，過程就會越快結束。來吧，葉妮芙。我想在這裡，這個顯像螢幕上看到奇莉。我想看到她在哪裡、和誰一起、在做什麼、吃什麼，又是和誰在哪裡睡覺。」

葉妮芙發出可怕的尖叫，那是原始、帶著絕望的聲音。

「痛。」維列佛茲用他那顆眞眼和水晶做的假眼直盯著她，一副理解的樣子。「當然會痛。掃瞄吧，葉妮芙。不要抵抗，不要逞英雄。妳很清楚自己不可能忍得了。反抗可能會導致悲慘的後果，造成大量出血。妳會半身不遂或整個人變成一顆蔬菜。快掃！」

她死咬牙關，甚至能聽見牙齒擠壓的聲音。

「來吧，葉妮芙。」巫師溫和地說：「就算是出於好奇心也好！妳一定也想知道妳的小徒兒現在過得怎樣了。說不定她現在有危險呢？說不定她現在需要幫助呢？妳也知道有多少人想對奇莉不利，要取她的性命。掃吧。等我知道那女孩在哪裡，我會把她拉到這兒來。她在這裡會很安全……這裡不會有人找到她。不會的。」

他的聲音如天鵝絨般地柔順，也十分溫暖。

「掃吧，葉妮芙。掃吧。請妳開始吧。我向妳保證，從奇莉身上拿到我要的東西後，就會把自由還給妳們兩個。我發誓。」

葉妮芙把牙關咬得更緊，一絲血涓流到了下巴。維列佛茲猛然站起，伸出單手揮了一下。

「黎恩斯！」

葉妮芙感到有某種器具在擠壓她的手掌與指頭。

「有時候，」維列佛茲把身體傾向她，說：「魔法、鍊金藥和毒品辦不到的事，尋常、古老、快速而經典的痛楚，卻能對固執的對象產生效果。別逼我這麼做，快掃。」

「維列佛茲，你下地獄吧！」

「黎恩斯，把螺絲鎖緊。慢慢地鎖。」

□

維列佛茲看著那副癱軟在地的身軀，讓人拖向通往地底的階梯，然後抬眼看著黎恩斯與斯希路。

「你們有可能落到我敵人的手裡，遭到他們審問。」他說：「這種風險永遠都在。我想相信，到那時候，你們所展現身心毅力，不會亞於她。是啊，我想這麼相信，可是我不信。」

黎恩斯與斯希路皆保持沉默。維列佛茲再度啓動傳影鏡，把巨大水晶所產生的圖像投射在顯像螢幕上。

「她掃出來的都在這了。」他指著顯像螢幕說：「我想要的是奇莉拉，她卻給我獵魔士。眞有趣。她不讓我接觸她與那女孩的情感連結，卻在傑洛特這邊失守，而她對獵魔士的感情這件事，我根本就沒有考慮過……不過，我們姑且先滿足於目前的成果吧。獵魔士、卡希．阿波．凱羅、吟遊詩人亞斯克爾，還有一個不知名的女人？嗯……誰要接受這個任務？徹底解決獵魔士這件事？」

□

斯希路主動接下任務，黎恩斯一邊回想，一邊站在馬鐙上，想讓騎乘多日的發疼臀部稍事休息。斯希路主動接下解決獵魔士的任務。葉妮芙指出了傑洛特和他同伴的所在地，而斯希路知道那一帶。他在那邊有相熟的人還親戚之類的。我則被維列佛茲派去和瓦鐵．德里多談判，然後又去跟監斯凱蘭和邦哈特……

而我這個白痴當時還很開心，以爲自己被指到的任務簡單，而且討喜得多，自己也三兩下就能把事情辦好，輕鬆愉快……

□

「要是那些農民沒有說謊，」史蒂芬．斯凱蘭站在馬鐙上說：「那座湖就一定是在這座山的後頭，在盆地之中。」

「路上的行跡也是指往那個方向。」包雷阿斯．蒙附和道。

「那我們還站在這裡做什麼？」黎恩斯搓了搓一隻凍僵的耳朵。「趕馬上路了！」

「別那麼快。」邦哈特把他攔下。「我們分頭走，把盆地圍起來。我們不知道她走湖的哪一岸，要是選錯方向，我們可能就會發現，自己和她被那座湖給隔了開來。」

「說得完全正確。」包雷阿斯同意道。

「湖面已經結冰。」

「對馬來說可能還太薄。邦哈特說得對，應該分頭進行。」

斯凱蘭快速下了指令。邦哈特、黎恩斯和奧拉．哈樂思罕等人一組，共七匹馬，往湖東岸急速奔去，飛快消失在黑色的森林裡。

「好了。」夜梟發號施令：「席利凡特，我們走……」

他馬上便發現事情不對勁。

他掉頭揮鞭，揮往尤安娜．色博內。肯娜駕著坐騎往後退，一張臉僵硬得跟石頭一樣。

「這沒用的，驗屍官大人。」她啞聲說道：「您甚至連試都別試。我們不跟您去，我們要回頭，我們已經受夠了。」

「我們？」達可瑞．席利帆特大吼：「誰是我們？這算什麼？抗命嗎？」

鞍上的斯凱蘭俯下身，朝凍結的地面啐了一口。肯娜的身後站著安德烈斯．維樂尼和金髮精靈提爾．耶和拉德。

「色博內小姐。」夜梟說得緩慢而陰狠：「妳這是在自毀前程，浪費且徹底反轉妳的人生契機。但這不重要，重要的是，妳會被交到劊子手手上。聽妳話的那些蠢材也會一起。」

「生死有命。」肯娜回答得頗有哲理。「驗屍官大人，您拿劊子手嚇不倒我們。因爲你們或我們誰離斷頭台比較近，現在還說不準。」

「妳這麼認爲？」夜梟的眼睛亮了一下。「妳在哪裡卑鄙地偷聽某個人的想法後，得到了這樣的結論？女人，我以爲妳是個更聰明的角色，但妳不過是個尋常的蠢貨。和我同一邊的永遠都是贏家，反抗我的永遠都是輸家！這點妳記清楚了。雖然妳認爲我的死期已到，不過我還是有辦法把妳送上斷頭台。你們所有人，都聽到了嗎？我會要人用紅鉤把你們的肉從骨頭上扯下來！」

「人總有一死，驗屍官大人。」提爾．耶和拉德軟聲說道：「您選了您的路，我們也選了我們的路。這兩條路都不確定，也有風險，不過沒人知道命運是怎麼打算的。」

「斯凱蘭大人，」肯娜驕傲地抬起頭，說：「我們不會讓您把我們當成狗一樣，派去咬那女孩。我們不會讓自己與耐拉汀．切卡落到同一個下場，像條狗一樣地被殺。哎，話說得太多了。我們回頭！包雷阿斯！跟我們走。」

「不。」追蹤高手搓著額前的獸皮帽，搖了搖頭。「你們好自爲之吧，我不會對你們惡言相向，不過我要留下來。軍令不可違，我發過誓。」

「對誰？」肯娜皺起眉頭。「對大帝還是對夜梟？還是對那個用小盒子說話的巫師？」

「我是軍人，軍令不可違。」

「你們等等。」度飛伽．克利耶大聲叫道，並駕著馬從達可瑞．席利帆特背後出來。「我跟你們走。我也受夠了！昨天晚上我夢到了自己的死亡，我不想爲了這件亂七八糟又疑點重重的事喪命！」

「一群叛徒！」達可瑞大吼，一張臉漲成豬肝色，好似隨時會噴出黑血。「不忠不義！卑鄙的下三濫！」

「閉嘴。」夜梟依舊看著肯娜，他的眼睛就像他綽號裡的那隻鳥一樣可怕。「他們已經選了自己的路，你也聽見了。沒有必要這樣大吼大叫或浪費口舌。不過，我向你們保證，我們會再見的。」

「說不定還是在同一座斷頭台上。」肯娜說，口氣裡沒有絲毫怨毒。「因爲您，斯凱蘭，可不會和那些高貴的王族一起被砍頭，而是跟我們。我們走。再見了，包雷阿斯。席利帆特先生，您保重。」

馬上的達可瑞啐了一口。

□

「除了我在這邊說的這些，」尤安娜．色博內驕傲地揚起頭，撥開額前的一綹黑色鬈髮，說：「我已經沒什麼好補充的了，庭上。」

審判長居高臨下地看著她，一臉高深莫測。他的眼睛是灰色的，而且視力很好。

哎，管他的，肯娜心想，我就試試看。反正橫豎都是死，伸頭是一刀，縮頭也是一刀。我不要窩在城塞裡等死。夜梟不是隨便說說。就是死，他也會從墳墓裡爬出來報仇……

管他的！說不定他們不會發現。反正伸頭、縮頭都是一刀！

她把手掌按到鼻子上，好像在擦揉一樣，然後直接盯著審判長的灰色眼睛。

「守衛！」審判長說：「請把證人尤安娜．色博內帶回……」

他話才說到一半便咳了起來，額前也突然冒出汗水。

「帶回辦公室去。」他把話說完，同時用力吸著鼻子。「把相關的文件塡一塡，然後放了她。本庭已經不需要證人色博內。」

肯娜偷偷抹去鼻子裡流出的血滴，燦爛一笑，微微頷首表示謝意。

□

「他們擅自脫隊了？」邦哈特不可置信地又問了一次：「又一群人擅自脫隊了？他們就這樣拍拍屁股走人了？斯凱蘭？你就這樣隨他們去嗎？」

「要是他們把我們供出去……」黎恩斯才起了頭，夜梟就馬上打斷他：

「他們不會，因爲他們很珍惜自己的腦袋！話說回來，我又能怎樣？克利耶跟他們走後，我身邊就只剩下達可瑞和蒙，而他們有四個人……」

「四個，那也不多嘛。」邦哈特陰狠地說：「我以某些原則的名義發誓，等我們一抓到那個女孩，我就出發去追他們，把他們拿去餵烏鴉。」

「我們先追上她再說吧。」夜梟打斷他，同時揮鞭催促灰馬前進。「包雷阿斯！把她的行蹤盯好了！」

盆地裡溢滿了濃霧，不過他們知道底下有一座湖，因爲在這裡，在密特拉赫塔，每座盆地裡都有一座湖。既然黑色母馬的蹄印帶他們來，這裡就一定有他們在找的湖——那座維列佛茲要他們找的湖，那座他爲他們詳細描述並給了名字的湖。

塔楞米拉。

那座湖很窄，寬不過一箭之距，微微彎成半月形。四周有又高又陡的山坡環繞，坡上的黑色雲杉皆灑上了白色霜雪。山坡間環繞著寂靜，靜到連耳朵裡都嗡嗡作響，甚至連十幾天來，一路對著他們發出不祥嘎叫的鴉群，都沉默了。

「這裡是南端。」邦哈特說：「要是巫師沒有把事情搞砸，也沒有弄錯，那麼那座塔應該在北端。包雷阿斯，把她的行蹤盯好了！要是我們追錯蹤跡，那座湖就會把我們跟她隔開！」

「這個蹤跡很明顯！」包雷阿斯．蒙從下方喊道：「而且還很新！是往湖邊去！」

「出發。」斯凱蘭穩住不願走下陡坡的灰馬。「往下！」

他們順著坡面往下，小心翼翼，把不斷嘶鳴的馬匹拉緊。他們穿過擋在湖邊、結了冰又光禿禿的黑樹叢。

邦哈特的棗馬謹慎踏上冰層，把上頭突出的乾蘆葦踩得窸窣響。冰層不斷發出聲音，馬蹄底下裂出一道道星芒長縫。

「退後！」邦哈特拉住韁繩，把不斷噴氣的馬兒掉往湖岸。「掉馬回頭！冰太薄了。」

「只有岸邊的蘆葦叢這裡是這樣。」達可瑞．席利帆特用鞋跟踏在冰層上，評估道：「不過就算是這裡，冰層也有半吋厚，絕對撐得住馬，沒什麼好擔心的……」

一聲咒罵與嘶鳴掩去了他的聲音。斯凱蘭的灰馬蹄下一溜，跌坐後臀，四腳皆滑了出去。斯凱蘭用馬刺戳牠，再度咒罵。這一次，他的咒罵有冰層破裂來回應。灰馬不斷敲踏前蹄，受到牽制的後蹄無助掙扎，踩碎了冰層，濺出底下的黑水。夜梟跳下馬背，扯住轡繩，也滑了一跤，直直撲在地面，卻奇蹟似地沒有跌到自己的馬蹄下。兩個蓋梅拉人加快動作助他起身，奧拉．哈樂思罕與貝特．布利爵恩把不斷嘶鳴的馬兒拉到岸邊。

「兄弟們，下馬吧。」邦哈特再次說道，兩眼同時盯住霧氣濃郁的湖面。「沒什麼好冒險的。我們用走的去追那女孩。她也是下了馬，用走的。」

「這話說得沒錯。」包雷阿斯．蒙指著湖水說：「可以看得到腳印。」

緊緊挨在岸邊樹枝下的冰層，呈半透明的光滑狀，也像瓶子上的黑玻璃，可以看見底下的蘆葦與轉褐的水草。再遠一點的地方，也就是湖水的深槽處，覆了一層薄薄的新雪。隔著霧氣，視線所及之處，可看見上頭的深色腳印。

「找到她了！」黎恩斯激動大叫，並把馬鞭甩到一旁的枯枝上。「她也沒有外表看起來的那麼狡猾嘛！她走的是湖中央的冰層。要是她選了其中一岸，走森林，要追她就沒有那麼簡單了！」

「湖中央……」邦哈特若有所思地覆述著。「走湖中央的確是去維列佛茲說的那座什麼魔法塔最短、最直的路。她也知道。蒙，她比我們快了多少？」

已經站在湖上的包雷阿斯．蒙跪到鞋印旁，彎身仔細查看。

「大概半個鐘頭。」他評估道：「最多就這樣。氣溫回升，但那些腳印都還沒糊掉，鞋跟上的每根釘子都還清清楚楚。」

「這湖往北延伸至少有五哩，」邦哈特喃喃道。他瞇起眼睛，徒勞地想看穿濃霧。「維列佛茲是這麼說的。要是那女孩領先我們半個鐘頭，那她和我們就大概離有一哩遠。」

「在這種滑溜的冰上？」蒙搖了搖頭。「沒那麼遠，最多六、七頃地。」

「那更好！出發！」

「出發。」夜梟重複道：「上冰、出發，大家當心點！」

他們大步行進，氣息激烈。獵物近在咫尺的消息就像毒品一樣，令他們滿心歡喜。

「她逃不了了！」

「只要別追丟就好……」

「還有別被她在這霧裡耍得團團轉……白茫茫一片像牛奶似的……連二十步以外都看不見，該死……」

「你們趕快走。」黎恩斯吼道：「快點、快點！趁雪還積在冰上，我們跟著腳印走……」

「這些腳印很新。」停下來彎身查看的包雷阿斯．蒙突然喃喃說道：「很新……看得見鞋跟上的每根釘子……她就在我們前面……就在我們前面！爲什麼我們看不見她？」

「還有，爲什麼我們聽不見她？」奧拉．哈樂思罕思索著：「我們的腳步在冰上敲出聲音、在雪上擠出聲響！可是爲什麼我們沒聽見她的腳步聲呢？」

「因爲你們是用嘴在走路。」黎恩斯粗魯地打斷他們：「快啊，走！」

包雷阿斯．蒙摘下獸皮帽來擦拭汗濕的前額。

「她就在那霧裡面。」他輕聲說：「我們看不見她，就在那霧裡……可是我們不知道她在哪。我們不知道她會從哪邊發動攻擊……就像在那裡……在墩達瑞……在撒奧湓夜裡……」

他開始用顫抖的手抽劍出鞘。夜梟跳過來抓住他的肩頭，大力一扯。

「閉嘴，白痴。」他嘶聲說。

然而，一切已經太遲。其他人也感染了這份恐懼，同樣把劍拔出，反射性地改變站姿，背對背靠在了一起。

「她不是幽靈！」黎恩斯大聲吼道：「她甚至不是魔法師！而我們有十個人！在墩達瑞的時候是四個人，而且全都喝醉了！」

「全都散開。」邦哈特突然說：「左右都要站人，排成直線。按隊形走！不過要隨時注意，盯緊彼此。」

「你也這樣？」黎恩斯皺了眉。「邦哈特，你也被嚇到了嗎？我以為你沒那麼迷信。」

賞金獵人看了看他，目光冷過寒冰。

「隊形散開。」他又說了一次，完全不理會巫師。「距離保持好，我回去牽馬。」

「什麼？」

黎恩斯還是沒有榮幸從邦哈特嘴裡獲得答案。

他出聲咒罵，但夜梟很快把手搭到他肩上。

「別管他。」他大吼：「讓他去。我們不要浪費時間！所有人把隊形排開！貝特、史迪格瓦德，去左邊！奧拉，去右邊……」

「為什麼？斯凱蘭？」

「要是我們靠在一起走，」包雷阿斯・蒙喃喃道：「冰層會比分散隊形來得容易破。再說，要是我們按隊形走，被那女孩從旁邊偷襲的風險也會比較小。」

「從旁邊？」黎恩斯發出一聲不屑。「她要怎麼做？我們面前的腳印清楚得不能再清楚了。那女孩像射出去的箭一樣，直直往前走。要是她有轉彎的打算，腳印馬上會讓她露餡！」

「話說夠了。」夜梟打斷他們的談話，同時看往後方的霧氣，那是回頭的邦哈特消失的方向。「前進！」

他們繼續走。

「回暖了。」包雷阿斯．蒙抽著氣說：「表層的冰開始融化，形成積冰……」

「霧變濃了……」

「不過腳印還是很清楚。」達可瑞．席利帆特說道：「再說，我覺得那女孩放慢腳步，漸漸沒力了。」

「就和我們一樣。」黎恩斯摘下帽子搧風。

「安靜。」席利帆特突然停下腳步。「你們有聽到嗎？那是什麼？」

「我什麼都沒聽到。」

「而我……好像有什麼東西在刷刷響……在冰上唰唰響……不過不是那邊。」包雷阿斯．蒙指著消失在霧氣中的腳印說：「好像是從左邊，從旁邊……」

「我也聽見了。」夜梟給了肯定的答案，並且不安地四處張望。「不過現在已經沒聲音了。該死，我不喜歡這樣。我不喜歡這樣！」

「腳印！」黎恩斯不耐煩地說：「我們一直都有看到她的腳印！你們沒眼睛嗎？她就像支箭一樣，

直直往前走！要是她轉向，就算只有一步，就算只有半步，我們也會從這些腳印看出來！走了，快一點，我們等等就能抓到她了！我發誓，等等我們就會看到……」

他突然打住。包雷阿斯．蒙驚呼一聲，連肺部都發出氣音。夜梟咒罵了聲。前方十步之距，也就是視線在幾近白乳的濃霧中，所能達到的極限之處，腳印結束了。不見了。

「這該死的瘟神！」

「現在是什麼情況？」

「她是飛天了還怎樣？」

「不。」包雷阿斯．蒙搖了搖頭，說：「她不是飛天，比那個更糟。」

黎恩斯指著冰上的刮痕，罵出十分難聽的字眼。

「冰鞋。」他低吼，下意識握緊了拳頭。「她有冰鞋，而且把它穿上了……現在她就像勁風一樣在冰上滑行……我們追不到她了！那個該死的邦哈特跑到哪裡去了？少了馬，我們追不上那女孩！」

包雷阿斯．蒙大聲清了清嗓子，嘆一口氣。斯凱蘭緩緩解開襯著獸毛的大衣，露出斜揹胸前的整排獵戶星。

「我們不用去追她。」他冷冷地說：「她會來追我們。恐怕我們不用等太久。」

「你瘋了嗎？」

「邦哈特早就算到了，所以才會回去牽馬。他知道那女孩會把我們引到陷阱裡。注意！你們把耳朵都豎直了，仔細聽好冰刀刮在冰上的聲音！」

達可瑞．席利帆特刷白了臉，即使他的兩頰凍得發紅，那蒼白的臉色還是一清二楚。

「兄弟們！」他嚷著：「注意了！大家小心點！聚在一起，別分散了！別在霧裡走失了！」

「閉嘴！」夜梟大聲斥喝：「安靜！一點聲音都不准給我出，不然我們什麼都聽不到……」

他們聽見了。短促的尖叫聲從隊伍的最左端、從霧裡傳來。還有冰鞋的尖銳刮磨聲，讓人毛髮直豎，有如被鐵塊壓過的玻璃。

「貝特！」夜梟大喊：「貝特！那頭發生什麼事了？」

他們聽見令人難以理解的叫喊，過了一會兒，死命逃跑的貝特便從霧裡穿了出來。他已經離他們很近，卻突然腳步一滑，重重摔下，以肚著地，在冰上滑行。

「史迪格瓦德……被她解決了。」他大口喘氣，吃力地起身。「她砍人……跟砍草一樣……快得……幾乎看不到她的影子……她是個女巫……」

斯凱蘭咒罵了聲。席利帆特與蒙兩人手握長劍，不斷轉動身軀，緊盯四周的濃霧。

唰、唰、唰。速度很快，富有節奏，而且越來越清楚，越來越清楚……

「這聲音是從哪邊來的？」包雷阿斯．蒙大聲叫道，同時兩手握劍，不斷轉動身軀，把劍尖對向四周的濃霧。「這聲音是從哪邊來的？」

「安靜！」夜梟大喝一聲，舉起握著獵戶星的手掌。「大概是從右邊！對！從右邊！她從右邊來了！大家注意！」

往右翼走去的一名蓋梅拉人突然咒罵一聲，回身往霧裡狂奔，在漸漸融化的冰層上踏出聲響。他沒有跑太遠，甚至沒來得及自眾人眼前消失。他們聽見刺耳的冰鞋聲，看見快速移動的模糊身影，還有一道劍光閃過。蓋梅拉人慘叫一聲。他們看到他是如何倒下，看到噴濺在冰上的大片血跡。傷者不斷打滾、蜷縮、大叫、哀嚎。之後，他安靜了，不動了。

不過當他還在哀嚎之際，蓋過了冰鞋靠近的聲音。他們沒料到這女孩能這麼快繞回頭。她闖進他們之間，在正中央現身，還順手砍了奧拉．哈樂思罕一劍，位置很低，在膝蓋之下，讓他像把小刀一樣地折成兩半。她一個旋轉，刮起的湖面冰粒都噴到了包雷阿斯．蒙的身上。斯凱蘭跳了開來，腳底打滑，抓住黎恩斯的袖子。兩人全都倒下。冰鞋的聲音就在他們耳邊，銳利的冰冷碎屑刺痛了他們的臉龐。其中一名蓋梅拉人放聲大吼，但這吼聲卻讓一道原始的尖叫給截斷。夜梟知道發生了什麼事，他聽過很多人被割喉時發出的聲音。

奧拉．哈樂思罕不斷大叫，在冰上打滾。

唰、唰、唰。

寂靜。

「斯凱蘭先生。」達可瑞．席利帆特含糊不清地說：「斯凱蘭先生……我們都指望你了……救命……不要讓我們就這麼完了……」

「她把我變成了跛子，他──媽──的！」奧拉．哈樂思罕大吼：「你們他媽的來幫我啊！幫我站起來！」

「邦哈特！」斯凱蘭在霧裡大叫：「邦──哈──特！快──來──幫──忙！你這個狗娘養的在哪裡？邦──哈──特！」

「她圍住我們了。」包雷阿斯．蒙不斷轉身查看四周，側耳傾聽。「她在那霧裡繞圈子……不知道會從哪邊下手……死神！那女孩是死神！我們會死在這裡！這會是場大屠殺，就像在墩達瑞、在撒奧溫夜那樣……」

「大家聚在一起。」斯凱蘭困難地說：「大家聚在一起，她會找落單的人下手……要是你們看到她來了，別慌張……把劍丟到她腳下，鞍囊、皮帶……什麼都好，讓她……」

他沒能把話說完。這一回，沒有人聽見冰鞋聲。達可瑞．席利帆特與黎恩斯靠背倒冰面保住了性命。包雷阿斯．蒙即時跳開，但腳底打滑，摔倒在地，連帶撞倒貝特．布利爵恩。當女孩從一旁閃過，斯凱蘭將獵戶星大力扔出。他打中了，卻打到不該打的人。才剛成功起身的奧拉．哈樂思罕又摔了下去，躺在染血的冰層上，全身抽搐。他那雙瞪大的眼睛好像成了鬥雞眼，盯著插在鼻子山根上的鐵星。

最後一名蓋梅拉人把劍一拋，開始嗚咽，發出短促的抽泣聲。斯凱蘭趕到他面前，用渾身的力量甩了他一巴掌。

「振作點！」他大吼：「振作點，小子！這不過是一個女孩子！只是一個女孩子！」

「就像在墩達瑞、在撒奧溫夜的時候一樣。」包雷阿斯．蒙輕聲說：「我們已經沒辦法走出這片冰面、這片湖了。你們仔細聽、用力聽！就會聽見死亡朝我們滑過來的聲音。」

斯凱蘭撿起蓋梅拉人的劍，徒然地想將兵器塞進不斷嗚咽的蓋梅拉人手中。全身抽搐到發抖的蓋梅拉人只是茫然地看著他。夜梟拋下劍，跳到黎恩斯身旁。

「巫師，想想法子啊！」他一邊大吼，一邊大力搖晃對方的肩。恐懼令他憑空生出氣力，縱使黎恩斯比他高、比他重、比他壯，卻被他當成布娃娃似地抓在手裡搖晃。「想想法子啊！叫你那個偉大的維列佛茲出來！不然你就自己施法！施法、唸咒、請鬼、召魔！想想法子，什麼都好，你這個不入流的人渣，你這個廢物！想想法子，不然我們都要被那個女鬼給殺了！」

他的吼聲在鬱鬱的山坡間迴盪，但回音未盡，冰鞋聲便再度傳來。嗚咽的蓋梅拉人雙膝跪地，用兩手蓋住了臉。貝特·布利爵恩尖叫一聲，拋下劍，拔腿逃命去了。他滑了一下，摔倒在地，像條狗一樣，手腳並用繼續爬了一段。

「黎恩斯！」

巫師咒罵一聲，舉起一隻手。他在唸咒語時，手在抖，聲音也在抖，不過他成功了。事實上，不算完全成功。

他的指尖噴出細細的火閃電，將冰層割開，湖面應聲破裂。不過這斷面的走勢卻不是預期中的橫向，好擋住不斷逼近的女孩──而是呈縱向破裂。冰層轟然斷裂，底下的黑水也跟著濺出；不斷擴大的裂縫直往看呆了的達可瑞·席利帆特劈去。

「閃到一邊去！」斯凱蘭大叫：「快逃──！」

然而，已經太遲了。裂縫劈進席利帆特的雙腳間，猛然分開，冰層如玻璃般碎掉，破成幾大塊。達可瑞失去平衡，湖水蓋住了他的吼叫。包雷阿斯·蒙跌進冰洞，跪在地上的蓋梅拉人消失在水中，奧拉·哈樂思罕的屍首也跟著不見了。在他們之後，黎恩斯也跌入黑色深潭。緊接著，斯凱蘭也跌了下去，但在最後一刻及時抓住了冰緣。女孩用力一蹬，飛過了裂縫。在她落地時，開始融化的冰塊濺出了水花。她朝逃走的布利爵恩追去，沒多久，一道令人寒毛直立的慘叫便傳進了掛在冰緣的夜梟耳裡。

她追上他了。

「大人……」不知是怎麼成功爬上冰面的包雷阿斯·蒙，吃力地說：「您把手給我……驗屍官大人……」

被拉出水面的斯凱蘭全身泛紫，抖得十分厲害。席利帆特吃力地想爬上流冰，但冰緣卻碎了開來，讓他再度消失於水面之下，不過他馬上又浮出水面，一邊嗆咳吐水，一邊以超人的力量爬上冰面。他四肢匍匐，癱在冰上，一身氣力幾乎用盡。一灘水窪在他身旁不斷擴大。

包雷阿斯嗚咽了聲，把眼睛閉上。夜梟不斷發抖。

「救我……蒙……幫我……」

黎恩斯掛在冰緣，腋部以下全泡在水裡，濕漉漉的頭髮緊貼頭顱。他的牙齒不斷打顫，宛如響板，聽來像是爲地獄骷髏之舞揭幕的鬼魅般序曲。

冰鞋聲再度響起。包雷阿斯動也不動，只是等著。斯凱蘭依舊不斷發抖。

她來了，速度很慢，劍上不斷滴著血，在冰面落下點點珠紅。包雷阿斯嚥下一口唾沫。縱使全身都讓凍人的湖水徹底浸濕，他卻突然感到燥熱萬分。

不過女孩並沒有看向他。她看的是拚命想爬上流冰的黎恩斯。

「幫我……」黎恩斯硬是將話語擠出牙縫：「救我……」

女孩腳下的冰鞋一轉，以舞蹈般的優雅之姿停了下來。她微微張腿站著，兩手持劍，低低橫舉大腿之前。

「救我……」黎恩斯用將發僵的手指扣在冰上，斷斷續續地哀嚎說：「救我……我會告訴妳……葉妮芙在哪……我發誓……」

女孩緩緩拉下臉上的圍巾，露出一抹笑容。包雷阿斯．蒙看見那道醜陋的疤痕，好不容易才沒讓自己叫出聲。

「黎恩斯，」臉上依舊掛著笑的奇莉說：「你不是要教我什麼叫痛，記得嗎？用你那雙手，用你那些指頭。就是這些吧？你現在用來抓住冰的這些指頭？」

黎恩斯答了話，但包雷阿斯沒辦法聽懂他在說什麼，因爲巫師的牙齒不斷打顫，根本沒辦法說話。包雷阿斯咬緊牙，相信女孩一定會一劍砍了黎恩斯，但她只是加快速度，兩手不斷大力擺動，往追蹤高手驚訝萬分的方向衝去，消失在濃霧之中。沒多久，冰鞋充滿韻律的聲音也不再可聞。

「蒙……把、把、把我……拉……起來。」下巴已經靠在冰上的黎恩斯大叫。他把兩手都攤在冰上，想用指甲扣住，但指頭上的甲片早已斷落。他伸直手指，想靠掌心和手腕按住染血的冰面。包雷阿斯看著他，心裡很確定，確定得令他害怕……

就在最後一刻，他們聽見了冰鞋聲。女孩以不可思議的速度靠近，快得幾乎讓人看不清。她滑到冰緣，停在邊際。

黎恩斯大叫一聲，濃稠的黑水也跟著一晃，他就這麼消失了。

浮冰之上，與冰鞋刮痕平行的地方，留下了血跡，還有手指，八根手指。

包雷阿斯．蒙在冰上吐了出來。

□

邦哈特沿著湖邊的山坡急騁，發了瘋似地狂奔，完全不看馬兒是不是會隨時在白雪覆蓋的溝壑間摔斷腿。罩著冰霜的雲杉枝枒不斷抽在他臉上、肩上，把凍人的冰塵灑進他的領間。

他看不見湖。整座盆地就像巫師的滾燙大鍋一樣，充滿白霧。

不過，邦哈特知道那女孩就在那裡。

他感覺得到。

□

冰層下，一具屍體往上浮升，閃耀迷人光芒的銀色小盒子從那屍體的口袋掉了出來。一群滿身條紋的鱸魚好奇地將那小盒帶往湖底深處。就在小盒即將探底之際，又被湖底揚起的污泥彈回，幾隻膽子最大的鱸魚甚至試著用嘴碰觸小盒，但都突然害怕地逃開。

小盒子發出了令人奇怪、警戒的抖動。

「黎恩斯？你有聽見嗎？你們發生什麼事了？為什麼這兩天你們都沒有回應？請立刻回報！那女孩怎樣了？你們不能讓她進到塔裡！你聽到了嗎？你們不能讓她進到燕之塔……黎恩斯！該死的，回答我！黎恩斯！」

黎恩斯自是無法回答了。

□

陡坡已盡，湖岸趨為平坦。這座湖到這裡就結束了，邦哈特在心裡想著。我已經到底了。我把那女孩的路截斷了。她在哪裡？還有那座該死的塔在哪裡？

霧幕突然裂開，往上升起。就在此時，他看見了她。她就在他面前，坐在自己的黑馬上。這女巫能跟這個畜牲溝通，他想。她派牠到湖的盡頭，要牠在這邊等著。

不過，這對她還是沒有任何幫助。

我得殺了她。那個什麼維列佛茲，管他的。我得殺了她，我要先讓她求我饒命……然後再殺了她。

他大喝一聲，將馬刺刺入坐騎肚腹，不要命地奔了起來。

而他也在突然之間，發現自己已經輸了，發現自己終究被她引到了陷阱裡。

他與她之間的距離不會超過半頃地，但那是一層薄冰。她在湖的另一邊。此外，半月形的深槽處現在彎向對岸——那女孩走的是弓弦處，離湖岸的盡頭會近得多。

邦哈特咒罵一聲，扯緊轠繩，將馬趨向冰面。

□

「凱爾佩，衝啊！」

凍土在黑色母馬的腳蹄下碎開。

奇莉把身子貼向馬頸。邦哈特騎馬追她的這個景象，讓她籠罩在恐懼之中。她怕這個人。一想到要和他正面對決，無形的拳頭便緊緊捏住她的胃。

不，她不能和他打，還不行。

塔，能救她的，就只有那座塔了。還有傳送點。就像在塔奈島上一樣，在巫師維列佛茲已經來到她跟前，朝她伸出一隻手的那時候……

她唯一的救贖就是燕之塔。

霧氣漸漸上升。

奇莉收緊韁繩，感覺一股龐大的熱氣罩了下來。她沒辦法相信眼前所見到的，沒辦法相信在她面前的是什麼東西。

□

邦哈特也看見了，並且勝利般地大叫起來。

湖的盡頭沒有塔，甚至沒有塔的遺跡，只是一片空無。只有勉強可見、幾不成形的山丘，只有長著光禿、結凍莖稈的一座石堆。

「這就是妳的塔。」他大聲喊道：「這就是妳的魔法之塔！這就是妳的救贖！一堆石頭！」

女孩似乎沒聽見也沒看見這一切。她領著黑色母馬往山丘靠近，朝那座石堆去了。她將雙手高舉向天，好像在對天咒罵當下的情況。

「我跟妳說過了。」邦哈特將馬刺刺進他的棗馬腹，大喊：「妳是我的！我想對妳怎樣就怎樣！沒有人能攔得了我！沒有任何一個人、神、妖或魔可以！那座被詛咒的塔也不行！獵魔士，妳是我的！」

棗馬的腳蹄在冰面敲出聲響。

霧氣突然凝聚成團，被一股不知從何而來的勁風趕在一塊。棗馬發出一聲嘶鳴，腳步踏動了起來，並且不斷咬著嚼子。坐在鞍上的邦哈特往後倒去，盡全力收緊轡頭，因爲馬兒開始發狂，不斷甩頭、踢踏，在冰上打滑。

在他面前，也就是他和湖岸之間、奇莉所在的地方，躍來一匹雪白的獨角獸。牠高舉兩隻前腳，看來就像是盾牌上的紋章。

「這種把戲對我沒用！」賞金獵人一邊穩住坐騎，一邊大喝：「用魔法是嚇不走我的！我會抓到妳，奇莉！獵魔士，這一次我會殺了妳！妳是我的！」

霧氣再度凝聚、奔騰，化成奇奇怪怪的形狀。這些形狀越來越清晰，原來是一群騎士，一群形如夢魘的鬼魅騎士。

邦哈特瞪大了眼睛。

那是一群騎在骷髏馬上的骷髏騎士，戴著已然鏽蝕斑駁的鎧甲與鎖子甲，繫著殘破襤褸的披風。他們的頭盔歪曲生鏽，上頭有水牛角及殘存的鴕鳥羽和孔雀羽裝飾。頭盔的面罩之下，這群鬼魅的眼睛閃著青紫幽光。破爛的旗幟颯颯飄舞。

在這支鬼騎的前頭奔馳的，是頭盔有頂王冠的盔甲騎士，其胸前的項鍊不斷在生鏽的胸甲上敲打。

滾。邦哈特的腦中嗡嗡響起了這麼一道聲音。滾，凡人。她不是你的，她是我們的。滾！

邦哈特這人的膽子可是沒話說。他沒有被鬼怪嚇倒，而是穩住心裡的恐懼，沒讓自己慌了手腳。

不過，他的馬就沒有那麼堅強了。

棗色公馬高舉前蹄，像個芭蕾舞者，用兩隻後腳不斷踏動，發出狂野的嘶鳴，又踢又跳。受到馬蹄撞擊的冰層轟然裂開，垂直翻起，連帶濺起底下的湖水。馬兒高聲嘶叫，兩隻前蹄往冰緣一撞，將之撞碎。邦哈特連忙將腳板拔出馬鐙、跳下馬，不過已經太遲。

湖水蓋住他的頭頂。他的耳中嗡嗡作響，像在一座大鐘裡，肺部也幾乎要裂開。

然而，他很走運。不斷踢水的雙腳碰到某樣東西——十成是沉往湖底的馬兒——讓他得以借力反彈。衝出水面的他又咳又喘，抓住了冰洞的邊緣。他沒有慌了手腳，拿出刀子，插入冰面，爬了上去。他躺著，氣喘吁吁，渾身滴滴答答。

湖、冰、覆著白雪的山坡、魔法、蒙著白霜的雲杉林——一道不自然的死白亮光突然籠罩了這一切。

邦哈特費了極大力氣才跪起身。

地平線上的深藍色天空中，燃起一圈令人睜不開眼的亮光，形成一個發亮的拱頂。火柱與龍捲突然從那拱頂裡頭竄出，射出跳動的光柱與光旋。在天空中掛著閃亮、搖曳、快速變形的光帶與光摺。

邦哈特沙啞地咳了咳，覺得喉頭鎖著絞刑用的鐵環。

先前還是一座光禿山頭和石堆的地方，升起了一座塔。

雄偉、高聳、窄直、黝黑、光滑、閃耀，好似用一整塊玄武岩打造而成一樣。寥寥幾扇窗內閃著火光，奧羅拉波雷阿里斯在鋸齒狀的塔垛上燃燒。

他看見那女孩坐在鞍上回首。他看見她晶亮的眼睛和臉頰上那道醒目的醜陋疤痕。他看見那女孩催著黑色母馬，不疾不徐地進入石拱入口下的那片黑暗。

還有她如何消失。

奧羅拉波雷阿里斯爆發出一道道令人無法睜開眼睛的火旋。

等邦哈特能再度視物時，那座塔已不復存在，只有覆著白雪的山頭、石堆與風乾的黑色莖稈。冰上的賞金獵人雙膝跪在身上流下的水窪中，發出一道原始而可怕的吼聲。他跪在地上，雙手朝天，又是吼叫，又是咆哮，又是詛咒，又是謾罵，而他發洩的對象是人、神、魔。

吼叫的回音在長著雲杉的陡坡間蕩漾，在結了冰的塔楞米拉湖面擴散。

□

塔內的景象立刻讓她聯想到卡爾默罕，同樣有一條長長的黑走道在拱廊後頭，同樣有一道廊柱或雕像排成的無盡深淵。這樣一座方尖碑般的窄直塔中，怎能容得下如此深淵，著實令人費解。不過，她也明白，就這座憑空冒出、在原本不在的位置現形的塔來說，試圖解析箇中原因是一件沒有意義的事。在這樣的塔中，什麼都有可能，什麼都不奇怪。

她四處查看了番。她並不相信邦哈特有那個膽子、有那份能力跟在她後頭進到塔中，不過她仍是要確定一下。

方才穿過的拱廊，發出不自然的亮光。

凱爾佩的腳蹄在地板上踏出聲響，馬蹄鐵下有東西碎裂的聲音。是骨頭。顱骨、脛骨、胸肋、股骨、髖骨。她正騎馬走在一個巨大的骨穴中。卡爾默罕，她心想，同時回憶過往。死者應當入土爲安……這是多麼久以前的事啊……當時的我還相信這種事……相信死亡的是莊嚴的，對死者應懷有敬意……而死亡不過就是死亡。至於死者，不過就是冰冷的屍體。這副皮囊躺在哪裡、在哪裡化骨爲灰，並不重要。

她策馬穿過拱廊，沿著兩旁的廊柱與雕像，步入黑暗。那片漆黑如煙霧般席捲而來，耳中充滿不斷入侵的低語、嘆息與輕聲咒語。她的前方突然發出亮光，巨大的門不斷開啓，一道接著一道。門。無止盡的沉重門扉在她面前無聲開啓。

凱爾佩繼續前進，用牠的腳蹄敲響地板。

由周圍的牆面、拱廊、廊柱組成的空間，突然急遽扭曲，讓奇莉感到一陣暈眩。她覺得自己好像進到了某種不可思議的多面體內，某個巨大的八邊體內。

一道道門依舊不斷開啓，但已經不是順著同一個面向，而是有無盡的方向與可能。

而奇莉開始看見影像。

一名黑髮女子牽著灰髮女孩的手往前走。灰髮女孩很害怕，害怕黑暗。黑暗中不斷擴大的低語讓她感到恐懼，傳入耳中的馬蹄鐵聲令她感到惶恐。頸上星飾發出閃閃鑽光的黑髮女子也同樣害怕，不過她沒讓人看出這份情緒。她領著灰髮女孩繼續走，往她的宿命而去。

凱爾佩繼續前進，又是另一道門。

是優拉二世和艾伍兒奈德。她們穿著襯了獸毛的大衣，帶著包袱，大步邁向覆著白雪的凍結商道。天空是深藍色的。

又是另一道門。

優拉一世跪在祭壇前，南娜卡媽媽在她旁邊。兩個人都看著某處，臉上滿是恐懼。她們看到的是什麼？是過去還是未來？是眞實還是虛假？

兩人——南娜卡與優拉的上方，有一雙手。那雙手擺出了祝禱的姿勢，屬於一名金眼女子。女子的項鍊上有顆鑽石，閃耀如晨星。女子肩上有一隻貓，而在她頭頂的則是一隻獵鷹。

又是另一道門。

特瑞絲．梅莉戈德按住她那被風吹扯纏捲的美麗栗髮。在風的面前，無處可逃；在風的面前，無從遮掩。

不要這裡，不要在山丘頂端。

一長排無盡的暗影隊伍邁向山丘。那是一道道人影，他們走得很慢。有些人把臉轉向她，那些是她熟悉的臉，維瑟米爾、艾斯科、蘭伯特。可恩。亞爾潘．齊格林與波力．大伯格。法比歐．薩赫斯……亞瑞……緹莎亞．德芙利斯。

米絲特……

傑洛特？

另一道門。

葉妮芙，被鏈子鎖住，固定在不斷透著濕氣的地牢牆面上。她的兩隻手掌血肉模糊，黑色的頭髮蓬亂糾結……嘴唇破裂腫脹……不過那雙紫眸中的抗爭意志仍未熄滅。

「媽媽！抓好！撐住！我來幫妳了！」

又是一道門。奇莉別開了頭，心中有著難過，以及尷尬。

是傑洛特，還有一名剃了黑色短髮的綠眼女子。兩人皆一絲不掛，忙著納入彼此，爲對方提供歡愉。

奇莉壓下了緊鎖喉頭的腎上腺素，趕著凱爾佩快步離開。馬蹄不斷發出響聲，黑暗中的低語不斷迴盪。

又一道門。

嗨，奇莉！

「維索戈塔？」

堅強的小姑娘，我就知道妳會成功。我勇敢的小燕子，妳毫髮無傷地走出來了？

「我打敗了他們。在冰上，我給了他們一個驚喜，你女兒的溜冰鞋……」

我指的是心理上的傷害。

「我忍住了復仇的慾望……沒有把所有人都殺掉……我沒有殺掉夜梟……雖然給我留下傷殘的人就是他，我控制住了自己。」

我就知道妳會贏的，奇來亞。還有妳會進到這座塔。這些事我都已經讀過。因爲這些事都已經被寫下來了……這些事都已經被寫下來了。妳知道研究可以爲人們帶來什麼嗎？利用情報的能力。

「我們在對話，這怎麼可能……維索戈塔……難道你……」

對，奇莉。我死了。哎呀，這不重要！重要的是我發現的東西、想到的東西……我已經知道那些消失的日子哪去了，知道渴什拉沙漠裡發生了什麼事，知道妳是怎麼從追兵眼前消失……

「還有我是怎麼進到這座塔裡，對吧？」

妳體內流的上古之血，讓妳有能力掌控時間，還有空間。讓妳可以超越限度與次元。現在的妳是

「世界之主」，奇莉，妳擁有強大的「能量」。別讓歹人與惡徒把它從妳身上奪走或利用，好達成他們的私人目的……

「我不會的。」

再見了，奇莉。再見了，小燕子。

「再見了，老烏鴉。」

又是另一道門。亮光，令人睜不開眼的亮光。

還有一股刺鼻的花香。

□

湖畔輕煙裊裊，稀薄如水氣，很快便讓風吹散。湖面平滑如鏡。朵朵白花綻放在睡蓮的綠葉毯上。綠草及花朵淹沒了湖岸。

天候很暖。

是春天。

奇莉並不驚訝。她怎麼可能驚訝？畢竟現在一切都有可能。十一月、冰、雪、凍土、山丘上乾莖如刺的石堆——那邊是在那邊，而這裡是這裡。在這裡，城垛如鋸的玄武岩塔高聳矗立，倒映在白蓮朵朵的綠色湖水中。這裡是五月，因為野玫瑰和黑櫻桃開花的季節就在五月。

附近有人吹著長笛或排簫，奏出來的旋律輕快而愉悅。

兩匹白馬把前蹄浸在水中，站在湖岸喝水。凱爾佩嘶鳴一聲，揚蹄踢了石塊。就在此時，那兩匹馬抬起了頭，嘴邊還濕漉漉地滴著水，而奇莉則是發出了大大的驚嘆。

因爲那兩匹不是馬，是獨角獸。

奇莉並不訝異。她的抽氣是因爲驚艷，而非訝異。

樂聲越來越清晰，從掛滿白花的黑櫻桃叢後頭傳來。凱爾佩不消人催，便自動往那個方向走去。奇莉嚥了下唾沫，兩頭獨角獸都像雕像一樣，動也不動地看著她。牠們的身影倒映在平滑如鏡的水面上。

黑櫻桃叢後頭，有名金髮精靈坐在圓石上，他有張尖錐臉和一對巨大的杏圓眼。他正在吹奏長笛，手指在上頭的孔洞靈巧游移。他雖然看見奇莉和凱爾佩，雖然盯著她們看，卻沒有停止吹奏。

白色的小花氣味芬芳，奇莉這輩子還沒碰過氣味如此濃烈的黑櫻桃叢。這也沒什麼好奇怪的，她非常清晰地想著，我活到現在的那個世界，黑櫻桃的香氣和這裡的不一樣。

因爲在那邊那個世界裡，一切都不一樣。

精靈用一個悠揚的高亢顫音結束樂曲後，將長笛移開嘴邊，站了起來。

「怎麼這麼久？」他帶著笑容問道：「什麼事讓妳耽擱了嗎？」

《獵魔士長篇4　燕之塔》完

獵魔士 長篇

Vol. 5

LADY OF THE LAKE

奇莉經過托爾奇來亞來到了一個完全陌生的世界——精靈世界。在這個似乎連時間都不存在的世界，她遍尋不著出路……

獵魔士的傳奇即將邁入高潮，敬請期待完結篇。

國家圖書館出版品預行編目資料

獵魔士長篇 4 / 安傑．薩普科夫斯基（Andrzej Sapkowski）；
葉祉君譯——初版．——台北市：蓋亞文化，2016.2
冊；公分.——（Fever；FR049）
譯自：Wieża Jaskółki
ISBN 978-986-319-194-0（平裝）

882.157 104027198

Fever FR049

獵魔士 長篇 Vol.4 燕之塔

作者／安傑．薩普科夫斯基（Andrzej Sapkowski）
波蘭文譯者／葉祉君　審訂／陳音卉
封面插畫／Alejandro Colucci　地圖插畫／爆野家
封面設計／克里斯
出版／蓋亞文化有限公司
地址◎台北市103承德路二段75巷35號1樓
電話◎（02）25585438　傳眞◎（02）25585439
網址◎https://www.gaeabooks.com.tw
電子信箱◎gaea@gaeabooks.com.tw
投稿信箱◎editor@gaeabooks.com.tw
郵撥帳號◎19769541　戶名：蓋亞文化有限公司
法律顧問／宇達經貿法律事務所
總經銷／聯合發行股份有限公司
地址◎新北市新店區寶橋路二三五巷六弄六號二樓
電話◎（02）29178022　傳眞◎（02）29156275
港澳地區／一代匯集
電話◎（852）27838102　傳眞◎（852）23960050
地址◎九龍旺角塘尾道64號龍駒企業大廈10樓B&D室
初版七刷／2023年5月
定價／新台幣 420 元
Printed in Taiwan

GAEA
ISBN／978-986-319-194-0
著作權所有．翻印必究

■本書如有裝訂錯誤或破損缺頁請寄回更換■

Copyright © 1997 by Andrzej Sapkowski
Complex Chinese language edition by Gaea Books Co. Ltd.,
published in agreement with Andrzej Sapkowski c/o Agence de l'Est,
through The Grayhawk Agency.
All Rights Reserved.